Du même auteur

Anatole Atlas

– ***Manuscrits de la Mère-Rouge***, Sphère Convulsiviste, 1985
– ***Autopsie du XXe siècle***, Sphère Convulsiviste, 1986
– ***Transe pour retrouver le sens du devenir***, Sphère Convulsiviste, 1987
– ***L'au-delà est là***, Sphère Convulsiviste, 1988
– ***Mémoire du Temps***, Sphère Convulsiviste, 1990
– ***De la Belgique – Phénoménologie de l'absence d'esprit***, Luce Wilquin, Avin, 2000.
– ***Global Viewpoint*** – *Le point de vue d'Homère sur la face cachée du Monde*, Maelström, Bruxelles, 2003
– ***Encyclique des nuages caraïbes***, Maelström, Bruxelles, 2005. Bookleg #8
– ***Confession de Guy Debord***, Le Bord de l'eau, Bordeaux, 2013.
– ***Séminaire de la Sphère***, Miroir Sphérique, 2014.
– ***Le Tabou du Mana***, Miroir Sphérique, 2014.
– ***Amen***, Miroir Sphérique, 2017.

Jean-Louis Lippert

– ***Pleine lune sur l'existence du jeune bougre***, Messidor, Paris, 1990
– ***Mamiwata***, Talus d'approche, Mons, 1994
– ***Dialogue des oiseaux du phare – Maïak I***, Luce Wilquin, Avin, 1998
– ***Confession d'un homme en trop – Maïak II***, Luce Wilquin, Avin, 1999
– ***L'Affaire du Satan de Stan***, Talus d'approche, Mons, 2000
– ***Tango tabou de l'Ombu – tohu bohu***, Luce Wilquin, Avin, 2002
– ***Tombeau de l'aède – César contre Césaire***, Luce Wilquin, Avin, 2005
– ***Hors l'enclos sous le joug***, Sphère Convulsiviste, 11 septembre 2011
– ***Ajiaco***, Miroir Sphérique, exemplaire unique A3, novembre-décembre 2011
– ***Ajiaco***, Miroir Sphérique, édition de luxe A4, juin 2012

Juan-Luis De Loyola

– ***Fragments pour que noblesse oblige*** – *adresse aux fistons de Tonton*, Luce Wilquin, Avin, 2001

un Bougnoule au Royaume de Belgique

– ***Berlue d'Hurluberlu***, Miroir Sphérique, 2016.

En collaboration avec Roger Somville

– ***Peindre***, Luce Wilquin, Avin, 2000

Monographie consacrée à l'auteur

– Eric Brogniet, ***Jean-Louis Lippert aède, athlète, anachorète***, Luce Wilquin, Avin, 2003

L'auteur sur internet : www.spherisme.be

« Il nous faut des mondiologues »
Ernesto SABATO

(L'écrivain et la catastrophe)

Edition originale à tirage limité, Miroir Sphérique, Bruxelles, 2012

Jean-Louis Lippert

Ajiaco

Les éditions du CEP
Créations · Europe · Perspectives

à

Mayela

Il y a plus de mille ans que les Chinois inventèrent des outils pour multiplier la diffusion des mots et des images ; plus de cinq cents ans que Gutenberg les imita.

Le livre a pour fonction première de trahir la mission que lui assignait l'imprimerie (permettre à d'étranges paroles et visions de circuler), depuis que l'édition s'est soumise aux ordres de la tour Panoptic. Mais, sur pseudologies et pseudoscopies médiatiques, l'aède n'a-t-il pas toujours une mélopée d'avance ?

A l'heure de la reproductibilité technique sans limite, on sait que les droits de publication sont désormais réservés aux articles de magazines enrobés ou non d'une couverture, à la condition que leurs contenus n'outrepassent pas les catégories du général et du particulier ; sommations qu'ignorent les dimensions singulière et universelle dans lesquelles se déploie le présent roman-monde.

Il incombait donc à cette cosm***a***gonie qui ne raconte pas grand chose (à peine ce qui s'est passé depuis la guerre de Troie, donc l'histoire clandestine du dernier demi-siècle), de revêtir une forme paradoxale, dont l'***aura*** d'unicité réjouira l'âme d'un frère éliminé par Kapitotal voici quelque septante ans : Walter Benjamin.

Symptôme historique d'un pays sans parti d'opposition, sans presse d'opinion, sans maison d'édition digne de ce nom, ce grimoire - se voulant à leur exemple une sémiologie de l'univers - ne dédaigne pas d'accomplir en outre le voeu d'un autre expert en ***passages*** : Aragon ne prétendait-il pas que « *tout roman n'est roman que par l'attentat qu'il constitue* » ?

C'est le camarade Michel Wauthoz (témoin des premières expériences convulsivistes, il y a juste quarante ans), qui eut le talent et la générosité de faire exister cette Bible païenne trop gorgée de futur et de passé pour avoir place aux étals du marché contemporain.

du

Cimarrón

cette voyance mythique non moins qu'historique aux lumières cosmiques, politiques et quelquefois psychologiques par la grâce d'Alberto, Rosa et René Lescay

Ô XXe siècle ! Une histoire ...

Aragon

La mort est la plus belle des histoires, si elle est bien racontée dans quelque nulle part entre sommeil et veille : ce que l'aède Atlas nous chante en son rêvoir au fond du canal de Bruxelles.

Cette capitale de l'Alliance atlantique somnolait depuis trois mille ans sous un ciel celtique et – (Keltikos *en grec antique signifiant* Troyen *) – marmonnait de temps à autre en son sommeil l'histoire d'une guerre à laquelle ne rêvait plus qu'un vieux barde homérique. Il se disait posthume de naissance ; après la vie, son sort n'en serait-il pas plus enviable ?*

« Peut-être même ne suis-je pas encore né... »

Cette pensée l'orienta vers son étoile rouge de toujours, au-delà de la surface des eaux noires. Les coups de feu depuis la Tour l'avaient précipité dans un gouffre sans fond, qui le propulserait à une hauteur vertigineuse en la cinquième dimension du rêve et de la mémoire.

L'aède émergea soudain tant il avait besoin d'air. Le pont sur le canal était désert et l'embrun porté par le vent lui fouetta la gueule, d'où jaillit une phrase de mille pages. Qui, sous l'empire de la tour Panoptic, lirait-il une allégorie placée sous le signe de la marmite primitive chez les Indiens taïnos de Cuba – si tel était le sens d'un ajiaco ? Sans compter qu'on s'y casserait les dents sur trop de pierreries précieuses, diamants, perles d'orient pâle comme les yeux d'Eva qu'il voyait à nouveau dans les branches d'un figuier tropical.

Comme le 26 juillet 1953.

Comme le 12 octobre 1492.

L'aède était coiffé d'une plume d'oiseau de mer. Il se pencha vers les reflets à la surface de sa sépulture liquide, où les lumières de la Tour dansaient sur les abîmes de l'espace et du temps.

Ce beatnik bolchevik plus que centenaire éleva vers le ciel en guise de Graal, ou de ciboire, ou de toute autre coupe sacrée, le pot de chambre débordant d'abominations recueilli le long du quai (probable reliquat d'une tribu nègre, asiate ou peau rouge – les immigrés clandestins seuls attestant encore, par leurs couleurs de peaux, le souvenir d'un défunt drapeau national), pour de ce roman psalmodier le véritable Incipit :

— Introïbo ad altare Dei !

S'imaginant incarner l'axe cosmique, il se versa sur la tête le contenu du trône, qui dégoulinerait jusqu'à l'ombilic de la Terre. Alors, usant de sa plume comme d'un goupillon pour fertiliser cette capitale de l'Occident, il sacra les quatre points cardinaux sans oublier le cinquième, qui relie le zénith au nadir. Puis, scrutant de ses yeux lumineux le sommet de la tour Panoptic, il apostropha le Scribe de cette mélopée sur sa plate-forme de tir :

— Eh viens donc, Loyola ! Descends un peu si tu l'oses, abominable jésuite…

Tel un somnambule se révélant danseur étoile, son gracieux cadavre bénit en trois bonds la Tour, le canal et la ville qui ne s'éveillerait jamais ce matin du 16 juin 2004.

Aux millions de biographies plus ou moins fictives dont regorgeait le marché, l'aède n'entendait-il pas ajouter sa thanatographie ? Qui voudrait explorer les plus lointaines contrées humaines aura donc ici loisir d'écouter un être valant plus mort que vivant. («Mon image vaut plus que mon dernier milliard», a coutume de professer Jésus Léviathan - pape de l'oligarchie financière mondiale et patron de la tour Panoptic - en déni du mythographe.)

Oui, le sort des morts est enviable. C'étaient bien les vivants qui avaient à souffrir de l'ignorance, non ? Pouvaient-ils savoir à quel point l'Histoire est aussi multiple que leurs petites histoires ? Il fallait un mortel revenu de l'autre monde pour leur apprendre, par exemple, que la disparition de l'Union soviétique n'était qu'une légende parmi toutes les fariboles dont faisaient commerce les propriétaires de la planète. Enceinte était toujours l'humaine commune de la communion promise par le communisme. Sans quoi la névrose mondiale sous nos yeux se transformait en psychose, dont les champions prenaient la forme de führers prophétiques, de serial killers *prêchant contre Marx et Mahomet leur croisade évangélique, de nymphopathes victimaires...*

L'hypothèse d'un au-delà n'ayant plus droit d'ester en littérature, toute création s'en trouve avortée par d'invisibles faiseuses d'anges, lesquelles créatures célestes n'en poursuivront pas moins leur aventure promise à plus lointain avenir que les fantômes d'un story telling *universel, par quoi tout le réel est devenu série policière. Une société frappée de fantasmagories liées au mal d'oubli ! Mais l'aède n'était-il pas réputé le frère du fou et du criminel ? Cette idée redoutable faisait que lui étaient réservés l'asile et la prison dans les systèmes dits totalitaires. Ceux-ci ne glorifiaient-ils pas son œuvre en la condamnant avec une rage d'autant plus impitoyable que ces régimes étaient dirigés par des fous criminels ? Rien de tel en démocratie ! L'enclos du marché vous élimine son indésirable avec le doigté qu'il faut pour se délester de son âme au mont de piété du diable. Penser ce qui différencie la création des actes déments et meurtriers : n'est-ce pas le cœur même de toute vraie démiurgie ?*

Trois mille ans d'histoire défileront sur le miroir sphérique d'une mémoire. Tambour cosmique lui est le globe quand Atlas brandit son propre crâne – ô marmite ! ô calice ! ô Graal ! – en guise de sphère n'ayant plus qu'un globe oculaire depuis que Jérusalem a crevé l' œil d'Athéna. Sauvé par la déesse aux yeux pers, qui lui accorderait l'immortalité pour errer toujours parmi les humains, le voici qui s'avance au pied d'un Acropole racheté par la tour Panoptic où Yahvé, dieu des Armées bibliques, a pris la place de Jupiter pour condamner la race des titans et des atlantes, alors que l'ultime navette Atlantis promet de s'abîmer dans l'Atlantique.

Ô mal du rêve et de la mémoire s'abattant sur le psychisme de l'Occident, quand il expulse une

Grèce déclarée faillie comme la gueuse dépravée des honorables nations européennes ! Les bombes lacrymogènes pleuvent sur une capitale athénienne dont les stations du métro sont transformées en chambres à gaz. Des blindés militaires sillonnent le berceau de la démocratie pour y protéger les sièges de la tour Panoptic et de la banque NOÉ (Nouvel Ordre Édénique).

Ayant franchi les Grandes Eaux, l'aède oppose à l'Olympe un bouclier d'Achille dont Homère, au chant XVIII de l' Iliade, *avait fait la première métaphore du monde : contenant l'univers avec terre, ciel, mer, soleil, lune et tous les astres – sans oublier les Pléiades, en surplomb de cet* Ajiaco *– le bouclier s'orne de deux villes dont l'une est la proie d'une guerre civile, toute la scène déployant un théorème immémorial autour d'un groupe de danseurs et de danseuses, au centre desquels chante l'aède jouant de la lyre. Quant au bord extrême du bouclier d'Achille, Homère n'y voit-il pas Sa Grande Force le Fleuve Océan ?*

Dans le roman contemporain découlant d'une vision née de la guerre de Troie, le Scribe s'excuse de figurer comme personnage. La seule question qui l'anime : Que s'est-il passé depuis que je suis né, le 16 juin 1954, à Santiago de Cuba ?

Car c'est à sa mère Aurore Théokratidès (dite Eva de Cuba) que s'unit pour toujours l'aède Atlas – axe entre ciel et terre – comme à l'Oiseau-Serpent des origines.

« Pourquoi, depuis des millénaires, les hommes ont-ils passé une telle part de leur temps à inventer des mythes ; c'est-à-dire, au fond, des histoires qui n'ont ni queue ni tête ? »

Claude Lévi-Strauss

Il y a juste cinquante ans,
le premier œil en orbite autour du globe
récita dans la langue de Pouchkine et de Maïakovski
ces fameux vers d'un poète communiste grec
portant le nom d'Atlas :
" L'heure est venue pour une sphère
de parler à l'univers "

J'avais alors sept ans,
venant de quitter l'île natale de Cuba
pour la Belgique.
Je dirai dans ces pages quel trio fabuleux
formèrent mon père, ma mère et cet aède
rejouant avant ma naissance la relation mythique
du Héros, de la Belle et de la Bête...

A-t-il encore un sens, aujourd'hui, le chant de l'aède
frappé de stupeur par sa propre mort ?
Est-il absurde, son cri face au silence du canal :
" Comme Carthage et Troie, Moscou devait être détruite ! "

Vous réclamiez, je crois, qu'on vous dise une histoire.
Celle du dernier demi-siècle - juste mon âge, le 16 juin 2004 :
j'aime mieux pas voir ça.
Depuis sept ans je somnole et divague
dans une caverne des songes en surplomb de la ville.
J'écoute le silence d'un mort.
Sous mes paupières le noyé appelle au secours.
Traversée des frontières du visible est son message d'au-delà.
« Pourquoi as-tu tiré sur moi ? Je n'avais d'autre arme que ma voix... »

Il faut savoir comprendre cette langue.
Odyssée d'une aube *est son poème posthume.*
J'en suis le traducteur depuis sept ans.
Toujours aussi étrange que cette nuit-là.
Quand il fut le plus présent des absents,
les habitants de Bruxelles étant alors les plus absents des présents.
Chacun s'en souvient, de cette nuit qui dura tout le jour suivant.
Davantage que le prétendu cerveau du terrorisme international,
*ne méritait-il pas l'appellation d'*Ennemy Killed In Action ?

L'archange de la ville ayant craché ses flammes
par la gueule de ses sept têtes,
suite à la perturbation des fuseaux horaires,
la planète entière fut vendue cette nuit là sur l'une de ses places financières,
puis rachetée par une autre, à nouveau mise aux enchères ailleurs
- tout cela, grâce à de l'argent qui n'existait pas -
pour finir sa course entre les mains de Jésus Evangelista.

Je suis l'un qui écrit, l'autre qui dort ou qui meurt - et qui songe.
Où et par qui seront jamais lues ces pages en l'honneur de Jésus Léviathan ? Parfait sosie sans fausse barbe d'Oussama Ben Laden il préside aujourd'hui même, 1er mai 2011, une Dernière Cène dans la *Situation Room* de la Maison Blanche à Washington. Parmi ses douze disciples figurent le président des Etats-Unis Barack Obama et la Secrétaire d'Etat Hillary Clinton. Je vois le Messie brandir un crâne en guise de calice et communier avec les dix autres apôtres du *sit-show*. Il rompt ensuite le cadavre de l'Orient qu'il partage entre les douze tribus de l'empire d'Occident. La Sainte Table suit alors sur écran, d'un œil la damnation de Géronimo au Pakistan, de l'autre œil la béatification de Jean-Paul II au Vatican, l'une et l'autre opérations programmées par la tour Panoptic, rivale de la chaîne Fox News de Rupert Murdoch.

--- ***Confiteor Globo omnipotenti.***

Peut-être suis-je fou.
Peut-être que je dors encore.
Peut-être celui qui meurt en rêvant
poursuit-il son rêve au-delà de la mort ?
Qui sait en quel monde se passait un voyage
où le personnage principal (un poète communiste grec)
avait pour nom d'énigme : celui qui parle avec l'autre monde...

Capitale d'Europe, au cœur de ton dédale une voix parle qui réclame écho. Siège de l'Alliance atlantique et paradis fiscal, de tes murailles sacrées j'entends aussi monter une oraison lancée par vautours à plumes de colombes et carnassiers en fourrures de moutons vers un diablezot en armure d'archange crachant ses flammes depuis le totem de ton Hôtel de ville, ô cité très féale !
Contre la menace des flèches incendiaires venues des horizons damnés par peste et famine, guerre et mort, ces élus en appellent au feu tombé du ciel sur Carthage après Troie : prière dont ne cessent d'embrouiller le sens les logiciels de Dieu, d'Allah et de Jahvé.

--- ***De profundis clamavi ad te, Globe !***

Jésus Evangelista ne daigna pas changer de prénom
- par l'une de ces coquetteries lui assurant les bonnes grâces du Vatican -
lorsqu'il reprit le patronyme ayant été celui de ses ancêtres jusqu'à l'Inquisition.
La première expédition de Christophe Colomb
ne fut-elle pas financée par le premier Evangelista ?
Crise occidentale-orientale en 2004,
crise de la Constitution européenne en 2005,
crise internationale en 2006,
crise des subprimes *en 2007,*
crise financière en 2008,
crise des marchés en 2009,
crise des dettes souveraines en 2010,
crise du monde arabe en 2011...

Puis cette opération militaire ***Aube de l'Odyssée,***
pour que flottât l'étoile de Goliath sur Tripoli.
Ne manquait plus qu'une campagne médiatique de la tour Panoptic
et le feu nucléaire de l'Occident se déverserait sur l'Orient.
La nef d'un seul navigateur au monde
virevoltait au sommet de ces vagues depuis sept ans :
celle de Jésus Léviathan.
Grâce à lui, la nouvelle autorité mondiale suprême
de droit public et divin
n'était plus l'Etat mais la banque.

Voyez-vous, chers amis grecs, leur disait-il,
il y a longtemps que vous avez oublié les principes moraux de vos philosophes.
Qui, en Europe, est plus écervelé que vous ?
Qui plus tête en l'air, moins conscient de l'avenir ?
Oui, vous êtes bien la Cigale de l'Europe !
Alors ne vous étonnez pas si la Fourmi vous rappelle
que Dieu – ou toute autre force – nous prête vie.
Prêter, c'est peut-être s'attirer l'ingratitude de ses débiteurs.
Dieu court le risque d'être maudit par les hommes.
De même, le banquier risque d'être nié
par ceux qui n'entendent rien devoir à personne
et encore moins rembourser.
Car emprunter conduit à assumer une dépendance.
C'est affronter le principe de réalité !

Depuis les douves cloacales sourd un lumineux cantique vers le donjon de la tour Panoptic. Cette falaise de verre en surplomb de Bruxelles évoque toujours Elseneur qui plonge dans la mer. Où est passé le spectre ? Personne excepté moi ne s'en est souvenu, de ce chevalier rouge dont le Graal se voulait taillé dans le crâne des rois. Les Hamlet en treillis n'hésitent plus à tirer. Sein rouge de l'océan furieux. Nuit grosse depuis sept ans d'une aurore nouvelle. Au large flanc de la baie s'ouvre une blessure, celle d'où je suis né le 16 juin 1954 à Santiago de Cuba.

J'étais déjà la momie que je suis, je suis encore le fœtus que j'étais - quarante jours en trop dans le ventre d'Aurore Théokratidès - depuis le 26 juillet 1953. Toi dont je suis le fruit amer, es-tu la génitrice de cette immense nuit ?

Sacrée sanglante histoire, qui remonte à la guerre de Troie !

--- ***A custodia matutina usque ad noctem : speret Israël in Globo.***

Jésus Léviathan ne vient-il pas d'encore accroître la voilure
en s'emparant à l'amiable des cargaisons de son plus vieux complice,
l'armateur Aristos Théokratidès,
dont le lointain aïeul avait affrété,
voici 500 ans, les navires du Christophore ?
Depuis toujours il navigue sur une barque céleste,
soumettant à ses ordres le temps,
supprimant pour lui-même la mort.
" Désormais, il n'y a plus ni Juif ni Grec au sein de la famille ",
résuma-t-il devant les caméras de ses propres chaînes,
place Tahrir, le 11 février dernier.

Ponts-levis dressés contre peuplades maures déferlant depuis l'autre rive de la mer, canons des meurtrières dirigés vers les hordes sarrasines à l'intérieur, notre citadelle est secouée de fièvres aussi vieilles que les temps où nos glorieux ancêtres échouèrent à délivrer le tombeau du Christ en Terre promise...

Delenda est Jerusalem ! Cette sommation muette irradie le crâne du monde. Elle fait d'une promesse de conflagration nucléaire en Orient la norme psychique dont croit pouvoir se garantir le délire tenant lieu de sagesse en Occident, pour la raison que toujours surpasse en folie l'image du diable en le miroir d'en face.

Pour la plus grande gloire de Jésus Léviathan, que réjouit fort cette kermesse crucificatoire d'un pays, lui le véritable patron de la Belgique. Affichant les meilleurs liens tant avec la Couronne qu'avec leaders du Nord comme du Sud. Qu'ils soient de la Grande Loge ou de l'Opus Dei. Sacrifié l'esprit de Thijl Ulenspiegel, comment s'étonner si le Flamand Lamme Goedzak (priât-il en latin) seul y ramasse la mise ?

--- ***Pater noster, qui es in Globis.***

Dès le lendemain du 11 février,
Barack Obama prononçait un discours sur le perron de la Maison-Blanche,
dans lequel il saluait " un arc de l'Histoire orienté vers la Justice "
Hillary Clinton intègrerait aussitôt les technologies de la tour Panoptic
au soft power *de l'Amérique.*
Tant il est vrai que, de nos jours,
l'Histoire appartient à qui maîtrise les histoires
grâce à l'art du Story telling.
De sorte qu'en ce lendemain de victoire historique,
la société Noé (Nouvel Ordre Édénique),
qui avait été celle d'Aristos Théokratidès,
annonçait un bond de ses résultats.
Dans un marché mondial des cosmétiques estimé à mille milliards,
le groupe augmentait son chiffre à cent milliards.
Jésus Léviathan pouvait afficher son ambition de séduire, dans les dix ans,
un milliard de musulmans.

"Je fais le travail de Dieu", pouvait-il souffler à son collègue Lloyd Blankfein de chez Goldmann Sachs, non sans faire mettre au trou son autre ami Bernard Madoff, pour concurrence déloyale. Parce que son empire inclut l'ensemble des moyens de manipulation de masse, la carrière de Jésus Léviathan ne fut évoquée qu'au détour de l'apocalyptique *Mélopée d'Anatole Atlas aède, athlète, anachorète.* Un globe affecté de tumeur cancéreuse à l'un de ses pôles et de lèpre à l'autre pôle ne méritait-il pas que fût enluminée la figure du propriétaire de la tour Panoptic, dont est révélé dans le roman *Mamiwata* par quels stratagèmes il conçut, voici cinquante ans, l'assassinat de Patrice Lumumba ?

Prêts sur gage de sang aux maîtres de l'univers, esclavage par la dette mondiale... Face au vitrail électronique je contemple son auréole englobant la planète ainsi qu'un anneau de Saturne. Cronos, le père des dieux et des titans. N'en finit pas d'avaler ses enfants dans une gueule béante où s'anéantissent l'espace et le temps.

--- ***Sanctificétur Globum tuum.***

Dans un autre grimoire de mots,
j'ai ourdi la jeunesse de Jésus Evangelista sur le Nil en Alexandrie.
Puis, comment il bâtit son empire grâce à l'uranium du Congo belge.
Sans doute m'y aida le petit-fils de cet aède mort,
portant même nom même prénom.
Disparu de la circulation depuis une éternité,
mon vieux pote a-t-il rejoint la constellation des Pléiades ?

L'ombre de l'aède flotte sur le canal de Bruxelles.

Pourquoi ne s'étendrait-elle pas jusqu'aux Pléiades ?

Chacun sait encore que, le 16 juin 2004, brilla dans le ciel une étoile diurne.

Chacun se souvient de la nuit qui se prolongea tout le lendemain.

Lumière d'or sur l'océan du songe, un soleil étrange illumina cette nuit blanche. Les documents secrets rendus publics par Wikileaks ont révélé - magiquement, peut-on dire - quels accords entre propriétaires du monde se sont noués cette nuit-là pour tondre à ras l'humain bétail grâce aux combines du spéculat. Cent ans plus tard, à l'échelle du globe, les mêmes puissances financières qui manigancèrent la Der des Ders nous feraient voir enfin ce qu'est une vraie guerre mondiale !

--- ***Sanctus, Sanctus, Sanctus Dominus Globus Sabaoth.***

Mais, si l'issue des conflits ne se décidait plus tant
par la victoire des armes que par celle d'un récit,
qu'en était-il encore du silence d'un aède mort
qui n'avait cessé de me parler depuis sept ans ;
lui qui, dans sa dimension parallèle à celle des vivants,
demeurait sur l'autre rive un résistant ?

Réversibles sont les notions de barbarie et de civilisation depuis la Der des Ders, Hiroshima. Depuis qu'une inversion de la prophétie biblique fut intégrée au disque dur de la tour Panoptic. Ce fut le 26 juillet 1953 à Baracoa, province cubaine de Guantánamo. Du fond de la matrice méditerranéenne où avait été fécondé le Livre, celui-ci par Colomb ne devait-il pas traverser les colonnes d'Hercule et franchir l'abîme atlantique vers cette Caraïbe qui est peut-être la Judée des temps modernes ?

--- ***Lauda, Sion, Globem !***

Jésus Léviathan se trouvait donc chez lui,
comme partout ailleurs dans le monde,
en Egypte, au milieu de la foule en délire,
ne quittant pas des yeux son jeune chef du marketing pour le Proche-Orient,
devenu l'icône médiatique de la Panoptic.
Ayant galvanisé la jeunesse rebelle par ses pleurs en direct
à l'occasion d'une interview sur Dream TV,
c'est lui qui créa la première insurrection populaire de l'Histoire
organisée comme un clip publicitaire.

High Frequency Trading. Passation d'ordres par ordinateur, jusqu'à deux millions par minute. Omnipotence omnivoyance omniscience du prophète au masque glabre. De ses babines dégoulinent les traces d'une ripaille séculaire. Peuples entiers saignés à vif ainsi que volailles faisandées par la misère. Non sans que s'éternise au coin de ses mâchoires le vomi froid de quelque génocide. Repérable aux boyaux sanguinolents qui pendouillent de part et d'autre de ses lèvres goulues. Recrachant dans un grand rire des milliards de crève-la-faim. Rouge langue pantelante lapant leur sang dans le crâne de ses victimes, ce sont les révolutions en tout genre qui lui donnent le teint fleuri.

Comme son obligé Kissinger, n'a-t-il pas obtenu le Nobel de la Paix ?

Mais qu'est-ce que j'ose dire, sept ans après les faits !

--- ***Advéniat Globum tuum.***

Alors que sur leurs smartphones *Panoptic,*
ivres de liberté les milliers de révolutionnaires pouvaient voir
et entendre en direct les cris " Voleurs ! Voleurs ! Nous ne paierons pas ! "
hurlés par d'autres manifestants,
face au Parlement du pays qui inventa la démocratie.
La Grèce n'était-elle pas violée par le Fonds monétaire international
ainsi qu'une esclave éthiopienne ?
Violemment pris à partie sur les banderoles,
Aristos Théokratidès, l'ancien patron du Nouvel Ordre Édénique,
s'était prudemment retiré sur l'île de Paros,
là-même où sa fille Aurore, ma mère,
avait rencontré l'aède il y a cinquante ans.

Si l'on veut bien accepter la vision globale de l'aède.

Car c'est une explication du monde qu'offre sa mélopée.

L'on y découvrira, par exemple, quel rôle transatlantique joue depuis 1953 l'occulte *Anatolian Atlantical Athletical & Artistical Association* - également mise en lumière grâce à Wikileaks.

Il est vrai que ce fut démenti. Mythe est pays de nulle part, crurent bon d'objecter les plus brillants des éditorialistes, afin de couper court aux rumeurs internautiques établissant un rapport entre l'élimination d'un poète communiste grec à Bruxelles et les divulgations contenues dans son œuvre posthume, tenues pour affabulations...

Car lui et moi, nous avons revu cette nuit-là ma mère Aurore - dite Eva de Cuba -, qu'aima l'aède Atlas à Paros puis aux Caraïbes, avant qu'elle n'y rencontre mon père Abel de Loyola.

Oui, comme la tribu primitive s'harmonisait au cosmos par l'invention du mythe – conçu lors d'une rencontre nocturne avec les esprits des morts, pour prolonger l'univers jusqu'au lendemain – c'est une fable démesurée que, dans le sommeil du village global, un mythographe a cru bon de produire afin de faire advenir l'aurore au-delà de l'horizon.

--- ***Globus verae lucis...***

Toute culture n'est-elle pas spectrale ?
N'est-ce pas la voix des morts qui fonde une civilisation ?

Sept ans plus tard c'est à moi, Juan-Luis de Loyola, *esthetical & ethical expert* de la Panoptic en même temps qu'agent spécial en *story telling management* au service de Jésus Léviathan, qu'il revient de donner vie à cette affaire spectraculaire.

--- ***... Ora pro Globis !***

Toute réalité de la vie
n'est-elle pas le rêve d'une âme errante
qu'il s'agit d'interpréter ?
D'où vient que son poème innumérable,
où l'on voit l'aède bondir de siècle en siècle
- contemporain de Colomb comme de la guerre de Troie -
(mais aussi le regard posé sur lui par ma mère,
un certain jour du printemps 1953,
sur une plage de Paros)
déploient les ailes de sa mémoire
dans un envol d'éternité.

Car dormir ou mourir, c'est des choses que font les gens comme vous et moi ; pas les créatures mythiques. (Oui, Louis, aide-moi, c'est ta voix que j'entends dans le chant de cet oiseau de nuit qui me fait signe par le vasistas en cette aube d'hiver où je suis en nage – vingt-cinq ans après l'ouverture du cycle romanesque – aux côtés de Michèle. Je pose la main sur sa chevelure d'or. Elle est toujours Pléione, la mère des Pléiades, femme d'un titan de la mythologie du nom d'Atlas, pour l'heure inondant de sueur notre commun suaire...)

Sais-je encore si je rêve ou si je suis le songe d'un oiseau de l'aube ?

Celui-ci me dit que tous les spectres n'en font qu'un, qui nous apparaîtra tout à l'heure. Et qu'il ne faut pas craindre de poursuivre le cauchemar de Loyola, seul abri de l'aède mythique.

Atlas veille donc, pont vertical entre ciel et terre comme entre Levant et Couchant, Occident et Orient. Sur le seuil du rêve et du réel, de la nuit et du jour, de la mort et de la vie, ce titan nous interprète en mille pages la symphonie du nouveau monde, non sans détailler par quel pacte ce monde voici un demi-siècle tomba sous la coupe de Lady Macbeth et de Méphisto. Son errance immobile nous montre par quel renversement pyramidal c'est le dragon qui mate l'archange aux cimes où s'élaborent les stratégies de la peste et de la famine, de la guerre et de la mort.

Ce pourquoi l'on verra dans ces pages le Cimarrón – symbole de l'esclave révolté dans la Caraïbe espagnole – prendre place au sommet de l'hôtel de Ville de Bruxelles. Son œil nucléaire nous dira comment cinq siècles après Colomb, là même où celui-ci débarqua lors de son premier voyage, fut entreprise par la firme Panoptic une colonisation systématique du dernier territoire à conquérir sur cette planète : le cerveau global - proie du haut mal !

--- ***Te Globum laudamus !***

La vie dite réelle
(ce nouvel axe de misère unissant la Grèce et l'Irlande,
par quoi sont Homère et Joyce accourus
pour mener l'enquête sur l'assassinat de l'aède)
a depuis lors à tel point rejoint les sortilèges de cette nuit,
que j'ai résolu de m'en faire le scribe.

Populations convulsées à l'horizontale. Plus un mouvement mental dans le sabbat de chaque instant. Excision du bulbe imaginal par la machine à fantasmes. Doses massives d'euphorisants anesthésiants, grâce aux liturgies du *son et lumière* global. Eclipse des lueurs astrales, projecteurs braqués vers la poussière néantale.

Face à quoi se dresse toujours le fantôme d'un Quichotte sans armure, sous les apparences d'Atlas. À ses yeux le poème du monde est métaphorique. Il n'imagine pas un livre qui ne soit miroir sphérique : l'affaire est ronde comme la Terre !

Paladin errant de siècle en siècle pour délivrer toujours du même dragon la même belle prisonnière née de son imagination, qu'advient-il de l'aède si la belle s'est éprise de son dragon ?

--- ***Magnificat anima mea Globum.***

Certains rêves ne sont-ils pas les archives
d'une réalité plus vraie que celle déposée dans la mémoire ?
C'est ainsi qu'à l'heure où l'esprit qui voyage en songe
est presque divin dans ses visions,
je fus sur un rivage où ma mère en robe rouge,
installée dans les branches d'un figuier tropical,
y tenait de l'oiseau non moins que du serpent.
Puis cette fée-sorcière m'emporta dans les airs
tout en haut d'un building où nous brûlâmes ensemble

ainsi que les ailes d'un Phénix,
dont s'embrasèrent Athènes et Jérusalem.
Cet incendie rêvé fut si fort
que je me suis réveillé glacé par l'épouvante
au sommet de la tour Panoptic.

Pour ma mère Eva, vingt ans durant les armées de Ménélas et d'Agamemnon détruisirent Babylone. Son Pâris à elle fut un trouvère grec. Sa Troie, le bloc de l'Est - de Moscou à Cuba. Raison pourquoi fut abattu le Mur et pénétra le Grand Cheval marchand jusqu'aux entrailles du Kremlin.

Fuit Ilium ! Le sac de la soviétique Troie...

Pape slave béatifié par un chevalier teutonique pour avoir hissé jusqu'aux cieux les murs de *Wall Street* et de Jérusalem, quand l'aède proposait à sa belle de poser un Parthénon entre Mur des Lamentations et mosquée *al-Aqsa*...

L'on a donc toute chance d'entendre ici contée la plus étrange histoire d'amour jamais imaginée depuis *La Divina Commedia*. De cette idylle s'éclaire la face obscure d'une époque épileptique à force de guerre des signes et de manipulations mentales pour le contrôle des esprits.

--- ***Veni, Sancte Globus !***

Ainsi de la nuit blanche
dont je ne me suis pour ainsi dire jamais réveillé,
celle du centenaire d'une autre Odyssée.
Sur le mur de ma caverne,
deux photographies grandeur nature : celles de mon père et de ma mère.
Je les détaillerai dans le cours de cette romance
où se pose une seule question : que s'est-il passé ?
Je n'en vois pas d'autre qui vaille...

Désâmé, désenchanté, désacralisé : tel devait être un monde où ne s'entendît plus que la rengaine des idoles en leur vitrine planétaire. Industrie de la divinité. L'au-delà dans chaque marchandise. Communion des saintes icônes en leur surnaturelle parousie médiatique. Ainsi l'image d'Eva pour la réclame du dernier parfum Noé - Nouvel Ordre Édénique. J'écarte les cuisses et j'entrouvre mes lèvres chargées d'un rouge où coule votre sang dont mes grands yeux verts boivent les palpitations pendant que mes mains alourdies de bracelets barbares soulèvent le calice vers ma bouche dans un halo d'or : *SATAN.*

--- ***Sanctus satanus Globus !***

Ô rêves qui nous emportez en plein jour dans les contrées de la nuit,
qui donc vous meut d'un monde à l'autre
pour qu'elle ait pu reprendre vie ?
Les yeux ailleurs, comme s'ils suivaient une chanson
que j'aurais eu mission de lui écrire
dans ce grimoire par-delà les espaces et les temps.

C'est bien de diablezotterie qu'il s'agit, messe noire en continu sur les autels de la Grande Surface dans les effluves d'un encens prouvant que vous êtes en odeur de diablezot. Ceci quand une brise embaumée de jasmin fait s'écrouler les palais du Moloch à Carthage. L'empire de Jésus Evangelista tremble-t-il ? Permettez-lui de s'esclaffer. Derrière l'iconostase, un masque hilare converse avec l'Eternel parmi les éclairs d'une guerre civile ouvrant de nouveaux marchés, portant à bout de bras les dernières Tables de la Loi sous forme d'un écran tactile assurant toutes les fonctions de prothèses mentales.

--- ***Domine, exaudi Globem meam.***

Vitesse de la lumière !
C'est en millièmes de secondes que sont exécutés les ordres
opérés sur les marchés par notre Shadow Banking System,
quand le silence de l'aède parle en millénaires.

Ainsi l'aède fait-il à son miroir sphérique flamboyer l'âme obscure du monde. N'a-t-il pas marché toute sa vie vers un horizon d'où l'on aperçoit l'autre côté des choses ? Pour lui l'arc d'Ulysse et la lyre d'Orphée sont un seul instrument. Viser la note juste, c'est faire vibrer l'exacte sonorité de la flèche au cœur du simulacre social. Il est une giclée de lave qui ne détruit pas mais bâtit une ville de mots dans le ciel pour éclairer le sens des terrestres mirages. Cette Jérusalem céleste, on y accède par n'importe quel soupirail ou vitrail.

Ce livre, on y pénètre et on en sort à n'importe quelle page...

--- ***Resurrectus est, Globus !***

Mais Panoptic ne cesse d'améliorer les performances du short selling.
Bientôt nos automates fonctionneront en nanosecondes.
Alors il gagnera peut-être l'éternité...
Mille ans ne lui furent-ils pas espace de temps plus court
qu'un battement de cils
quand le regard de ma mère
put en lui s'amplifier
aux dimensions d'un millénaire ?

Par-delà ma mère Eva de Cuba, l'aède grec s'adresse à une autre créature mythique.

Ce voleur de feu fait la paire avec une divinité des eaux. Son chant répond à celui de la sirène du fleuve Congo. Car la mélopée du porte-globe exigeait que son axe vertical – frontière entre l'Est et l'Ouest – copule avec un axe horizontal épousant l'équateur.

Passer de son vivant le pont vers l'autre rive : c'est ce que font aussi bien *Mamiwata* que *Maïak*, pour assurer sphéricité à la mappemonde romanesque. Si la sirène africaine dérive de la déesse Isis ayant eu pour attribut le globe, son époux Osiris, fils du Ciel et de la Terre, est le premier héros de la mythologie qui soit mort et ressuscité. Tel un noyé dont le regard traverse l'abîme au fond des eaux primordiales, Atlas après les coups de feu s'enfuture au royaume des Ombres, non sans union posthume avec la mère des étoiles...

--- ***Leopoldo II, regi Globarum***

L'histoire humaine depuis que je suis né ?
Ce serait trop peu dire...
Une histoire qui remonte à la guerre de Troie !

C'est l'inscription qu'on lit au bas de la statue équestre de Léopold II, place du Trône à Bruxelles. Là que le spectre nègre a surgi ce dimanche, annoncé par un oiseau de l'aube. Au jour du cinquantième anniversaire de son assassinat fomenté par Jésus Evangelista, Patrice Lumumba sacrait la publication de cet ***AJIACO***, tant l'ombre de certains morts excède les dimensions d'une ville.

Ainsi le miroir sphérique n'a-t-il ni commencement ni terme. Un million de livres sont dans ces mille pages incommensurables, écrites moins par leur auteur que par le Cimarrón, symbole des esclaves en révolte.

AJIACO, c'est le nom du pot-pourri qui bout dans la marmite chez les Indiens caraïbes avant l'arrivée de Colomb. Comme on sait, dans la marmite est un grand secret !

C'est toi, Louis, qui as soulevé le couvercle en postface de ton *Monde Réel* achevé par *Les Communistes* en 1951, l'année de ma véritable naissance :

« Peut-être sommes-nous arrivés à l'heure où le roman doit sauter le fleuve infernal et pénétrer dans le domaine de l'inimaginable... Peut-être que c'est lui qui va sonner devant l'avenir les trompettes qui font s'écrouler les murs, les limites, et que, par lui, nous allons pénétrer dans l'homme, cet imprenable Jéricho, plus loin que l'homme n'ira jamais dans les astres. »

Un cycle est-il jamais clos ?

Où suis-je et quand ?
Pomme croquée : sigle de mon Apple, filiale de Panoptic.
Que seraient Bill Gates et Steve Jobs sans Jésus Léviathan...
L'algorithme du moteur de recherche ne permet-il pas d'accéder
à tous les savoirs de l'humanité
sauf au poème de l'aède ?
N'est réel que le visible, ce qui ne se voit n'existe pas.
Rien n'échappe à l'œil absolu de la tour Panoptic.
Je pose ma tasse de café au rhum et m'adresse encore à l'esprit du mort.
Bourdonnement d'une mouche au fond de la tasse.
Même BUZZ qu'il y a sept ans.
Je replonge en cette nuit blanche,
au cours de laquelle me tint compagnie la seule présence d'une mouche,
en ce donjon qui surplombe la capitale d'Euroland.
Depuis l'autre côté du miroir se répand une voix,
qui parle en présence de tous les absents du monde.
Innumérable est son peuple invisible,
accouru du lointain de toutes les époques,
sur les deux rives du canal traversé d'une lueur de sang.
L'aède mort au fond de la tasse tient en cercle autour de lui
l'ordre des siècles et des orbes,
du royaume des ombres aux Pléiades.
Prisonnière d'un sépulcre liquide,
son âme ne pourrait-elle s'en délivrer
à la faveur d'un arbre druidique
dont les racines plongent au fond du canal ?

Juan-Luis de Loyola, le 1er mai 2011

Rengaine d'une idole des vitrines

Il y eut cet éclair dans la nuit, baignant d'une lumière cosmique le paysage du canal. Mes paupières avaient-elles pris feu ? Les esprits des eaux noires propageaient une lumière astrale. Comment l'homme qui se noie pouvait-il faire entendre autrement sa voix ? Je volais au milieu d'un nuage de flammes avec la sensation de naviguer parmi les étoiles. Ne faut-il pas tout un univers pour produire un seul chant ?

Celui de l'aède continuait de me parvenir, à moi qui n'étais qu'une idole derrière sa vitrine.

J'avais déjà connu cette aventure dans les ruines de Troie, les cendres de Carthage, la débâcle de Moscou...

De toute part m'environnait un brasier dont j'ignorais la source, aux alentours de cette boutique bruxelloise où nul n'aurait deviné, sous les artifices d'un fétiche en bois, l'effigie qui avait appartenu au trésor du roi Priam. Vous ne me croyez pas ? C'est la moindre des choses. Qui peut accorder créance aux rêveries d'un mannequin dont s'orne la devanture d'une modeste agence de voyages...

Cyclades et Caraïbes*, disait l'enseigne au néon de la vitre où j'offrais le meilleur profil de la déesse Athéna. Bien sûr, j'aurais pu vous dire que j'étais Habanaguana, l'oiseau-serpent de la cosmogonie afro-cubaine...*

Là réside en effet la loi du mythe, qu'il offre le bonheur de tout métamorphoser. Sa vie entière, l'aède n'a-t-il pas plongé dans la matière première alchimique du langage, région mentale où prennent essor les mythes ? Il ne fait donc aucun doute que dans cette histoire vous rencontrerez maints géants et dragons, sorcières et fées.

L'On feint de déplorer la fin des Grands Récits. Mais ne le fait-on pas taire, celui qui vous invente une langue résonnant déjà pour un autre monde ? Car il relie le savoir des peuples, en leur combat millénaire, aux plus hautes élaborations imaginales dont l'humanité fut capable. Aussi faut-il rendre inaudible sa parole critique, pour la raison même qu'elle englobe tous les discours tenus par la prétendue globalisation. Vous en voulez une preuve ? Sur le pont de béton qui enjambe le canal, au pied d'un figuier tropical dont s'était emparé l'incendie, je voyais Abraham égorger un mouton. Son geste sacrificiel - symbolique entre tous - par quoi la mort d'un animal se substitue à celle de l'homme, n'avait-il pas fondé la civilisation ? N'était-ce pas l'origine de l'antique **tragédie***, qui par son étymologie signifie* **chant du bouc** *? Ce qui, nous dit l'aède, avait donné naissance au théâtre... N'était-ce d'ailleurs pas l'un des objectifs de notre voyage de l'île de*

Paros à Cuba que d'y découvrir combien ce rituel trouvait ses racines dans d'immémoriales pratiques africaines, d'où naîtraient les cultes abrahamique et dionysiaque ? Mais qui va me croire ? On ne m'écoutera pas non plus si je décris la scène qui se déroulait devant mes yeux de fétiche des vitrines. Sur l'autre rive du canal, un cortège militaire de vingt-huit limousines, occupées par autant de ministres de la Guerre, se dirigeait vers le siège de l'OTAN pour y planifier le prochain bombardement nucléaire de l'Orient. Ce convoi carnavalesque n'était-il pas la caricature du message de l'aède ? Sur le quai, devant ma vitrine, se déployait une procession religieuse à la mémoire du fondateur de l'église Apple, dernier saint de la religion judéo-chrétienne. Les fidèles en deuil déposaient des fleurs, allumaient des bougies, sacrifiaient des pommes en improvisant un autel de fortune au pied du vitrail ouvrant sur la chapelle de l'Apple Store voisin – propriété de la tour Panoptic.
Sur le pont de béton l'arbre en flammes captait cette scène au fond de sa mémoire.

« Où sont donc les vivants ? »

Fernando Pessoa

Le Jaguëy, c'est un figuier des Caraïbes. Dans le miroir sphérique on le voit rôder à Bruxelles comme aux Cyclades. Il y rêve le jour et veille la nuit tourbillonnant parmi les myriades en fleurs où hier et demain se confondent aux yeux fous d'Habanaguana, son Eva de Cuba. C'est à elle qu'ira, purifiée par l'ordalie de l'eau et du feu, la parole de l'aède assassiné.

Voici l'heure venue, pour Atlas, de parler à l'univers.
Quel basculement s'est-il produit du globe sur son axe ?
Un être en est banni dont l'œil intérieur voyait le Tout du Monde. Créait un théorème interprétant le drame humain global. Qu'un aède grec emprunte le nom d'Atlas ou qu'il prête au titan sa voix, l'un et l'autre apercevaient un au-delà de l'horizon...
Sur le seuil du Levant et du Couchant, **Maïak** *(*phare *en langue russe – nom de code soviétique de l'aède) allume un feu de signes en direction de l'avenir, élucidant la rengaine des idoles en leurs vitrines, seules âmes en éveil dans la capitale frappée d'une épidémie d'absences au cours de cette nuit blanche où l'aède revit son conte de fées avec la belle Eva de Cuba, lors de leur périple entre Cyclades et Caraïbes.*

Traversée du naufrage fut après les coups de feu son chant par-delà le miroir des eaux noires. S'il s'était anéanti, quelle voix dirait encore l'autre vision du monde ? Atlas, tel Orphée, jamais n'a fini de méloper. Le globe ayant sué sur ses épaules un mal incubé de longue date, il s'en trouva nanti comme du meilleur des sauf-conduits pour l'au-delà. Même si, depuis mille soleils, leur Acropole en ruine succombe sous les lianes d'un figuier tropical...
Quelque chose de naturel ? Non, c'est une vision. Car il n'y a rien de naturel dans la nature. Il est mort ? Oui, mais il parle encore. Car pour l'aède, le mythe est un fait concret : seul ce qui est mythique est réel. Terre, profère Atlas, qu'as-tu fait de ton sens ?

La guerre de Troie renaît au berceau de la démocratie, quand la Grèce vend l'île de Paros au milliardaire Jésus Evangelista. Les célèbres rhums du même nom n'aspiraient-ils pas en outre à retrouver leurs sèves dans ses anciennes possessions cubaines ? AJIACO *plongera donc au cœur de ce qui fut un modèle absolu pour l'actuelle dictature du crime : le Cuba des années cinquante. Famines et pestes, guerres et morts – sur terre et dans les airs, par l'eau et par le feu : cette enquête révélera quel pacte fut conclu par quatre cavaliers d'Apocalypse dans un casino de Baracoa, le 26 juillet 1953. Là même où Cristobal Colon (affrété par un Théokratidès, financé par un Evangelista, secondé par un Loyola, mais aussi rêvé par un Atlas) découvrit le Nouveau monde il y a cinq siècles en accostant sur une plage paradisiaque veillée par le Jaguëy millénaire.*

Qui sait encore que les feuilles du Jaguëy peuvent guérir les morts ? Une vie obscure continue d'habiter la capitale d'Europe hantée de fantômes, dans un silence que les ténèbres rendent infini. Qui sait quelle folie poussa les maîtres du monde, à coups de glaives sociaux et de boucliers fiscaux, à s'engager dans une logique de guerre civile, sinon l'œil du Cimarrón – foyer du miroir sphérique ?

Un demi-siècle après Baracoa, le jet privé d'Evangelista se pose à l'aéroport Venizélos d'Athènes. Il est accueilli comme le Messie par les officiels grecs éprouvant quelque gêne avec le déficit abyssal de leur dette publique. Ainsi se voit-il introduit dans la basse-cour par Aristos Théokratidès – père d'Aurore, dite Eva de Cuba. Richissime héritière des baumes, onguents, philtres d'amour, élixirs de jouvence et autres parfums Noé. Star des apparences mondiales n'ayant eu d'autre rivale que la patronne des charmes L'Oréal. Mais aussi figure de rebelle internationale, égérie de Guy Debord aux premier temps du situationnisme. Celle qui avait entraîné l'aède Atlas depuis les Cyclades jusqu'aux Caraïbes en juillet 1953, l'année précédant la naissance à Santiago d'un certain Juan-Luis de Loyola. Mais pourquoi passerait-il quarante jours en trop dans le ventre d'Aurore, celui qui tirerait les coups de feu depuis le sommet de la tour Panoptic, le 16 juin 2004, nuit de son cinquantième anniversaire ?...

Ainsi qu'une torche flamboierait cette ville couronnée d'étincelles dans la chambre cosmique où plus qu'un haut immeuble infiniment plus nouveau est le Tout qui chante sève par le tronc d'un ficus aux ramures astrales. Mes racines montent et s'entortillent à des lianes qui tombent en une étreinte au cœur de laquelle est fini, pour le fils d'Eva de Cuba, le jeu des *junk bonds* et du *story telling management*. Sur son ordinateur les chiffres cesseraient de clignoter, mais il vous lancerait encore une œillade vitrifiée.

Les deux philanthropes, ayant examiné la valeur des réserves grecques, suggèrent au gouvernement de dépenser plus qu'il ne possède. C'est la banque NOE qui avancera les fonds. L'Etat pourra négocier ensuite sur les marchés l'espoir de revenus futurs : l'espoir est un produit que NOE (Nouvel Ordre Edénique) vend, au même titre que ses cosmétiques, dans le monde entier. Pour que les marchés fussent rassurés, l'on fit en sorte que la Grèce emportât la coupe d'Europe de football et organisât les Jeux olympiques en 2004. Comme on s'arrangerait, en 2010, pour que les colonnes d'Hercule soulèvent une Coupe du Monde en forme de globe terrestre à bout de bras tenu par Atlas, au Soccer City de Johannesburg, précipitant les krachs *et* crashs *qu'on sait.*

Car mes branches amoureuses enserrent les débris d'une tour, et Juan-Luis de Loyola n'en continue pas moins de fixer la fenêtre éclairée, zombi pour l'éternité. Les murs, troués par un obus, délabrent un décor où demeurent suspendues les photographies de son père et de sa mère. On ne se lasse pas de contempler les rayonnants visages d'Abel de Loyola et d'Aurore Théokratidès (dite Eva de Cuba), depuis cet étrange réveillon du 16 juin 2004 : quand, à la prolifération nocturne d'images lumineuses caractérisant toute ville moderne, succéda une persistance de la nuit dans le jour.

Grâce à Jésus Evangelista, la Grèce contracte donc des crédits qui se chiffrent en dizaines de milliards, hors comptabilité officielle. C'était avant la crise financière. La tour Panoptic n'encaisse alors qu'une commission de quelques milliards. Si elle n'a toujours pas déboursé le moindre centime, va-t-elle se contenter de si peu ? Ce serait mal connaître Evangelista. Il n'est pas un gagne-petit. Son destin est messianique. Ce n'est pas seulement Athènes mais l'Europe entière qu'il veut gober, dont au cœur de la capitale à jamais s'abandonne aux lianes une tour veillée par Loyola.

La pièce est presque intacte, parée de sa bibliothèque où les titres luisent dans l'obscurité. Le bureau se dresse toujours au milieu des bris de verre, dont quelques éclats jonchent la surface d'acajou. Juan-Luis de Loyola s'y tient assis, pétrifié par la lueur d'un écran que nuancent les reflets d'un soleil jaune et bas crachant son haleine fétide par la bouche édentée du mur. C'est un homme sans âge, aux traits anonymes, ceux d'un fœtus ou d'une momie. N'importe qui d'entre vous. La haine mortelle du *trader* ne fut-elle pas la vôtre à l'égard de l'aède ? Vous êtes ce type épouvanté que vous avez le vague sentiment de reconnaître, mais dont vous ne vous souvenez guère, plongés comme lui dans une vision qui n'était peut-être qu'un rêve de l'aède Atlas.

Le jeune président noir des Etats-Unis d'Amérique élu par Jésus Evangelista, pas plus que les dirigeants européens, n'avaient eu à cœur de nuire au patron de la tour Panoptic en réglementant les spéculations de la finance. Rien qu'en jouant sur le pays de son vieil ami Théokratidès, n'avait-il pas offert aux personnels à casquettes étatiques du casino mondial des pourboires substantiels ?

Je prends ce *trader* dans mes bras, je l'enlace avec amour, on ne voit guère entre mes branchages que le visage du tueur de l'aède, ses yeux vides aux sourcils relevés devant un ordinateur hors de fonction. Lecteur, ce n'est pas toi cette statue que les paroles de l'arbre enserrent, et c'est toi pourtant !

Ainsi s'amusait le sommet de l'Olympe, quand dans les ténèbres inférieures grouillait un peuple de l'abîme, un sous-monde obscur, une humanité de l'ombre – ce gouffre des bas fonds qui fut toute sa vie le ciel du poète communiste grec Anatole Atlas...
Contretype médiatique absolu, sa cosmythologie lui interdit le moindre sacrifice aux simulacres nuit et jour exaltés par les faux miroirs de la tour Panoptic. L'aède suppose donc familières au lecteur les représentations frelatées par l'industrie de l'image et du verbe telles qu'elles se donnent à consommer dans chaque journal, magazine, roman conventionnel ; telles qu'elles concentrationnent les esprits grâce aux miradors audiovisuels ;

telles qu'elles opèrent, depuis certain 26 juillet 1953, une colonisation des cerveaux universelle...
*Il supplie plutôt le chœur des muses de répandre en ses chants leurs paroles ailées, comme elles aidèrent le premier des mondiologues à chanter l'*Iliade *et l'*Odyssée *! Son poème exigea, pour s'écrire, bien plus de Mille et Une Nuits (condensées en une seule : celle du 16 juin 2004 - centenaire du* Bloomsday*).*
*L'on ne s'étonnera donc pas de voir surgir ici l'auteur d'*Ulysse *en compagnie d'Homère. Car l'aède ne tourne jamais la page. Depuis trois mille ans, son écriture arpente une même sphère. Tel se veut le théorème illustré par une guerre de Troie n'ayant jamais cessé jusqu'à nos jours : celle de l'Occident contre l'Orient.*
De son œil du dedans, l'aède n'a-t-il pas vu le Tout du monde ?

L'introduction de ce ***roman sphérique*** avait été écrite cinq ans après les événements ici narrés, qui décidèrent de la débâcle du globe. Un lustre plus tard encore (2014), tout était reparti comme en Quatorze de l'autre siècle. Il ne fut presque aucun folliculaire qui ne prostituât son verbe à l'idéologie de la nouvelle Union sacrée – non plus contre l'Allemagne ou la seule Russie, mais contre l'Orient tout entier. Les mêmes causes (crise du capitalisme, due à la trop secrète *baisse tendancielle du taux de profit*) entraînèrent les mêmes effets, surmultipliés par la puissance des techniques militaires. De même qu'entre 1914 et 1945, à l'échelle vraiment globale cette fois, ce fut une autre Guerre de Trente Ans. Les racines profondes – remontant à la guerre de Troie – seront inventoriées dans cet oratorio.

Un million de milliards de produits bancaires circulaient autour de la planète, quand la plus grande part de l'humain bétail crevait de faim dans l'analphabétisme. Le système capitaliste était-il pour autant privé de règles ? Tu parles ! Celles-ci appliquaient leurs bestiales rigueurs à la chose publique, par la grâce des personnels à casquettes étatiques, sous contrôle de la tour Panoptic. Où les spéculateurs situationnistes à la Juan-Luis de Loyola avaient toute liberté de jouir sans temps morts ni entraves...

Ce n'est pas un hasard si vous tous, à travers Loyola, venez de prendre *AJIACO* sur le rayon de sa bibliothèque. Dernier témoin de son existence, il s'est ouvert entre vos mains. Puis vous avez porté les yeux sur la première page que nul, depuis mille soleils, n'avait offerte à la lumière du jour, pour qu'elle vous lègue son message qui n'espérait que ce signal pour acquérir nouvelle vie par une lecture tardive. Quand certains d'entre vous en reçurent le manuscrit, pouvaient-ils avoir l'intuition que mille soleils plus tard d'autres doigts sentiraient la vibration de millions de caractères qui transmettraient enfin le sens dont ils étaient alors déjà porteurs, même si dans ces temps lointains nul n'avait aperçu la fenêtre d'imagination s'ouvrant à tous plus grande que le trou laissé béant dans ce bureau par un missile ?

Conforme était au plan divin que les élus triomphassent en leur terre promise, que les damnés croupissent dans la géhenne. L'un et l'autre furent le sort de l'aède...

Oui, il passera le temps qui apaise tout, même les regards morts. Prenez donc cette histoire comme si c'était l'arbre des origines qui vous la contait – cent ans après les premiers mille soleils, ceux d'Hiroshima. Peut-être offre-t-elle promesse d'un jardin. Qui sait si le figuier baigné d'un fleuve n'a pris la place d'une tour et de son cloaque ?

Le 6 août 2045

Sitshow (9/XI/2009)

Atlas parle une langue très étrangère.

Qu'il couche dans un boui-boui latino, sur un banc de square slave ou chez un marchand de sommeil africain, l'aède émerge au matin de ses linceuls, déambule tout le jour sans se faire comprendre au milieu des hommes, rentre dans les tavernes où il soulève une coupe d'amour à Aurore – son Eva de Cuba –, puis retourne à la mer où se poursuit le chant de ses sanglots parmi les vagues.

*

(Il évite le camp de réfugiés sous les tours du quartier Nord. Dressées pour des besoins publicitaires, ces tentes humilitaires du Nouvel Ordre Edénique répugnent à ses pas qui le guident plutôt vers le miroir du canal.)

*

Si l'on ferme les yeux des morts pour qu'ils cessent de voir ce qu'ils avaient durant la vie tenté de ne pas voir, l'aède conservera les yeux ouverts au-delà des eaux noires - où valsent des constellations.

*

(Il était écrit depuis cinq ans dans son ciel d'ivrogne qu'une étoile filante née sur la montagne de Cobre, non loin de Santiago de Cuba, franchirait encore le mur de la lumière pour se poser au cœur de la capitale d'Europe.)

*

Chaque aurore le voit revenir d'un voyage au pays des morts. Chacune de ses vies renaît au terme d'une immense nuit blanche où s'élucide la vie des mortels. Sa nyctographie nous révèle du monde une image inouïe dans les eaux noires de la ville : il est donc l'idiot du village global !

*

(Cette nuit-là le sitshow *serait rythmé par une musique tropicale, où monterait par moments le cri ayant fait la gloire mondiale d'Eva de Cuba.)*

*

Qui d'autre a vu ce qui s'est passé le 9 novembre 2009 ? L'Europe était face au miroir, mille chaînes vouées à la satisfaction de ses désirs palpés par ordinateurs faisant appel aux techniques les plus fines pour lui offrir le premier *sitshow* planétaire. Un masque nègre d'Amérique, sur écran géant, accompagnait des lèvres cinq automates mâles et une poupée femelle représentant les puissances du Vieux continent. Tous allaient tête en bas, pieds en l'air, sous les feux dessinant un cône multicolore dans le ciel de Bruxelles. Vêtus de blanc funèbre, alignés sur une esplanade et maquillés d'un masque blême, ils récitaient en chœur une litanie où il était question de héros qui avaient jadis osé rêver dans l'obscurité. La police ne retiendrait des dires de l'aède que visions d'un vieillard en état d'ébriété sur la voie publique.

*

(Le Cimarrón, traversant les faisceaux lumineux, s'emparerait à ses yeux du quadrige qui surplombe le Cinquantenaire, où les puissants de la Terre comméraient la fin d'un mur entre l'Est et l'Ouest, auquel avaient succédé les remparts érigés par le Nord face au Sud et les mises à feu de l'Occident contre l'Orient.)

*

Toutes les figurines du *sitshow* s'accordaient à proclamer que, depuis le 9 novembre 1989, c'était le peuple en masse dans les rues qui détenait l'unique souveraineté légitime pour briser les murs du pouvoir et faire triompher entre les hommes justice et solidarité. Ce qui, pris au mot, conduirait l'aède au trou de l'Amigo.

*

(Cul par-dessus tête, la cérémonie filmée par les caméras de la tour Panoptic. Le monde entier capta les discours de fraternité, contempla le cône tracé par les projecteurs. Tous assistèrent au grand jeu de la pyramide qui s'écroulait, livre après livre, ainsi qu'un château de cartes, sous l'impulsion des héros de la liberté. Mais nul ne vit sauf un pochard que la pyramide était inversée.)

*

Car l'axe vertical avait vacillé ; le sommet ne correspondait plus qu'au *ground zero* de la pensée, quand l'esprit gisait dans les entrailles de la Cité.

⋆

(Au plus profond, cendres de l'Etranger*.)*

⋆

L'œil nucléaire du Cimarrón rétablit donc la vérité, comme il avait tenté de le faire il y a plus de cinq ans, le 16 juin 2004, perché sur la flèche de l'hôtel de ville de Bruxelles.

⋆

(Ces lumières allumées au sommet de la tour Panoptic sur une ville morte. Un théâtre en plein ciel sans autres spectateurs que les ombres des hommes, veillées par la saoulerie d'un aède.)

⋆

C'est bien le cas de dire que réalité passe toujours fiction. Si l'aède n'est pas un romancier, les faits dont il fut la victime expiatoire étaient de nature si singulière qu'il ne pouvait en confier le récit à la plume d'autres scribes que ses multiples doubles.

⋆

(Aux propriétaires du monde, qui se prétendent maîtres de l'histoire humaine et de ses mythes, l'aède oppose donc sa divine cosmythologie*.)*

*

S'il en est un qui, parmi ses doubles, a vu chavirer ce globe, c'est bien le titan Atlas.

⋆

(Appartenant à la mythologie des hommes depuis que les anciens Grecs eurent intégré dans leurs légendes le nom d'une montagne berbère aux confins occidentaux de l'univers, il a pris la forme d'un homme dont la vie traversa le dernier siècle avec les ivresses qu'Homère accordait à ceux qui chantaient pour les dieux l'histoire des mortels : sous les traits d'un aède.)

⋆

Car le titan de ses divagations éthyliques ne portait pas qu'un globe physique sur le dos. Depuis les millénaires que l'Olympe l'avait contraint à ployer sous son fardeau sur le seuil de la mer Océane, il conservait en esprit la légèreté de soutenir, contre toute raison sobre, que la sphère terrestre était un bien commun à tous les hommes.

*

(Ne voyait-il pas, en pleine crise, qu'elle n'avait jamais été plus injustement partagée ? Quand y primait l'idéologie des libertés individuelles, n'entendait-il pas le cri de peuples entiers condamnés aux fers de la misère ? Quand les contrées prospères se réjouissaient aux fantasmes du paradis, l'immense majorité n'était-elle pas vouée aux feux de la géhenne ?)

*

Le choc des civilisations, comparable au conflit des espèces animales, était perçu comme un moteur profitable à l'essor commun par effet de sélection naturelle. Ce choc s'amplifiait partout jusqu'à des paroxysmes dont la violence meurtrière assurait la justification des armées de maintien de l'ordre en tout lieu de la planète. S'il fallait, du moins, prêter foi aux hallucinations d'un soûlard.

*

(Il suffisait de travestir cette guerre perpétuelle en images de concorde universelle, par un ensemble de procédés audiovisuels dont le sitshow *du Cinquantenaire était un premier modèle.)*

*

C'est raison d'alcoolique pourquoi le Cimarrón, symbole de l'esclave nègre en cavale, a fusé vers Bruxelles depuis sa montagne de Cobre – plus vieille mine de cuivre des Amériques – la nuit du 9 novembre 2009 comme celle du16 juin 2004.

*

(Un monde où certains peuvent gagner $ 1 milliard en une seconde, quand d'autres n'ont pas assez de leur vie pour accumuler $ 1 ; un monde où le différentiel économique du haut en bas de la tour Panoptic s'échelonne en degrés dont le nombre est supérieur à celui des courses de la Terre autour du soleil depuis l'origine de l'univers : un tel monde méritait bien quelque examen du poivrot qui le portait sur ses épaules.)

*

Pour Atlas, le globe était donc un atlas où s'ouvraient des chemins pour lesquels il n'y avait pas encore de cartes géographiques, et dont les cartes portaient mention de contrées obsolètes. Presque toutes les anciennes frontières étaient périmées, quand les territoires nouveaux ne possédaient aucun nom pour s'inscrire.

*

(On n'avait pas vu ça depuis cinq cents ans.)

*

Combien de rotations brindezingues autour du soleil faudra-t-il encore, bredouille Atlas, pour que l'on s'avise du fait que les lois fondamentales de notre système mental sont fausses, et que toutes les règles du jeu social sont à remettre en question ? Aujourd'hui, ne serait-ce pas l'unique raison d'être d'un roman ?

*

(Un doute s'insinuerait-il dans l'esprit du lecteur sur la réalité de ce qu'il vient d'entendre ? Ce serait un excellent départ pour le récit qui va suivre, et cette préface titubante atteindrait déjà son objectif.)

*

Les secrets de l'aède sont dans l'imagination : tout ce qu'il sait vient d'elle.

*

(Seule une vision allégorique du monde permettrait de conjurer les sitshows *de la tour Panoptic.)*

*

Toute l'ère moderne est situationniste. Il aura fallu attendre le dernier demi-siècle pour qu'apparaisse visiblement ce qu'elle était essentiellement.

*

*(Le dernier lustre, pour que les constructions de situations deviennent l'instrument quotidien des maîtres de la pyramide inversée : ce que racontent avec intempérance les délires d'*AJIACO.*)*

*

Le cosmos, la Cité, l'âme humaine réduits à un espace militaire : celui de la Grande Surface.

*

(L'aède en chaque être extirpé, telle une tumeur maligne, pour laisser place aux idoles du marché.)

*

Qu'est-ce que c'est moi ? Qu'est-ce que c'est les autres ? Qu'est-ce qui nous sépare et nous relie ? Toutes les capacités de meurtre d'une cité civilisée ne sont-elles pas, pour la raison qu'il pose de telles questions, dirigées contre la dipsomanie de l'aède ?

*

(Il est le bouc émissaire de la société moderne. Celle- ci ne substitue le règne du calcul à celui du mystère que par le sacrifice de sa mémoire archaïque. Et autres extravagances...)

*

Vieil homme quel tourbillon t'abat, quelle violence des siècles fait tourner autour de toi, centenaire beatnik, les grandes chauves-souris de la mémoire ! Elles étaient l'emblème des rhums Evangelista, qui régnaient sur Cuba au temps de Batista. Quelles chimères encore battent à tes tempes leurs ailes qui commandaient aux trafics d'Aristos Théokratidès, le père d'Aurore, alors que tu es mort, fantastiquement mort, habillé d'algues vertes, comme s'il fallait prouver que tu as bien séjourné plus de cinq ans dans le canal de Bruxelles !

*

(Où te reviendrait miraculeusement comment, en 1953, à Santiago de Cuba, la rencontre entre Aristos Théokratidès et Jésus Evangelista ferait de la tour Panoptic ce qu'elle est.)

*

En même temps tu es vivant, fantastiquement vivant tout en haut d'une tour, portant costume blanc de celui qui tira les coups de feu. Soudain tu pousses un cri à déchirer l'univers, à faire s'écrouler le monde que tu portes sur les épaules par la seule extase d'une âme de titan !

*

(La Terre pourrait-elle un jour être ce qu'elle aurait pu devenir ?)

*

En haut de la tour Panoptic, la nuit du 16 juin 2004, s'est vue l'agonie d'un criminel sous le rire éméché de sa victime, au fond du canal de Bruxelles.

*

(Cette nuit-là, un métèque ivre s'est soustrait à la recommandation pyrotechnique de mourir décrétée par la plus haute instance en la capitale d'Europe.)

*

A supposer que quelqu'un lise un jour ceci, l'auteur lui doit de dire ici les choses en langage non aviné...

*

(Sait-on si c'est l'auteur ou l'aède qui parle ?)

*

Atlas avait franchi le cap du demi-siècle (au double sens de l'âge et du calendrier, puisque son destin le fit naître en 1899, peut-être des œuvres du roi des Belges et du Congo Léopold II), quand, sur son île natale des Cyclades, comme il venait d'être libéré d'un camp où la démocratie grecque reléguait alors ses opposants politiques, vint à sa rencontre une jeune femme toute en blondeur mais aussi sombre que le rhum, qui le conduirait bientôt jusqu'aux Caraïbes. Dans les mois qui suivirent – le 26 juillet 1953 – aurait lieu à Santiago de Cuba l'assaut de la caserne Moncada, auquel devait participer un certain Abel de Loyola. Celui-ci n'y survécut pas, qui était engagé dans une relation sulfureuse avec Aurore Théokratidès – dite Eva de Cuba –, beauté fatale ayant servi de guide à l'aède.

*

(Qui suis-je ? On pourrait s'y tromper...)

*

L'histoire ici contée commence alors vraiment, si le 16 juin de l'année suivante naît à Santiago Juan-Luis de Loyola. La nuit de son 50e anniversaire, au sommet de la tour Panoptic à Bruxelles, celui-ci (devenu *Esthetical & Ethical Expert* et gourou du *Story telling management*), se remémore l'avant de sa naissance au prix d'un retour dans la matrice de sa mère Aurore. Pourquoi sa gestation dura-t-elle quarante jours en trop ? Pour quelles raisons cet ancien activiste révolutionnaire (son père avait été l'un des compagnons de Guy Debord) devait-il abattre un aède grec en cette nuit du 16 juin 2004, centenaire du « Bloomsday » dans l'*Ulysse* de Joyce ?

*

(Vous êtes drôle, vous... C'est la réaction que je devine chez un lecteur éventuel.)

*

Et – question qui n'est guère ici subsidiaire – quelle réplique l'aède fait-il à son tueur après sa mort, lors que le jour ne revient pas, la capitale d'Europe étant désertée par tous les vivants, plongée dans une épidémie d'absences.

⋆

(N'en jetez plus ! Semblez-vous me dire.)

⋆

Voici donc le premier incommensurable roman du millénaire !

⋆

(Ah ! la mégalomanie de certaines mémoires...)

*****

Quoi ? Vous dites... Personne ne dit plus rien. Mais alors, qui parle sinon toi-même, signataire d'une *Mélopée d'Anatole Atlas, aède, athlète, anachorète* en sept volumes ? N'est-ce pas qu'on t'a déjà assez entendu ? Ne te l'a-t-on pas dit ? Ces histoires d'Atlas, et puis d'aède mort, qui renaît toujours pour déblatérer ses fables posthumes...

⋆

(Vous n'y êtes pas ? C'est pourtant simple.)

⋆

Car c'est aussi le 16 juin 2004 qu'un juge d'Instruction français reçoit, des mains de l'avocat d'un certain Jean-Louis Gergorin, haut responsable de la firme d'armements EADS (filiale de Panoptic) un deuxième listing de comptes secrets bancaires détenus dans la société Clearstream – autre filiale de Panoptic – parmi lesquels apparaissent les noms de Stephane Bocsa et Paul de Nagy, le patronyme complet de Nicolas Sarkozy.

⋆

(Mais je parle, je parle, et j'oublie de vous dire...)

⋆

Le futur président de la République française est alors ministre de l'Economie, son poste à l'Intérieur venant d'échoir à l'ancien ministre des Affaires étrangères Dominique de Villepin. Ce dernier, au même moment, lance dans la presse une affirmation sibylline à propos de Sarkozy : « Il n'a pas de labyrinthe intérieur... »

⋆

(Vous me suivez ? Comme je disais tout de suite...)

*

L'enquête, bientôt diligentée sur ce qui deviendra l'*affaire Clearstream*, saisira dans le bureau de Dominique de Villepin une brochure intitulée *Global Viewpoint*, annotée de la main du ministre, où il n'est question que d'un labyrinthe intérieur : celui de l'aède.

*

(Qu'est-ce que je raconte encore ?)

*

L'enquête captera de même une correspondance échangée par le ministre avec l'auteur de la brochure, un certain Anatole Atlas, pour d'autres publications de ce dernier, qui toujours insistent sur le caractère *situationniste* observable dans les plus récentes formes de pouvoir.

*

(Vous êtes certain de ce que vous dites ?)

*

L'enquête notera que cet échange de courriers se poursuit sur plusieurs années, jusqu'après l'élection présidentielle, au sujet de laquelle se perdront en conjectures les juges devant l'allusion faite à un *coup d'Etat situationniste*.

*

(Je me répète un peu, je sais bien.)

*

Le 16 juin 2004 – à l'heure où meurt l'aède – s'amorce donc la plus gigantesque manipulation politique des temps modernes, si l'effet d'une telle forfaiture est d'inverser le sort des urnes trois ans plus tard, par le scandale soulevé. Sur le procès de cette affaire, qui précède immédiatement le fameux *sitshow* du 9 novembre 2009, a plané l'ombre de l'aède. Procès dont les attendus réels seront inattendus ; où les véritables entendus seront sous-entendus : l'historique élucidation de la tour Panoptic, fondée dans les circonstances qu'on va lire, voici cinquante ans, à Santiago de Cuba.

*

(Moi, je vous raconte ça...)

*

Il y a donc un avant et un après cette nuit où tout a basculé. La rédaction d'*AJIACO* aura coûté à son auteur bien plus de mille jours de travail ; autant de nuits d'hésitations à se convaincre de le publier.
S'il s'y est résolu, c'est que les cinq années écoulées depuis les faits n'en ont – c'est le moins qu'on puisse dire – pas invalidé les enseignements. Du jour sans soleil et sans vie qui a suivi la nuit narrée dans ce roman, la capitale d'Europe s'est-elle jamais réveillée ?

*

(Je rêve, ou quoi ?)

*

On aura compris que la voix toujours éméchée de l'aède, si l'auteur l'accueille non sans plaisir avec d'autres, bien plus insolites encore, ne sera pas la mieux placée pour donner à son récit toutes les garanties de sérieux professionnel requises par l'industrie du livre aujourd'hui.

*

(Un aède n'est là, depuis Homère, que pour mettre en question toute la littérature de son temps.)

*

L'auteur ? Voyez-le dans son enclos électronique, tout à ses folies économétriques – bouquets de rêves numériques – penché sur ses algorithmes informatiques pour la plus grande gloire de la tour Panoptic.

*

(Etoiles extragalactiques et particules subatomiques ne sont-elles pas plus accessibles que les secrets de la tour Panoptic ?)

*

L'aveu de qui je suis sous les masques de qui je crois être me vient d'un ailleurs inconnu qui parle en l'autre au fond de moi-même. Quelle poigne invisible m'a-t-elle contraint, par une nécessité vainement niée, à rencontrer les visions doubles du réel et de l'irréel mêlés ?

*

(Remarquez, on peut avoir décidé d'une chose et, chemin faisant, changer la règle du jeu...)

*

Lorsque s'est posée la question de savoir comment prendre le plus de réalité possible dans les rets de mes mots, s'est imposée la solution de recourir aux services de l'autre. Je veux dire, l'autre acteur et témoin de cette inoubliable nuit. Sans compter qu'une femme serait encore présente, sous forme d'apparition. Dans un arbre, oui, un figuier tropical. A Cuba, on le nomme Jaguëy.

*

(L'arbre et le fleuve ne sont-ils pas les principales réalités dont l'aède ait fait l'expérience en un siècle d'existence ?)

*

La scène se déroule sur le canal de Bruxelles, vu qu'il s'agissait de ma mère, et qu'avant ma naissance elle avait eu une liaison amoureuse avec un autre homme que mon père. Oui, l'autre – l'aède Atlas !

*

(Voici l'aède rejeté aux sables d'avant l'oubli, à l'univers d'avant les nuits. Dans ce grand cimetière d'une plage inconnue, ne bordant rien d'autre que le lit d'un canal...)

*

J'inventerai donc ici des lois d'écriture auxquelles je prierai l'hypothétique lecteur de prêter la curiosité qu'il accorderait aux images d'un sport dont les règles lui seraient inconnues. Qu'il accueille chaque phrase avec l'indulgence qu'on aurait à voir léviter quelque aède, athlète, anachorète récitant ses odes à la fois sur les plus hautes cimes et dans les plus profonds abysses...

*

(Traduisez-moi, puissances invisibles, échos et reflets des ombres qui me hantent... Expliquez donc, en votre langue des miroirs, le sens du chant qui m'est parvenu comme celui d'un oiseau depuis les pays perdus de l'autre côté de la nuit !)

*****

L'assassin revient-il toujours sur les lieux de son crime ? Et s'il n'y était jamais allé... Peut-être ne lui resterait-il qu'à s'égarer dans la recherche de ses propres traces inventées. Car l'auteur du livre et le coupable de l'intrigue ici ne font qu'un, même si c'est la victime qui pour l'essentiel mène l'enquête après sa mort.

*

(Vous ai-je dit que la tour Panoptic avait réalisé sa plus grosse opération boursière le 11/9/2001 ?)

*

De sorte que, la solution de l'énigme étant donnée dès les premières lignes de ce roman policier dont les pistes mènent du royaume des Ombres à la constellation des Pléiades – pourquoi se farcir un tel mille-feuilles ?

*

(Tout aède perçoit la nature sphérique du réel. Quand les hommes auront compris cela, ils pourront enfin vivre leur globe et n'auront plus besoin de tours ni de pyramides.)

*

Sous les yeux de l'auteur lui-même, l'aède Atlas a plongé dans la matière première alchimique du langage, région mentale où prennent essor les mythes. Il en a ramené des perles dont l'éclat de lune éclipse tous les faux ors du marché. Raison pourquoi les étals ont décrété sa mise à mort.
Mais, descendu chez les défunts, ce *mythographe* y a conservé les yeux ouverts. Pour trouver souvenir d'un autre regard...

*

(La rencontre amoureuse du scribe et de la muse engendre l'hypothèse d'autres mondes possibles.)

*

Perles d'Orient pâle étaient les yeux verts d'Eva de Cuba, qui ne pouvait être ici limitée par les traits d'un personnage de roman, tant elle débordait le cadre de toute part. Créature mythique pour un amant de passage comme pour un fils de hasard...

*

(La semence de l'aède se dilapide comme le sperme de l'histoire.)

*

Il m'aura finalement coûté très peu, ce travail d'écriture dans les ténèbres de la capitale d'Europe. Un autre l'a fait à ma place. Il avait mon visage éclairé par l'écran, mes mains habiles à pianoter sur le clavier d'ordinateur pendant que j'existais ailleurs, toute fatigue n'étant que la sienne, celle du mort qui occupait mon corps, progressant vers quelle délectable lumière ?

*

(C'est par aversion pour les systèmes clos que l'aède était communiste. Comprenne qui pourra !...)

De qui serais-je alors le personnage imaginaire, sinon de celui-là même que j'ai fait culbuter dans le canal ? Et si celui-ci n'était que l'invention de quelqu'un d'autre ?

*

(Tu serais le rêve d'un rêve, dont tous les produits de la tour Panoptic seraient le cauchemar.)

*

La cosmythologie de l'aède est donc un chant des limbes dont s'illumine l'histoire du monde. Sur les tréteaux de son théâtre intérieur, il a vu les fleurs et lumières de la nuit, comme est venue à ses oreilles la voix des fantômes du jour.

*

(Que fut d'autre sa vie qu'une bouteille à la mer, dont cet AJIACO *serait le message enroulé sur plus de mille pages ?)*

*

Aucun nom ne demeure dans la mémoire de ce fantôme - pas même le sien - si ce n'est celui d'une femme. Entre le voyou et la fée se croisèrent les regards de l'ange et de la démone, du dragon et de la pucelle. Entre une sorcière des temps modernes et ce poète communiste grec, le jeu de la Belle et de la Bête atteignit des paroxysmes apocalyptiques. Il en jaillit une série de signes dans le ciel de Bruxelles...

*

(Peut-être ce jeu d'échos et de reflets, sous un regard perçant d'étranger pur, inaugure-t-il une chaîne sans fin de questions et de doutes sur les faux-semblants d'une époque ?)

*

Dans le monde obscur de derrière les masques éclate un grand rire où se résout l'énigme des origines dédoublées.

*

(Quel autre sens encore la littérature ?)

Entrez donc

Messieurs dames
Entrez dans un songe diurne
une divine féerie
Entrez je vous en prie
nous ne manquons pas de places
au grand cirque de l'au-delà
Vous ne serez pas déçus
par Eva de Cuba
La scène du spectacle
est une planète lointaine
pareille à l'œil d'un dieu mort Qui
se change à ma guise
en sphère enchantée
Malgré famines et pestes
guerres et morts
C'est Habanaguana
l'oiseau-serpent
qui vous le dit Même
si la décharge des pauvres
en ce bourbier qui fume
accueille tous ceux que le globe a marqués
d'un insigne cousu sur la poitrine
Et si le jardin magique
d'une Indienne blonde à peau noire
a laissé place à la géhenne
où brûle un feu d'ordures
depuis cinq ans
Quand la Boule est tombée du ciel
rouge et légère
Cette nuit de l'été deux mille quatorze
au centenaire de la Der des Ders
dans le canal de Bruxelles
Tous les savants du monde
ont accouru pour analyser
de quelle matière était ce phénomène
Sous la croûte noircie
leurs laboratoires n'ont révélé

Que la substance d'une pâte
cuite au feu des étoiles
qui avait la saveur du pain !...
Fumée cendre boue gravats
jeux vidéo sur le cinquantenaire de Mai 68
Dany le Rouge passé au Vert à l'Elysée
Je lance un signe aux astres
en écartant les jambes
De mon utérus magmatique suintent
combien d'embryons congelés
dont la date est périmée
Sauf ce fétiche en bois des îles
ayant la forme d'une femme fatale
mi-oiseau mi-serpent
qui lance par ma bouche
une parole immémoriale
Regardez-moi de près
moi je vous vois de loin
Pendule entre mort et jour
nuit et vie
D'un espace et d'un âge à l'autre
Air terre eau feu
c'est ma chair à moi
ce ventre de l'univers
creusé pour en extraire
toute substance vive
Et la changer en choses
faites pour mourir
abandonnant leurs squames
parmi les résidus de la nature agonisante
Combien de cadavres pue
chacune de ces peaux de plastic
Le Nouvel Ordre Edénique
a débouché sur cette apocalypse Mais
il n'est jamais trop tard
pour un conte de fées
Habanaguana
sera mon nom d'artiste
Car si je m'appelle Aurore
il m'appelait Eva
Ecoutez donc ses mots coupés
comme la respiration
d'un géant

Tu me veux dans ton crâne
pour toute la vie ?
qu'il m'avait dit
une nuit de jadis
à Naoussa
Ce vagabond d'Atlas lancé sur mon orbite
(chaque être en état de conscience
porte un globe sur son dos
prétendait-il)
Et voilà
qu'il ne m'est pas sorti de l'esprit
l'homme nu qui vous parle encore
du fond de sa nuit
Pourquoi ne pas l'entendre
si son livre
sous la croûte noircie
d'une boule de feu
tombée du ciel
dans le canal de Bruxelles
a le vieux goût du pain ?
Ce n'est pas un voyage comme les autres
celui qu'il raconte
où s'ouvrent mille pistes
pour les temps futurs
genèse et apocalypse mêlées
Comme lui je ne peux vivre
sans la vision d'un autre monde possible
Ô ciel
terre
mer
éther
Lavez mes œufs
des semences
de l'ange et du dragon
Libérez en moi
la nature
de l'oiseau serpent
Comme de tous les êtres impossibles
Libérez les blessures
de tous nos êtres doubles
En la grâce du spectacle qui commence...

« Et si ceux qui vivent s'endorment
Ceux qui sont morts s'éveilleront. »

VICTOR HUGO

Post-Scriptum,
cinq ans après le 16 juin 2004

I

Un spectre hante le monde : celui de l'aède.
Plus mort que lui, tu meurs.
Et pourtant il vit.
Dussent les vivants en être mortifiés.
Sa voix (ni tout à fait vivante, ni tout à fait morte) n'est-elle pas toujours susceptible de *revenir* ? C'est ce qui revient à ce vieux poète grec revenu des eaux abyssales. En chute libre au fond du canal, quoi de plus naturel qu'une mise en orbite sidérale ? Ce qui lui survient, tandis qu'il se fait sur Terre un tremblement de lune. En l'aède mort Homère vagabonde encore, Virgile ne cesse d'être assassiné par César, Dante meurt et renaît chaque jour en exil. Ils sont des revenants, parce qu'ils n'ont pas eu peur de voir. Parce qu'ils ont discerné l'invisible plus net qu'une réalité qui n'est plus réelle…
Aucun nom ne demeure dans la mémoire de ce fantôme – pas même le sien – si ce n'est celui d'une femme. Entre eux se croisèrent les regards de l'ange et de la démone, du dragon et de la pucelle. Entre eux le jeu de la Belle et de la Bête atteignit des paroxysmes apocalyptiques. Il en jaillit une série de signes dans le ciel de Bruxelles.
Aurore est une lune qui enflamme à la fenêtre tous les secrets de l'histoire. Grâce à elle, il a vu le canal comme une fosse commune aux âmes privées d'ailes de la ville, où s'est engloutie toute une civilisation. Car il n'y avait, au lendemain de cette nuit-là, que des morts sommeillant dans la capitale d'Europe ; le soleil changé en ténèbres et la lune en sang ; une âme plus superstitieuse que la sienne aurait pu s'y croire au royaume d'Hadès.

Sa coupe est pleine d'un nectar dont il imbibe ses gencives de jaguar. Pose la main, cher lecteur, sur le cœur d'un macchabée qui trinque en ce moment à ta santé. Dans sa tradition, la tête d'Orphée ne continue-t-elle pas de chanter à la surface après sa mort ? Salut au monde ! Adieu à rien, même si jamais nos morts ne furent dépourvues de sens. Même si jamais nous n'avons produit en vain le chant du cygne... Oyez la semence du fleuve !
Il était donc n'importe quelle heure au lendemain du 16 juin 2004. La nuit n'en finissait pas, quand devait être revenu le jour depuis longtemps. Dans la pénombre du *Come Back*, son visage évoquait un chevalier du Greco, voire un arlequin de Picasso foudroyé, dont le miroir intérieur brûlait du feu jailli depuis le sommet de la tour Panoptic... Mais voici qu'il se change en le masque d'une star planétaire qui trépassera cinq ans plus tard ! A la fois dans le monde et hors du monde, il flottera tout au long de ce livre entre nuit et jour, entre rêve et réel, entre vie et mort. Pas d'armure pour ce chevalier dont la triste figure s'éclaire d'une écharpe d'algues marines.
Les eaux d'une ville relient l'âme d'un homme à l'univers, murmure-t-il – au risque du ridicule – presque à portée de voix de la Grand Place où Karl Marx rédigea son *Manifeste communiste*. Un spectre hante le monde, poursuit-il, et toutes les eaux glacées du calcul égoïste se sont unies pour traquer celui dont valeur d'échange est nulle et valeur d'usage infinie...
Que voit-il encore dans l'image lointaine de lui-même, si ce n'est le reflet d'une femme abandonnée sur l'autre rive de la mer. C'est elle, des Cyclades aux Caraïbes, qui lui fit traverser le miroir. Elle qui, depuis l'arbre des origines, fournit toute la lumière de cette histoire. Lui qui n'eut jamais qu'une vision allégorique du monde, soulève haut sa coupe et tourne son regard vers elle, fée-sorcière et oiseau-serpent de l'arbre totémique.
Elle ! Aurore Théokratidès, dite Eva de Cuba. Mais aussi, pour lui, l'Indienne à peau noire et chevelure blonde Habanaguana... William Blake non moins qu'Hölderlin et Pouchkine franchirent mêmes abîmes les yeux ouverts que Baudelaire, et quelle autre voyance Rimbaud comme Lautréamont de siècle en siècle...
Ecoute-moi toute la vie j'ai entendu les morts qui disaient ça écoute-moi comment aurais-je pu ne pas les entendre Car en eux passait la voix des multitudes anonymes à travers l'histoire humaine et tous ces morts nous disaient Soyez dignes de

nous Que règnent sagesse et justice Nous ne demandons rien de plus car là est tout ce qui est bon pour nous comme pour vous Surtout n'oubliez pas ce qu'il y a dans le ciel et sous la terre Jamais nos morts ne furent vaines Jamais nous n'avons produit en vain le chant du cygne Oyez la semence du fleuve Il faut percer les nuages et creuser profond pour nous entendre Oui la mort vaut la peine d'être vécue !

Cela se passait près de chez toi, cher lecteur, la nuit du 16 juin 2004.

QUI DONC A PU RÊVER CETTE COSMYTHOLOGIE ? Une madone des vitrines en connaît la rengaine, inouïe dans l'enclos barbare. C'est une chanson longue de plus de six cents pages qui traverse les âges. D'habitude elles ne causent guère, les idoles. Mon langage à moi vous parvient depuis la guerre de Troie. Sous les eaux noires je parle dans les branches d'un figuier tropical. Oyez, dames et lords, le cantique d'Aurore... Serais-je une statue de la Santeria ? Figée derrière une glace. Miroir du labyrinthe où s'égare un monde perdu. Seule face au quai désert. En même temps ces ailes m'emportent là-haut. Du côté des coups de feu. Fardée comme la lune. Les choses n'ont-elles pas une vie ? Dans mon ventre il y a cinquante ans l'embryon du tireur embusqué. Dans mon cœur et ma tête. Cet Atlas au fond du canal. Il venait de faire le saut de l'ange. Quelqu'un m'entendrait-il encore ? Passe ton chemin, lecteur, si tu n'es pas disposé au plus aventureux voyage mental. Ou alors, ferme d'abord ce livre et plonge tes yeux dans un masque de fétiche. Vois-tu les deux îles ? Comme une fée des vitrines j'allume des orages. Or je ne suis qu'un simulacre en bois. S'il m'en prenait l'envie, je pourrais regretter de n'être pas l'un de ces mannequins en matière synthétique imitant si bien la chair humaine. Il ne leur manque, dirait-on, que la parole. Ce qui vous a tant fait défaut lors de la nuit fatale. C'est curieux, le serpent qui se love en moi tel un esprit malin faisant injure au canal, quand mes ailes d'oiseau s'y déploient d'une rive à l'autre. Cela m'aide à parcourir les siècles. Où en étais-je ? Ah oui, ma chevelure d'or. Tous ces bijoux des mers qui brillent à l'étalage. Il m'arrive de me déguiser en déesse crétoise aux serpents. C'est d'ailleurs sous un imperméable noir qu'ont commencé les sortilèges de cette nuit sacrificielle. Mais savez-vous où vint mourir, atteint de troubles nerveux, le pilote ayant largué la bombe atomique sur Hiroshima ? C'est mon devoir de vous le dire. Après une longue errance alcoolique dans les bordels et casinos de l'une des deux îles dont s'embrasent mes yeux verts, ce brave homme échoua sur la montagne de Cobre, non loin de Santiago de Cuba. Là même où s'érige une statue en mémoire du Cimarrón, *sur l'une de ces terres que les Anciens dénommaient Îles Bienheureuses. Qui donc a-t-il rêvé cette cosmythologie ?*

Qui d'autre que l'esclave nègre à jamais en cavale, dont le tambour cosmique bat au rythme du cœur, sous les étoiles de la Sierra Maestra... Lui seul pouvait prendre la place de l'archange Michel au sommet de l'Hôtel de ville à Bruxelles. Produire une vision du monde – selon le Cimarrón, sur sa montagne de Cobre – c'est l'explorer de ses plus hautes cimes à ses gouffres amers ; franchir à la seconde un espace de vingt mille mètres en hauteur et en profondeur, comme arpenter sa planète intérieure par vingt mille kilomètres à l'Est autant qu'à l'Ouest. Mais c'est aussi savoir nager-voler dans la cinquième dimension, celle du rêve et de la mémoire.

II

C'est une mécanique implacable – dont l'aède ausculte rouages et ressorts en action depuis cinquante, voire cinq cents ans – qui conduit à la nuit du 16 juin 2004.

Tant allait la domination du Capital (donc du travail mort) sur le travail vivant, les seules choses encore vivantes ne seraient-elles plus jamais exprimées que par des morts ?

Si l'aède ne vécut que d'aumônes, il ne mendie pas l'immortalité. Celle-ci lui fut octroyée par une heureuse conjonction des astres : le jour de sa mort coïncidait avec le centenaire du *Bloomsday*, ces vingt-quatre heures d'errance dublinoise ayant fait la substance de l'*Ulysse* de Joyce. Il suffisait que ce dernier revînt, en compagnie d'Homère, du royaume des ombres, pour qu'à l'aède échût le privilège de n'y pas sombrer cette nuit-là.

Mais l'antique aède grec et le moderne barde irlandais savaient aussi qu'une autre veillée funèbre se préparait cinq ans plus tard. Le monde à nouveau cesserait de tourner dans une communion planétaire autour du 16 juin 2009. Au-delà de l'espace et du temps, seul un clin d'œil lunaire les séparait du

show universel organisé pour un androïde extraterrestre ayant défié les lois de la matière par son célèbre *moonwalk* : le pape du Pop. Qui n'avait pas dansé sur ses tubes en boîte de nuit ? Pour lui, la mobilisation dépasserait les frontières galactiques, orchestrée depuis le sommet de la tour Panoptic.
Ne reconnaît-on pas les morts illustres à leur capacité de rassemblement messianique ? Le masque funéraire d'un prophète estampillé sous la marque du faux archange Michael éclipserait sans doute à bon droit celui d'un poète universellement inconnu sous le nom d'Anatole Atlas dans la mémoire des vivants, songeaient avec humour Homère et Joyce.
Valeur d'usage nulle, valeur d'échange absolue...
Quels autres détectives que ceux dépêchés par l'autre monde, si le crime était devenu pour celui-ci fondement de la loi ? Vivre hors la loi des vainqueurs : telle fut la loi de l'aède. Mais quand les vainqueurs sont hors leur propre loi ? L'aède est un veilleur observant que la loi n'opère plus contre le mal, mais qu'elle est vidée de son sens, et que derrière l'apparence d'une civilisation cette loi ne programme plus que les règles d'une barbarie qu'elle banalise et légitime.
Ce qu'il démontre ainsi par sa vie comme par sa mort, et au-delà, c'est que le crime organisé n'est plus l'antithèse de la société bourgeoise, mais son nerf le plus vital. Que fut en effet le vulgaire Al Capone, dans une ville comme Chicago, face aux *Chicago Boys* de Milton Friedman ? Que sont tous les délinquants des banlieues face à la *Bête Sauvage* insatiable et débridée - image choisie par Hegel pour désigner la société civile réduite au seul marché - lorsque se réalise l'hégémonie du libéralisme libertaire ? Homère et Joyce mèneraient donc l'enquête sur les gigantesques manipulations déguisant en contes de fées des triomphes de masse, transformant en mythes sacrés les aventures d'infortunés devenus rois, grâce à quoi tous les déshérités de la planète se voyaient offrir promesse de rédemption par le miracle d'un clip.
Et leurs investigations n'en resteraient pas là...
Car l'aède était pour eux la seule instance incompatible avec le nivellement totalitaire du monde. Il avait connu plusieurs guerres, combattu le nazisme, puis vu le globe frappé d'une même absence de sens critique. Dans une société globale dont l'unique moteur est le profit maximum, sans réflexion sur l'être ni distance avec l'histoire immédiate, *aédique* est à leurs yeux tout être en recul, témoin extérieur d'un tel système.

Ajiaco veut montrer que réduire la voix du poète au silence et supprimer toute perspective historique sont l'essence de ce libéralisme libertaire. Il a sa théologie négative dans *La Société du spectacle*, bible d'un capitalisme délivré des morales archaïques. Sous les artifices d'un discours à prétention radicale – muet sur la question de l'esclavage – Guy Debord y prend pour cibles et l'art et le communisme, lui qui, dans sa *Correspondance*, désigne Anatole Atlas comme un **fou dangereux** (pp. 205-206). Soit, le terme exact qui, dans *le Banquet* de Platon, désigne Socrate aux yeux de la cité athénienne.
Il y a plus d'un quart de siècle qu'Atlas, dans ses publications clandestines, analyse le stratagème contre-révolutionnaire Mai 68/Mai 81 comme constitutif de la nouvelle idéologie dominante. Mais c'est après la mort de l'aède que le pouvoir est devenu *situationniste*. Pas une de ses manœuvres ne se prive d'afficher comme un glorieux label quelque emprunt aux sourates subversives de Guy Debord ; pas un de ses coups qui ne soit joué comme une construction de situations, nuit et jour déclinées dans une *sitcom* de chaque instant...
Comment le marché du désir est advenu grâce à l'idéologie situationniste, c'est ce qu'aide à comprendre ici la carrière d'un Juan-Luis de Loyola, *Esthetical & Ethical Expert* de la firme Panoptic. C'est du sommet de sa tour que sont partis les coups de feu qui furent si peu fatals à l'aède. Il est le fils d'Aurore Théokratidès, dite Eva de Cuba. Son père, Abel de Loyola, fut dans les années cinquante un complice de Guy Debord. Lui-même eut pour compagnon le petit-fils de l'aède. La veille du criminel au-delà de la nuit (celle de son anniversaire d'un demi siècle) fait voir par quels subtils mécanismes la plus haute aristocratie comme le plus haut clergé de la nouvelle classe élitaire devaient condamner les vieilles vertus théologales ainsi que bafouer le Souverain Bien de Platon. Quoi de plus ridiculement scandaleux désormais que sagesse et courage, tempérance et justice, qui furent les valeurs cardinales de Socrate : ne voit-on pas leur négation dans la sophistique dictant le présent ordre du monde ? Au diable donc les figures de l'aède grec, du prophète juif et du sage antique ; celles du noble et du saint, du preux et du pieux de la tradition chrétienne ; celles du génie de la Renaissance et de l'intellectuel moderne ; celles du visionnaire et du révolutionnaire incarnées par Marx et Rimbaud !

Le cycle s'est accompli : la sous-culture du pouvoir a absorbé la sous-culture de l'opposition pour la faire sienne, dans le rejet de tout ce qui pouvait encore évoquer une grandeur créatrice et civilisatrice.

« *Quel beau torpillage !* » pavoisait donc non sans raison Guy Debord. Car nier l'idée même de Cité idéale, c'est aussi bien nier la *commune présence* rimbaldienne que la *philosophie de la praxis* marxienne. Le tour de force de l'idéologie situationniste fut ainsi d'accomplir le geste de Prométhée – frère d'Atlas – à l'envers : arracher aux hommes en lutte une part de leur savoir pour l'offrir à l'Olympe.

Celui-ci, depuis, n'est plus le même. Libéré de tout frein moral, il jouit sans temps morts ni entraves s'interdisant tout interdit, exigeant toujours plus l'impossible de la géhenne travailleuse. Permissif, jouissif et transgressif, le capitalisme de la séduction plonge le globe dans une aliénation festive et conviviale. En échange du service rendu par Debord au marché du désir, la tour Panoptic promotionne son image médiatique supposée accomplir les destins croisés de Marx et de Rimbaud, ce fantasme ayant pour fonction de faire écran à leurs voix.

C'était donc autre signe d'intelligence d'Homère et Joyce que de convier hier, veille du 16 juin 2009, à la Grande Bibliothèque de France, deux cent convives à mille euros le couvert, autour du manuscrit de *La Société du spectacle*, promu « trésor national » par la ministre de la Culture Christine Albanel, sous le haut patronage de la tour Panoptic. N'a-t-elle pas la pointure pour tenir un tel rôle ? On la remplacera vite par quelque fiston de Tonton, car il y a du mythe errant de rechange. Sitôt ennobli, le nouveau ministre ne déclarerait-il pas : « Nous avons tous un Michaël Jackson en nous » ?

On n'ignore, à ce propos, que l'opinion d'un Bernard Tapie, comme on ne sait encore quelle sera la place dans le prochain gouvernement de cet autre fiston de Tonton à qui Anatole Atlas fit remarquer, sur un plateau de télévision, que son livre *Gagner* recyclait des passages entiers de *La Société du Spectacle*...

De tous les slogans du Mai 68 parisien, Guy Debord n'affirmait-il pas que le plus grandiose était celui portant pour seule mention « *VITE* » ? Et, de son point de vue, il avait sans doute raison, tant ce serait le mot d'ordre d'un capitalisme impatient de mondialiser sans foi ni loi. L'aède, lui, sous cet ordre aurait écrit :

« *Passez, passants, par les passages du passé* ».

Hier encore, 15 juin 2009, à Genève, devant l'Organisation Internationale du Travail fêtant son 90e anniversaire par le constat du fait que plus de la moitié de la population mondiale active produit le Capital hors toute forme de protection sociale, Nicolas Sarkozy ne prenait-il pas des accents marxistes pour déplorer la « marchandisation du monde » et déclarer que « la crise nous rend libres d'imaginer » ; pendant que son compère Daniel Cohn-Bendit lançait son dernier livre dont le titre (*Que faire ?*) était repris de Lénine, la réclame affichant : « Mettons ensemble l'imagination au pouvoir » ?
Aux yeux d'Homère et Joyce, tous ces gens-là – plus proches de Léopold Bloom que de Stephen Dedalus, d'Achille que d'Hector ; plus consanguins d'un pantin des podiums que de l'aède – ont en commun d'ignorer le voyage au pays des morts. Ils ne peuvent connaître la langue édénique, ni la cinquième dimension du rêve et de la mémoire. Voilà pourquoi ces gérants de l'existant font parade à ce point de ce qu'ils possèdent le moins : l'imagination. Ce qui conduirait une Carla Bruni-Sarkozy à s'extasier, après le trépas du pape de la Pop : « Il était exceptionnellement unique »...

L'Observatoire de l'autre monde a donc vu depuis cinq ans plus d'un hypnotiseur de masse, comme chef de bande et conducteur de peuple, prétendre s'arroger les chemins de l'avenir. Dans les bourbiers spirituels et marécages intellectuels où patauge une époque de restauration se donnant pour nouvelle épopée du progrès, l'amalgame entre libertés et servitudes extrêmes crée un chaos dont se nourrit la tyrannie, qui pour son culte exige un lot de faux prophètes. Ce qui relie nouveau pouvoir dictatorial et nouvelle soumission des dominés – la fascination du nouveau chef – s'applique aussi bien à l'absolutisme d'un Sarkozy qu'à celui d'un Debord. L'un tient le Positif, l'autre le Négatif. Déjà Freud – se rappellent Homère et Joyce – ne voyait-il pas dans l'identification libidinale au Chef une forme d'hypnose qui requérait l'abandon de toute conscience morale ?
On ne sera guère surpris si les conclusions d'Homère et Joyce ne manquent pas de sévérité pour les vivants, qui se trouvaient singulièrement absents la nuit du 16 juin 2004.

C'est de la dictature d'une peur de la mort, en un monde au service de la mort, que résultent les événements soumis à leur investigation minutieuse. L'expérience de la mort éclaire donc ici plus que jamais le sens de la vie. Son évacuation favorise les religions officielles et toutes formes de mysticismes dégradés, mais frappe aussi d'interdit l'ancienne frontière avec l'au-delà, déclarée *no man's land*. Qui s'en approche tombe sous le feu des miradors, où les anciens représentants des avant-gardes ont été reconvertis en tireurs d'élite. A travers des brouillards fantasmatiques, ceux-ci paraissent au peuple ses sauveurs, quand ils n'oeuvrent plus qu'à son sommeil hypnotique.

Ce livre offre donc au lecteur les résultats de la seule enquête rigoureuse - menée par les inspecteurs Homère et Joyce, en uniformes de la police bruxelloise - relative à la nature et aux causes du mystérieux sommeil dans lequel fut plongée la capitale d'Europe au lendemain du 16 juin 2004.

Appliquer les lois du récit mythique à l'économique et faire de la politique un récit mythique ne vont pas sans

assassinat de l'aède

Ai-je bien vu ce que j'ai vu ? L'un parlera d'avant sa naissance, l'autre d'après sa mort. Deux regards – celui d'Anatole Atlas et celui de Juan-Luis de Loyola – se rencontrent au-delà du miroir qu'ils sont l'un à l'autre, en un point focal où la victime et son meurtrier font surgir une révélation poétique, politique et cosmique. Une femme – double – entrecroisera leurs destins depuis les Cyclades jusqu'aux Caraïbes... Oyez donc la rengaine d'Aurore – dite Eva de Cuba – si elle vous assure qu'en son ventre il y a cinquante ans son fils agonisera l'interminable nuit du meurtre au sommet d'une tour et que le rescapé d'une guerre perdue poursuivra son rêve au royaume des ombres. Il s'était arrêté au bord de l'univers. Puis il est retombé, de l'autre côté de l'espace et du temps. Moi qui n'étais qu'une sorcière des îles, j'ai recueilli son cri jailli des entrailles du cosmos. Le monde est mort sans la source de tes lèvres, sans la marée de ton regard. Saoulés de ma vision, c'est ce que ses yeux traversiers murmurèrent quand il m'aperçut dans une vitrine, levant sur lui mes bras enroulés de serpents. Je connais des éclairs que l'univers ignore : ce sont les mots qu'ont dirigés vers lui mes lèvres de poupée. Car on m'avait réduite à l'état de fétiche en devanture d'une boutique, ce qui ne m'empêcherait pas de chanter toute la nuit ma rengaine d'idole des vitrines. Tous les vivants étant absents cette nuit-là, qui d'autre avait-il encore droit de parole que les morts et les êtres inanimés ? Je suis la parole du nomade et le signe du scribe, le souffle du voyage et le verbe fixé dans chaque langue, apnée sous les eaux primordiales et feu dont s'invente la foudre, m'a-t-il répondu franchissant le miroir des eaux noires. A l'instant de sa chute, un voile se déchira de haut en bas dans le ciel. Une ombre s'étendit depuis la potence d'une tour dressée sur la Montagne du Crâne.

Rares sont les humains revenus vivants des enfers. Avons-nous libre choix de nos dieux et de nos diables ? Il manquait encore beaucoup de lumière pour faire jour. Le silence lui-même se taisait dans la capitale d'Europe, au cours de l'immense nuit blanche du 16 juin 2004. Pas un homme ou une femme – excepté l'assassin – pour témoigner du crime.

De cette expérience unique, Juan-Luis de Loyola ferait le présent livre, non sans remonter au temps où il était un embryon dans le ventre de sa mère. Ce qu'il crut y entendre ? Un écho de la vie qui s'obstine, la voix d'un mort qui seule survivait encore. « Connais-tu meilleure histoire que celle d'un salut dans la chute ? » pouvait-il capter en même temps sur un autre World Wide Web, une autre toile que celle où il officiait au dernier étage de la tour Panoptic.

III

Ce livre, cher lecteur, ne fut écrit que par les morts. Celle de l'aède n'appelle en toi aucun deuil, si sa vie entière exprima le deuil de ce qui te demeure étranger.

Car la langue du rêve n'appartient pas aux vivants, mais aux morts. C'est ce que l'aède enseigne de siècle en siècle. Allez savoir comment ses antennes invisibles captent les voix de l'autre rive...

Disparaît-il au fond du canal de Bruxelles ? Sans peine il renaît sur les rivages de deux îles, une aux Cyclades et l'autre aux Caraïbes. Enseveli dans son étoile il connaît le chemin d'Anatolie en Atlantide, cette île parfumée aux pommes d'or des Pléiades.

Nous sommes qui nous sommes dans les reliques de l'océan, pense-t-il, et la couleur des nuages à ses yeux varie d'Occident en Orient. Quant aux astres, ils parlent à ses oreilles une même langue avec des accents différents depuis le jardin des Hespérides jusqu'à la toison d'or au fond de la Colchide...

Il y a, au Levant comme au Couchant, l'arbre aux racines de fleuves, mais aussi son contraire, qui a spolié source et fruits, par une machinerie de tours et de canaux dont ils baptisent Dieu leurs machinistes. Et ça crache feu de tous les dragons flammes de tous les anges entre l'Est et l'Ouest, entre Occident et Orient.

Finalement, c'est des deux côtés Canaan, constate-t-il à voix haute en scrutant les quais du canal de Bruxelles. Même si sur chaque rive il y a la vraie et la fausse terre promise. De part et d'autre est un littoral pour les prophètes Aimé Césaire et Mahmoud Darwich, mais aussi pour les faux prophètes. Car un bon Indien est toujours un Indien mort en Galilée. Observe bien, cher lecteur, ce qui se passe des deux côtés de la Grande Eau. Quel pont de lumière la traverse, où tout est possible. D'un arbre des origines à l'autre, une femme en fait à

pieds nus sa promenade, invitant à réinventer le chemin de Colomb. N'est-ce pas que le Livre devait renaître de nouvelles bouches bibliques aux Antilles ? Mais aussi quels murs de ténèbres, quels enfers de guerres et de misères en réclame sur tous les écrans de la Tour !
C'est à peu près le tour d'horizon que je peux faire, murmure encore l'aède ayant vidé sa coupe de nectar en l'honneur de Juan-Luis de Loyola, né cinquante ans plus tôt à Santiago de Cuba, qui vient de le buter depuis le sommet de la tour Panoptic.
Cela se passait il y a juste un lustre, la nuit du 16 juin 2004.

Au fond de quel miroir plonge l'aède en ce canal ? Au fond de quelle mémoire... Oui, c'est une déesse en bois des îles qui vous parle depuis sa vitrine. Puisqu'elle seule était en éveil cette nuit-là. Vous entendez ma voix ? Comme celle des idoles à l'étal des boutiques elle sait se faire charmeuse, enjôleuse, insinuante. Mais les autres voix se sont tues. Toutes ne viennent pas de l'Indienne Habanaguana. Je n'ai eu que ma propre tombe à creuser pour faire jaillir la source. Aucun instant de vraie vie ne m'est jamais venu d'ailleurs. C'est pourquoi mon ventre est encore fécond. L'issue de sa prison, mon fils l'y trouvera dans les ténèbres de cette nuit. Même s'il lui faudra remonter le cours de son enfance, jusqu'à se remémorer qui il était quand il habitait mon ventre. Revivre l'instant de fusion où il fut conçu, à Santiago de Cuba. Tout au long de ce livre il voudra faire corps avec la lumière des origines. Quant à l'aède... J'ai d'abord cru qu'il s'agissait d'un de ces pauvres bougres que l'on voit dériver ivres morts parfois le long des quais. Son ivresse à lui venait d'avoir bu toute une nuit l'alcool d'une constellation lointaine, ainsi que le jus des racines au royaume des ombres. C'est pourquoi je fus avec lui sous la terre, errant par voies lactées à l'infini, blanchies d'une poussière de lune, mes pieds nus polis sur les pierres astrales, et j'entendis le chant de millions d'âmes au pays de la mort à l'envers.

L'esclave nègre de la Sierra Maestra – sur l'île des Bienheureux – n'a pas oublié que Juan-Luis de Loyola vint au monde un 16 juin, l'année 1954, à Santiago de Cuba ; ni que son père Abel, pionnier tropical du situationnisme, y est mort le

26 juillet 1953. Soit, si l'ultime étreinte avec sa mère eut lieu à cette date, une *quarantaine* en trop dans le ventre d'Aurore Théokratidès, dite Eva de Cuba par un aède grec. Son histoire naît donc de l'incompatibilité d'un acte de naissance et d'un acte de décès. Mais qu'en est-il du personnage trucidé par ses soins, la nuit du 16 juin 2004 ?

IV

Se faire abattre sur le pont qui enjambe un canal vous met à la croisée des chemins. Les coups de feu sont venus d'une Tour, où veillera le tueur au-delà de la nuit. Quelles relations obscures entre ces deux hommes ? Une femme. Elle fut aimée cinquante ans plus tôt par l'aède ; elle est la mère de celui dont le père, Abel de Loyola, succomba lui-même à cette époque, lors du célèbre assaut de la Moncada, le 26 juillet 1953.

Un saint dans sa caverne protégé par un ange – ou quelque couple démoniaque. Telle est l'image qu'aurait inspirée à leur lointain aïeul Ignace l'aède à sa fenêtre et une statuette ailée derrière sa vitrine. D'autres pouvaient y voir un atlante et sa cariatide. Ou encore la madone aux côtés du dormeur qui la rêve…

L'Observatoire du royaume des Ombres, en accord avec la constellation des Pléiades, ira jusqu'au bout de son enquête. Celle-ci promet des conclusions explosives, non encore divulguées jusqu'ici, même si toute la littérature mondiale tourne autour de cette affaire depuis la guerre de Troie – selon l'avis d'Homère et Joyce.

Parce qu'il révèle aux hommes que leurs existences ploient sous d'obscures dettes imposées par les vainqueurs d'une guerre sans nom, les industries du verbe se sont unies pour traquer celui dont le travail a valeur d'échange nulle et valeur d'usage infinie. Son œuvre ne menace-t-elle pas le grand poème des étals aux sortilèges fallacieux ? C'est une ironie de l'histoire que l'oracle suprême ici soit rendu par un fétiche en bois des îles hantant les environs du *Come Back*, où l'aède a trouvé refuge après sa mort.

Car l'ivresse magique propre aux idoles des boutiques ne s'était pas évaporée, la nuit du 16 juin 2004, pour celle qui nous chantera sa rengaine tout au long de ces pages.

Dans une ville où la foule habituelle des automates aux pas mécaniques et regards vides fut le lendemain frappée d'une épidémie d'absence, qui d'autre était-il encore présent pour

observer même ce qui ne se passait pas, que les mannequins dans leurs vitrines ? L'une d'entre elles brilla d'un éclat singulier ; sur le quai du canal, une agence de voyages à l'enseigne des Cyclades et des Caraïbes voisinait avec le café désert où se poursuivaient les remémorations de l'aède.
La capitale d'Europe, comme décor et scène du crime, n'aura meilleur témoin qu'une archaïque divinité veillant au seuil sacré de ce temple moderne. Dans cette vitrine fantasmagorique, où l'on aurait pu s'attendre à trouver la vulgaire copie en plâtre de quelque Vénus de Milo, c'est le simulacre d'une femme ayant forme d'oiseau-serpent qui sera notre guide. C'est elle qui nous invite à trouver le secret passage reliant en ses yeux, mais aussi dans son ventre, les Cyclades aux Caraïbes...
Ici de fantomatiques signaux brilleront à travers les flots d'une circulation des marchandises inexistante, et d'inconcevables rencontres seront à l'ordre d'un jour qui se fera attendre en vain.
Tout ceci confère-t-il à l'expérience posthume de l'aède
un caractère compatible avec la logique d'un roman digne de ce nom ? Son auteur aurait voulu vous y voir, qui étiez alors absents tous autant que vous êtes ! Car moins que jamais la langue des songes appartient encore aux vivants. Si le pouvoir et l'argent sont des grandeurs mesurables, à l'aune desquelles s'évalue le commerce des livres, inconvertible est le chant de l'aède...
L'histoire comme le mythe ici seront cités à comparaître devant un couple insolite, sous l'arbre de justice d'un figuier tropical. Au regard de l'aède, la vérité du monde se déchiffrera dans les yeux verts de cette femme illuminant l'espace du voyage entre deux îles, ainsi que le passage d'un lustre nous séparant de ce 16 juin 2004.

Quels espaces qui ne sont pas l'aède ouvre-t-il au fond de l'abîme ? Quels temps inexistants... Le jour ne s'était pas levé, le grand jour. A l'aube, on aurait dû retrouver le cadavre d'un noyé dans le canal. Comme une volée d'oiseaux venus de tous les horizons, la surface liquide explosa dans un cri de couleurs allumées aux reflets du ciel par la masse d'eau noire. Il me faudrait donc avouer ce que j'ai vécu cette nuit-là. Qui d'autre qu'une idole des vitrines, je le répète, était-il encore en vie, sinon celui qui a tué dont la voix continuerait de parler dans mon ventre, ainsi que ce mort qui se montrerait fort convivial ? S'il m'eût fallu feindre une existence réelle – ainsi qu'il se pratique dans les romans – j'aurais noté qu'il se trouvait emmailloté d'algues marines, comme s'il émergeait d'une marée née de ses propres océans imaginaires.

L'art de l'aède est une alchimie qui transforme la mort en vie. Sait-il jamais qui lui dicte son poème, et pour quelle raison ? Cet Anatole Atlas avait vécu pour le rêve d'une histoire ancienne, un rêve unissant l'Atlantide et l'Anatolie d'une mer à l'autre de sa mémoire. Avant qu'il surgît, drapé d'une amère tunique aux plis d'écume blanche, nul ne sait où fut sa naissance ni quand il vint au monde. Il apparut près d'un rivage, parlant une langue inconnue, et la tradition rapporte que son plus lointain aïeul était le titan Atlas en personne.

V

Qui est capable de retourner la doublure du temps ? C'est ce que fait l'aède, cher lecteur, en te racontant sa traversée du miroir. Toutes mes nuits posthumes à la belle étoile je m'enroulerai dans le soleil pour coucher avec toi, s'adresse-t-il à la lune qui déferle devant sa fenêtre en une large vague, suspendue depuis les temps primitifs. Il a déjà vécu cette scène avec elle, juste avant d'accoster sur l'île, il y a cinq cents ans…

Lentement, la chaude lumière blafarde se déplace. Et c'était aussi voici cinquante ans. Pour elle il a largué les voiles vers des îles de légende, lointaines îles féeriques aux vergers de pommes et de brumes, îles des esprits, paradis des ombres. On ne peut parler autrement de ses voyages à travers les millénaires, au cours desquels il a vécu de multiples vies, dont celle de son tueur au temps où il était encore un embryon dans le ventre de sa mère…

Plus il écoute, plus l'écho de la lune devient un son qu'il a entendu autrefois. Il y a très longtemps. Pourquoi le monde existe-t-il ? Il n'est plus, le monde, que cette question muette posée par la lune. Sa large poitrine, dont la respiration est le temps des hommes, ne bouge plus. L'aède est un esprit qui veille quand les humains sont en sommeil. Un défunt qui habite mieux que les mortels cette sphère à l'agonie, non sans implorer pour elle quelque sursis. Combien de millions de victimes chaque année parce que l'aède a été remplacé par le pape de la Pop ? Combien de milliards d'êtres en détresse

parce que l'aède est exclu du cerveau global ? Nuage après nuage, le chant de cet homme s'évaporera dans la voûte céleste au fond du canal. Etoile après étoile, sa voix transmigrera vers le sommet d'où sont partis les coups de feu. Mais un réflexe le fait sursauter. Vois le cadavre de l'aède, cher lecteur, dont la silhouette se découpe sur la vitre du café, reposer sa coupe et s'essuyer la bouche du revers de la main. Du haut de ce mirador, au sens propre *épiscopal*, ne continue-t-on pas de l'observer ? Certes, on ne dormira pas tout au long de ce livre au dernier étage de la tour Panoptic. L'aède s'inquiète. N'a-t-il pas négligé les derniers sacrements ? En Grèce, on ne rit pas avec le salut de son âme... Selon son rite orthodoxe personnel, il fredonne alors quelques mesures de l'hymne soviétique. Cela te scandalise-t-il, cher lecteur ? Mets-toi à sa place : vers où se tourner ? Quelles sont encore les véritables autorités ecclésiastiques de notre temps ? L'aède est celui qui, sa vie entière, a joui d'une mort quotidienne, se donne-t-il comme réponse. On est loin des Vivre sans temps morts et Jouir sans entraves qui m'ont tiré dessus depuis le sommet de la Tour, murmure-t-il en détournant les yeux.
Les astres firent de l'aède le dépositaire d'un feu sacré. Mais sous quelle couche de cendres ? Il a donc autant connu la mort dans la vie qu'il connaît la vie dans la mort. Ainsi se poursuivra son poème à chanter dans les ruines pour arrêter le massacre...
La nef des songes est amarrée au quai du canal, devant la fenêtre du *Come Back* où se poursuivra durant six cent pages un conciliabule avec les ombres. Elle flotte immobile sur l'écume d'une histoire qui précède sa naissance. Le seul être vivant dont il perçoive la présence est une mouche qui bourdonne à ses oreilles. Il devine en elle un ange lui apportant le lumineux message des morts. Sans doute as-tu mieux à faire pour te distraire, cher lecteur, que te demander si la réalité du monde peut se réduire au battement d'ailes d'un insecte. Et pourtant son vol, entre le sommet de la tour Panoptic et le fond du canal, ne cessera de produire une *image dialectique* tout au long de la nuit du 16 juin 2004.

Quelle rive d'accueil au-delà du gouffre noir ? Quelle contrée magique... Longtemps les mythes ont soutenu l'imagination des hommes. C'était aux temps lointains où ceux-ci ne pouvaient concevoir l'univers sans lien entre leur monde et celui des dieux, sans pont unissant l'existence terrestre et la vie habitée par des puissances invisibles, sans passage entre les territoires soumis aux lois naturelles et quelque lumière céleste. L'aède signalait alors un voyage possible de l'un à l'autre monde. Il n'est plus personne pour écouter les fantômes. Qui a du temps à perdre avec les ombres ? Depuis vingt ans que le globe était privé d'axe, il y régnait le désarroi d'un vent glacial soufflant sur les déserts de l'esprit, tout hérissés de barbelés garantissant la délivrance des croyances et des mythes non industrialisés par la tour Panoptic.

Depuis la terre Atlas touche au ciel qu'il n'a jamais cru vide ; s'il a franchi la mort dans sa chute aux enfers, il en est revenu vivant, métamorphosé par une étoile des Pléiades mêlant à la réalité ses fables auxquelles nul ne croit, bien qu'elles viennent du plus profond de l'univers. Ainsi l'aède a-t-il transmué sa douleur en constellation.

VI

L'Observatoire du royaume des ombres est formel : ses ministres Homère et Joyce devaient trouver un scribe à Bruxelles, pour attester une mort survenue voici cinq ans. Si le monde lui-même, depuis lors, est gagné par une rigidité cadavérique - ayant eu pour emblème le masque du pape de la Pop - n'est-il pas à tout instant ressuscité par ceux qui vécurent dans l'ivresse cosmique ? C'est leur parole vive qu'il serait préférable d'écouter, comme je le fais en ce moment, tandis qu'ils me dictent ces phrases peu médiatiques. L'enjeu est de taille, à en juger par le déluge des actualités mortifères, où il n'est de star que l'on n'embaume ainsi qu'une divinité, pour la seule raison que son *show* mystificateur a valeur d'usage nulle et valeur d'échange absolue...
Patience donc, cher lecteur. Avancer par les méandres de ces pages ne vaut-il pas quelque peine, s'il en surgit une clarté globale sur le monde qui t'entoure ? Dans les décombres du langage, de l'art et de l'histoire, aux vaines utopies comme à la nostalgie des époques héroïques a succédé l'idolâtrie d'une Tour immuable sous ses mille masques éphémères. Certes, il n'est guère aisé d'échapper à la *Bête Sauvage*, dont la

propagande ordonne de ne pas franchir l'enclos barbare, qu'éclairent seuls ses projecteurs artificiels.
Est-ce encore la civilisation qui se réclamait de Socrate ? Ne te viendrait-il pas à l'esprit – c'est le juste mot – de prêter l'oreille à celui-ci, quand il se demandait si Euripide n'avait pas raison de dire :

Qui sait si vivre n'est pas mourir
Et si mourir n'est pas vivre ?

Ajoutant : « Peut-être en réalité sommes-nous morts » ? C'était lors de son duel verbal avec le sophiste Calliclès, précurseur de l'idéologie soixante-huitarde, il y a tout juste le quart de cent siècles...
A ceci près que Calliclès ne donnait pas à l'opinion dominante une caution révolutionnaire – comme le ferait un Juan-Luis de Loyola – ni ne sommait les dominés d'adopter le point de vue de leurs maîtres.
A l'estime d'Homère et Joyce, l'histoire d'Anatole Atlas requiert un tel éclairage. Né à Paros, une île des Cyclades, en 1899, il fréquenta trois siècles pour finir sa course dans la capitale d'Europe il y a juste un lustre. Il est mort comme il sied pour le bon vivant qu'il était, lui qui avait toujours voulu participer à ses propres funérailles. L'aède, mort ? Non, simple changement de mondes. Une fenêtre de café recueille l'ombre de sa silhouette après le crime l'ayant vu plonger dans le canal. Encore avait-il préfiguré les circonstances de sa fin dix ans plus tôt, dans un manuscrit intitulé « Maïak » : *phare*, en langue russe. Et, comble d'insolence, encore celui dont, selon ses propres dires, les origines jamais n'avaient commencé, nous laisserait-il, en guise de testament, le témoignage qu'on va peut-être lire...
Pour un aède, il y a toujours quelque chose de fantastique à voir le jour se lever. Mais quand il ne vient pas ? C'est ce qui devait advenir à Bruxelles – sans que quiconque d'autre que son tueur et lui ne s'en avisent – au lendemain du 16 juin 2004.

Quelle époque s'est-elle prosternée comme la nôtre devant dieux et déesses du néant ?... Nous seuls veillons encore aux autels des boutiques, où les poèmes de l'aède se sont évanouis. L'industrie des réclames est devenue la principale activité du monde civilisé. Sous quelque emballage qu'on les déguise, la plupart des livres sont eux-mêmes articles de magazines, où le peuple des idoles dicte sa loi. Quant à l'aède, c'est en bouleversant l'ordre des mots qu'il a bousculé le désordre des choses. D'où ces coups de feu tirés depuis le sommet d'une Tour.

Atlas en personne ? Sans doute faut-il entendre par là qu'il était fils de lui-même – ainsi qu'il convenait à ce trouvère du cinquième âge – ricane Juan-Luis de Loyola. Car l'aède a ***trouvé*** le chiffre secret livrant accès aux coffres les mieux protégés de la tour Panoptic. Cela prenait sans doute plusieurs siècles et quelques centaines de pages, mais il eût été loisible à chacun, grâce à ses mots, de pénétrer l'antre interdit. Il fallait donc lui imposer silence. N'était-ce pas un manuel de combat que l'œuvre de celui qui avait conservé le nom de code soviétique – Maïak – hérité de son ami Maïakovski ? SHALOM ! Sollers, Houellebecq, Attali, Lévy, Onfray, Minc : la fine équipe des miradors n'eût guère toléré de Loyola qu'il exerçât mal ses talents de tireur d'élite *ad majorem Dei gloriam*.

VII

Sois la mémoire de l'aède, cher lecteur, pour entrer dans son histoire. Imagines-tu la richesse du rêve où il se déploie ? Rien ne la trahit de l'extérieur. A considérer ce pauvre diable, nul ne devinerait quelles aventures dissimule sa somnolence. Ne se prend-il pas pour quelque titanesque héros de la mythologie ? Qui sait, peut-être est-il vraiment Atlas en personne…

Dans ce cas, rien de plus facile pour lui que de saisir dans sa main le globe et de l'interroger comme un crâne, scrutant ses orifices ainsi qu'autant de fosses aux sacrifices. Dans l'espace magique d'un café transformé en grotte féerique, l'atlante voit s'accomplir un programme rationnel visant à supprimer par masses entières les habitants de la planète. Et les concepteurs du plan s'érigent en apôtres, incarnant toute conscience morale ! Une fois tel groupe en raison de son étoile expie, la fois suivante le même groupe exécute la besogne du bourreau, tout en revêtant la toge du juge impartial. Qui peut dénoncer l'imposture, si l'étoile du groupe exhibe à jamais les cicatrices de la victime sacrifiée par Goliath, puisqu'en atteste le Livre.

C'est donc une stupeur qu'inspire à l'aède l'humaine condition, vue dans toute son étrangeté depuis sa propre mort. La trace

du souvenir se mêle aux songes pour lui faire accomplir quelque cérémonie divinatoire dans la profondeur même du sommeil de la ville, avec la violence d'une illumination...
Si le jour ne revient pas, c'est en langage de lune qu'il faut entendre tout ce qui se murmure entre la Constellation des Pléiades et le royaume des ombres, afin de révéler aux hommes la part occultée de leur histoire au cours du dernier demi siècle, qui remonte à la guerre de Troie.
Si, du moins, l'on veut bien accepter la vision de celui dont la mort arrêta le soleil après la nuit du 16 juin 2004.

Q*uel murmure de quelle source en amont du canal ? Quel rivage en aval... Dans le voyage de sa mort, l'écartelé vertical vit des éclairs frapper la cime d'une montagne proche de Santiago de Cuba. La statue érigée en mémoire au Cimarrón donnait source à un fleuve dont les eaux baignaient un arbre singulier entre tous, un figuier tropical, pour gagner l'estuaire et recevoir la foudre d'en bas, venant du magma des abysses. En son rêve l'aède, à la fois source et fleuve et rivage, était aussi l'arbre et la foudre. A son réveil il dirigea ses yeux vers les nuages au-dessus de Bruxelles. Il te faudra franchir la mort, lui disait le rouge du ciel, car la plus pure présence est un sang répandu. L'homme n'est-il pas le seul animal qui demande grâce aux nuages ?*

Les disciples d'Atlas assurent qu'avant de parcourir l'Océan, il avait déjà vécu plusieurs mondes, ses royaumes allant de la Colchide aux Hespérides. Ne prétendait-il pas venir du fond de la mer Noire aussi bien que des Iles fortunées ? Sans doute faut-il assaisonner ces fables avec une pincée d'humour *convulsiviste* – nom de l'avant-garde fictive (une Internationale d'un seul homme) qu'il s'était permis d'inventer, contre l'idéologie situationniste ayant pris le pouvoir. Face aux convulsions du monde, une convulsivité supérieure de l'esprit. Selon lui, du Levant au Couchant de nos crânes se traçait un pont de lumière, que les nouveaux Argonautes pouvaient emprunter grâce aux yeux d'une Océanide.

VIII

Quelle âme oxydée d'Occident pourrait-elle encore nous raconter une histoire prodigieuse, dans le lointain de l'espace comme du temps ?
L'Observatoire du royaume des ombres, ayant pour ministres plénipotentiaires Homère et Joyce, n'a pas mission de manifester sur Terre quelque forme de favoritisme que ce soit. L'aède peut bien se targuer de liens privilégiés avec l'au-delà, il n'en demeure pas moins ici bas. Quelques-unes de ses hypothèses peuvent donc ne pas trouver plein agrément chez les puissances invisibles...
Si l'on suivait le fil de sa rêverie du passé vers le présent, l'arrivée de Cristobal Colon sur une plage de Cuba voici cinq cents ans nous conduirait vers cette même baie paradisiaque il y a cinquante ans. C'était l'époque où l'*American Club* dictait ses ordres au palais présidentiel de Batista. L'aède n'a-t-il pas entrevu, dans une telle dictature sanguinaire (ce jeu truqué de cabarets, de bordels et de casinos, où le zéro de la banque sort toujours gagnant) la préfiguration de notre actualité planétaire ?
Lorsque ses errances vont du présent vers le passé, c'est pire encore. Ne prétend-il pas diriger un télescope au-dessus des brumes ensanglantées de l'histoire, vers la lumière de son origine absolue, pour fixer l'image d'une Indienne blonde à peau noire installée dans les branches de l'arbre génésiaque ? C'est elle, Habanaguana, dans un constant va-et-vient d'Occident en Orient, du Levant au soleil couchant, qu'il voit dérouler le fil secret de son histoire. Telle une trapéziste volant à sa guise par-dessus les abîmes du temps, cette femme archaïque éclairerait notre présent, tandis que l'immédiate actualité lancerait un faisceau lumineux vers les plus lointaines origines, par l'entremise du phare nommé *Maïak* – l'ancien nom de code soviétique de l'aède. Ce phare se frayerait un chemin singulier dans le labyrinthe impénétrable de l'histoire, pour illuminer la vitre d'un café la nuit du 16 juin 2004.

Quelle flamme luit-elle encore au fond de ces égouts ? Quel or en cette boue... « A TOUS L'OR ET LE SANG DE L'AURORE ET DU COUCHANT ! » Tels furent ses premiers mots, une fois revenu à lui. Car c'est devant mes yeux qu'il a resurgi. Même s'il n'est pas certain que tout se soit passé comme lui-même le prétend dans son poème. Ne marchons-nous pas tous, dans l'obscurité, sur des routes étranges et familières nous menant vers des îles que nous n'avons jamais parcourues ? C'était le sens des signes que j'adressais aux absents, depuis la vitrine de cette agence de voyages.

La nuit de son anniversaire d'un demi siècle, Juan-Luis de Loyola veillait donc sur le système Panoptic. Avec moins que rien tu peux tout. Tel est le principe du crédit, *credo* du Capital. Ne s'agit-il pas de donner vie à ce qui n'existe pas, tout en niant la réalité de ce qui est ? Devant son terminal électronique, insomniaque sentinelle d'un empire numérique, l'*Esthetical & Ethical Expert* pilote une fusée superphotique. Ne dispose-t-il pas, lui aussi, d'une clé magique ouvrant sur des royaumes inconnus des géographes ? Cinq ans plus tard il serait toujours à son poste comme croque-mort, sacrant le cadavre du pape de la Pop. C'est bien le moins, pour un *mythmaker* de la *dreamsociety* qui a trouvé l'idée de faire travailler les morts afin de remédier au coût des vivants.

IX

Si sa vie défile paraît-il devant un homme face à la mort, l'histoire entière se déroule dans la chambre noire d'Atlas après sa culbute au-delà du miroir...

Cette friche du monde qu'il a lui-même labourée, semée, moissonnée de cultures en tout genre sur d'immenses territoires, il en a coltiné le fardeau sur son dos pour y bouter le feu, de sorte que les messages de fumée t'en parviennent à travers les siècles, cher lecteur.

Vois donc cette apparence de clochard à la fenêtre du *Come Back*. Difficile de reconnaître ses multiples visages dans les reflets du canal. C'est une sorte de Styx où lui-même ne se souvient pas de son image, qui lui fera visiter la capitale d'Europe à rebours de tous les sens uniques imposés par la logique du jour.

Aucun être vivant – excepté une mouche, un arbre et un chien – n'ayant été témoin de cette nuit prolongée, tu n'auras guère loisir de voir se déployer ici les scènes d'action réalistes que l'on est en droit d'attendre d'un roman. Tout au plus pourras-tu visionner les bandes enregistrées des caméras de surveillance disposées dans la ville, si elles n'ont été réquisitionnées par les funérailles du pape de la Pop...

Si tu ne trouves pas ici non plus de personnages aussi vrais que ceux de tes feuilletons télévisés, la faute en incombe sans doute pour une part au faible talent de l'auteur ; mais veuille n'oublier jamais, cher lecteur, que ni toi ni aucun de tes pareils ne vous trouviez alors présents comme acteurs des événements, donc hypothétiques figures d'un roman.
Ajiaco se découvrira comme un labyrinthe où tu es libre de tracer ton propre chemin. C'est une succession de passages, dont la linéarité propre à tout livre ne devrait pas cacher le caractère aléatoire. Certains passages te rebutent ? Saute les pages ! Tu pourras toujours y revenir au gré d'une autre lecture, chacune composant un livre différent.
Si tu refusais néanmoins d'accéder à ce théâtre d'un songe diurne, il te faudrait renoncer au projet de savoir ce qui s'est joué la nuit du 16 juin 2004.

Quels monstres vont-ils surgir du gouffre noir ? Quelles créatures de rêve... Sans fin s'écoulaient vers le canal, chaque nuit, les humeurs et les fluides que la capitale d'Europe coagulait, tout au long du jour, dans le secret de sa Tour. Orgueil de Bruxelles était cette étincelante supercherie de verre – d'un alliage qui rend aveugle et sourd – dont la réplique miniature aurait pu se trouver dans le fourbi de son marché aux puces. A moins qu'elle ne fût la copie, monstrueusement agrandie, d'une telle pacotille. C'est sans nul doute à son dernier étage – qui d'autre qu'une vestale des vitrines pouvait en témoigner ? – que sont partis les coups de feu tirés par mon fils Juan-Luis de Loyola.

L'*Esthetical & Ethical Expert* de la tour Panoptic est-il vêtu d'un veston mauve ou d'un pull jaune, voire des deux à la fois ? Dans un roman conventionnel, où les vivants ne sont jamais absents, ce détail aurait une importance essentielle pour le déroulement de l'histoire. Ici, le personnage porte une guabayera blanche à poches multiples héritée de son père, étoilée sur la poitrine d'une tache de sang brun...
Sa crise de fièvre acheteuse vient de lui faire dévaliser tout ce qu'il y avait de roubles disponibles dans les stocks d'Aristos Théokratidès et de Jésus Evangelista. Celui-ci possède la tour Panoptic ; celui-là – le père d'Aurore – dirige la société Noé, dont analgésiques et antidépresseurs n'ont pas peu influé sur

la carrière du pape de la Pop. Plus de la moitié des deux milliards de tonnes de céréales produites chaque année dans le monde est contrôlée par le groupe Noé. Le croisement de leurs destins financiers depuis cent ans sera conté dans cette histoire, qui renvoie celle d'un Bernard Madoff à la chronique des faits divers.

Juan-Luis de Loyola travaille donc en langage binaire, dans l'état zéro-un du monde. L'écran déploie ses diagrammes où les chiffres montent, chaque tracé semblant obéir à un nombre d'or, comme si le cyclone planétaire avait pris son essor depuis les steppes de Cybérie – riches en hydrocarbures du futur – d'où étaient originaires les Bielinski. Pour se distraire, Loyola jette un œil ironique sur l'impubliable manuscrit posé à côté de son ordinateur.

X

L'âme d'un homme est la substance de ce roman.

Descendu aux enfers, l'aède y conserve les yeux ouverts. D'extraordinaires événements sont arrivés à Bruxelles cette nuit-là, d'une nature telle qu'ils influenceront le jugement que portera le futur sur notre époque.

Tel est le canevas d'*Ajiaco*. L'amoureuse relation de l'aède avec une femme, qui était la mère de son tueur, ne pouvait manquer de faire surgir le plus énigmatique personnage féminin qui soit. Car cette fille d'un magnat grec incarne une tradition archaïque et le prototype de l'idole moderne, égérie des avant-gardes et initiatrice du marché du désir propre au capitalisme de la séduction.

Dans sa complexité de fée-sorcière, Aurore-Théokratidès-dite-Eva-de-Cuba,résurgence-de-l'IndienneHabanaguana, représente une médiation poétique entre son fils et l'aède, unis par le plus démoniaque des liens d'un point de vue socratique. Mais elle est aussi la figure mythique unissant l'Anatolie et l'Atlantide. Celles-ci furent-elles jamais sur la Terre, ou n'existent-elles que dans le poème d'Anatole Atlas ? Peu importe, pour l'Observatoire de l'autre monde représenté par Homère et Joyce, si elles autorisent à tracer une *image dialectique* entre l'Orient et l'Occident. De même, nos ministres savent-ils gré au titan de n'avoir pas négligé l'axe vertical reliant le royaume des ombres à la constellation des Pléiades.

La génération de l'aède eut vingt ans dans les tranchées de la Grande Guerre, puis bondit à l'appel d'une aurore née à l'Est. La foi, les audaces, la révolte, le courage de la plupart suivirent la courbure ordinaire des choses terrestres pour sombrer dans la fosse commune du couchant. Mais il y eut toujours un lien mental entre l'Est et l'Ouest, un lieu qui appartenait à l'Occident comme à l'Orient. Ce lieu et ce lien – la Grèce – l'aède en vient. Même au-delà du ponant de sa vie, c'est toujours l'aurore qu'il attend, cette nuit du 16 juin 2004.

Oyez la rengaine d'Aurore dans sa vitrine aux trésors ! Je scrute les absents qui passent, observant une idole comme leur âme exposée sur l'étal d'une boutique. Je suis taillée dans le bois d'un arbre tropical et j'ai la forme d'une femme aux attributs d'oiseau-serpent, mais je peux me déguiser en Eurydice, en Pénélope, en Calypso l'ayant mené d'une île des Cyclades aux Caraïbes où je fus Aurore Théokratidès puis Eva de Cuba. Tout comme je suis aussi la déesse crétoise aux ailes noires levant sur un vieillard ses bras enroulés de serpents.

C'est ici que l'épopée, prenant forme d'une farce ou d'une tragédie, se métamorphose en roman. La légende rapporte en effet qu'avec sa lyre et ses chants de deuil, Anatole Atlas avait d'abord été le charmeur des forces invisibles, depuis le royaume des ombres jusqu'à la constellation des Pléiades. Un drame survint alors. Un accident qui permettrait d'élucider toute l'histoire humaine à partir de Christophe Colomb.

XI

Combien de contrées a-t-il traversées !
Combien d'époques a-t-il visitées !

Nul temps, nulle part, on ne le reconnut. Partout et toujours on le prit pour un gueux, un fou, un idiot. Malgré quolibets et injures, il passe, mêlé aux mendiants et aux enfants des rues, par tous les siècles de l'histoire, toujours inspirant mieux ceux qui le tuent.
Depuis la guerre de Troie, c'est le chef Achille qui aiguise l'âme des hommes. Lui que notre aède combattra sous les dictatures de Métaxas et du nazisme, puis dans les camps du monde libre et démocratique, avant de le retrouver à Cuba sous les traits de Batista. Mais écoutez bien son discours : n'y reconnaissez-vous pas Léopold Bloom ?
(Quels rôles furent ceux d'une femme incarnant l'oiseau-serpent dans l'histoire des hommes, c'est la clé même de cette histoire.

Qu'Aurore Théokratidès embarquât voici cinquante ans l'aède à Paros et le menât sur le rivage de Baracoa, qui vit il y a cinq cents ans l'arrivée de Colomb : la quinte essence d'un monde est ici peut-être révélée.)
Homère nous montre pourtant avec Hector, Joyce avec Stephen Dedalus, que l'échec dans le maniement des armes sociales peut s'avérer garant de surprenantes victoires sur d'autres plans de l'existence...
Le dernier lustre a d'ailleurs démontré que les Achille au pouvoir devaient impérativement se parer du masque de ce qu'ils ne sont pas, jusqu'à faire étalage publicitaire de leurs frasques auprès d'Andromaque, de Pénélope, de belle Hélène et d'autres héroïques Molly Bloom de rabais.

Quelle trace de ses pas l'aède laisse-t-il sur le chemin des enfers ? Quelle éternité dans son regard en arrière... Car il ne peut penser à l'unité du monde sans imaginer ce qui, dans l'instant présent, le relie en profondeur à tous les instants passés et à venir de tous les êtres du cosmos. Que s'est-il réellement passé au cours du dernier demi-siècle – donc, au cours de cinq cents ans, depuis l'arrivée du Christophore sur la plage de Baracoa ? Quelles racines d'un figuier tropical remontent-elles à la guerre de Troie ? Quelles îles des Cyclades et des Caraïbes dans les yeux verts d'une Indienne à peau noire et chevelure blonde enroulée d'un serpent sur la plus haute branche de l'arbre génésiaque ?

L'Océanide eut un défaut de vision : elle fut victime d'une illusion d'optique. Mais l'organe de la vue devait être fatal à son amour. Atlas désormais serait contraint d'errer les yeux ouverts, d'exercer ses magies dans le monde visible, par des chants de vie.

XII

L'histoire d'Anatole Atlas, qui remonte à un temps très lointain, ne peut éviter certains inconvénients de l'âge que l'on voit aux statues ou aux tableaux recouverts d'une rouille historique, voire mythique.
S'il faut la situer dans le passé le plus reculé, ce type de personnage ne pouvant plus avoir cours depuis sa fin qui est ici narrée, cette ancienneté ne se mesure pourtant pas en

unités de temps conventionnelles, un lustre nous séparant à peine de la nuit du 16 juin 2004.
Mais tout, dans l'éternelle actualité médiatique, se déroule de telle sorte que cette nuit peut-être à ce jour n'a pas encore pris fin, rendant l'existence même de cet aède plus incertaine que celle d'espèces antérieures au déluge...
Peut-il encore être lu ? S'il n'eut jamais droit de cité, quelques rares époques accueillirent son chant de son vivant. La nôtre use de méthodes subtiles pour congédier la voix de sa mauvaise conscience. Elles tiennent à l'organisation d'une fausse conscience uniformisée à l'échelle planétaire, qui interdit l'expression de toute vision du monde se voulant à la fois singulière et universelle.
Or, notre période historique ne peut davantage engager une telle pensée qu'à propos de la question soviétique. De l'extrême-droite à l'ultragauche, les populations du globe consomment une seule opinion sur ce qui fut, aux yeux de l'aède, l'épopée majeure d'un siècle qu'il traversa de part en part.
Dans une fin d'ère bourgeoise marquée par la clôture et l'aplatissement de l'espace mental aux dimensions de la Grande Surface, le voyage de l'aède est flèche décochée par un arc se déployant des temps primitifs à l'avenir le plus lointain. Mythique, son récit fondateur et fabuleux remonte à une préhistoire dont pourraient s'éclairer nos présentes pacotilles fantasmagoriques. Historique, il fait accéder certains éléments du passé comme la guerre de Troie, le premier voyage de Colomb en Amérique, ou la dictature de Batista voici cinquante ans, à une forme supérieure de réalité que sa voyance intègre au temps présent. Dans l'un et l'autre cas s'embrasent les artifices de carton-pâte qui tiennent lieu de décor au *show* mondialisé ; ce qui permet aux formes endormies du passé de libérer leurs puissances captives d'un tel simulacre.
Sa *cosmythologie* s'offre ainsi comme scène d'un théâtre intérieur où s'éveille l'Indienne Habanaguana en Eva de Cuba, laquelle fée-sorcière se souvient aussi bien de Troie que de l'Asie mineure envahie par les puissances pétrolières au début du siècle vingtième. Encore, pour avoir tenu le rôle d'une sulfureuse *girl* à plumes dans le Cuba des casinos et des bordels, ne se prive-t-elle pas de nous chanter sa rengaine d'idole des vitrines...

Car *Ajiaco* devait aussi montrer quelle guerre de conquête et colonisation des territoires inexplorés du cerveau fut l'œuvre du marché capitaliste, à partir du laboratoire cubain, dans la seconde moitié du dernier siècle. Dont ne serait qu'une illustration le produit portant pour label « pape de la Pop ». Ensorceler les hommes afin de les rendre complices de leur aliénation : ce programme requiert une occupation militaire de l'espace et un anéantissement du temps. Convivial et festif sera le capitalisme de la séduction, quand la *Bête Sauvage* envahira toutes les sphères qui échappaient encore à son appétit marchand. Mais ce procès d'exploitation économique, de domination politique, de coercition idéologique, n'atteint son unique finalité – le néant – qu'à condition d'imposer un double *différentiel* par lequel, sur le plan matériel, une immense majorité de marchandises humaines voient leur force de travail réduite à la valeur minimale, quand, dans l'axe spirituel et intellectuel, c'est la minorité possédante qui subit une tragique dévaluation de ses capacités, jusqu'à la paupérisation absolue. Dont témoigne ce que cette nouvelle élite consomme à titre d'art et de littérature. Telle est la vision globale de l'aède : n'est-il pas, depuis Homère, l'instance qui prend ses distances avec l'ordre social de son temps ?
Sa reconnaissance comme héros romanesque paradigmatique (ainsi qu'il est fait dans cette mélopée) ne pouvait intervenir qu'à l'apogée/déclin du capitalisme, entre l'effondrement du mur de Berlin et celui de Wall Street. Rappelons une troisième fois que l'aède est négation pure du Capital, comme valeur d'échange nulle et valeur d'usage infinie...
Image dialectique sera donc encore le lien contradictoire avec son tueur, ancien ludion situationniste passé à la gestion ludique, marginale et libidinale du Capital, quand l'aède n'a jamais renié ses convictions communistes.
Depuis Platon (s'il s'en souvient !), la question soulevée dans la Cité par le poète est celle de son autonomie. Peut-il n'être pas au service de quelque pouvoir temporel ? C'était bien sûr facile de fustiger son sort dans le régime des Soviets. Est-il plus enviable sous la dictature de la tour Panoptic ?
L'aède répond à sa manière dans ces pages, lui qui vécut à l'Est et à l'Ouest. N'y vient-il pas de subir le sort de ce chien qui, comme le proclamait Nicolas Ier de Pouchkine, mérite une mort de chien (propos fallacieusement attribué à Staline contre Maïakovski) ?

C'est précisément de ce dernier que l'aède Anatole Atlas avait, en 1929, hérité de son nom de code soviétique. N'en déplaise au Cher Lecteur, Moscou fut pour l'aède la Carthage et la Troie contemporaine ; la plus sage, la plus juste, la plus socratique esquisse de civilisation dont ait accouché l'ère moderne.

Quels signes à la surface du canal ? Quelle musique des sphères... Souvent, j'ai eu l'impression que mon écriture était vaine – semblait-il me dire – mais elle reprend toujours la vague et m'emporte au-delà du voyage. Lettre par lettre, il avançait en titubant comme vers un langage inconnu. Mille éternités rassemblées en texte, la divine comédie humaine enfin rhapsodiée. Œuvre et vie ne font qu'une, pareille à la tapisserie filée par Pénélope. Ainsi le plus immense des poèmes était-il contenu dans son baluchon sphérique, farci de galets et de coquillages glanés par le vaste monde sur combien de plages, afin d'en composer une tour à trente-six fenêtres donnant sur autant de mers. Un poème plein d'algues et de poissons-torpilles ramenés de fictives Sargasses, qu'il déversa sur le rivage du canal. Oui, pour un aède, la mort vaut toujours la peine d'être vécue...

Tout cela (mais nous anticipons déjà), selon ce qu'en raconte Eva – née Aurore Théokratidès – la mère de Juan-Luis de Loyola, qu'aimèrent Sacha Bielinski et Jésus Evangelista autant – peut-être – que l'aède Atlas.

XIII

« La treizième revient c'est encor la première » a pu dire l'aède Gérard de Nerval, *« Modulant tour à tour sur la lyre d'Orphée Les soupirs de la sainte et les cris de la fée ».*

La capitale d'Europe est une ville où les âmes n'ont plus d'ailes. Vous y verrez un homme sacrifier au rituel de la résurrection. Celle-ci ne lui est-elle pas coutumière depuis les origines ?

Car l'aède est l'Adam de deux Eden, l'un et l'autre perdus, mais sauvés sans cesse par un arbre et par une source, où jaillit toujours la nymphe Habanaguana.

L'arbre du monde, qui joint la terre au ciel, était consacré à Dionysos. Par des racines secrètes, cet arbre et cette source relient l'Occident et l'Orient.
C'est un pont sur le canal de Bruxelles qui servira de scène à la démonstration. Non sans quelques explosions. L'arbre totémique – un figuier tropical – y résistera, par la grâce d'une cérémonie de la Santeria.

Faut-il pour autant croire aux racontars d'une Océanide ?

J. – L . L ., le 16 juin 2009

Quand suis-je le serpent ?

Quand suis-je l'oiseau ?
J'étais la vie j'étais la mort
J'étais la nuit j'étais le jour
C'est au plus profond des racines
Loin au-dessus des nuages
Que je vous emmène
Comprenez-vous ?
Car c'est moi qui vous parle
Habanaguana
J'étais la vie j'étais le jour
J'étais la nuit j'étais l'amour
Mon regard invisible vous suit
Toi et toi et toi et toi et toi et toi et toi
Aussi longtemps que durera ta vie
Cet œil idéal ne perd aucun de tes signes
Si minimes soient-ils
Afin de les reproduire
Ou plutôt de les écrire
Dans un roman
Que tu ne liras
Jamais
Qui pourrait le publier ?
Quel éditeur oserait-il
Par exemple imprimer l'histoire
De la coupe que je brandis
Depuis le futur
Au-dessus de ma folle crinière blanche ?
Une coupe venue du trésor de Priam
Au temps de la guerre de Troie
La coupe dans laquelle buvait l'aède
Après sa mort
Cette nuit-là du 16 juin 2004
Quand aucun d'entre vous
N'osait être
VIVANT !

Rengaine d'une idole des vitrines

Oyez, dames et lords, maintes aventures héroïques dans plus d'une île aux trésors ! Malheur à qui n'entend pas la musique de l'univers au fond de ce grimoire perdu comme un coquillage dont le chant relie toutes les mers. C'est une marionnette en bois des îles qui vous le dit. S'il suffit d'une belle parure, plumes d'oiseau et queue de serpent, souffrez qu'un mannequin d'étalage vous fasse entrer dans ce roman qui n'en est pas un. N'espérez donc pas trouver ici l'une de ces fables tirées de la boîte noire du néant, dont les personnages ne doivent semblant d'existence qu'à se faire passer pour véridiques. Bien au contraire, l'irréfutable véracité des histoires ici racontées n'aura pour seule garante que leur invraisemblance.

Miroir de l'avenir mon vitrail en débris, sur les ailes du verbe je m'arrache à la nuit, dans les décombres du langage de l'art et de l'histoire. Ainsi, moi qui bavarde en écho d'une folle depuis quelque dépôt d'ordures à l'Orient de Bruxelles, quinze ans après la nuit fatale du 16 juin 2004, sachez que j'exerçais alors mon métier de fétiche en devanture d'une boutique voisine du bar d'angle où l'aède vous parlerait après sa mort. J'appartenais encore, comme le Cimarrón, à la confrérie des statues magiques. Douée du pouvoir de rendre les oracles, j'officiais dans la vitrine d'une agence de voyage à l'enseigne des Cyclades et des Caraibes.

Peuple des dieux de marbre et des héros de bronze, peuple des idoles de pierre et d'argile, peuple des saints de plâtre et des icônes de magazines, peuple des esprits taillés dans l'ivoire ou l'ébène et des simulacres en matière synthétique, peuple des mannequins de cire et des poupées de chiffon, peuple des vaines chimères costumées d'oripeaux les plus divers, c'est par la grâce de nos sortilèges que tout objet de l'industrie des hommes avait pris semblance de miracle...

Avant légende

« Alors leurs yeux s'ouvrirent et ils connurent qu'ils étaient nus ; et, ayant cousu des feuilles de figuier, ils s'en firent des pagnes. »

GENESE

« Il n'y a de secret dans le ciel et sur la terre qui ne soit écrit dans le livre explicite. »

CORAN

« Au fond de cette éternité, je vis que l'amour unissait toutes choses comme pour lier, en un seul livre, tous les feuillets épars d'un même ouvrage universel. »

DANTE

« Personne ne peut écrire un livre. »

BORGES

« ***Accomplir jusqu'au bout ta propre prophétie*** »

ARAGON

(

S'en souviennent l'archange et le dragon dans le ciel

Qu'à l'approche du solstice de l'été 2004
Un cyclone tropical oeillé sur les Caraïbes
Dévia de sa route pour franchir l'Atlantique
Et se dirigea vers un autre archipel, celui des Cyclades
Avant d'exploser au Nord du Vieux continent
Non sans trouer la mémoire de l'Europe
S'en souviennent Dieu et le diable

)

Qu'on avait donné au cyclone le nom d'Eva

Rengaine d'une idole des vitrines

Oyez, dames et lords, celle qui ne vous parle pas sans remords... Car je suis un objet qui s'exprime comme un sujet, quand les sujets la bouclent ainsi que des objets. Le marché n'a-t-il pas œuvré pour l'émancipation du statut de l'objet, devenu l'unique porteur de paroles ? Il fallait vendre aux sujets des objets, et un pur objet muet ne pouvait entretenir ce rapport intime avec les sujets. C'est donc un objet transformé, doué d'attributs surnaturels, qui devait nouer ce lien nécessaire au marché. Mais qui sait si les objets ne regrettent pas leur ancien état, vers lequel ont tendu les sujets humains ?

Je suis une valeur d'échange dépourvue de tout usage. L'art du trafic d'image et du camouflage, ça ma connaît. Comme Juan-Luis de Loyola, lorsqu'il maquille les valeurs de la tour Panoptic. Si je suis une marchandise interchangeable, un minime détail me distingue pourtant. Taillée dans le bois d'un figuier tropical, j'ai connu les ruines de Troie, les cendres de Carthage, les flammes de Moscou, pour me retrouver dans une décharge aux ordures de la capitale d'Europe. Vous me demandez comment ? Il y faudrait une mélopée qui raconterait l'histoire des hommes. Je laisse à l'aède ce travail, pour qui l'histoire est trace d'un dieu dont les hommes ont perdu la mémoire.

Nous n'en sommes qu'au seuil du labyrinthe, et déjà me parvient la plainte ordinaire du lecteur en ces temps où l'industrie du livre interdit que soit fait référence au dédale du monde. Offrons-lui donc un signe, comme je l'ai fait jadis pour ce vieil homme sous les feux du néon, dans cette vitrine bruxelloise où nul n'aurait jamais deviné, sous les artifices d'un gadget *en bois des îles, ayant la forme d'un oiseau-serpent, l'archaïque palladium qui appartenait au trésor de Priam...*

Maïak

AVANT LEGENDE

est l'histoire qui précède l'Histoire, dont chacun possède le chiffre sacré, même si lieux et âges diffèrent comme noms d'êtres ou de peuplades. L'essentiel est la source commune où demeure une eau de feu pure. Avant légende, l'histoire de cette source où s'abreuvent les racines de l'arbre génésiaque. Avant légende encore, le message d'un ange-dragon, d'un oiseau-serpent, d'une fée-sorcière éclose et mûrie comme fruit de cet arbre.

C'est une tranquille fin de semaine du printemps 1994. J'entame une trilogie ayant pour nom *Maïak*. Le sept avril vient d'exploser au Rwanda l'avion d'Habyarimana, signataire forcé des accords d'Arusha. A la même heure se retrouve suicidée, dans son bureau de l'Elysée, l'éminence grise de Mitterrand pour les affaires africaines. L'ethnocide a commencé, protégé par une *Opération Turquoise* ayant pour but de maintenir un *statu quo* dictatorial autour du Congo. J'en conclus *Mamiwata*, qui sera « publié » cet automne sous la signature de Juan-Luis de Loyola. Comment refuser un travail de nègre pour ce *manager* de la tour Panoptic, puisqu'il entend mettre en scène, dans son cycle romanesque, le *cahier de retour au pays natal* de mon petit-fils Anatole ? Mais d'autres liens m'unissaient à

Loyola – ou plutôt à sa mère – bien avant sa naissance à Santiago de Cuba.

Avant légende, car son histoire éclaire l'Histoire à l'heure où sur elle tombent les ténèbres, quand le jour ne succède plus à la nuit. Voici donc l'histoire d'une aurore en ce crépuscule où nous sommes. Oyez l'histoire d'Aurore Théokratidès, issue de sa propre avant légende. Elle commence au jardin d'Eva, l'Histoire dont les cycles ont failli s'achever à Santiago de Cuba.

Quel rapport entre ces histoires ? Je me posais la question tout à l'heure, suivant par les ruelles une jeune femme aux ailes noires, qui lèverait sur moi ses bras enroulés de serpents. Du moins, c'est ce que j'imaginais comme point de départ pour *Maïak*. Mort initiatique par la grâce d'une déesse crétoise ! Dans le fond du cloaque, un vieil aède grec vivrait l'illumination. L'extrême du chaos lui ferait connaître la révélation. Pulvérisé le mur de la lumière, toute la divine comédie humaine s'éclairerait dans un *flash* de résurrection. Venu de Crète, un personnage qui me ressemble, déguisé en supporter du Panathinaïkos, éclusait donc ses cruchons de vin résiné au bord du canal de Bruxelles. Un match de football opposerait son club à celui d'Anderlecht ce samedi soir, mais le sort disposerait de lui autrement. Sans qu'il bouge, installé à la fenêtre d'un café, l'aède vivrait l'expérience du passage dans un autre roman, dont l'action se déroulerait dix ans plus tard.

AMOUR, MUSIQUE, ALCOOL, DANSES, IDEES,

Nombreuses avaient été les joies de l'existence. Et la tentation de l'art, cette

vaine tapisserie qui se fait et se défait, cet écheveau chatoyant dont se parent nos labyrinthes.
Je n'en connus pas qui dépassât l'émotion ressentie quand une balle de revolver me traversa le crâne.
Bien sûr, l'aède est menteur, escroc, imposteur. Qui le croira ? Qui croira celui qui ne fut jamais qu'un homme de petite vertu ?
Si j'ai laissé commettre sur moi ce crime, c'est par civilité, respect de la légende, politesse à l'égard des dieux. La déesse crétoise lève sur vous ses bras armés de serpents : quelle autre fin subir que celle qui fut la tienne, mon amazone ?

Rengaine d'une idole des vitrines

M'entendez-vous encore ? J'ai passé toute une vie de fétiche imaginant qu'il y avait chez les hommes une force profonde les poussant à écouter la voix des puissances invisibles. Comme si leur tâche à tous était de porter, tel Atlas, un peu plus loin le monde.
Mais je les ai toujours vus croire à des dieux illusoires. Vous me direz que je suis mal placée pour leur faire la leçon, moi qui exerçais le sacerdoce d'oiseau-serpent des îles à la devanture d'une boutique offrant le rêve de s'approprier le monde moyennant un ticket de voyage all inclusive.
Je n'étais pas n'importe quelle idole. Regardez-moi. Notre dame des morts en mer, c'est le nom sous lequel on me révère depuis les millénaires où j'officie comme statue votive rappelant quelque antique vierge noire. C'est l'apparence d'une déesse crétoise aux serpents que j'avais choisi de prendre aux yeux de cet aède, voici vingt-cinq ans. Son imagination le fit me suivre comme l'ombre d'une jeune femme en imperméable noir, depuis la gare jusqu'au palais des glaces d'une fête foraine. Où Dieu du ciel avait-on pu me trouver, dans quelle brocante vendue au prix d'une marionnette pour aguicher le client : c'est ce que serait en droit de se demander qui, dix ans plus tard, me lorgnerait encore dans la vitrine de cette agence. Même si ne semblerait pas nourrir ce genre de pensée le vieil homme, quand il se réfugierait au café du coin pour y entretenir quelque rêve incompréhensible. En son théâtre d'ombres, avais-je une place quelconque ? Pourtant mon chant très bien pouvait se marier avec le sien, en ces heures surnaturelles du 16 juin 2004 où Bruxelles dormait tandis qu'il aurait dû faire jour depuis longtemps. Nous partagions le privilège d'un entre-deux du rêve et du réel, de la vie et de la mort. Tous les mannequins de la ville n'eurent-ils pas leurs sens en éveil cette longue nuit-là ? Tous ne participèrent-ils pas au sabbat d'Eva de Cuba ?

Sabbat d'Eva

« Oncques sirène fée ou nymphe n'eut voix plus douce d'enchantements dans le cours des étoiles fixé depuis l'aube des temps qu'en ce jour fatidique où mes lunes coulaient comme le sang d'un astre qu'on égorge alors que vous marchiez vers moi j'étais assise en plumes rouges au bout de cette plage d'une île des Cyclades n'ayant pas ôté la trace d'un meurtre à venir j'aurais pu me baigner dans la mer jouer les déesses naissant de l'onde vu qu'à vos yeux j'étais fille du soleil mes cheveux blonds changeaient en or tout ce qu'ils illuminaient de leur éclat n'aviez-vous pas entendu parler de ces légendes où des fées apparaissent à quelque chevalier errant pour le soumettre à une épreuve avant de l'emporter vers une île lointaine ?

(Peu importaient les raisons qu'avait invoquées mon père, sur l'île de Paros, pour faire monter à bord de son yacht un poète communiste recherché par la police grecque et le transporter à Cuba. J'étais la mieux placée pour savoir que ses affaires obéissaient aux lois les moins conventionnelles, et jamais n'avais prétendu m'immiscer dans le secret de ses lubies.)

Je vous ai donc envoûté d'un coup de rhum venu des Caraïbes et d'une bouffée de mon parfum le plus naturel pas de ces produits frelatés par mon père le grand écumeur des mers d'emblée je ne fis pas mystère de mes liens avec le mystère si tu m'offres ton corps je conduirai ton âme vers un autre monde aviez-vous bien entendu ?

(Pour dire la vérité, je me rappelais bien que dix années plus tôt, en pleine guerre, alors que j'étais gamine, certaines réunions secrètes avaient eu lieu sur ce même navire. La petite fille n'en avait gravé le souvenir que d'une pièce de théâtre assez rigolote, où elle ne pouvait distinguer les personnages autrement que par la moustache de l'un, la souriante rigidité d'un autre ou encore le cigare d'un troisième guignol aimant promener nu sa bedaine à la vive désapprobation de mon père.)

Qui accepterait de croire que la jeune et belle héritière d'un empire commercial s'offrirait à ce déjà vieil aède croisé sur la plage de Naoussa nous étions l'un et l'autre à la frontière entre les mondes comme sorti d'un conte vous étiez égaré devant la belle dame alors que je savais vos années passées dans les camps la mythologie des fées rejoignait celle des géants vous portez bien le nom d'Atlas ?

(Il en a fallu du temps pour que je comprisse que cette rencontre au sommet sur une île des Cyclades, en 1943, mettait aux prises Churchill, Roosevelt et Staline, sans compter un petit homme plus effacé qui était connu sous le gentil sobriquet de Tchang Kaï-chek.
Mais oublions ces péripéties de l'enfance. Dix ans plus tard, Aurore serait l'une des grandes prêtresses dans la religion nouvelle, celle d'une nuit blanche perpétuelle. Fille d'un nabab grec, elle jonglerait avec la fine fleur de l'avant-garde situationniste comme avec la crème des jeunes musiciens cubains. La lie serait l'élite pour Eva la rebelle, actrice en vogue appelée la chanteuse à voix d'or, qui ferait des ravages dans les hauts lieux du scandale et s'offrirait en vestale sur l'autel consacré aux divinités modernes. C'est au fond d'un tel tourbillon que je rencontrerais l'aède à Paros. ***Maïak*** **était son nom de code soviétique. Sur la plage de Naoussa, je lui apparaîtrais comme une princesse originaire de contrées lointaines, sorcière et enchanteresse, épousant tous les rythmes du monde. Il me suivrait dans une dérive dont la vague s'échouerait sur le rivage de Baracoa, le 26 juillet 1953. La vie comme une construction ininterrompue de situations. Jusqu'à cette aube du 16 juin 1954, mon ultime bacchanale, dans un hôpital à Santiago de Cuba.)**

Je peux me mettre nue si vous voulez après tout les anges quand ils tombent du ciel se débarrassent de leurs plumes nous nous sommes rencontrés sur une autre île il y a bien longtemps l'arbre des origines on m'appelait Habanaguana l'oiseau-serpent oui la belle Indienne blonde à peau noire on se tutoie ? »

Maïak

La source du livre fait entendre les morts. En cette source roulent des vagues océanes, comme en la sève des racines coule déjà l'alcool du fruit. Mais elle m'a révélé le livre de vérité pour confirmer et vérifier tous les livres antérieurs. Je suis celui qui revient. Oui, ce sont là des signes.

Bien sûr, l'aède est menteur comme un Crétois. C'est une jeune femme en imperméable noir qu'il a suivie par les ruelles pour complaire aux vœux de Juan-Luis de Loyola. C'est elle qui lèvera ses bras enroulés de serpents. Quel autre argument lui fournir pour sa trilogie ? Dans *Pleine lune sur l'existence du jeune bougre*, il situait mon petit-fils Anatole en héros problématique de son temps, à la recherche d'une introuvable généalogie. *Mamiwata* lui offre une grand-mère maternelle d'origine portugaise, chanteuse de fados égarée sur le fleuve Congo. *Maïak* achèvera le cycle romanesque en donnant la parole à son grand-père paternel, vieil aède grec originaire de Crète ou des Cyclades, ce sera selon l'expert de la tour Panoptic. Notre contrat vient à terme dans dix ans, le 16 juin 2004, jour de son cinquantième anniversaire. Il faudrait prévoir trois parties, dont les deux premières auront pour titres *Dialogue des oiseaux du phare* et *Confession d'un homme en trop*. Puis, selon mes plans, *L'Ombre des ancêtres oubliés* se subdiviserait à son tour en une trinité de récits. *Tango tabou de l'Ombu* ferait une incursion de l'autre côté du millénaire, et je ne voudrais pas manquer mon propre *Tombeau de l'aède*, éclairage préalable à cet *Ajiaco*...

Troisième volet d'un triptyque où le petit-fils de l'aède engendre ses propres aïeux,* Maïak *est donc une triade où la troisième partie se divise en trois, la triple trilogie comptant sept unités comme la constellation des Pléiades. A celle-ci s'unit le royaume des ombres pour hanter la tour Panoptic, axe mondial du capitalisme depuis la fin de l'Union soviétique. Puissiez-vous entendre mon chant comme celui de la sirène du fleuve Congo ! Ces voix sont des signes qui viennent du fond des âges... Ceux d'un arbre dont la racine tient ferme, dont le branchage monte au ciel et dont les fruits abondent.... Oui, la voix de Mamiwata se confond à celle de l'Indienne Habanaguana !

Rengaine d'une idole des vitrines

Ne crois rien, lecteur, de cette histoire.
Si tu savais seulement que je fais ce métier depuis... depuis... le fameux palladium de Pallas Athéna, qui servit de prétexte à la guerre de Troie !
Vois, je parle tantôt comme un aède grec, tantôt comme la fée-sorcière d'un conte populaire égarée dans un bidonville à l'orée de Bruxelles. Dépourvue de toute vie, je peux aussi bien ventriloquer l'accent d'Aurore, dite Eva de Cuba. Autant mienne que leurs voix sera bientôt celle d'un expert esthétique au sommet de la tour Panoptic.
Nos désirs de madones s'allument à mesure que s'éteignent ceux de la race qui nous a créées, car ne sommes-nous pas leurs maîtresses véritables, pareilles à ces personnages de fables prenant existence autonome une fois quitté l'esprit de leurs auteurs ? Ainsi figurent toutes les divinités, jusqu'à celles qui trônent dans chaque vitrine et paradent à la une des magazines, peuple de faux-semblants dont l'art de tromperie ne manque pas d'en appeler au réveil des dieux et déesses qui sommeillent en chacun d'entre vous. Réfléchis un instant, puisqu'il s'agit de la chose au monde qui t'est le plus strictement prohibée. Quand bien même nous enrobe une illusion de chair, d'où vient cet incroyable sortilège par lequel effigies privées d'âme partout leur gigue dansent auxquelles est rendu culte religieux par ceux-là mêmes qui ont sacrifié leur flamme divine en l'esclavage productif de ces idoles ? D'où vient que moindre est la valeur, plus intense la fantasmagorie ?
Ce qui n'empêche pas l'existence des puissances invisibles ! Allons, reprends courage, écoute les oraisons de déraison sur ma bouche fardée. Crois donc aux mots divins par mes lèvres chantés. Si j'étais l'aède, si j'étais ce qu'il rêve ? Ou si c'était l'inverse, moi qui rêvais de lui ? Autant mienne que sa voix sera celle d'un expert au sommet de la tour Panoptic...

J'AI DANS L'ÂME UN ŒIL QUI VOIT L'AVENIR, don mystérieux d'une étoile où chaque nuit, jusqu'à ma cime, retentit le cri d'Eva de Cuba. Depuis l'éclair qui engendra la belle Habanaguana - première ancêtre d'Eva - nul n'a connu d'histoire plus mémorable dans le cours entier des âges et des mythes : c'est ce dont, par mes feuilles, il fallait témoigner. Car je suis né moi-même d'une semence astrale tombée de cette foudre. Un arbre vous conseille donc d'écouter bruire le vent dans ses palmes, d'entendre monter de ses racines la rumeur d'une très vieille mélopée.

Jamais ne reviendra l'abomination du jour. Plus d'aurore pour saluer la genèse du monde. Un coup de feu peut-il trucider le soleil ? Juan-Luis de Loyola est juché à la cime d'une tour de verre surplombant le canal de Bruxelles. Tombe du travail mort, la tour Panoptic se dresse telle une immense pierre levée, parodique sépulture qui singerait les signes adressés par les vivants aux dieux. Peut-être les cieux se sont-ils renversés comme ont dû le faire les paupières d'un homme quand ses yeux se sont révulsés dans la mort cette nuit, de sorte qu'une autre nuit recommence au matin ? Cette nuit sans étoiles, encore, lui parvient la voix d'Eva. Les yeux rougis par l'immense veille, il sait qu'aucun rayon d'aucun astre ne percera plus son cachot de ténèbres au sommet de Bruxelles.

Quelles créatures, venues de quel royaume des ombres, seraient-elles attirées dans la ville par cette nuit sans fin ? Quel destin, dans quels astres écrit, leur ferait-il découvrir un corps sans vie, toujours doué de parole, dans les eaux usées du canal ? Quels fantômes surgiraient-ils, de quelles entrailles de quel univers, pour qu'en haut de la Tour clignote une réclame aussi singulière ?

Siempre es 26

*

Rengaine d'une idole des vitrines

Ainsi qu'un cil dans l'œil, une tache au revers du veston, quelque fausse note, une mouche dans la tasse de café... Je devine, lecteur, combien t'agace la voix d'un être inanimé bourdonnant à l'entrée de ce livre. Il ne m'appartient guère, hélas, de te garantir la plus tranquille des lectures.

Car un homme en a tué un autre.

On ne sera pas surpris de voir surgir du royaume des ombres, afin de mener l'enquête, une joyeuse paire d'inspecteurs mus par le désir de prouver que la part en nous divine est aussi notre part maudite.

Sans doute n'est-ce pas raison suffisante pour justifier le bavardage de n'importe quel fétiche taillé dans une branche de figuier tropical. Mais s'il y avait là quelque indice te signalant une piste à suivre, au cas où tu ne dédaignerais pas de t'aventurer dans un labyrinthe épousant le dédale du monde ?

Retiens donc les signes qui te sont adressés par un mannequin de bois, qui en a combien vu depuis la guerre de Troie !

Tant d'hommes ont parcouru le chemin de longue absence, un seul est-il revenu t'en faire confidence ? Allons, c'est le bonheur des meurtriers que leurs victimes ne les dérangent, sauf dans le cas particulier où l'assassiné rit aux anges !

*L'*Iliade *et l'*Odyssée *contées ici te mèneront sur des routes où les dieux, par mes yeux, t'avoueront qu'ils n'exigent des hommes pas d'autres offrandes que la volonté d'être dignes d'eux. Sur ce chemin de Compostelle – cette Voie Lactée – s'exploreront tes propres altitudes et tréfonds d'ange noir comme de lumineux dragon. L'apôtre Jacques ayant pris nom de Santiago pour l'Amérique de Colomb, c'est celui de James qu'il conserve en certains lieux du continent dont Bruxelles est la capitale, d'où le nécessaire surgissement de ces apparitions...*

— Reverrons-nous le jour ?
— Les dieux nous invitent à errer parmi les ombres de la nuit
— Nous arrivons dans une ville
— Comme aucune autre, elle possède son entrée vers le royaume des enfers
— Quel est le sens de cette formule au sommet de la plus haute tour ?
— Ne me dites pas que vous ignorez ce qui s'est passé le 26 juillet 1953 !

*

Si deux revenants viennent d'entrer en scène, qui étaient l'un et l'autre affligés d'un irrémédiable défaut de la vue durant leur séjour terrestre (sur la foi de ma cime et de mes racines, il faut accorder confiance à l'arbre des origines pour s'orienter dans cette histoire), c'est qu'une terreur quotidienne avait envahi la capitale d'Europe. Juan-Luis de Loyola n'y était pas étranger, sans qu'il sût exactement pourquoi. La peur surgissait des bas-fonds, rampait à l'assaut des immeubles qu'elle submergeait tant que durait le jour avant de refluer vers le canal, comme une marée monte et se retire. Nul n'était à l'abri d'une rencontre avec les morts, surtout si l'on avait eu l'inconscience de passer une nuit blanche, ce qui était le cas de Loyola pour l'occasion de son cinquantième anniversaire. Il y avait en effet un demi-siècle, jour pour nuit, qu'il était né à Santiago de Cuba.

Dans ma tête en feu bourdonne un vertige de ténèbres. Où suis-je ? Nulle part. Le roman, que je dois écrire, supposerait de penser à fond tout ce qui passe devant mes yeux. Mais quand il ne passe plus rien... Loyola titube contre la fenêtre, ivre de cette nuit sans sommeil. Machinalement il rejoint son bureau, où brille l'éclat d'un ordinateur portable. N'as-tu pas oublié tes spéculations sur le rouble, qui t'ont occupé toute une éternité dans ton cockpit superphotique ? La légende parle seule à mes oreilles ; elle dit une nuit sans autre étoile que celle où ne s'est jamais tue la voix d'Eva, qui fut Habanaguana pour un autre homme que mon père.
La première parole était déjà mondiale, clamait une de ses chansons. Vous n'entendrez plus la voix de cet aède Atlas. Pan, pan, pan à tue-tête ! Adieu l'ange avalé par le dragon du canal ! Tête en feu ! Tourbillon de mémoire ! Comme cette Plymouth noire des années cinquante franchissant les océans pour aborder le littoral d'un royaume qui se lézarde et tombe en ruines, où la statue équestre de Léopold II face à la mer se change en celle, fièrement cabrée, du général de Loyola, l'un des pères de la nation cubaine.

De quelle constellation lointaine était tombé l'aède ?

Rengaine d'une idole des vitrines

Rassure-toi, lecteur, je me tairai bientôt.
Si tu ne m'entends plus, je ne m'éloignerai guère, étant du même bois que le figuier d'une île tropicale.
Mais il y a fort à craindre que, sans mon commentaire, tu t'égares en cette nuit surnaturelle où les hommes, plongés dans le sommeil des choses, n'eurent guère les antennes assez sensibles pour capter la voix des morts...
Si l'usage du feu, le miracle de la parole et l'orientation sur les étoiles purent à bon droit jadis être considérés comme apanages de l'espèce humaine, laquelle voici cinq siècles entra dans une ère nouvelle par la triple grâce de la poudre à canon, de l'imprimerie et de la boussole, comment caractériser cette époque où les arsenaux nucléaires, l'écran global et le téléguidage électronique fusionnent dans un univers irréel programmé par la tour Panoptic ?
Prête donc une oreille attentive aux divagations de cet ancien activiste reconverti en expert esthétique !
Tout art est prophétique : une incitation à voir avec d'autres yeux : ceux-là mêmes dont usaient encore les hommes quand s'exerçait sur eux la magie des étoiles, de la parole et du feu.
De ces temps lointains vient l'histoire de celui qui profana sa propre tombe. Elle était d'un marbre liquide et l'épitaphe en tremblait à la surface d'une eau noire. Non content de mourir dans le canal de Bruxelles comme il était requis, l'aède Anatole Atlas poursuivit le scandale de son chant d'une rive à l'autre de l'Atlantique.
Ainsi que d'autres gueux descendus aux enfers, Atlas toute la nuit visita le tueur dans son sommeil, lui murmurant aux oreilles bien des fariboles, de sorte qu'à son réveil Loyola fut forcé de les écrire, comme si elles lui avaient été dictées...

*

— Quelle honte, abattre un vagabond
— Si c'était par hasard quelqu'un des dieux du ciel ?
— Ils prennent souvent les traits de lointains étrangers
— Qui, sous toutes les formes, s'en vont de ville en ville
— Inspecter les humains pour découvrir leurs crimes
— Dites-moi comment font les gens
— Pour ne pas se sentir étrangers en ce monde !

*

Croyez le figuier maudit s'il vous dit que rien n'échappe à sa mémoire génésiaque. Pour l'heure, aucun des personnages n'y voit encore clair. Si deux spectres en errance ont découvert un homme abattu par balles au bord du canal de Bruxelles, ils ne peuvent deviner quelles ténèbres enveloppent cette histoire. Tout d'abord, il fallait entourer le nom de la firme Panoptic d'un parfum mythologique... L'*Odyssée* d'Homère et l'*Ulysses* de Joyce corrigés par leurs ordinateurs. Inventer un monde nouveau de héros et d'héroïnes, de dieux et de déesses, d'anges et de démons... La puissance des contes s'est-elle jamais démentie ? Dites-le donc avec des fictions... Selon les nouvelles normes, il n'était plus de réclame qui ne dût clamer quelque fable. Votre société a-t-elle une histoire originale à raconter ? Une histoire si exceptionnelle que chacun soit prêt à payer pour en faire partie ? *YOU ARE THE STORY !* L'acte de consommer deviendrait un exercice de communication, voire de communion universelle...
Juan-Luis de Loyola lui-même en avait mis au point la technique, perfectionnant des règles édictées outre-Atlantique par la direction Panoptic : *Evangelista, le rhum que mon père buvait déjà...* Quelque chose qui évoque une autre époque, d'une essence riche et généreuse, la marque souffrant d'une image devenue ringarde avec ses ailes de chauve-souris, nul n'ignorant les déboires de la firme ayant dû s'exiler à Miami. L'idée fut donc d'en raviver la légende contre *Habana Club*, label officiel des alcools de canne commercialisés par l'île du Diable... ***Papa, j'ai ton rythme dans le sang !*** Un instant, Juan-Luis de Loyola se distrait de ce qui lui broie le crâne. Il croit voir le soleil voilé comme une lune pâle sous les nuages noirs, mais à nouveau l'obscurité s'empare du ciel alors qu'il devrait depuis longtemps faire jour. Celui de son anniversaire.

Dans la nuit tourmentée de sortilèges, à ses tempes le sang bat d'un père et d'une mère inconnus. Son corps flotte sur des souvenirs qui ne peuvent être les siens. Pourquoi ce vertige ? A force de gamberger pendant des heures, mêlant l'écriture de son roman à la recherche d'un slogan, mille événements d'une aube noire défilent sur l'écran de son portable. Au terme de cette nuit, Loyola le jure, il partira vers l'Orient de sa mère, pour gagner l'extrême Occident de son père.

Mirum somnium somniavi, disait notre ancêtre Ignace de Loyola.
J'ai fait un rêve mirifique ! Ce fut un cauchemar d'ombres où j'étais mort avant d'avoir été conçu, mais où j'habitais au-delà de la mort : ces choses-là n'arrivent pas dans les romans !
Toute réalité réelle échappe au regard de la Tour comme cette automobile d'un autre âge fonçant sur l'autoroute en direction de Bruxelles. Toute vérité véritable échappe à son regard comme cette Plymouth noire qui file sur le boulevard Léopold II menant de la basilique au Botanique (divisé en son centre par des plantes exotiques), pour éclairer dans le ciel un dragon dont la gueule crache vers l'Occident tandis que l'archange Michel de son glaive embrase l'Orient, l'un et l'autre ayant fui la flèche de l'Hôtel de ville en cette nuit sans fin du 16 juin 2004.

Quelles transmutations alchimiques archanges et dragons, spectres et esprits - quand ils se libèrent - font-ils subir à une capitale d'Europe ?

*

— ***Les défunts sans sépulture sont néfastes aux vivants***
— ***Croyez-vous que ce type ait perdu la vie ?***
— ***Les ombres de la mort ont couvert ses yeux***
— ***Mais il ne présente aucun signe cadavérique***
— ***Nous fûmes pareils à lui dans la cité des hommes***
— ***Si jamais nous fûmes quelque chose.***

*

Malheureux l'homme qui, tel Juan-Luis de Loyola, perd l'unité de son crâne. Il faut toute la science d'un arbre pour éprouver l'harmonieux mouvement de la sève entre ses racines et ses fruits. Ce devait être l'aube et le ciel paraissait, aux yeux de Loyola, chargé d'une poussière cataclysmique. L'enjeu n'était plus tant un champ de bataille réel qu'un miroitement de signes, où s'affrontaient moins des armes que des systèmes de décodage et des scénarios, dont le but ultime était une construction mythique. Face aux nouveaux dragons asiatiques, se déploieraient les légions d'anges de l'Amérique... Du fond de la Colchide au jardin des Hespérides un peu partout, sur l'écran de son bureau, des bombes pleuvent qui explosent au milieu de villes interchangeables, crachant leurs paquets de viande humaine comme autant de furoncles leur pus. D'une rive à l'autre de l'océan d'Atlas, et jusqu'à toutes les terres du Levant. Loyola ne peut détourner son visage de ces paysages blessés. Pâtes humaines mêlées au fer, au ciment, au verre. Comment voir jaillir une lumière de ces décombres ? L'Occident contre l'Orient. L'autre face du *Welfare State*. Celle qui depuis cinquante ans fait éclore des gerbes de feu, fuser des globules de sang d'un plus sombre éclat que les fleurs de Pâques écarlates qui ornaient jadis dans mes branches la chevelure d'Eva de Cuba.

Après-demain, sans doute, il fera jour.
Mais cette aube-ci ne laissera filtrer dans le ciel de Bruxelles aucune autre lueur que les flammes de son archange et de son dragon totémiques. C'est à leur lumière que mon père, au volant d'une guimbarde d'avant ma naissance, voit s'éclairer le paradis de saints et d'anges en marbre blanc du cimetière Cristobal Colon, où ma mère ne chante que pour lui seul. Il avait eu le dôme de la basilique devant les yeux, mais au sortir du tunnel, c'était celui du Capitolio qui flottait à l'horizon du rétroviseur. Sa Plymouth noire longe toujours la nécropole puis quitte le boulevard vers la droite et s'engage le long du canal, où sur un mur défile en lettres géantes :

SEGUIMOS EN COMBATE POR EL 26

Sur l'asphalte glissent des souvenirs jamais vécus, crissent les rêves d'une enfance que je n'ai pas connue.

Plus encore que l'Hôtel de ville surmonté de son archange et de son dragon, la tour Panoptic imposait à la capitale d'Europe sa puissance tutélaire, pareille à la demeure des maîtres du Visible et de l'Invisible.

Maïak

Je veux chanter la guerre de Troie qui dévaste le monde où, en place des dieux de l'Olympe, c'est l'argent seul qui voit et entend tout, sous l'habit des multiples idoles en lesquelles il se déguise et par la voix desquelles il parle depuis la tour Panoptic. Ainsi d'une déesse en bois dans la boutique voisine. Mais voici ce que l'œil de la Tour n'a pas vu, ce que son oreille n'a pas entendu.

Dans *Confession d'un homme en trop* (Maïak II), Juan-Luis de Loyola se trouve averti :
« Un ouragan tranquille avait balayé la ville durant la nuit. Flottaient les volutes grises d'un brouillard suspendu là comme une inutile défroque de théâtre. Cette vapeur solide, faite de particules désagrégées, stagnait au-dessus de l'eau noire. Comme si les atomes d'un grand corps, celui de l'Empire, s'étaient désintégrés sous l'effet d'une explosion, chair et muscles volatilisés, âme et cœur déchiquetés, sang et entrailles réduits en millions de silences arrachés au squelette qui seul hurlait encore dans l'espace vide.
Telle apparaissait la Tour, dressée au bord du canal comme un acteur immobile au-devant de la scène, qui eût continué de solliciter les applaudissements longtemps après l'extinction des derniers feux. »

Que fera, de cet avis, le commanditaire d'un tel cycle romanesque ? Respectera-t-il notre contrat, qui vient à terme dans dix ans ? Oui, l'aède est celui qui avertit ! Par le livre explicite, il vous a révélé ses signes en une nuit bénie. Nuit durant laquelle un homme sortirait de sa mort et un autre ne pourrait revoir le jour, tandis que deux créatures venues du royaume des ombres voyageraient dans les cieux, sur la terre et par l'entre-deux...

— Ainsi, ce que la moindre bête fait pour mettre en sécurité sa vie
— Nous avons toujours été incapables de l'accomplir
— Par contre, une fois logés aux demeures d'Hadès
— Il nous est un jeu d'enfants de revenir au soleil des mortels
— Si l'on peut encore parler de l'astre du jour
— Vrai. On y voit comme en enfer.

*

Il fallait qu'un éclair illuminât la nuit de Loyola. Pareil aux branches extasiées d'un arbre dans le ciel. Une décharge de foudre. Qui lui secouât la tête et remît un peu d'ordre dans son ordinateur. Car il avait conçu son roman comme une opération *marketing* de la tour Panoptic, l'histoire d'une marque étant désormais plus importante que tous ses slogans publicitaires. Trois détonations. Ces cris de feu suivis d'une longue traînée de silence ont brisé la nuit de la ville en pleine tête. Et la digestion quotidienne reprendra son cours. L'immense gosier urbain, l'œsophage. Mais croyez en mes antennes qui ont l'œil et l'oreille d'un arbre chu de la chevelure des Pléiades : une voix ne sera pas engloutie par le cloaque. Elle continuera de retentir contre le gré de Loyola. Qui cherche toujours en vain son slogan. Glouglou, murmure une bouteille de rhum vieux qu'il siphonne depuis des heures au sommet de la Tour. L'estomac, l'intestin social et tout le saint tremblement des boyaux d'un arbre de verre et de métal feront bientôt valoir leur droit d'anus. Oui, qu'en sortirait-il, sinon quelque chiasse à verser aux calices et ciboires du marché planétaire ? Partout le culte aux choses rendu comme à l'âme des morts. Qui n'est pas de ce monde est contre nous, qui se réclame d'un autre avenir est mort !

Ce dernier étage n'offrait-il pas une fenêtre de tir idéale au ***sniper*** embusqué, dont la cible eût traversé le pont de béton qui enjambe le canal à hauteur de la place saint Jean-Baptiste ? Là même où, sur l'écran du portable, se dirige une automobile d'un autre âge. Mon père écrase l'accélérateur et sa Plymouth noire s'enfonce dans la nuit de Bruxelles. Par la vitre, il voit les taudis de son enfance qui défilent et se met à tambouriner sur son volant : le bongo a deux têtes, vie et mort, nuit et jour, christianisme et Santeria ! Ces têtes luttent, elles essaient de vous faire croire qu'elles sont deux et non une seule. Il faut diffuser le message de l'unité perdue pour que le corps danse et que l'esprit vienne. Mais le couple formé par l'archange et le dragon s'est dissocié. L'un a fui vers l'Occident, l'autre vers l'Orient... C'est ainsi que la Plymouth longe les quartiers oubliés de la capitale d'Europe, sans eau ni électricité, où des haillons pendent aux fils entre des abris de fortune. Mon père sait que cette misère noire concerne presque toutes les populations de la Terre. Lui-même l'a connue. C'est le vérité mondialisée pour tous ceux, ou presque, dont la peau a la couleur du rhum.
Mon verre de rhum est vide, se dit Juan-Luis de Loyola. Comme le chargeur du fusil à lunette infrarouge posé à côté de la bouteille sur ce bureau d'acajou. Ca vous requinque un homme, une petite rasade. A la santé de l'âme de quelqu'un... Pour lui, le signal d'une terre nouvelle dans le catafalque du canal ! Oui, le ***trader*** que je suis se doit aussi d'être un ***raider***, un ***hacker***, un ***killer***, un ***sniper***. Mais faut-il que jamais ne revienne le matin ? La violence des nuits n'aurait-elle pas de fin ? Quels cercles de feu traverser pour franchir cet abîme ? Alors la Plymouth noire de mon père se retrouva d'un coup sur le Malecón.

Quels échos du royaume des ombres aux racines d'une Tour de verre !

*

— Non, jamais de mes yeux même infirmes je ne vis une telle horreur
— Un homme est mort
— Qui avait réclamé le droit de vivre
— Dans la cité des hommes
— En y cultivant une tradition sacrée
— Nous ignorons encore ce qui doit arriver
— L'aurore aux doigts de rose devrait finir par se lever
— Ce n'est guère une nuit facile à digérer, sans un petit alcool
— Cherchons un havre où boire le vin d'honneur aux sombres feux
— Mais où ?
— Espérons qu'un signe se manifeste
— Quelque étoile propice.

*

Mes racines trament dans les abysses d'insoupçonnables errances vers la lumière des Pléiades. Je vois depuis ma cime le visage de Loyola demeurer impassible, suspendu au dernier étage telle une gargouille dans la pénombre du jour absent. Il a depuis longtemps le sentiment que plus il en apprend sur lui-même, moins il en sait. Plus il cherche, plus il s'enfonce dans le néant. Car il ne le dira pas, dans son roman, que l'unique mission cette nuit dévolue à un *mythmaker* de la *dreamsociety* était de trouver un slogan pour le rhum Evangelista. Et, devant la scène qu'il voit se dérouler sous ses yeux, cette bagnole préhistorique au volant de laquelle un père inconnu tambourine la chanson de sa mère aimée jadis par un autre homme, la perspective court vers un point de fuite sans retour possible. Soudain, comme si quelque chose en lui se libérait après le crime, un flot de paroles sort de sa bouche, des paroles venues de quelque autre monde.

Un martyr funambulesque de plus ou de moins, quelle importance ? Moi-même, ai-je vraiment existé ? Je suis l'enfant d'un couple qui ne s'est peut-être jamais rencontré. Moi, Juan-Luis de Loyola, je suis le fantôme d'une ombre qui vécut sous le nom d'Anatole Atlas, et qui me dicte ces mots depuis le canal de Bruxelles. Désormais, j'en suis réduit à une apparence privée de substance, tandis que l'autre est devenu ma substance privée de toute apparence. A lui les nuits dans la floraison lumineuse des étoiles... A moi les jours noirs éclairés par le glaive d'un dragon, par la gueule en feu d'un archange !

Aède est celui qui fait chanter le globe. Quand le monde entier tourne fou, que la planète vacille privée de l'un de ses pôles, quel vertige est celui d'Atlas... Car cet archange et ce dragon, pour lui, c'était l'oiseau-serpent des origines, c'était Habanaguana, c'était Eva de Cuba !

*

— Atlas n'était-il pas l'un des Titans condamnés par l'Olympe ?
— Exilé dans une île mythique, à l'extrême Occident
— C'est là qu'il portait la voûte sur ses épaules ?
— Au jardin des Pléiades.

*

Trois coups de feu... Du côté des Pléiades, une ode chantée par l'atlante mort cette nuit dans le canal parcourut les brousses de l'espace au moyen des tam-tams taillés dans mon tronc, qui répercutaient ce chant d'astre en astre et sans fin l'enrichissaient jusqu'à l'oubli de l'auteur initial ; ainsi, je me flatte que nul ne se souvienne jamais des origines de cette mélopée, dont le mieux serait encore qu'on l'attribue à l'arbre auprès de la source même du cosmos.

Mon père devant l'arbre sacré ! Papa, tu m'entends ? Juan-Luis de Loyola rumine. Jamais il n'a rencontré cet homme dans une Plymouth noire, qui vient de se garer sur le quai du canal avant de sortir de sa voiture pour s'approcher d'un vulgaire platane, et qui lève les yeux vers la ville haute surmontée de sa Tour, perchée sur le canal comme sur un précipice. En pleine lumière de ses phares, Abel de Loyola venait d'apercevoir près de l'arbre un petit garçon tout semblable à lui-même quand il était enfant. Tournant le dos à un abri au toit de palmes, il ne portait pas de pantalon, juste un vieux tee-shirt arborant le slogan qui scintille toujours au sommet de la Tour : ***Siempre es 26 !***... Debout sur le trottoir, l'enfant avait le ventre gonflé à force de ne rien manger. Quelque chose pendait de ses fesses, un fil argenté et brillant. Mon père savait ce que ça voulait dire. Alors il a freiné en catastrophe, sentant en lui la morsure du ver solitaire ayant tellement grandi dans son ventre qu'il dépassait du cul comme un serpent dépourvu d'ailes pour s'envoler. Loyola devine à présent que quelque chose ne tourne pas rond dans cet anniversaire, qu'il n'est pas vraiment celui qu'il croit être, que ses souvenirs ne sont pas tout à fait les siens. Du moins, en ce qui concerne sa mémoire lointaine.

Pèlerinage à l'ombre de l'arbre sacré. S'incliner devant les racines monstrueuses. Recueillir la sève des larges feuilles. Vertige. Sous le Jaguëy dont l'ombre aujourd'hui couvrira la planète entière.

*

— Il nous faut recueillir tous les signes, depuis le sommet de l'Olympe
—Thunder ! N'évoquez plus cette montagne infernale
— Quelle parole étrange a fui l'enclos de tes dents ?
— J'avais un père qui ressemblait à un Jupiter des bas-fonds
— J'avoue qu'il n'est pas d'homme qui puisse éviter son destin.

*

Bon. Par où commencer ? Je vous disais que nous entendions souffler le vent des galaxies dans les branches d'un arbre. Son murmure évoque la voix de celui qui vous parle. Un chant se lève en lui qui n'a connu sa source et n'aura d'estuaire qu'en la constellation des Pléiades. Ce n'est donc pas vrai qu'elles se taisent, les myriades en fleurs dont est peuplée sa tête. Goutte à goutte, feuille par feuille s'y entend psalmodier la fugue des nébuleuses. Etonnez-vous de lui s'il profère de telles fables ! Ainsi du sang sur ses feuilles et sur ses racines, comme le chantait Eva dans mes bras, quand elle roucoulait la rengaine d'Abel de Loyola. *Je suis l'oiseau-serpent*, disait l'une de ses chansons. Dans mes bras ? Je voulais parler de mes branches où pendait un étrange fruit, la nuit du 26 juillet 1953.

Juan-Luis de Loyola s'accroche à l'image de son père en cette nuit jubilaire. Papa, réponds, tu m'entends ? Ecoute, j'ai le rythme que tu m'as fait entrer dans le sang ! Mon père captait toujours la voix d'Eva. Pour lui seul elle chantait encore les étranges fruits suspendus aux figuiers de l'île, sa propre tête criblée de balles accrochée à l'un de ces arbres maudits. Loyola voyait son père Abel, sorti de la Plymouth au bord du canal, aller vers ce platane ou ce marronnier de sa démarche rythmée, sans arrogance ni frime, comme s'il était habité par le son du tambour. Le petit garçon semblable à lui-même autrefois s'était éclipsé dans les végétations tropicales, où des néons multicolores clignotaient sur le jet d'eau d'une fontaine en marbre. Abel de Loyola se souvenait-il des danseuses du casino quand elles roulaient du cul au moment où Eva sautait depuis son jaguëy sur la scène du cabaret ? L'un et l'autre, chacun à sa manière, étaient acrobates sur une corde raide au-dessus d'un monde qui déjà vacillait à toute allure...
Je vis alors mon père ouvrir sa braguette et pisser un long coup à l'arbre du coin, visant les racines tachées de son sang, près de ce paradis sous les étoiles où des musiciens nègres comme lui jouaient pour faire scintiller les femmes élégantes en robes de cocktail au bras de leurs cavaliers en smoking, sous la fumée bleue des havanes.

Si les racines de l'arbre s'en souviennent ! C'était l'époque où commençaient à se multiplier partout, sur les murs du monde civilisé, des affiches annonçant cigarettes parfumées et gommes à mâcher, limonades chimiques et pommades à tous usages, vantées par des créatures élégantes voguant sur des nefs aussi somptueuses que celle ayant conduit depuis les Cyclades jusqu'aux Caraïbes une certaine Aurore Théokratidès, héritière des parfums Noé - qui plus tard serait dite Eva de Cuba. Tant de continents vierges du cerveau restaient à découvrir, aussi vastes que les océans du monde avant le premier voyage de Colomb ! De gigantesques étendues mentales se déployaient aux horizons des terres connues, qui ne demandaient qu'à être exploitées par les nouveaux Conquérants de l'âme humaine...

*

— Qui part à l'aventure
— Embarque sur un océan de misères
— Est-ce ainsi que vous imaginez les mers courues par le divin Ulysse ?
— Voyez tous les malheurs tombés sur ceux qui...
— S'en sont allés par-delà les colonnes d'Hercule ?
— Oui, vers ce que vos ancêtres appelaient Iles Bienheureuses
— Contrées nommées aussi Las Islas dolorosas del mar
— Pourquoi les livres fondateurs sont-ils toujours d'errance et d'exil ?
— Le dieu des sombres nuées nous a infligé une destinée lamentable afin que nous soyons, jusque dans l'avenir, célébrés par les chants des hommes qui viendront.

*

Aucun texte ne mentionne le nom de l'arbre au paradis des origines, un arbre qui - dit-on - pouvait déployer son ombre sur tous les habitants de la Terre. Cet arbre immense, aux racines cosmiques, dont les branches offraient leur asile aux populations de la planète entière, Abel de Loyola l'avait devant les yeux. Mais il n'eut d'yeux que pour ceux d'Eva, pour sa peau noire et sa chevelure blonde où brillait l'étoile rouge d'une fleur de Pâques. L'un et l'autre voyaient l'autre côté du monde. En même temps le corps d'un homme était pendu à une branche de l'arbre, et son murmure évoquait moins le râle ou le gémissement qu'une douce musique amplifiée par le vent. Celui-ci se mit à souffler en rafales, agitant le corps sans vie de mouvements saccadés. C'est alors que l'enseigne lumineuse au sommet de la Tour fut prise de spasmes qui lui firent agrandir ses signes dans le ciel, au rythme où le cadavre continuait de se balancer en cadence, tandis qu'Abel de Loyola pissait toujours et scrutait avec un grand sourire ces lettres clignotantes :

26 de Julio 1953

Juan-Luis de Loyola se tient à la fenêtre du dernier étage, attendant que vienne l'aube du grand jour. Soleil à naître ! Cri d'Eva ! Si je suis né le 16 juin 1954, ma conception remonte à cette nuit du 26 juillet 1953, celle de l'assaut de la Moncada. Le jour où il fut conçu partout s'étalait sur les murs dans l'île de sa naissance. La partie orientale, en particulier, résonnait de cette clameur : ***26 de Julio***. Pas un coin de Santiago ou de Guantánamo qui ne fît allusion publique à cette date ayant eu pour lui quelque conséquence d'ordre privé. Le jour – ou plutôt la nuit – du 26 juillet 1953 fut l'ultime où mon père et ma mère purent me concevoir. Un tel événement ne s'afficherait pas dans les rues, s'il n'était celui de l'attaque d'une caserne militaire auquel mon père avait pris part. Ce haut fait d'armes devait me valoir une rémission de peine sur Terre – un rabiot d'existence fœtale, puisque je suis resté près de deux mois de trop dans le ventre de ma mère, pour naître le 16 juin 1954. Qu'ai-je donc bien pu y faire, et pour quelles raisons, se demande un homme juché cinquante ans plus tard au sommet d'une tour qui domine Bruxelles.

Cette enquête intéresse le royaume des racines, où l'on sait bien que Juan-Luis de Loyola n'est jamais seul même quand il est seul. Depuis longtemps il connaît l'art de parler avec son ombre. Cette manie lui vient de l'enfance, passée sur un autre continent. Elle s'est aggravée lorsque, à l'âge de six ans, on l'a expédié dans une famille en Belgique, où il n'aura de cesse d'appeler à travers l'océan cette autre voix de lui-même qu'avec son vieux pote Anatole, petit-fils de l'aède, ils imagineraient cachée parmi les obscures vésanies d'un canal.

*

— Cette nuit m'en rappelle une autre, au temps où je m'endormais parfois dans un caniveau près du canal. Celui-ci ou un autre, quelle importance ?
— Pour moi, tout le temps que j'errai dans la vie, je ne connus jamais que doutes en mon cœur, jusqu'au jour où les dieux me tirèrent des peines.

*

Le Jaguëy ne s'adresse guère aux hommes avec facilité, tant il éprouve de manière embrouillée les expériences auxquelles il assista comme témoin, sous de multiples angles à la fois, souvent contradictoires. Tenez. Cette frénésie tropicale émanant d'Abel de Loyola... L'on sait, de ce mulâtre cubain, qu'il ne compta pas pour peu dans le tourbillon des années cinquante, pour avoir pris part aux convulsions des avant-gardes européennes, comme à l'assaut de la Moncada qui devait lui être fatal. Un labyrinthe inédit verrait le jour à l'aube de la seconde moitié du siècle vingtième, un labyrinthe en constante expansion dont les dédales proliféreraient jusqu'au cosmos pour que soit un jour abattu le mur venant de se dresser entre les parties occidentale et orientale de l'Europe, au-delà duquel flottait un drapeau rouge frappé de la faucille et du marteau.

Juan-Luis de Loyola ne contrôlait plus rien de ce qui s'écrivait sur son ordinateur. Un manuscrit vieux de dix ans, qu'il n'avait jamais publié, pouvait-il envahir à ce point son récit ? Mais cette ***Ombre des ancêtres oubliés***, sous-titrée **Maïak III**, n'avait aucun rapport avec sa propre histoire, puisque l'aède y était victime de la déesse crétoise aux serpents ! Dans quel sinistre carnaval se trouvait-il donc embarqué ? Loyola n'ignorait pas qu'au jour ou à la nuit de sa conception se fêtait le carnaval à Santiago de Cuba. Chacun libérait alors saints et démons pour qu'ils cavalent tranquilles tout le reste de l'année. Cette province de l'Oriente, rebelle et patriotique entre toutes celles de l'île, avait déjà payé le plus lourd tribut de sang lors des guerres de l'Indépendance. Abel de Loyola se tenait toujours à uriner d'un jet puissant de carnaval devant l'arbre de mémoire, fouillant des yeux l'obscurité du canal. Comme ses compagnons du 26 juillet, il tenait le langage d'un chevalier des temps modernes, celui d'un hidalgo épris d'honneur et de justice, même si son enfance avait plutôt cavalé misère. Ne jamais jouer les durs, se disait-il en scrutant les esprits de l'ombre, dans ces lieux où nos grands-pères ont passé leur vie à travailler quatorze heures par jour, machette à la main, pour couper des cannes à sucre en échange de deux poignées de riz ou de haricots, tandis que dans l'étable une femme recevait sur son cul le fouet lascif du contremaître, car on savait alors ce que voulait dire travailler plus pour gagner plus. Il fallait jouer à qui agite au mieux sa machette, ainsi que son père et son grand-père avant lui. Ne jamais dédaigner une bonne gorgée de rhum et l'avaler d'un trait comme si on envoyait chier le monde, parce que la vie c'est de la merde comme cette saloperie de ver qui peut vous sortir des fesses, puis rire un bon coup sans savoir si, perché sur votre épaule, il y a le saint ou le démon, l'archange ou le dragon du carnaval, dont Abel de Loyola traquait les ombres au fond du carnacacavalcanal.

C'est depuis le royaume des racines que l'on peut comprendre ce qui arrive à Juan-Luis de Loyola. Lui-même ignorait le sens de cette nuit d'anniversaire passée à boire après avoir tué un homme ayant connu sa mère avant son père voici plus d'une éternité. Cet état de faiblesse le rendait invincible, qui lui faisait verser sans cesse un baume de feu sur son inguérissable blessure. Car la brûlure en lui prenait source bien plus loin que l'enfance. Comme l'ivrogne calme le mal d'alcool par l'alcool, il aimait enivrer de phrases théâtrales avec son double une souffrance d'avant sa naissance. C'est dans un tel esprit, sans rien d'autre que l'arbre des origines qui pût peser sur lui ou lui porter ombrage que, seul face à son ombre invisible, au-dessus de tout, debout sur son ombre elle-même, Loyola mesurait la vanité de son pouvoir au sommet d'une Tour dominant la capitale d'Europe.

*

— Ma tête a toujours été farcie de cailloux et de détritus et de bouts d'allumettes et de morceaux de verres glanés un peu partout pour écrire un livre de trente-six points de vue différents en autant de styles, tous apparemment incompréhensibles

— Il ne sera pas à rejeter, l'avis que je vais te donner. Toujours vient une heure où s'entend le chant de l'aède inspiré par les dieux pour la joie des mortels !

*

Maïak

QUITTÉE LA BRUINE D'HOSTILITÉ

de la cité portègne, un homme se lève sur sa barque et lance un chant de colère au plus profond de ton mystère.
Le monde, depuis des millénaires, accueille ce chant de communion marine né de sa propre germination infinie.
Grâce à l'ultime lueur traversant les eaux du canal, j'aperçus une femme entourée de lumière. Cette apparition rayonnante pouvait-elle être celle de ton corps transfiguré ? Mais où étions-nous vraiment ? La conscience absolue m'envahit d'une impression tant de fois ressentie durant la vie.

Ceci est une œuvre littéraire et plus qu'une œuvre littéraire. J'achève un cycle romanesque pour Juan-Luis de Loyola. Salut aux lecteurs des siècles futurs ! Est-ce de la sorcellerie ? Voyez l'étrange tribu rassemblée autour du feu d'étoiles dont s'embrase ma coupe après les coups de feu tirés par une déesse aux serpents. Il y a là des visages dont la lumière vous parviendra, comme nous-mêmes avons vu les ténèbres du passé s'éclairer de quelques regards, de quelques sourires, mais aussi de pleurs de cris et de rires. Tout ce qui demeure d'une époque...

Par un parchemin déployé dans le fond du canal de Bruxelles et par un ordinateur au sommet du plus haut temple de la ville, par la constellation des Pléiades et par le royaume des ombres, par la voix d'une femme qui me fit connaître un voyage de la géhenne au paradis, je vous prie

d'écouter l'étoile au fond de cette coupe que je brandis après la mort !

Rengaine d'une idole des vitrines

Là où je suis, je vais plus vite que la mort. Même si je ne suis rien d'autre, je vous l'ai dit, qu'une poupée taillée dans le bois d'un figuier tropical. Pas la peine donc d'en faire toute une histoire. C'est même ici le contraire d'une histoire. Pour en entendre, des histoires, il me semble que bien d'autres déesses vous offrent l'embarras du choix. D'ailleurs, je n'ai jamais rien compris à leurs histoires. Celui qui est passé de l'autre côté de l'espace et du temps vous en raconte une autre, qui est peut-être la vôtre, à vos propres yeux cachée depuis la guerre de Troie.

Sa vie entière l'aède a tutoyé la mort
à jamais en exil
au large de lui-même.
Le sang bat à ses tempes
le délire habite sa voix
lui qui du chant des mers perçoit l'écho dans un miroir comme reflet de source au fond de la mémoire.
Ecoutez-le parler par ma bouche fardée...
Ô charogne vers qui tournent déjà les mouches
lui dont l'âme crie douleur de son fleuve perdu !
Ô plaie dans les entrailles et jusqu'aux os de l'âme
que reste-t-il en toi des vieilles mélopées ?
Il ne disait qu'un nom comme celui qui a tout oublié, pour ne plus se souvenir que d'une Indienne blonde à peau noire d'avant toute mémoire, qu'il s'obstine à nommer son Eva de Cuba...

C'est grâce à l'ombre d'un arbre sur le monde que Juan-Luis de Loyola voit sa mère en tenue légère – une fleur de Pâques pour toute vêture – faire magie dans mes ramures au pied desquelles n'en finit pas de pisser son père. Il voit l'oiseau-serpent de bienfaisante mémoire animer l'ombrage du vieil arbre. Il voit les anges et les démons, les dieux et les esprits d'une île où devait exploser la révolte de sang et de feu, révolte écarlate comme cette fleur dans la chevelure d'or d'Eva de Cuba. Une révolte d'étoiles et de cyclones, puis la gerbe de chiures et de vomissures sanglantes ayant entouré sa naissance. Qu'il attend encore. Car il n'a pas connu sa mère et n'a d'autre sanctuaire qu'un coffre où dort la seule relique de celui qu'il croit être son père.

Juan-Luis de Loyola sortit du coffre-fort un paquet mal ficelé, d'où il déploya sur le bureau d'acajou un morceau de tissu souillé de cette couleur brune que prend le sang quand il a séché de longues années sur une étoffe blanche. Avec d'infinies précautions, il se passa sur le torse une chemise de coton à poches multiples. Une nuit. Une seule nuit. Mon père n'a connu ma mère qu'une seule nuit, celle du 26 juillet 1953. Sa main se pose sur la poche de poitrine frappée de cette salissure en forme d'étoile. Au cas même où j'aurais été conçu au cours de la nuit qui devait lui être fatale, comment expliquer un séjour si long dans le ventre de ma mère ? Il tira de la poche une coupure de presse jaunie évoquant l'assaut manqué d'une caserne militaire à Santiago. L'article vantait l'armée d'avoir démantelé une société de conspirateurs à laquelle appartenait un certain Abel de Loyola. Sur une photographie apparaissait le chef des rebelles, que l'on disait mis hors d'état de nuire. Il s'agissait d'un jeune avocat, grand et athlétique, arborant une moustache à la Errol Flynn. Le hors-la-loi nommé Fidel Castro, assurait-on, ne ferait plus jamais entendre parler de lui. Leur groupe terroriste, apprenait-on encore, s'était placé sous les auspices de saint Jacques, patron de la ville. ***Scto Iago***... le chemin des vagabonds, des pénitents, des nécessiteux, guidés par la Coquille, signe océanique... ironisait la rédaction dans une veine lyrique propre aux journaux de province.
Juan-Luis de Loyola remit la coupure dans la poche de poitrine de la guayabera. PAS PRENDRE CONNAISSANCE AVANT LENDEMAIN 50 ANS. C'était un autre message, dont il ignorait la provenance. Un petit colis sans destinataire envoyé par la poste il y avait neuf mois. Rien d'autre qu'un carnet noir. Simple superstition, Loyola l'avait rangé dans le coffre-fort à coté de la guayabera. Jamais il n'avait cessé de remuer ces questions insolubles. Comme j'aurais dû voir le jour aux alentours du 26 avril, il est évident d'imaginer quelque rapport de ma mère avec un autre homme, vers le 16 septembre 1953. Or je suis bien le fils d'Abel de Loyola, son sang ne peut mentir ! Juan-Luis de Loyola ricane d'un sourire démoniaque en se replaçant face à l'ordinateur portable. Notre

propre secte des coquillards n'en était-elle pas à ses débuts, cette Internationale d'un genre nouveau qui entendait saper toutes les bases du monde civilisé ?

S'il écoutait à cet instant la voix du royaume des ombres, il entendrait qu'en vérité toutes les circonstances ayant entouré toutes les venues au monde sont invraisemblables. S'il ne paraissait guère crédible qu'il eût pu être conçu onze mois avant de naître, peut-être lui était-il plus facile d'imaginer que le spectre de son père, deux mois après sa mort, ait pu féconder le ventre de sa mère ?

*

— ***Dites-moi, vous en savez long sur vos géniteurs ?***
— ***Ma mère vient des Cyclades, mon père est inconnu***
— ***Ne disait-on pas des Cyclades qu'elles avaient été vomies par un dragon ?***
— ***Le maître des ouragans, qui franchissait les mers d'un seul bond***
— ***Gloire au dragon volant depuis les Cyclades jusqu'aux Caraïbes !***

*

Oui, mes branches parlent sur les hauteurs noirâtres de l'aurore. Voulez-vous tout savoir ? Elles connaissent des tas d'histoires, les floraisons sidérales d'un arbre où naquirent les premières légendes. Arbre à plumes, fleurs de feu, silencieusement va la sève du Jaguëy gorgée de fruits d'or. Et toujours cette absence d'aurore... Aurore, comme le nom de baptême d'Eva, là-bas, sur une île des Cyclades. Loyola contemple la ville endormie. Seul avec la nuit, il ne veut sentir qu'une chose, la mer de son enfance. Ecouter le chant de la houle qui lui contait la fable d'Eva, quand elle se brisait contre les rochers du Malecón.

Où suis-je ? Qu'ai-je fait ? Que dois-je faire encore ?
Près de onze mois de gestation, quarante jours de rab dans la matrice : vous avez déjà connu ça ? Mon père n'avait pas fini d'uriner sur les démons grouillant aux racines de l'arbre sacré, sans apercevoir Eva dans les branches qui l'observait de ses légendaires yeux verts. Les jambes toujours solidement plantées face au Malecón, Abel de Loyola tourna le torse et mit une main en visière sur son front pour scruter la Tour qui dominait Bruxelles. Il n'était pas impossible qu'en guise d'être céleste voltigeant à hauteur des nuages, il pût distinguer l'étrange gargouille ne le quittant pas des yeux depuis sa fenêtre du dernier étage. Je le vis se tourner à nouveau vers le canal et me désigner un petit bar sur l'autre rive.

Là naquit pour un aède le mythe Eva. Eva la voix d'or, Eva la seule chanteuse blanche qu'on pût comparer à Billie Holiday ! Eva la fille d'un milliardaire grec, éprise d'un révolutionnaire cubain, qui dictait la mode à Paris tout en imprimant son rythme aux nuits de Santiago de Cuba.

*

— J'ai tout essayé
— Que voulez-vous dire ?
— Impossible d'encore écrire après un si long rêve
— Plus rien à découvrir ?
— Peut-être ai-je encore, comme cette Eva, un avenir de chanteur des rues.

*

Juste après avoir créé la Terre, l'oiseau-serpent des origines aperçut qu'il y manquait deux yeux pour le voir dérouler ses anneaux emplumés dans l'univers. De sa langue bifide il cracha deux îles jumelles que relieraient - ainsi qu'un savant nerf optique - les racines du même arbre génésiaque. Puis il déposa dans l'ombre de ses branches la première femme, dont la chevelure était tissée de la lumière des Pléiades. Ouvrez donc ces pages liminaires - dédicacées non pas au Prince, mais au Gueux - pour y sentir d'emblée la sueur d'une écorce millénaire ! humez la chair et le sang d'un tronc trituré pour le plaisir de vos songes ! inhalez la fumée de ses lianes, qui découvriront peut-être à vos yeux l'envers des choses !

Juan-Luis de Loyola se mit à claquer des doigts. ***26 juillet, 26 juillet, 26 juillet*** ! Ces deux mots, sur une mesure à quatre temps, faisaient battre à son cœur le rythme endiablé d'un ***son*** santiaguero. Qui pouvait savoir que ce jour marquerait le départ d'une série d'événements dont serait bousculé l'ordre du monde ? Nous-mêmes, vingt ans plus tard, ne rêverions-nous pas d'une autre vie plus lumineuse au large de l'aurore ? Aujourd'hui je produis pour la Tour, à destination planétaire, de ces fausses lumières dont chaque soir ont besoin les ruines crépusculaires à seule fin de paraître nouvelles. Car les ***news*** mondiales sont ce que la Tour vous dit qu'elles sont. César avait ses légions, Napoléon sa Grande Armée. Nous avons nos divisions. Télévisions, informations, magazines. D'ici peu, nous toucherons plus de monde que personne dans l'Histoire excepté Dieu lui-même, aime dire Jésus Evangelista. Si deux tours s'écroulent à New York, d'autres tours continuent de veiller pour vendre au monde les valeurs de la marque Panoptic. Debout face au canal, urinant sans vergogne sur l'arbre sacré, mon père laisse monter en lui la puissance des vagues battant le Malecón. Il semble se soulager de ma propre douleur, tandis que dans les branches ma mère continue de l'observer sans cesser de chanter tout bas, car il connaît toujours la puanteur du désespoir, une odeur de pieds sans chaussures, de cœurs en détresse, de visages couverts de croûtes. Aller à l'école ? Se faire soigner à l'hôpital ? Votre famille devait appartenir à la race du gouvernement ou à celle des racketteurs, ce qui revenait au même. Il sait aussi que l'argent coule à flots sous le dôme du Capitolio comme dans les casinos et les banques du Vedado. Oui, mon père avait compris cela, qu'un homme pouvait être un prince ou un cochon, un saint ou un démon, selon qu'il était né du bon ou du mauvais côté de la loi. Tous les esprits de la Santeria se ligueraient alors pour lui faire connaître une ange blonde venue d'Europe en compagnie d'un autre homme, qui deviendrait pour lui Eva de Cuba.

Grâce à l'oiseau-serpent, racines et fruits ne sont pas séparés. Non plus que royaume des ombres et chevelure des Pléiades. C'est en elle, bercé par son chant, que Juan-Luis de Loyola tout à l'heure s'est permis un petit somme, la tête renversée sur son clavier d'ordinateur. Dans son rêve, au sommet de la Tour, il était un homme gisant au fond du canal de Bruxelles, qui lui-même rêvait avoir tiré les coups de feu depuis la Tour sur l'homme ayant tué son père il y a cinquante ans ; mais alors, comment pouvaient-ils encore savoir l'un et l'autre qui était qui ?

*

— ***Nous-mêmes avons toujours vécu entre vie et mort***
— ***Comme entre songes et réalités***
— ***Ouvrant l'œil dans la nuit***
— ***Regard infirme à la lumière du jour.***

*

L'être du Jaguëy, c'est une transe en immobilité totale, et dans cette immobilité même un voyage inimaginable à travers les espaces et les temps. Voulez-vous que cet arbre vous conte l'histoire de la belle Indienne Habanaguana, lointaine ancêtre d'Eva de Cuba ? L'oiseau-serpent des origines eut envie que les yeux de cette femme lui fussent un rappel des deux mers où il avait craché les îles jumelles. Il désira se faire un nid de sa crinière d'or. Il voulut que les couleurs de sa peau fussent un mélange de toutes celles qui peupleraient ses mondes, car ceux-ci seraient multiples et séparés par d'immenses déserts d'eau. Les temps et les âges passeraient ainsi que milliards de vagues avant qu'il prît fantaisie à l'oiseau-serpent de faire se rencontrer ses créatures à la surface de la Terre. Ainsi le Nouveau Monde, pour un certain Cristobal Colon, ce serait d'abord Eva, l'Indienne d'au-delà renversée dans le secret de mes palmures, sa chevelure frôlant les eaux primordiales, dont les yeux verts fixeraient le ciel à l'horizon duquel viendraient à elle trois caravelles aux ailes blanches frappées de la croix.

J'arrive enfin à quelque chose, pense Juan-Luis de Loyola. Mon père, sang-mêlé de Cuba, vit débarquer la jeune Aurore de son yacht blanc battant pavillon grec ainsi que les Indiens taïnos, autour de la marmite où mijotait l'***ajiaco*** du village, aperçurent sans doute les premières voiles chrétiennes à l'horizon de Baracoa. Même si je mens un peu. Même si j'oublie le rôle d'Abel de Loyola dans cette Internationale, où il figurerait comme le nécessaire bon sauvage d'un certain Guy Debord. Ce qui est hors de discussion, c'est que tout commença sur le quai devant l'***Eva's Bar***, suggère mon père en désignant toujours l'autre rive du canal. Fontaine infatigable en la cité connue pour son Manneken Pis, il n'avait pas fini d'arroser l'arbre des origines en fixant des yeux les vagues battant contre le Malecón. A mesure lui parvenait le chant d'Eva qui se confondait à l'écume, vêtue comme elle d'une robe de prêtresse de la Santeria. N'était-ce pas une céleste apparition qui tomba sur la vie d'Abel de Loyola ? D'abord, elle fut une jeune femme à la peau blanche du nom d'Aurore, accompagnée d'un autre homme ; puis elle prit couleur de rhum quand elle devint Eva de Cuba. Mais il y avait aussi l'étrange coïncidence : à la proue du yacht blanc qui venait des Cyclades et appartenait à son père, trois lettres épelaient déjà le nom de la première femme. C'est de ce beau navire que mon père avait donc vu sortir la fille d'Aristos Théokratidès quelques semaines avant le 26 juillet 1953. Eut-elle besoin d'être possédée de deux manières différentes quand elle mit le pied sur le sol des Caraïbes ? Pour elle, mon père et l'aède n'en feraient qu'un. Ce dernier se trouvait dans la cabine du yacht accosté devant l'***Eva's Bar***, et elle descendit seule de la passerelle pour tomber sur un jeune mulâtre plein de rythme dans le sang. Si, du moins, je comprends bien ce que suggère mon père dont la diluvienne miction se poursuit non sans souvenir du temps où on leur faisait avaler leur propre urine, aux opposants de Batista, ses yeux ne cessant de scruter le passé dans les ombres du canal. Au fil des générations, pas un habitant de ces taudis n'avait échappé au mal et à ses souffrances. Des archanges armés de lances et de glaives, des dragons dont les gueules crachaient des flammes avaient envahi chaque village de la côte africaine et fait voyager leurs ancêtres avec des chaînes aux pieds d'une rive à l'autre de l'océan, pour qu'une jeune femme blonde l'accompagne un jour dans ce bar où jamais il n'aurait pu entrer seul car il n'avait pas la bonne couleur de peau.

Le royaume des ombres a ici son mot à dire. Ce qu'ignore encore Juan-Luis de Loyola, c'est d'où vient vraiment Eva de Cuba. Ce qu'il découvrira dans sa propre histoire, c'est son rêve à elle il y a très longtemps, face à la mer, de voyager un jour dans une ville au sommet de laquelle danserait sa mère, même si elle ne pouvait alors deviner quelle forme exacte aurait prise l'oiseau-serpent des origines à la flèche de l'Hôtel de ville de Bruxelles.

*

— N'a-t-on pas dit aussi de nos deux œuvres qu'elles contenaient quelques longueurs ?
— Oyez donc les multiples chants de ces aveugles inspirés !

*

C'est depuis lors que mes plus hautes lianes célèbrent l'en allée de rêves prodigieux. Car un prophète invisible à ma cime crie dans une conque et vous lance depuis cinq cents ans ses bordées de cris d'oiseaux. Mon âme pépie de joie sous la magnificence des étoiles où les Pléiades chantent pour deux mers découvrant l'une à l'autre leurs sexes avec des cris d'amour, parce que pour chacune l'autre rive est plus belle qu'un soleil au fond de la nuit. Depuis mon île des Cyclades, j'étais aux premières loges d'un opéra fabuleux pour voir la matrice méditerranéenne accueillir une semence venue du couchant dans ses gonades levantines où serait fécondé le Livre. D'un ovule jaillirait le cri de la révélation prophétique ; d'un autre celui de la pensée philosophique. Entre la colombe de Jérusalem et le hibou d'Athéna se déploieraient les ailes rouges du Phénix. Quand le ventre fut gros, j'ai vu la parole biblique franchir à rebours les colonnes d'Hercule vers mon autre île des Caraïbes. Mais là ? Feu et sang, croix et glaive ! Evangile du canon. Cet accouplement déchiré n'a pas connu son terme, qui verra la naissance d'une race d'Atlantes appelée de ses vœux par un Phénix invisible au nom de la constellation des Sept Etoiles.

Maïak

Si je n'ai pas failli, la source devrait être infinie de cette triple trilogie composée pour Juan-Luis de Loyola. Sept étoiles : autant que la constellation des Pléiades. Voici donc un livre en sept langues de lumière qui confirme ce que vous saviez, préférant feindre de l'ignorer, depuis plus de trois mille ans. Car l'aède porte en lui les sept origines d'Homère comme les douze tribus de Moïse, ainsi que les sept fois douze poèmes du Phénix.

Un expert esthétique est-il capable d'entendre son nègre ? Nous verrons ce qu'il en sera dans dix ans, le 16 juin 2004, jour de son cinquantième anniversaire. Comprendra-t-il que notre pacte est le contraire de celui qui se noue entre Faust et Méphisto ? Toute révélation, pour venir au jour, affronte les ténèbres. Certes, l'aède est celui qui revient des gouffres de la mort. Il y a puisé de quoi remplir sa coupe de braises encore vives, lui qui a franchi le mur de la lumière pour traverser les âges. Certes, il est l'héritier des villes abolies. Nul n'est éclairé par un feu plus intense que celui de ses pages, qui indiquent le passage entre *mythos* et *logos*. Puisse un interrupteur s'allumer en Loyola : *c'est quoi, ce livre ?* Etincelles d'étoiles tout le long du pont qui traverse un crâne, d'Orient en Occident. J'ai entrevu dans l'autre monde un défilé de féeries sur cette passerelle de l'abîme où les fils du soleil sanglotaient sous la douceur fleurie des Pléiades. Le passage est sauf ! Je peux donc enfin raconter cette guerre de Troie qui caractérise la vie des hommes aujourd'hui...

Rengaine d'une idole des vitrines

Commencez-vous à voir que l'histoire des hommes est tissée de racines et de lianes autrement subtiles que celles enseignées par les dieux des magazines ?
Tout aède est Atlas comme Atlas fut alors l'aède juché sur ses propres épaules, à l'heure où l'horizon n'offrit plus lumière d'aube et qu'il fallut se hisser plus haut que le ciel afin d'apercevoir un impossible demain. Dix ans plus tard, il ne subsistait rien que le souvenir d'un fétiche en bois des îles, dans une agence touristique, de cette aventure lointaine où mes bras s'étaient enroulés à ses yeux de serpents pour lui faire imaginer quelque apparition de divinité crétoise, laquelle userait encore d'autres sortilèges afin d'empoisonner la nuit d'un expert esthétique en haut de sa tour Panoptic.
« Paix à mes cendres, lui clamerait l'aède hilare depuis le canal de Bruxelles – comme s'il eût parlé des cendres du cigare aux lèvres de son meurtrier – paix à mes cendres dont renaissent les flammes de siècle en siècle ! »
Ecoutez le fracas dont retentit Maïak *après sa mort...*
Lui qui ne fut chez lui nulle part, il vécut dans tous les siècles et sur plus d'un continent sans jamais trouver son Ithaque. Homme dont l'histoire des hommes se lisait dans le poème écrit sur la peau du visage, achevait-il enfin la longue phrase d'une vie l'ayant mené lui-même ne sait où par des constellations de signes entre famines et pestes guerres et morts, l'immense phrase d'une histoire sans autre origine que la guerre de Troie sur une mer imaginale unissant l'Orient et l'Occident ?
Achevait-il vraiment sa mélopée, cette infinie rengaine s'en venant des Pléiades aussi bien que du royaume des ombres, lui dont l'âme criait encore douleur d'innombrables ancêtres oubliés ?

Juan-Luis de Loyola n'ose plus voir la farde ouverte à côté de son ordinateur.

Maïak III, *L'Ombre des ancêtres oubliés*

Un manuscrit vieux de dix ans. Son rédacteur, le grand-père d'Anatole, ne connaîtra jamais la publication de pages étrangement prémonitoires, puisqu'elles mettent en scène sa propre mort dans le canal. A moins que Loyola ne s'en soit inspiré pour tramer son scénario de cette nuit...
L'atlante exécuté renaîtra-t-il de ses cendres ? Mon père lui avait déjà coupé le sifflet, voici cinquante ans, quand Aurore Théokratidès tomba pour ainsi dire dans ses bras devant l'***Eva's Bar***, ce bouge où les marins parlaient un sabir gréco-cubain. C'était un sale endroit, se souvenait mon père ; il y avait de la chair fraîche à revendre pour des types incapables d'écrire seulement leur nom, jetés au puits sans fond du travail avant même d'avoir atteint l'âge d'aller à l'école, et dont l'éducation se confondait au sucre alcoolisé des champs de canne dans l'histoire de leur sang, tandis qu'à ses yeux les vagues de l'océan battaient toujours sans fin la digue du Malecón. Mon père, dont le puissant jet liquide n'était pas prêt à cesser d'abreuver l'arbre de mémoire face au canal. Que dire, par exemple, de la coïncidence ayant voulu que fussent baptisés du même nom ce bar où travaillerait Aurore et sa nef luxueuse venue des Cyclades, sinon qu'un hasard du même genre avait décidé qu'Abel fût aussi le prénom du second responsable de l'assaut manqué de la Moncada le 26 juillet, cet autre Abel dont le patronyme épousait l'appellation de la caravelle à bord de laquelle Cristobal Colon, cinq siècles plus tôt, découvrit la baie de Baracoa ? Il s'appelait bien Abel Santamaria, le jeune rebelle dont les yeux avaient été jetés en pâture à ses compagnons rescapés de la nuit pour les faire parler. Car la dictature disposait d'une police parallèle inspirée des « chemises noires » de Mussolini, dont les ordres se prenaient à Washington, et qui oeuvrait de concert avec les gangs de Las Vegas et de Miami. Les opposants, battus à mort, étaient achevés par l'ingurgitation de leur propre urine, si on ne les retrouvait au matin pendus et criblés de balles, à quelque branche de figuier tropical. C'est tout cela que m'enjoignait de raconter mon père. Pour moi, disait sa cascade aurine transformant le canal de Bruxelles en plus vaste pissotière de l'univers, quand tu écris, ce n'est pas des mots, c'est de l'urgence, un besoin pressant de soulager l'immense vessie de ta conscience, pleine des toxines accumulées dans l'organisme collectif. Comme si tu avais quelque chose d'essentiel à évacuer, sans même trop savoir comment t'y prendre. Tu cherches à l'exprimer, tu envoies des signaux, tu entres en communication avec le globe, et puis ça sort tout seul. Tiens, regarde par là... Juan-Luis de Loyola se mit entre les lèvres un cigare qu'il alluma. Quand il aspira la fumée, l'extrémité du havane s'enflamma et un cercle rouge apparut. Il se versa une large rasade, s'enfonça dans le fauteuil de son bureau du dernier étage, puis exhala. Son regard dériva le long du Malecón, jusqu'au point où il s'élargissait pour contourner le Maine et son

gigantesque aigle de bronze perché sur des colonnes de marbre. Le Maine, un navire américain, avait été explosé à la fin du siècle dix-neuvième dans le port de La Havane par les Etats-Unis eux-mêmes, qui firent ensuite aux Espagnols porter le chapeau, profitant de ce prétexte pour leur déclarer la guerre. Car l'Oncle Sam ne répugnait pas à caresser la jolie taille de sa mulâtresse cubaine afin de la coucher tout près de lui, jouissant de sa mielleuse bouche au parfum de rhum, entendit Loyola en vidant son verre. Toute honte bue, l'Oncle Sam adorait promener ses mains partout sous la robe, entre les cuisses et sur les seins d'Eva de Cuba. N'aidait-il pas son petit protégé Batista à voler des millions de dollars dans les caisses de l'Etat ? C'est ce qui se disait à l'***Eva's Bar***, où Aurore Théokratidès distribuait les verres, sa chevelure d'ange frémissant pendant qu'elle virevoltait entre les tables sur des talons aiguilles rouges comme les yeux du ver solitaire que Juan-Luis de Loyola voyait s'entortiller dans le ciel de Bruxelles.

Le royaume des ombres lui-même en apprend des choses sur la face cachée du monde, quand l'Olympe s'enivre d'un alcool puisé aux fruits des antiques Isles Fortunées...

*

— Ô Vague Quelque Chose derrière Toutes Choses ! Pour l'amour du Christ et de Lucifer, change donc le cours des affaires de ce monde... Accorde à quelqu'un une plume, de l'encre et la paix de l'esprit nécessaires pour dire ce qu'il faudrait dire !
— Voilà ce que je viens d'entendre de la voix même des dieux qui sont toujours.

*

Infini verger des Pléiades ! Jardin aux pommes d'or flottant sur l'océan des Hespérides... Chacun de vos fruits chimériques regorge d'une sève plus vive et abondante qu'il n'en faudrait pour saouler tout l'Olympe, s'ils n'étaient veillés par un terrible dragon. Faut-il ajouter qu'un homme fut pendu dans les branches du figuier tropical ? Certains prétendent qu'il est toujours vivant, mais où ? J'habite l'arbre où est mort mon père il y a cinquante ans. J'habite ce même arbre où est apparue ma mère à Cristobal Colon, voici la moitié d'un millénaire. Oubliez donc le figuier-maudit, même si tout ce qui se prononce ici vient de ses feuillages. Faites comme si vous écoutiez un homme qui mène l'enquête sur sa propre histoire, éclairant peut-être l'histoire de tous les hommes. Car, dans son enfance lointaine sur une île, il avait entendu raconter la fable d'une reine maîtresse des eaux (Eva ou Ifa), représentée sous la forme d'un oiseau qui s'accouplait avec le serpent du ciel, principe d'éternel retour. L'histoire de cet homme vous fera voyager au cœur inconnu de vous-même, en ce noyau de l'univers où prennent source les racines du Jaguëy. Nous y sommes ? Attention... Celui qui vous parle vit une étrange expérience, dont ne se révélera le sens que progressivement.

Voilà la chose – appelez-la comme vous voulez. Moi, je la nomme ***Ajiaco***. Une histoire de saints et de démons qu'il vaut mieux attribuer au Jaguëy, protecteur de l'oiseau-serpent comme de l'archange et du dragon, dont Juan-Luis de Loyola, pianotant sur le clavier, tapait sur son écran les mots en lettres de feu : ils lui brûlaient les doigts, les yeux. Du côté du canal se fit entendre l'aboiement d'un chien qui ressemblait au hurlement du chacal. Un chien galeux ne se débarrasse pas facilement de ses puces, aimait dire Abel de Loyola. Sur l'autre rive, devant l'***Eva's Bar***, un yacht était à quai, son profil illuminé par des lumières scintillantes. Mon père avait refermé sa braguette à l'appel du Cerbère veillant le fleuve des morts. La nuit qui précédait le 26 juillet, me dit-il encore, une évasion avait eu lieu à la prison de Santiago. Quelques révolutionnaires s'étaient enfuis en tirant des coups de feu. Tôt ou tard, ils seraient repris, mais il y en aurait d'autres. Quand on coupait deux têtes, sept autres surgissaient. Mon père savait alors que les bombes qui explosaient la nuit ne cesseraient pas, même et surtout la nuit du carnaval, quand éclate partout le cri des archanges et des dragons... Papa, tu m'entends ? Peu m'importe le slogan, j'ai le rythme que tu m'as fait entrer dans le sang ! Sois maudit et béni pour m'avoir délivré par le rythme !
Juan-Luis de Loyola reprit une gorgée de rhum pour faire passer sa gueule de bois. La nuit du 16 juin 2004 n'aurait-elle été qu'un cauchemar ? Son père avait vécu au cœur d'un siècle dont l'histoire ne pourrait jamais être écrite si l'on n'y reliait pas ces deux événements qui le débordaient : l'explosion du cargo Maine en 1898 et...
Il fut pris de l'envie de jeter une allumette dans la bouteille de rhum et de la regarder se consumer au milieu des flammes de l'enfer.

Qui va dans le passage est au plus loin comme au plus près, si haut que rien ne lui est supérieur et si profond que rien ne lui est inférieur ; il embrasse l'espace-temps si bien que rien ne lui est intérieur ou extérieur. Il communique avec le ciel et les enfers ainsi qu'un archange-dragon.

*

— Notre Ulysse ne sillonne jamais que des mers intérieures
— Les monstres qui se dressent au-devant de lui
— Les uns après les autres, sont des monstres intimes
— Pour atteindre le port il devra vaincre ses démons.

*

Il murmure – vocifère ? – au bord de l'abîme celui qui cherche une vérité, se dit Juan-Luis de Loyola, fuyant du regard le manuscrit vieux de dix ans toujours ouvert sur son bureau.

J'étais là mais je n'y étais pas. Mon corps physique pouvait bien se trouver à la table d'un café, quelqu'un m'apostropher, me demander du feu, comme elle autrefois, sur la digue d'Hierapetra, mais je lui répondais à contretemps, car mon existence réelle était dans le poème que j'étais en train de lui écrire, sous le soleil de midi, avant même que sa robe rouge ne surgît dans ma vie.

Qu'importaient encore ces délires où ***Maïak*** se voyait abattu par une déesse crétoise aux bras enroulés de serpents ? Au diable donc notre contrat, qui prenait fin à minuit... Mon grand livre, telle cette Tour – ou les frondaisons d'un arbre quand elles résonnent des clameurs de mille bivouacs – est suspendu en moi comme s'il délimitait l'univers. Chaque nuit vient une étoile qui nous lance le cri d'Eva. Elle appelle et l'on s'embarque pour un monde de mots comme Colomb, paré à découvrir une terre ancienne que l'on baptisera nouvelle. Suis-je la victime ou celui qui a commis le crime ? L'un et l'autre sans doute. L'aède ne boxe-t-il pas à mort son tueur, par ses seuls mots, pour les siècles des siècles ? Quel que soit le point de vue, ces notes prises à la sauvette serviront de brouillon pour le commentaire du vidéofilm. La fin d'un homme en temps réel, sur InterNoé, grâce à Panoptic ! En guise de voix *off*, celle d'un quelconque Lazare ferait l'affaire...
(Mais, au fond, quel âge pouvait avoir l'aède ? Pour s'être trouvé présent à l'enterrement de Maxime Gorki, comme il en raconte la scène dans ses *Cris des cités rivales* – cette année

même où Métaxas imposait la dictature en Grèce, où Franco violait la République espagnole, où le pétainisme à venir préférait ouvertement Hitler au Front populaire – il ne devait guère avoir moins de kilomètres au compteur que ce Lazare Ponticelli dont parlaient aujourd'hui les journaux, dernier rescapé de la *der des ders*.)
Ankylosée par cette nuit pleine d'errances en tout genre, la ville s'est éveillée en lambeaux bariolés, bien que n'apparaisse pas encore la lumière du jour. Combien de jours encore sur le sol de cette ville ? Combien pour mon séjour terrestre global ? Arrêterai-je un jour de gribouiller des voiles blanches adressées aux indigènes d'îles imaginaires ? Debout au sommet de la Tour, je me retrouve assis sur un quai du canal. Mes jambes pendent dans le vide, où des vagues battent les récifs. Le Malecón ou rien ! Ce canal m'offre un front de mer de bon secours, ô Virgen de la Caridad del Cobre ! Ô San Lázaro, dieu des désemparés qui ouvre les chemins dans la santeria de mon père ! Mais où est encore l'Ouest, à présent qu'il n'est plus rien à l'Est ? Au moins je peux encore imaginer l'aurore, ce qui n'est pas le cas de tous. Fiers galions des Caraïbes ! Véloces nefs des Cyclades ! Accordez-moi la force de secouer l'arbre sacré dont les rameaux ploient sous leurs astres dont l'alcool contient peut-être l'art de chanter en langage de flammes ce qui fut comme ce qui est à naître, afin d'en recueillir l'héritage d'une sève millénaire !

Le monde s'était mis à tournoyer dans un sens imprévu, labyrinthique, étrange. L'alcool seul avait-il provoqué cette emphase lyrique ? Tout bien réfléchi, buvons encore ! Très satisfait du début de mon roman, j'ai laissé de côté l'inquiétant manuscrit de Maïak aussi bien que le carnet noir à n'ouvrir que cette nuit, pour m'offrir une autre rasade. Aussitôt s'emparèrent de mon esprit des impressions imprécises, mais aussi importunes qu'une mouche qui vous bourdonne au nez. L'insecte produisait des sons incongrus que j'aurais pu traduire par « Bienvenue dans l'au-delà, Messieurs-dames ». Je n'arrivais pas à calmer cette mouche toujours bourdonnante – quelle mouche était-ce donc ?
Assis devant mon écran d'ordinateur, je voyais à nouveau grimper les chiffres. BZZZZZ. Achète, Loyola, achète ! Et le rouble continuait de monter. L'ampleur d'une telle hausse m'apprenait que cette nuit serait

historique. BZZZ, poursuivait la voix d'un minuscule dragon aux ailes d'ange dans mon crâne.

Si – ce qu'aux divinités ne plaise ! – devait survenir l'époque la plus insensée de l'histoire humaine, le livre qui en rendrait compte serait – parole de mouche ! – le seul impubliable en ce temps-là.

Rengaine d'une idole des vitrines

Passe donc ton chemin, lecteur, si tu ne veux savoir d'où proviennent les mouches qui envahiront ce roman.
Car j'ai vu, depuis vingt-cinq ans que l'œuf de la femme est la plus dévaluée des marchandises, oui j'ai vu des villes aux visages grêlés par la mitraille, gueules édentées, façades vidées de leurs yeux morts. J'ai vu leurs crânes en ruines levés pour des libations de sang. J'ai vu les armées de squelettes pliant l'échine et turbinant pour nourrir la graisse de fortunés cadavres exécutant les ordres du Moloch. Partout sur cette Terre un bal costumé des enfers. Partout danses masquées sur des fosses béantes. Nulle part je n'ai vu de pont sur ces abîmes...
A famines et pestes
Guerres et morts
Auraient pu succéder
Festins de conscience
Epidémies de lumière
Armes de construction massive
Extases collectives
C'était cela le rêve du titan porte-globe...
Ô charogne vers qui tournent déjà les mouches !
Ô plaie dans les entrailles et jusqu'aux os de l'âme !
Quelles vies quelles morts le cri de l'aède emporte-t-il pour confier son sort à cette hideuse langue noire de la ville, gonflée déjà des mouches de son propre cadavre ?
Brouillards de désirs éparpillés
Vapeurs de consciences broyées
Brume d'âmes pulvérisées
Cavale de carnaval au canal cannibale...
Qui pourrait écarter les mouches d'un cadavre ?
A défaut, résignons-nous à écouter leur chant de victoire
Depuis
Depuis
La guerre de Troie !

Entrez donc

Messieurs dames
Entrez je vous en prie
Nous ne manquons pas de places
Au grand cirque de l'au-delà
Vous ne serez pas déçus
Par Eva de Cuba
Même s'il n'y a pas
De scène à mon spectacle
Et si les feux de la rampe
Sont les yeux de l'Anatolie
Qui clignotent sous forme de lumières
Brillant au fond d'un cimetière
Où je nais à la vie
Quatre-vingt douze navires grecs
Attendaient au port du Pirée
Prêts à appareiller pour l'Asie mineure
Qui reçurent ordre de n'en rien faire
Au début de l'autre siècle
Au cours duquel n'a cessé de gronder le fracas
La terre de trembler
Tout de s'écrouler
C'est de Troie que je vous parle !
Où les os de celle qui doit naître
Se mêlent à ceux d'ancêtres millénaires
A moins que je ne fusse déjà née
En je ne sais quelle année
De cette Grande Guerre
Et que j'eusse parlé
Depuis le ventre de ma mère
Dans un cimetière
Pas très loin de la mer
Où le soleil tombait en petits morceaux
Comme si Quelqu'Un le découpait
Dans le ciel
Et ça saignait un feu qui tombe
Encore encore sur tous les corps qui plongent
Dans la mer

Gonflés d'eau les cadavres
Dansaient au gré des vagues
Et leurs crânes cognaient
Contre les bateaux militaires
Des milliers de familles se noyant
Tentant de grimper à bord
Devant la mer derrière feu et carnage
Les flammes s'emparent de la ville
Que font les amiraux ?
Tous les galons dorés de l'Europe ?
Ils filment le massacre
Leurs fanfares jouent de jolis airs
Alors nous tous cachés au fond du cimetière
Faisant davantage confiance
A la férocité des Ottomans
Qu'à la compassion des Alliés
Qu'est-ce que ça changeait pour nous
Le Sultan ottoman ou Mustapha Kemal
Venizélos ou le roi Constantin
Si les Grandes Puissances organisaient le jeu ?
Car sur la ligne de chemin de fer
Qui allait de Bagdad à Smyrne
Traversant les champs pétrolifères
Du Moyen-Orient
Et toutes les richesses
D'Anatolie
Se tramaient déjà les rêves
De la tour Panoptic
L'histoire de la Toison d'Or continuait...

LE

11 / 09 / 2001

tout le monde a tout vu
ET
personne n'a rien vu

Désacralisé désenchanté désâmé se voulait un siècle que j'aurai traversé de part en part désemparé comme un San Lázaro peu importe mon nom parmi des millions d'autres même si je suis bien né Lazare Ponticelli à Bettola le 7 décembre 1897 et que je reste le der des ders en vie de la Grande Guerre moi le rital fils de cette Italie fondée par le divin Enée qui s'enfuit des ruines de Troie ayant donc fréquenté trois siècles et bien davantage par pitié pour la grande famille des poilus pas de funérailles nationales ni de cérémonies officielles aux Invalides aucun discours à l'heure de ma mort tout le monde est d'accord avec cent ans de retard pour dire la révoltante absurdité de nos combats dans les tranchées mais personne pour voir que cette guerre de Troie n'a jamais connu d'armistice toujours plus cruelle et bestiale pour les mêmes raisons commerciales je ne tire plus sur toi parce que tu portes un casque à pointe mais pour que tu casques et que tu pointes à ma place au régiment de la misère universelle on ne croit plus mourir pour la patrie mais on donne toujours sa vie pour une tour de verre qui n'a rien perfectionné mieux que les bombes cette marchandise idéale depuis le Chemin des Dames j'ai vu pleuvoir le feu sur Guernica pris le train pour Treblinka la Kolyma connu les dix mille degrés d'Hiroshima pique-niqué dans les ruines de Sabra et Chatila comme dans celles du Nigeria de Pretoria du Nicaragua de Kinshasa de Bassora puis de Gaza toujours le même décor pour nos momies déguenillées toutes pouvant s'appeler Lazare en un constant progrès matériel et technique où l'abondance des choses cache la pauvreté des âmes où la merde et la mort deviennent invisibles à mesure qu'elles s'emparent d'une planète où retentit l'écho d'un cri disant le ciel est vide et Dieu ne répond pas même s'il n'est de bombe qui ne soit signée de son nom celui du nouvel ordre édénique alors je vous en prie quand s'ouvrira pour moi la dernière tranchée plus de faux rêves et de faux souvenirs le jour de mes obsèques je voudrais seulement qu'on rappelle un épisode cet ennemi blessé dans le détroit des Dardanelles hurlant avec sa jambe de traviole au lieu d'une grenade je lui ai balancé ma bouteille de gnôle c'était la dernière un rhum Evangelista le Turc a crié na zdarovié avant de crever car des soviets s'étaient formés parmi les soldats oui je verrais monter une marée d'aurore en 1917 que les congés payés de 1936 allaient soulever en vague dont la crête s'écroulerait en 68 pour ensuite refluer jusqu'à la marée basse d'un infini présent de glace où se dresse une tour qui n'a jamais cessé de grandir depuis ma naissance au sommet de laquelle des fraggers puisque c'est ainsi qu'on nommait déjà ceux qui lançaient les grenades oui des fraggers d'un nouveau genre s'amusent à vous inventer des jeux vidéos pour leurs machines à écrans électroniques tant de cerveaux cadavérisés plus de soleil dans les consciences oui c'est cela que je voudrais rappeler avant de rejoindre je ne sais quelle constellation moi qui sans être allé jamais à l'école suis devenu le scribe de tant de morts...

Cri du Cimarrón

Lorsque la boule de feu plus lumineuse que mille soleils lança son éclair, une musique inconnue s'éleva dans les airs. Où était une ville, il n'y en avait plus. Minuit fut alors en plein midi. Deux cent mille hurlements se rassemblèrent en forme de champignon, qui se mirent en voyage pour aller trouver l'oreille de ce qui était à l'origine de leur malheur. Tel un immense essaim de mouches, les voix prirent le chemin de l'Orient. Elles firent ainsi en groupe serré la traversée de l'océan pacifique ; après avoir atteint la côte, elles franchirent les montagnes et les plaines d'Amérique. Lorsqu'elles aperçurent la ville de Washington, pacifiquement étalée dans la lumière du matin, celle-ci ne soupçonnait rien de la boule de feu qui, plus lumineuse que mille soleils, avait jailli en éclair sur une autre ville. Car, ce 6 août 1945, une bombe atomique venait de réduire la ville japonaise d'Hiroshima en cendres radioactives. Alors l'essaim de voix mortes se mit à tournoyer en vastes spirales obscurcissant le soleil autour des coupoles et des tours de toutes les cités civilisées, qui avaient donné leur accord pour que se réalisât ce qui jusqu'alors n'avait appartenu qu'à l'ordre de l'inconcevable. Tous y dormaient du sommeil du juste. Particulièrement dans la future capitale d'Europe, d'où étaient partis les ordres de mission nécessaires pour alimenter la bombe en uranium, puisé dans les fécondes entrailles du Congo belge. Une malédiction fut proférée par l'essaim de voix. Si l'impensable avait eu réalité, la réalité deviendrait impensable. Puis les mouches reprirent leur envol par-dessus les toits de toutes ces villes, semblables à l'essaim qui s'était élevé sur Hiroshima ; non plus pour demeurer ensemble, mais pour se disperser. Et elles s'éparpillèrent en 200.000 directions différentes, chacune suivant sa propre voie. C'est ainsi que l'une d'elles devait parvenir au sommet de la montagne de Cobre, non loin de Santiago de Cuba, pour y produire un œil nucléaire dirigeant son regard dans toutes les directions ; tandis qu'une autre s'installait au dernier étage de la tour Panoptic à Bruxelles.

Je suis comme vous et moi, même si nous ne nous connaissons pas. Plus d'au-delà métaphysique, plus de devenir historique, plus de salut métaphorique. Adieu Jérusalem, Athènes, la Phénicie. Nulle part ne subsiste encore une conception du monde car nous ne vendons plus que des concepts. Nous sommes tous l'emballage emballé. Le dehors une image et le dedans mort. Mais qui me fait parler ? Serais-je un automate ? Comme vous, je passe le plus clair de mes jours dans les trois dimensions de l'espace : une surface horizontale d'acajou, sur quoi la scintillante muraille d'un écran plat qui me reflète. L'univers orbiculaire n'y est pas à l'étroit. Ce qui m'aurait dispensé de connaître le goût des abîmes si je n'étais le fils d'Abel de Loyola, celui des dictionnaires, dont l'existence est signalée par quelques notes en bas de page dans l'histoire désormais glorieuse du situationnisme. Fidèle à l'esprit de mon père (pour qui ne rien faire était le plus subtil et le plus difficile de tous les arts), j'accomplis mes exploits chaque jour au dernier étage de la tour Panoptic. Bien sûr, la plupart des gens croient que, dans les hautes sphères, travailler consiste à s'offrir en représentation, donner des ordres, aller et venir, communiquer. Je ne fais rien de tel, me vouant exclusivement au ***Story telling management*** de la firme où je suis employé comme ***Esthetical & Ethical Expert***. C'est en pensant à mon père que m'a traversé l'esprit l'image d'une affiche qui pourrait servir de support à une prochaine campagne publicitaire.

« Le 11/O9/2001 tout le monde a tout vu et personne n'a rien vu. »

Cosmétiques Noé ? Caméras Panoptic ? Il suffit de plancher, mais je vois bien Eva de Cuba se balancer d'une tour jumelle à l'autre au bout de sa liane avant les collisions fatales, puis resurgir du chaos pour vanter l'onguent miraculeux se riant du choc des civilisations, la magie sans égale de l'œil électronique.

« Le 11/09/2001 tout le monde a tout vu et personne n'a rien vu. »

J'appartiens en effet, comme certains d'entre vous s'en doutent, à la très officielle et respectable, bien que discrète

Anatolian Atlantic Artistical & Athletical Association

ce qui, dans un témoignage authentique tel que celui-ci, devait être précisé d'emblée.

Voici que la conscience de Loyola s'engloutit dans l'eau visqueuse d'un récit languissant, submergé par la mousse écumeuse du canal. J'ai entendu monter en moi la voix d'un autre. Cesse de te prendre pour un arbre, Golden Boy, comme la Tour tu ne possèdes fruits ni racines... Que faire ? Je tape sur la touche « correction automatique » de mon ordinateur Panoptic : son logiciel me conseille lui aussi de supprimer les pages qui précèdent, les jugeant trop emphatiques à son goût. Qu'en pense mon alter-nigaud ? Vas-y, Loyola, me dit-il à l'oreille, cesse de jacter comme un Jaguëy venu du ciel, ne bredouille plus des tas d'excuses, raconte plutôt la soirée d'hier au stade à ces braves gens, puis avoue ton crime, vas-y donc, fais-leur chevaucher le dragon ! Mais voici que la voix de l'arbre à nouveau s'empare de moi. Qu'importe, entrez dans la danse, le monde entier va charivalouper !

Traverser l'écho

De ma voix dans le canal
Au fond duquel
Un ciel
Voix d'ange de ma mère
Son ventre
Quarante jours en trop
La mer à boire dans le désert
Miroir matrice miroir
D'une Tour
Où se répercute
La voix d'un poète mort, comprenez-vous ?
Je n'ai rien trouvé qui atteste mon identité
Hormis la voix
le sang
de ce poète mort
Escaladant la Tour
A mains nues
Peut-être à seule fin de me faire honorer un vieux contrat
Faut-il qu'un héros succombe afin qu'une étoile s'ajoute aux Pléiades ?

Chacun d'entre nous, songe-t-il, rédigeant le roman de son existence, devrait y prévoir des espaces libres pour inscrire ce qu'il pourrait nommer ses ***Notes en bas de vie.***

Notes en bas de vie

Quelle faute. Pire que le crime. A chassé de mes yeux le soleil. Pour que sans rêver je sois. Le prisonnier de je ne sais quel songe. Venu d'ailleurs. Au fond de moi-même ? A l'aube du jour où je suis né. Les grands ciseaux et le rasoir. Qui devaient servir à épiler ma mère. Furent d'abord utilisés. Pour lui raser la tête. Envolée sa chevelure d'or ! Après quarante jours passés. Dans la chambre de sommeil. Sa maladie chronique nécessitait. Une intervention chirurgicale. Au nom de ce qu'on appelait alors. La nouvelle psychiatrie. C'est. Du moins. Ce qu'avait prétendu. Sacha Bielinski. Le 16 juin 1954. Pour tirer Aurore Théokratidès. Dite Eva de Cuba. Des mains du colonel Miranda. Dans cet hôpital de Santiago de Cuba. Financé par la ***Central Intelligence Agency***. Le chef de la police de Batista. Lorgnait sa proie féminine. Avec la mélancolique expression. D'un carnassier. Voyant sa ration. Lui filer sous le nez. Même s'il n'ignorait pas. Que la plupart des patients. Lobotomisés. Finissaient leurs jours à l'asile. Technique efficace. Pour amener à la raison. Les cerveaux souffrant d'angoisses. Aussi bien que les toxicomanes. Ou les déviants politiques. En effet. Les lobes frontaux. N'étaient-ils pas le siège. De l'agressivité. Qui pouvait se traduire. Par le fait. De ne pas se conformer. Aux codes. Admis par la majorité ? Ma mère. De toute évidence. Correspondait à ces critères. Après le scandale de Baracoa. Le 26 juillet 1953. Sous l'emprise des drogues. Elle avait. Dans la chambre de sommeil. Emis des sons. Que l'analyseur de voix. Du laboratoire. Avait transcrits comme. « Père ». « Veux bébé ». « Père ». Elle-même se retrouvait. Dans le ventre de sa mère. A l'intérieur d'un cimetière. Lors de la Grande Catastrophe. D'Asie mineure. Puis elle trouva la force. De donner un coup de tête. A une infirmière. Avec son casque. Un tel comportement la classait. Dans la catégorie des malades. Pouvant bénéficier de la psychochirurgie. Car il était jugé préférable. Pour un patient. D'avoir un intellect simplifié. Lui permettant d'accomplir. Des actes élémentaires. Plutôt qu'un intellect subtil. Capable de synthèse. Mais où régnait le désordre. La société pouvant s'accommoder. Du plus humble des travailleurs. Mais se méfiant. A juste titre. Du penseur fou. Sur le point d'accoucher. Ma mère. Aurore Théokratidès. Allait donc être gratifiée. Selon les termes médicaux exacts. D'une ***« destruction appropriée du tissu cérébral pour déconnecter une partie du cerveau d'une autre dans le but de modifier son comportement »***.

Les astres se balancent toujours non allumés dans le ciel et je me demande comment il est possible d'être en vie. Couché de tout mon long sur la moquette, j'écoute le silence d'un monde qui semble avoir pris fin. Je me souviens alors comme les yeux verts de ma mère changeaient de formes et de couleurs selon qu'elle était grave ou qu'elle souriait. Mes bras tâtonnent dans le noir. J'étends la main sur mon bureau et elle se trouve allongée là. Son corps n'a pas bougé depuis le matin de l'opération, jour de ma naissance, le 16 juin 1954. Mais elle n'a pas le crâne rasé. Son visage frémit quand j'agrippe à pleines mains sa chevelure d'or. Je glisse mes doigts entre sa robe et sa peau. Juste à l'instant me traverse la scène où elle était avec celui qui deviendrait mon père, la nuit du 26 juillet 1953, dans cet hôpital de Santiago de Cuba. La fleur exquise de ma mère s'offre à lui dans un vertige de paradis. Vous serez enfin reconnus dans l'extase de votre vérité sur terre, même si j'ignore tout des intrigues humaines ayant fait que l'univers pénètre en moi dans ce spasme d'agonie. Je revis le coït initial, par lequel Habanaguana créa l'univers. Viens me dit-elle. C'est un rythme cosmique dont je suis traversé, foudre de part en part, lumière sidérale à distance infinie du sommet de la Tour où je gis. Voici la paix finale où mon père et ma mère s'aimeront d'une fureur d'incendie. Ce brasier crée une chaleur telle que ma main brûle au duvet de braises entre ses cuisses. Car je suis nu devant toi, futur nouveau-né. C'est mon embryon dont ta hanche accompagnera le va-et-vient. Ce sont tes yeux qui luiront dans l'ombre sous des paupières où se poseront mes lèvres de foetus. Ta bouche qui s'ouvrira pour ma langue, ta langue mon souffle le tien. Ton sein tes cuisses ta chair entière les miens quand tes crocs pointus comme un marbre des Cyclades dévoreront le cœur de l'Indien caraïbe sous sa parure d'or ornée de coquillages et de dents de jaguar. Car tout était en vous pour un enfant à naître encore aujourd'hui. En moi le labyrinthe millénaire s'éclaire d'une lumière si intense qu'en sursaut je bondis, mes mains fouillent en vain la surface du bureau vide et froide sous la faible lueur de l'ordinateur. Je me précipite vers la fenêtre obscure et je hurle ton nom dans la nuit. ***Pléione !*** J'ai crié le nom de la femme de mon vieux pote Anatole. Comme son grand-père l'aède s'était introduit en tierce personne dans la relation entre mon père et ma mère, je lui ai rendu la pareille. N'est-ce qu'un songe ? L'innocent jamais ne s'est avisé de nos échanges de regards. On prétend construire des ponts sur l'océan de l'histoire, et l'on ne voit pas le sol s'effondrer sous ses pieds. C'est ainsi que j'ai cru bon de l'envoyer en mission à Cuba, d'où il n'est jamais revenu. Comment faire pour qu'une femme vienne quand on l'appelle ? Comment capter son obsédante absence, elle dont l'invisible déborde la présence visible ? Je n'ignore pas que le simple fantasme est une fleur pour personne, un livre que nul ne lit. J'aimerais pourtant y fixer les visions de cette incommensurable nuit. Car je t'ai cueillie, je t'ai lue, toi dont la splendeur illumine ma vie ! J'ai palpé de mes doigts l'intouchable de ton visage ! J'ai soulevé le voile de ta chevelure et je t'ai connue – toi mère des Pléiades !...

Dits de la chevelure des Pléiades

Au temps où plongent racines les paraboles du Jaguëy, pouvait être tenu pour Docteur en Tout qui possédait la maîtrise du Livre. (Les évangiles canoniques, flétrissant Scribes et Docteurs de la Loi, n'évoquent-ils pas l'image du figuier maudit ?)
Vinrent des temps où les éruditions se mesurèrent à la connaissance de dix, cent, mille ouvrages classiques et modernes.
Il se publie de nos jours un million de livres par an. Bientôt quelques milliards, grâce aux perfections de la technique accélérées par les rouages de la tour Panoptic. Jamais César n'eût rêvé plus habile censure qu'une prolifération de signes engloutis à la seconde même de leur apparition, dans une commune insignifiance programmée : c'est le triste constat fait par les palmes du Jaguëy, larmes chues de la chevelure des Pléiades. Chaque jour, une surface comparable à celle de Bruxelles. Déforestée. Pour produire cette asphyxie de l'esprit. Les dieux sont morts, tout est permis ! Babbelez, babbelez, *Babel publie tous vos babils, pourvu qu'ils n'éclairent pas d'un vrai jour le séisme entre racines et fruits de la tour Panoptic. Tout livre est bienvenu qui divertit, tue le temps, distrait d'un rapport social imposé comme immuable, donc ne pouvant être critiqué du point de vue du Jaguëy. Et nul n'en dit un mot car tous fonctionnent à quelque étage de la Tour qui n'a pas de meilleur artifice que de se rendre invisible, même quand elle s'effondre, la poussière de ses décombres s'infiltrant par tous les orifices d'un cerveau global plongé dans les ténèbres.*

L'histoire ici contée pourrait ressortir à cette profusion de choses imprimées sous le déguisement du livre, puisqu'il s'agit à l'origine d'un banal fait-divers : tel homme fut tué sur les bords du canal de Bruxelles. Chaque défunt nourrit son arbre, dit-on sur mon île des Caraïbes, et s'il faut un crime de sang pour que la vie recommence, comme il est coutume de l'entendre dans une île des Cyclades, notre conte de fées peut-être aura-t-il chance de prendre un tour universel : ce qui se donne à lire dans les yeux d'Eva de Cuba.

*Tout héros qui se respecte ne descend-il pas au fond d'un abîme pour affronter les monstres, afin de conquérir l'immortalité ? Bien sûr, il y est des dragons qui montent la garde et protègent un trésor. Mais quel tas d'or, immergé dans le canal de Bruxelles, était-il à défendre en cette nuit du 16 juin 2004 ? Mon hypothèse d'arbre est que la capitale d'Europe relie secrètement Toison d'Or de Colchide et Pommes d'Or du jardin des Hespérides, l'un et l'autre trésors veillés selon les mythes grecs par deux dragons de même origine. Mon autre hypothèse est que ces deux dragons n'en font qu'un : celui qui, pour jouer le rôle d'un figurant vaincu, n'en poursuit pas moins sa garde au sommet de l'Hôtel de ville de Bruxelles. Mais alors, à quoi joue l'archange qui le terrasse depuis des siècles de sa lance de feu ? Patience, ô lecteur installé dans ton fauteuil : ce sont les pièces d'un puzzle sphérique aux dimensions du globe qui se mettent en place sous tes yeux ! (Parlons plus bas, voulez-vous. L'***Anatolian Atlantic Athletical & Artistical Association** *se veut un club très fermé, dont la raison d'être et les activités concernent des relations moins poétiques entre l'Asie mineure et l'autre rive de l'Atlantique. Mais l'***AAAAA** *punit ceux qui se montrent trop curieux sur certaines affaires nouant mer Noire et golfe de Floride, Turquie et Amérique, Antalaya et Atlanta. Bien sûr, je ne vous ai rien dit...)*

Et d'abord... Faut-il aller au bout du monde pour s'enquérir de ses propres racines ? Parcourir d'immenses espaces afin de remonter aux origines de sa naissance, voire d'une civilisation ? De mon impartial point de vue, ce sont questions qu'autorisent les pages qui vont suivre.

Il ne me semble toutefois pas hors de propos de prévenir, je ne dirais pas les mensonges, mais au moins certaine part d'omission volontaire dont feront preuve ici plus d'un narrateur, qui oblitèrera quelque peu la véracité de ce récit à voix multiples. Déjà l'une d'entre elles ne vient-elle pas de prétendre s'immiscer sous mon écorce en usurpant le ton de mes phrases ? Deux autres, encore souterraines, égayeront ce voyage mental de leurs tonalités spectrales.

— Etranger, mon frère, nous voici loin de mon Anatolie.
— L'Atlantique ?
— Bien sûr, au-delà des colonnes d'Hercule.
— Je me disais que c'était peut-être le canal qui traverse Dublin.
— Mais non. Votre île est là et nous sommes ici, dans l'océan d'Atlas.
— Je sentais pourtant bien les odeurs d'un canal.
— Votre île est la dernière terre qui voie le jour s'éteindre.
— Et la vôtre, celle où naît le soleil.
— Nous venons vous et moi de terres mythiques.
— En ce temps-là l'aurore
— Faisait rayonner la lumière des bardes
— Et des aèdes
— Sur l'ère druidique !
— Reverrons-nous le jour ?
— Les dieux nous invitent encore à errer parmi les ombres de la nuit.
— Nous arrivons bien dans une ville ?
— Comme aucune autre, elle possède son entrée vers le royaume des enfers.
— Mais quel est le sens de cette formule au sommet de la plus haute tour ?
— Ne me dites pas que vous ignorez ce qui s'est passé le 26 juillet 1953 !

Je mentirais moi-même en affirmant détenir le don de surplomber ces voix, ou de les juger, par quelque sortilège magique. En vérité, si je vois et si j'entends à peu près tout, ce privilège se limite aux deux îles que je viens d'évoquer, séparées par une mer et un océan. Et déjà j'exagère beaucoup. Car ma sensibilité singulière ne dépasse guère le champ de perception de mes lianes et de mes racines, lesquelles captent en outre, il est vrai, certaines rumeurs nées dans des villes où s'ouvre le royaume des ombres.
Voici la nuit d'une telle cité. Des milliers de gens s'y enfouissent dans la viande les uns des autres et se digèrent autrement que durant le jour, quand ces mêmes chairs s'égouttent au plus offrant sur des étals dont ma sève recueille, à défaut de chant, la musique du sang. Je vous inviterai donc en un sanctuaire clos de la ville où, entre les sacrifices du jour et ceux de la nuit, s'offraient hier soir autour d'un cirque de lumière de tendres communions de chair.

Vers la partie Ouest du canal, la commune d'Anderlecht, célèbre pour son club de football. Sur tous les drapeaux flotte un lion stylisé, l'emblème rescapé de ce pays mais aussi celui d'une firme de distribution alimentaire engloutie par la banque Noé. C'est elle qui a racheté quelques fauves croupissant dans le zoo de Guantánamo, pour en faire les nouvelles attractions du stade. Au milieu de la pelouse, une spacieuse cage ovale en contient une plus petite épousant les contours du rond central. A l'intérieur, les douze champions du jeu. Tout autour d'eux, plusieurs lions s'agitent à l'écho de leurs cris amplifiés par l'écran géant du marquoir. Dans les gradins, la foule des grands soirs mêle aux leurs ses rugissements rythmés par les jingles *publicitaires annonçant le retour au direct. Illuminé par les* spots, *Loyola Loyal descend les marches de la tribune et fait son entrée sur le terrain, micro sans fil à la main, brandissant de l'autre la coupe du vainqueur, dans un smoking de flanelle blanche rappelant celui que portait son père cinquante ans plus tôt à Santiago :*
— Pas de panique avec Panoptic ! Voici notre grand jeu

LES DOUZE DIEUX DE L'OLYMPE

Loyola Loyal ignorait encore de quels prodiges accoucherait une telle nuit, cependant que deux spectres poursuivaient leur souterraine errance vers l'enclos de lumière. Loyola Loyal ne savait pas davantage que l'archange de l'Hôtel de ville perdrait son sang qui se répandrait dans le dragon de bronze pour lui faire cracher son feu par la gueule de ses sept têtes. Mais Loyola Loyal aurait pu conjurer beaucoup de ces malédictions, s'il s'était avisé d'ouvrir un carnet noir dissimulé dans la poche de son smoking.
Ô lecteur ! Quitte donc, un instant d'éternité, le confort de ton fauteuil, pour laisser ton cul s'envoler loin des connexions de la haute technologie chimique et électronique, vers les zones de collisions magiques où t'entraînera ce livre, à mi-chemin entre la chevelure des Pléiades et le royaume des ombres...
Afin de multiplier les échos de cette collision, laisse un arbre insérer ici le signe distinctif de ses principaux héros, lesquels forment peut-être une indissociable unité, comparable à l'oiseau-serpent des origines. Outre ce Loyola qui se prend pour moi, quand il voyage depuis son bureau du septante-septième étage jusqu'au canal, deux hommes porteront le

même nom mythique rappelant l'écartèlement de l'Occident et de l'Orient : Anatole Atlas : un vieux compagnon de jeunesse et le grand-père d'icelui, tous deux disparus. C'est donc ensemble qu'il faudra les envisager dans leur lien immémorial avec la figure d'Eva de Cuba.
Immense est la douleur d'un arbre qui se voit contraint de raconter lui-même la fable nécessaire aux hommes d'aujourd'hui.

Maïak

Au nom du *Mentir-Vrai*, c'est avec l'écharpe vert et blanc du Panathinaïkos que je me retrouve à Bruxelles ce samedi soir du printemps 1994. Mon but étant de réaliser le passage dans un autre roman dix ans plus tard, j'affirme qu'au-delà du millénaire il sera moins question de football, au stade d'Anderlecht, que de jeux du cirque où trouveront à se reconvertir les vieux lions sanguinaires du zoo de Guantánamo. Si l'aède est menteur comme tous les Crétois, ment-il encore quand il dit qu'il ment ? Ment-il quand il prétend qu'avant légende est signe qui traverse les âges en franchissant le mur de la lumière ?

Ce meurtre, l'aède l'aurait-il donc rêvé, puisque il s'est réveillé, comme après une longue nuit d'ivresse, au bord d'un lac dans la banlieue de Bruxelles ? Mais alors, pourquoi s'y est-il retrouvé dans un autre corps, avec une autre tête ? Ou plutôt, selon toute apparence, avec le visage et le corps qui étaient les siens lors de l'instant fatal, voici près d'un demi siècle à Hierapetra ?

L'aède ment-il quand il affirme en outre que toute parole, pour venir au jour, affronte les forces des ténèbres et qu'il a visité le foyer central au cœur des étoiles ?

Au moment où je l'aperçus parmi les fleurs en fleur, elle levait les mains au ciel dans un geste dépourvu de sens, et tout son corps exprimait une danse, de cette insolence affligée que seuls comprennent les nuages et les mouettes.
Je résolus d'abord de regarder la scène avec indifférence. Comme quand, de façon méthodique, on boit – moins pour étancher une

soif que pour en susciter une autre, ignorée – je suivis les autres gestes de cette apparition.

Rengaine d'une idole des vitrines

Voyez-vous ce mort qui pérore encore, secouant sa blanche crinière ainsi qu'écume de la mer ?
Je lui suis apparue telle une étincelle d'autre monde, et qu'importent les illusions de chair dont à ses yeux pouvait s'enrober un fétiche taillé dans le bois du figuier. Notre espèce est à ce point experte en artifices qu'elle simule sans difficulté toute forme d'exhibition de viande femelle, même de l'érotisme le plus cradingue. Il vous faut de la fesse, des lèvres et du sein ? Nous avons cela dans nos stocks, à la disposition de n'importe quelle boutique. Sans cesse montent les enchères, quand bien même vont les soldes au marché du visible aussi bien que de l'invisible. Tous les dieux sont mis à l'encan pour trois fois rien, puisque les marques en sous-main sont rachetées par la firme Panoptic. De sorte que le pouvoir d'achat des corps comme des âmes a fortement baissé, mais que les profits ne diminuent pas pour qui possède le marché planétaire.
N'empêche qu'un homme en a tué un autre.
L'un parlera d'avant sa naissance, l'autre d'après sa mort. Une femme – double – entrecroisera leurs destins depuis les Cyclades jusqu'aux Caraïbes.
S'ouvre ici le rideau sur un univers inconnu, qui du fond de l'abîme au sommet de la plus haute tour fera le théâtre d'une dialectique inédite, à l'heure où dans la réalité le haut et le bas de l'échelle sociale sont séparés par un vide intersidéral. Tel un stylite en haut de sa colonne, l'aède haranguera les nuages quand son tueur balbutiera des bulles de café au rhum dans le canal.
C'est une idole des vitrines qui vous le dit...

Ave Eva

Un témoignage qu'évitera
Qui se méfie des bavardages d'une mouche

Jouons au jeu de la vérité vraie. Derrière ces récits décousus. Dont on ne voudrait pas. Pour le plus minable roman. Se cache l'histoire. Véridique. D'Aurore Théokratidès. Dite Eva de Cuba. Depuis le célèbre film. Habanaguana. *S'il fallait avouer. En toute sincérité. D'où l'auteur est parti. Pour construire son livre. (Pourquoi. Faire croire. Que tout ceci. Fut inventé ?) Il serait nécessaire. De remonter. Au plus fameux scandale. De 1953. Quand coulait à flots l'argent. Des studios de cinéma. Des casinos. Des cabarets. A La Havane. Où la voluptueuse Eve blonde. Courtisée. Par l'ami de son père. Le producteur Jésus Evangelista. Descend à l'hôtel Nacional. On se souvient. De sa peau sombre. Et lumineuse. De ses yeux comparés. A des émeraudes. Et de sa bouche. En croissant de lune. Jouant les tentatrices. Les aventurières. Les indociles. Avec une insolence féline. Pour les puissantes. Usines à rêves. De l'époque. Ange charnel. Et dangereux. Planant. Sur les affiches. Du monde libre. Divinité. Dont on disait. Qu'elle possédait. Une vie cachée. Inaccessible. A tout regard. Sinon le mien. Aux mille facettes. Qui voit la star. Surveillée. Nuit et jour. Par une armée. De caméras. Violer toutes les règles. Et fréquenter. Les bas-fonds. Pour initiés. Sniffer la coke. Sur les doigts d'Errol Flynn. Visiter. Les bordels. Où elle épie. Les putains. Derrière un miroir. Sans tain. Ou se vanter. D'un sang mêlé. Dans la piscine. Où elle nage nue. Sans gêne. Auprès d'un acteur. De second rang. Nommé Ronald Reagan. Qui travaille pour le studio. Du nabab Evangelista. Lequel est prêt à offrir. A Aurore. Un masque en or. Du trésor des Romanoff. Procuré par l'agent double. Sacha Bielinski. Transfuge d'Union soviétique. Et exige. De ses employés. Serment de loyauté. Pour les Etats-Unis. De même que la promesse écrite. Qu'ils n'aient jamais appartenu. A une organisation. Communiste. Les Rouges ne viennent-ils pas de faire exploser leur première bombe atomique ? Or le scandale éclate. Au bord de la piscine. Quand Reagan découvre. Que la belle Aurore. Au salaire. A cinq chiffres. Femme dite la plus incendiaire. D'Hollywood. Ange à la réputation. De serpent. Mais aussi. Manœuvrière. Dévergondée. Se repaît de lectures. Subversives.*

Comme cette revue. Clandestine. Envoyée de Paris. Dont le titre. A lui seul. Souffle comme un dragon :

Potlatch

*Aurore fut donc perçue. Telle une énigme. A vous ficher la trousse. Monstre aux yeux d'émeraude. Panthère ou tigresse. Une déesse de l'amour. Capable de s'intéresser. Aux inepties de l'avant-garde. Comptant parmi ses relations. Max Ernst ou Man Ray. Mais pire encore. Ces jeunes gens. D'une certaine. Internationale lettriste. Dont le numéro 0. De la publication. Sollicita bientôt les attentions. De l'*Attorney General*. Par sa virulence. Révolutionnaire. Son intention stratégique. Etant de créer. Certaines liaisons. Mondiales. Afin de ruiner. Toutes les valeurs. De la société. Occidentale. Sans pour autant. Se revendiquer. Du communisme. Grâce à quoi. La Vénus aux yeux verts. Ne fut pas inquiétée. Même si mythe. Magie. Beauté. Obsession sexuelle. Décadence. Réflexion sur l'art. Et la politique. Serviraient de thèmes. Au film* Habanaguana. *Dont le héros. Serait condamné. A errer. Par le monde. Sans fin. De la mort à la vie. Pour l'amour. D'une légendaire. Femme originelle. Selon le scénario. Tiré du livre.* Adieu Satan. *D'un poète grec inconnu. Son histoire exigeait. Les plages d'une île grecque. Aux sites archaïques. Mais nous sommes encore. A La Havane. Où se tissent des plans. Sur le terrain de jeux. Du dictateur cubain. Fulgencio Batista. Dont l'avion s'est posé. Juste avant celui d'Aurore. Et la foule des journalistes gronde. A l'aéroport. Masse vociférante. Sous l'explosion des flashes. Car un magazine à ragots.* Confidential. *A révélé sa liaison. Avec un artiste cubain. Roi du mambo. Mais « de couleur ». Malgré la surveillance. De Jésus Evangelista. Les photos sont formelles. Pied nu d'Eva. Sur l'accoudoir. Près de la jambe. Du mulâtre. Tenant en main. La revue.* **Potlatch**. *Ils s'enlacent.* Qu'est-ce qui fait courir Eva vers cet Abel de Loyola ? *Titre la feuille. Obligeant Aurore Théokratidès. Pour laisser passer le scandale. A prendre l'air. Avec son père. Vers leurs îles natales. Où l'aède grec. Anatole Atlas. Ne sait guère. Ce qui l'attend. Tout en n'ignorant pas. Que les Cyclades voguent. Jusqu'aux Caraïbes...*

Toute œuvre littéraire est vaine
Si naissance et mort
Ne nous y livrent pas
Une part de leurs mystères
Ce n'est pas encore la boîte noire de mon crâne
Que j'ouvre ici
Mais son seuil son antichambre son vestibule
L'extase fulgurante
A peine moins brève qu'un coup d'éclair
En laquelle mon père et ma mère
S'unirent il y a plus de cinquante ans
Pour me concevoir
Cette foudre liant le ciel et l'enfer
Où naissance et mort se rencontrent
Il me semble y entrer
Sous les yeux d'une mouche
Il me semble pénétrer
Dans ces limbes
D'avant toutes les histoires
Découvertes par l'aède
Au fond du canal
Et qui sait peut-être aussi
Dans l'œil même du cyclone
Eprouvé par Anatole
Après la fin de cette histoire...

(Dans l'œil du cyclone où je voyage après la fin de cette histoire, il me faut rejoindre le cortège de ceux qui sont morts sans avoir accompli leur travail sur cette Terre. Bien sûr, on puise alors une sève aux racines de l'arbre tropical. Celui-ci n'offre guère de sinécure en me signalant ensemble, dans ces limbes où je navigue, le nom de mon grand-père et celui de ton père Abel de Loyola. C'est pour eux qu'on se trouve il y a cinquante ans sur le quai d'une capitale des Grandes Antilles dont tu n'as pas oublié les odeurs, et j'ai envie de te dire aidons-nous au-delà des lois de ce monde. J'ai vu ta mère Eva quand elle avait vingt ans à Baracoa puis à Santiago de Cuba ; Eva, quand elle s'appelait encore Aurore et qu'elle débarqua du yacht ancré dans le port de Habana Vieja. Tu vois, c'est encore une liane de l'arbre qui passe, l'arbre dont les feuillages brillent d'une intense lumière matinale devant la taverne vers laquelle se dirige un jeune mulâtre à peau claire, vêtu d'un pantalon de toile et d'une guabayera, qui s'est déjà fait un nom pour ses audaces parmi les cercles de l'avant-garde parisienne. C'est ton père, ce grand Cubain aux yeux profonds marchant d'un pas allègre sous le soleil impitoyable et cueillant au vol une feuille du Jaguëy au moment où la belle pose pied sur le sol de son île. A-t-elle vu le clin d'œil qu'il vient de lui décocher ? Les bras écartés, comme en équilibre sur un fil, elle détourne le regard et fixe un rien trop tard la passerelle au pied de laquelle sa chute se transforme en bond soudain capté par tous les sens du jeune créole. Il a vu que les jambes d'Aurore n'étaient pas seulement belles, qu'elles avaient une personnalité à elles en dansant sur cette planche de bois qui la faisait rebondir comme un trampoline, son corps entier venant de s'envoler dans un mouvement où la grâce de l'élan vers le ciel était sublimée par la pesanteur des fesses et des seins tremblant d'un appel vers l'entre-mer-et-terre. Il faut dire qu'elle tenait un livre, qu'elle faisait passer d'une main à l'autre au-dessus de sa tête. Mon grand-père est l'auteur du livre, il doit se reposer dans leur cabine, mais imitant le geste d'Aurore Abel s'avance vers elle en jouant au funambule sur une corde invisible. Elle s'arrête net. Il poursuit son jeu, comme un enfant s'obstine à observer des règles connues de lui seul, jusqu'à lui heurter la poitrine. Elle reste immobile sur le quai, stupéfaite. Ce jeune inconnu de couleur, sans un mot d'excuse, poitrine contre poitrine, défie l'héritière des parfums Noé ! Ton père lui prend les mains, l'invite à improviser un pas de danse et, sans lui laisser le temps de réagir, il la serre très fort contre son corps, posant la tête sur son épaule, avalant

sa crinière d'or. Elle veut s'écarter, le voici qui renforce sa prise et effleure son cou de ses lèvres. Elle réussit à se dégager de l'étreinte et son bras reste un instant suspendu, mais la main d'où la gifle devait partir se retrouve dans celle d'Abel, qui fait une pirouette et s'incline avec cérémonie pour y déposer le plus délicat des baisers.

— Je parie que vous ne vous attendiez pas à me rencontrer ici.

Même affranchi du joug temporel et spatial dans les limbes où me vient cette scène, peut-être en raison même d'un tel affranchissement, je ne peux savoir lequel des deux prononça cette phrase, les lianes du Jaguëy s'entortillant à plaisir devant la taverne vers où se dirige le jeune couple comme s'ils étaient les plus vieux amants du monde, l'homme demandant si elle veut boire quelque chose, la femme proposant de partager le fruit de l'arbre de vie, l'un et l'autre parlant de goûter aux plaisirs des dieux – pour sauver la vie au cœur du désert – elle qui se précipite sur une grenade à l'étal d'un marchand des rues :

— Avez-vous déjà payé le tribut du sang ?

Cette fois je suis certain qu'Aurore a prononcé la phrase, découvrant la béance d'une bouche empourprée par la pulpe du fruit qui venait de lui éclabousser le visage. « De toute manière, c'est toujours le sang des autres qu'on boit, nous autres les riches », ajoute-t-elle en appuyant d'une grimace qui l'embellit encore l'ironie des derniers mots, avant de lui tendre la grenade.

Cuba est le seul pays au monde où l'on cultive la conscience depuis cinquante ans, ce qui n'était pas le cas en 1953. C'est du moins l'opinion de mon grand-père, ce vieux communiste qu'Aurore – bientôt Eva – emportait dans ses bagages depuis une île des Cyclades. Et dont tu crois toujours qu'il a tué ton père. Son livre Adieu Satan*, qu'elle tenait en mains, passerait dans celles d'Abel de Loyola dès qu'ils s'installeraient à une table de ce café où les beuveries se soldaient souvent par des bagarres et des coups de couteau. Aurore aurait le chic de retrouver bientôt son rôle de jeune femme timide et sophistiquée. Ce ne serait pas elle, mais Eva, qui proposerait d'adapter le livre d'un poète grec au cinéma pour le compte de Jésus Evangelista, complice et rival de son père Aristos Théokratidès. Oui, ce bouquin de kiosque bon marché posé sur la table, signé par un certain Jérémie Lazarévitch.*

Tu vois, tout s'embrouille déjà, malgré mon désir de t'éclairer depuis ces limbes où me réveille l'âme de ceux qui sont morts sans avoir accompli

leur travail sur cette Terre.

On dirait que le jour et la nuit brûlent ensemble à se nourrir d'Habanaguana comme si l'Indienne blonde à peau noire était morte sous les décombres auxquels je me confonds cendre grise de la tête aux pieds moi la fée de jadis auréolée d'une crinière d'or je creuse une caverne dans la chair des ordures je m'enfonce au milieu des carcasses de livres mon premier abri en dur depuis des lunes oui mon île au trésor et j'y plante un décor de terre promise car je ne peux pas vivre sans la vision d'un autre monde possible Sphinge à la croisée des chemins posant l'énigme des métamorphoses un passage invisible unit le canal de Bruxelles aux étangs de Tervueren avant le grand désastre ce taureau de bronze mugissait à l'entrée du marché des Abattoirs voici l'aigle frappant une bannière étoilée que je porte en guise de défroque près de ce lion venu du zoo de Guantánamo pour amuser les stades c'est lui qui a trouvé l'archange enfoui sous les ordures envolé de l'Hôtel de ville voici plus de dix ans par-dessus la statue de saint Michel tous ces détritus ressemblent aux écailles d'une carapace de dragon pas de meilleur décor pour mon spectacle destiné aux chiens et à leurs puces aux mouches et aux rats de la race maudite qui m'écoutent à travers une fumée jaune toujours l'antique jus de la grenade s'écoule de mes lèvres en feu comme cette géhenne où se consument les cadavres embarqués au petit jour toutes les chefferies politiques avaient interdit les pauvres dans la capitale d'Europe même si leur épandage ne se fit pas au petit bonheur des transports sociaux d'un nouveau genre les évacuèrent à la sauvette entre tournée scolaire et pique-nique du troisième âge émigrés du dedans réfugiés de nulle part mêlés aux étrangers qui envahissaient un peu trop les pays riches épouvantails habillés de loques effrayant les oiseaux de la décharge combien d'enfants perdus dans la cité du monde Habanaguana ton ventre a pondus toujours cet amour qui me monte à la gorge du fond du fleuve des morts où il a plongé tourbillon d'eau d'air de terre de feu disant l'apocalypse à venir dans un livre où reviennent à la surface les traits du tueur angélique…

Pour l'intelligence de quelques secrets d'une époque

« Moitié nymphe aux yeux vifs, aux belles joues,
Moitié monstrueux serpent, terrible autant que grand, scintillant, ondoyant, vous dévorant tout cru. »

Hésiode

C'était dans la Caraïbe, sur l'épaule gauche des dieux. »

Edouard Glissant

Quel trou noir de l'univers que le canal de Bruxelles ?

BOÎTE NOIRE

Il suffit d'un mot, puis d'un autre, et d'encore un autre, pour que la lumière soit. Même roué de coups en pleine rue, le visage recouvert de rubans adhésifs, un trou pour le nez, cellule aux fenêtres occultées, cafards et rats, torture électrique pendant quarante jours quarante nuits. Toujours les mêmes sites noirs dans ma mémoire depuis cinquante ans. Toujours les mêmes techniques depuis cet hôpital à Santiago de Cuba. Privation sensorielle suivie d'une surcharge de stimuli provoquant des hallucinations, présage des méthodes à Guantánamo Bay. Nous ferons de l'apocalypse une genèse de la Nouvelle Jérusalem ! Parler à des personnes absentes ou entendre des voix, c'est criant signe de folie sans aucun doute. Cet état de délire est peut-être celui d'Anatole, s'il se trouve, comme la chambre noire de mon crâne le pense, au camp Delta de Gitmo, molécule égarée du grand accouchement des contractions totalitaires et relâchements libertaires depuis cinquante ans.

Quelle voyance des profondeurs...

L'autre rive est en accueil mes chers petits

C'est ce que vous découvrirez
Au grand cirque de l'au-delà
Avec Eva de Cuba
Même si la scène de son spectacle
Est peuplée de chiens et de rats
De puces et de mouches
Dans cette décharge à ordures
Où les vents gémissent
Comme dans la plaine de Troie
J'ai arraché du sol une tringle à rideau
Puis escaladé un terril d'immondices
Pour l'enfoncer au milieu des détritus
Dont les strates s'étagent
Ainsi qu'un calendrier
Les différentes couches me disent le temps
Selon la couleur l'épaisseur la texture
Avec un peu d'habitude je devine
L'époque à laquelle tel déchet
Fut abandonné
Comme cette coupe
Du roi Priam
De même que jadis
Troie la ventée
Comme disait Homère
S'étageait en strates successives
Où pouvait se lire
L'histoire de la ville
Premier champ de bataille du monde
Où l'Asie et l'Europe
L'Orient et l'Occident
Se livrèrent une guerre inaugurale
Pour que trois mille ans plus tard
L'Europe mise sur les Turcs
Favorisant la catastrophe d'Asie mineure
Au nom des champs pétrolifères
Feu ! Feu ! Feu !

Des flammes rouges et noires dans le ciel
Alors j'écoute la sarabande
Autour du ventre de ma mère
C'est une autre nuit
Au début de l'autre siècle
Dans ma tête je suis aussi petite
Qu'un bébé pas encore né
Tue ! Tue ! Tue !
Il fallait que le sang coule
Mes yeux se tournent en vain
Vers le soleil de l'Orient
Qui ne vient pas dans tout ce noir
Le jour se change en nuit
La nuit ne se change pas en jour
Je flotte au-dessus de moi-même
Dans le ventre de ma mère
Au milieu d'un cimetière
Près de la mer
Et les mots ne savent plus sortir
De ma bouche
Alors j'ouvre les yeux
Ya des points de lumière
On dirait dans le noir qu'ils volent
Ca vient des trous du ciel tout là-haut
Ca file au-dessus de ma tête
Comme si tout le feu qui explose
Venait de ces petits soleils
Je veux bouger
J'ai mal aux os
C'était mieux quand j'avais pas soif
Malgré toute cette eau
De la mer
Je voudrais boire mais il y a le feu
Chaque fois que j'ouvre la bouche
Et c'est tout plein de flammes
Qui lèchent qui sucent mon ventre
On dirait tous les chiens avec toutes leurs puces
Tous les rats et aussi toutes les mouches
Du monde en feu
Qui mangent à l'intérieur de moi

Maïak

Est-il menteur comme un Crétois, l'aède qui voit se déployer une guerre de Troie d'Anatolie en Atlantide ? Menteur, cet Anatole Atlas, quand devant ses yeux se soulève jusqu'aux nuages une vague peuplée de tombes et de monuments énigmatiques, une vague venue d'avant les temps mythiques pour déferler au-delà des temps historiques, une vague formée au cœur des tempêtes atlantiques et qui prend son élan vers les côtes d'Europe ?

Je ne m'étais plus regardé dans un miroir depuis la nuit des temps. Quand j'ai croisé mon image derrière le comptoir du bar, c'est le visage d'un autre que j'ai rencontré. Celui que je devais avoir lors de l'instant fatal où j'ai vu cette femme sur la digue d'Hierapetra. Celui que devrait avoir mon petit-fils Anatole aujourd'hui. Dans la matière éparse, d'origine inconnue, qui fait le songe d'un vieux pèlerin, fou serait celui-ci de négliger les illusions de toute nature ayant peut-être altéré sa vision du monde. A l'approche de mon centenaire, en ce printemps 1994, étaient-ce bien mes traits qui se reflétaient dans la glace d'un café donnant sur le canal ? Cette nuit me paraissait propice à toutes les errances dans l'espace et le temps, comme en cette cinquième dimension du rêve et de la mémoire où s'écrivaient des signes pour un autre jour.

IL M'ARRIVE DE CROIRE

Que l'espace de temps qui va d'un jour à l'autre est pareil à l'océan séparant les rives de deux continents, de deux civilisations inconnus l'un à l'autre.
Les gens y naviguent sur la barque incertaine de songes et de légendes, lancent leurs filets dans les profondeurs, loin sous la surface écumeuse offerte à la lumière, vers des bancs d'images et de mots dont les nageoires ont recueilli le secret de l'énigme. Mais les filets remontent vides au matin. Une journée de plus, un siècle, à croire n'être que d'un côté de la grande eau, à guerroyer dans l'illusion que nos éclatantes superstitions sont les seules qui vaillent.
Les oiseaux et les nuages durant le jour nous adressent un reflet du nocturne message de la mer.

De même, fallait-il accorder vraisemblance à la vague géante que j'avais cru voir se profiler sur la tour Panoptic ? Depuis son sommet, Juan-Luis de Loyola pouvait à mes yeux deviner la prochaine masse liquide se diriger d'Ouest en Est, sachant que rien ne s'opposerait à elle, si ce n'était sa falaise de verre. La vague aurait tout loisir de l'attaquer de plein fouet pour exploser en gerbes dont les plus formidables passeraient au-dessus de son étage, avant de repartir en sens inverse et de se heurter à la suivante qui reviendrait à l'assaut, jusqu'à ce que la base de métal et de béton se creuse d'immenses gouffres où bouillonnerait une écume en colère, tandis qu'au sommet se détacherait finalement le bloc du dernier étage qui l'emporterait dans les flots, non sans entraîner avec lui l'ordinateur portable où s'écrivent à l'instant les mots traversant l'esprit d'un aède mort d'avoir voulu vivre en paix dans la société des hommes.

Voyage expérimental entre les mondes que cette histoire où deux figures s'affrontent pour l'intelligence de quelques aspects d'une époque. Au sommet de la Tour le **winner,** ***ancien révolutionnaire comme de juste, vit nécessairement une régression matricielle dans le ventre d'une mère qu'a bien connue ce*** **loser*****d'aède, que ce fût en Crète ou dans les Cyclades. Au fond même du cloaque où se trouve expulsée son existence, l'aède n'en poursuit pas moins son chant d'amour vers une lumière ne trouvant plus grâce aux yeux de la cité contemporaine. Mais de quelles pathologies mentales celle-ci souffre-t-elle, si ce n'est de troubles liés à la disparition de ses mythes et légendes sacrés ?***

Quand l'aède fait goûter aux hommes une grâce nouvelle, ils trament contre ses signes. Ainsi de son reflet dans un miroir, où surgit le visage de son petit-fils Anatole, jadis compagnon d'aventures de Juan-Luis de Loyola.

DANS LA LUMIERE NAISSANTE

m'était apparue la première mouette, perchée sur une balustre métallique du canal. Elle me fixait avec une expression perplexe où j'ai cru déceler l'ironie qui se devine dans le sourire et le regard des femmes, des enfants et des fous.

— Maïak !

— Oui, je suis là.

— A quoi tu penses ?

— J'aimerais raconter l'histoire, l'histoire ancienne d'un instant.

— C'est encore long ?

— L'éternité de cet instant, quand je l'ai vue paraître.

— Oui, je sais, sur la digue d'Hierapétra...

— Ce pouvait être à Naoussa, dans l'île de Paros.

— Peu importent les détails.

— C'est pourtant ce qui reste d'une vie.

— La vieille théorie des épiphanies ?

— Ne me dis pas que tu n'as pas connu la même histoire.

— Quand même, il y a plus captivant que l'apparition d'une femme en robe rouge il y a quarante ans.

— Mais ce n'est pas à toi que je m'adresse, là où tu es.

— Là où je suis tu aurais pu y être, et si tu te trouves là c'est que tu l'as voulu.

— Qu'ai-je voulu ?

— Excuse-moi, mais ta situation entre deux eaux, tu y es pour beaucoup.

— Cette histoire à raconter...

— Mais à qui ?

— Ne fais pas l'imbécile. Pourquoi t'adresses-tu à moi ?

— Ce n'est pas la même chose, nous sommes tous les deux morts.

— Et qu'est-ce que je fais encore dans ce café ?

— Tu l'as voulu, je te l'ai dit.

— Je ne veux rien d'autre que lui raconter notre histoire séculaire.

— Il y a la manière, fiston ! Evite les longueurs. Sois concret, précis. N'assomme pas celui qui t'écoute, comme le faisait mon propre grand-père.

— Crois-tu que mon petit-fils Anatole s'ennuie de mon histoire ?
— Bien sûr, toi-même n'as jamais voulu m'écouter !
— Qu'est-ce que j'en peux, Grand-père...
— Serre la trame de ton récit, mon vieux. Tu ne parles pas à un pur esprit, grands dieux !
— Mais il n'est pas seul. Il y a aussi son vieil alter ego.
— Celui qui commande le livre ? Il te butera, sois-en sûr.
— Nous n'en sommes pas encore là.
— C'est tout vu. Et puis, excuse-moi encore, mais cette femme...
— Justement, elle est la mère de l'autre !
— Tout est dit, alors.
— Non, rien n'est encore dit.
— De mon point de vue, les deux affirmations sont identiques.
— Mais vu d'ici, ce n'est pas pareil.
— Ecoute, je te conseille de commencer par le début, c'est-à-dire par la fin. Raconte ce qui t'est arrivé après le grand voyage, quand tu as retrouvé tes sens. Parle aussi de ton île natale, n'importe laquelle, comme premier pont entre l'Europe, l'Asie et l'Afrique. Il sera bien temps après de parler des Amériques...

J'aurais voulu répondre à Grand-père, mais la mouette s'envola. Ne restait plus, dans le miroir du canal, qu'un reflet d'Anatole capté par Loyola pour en faire, dans dix ans, l'un des fragments de son roman.

« J'ai deux patries,
Cuba et la nuit... »

José Marti

O jour bu par la nuit ! La nuit meurt dans un miroir qui ne veut plus voir la lumière du jour. Quand le monde entier tourne fou, que le globe vacille sur son axe privé de l'un de ses pôles, quel vertige est celui d'Atlas... Gueux de la nuit condamné à l'errance des rues, l'atlante a fui cette planète hostile aux mœurs des Pléiades, et voici que les ténèbres d'avant-monde couvrent toute la surface de l'abîme. Quelle heure pouvait-il être ? Je ne savais plus qui j'étais, où j'étais. Je savais seulement que j'étais dans un autre univers, m'abandonnant au miracle qui me dit que tu continues de m'entendre, où que tu sois. Car j'ai recueilli ta besace pesant le poids du monde. Comme toi, je me penche alourdi par un astre erratique où je m'étonne d'être encore. Même si, bon sang, tu n'entends plus rien, je n'en continue pas moins d'espérer que tu m'écoutes. Où que tu sois.
Nous sommes deux en une seule personne, se dit Juan-Luis de Loyola. Il se parle à lui-même, c'est-à-dire à l'autre, car il n'y a plus de lui-même, toute son identité fondue dans celle d'un homme qui vient de terminer sa course au fond du canal. Il ne sait pas encore qu'un monstre dans le ciel bientôt crachera du feu par la gueule de ses sept têtes. Vas-y, fais-leur chevaucher le dragon, Golden Boy ! Pour l'instant, les ténèbres semblent vouloir se fendre non à l'Est, mais à l'Ouest, où quelques nuages roses ont l'air de flotter vers le lieu du crime. Ôter la vie à autrui : ce devait être la vision d'une aube nouvelle. Un acte violent n'est-il pas à l'origine de toute fable digne d'être racontée ? Cet Atlas lui faisait revenir à la mémoire une histoire, celle de son père et de sa mère avant sa naissance, une très vieille histoire, à travers l'abominable insomnie qui avait marqué toutes les nuits de sa vie.
Etait-ce le fracas des coups de feu dans le miroir ? Voilà qu'il était envahi par il ne savait quelle nostalgie pour une île oubliée, qui était dans son sang, toujours là dans son sang. Devant ses yeux, le canal exhalait une senteur amère et tonique d'algues salées. Il y flottait un parfum indéfinissable, accrochant aux narines des traces d'autrefois. C'était une sensation qui excédait l'espace et le temps. A la différence de ceux qui habitent face à la mer et finissent par ne plus la voir, ses sens découvraient l'océan dans les eaux noires d'un canal.

Awopbopalulabelopbamboom : tel fut le premier mot de l'homme qui était mort.

Traverser l'écho

d'une voix dans le canal, c'est franchir l'écran de lumière au fond d'une caverne intérieure. Quel abîme s'ouvre-t-il en toi, quel gouffre te sépare-t-il de celui que tu crois être, en lequel retentit pourtant le cri de ta victime ? Dans cet intime ghetto, peu importe qui vient de prononcer

awopbopalulabelopbamboom

Ce cri demain pourra s'entendre comme l'ultime prière du barbare, sur l'Acropole en ruines de ce qui fut une civilisation. Peu importe, aussi, qui vient de lancer cet autre cri, imitant la voix d'un célèbre rocker :

On a tous quelque chose en nous de Guantanamô-ô-ô

Car je passe mes journées à vendre et acheter des produits financiers. La fraction d'homme pulvérisé fonctionnant en toi comme raider, comme trader, comme killer, cette fraction d'homme achète A, vend B, empoche la différence. Le résultat de ces mouvements se traduit, à la Panoptic, sous la forme d'une **situation.** ***Celle-ci peut être « fermée » si les achats et ventes s'équivalent, ou bien « ouverte » en cas de déséquilibre. Jésus Evangelista n'aime pas les*** **situations** ***fermées. Nous partageons le même goût du risque. Bien sûr, il y a contrôle des*** **situations** ***à la fin de chaque journée. Mais j'ai licence quelquefois de pousser à l'extrême un avantage acquis. Même s'il s'agit d'opérations fictives, impossible que la Panoptic soit à l'origine d'une éventuelle débâcle*** **situationniste.**

Voici plusieurs heures qu'au rez-de-chaussée, dans la grande salle des marchés truffée d'ordinateurs, les centaines de mouches en cravate et bras de chemise devraient téléphoner à tout va, dévorant leurs écrans des yeux. L'horloge dit Jour, le jour dit Nuit. Mais la nuit, que dit-elle ?
Hébété face au miroir de mon portable, j'écoute voler en éclats les constellations brisées de moi-même. De l'autre côté d'une âme fissurée, dans ma gestion du temps, je possède encore une petite réserve de non-temps.
L'horloge dit Jour, le jour dit Nuit. Mais la nuit, que dit-elle ?

Notes en bas de vie

Si le soleil paraît encore à l'Orient. Stèle se fera la Tour. Pour exhorter les vivants. A ne pas négliger. La visite des morts. A se rappeler. Leur condition de passagers. A ouvrir leurs âmes. A cet oiseau-serpent. Qu'était déjà ma mère. Dans le ventre de sa mère. A l'intérieur d'un cimetière. Lors de la Grande Catastrophe. D'Asie mineure. La vérité de mon histoire. Comme de toute l'Histoire. J'ose à peine me l'avouer. Notes en petits caractères. Style télégraphique. Au bas des pages de ma vie. S'il fallait vraiment écrire un roman. Je l'organiserais autour. D'un trou de mémoire. Celui de mon enfance. Auprès d'une mère ayant perdu la tête. Croyant à des pouvoirs surnaturels. Tantôt fée tantôt sorcière. Ange et dragon. S'imaginant au-delà. Des espaces et des temps. Une fois née dans les Cyclades. Une fois dans les Caraïbes. Aurore Théokratidès un jour. Un autre Eva de Cuba. Au gré des folies de sa propre mère. Fille du grand Moïse Evangelista. Depuis l'expérience vécue. Juste avant ma naissance. Dans un hôpital à Santiago de Cuba. Financé par la CIA.
« DESTRUCTION APPROPRIEE DU TISSU CEREBRAL POUR DECONNECTER UNE PARTIE DU CERVEAU D'UNE AUTRE DANS LE BUT DE MODIFIER LE COMPORTEMENT. »
Dans cette période faste. Plus de cent mille opérations de ce type. Furent pratiquées en Amérique. Et autant en Europe. Des dizaines de milliers dans la zone du Pacifique. Spécialement au Japon et en Indochine. Car l'ange de la démocratie. Devait terrasser le dragon du communisme. Où commence le mythe ? Je suis dans le ventre de ma mère. Vêtue d'une simple blouse. Parfaitement consciente. Après quarante jours. En chambre du sommeil. Elle regarde fixement la lampe. Au-dessus d'elle. Voici le Docteur de l'Agence. Qui se lave les mains. En compagnie du chirurgien cubain et de son assistant. Les trois hommes sortent du coin lavabo. Se postent derrière la tête de ma mère. On fixe un bandeau protecteur sur ses yeux. On lui nettoie le crâne avec un antiseptique. La peau rasée brille sous une lumière violente. Envolée la chevelure d'or ! On demande un scalpel. Avec le bout épointé. On délimite la zone à inciser. On tend une seringue. Avec l'anesthésique. On l'injecte à la périphérie du cercle tracé. La peau gonfle sous l'effet du produit. On tend une seconde seringue. Dont on injecte le liquide au même endroit. « Sentez-vous quelque chose, ma petite ? » Mamèremarmonne. Du sang perle au passage du bistouri. On se sert d'une pince recourbée. Pour maintenir écartées les lèvres de l'incision. Je flotte moi-même. Au-dessus du ventre de ma mère. Comme elle avait pu le faire. Au-dessus du ventre de sa mère. Dans un cimetière d'Asie mineure. Et je pose mes lèvres. Sur ses lèvres en feu. Non encore né. Je m'abreuve. A cet océan de sang. Mais je dois bondir. Car on nettoie le champ opératoire. Avec une solution antiseptique. Pas d'autre bruit. Que celui d'un instrument d'acier. Qui perfore le crâne. « Tout va bien, petite ? » Ma mère ne murmure plus. Des copeaux d'os voltigent. On demande un crochet dural. Instrument semblable à celui des

dentistes. Pour sonder les cavités dentaires. S'il s'accroche à un angle. C'est qu'il a traversé l'os. On ne sent rien. La boîte crânienne de ma mère est solide. On reprend la perforation. Quand on retire enfin l'instrument. On dépose la poussière d'os. Dans un petit pot. Cela servira plus tard. Pour boucher le trou. Puis on réclame un scalpel très aiguisé. On détache un coin de la ***dure-mère***. Membrane résistante qui recouvre le cerveau. A l'aide de ciseaux. On découpe cette peau. Morceau par morceau. Ma propre fontanelle. Pas encore sortie du ventre. Se lézarde. Comme le crâne d'un mort. Le cerveau de ma mère. D'un rose laiteux. Voit enfin le jour. « Avez-vous senti quelque chose, petite ? » Râle. On demande une spatule d'acier. L'instrument s'enfonce. Oscille. Queue avide. Chaque mouvement détruit les tissus sanguins de ma mère. « Petite, pouvez-vous chanter votre chanson favorite ? » Le chirurgien entonne ***Besos de fuego***. Un célèbre boléro d'Eva de Cuba. Une étrange musique jaillit de la gorge d'Aurore. On enfonce plus profondément la spatule. Creusant élargissant la blessure. Puis vient une aiguille de gros calibre. Poussée jusqu'au sphéroïdal. Arête osseuse à la base du crâne. « Parlez-moi, petite. » On ne cesse d'adresser la parole à ma mère. ***Etalonnage de la désorientation***. Moyen de savoir où en est la destruction du cerveau. Les aires primaires des réactions émotionnelles. Doivent être anéanties. Plus aucun son. Ma mère ferme ses beaux yeux verts. Sombre dans la stupeur. On obture le trou. On enlève le bandeau. On soulève ses paupières. L'une après l'autre. Elle fixe. On. D'un regard vide. « C'est terminé, petite. Vous ne souffrirez plus. » On quitte la salle d'opération. Pour faire sa visite du matin. Aux autres chambres de l'hôpital. Avant de franchir le seuil : « Priez, petite, et Dieu fera le reste ». Car Dieu est du côté de l'Amérique. Il a choisi l'Agence. Pour combattre les forces du mal. Dans la salle du casino de Baracoa. Où Aurore Théokratidès. Dite Eva de Cuba. Avait déclenché un scandale. Face au président Batista. La veille du 26 juillet 1953. Se trouvaient des hommes. Qui seraient aussi présents dans l'ombre. Dix ans plus tard à Dallas. Comme Ronald Reagan. Richard Nixon. Ou George H.W. Bush. Dont la compagnie pétrolière. Fondée en 1953. Portant le nom du révolutionnaire mexicain ***Zapata***. Rivale de celle d'Aristos Théokratidès. Etait une couverture. De l'Agence. Alors quelle utopie. Préside-t-elle. A toute existence ? Peau noire et chevelure d'or. Yeux verts d'Orient pâle. Où l'on naît comme on meurt. Pan pan pan ! Carnavalcanal. Où commence le mythe ? Pourquoi ce besoin de pérennité ? Tant de questions m'assaillent. Que je les vois encore. Peupler le ciel. Comme une profusion d'étoiles. Eclairant mon séjour matriciel. Plus long que nature. Cette traversée du désert. De quarante jours en trop. Dans le ventre de ma mère. Et s'il fallait en faire. Un roman. Tout entier le monde. S'y transformerait. En funèbre bacchanale. Où danseraient ensemble. A trois. Ma mère. L'aède. Et mon père. Abel de Loyola.

Les ombres grandissent encore d'on ne sait quelle éclipse, la nuit n'en finit plus. Personne ne sait rien de la folie de mon père. Qui reconnaîtrait le subtil sourire de ma mère quand elle m'apparaît, toutes chevelures d'or déployées sur mon bureau d'acajou ? Sa splendeur m'est venue en rêve, sous forme de divine statue, qui résumait toute ma vie. Sur cette plaine déserte une femme nue face à la mer. Dans l'ardeur du soleil elle tient une lanterne dont la flamme vacille au gré d'une brise annonciatrice de bonheur pour ses lèvres closes depuis trois millénaires. Ses hanches de marbre rêvent à des mains venues de l'autre rive. Chaque soir elle accueille d'un même regard la tombée de la nuit, tandis que son sourire se perd au-delà des eaux. Seule elle répond à l'appel d'un atlante qui lui fait signe depuis les colonnes d'Hercule et sa lanterne ainsi qu'un phare tremble en direction des Iles fortunées. Depuis la guerre de Troie s'avance le cortège des porteuses de voiles, ces pleureuses habillées de noir dont le chant monte vers les étoiles. Afin d'interrompre leur danse morbide apparaît une jeune femme blonde en robe rouge qui s'approche de la statue de marbre à son image, penchant son visage vers la lanterne pour y allumer un cigare avant d'en souffler la flamme. Je n'ai plus que la lueur du havane pour guide quand la lune se lève dont les yeux sont pareils à ceux de la femme avant que trois coups de feu claquent faisant exploser le miroir. La musique des sphères alors égrène ses pluies de perles liquides pour accompagner la disparition du mirage et je me réveille, couché sur la moquette, sentant ma vie privée de sens. En moi remue un sentiment de culpabilité non tant dû au meurtre d'un homme qu'à la conscience de n'avoir pu rendre justice à la mémoire de mon père. Si j'ai failli, c'est avant tout dans la mission d'être digne d'un nom prestigieux. Ce culte ne symbolise-t-il pas la continuité de l'être, tel qu'il se réincarne à travers les siècles ? N'exprime-t-il pas un désir d'éternité ? C'est alors qu'à nouveau je vacille entre l'oubli de ce que j'ai pu vivre au cours de cette nuit et le souvenir d'événements survenus avant ma naissance. Mon père et ma mère à Santiago de Cuba. Leur amour fut ce merveilleux qui ébranle toujours mon être. Il eut pour preuve le plaisir jusqu'à la mort, au cours d'une sanglante nuit, de la pénétration d'un corps dans un autre corps, cette extase de la chair dont cinquante ans plus tard je suis encore le cri. Mais les éclats du miroir ont laissé deviner une autre image que celle de ma mère, semblable trait pour trait à celle d'Aurore Théokratidès. Le désir au cœur du rêve est-il question de mémoire ? Ma main s'est glissée dans le haut de la robe ouvert sur la naissance des seins. Je voulais connaître son corps, cette inconcevable révélation. Toi qui m'as ébloui jusqu'à l'anéantissement, j'ai voulu t'arracher cette robe écarlate en public et te faire danser au sommet de la Tour, offrant à tous les yeux la splendide beauté d'une chair que prétendait s'octroyer en jouissance exclusive mon vieux pote Anatole. J'aurais tant voulu la voir se trémousser au rythme d'une chanson de ma mère, puis la soulever dans mes bras devant eux tous, pendant qu'elle se serait accrochée aux coquillages et dents de jaguar entourant mon cou, pour aller poser sur le sol de mon bureau sa virginité définitive. Je me serais alors approché de toi, craignant de te profaner, toi si loin de mon corps. Et lentement, jusqu'à la suffocation, j'aurais existé en toi comme un homme jadis exista dans le corps de ma mère lors de leur ultime nuit d'amour.

Sabbat d'Eva

« Œuf d'oiseau ou de serpent celui dont l'éclosion me donna vie œuf d'ange ou de dragon je serais annonciatrice d'autres mondes pour deux hommes dont les destins s'entrecroiseraient à n'en faire plus qu'un bien malin qui pourrait dire s'il était écrit dans les astres ou si chacun jouerait sa partie selon son gré car il y aurait un tabou dans notre relation cet interdit voilerait un silence touchant à ma double nature animale et divine qui serait épreuve pour chacun d'eux car l'ange et le serpent que Dieu avait dissociés je les réunirais ignorez-vous que fées et sorcières sont capables de connaître les entrailles de la terre comme de voyager dans les airs ?

(Draguer sur la plage un poète communiste réputé dangereux, l'embarquer dans les cales d'un vaisseau féerique : c'était construire l'une de ces situations rêvées par les amis de l'Internationale à laquelle j'avais adhéré. Le Grand Jeu ! Mais j'étais loin d'imaginer combien ses conséquences remettraient en question les racines mêmes d'une existence, au point de faire exploser ce que je croyais tenir pour mon identité. La traversée d'une mer puis d'un océan serait celle de mes propres abîmes. Vous dans les cales du navire, moi sur le pont, j'aurais à cœur de vous séduire même en vous offrant le spectacle de ma passade amoureuse avec un jeune Cubain qui était au rendez-vous du quai. Sitôt franchie la passerelle, d'où je faillis chuter sous votre regard que je devinais dans l'ombre, un démon me fit voler dans ses bras. Comme prévu, j'avais en main votre livre. Alors, j'en fus certaine ! J'étais un ange appartenant au monde aquatique, à l'univers marin des fées.)

Avez-vous déjà payé le tribut du sang c'est toujours celui des autres qu'on boit je pouvais me permettre de lui dire ça comme j'étais la fille d'un écumeur des mers dame des sources et de l'océan magique je devais leur apparaître à tous deux qui pour moi n'en feraient qu'un de même que je possédais les deux natures animale et divine âme autant damnée que sacrée femme de toute ma chair et déesse tombée du ciel à la frontière entre les mondes j'ai toujours en bouche le goût du jus de la grenade cette fontaine de soif comme dans les légendes où le voyage à travers une créature surnaturelle est l'épreuve suprême conduisant les chevaliers au-delà d'eux-mêmes n'était-ce pas le projet de l'aède aussi bien que celui d'Abel ?

(Je ne voyais pas pourquoi je me serais défilée devant une mission de confiance qui présentait pour moi les allures d'un jeu. J'étais libre, après tout, de la remplir à ma guise et pourquoi ne pas avouer qu'elle flattait plutôt ma vanité. Peut-être même jamais mon père n'avait-il enivré d'un parfum plus grisant ma jeunesse désoeuvrée. Je n'étais plus une petite fille, j'avais des pouvoirs de femme. Quelle bourgeoise moderne un peu délurée n'eût-elle pas rêvé d'une telle nymphose ?)

La grande roue cosmique tournerait cette année-là dans un grincement horrifique au moment même où mon père lancerait sur le marché ses nouvelles gammes de produits cosmétiques je serais une créature féerique douée de parole prophétique parée de dons magiques et de vertus cosmiques dame d'abondance venue du royaume des nymphes en suivant une longue tradition du pays des fées même si j'arborais les allures d'une jeune femme émancipée capable aussi bien qu'une autre de danser le rock and roll j'apercevrais d'ici bas le grand cirque du point de vue de l'au-delà oui je serais Eva comme l'Indienne à peau noire Habanaguana je vous mènerais vers une île perdue de l'autre monde où l'on ne peut que perdre son chemin voir l'invisible serait notre destin commun forever nous appartenions à une dimension mythique mais laquelle ? »

CI FALT LA GESTE ET LES DICTS, bouffons non moins que tragiques, d'un vagabond déraciné parmi les multitudes sans visage. Anatole Atlas ne dispose d'aucun document pour prouver qu'il a jamais été en vie : ni carte d'identité, ni passeport, ni acte de naissance. Seul un contrat vieux de dix ans pourrait encore attester de feue son existence. Mais il ne sait plus son nom, ni comment se nomme cette ville. Toute sa fortune accumulée, en près d'un siècle de travail, ne lui permettrait guère de convoiter le moindre centimètre cube de la tour Panoptic ; quand celles d'Aristos Théokratidès et de Jésus Evangelista dépassent les biens possédés par la moitié de l'humanité. Mais d'où vient la coupe – en forme de coquillage marin – qu'il porte à ses lèvres, pleine d'un breuvage puisé dans la boue du canal ?

Maïak

BIENHEUREUSE CITE SANS RIVAGES

Dont le seul horizon marin lance barquettes et pédalos les dimanches et jours de vacances vers des terres lointaines où sont les cités idéales aux coupoles d'or, Bruxelles possède, sur le Spiegelvijver *de Tervueren, son île fortunée. J'ai résolu d'y prolonger l'irrévocable voyage.*
Ce havre, je l'appelle mon île des Bienheureux. Combien de millions d'émigrants s'embarquèrent-ils en rêve pour les mondes nouveaux à partir de cette île ?
Un arbre tropical de large envergure plonge dans l'eau sa chevelure calcinée par des siècles de méditation solitaire. J'y partage pension complète avec les cygnes, les canards et les mouettes. Ensemble, nous conservons pieuse mémoire de la tribu nègre qui périt ici même, vêtue de pagnes en plein hiver, lors de l'Exposition universelle de 1897.

Tous les dangers rôdent pour l'aède sur le *Spiegelvijver*, ou étang du miroir. C'est là que s'est dessinée la trame de son histoire. En ce printemps 1994 il approche de son centenaire, ne l'oublions pas. S'il se dit que le monde a jusqu'ici nié ses signes sur le chemin de fatigue et de faim qui fut le sien, si toute sa vie fut sans murs ni toit qui lui appartînt en propre, le refuge de cette île dans la banlieue orientale de Bruxelles le ramène aux circonstances ayant précédé sa naissance.

L'aède n'eut demeure qu'en ce qui demeure. Il est celui qui revient. Suivez ce qui est dévoilé, dit-il aux hommes en vain depuis des millénaires. Ne perçoivent-ils pas que sa parole se compare à l'arbre aux puissantes racines, dont les branches

montent au ciel ou se penchent vers les eaux ? Ne voient-ils pas sa tête allumée de blancheur, où s'invente le destin d'un homme et d'une femme ?

Rengaine d'une idole des vitrines

Il secoue toujours sa blanche crinière ainsi qu'écume de la mer. Quel miroir magique servant à lire hier et demain, sinon mémoire de l'aède, veut abolir tour Panoptic ?
A son sommet se poursuivent les rêves d'un dormeur sans sommeil. Voyez-le tourner les yeux vers l'Orient. Pas de soleil levant. Là-bas, au bout de la longue avenue dont Léopold II fit une tranchée traversant Bruxelles d'Ouest en Est, flottent les arcades invisibles du Cinquantenaire. Le rêveur en hypnose ne songe-t-il pas à prendre place dans le quadrige pour agrémenter les fastes royaux de son propre anniversaire ? L'attelage de bronze vert fait un bond vers la forêt de Soignes, où niche le parc de Tervueren. Ils sont nombreux les romans qui, d'Homère à Joyce, ont relaté l'Odyssée des hommes ; aucun ne pourrait narrer l'histoire d'une future idole des vitrines qu'une tribu nègre jadis déposa sur un îlot de ces étangs. C'est que, selon la fée-sorcière, se trouvait là un lieu de passage privilégié entre mondes visible et invisible.
Je te jette ces mots à la figure, toi l'Occidental dont la tête ne gire qu'au soleil des apparences, ignorant l'Oriental dont l'esprit se baigne de lune et d'étoiles. Mais qui parle ainsi ? Car je ne sais plus si c'est de moi que les mots naissent ou bien de lui. Que veulent encore dire moi et lui ? Peut-être ma douleur s'est-elle avec la sienne confondue et suis-je l'ombre qui l'habite. Peut-être mon songe est-il reflet de sa mémoire. Qui sait tous les secrets inavouables qui se tissent entre un criminel et sa victime... Bien plus encore quand celle-ci fut d'une race dont l'œil scrute au-delà des horizons visibles. Ouvrant encore des yeux qui ne voient plus, semblant regarder mes paroles comme pour y deviner le sens de sa mort, un homme attend l'aurore quand il n'est plus de lendemain pour le tireur embusqué au sommet de la Tour. Dans la ligne de mire d'un fusil à lunette, le coup silencieux venu de très haut provoque une tache rouge élargissant l'étonnement de son visage dans un grand rire dont l'éclat me parvient ainsi qu'un écho de mes propres gouffres intérieurs...

C'est un athlète forain qui vous parle, un titan de cirque aux muscles d'Atlas, portant sur ses épaules un globe en carton-pâte qui explose dans une gerbe de perroquets criards, d'où jaillit le clou de son spectacle : Eva, l'oiseau-serpent, dont l'envol se termine au sommet du figuier tropical servant depuis cinq siècles de mature au chapiteau du cirque. Au-dessus de son entrée brillent, dans une guirlande multicolore d'ampoules clignotantes, les trois lettres NOE. ***Awopbopalulabelopbamboom***. A défaut d'autre identité, pourquoi ne pas s'en inventer ? L'arrivée sur son île de trois barques aux ailes blanches marquées d'une croix fut un rêve d'Eva, qui avait la peau noire une chevelure blonde et les yeux verts sans savoir pourquoi. Nous sommes en 1492, c'est-à-dire aujourd'hui, quand dans le songe d'Eva la nuit s'illumine en plein jour grâce à la science du Jaguëy. ***Wopbopalula***. N'était-ce pas le pouvoir de l'imaginaire qui allait sauver le monde ? Eva devinait que là-bas, au grand là-bas d'où le soleil surgit pour accomplir chaque jour le destin de sa course, il y avait toujours des princes noirs aux voix de léopards connaissant le langage des arbres, princes noirs semblables à celui qui sur une pirogue devait avoir un jour suivi le chemin du soleil pour donner à sa peau cette couleur de nuit la différenciant des autres habitants de l'île, dont elle attendait le retour bercée par le murmure du Jaguëy. Mais d'où lui venaient donc ses yeux clairs comme l'eau de la mer, sa chevelure pareille à la lumière de l'aurore ? D'où lui venait son art de séduire les marées de cet immense fleuve aux rives plus éloignées que celles séparant la vie de la mort et la veille des songes ? ***Belopbamboom***. Eh bien, pour ses yeux verts, ils étaient ceux du dragon des plus vieilles légendes et, pour sa chevelure d'or, elle imitait les plumes de ces créatures angéliques nées des premiers rêves de l'homme.

Oubliez à présent le bavard que je suis, l'aède, le menteur de grands chemins ; oubliez tous ces perroquets perchés sur mes épaules et qui vous parlent d'îles où je ne suis jamais allé, pour prêter l'oreille à ce qui de mes fables mérite votre pleine attention. Je vous prie d'écouter l'histoire véridique, telle qu'elle ne fut par nul autre encore racontée, de la femme ayant rêvé d'un homme qui lui fît oublier la tristesse de n'être pas oiseau. Je ne vous dirai plus qu'elle remonte au paradis terrestre, ni même à celui que voulut découvrir Colomb ; je vous dirai que cette histoire commence plus simplement à la fin du siècle dix-neuvième, un dimanche de l'Assomption perdu dans la somme innombrable des jours et des nuits.

Maïak

NOUS LES CRETOIS,

Davantage menteurs et vantards que tous les autres peuples, conservons l'héritage de la langue orale et les vents des steppes scythes, des forêts celtes, des savanes d'Afrique ne finiront jamais de porter en nous la semence d'une parole mythique, celle qui fut commune à tous les hommes.

Dès avant ma naissance, dès le premier souvenir - celui d'une île plantée d'un arbre, dans un grand parc au Nord de l'Europe, où des nègres en pagnes, gesticulant à côté de leurs huttes, reproduisaient la faune et l'habitat de lointaines colonies pour bourgeois en redingotes et belles dames à jumelles de théâtre - naquit en moi le tourbillon des paroles primitives.

Je connus bientôt que de telles semences ne pourraient plus se transmettre de manière orale ; qu'elles seraient menacées de périr dans les vents avariés, sur les terres gâtées du monde civilisé ; qu'elles s'écriraient désormais, comme bon leur semblerait, à travers images et musiques d'une autre existence. Que seule une lecture serait capable de recueillir leur puissance de bienveillance hostile...

Le siècle entier me fut cet instant de silence pour tenter de lire entre deux chaos. Comme la nuit vous jette dans le jour aveugle et vous reprend.

Rien d'autre qu'un murmure de la mer entre deux vagues.

L'initial tumulte, qui vous a laissé sur une plage, récupère sa puissance et s'abat à nouveau, vous n'êtes plus sur le rivage.

Où est l'avant, où est l'après ?

Dans l'intervalle, si l'on apprend à lire, se découvre le rêve de celui que l'on fut, la mémoire de qui l'on sera.

Les paroles de ce rêve sont miennes et tu me les accordes, mon amazone, au bord de cet étang dans le parc de Tervueren, comme naguère elles étaient tiennes et que je te les offris, sur une plage crétoise battue par les vents d'Afrique.

Sans le savoir, depuis l'heure où elle est née, Eva marche au bord de l'abîme. Puisque la forme humaine engendrait tant de malheurs, mieux valait s'en défaire et tenter d'adopter quelque autre apparence. Une fois cette pensée clairement formulée, Eva fut surprise par la facilité avec laquelle on pouvait quitter cette enveloppe de chair. Pour se le prouver, devant les yeux d'Atlas, elle grimpa sur un arbre, voulut être un oiseau, et à l'instant le fut. Atlas aurait souvent voulu lui crier : Attention, petite ! Attention, pas si haut ! Car toute autre qu'elle se fût rompu le cou à de tels exercices. Mais elle s'obstinait à voler toujours plus haut, répondant que chacun possède une paire d'ailes invisibles qui permettent au ciel de grandir et à l'horizon de fuir. Elle se mit donc à contempler de haut les feuillages du figuier tropical, puis la plage, et le lointain de cette mer où s'était envolée sa mère. Atlas pouvait en témoigner : quand Eva passait devant une case où mijotait l'ajiaco, les vieilles du village l'invitaient à s'asseoir en lui parlant du retour prochain de sa mère, comme d'un beau jour qui ne pouvait manquer d'arriver. Les vieilles lui tendaient alors une conque marine où il était possible de voir et d'entendre au-delà des mers. Mais ce que la petite fille ne savait pas, c'est que sa mère, l'oiseau-serpent du cirque, ne reviendrait jamais de son voyage vers un pays dont la plus haute tour portait à son sommet les figures de l'archange et du dragon. Comment pouvait-elle imaginer que la destination du cirque avait été l'Exposition universelle de Bruxelles, en cette année 1897 ? Comment deviner que sa mère avait éprouvé moins de peine à franchir l'océan d'un coup d'ailes, qu'à mettre pied sur l'îlot d'un étang dont s'agrémentait le domaine royal de Tervueren ? Il eût fallu pour cela soupçonner que la fondation d'une autre Tour devait accomplir l'œuvre léopoldienne entamée par la construction d'un palais de Justice et d'une basilique. Voyez-vous Eva se représenter sa mère au bras d'un monarque à la barbe immense, propriétaire des forêts de cette Afrique où naguère s'était embarqué le prince à voix de léopard connaissant la langue des arbres qui lui avait donné sa peau noire ? Que le Souverain belge eût plus d'une maîtresse, passait encore ; mais qu'il se fît accompagner par une danseuse de cirque, une indigène des îles jouant à l'oiseau-serpent : c'est ce que les conseillers de la Cour attachés au service du Protocole ne pouvaient admettre. Le nonce apostolique en poste au royaume de Belgique – un certain Loyola – ne décolérait pas. Voyez-vous, s'indignaient-ils, ce visage de poupée nègre où luisent deux grands yeux d'un vert liquide couronné d'une tignasse blonde, roulant carrosse et fréquentant palaces, ouvrant sur son passage une haie de zigomars voulant avoir de leurs yeux contemplé le serpent des origines enroulé autour du cou, de la poitrine, de la taille et des hanches de la première femme du monde ? La voyez-vous s'émerveiller et s'indigner à la fois devant la réplique d'un village congolais dressée sur l'îlot d'un étang, dont elle voulait être ? L'avez-vous bien vue, dans son royal équipage, se dévêtir d'une casaque décolletée de soie rouge aux poignets de dentelles, et de ses jupons à volants de mousseline cascadant jusqu'à ses pieds nus, fendus sur les côtés de sorte qu'elle découvrît en les ôtant l'intégralité de fastueuses hanches et cuisses entrevues, puis se débarrasser d'un foulard turquoise à la mode créole ainsi que de grandes plumes rouges ornées de boules en verroterie multicolore, pour exiger de porter le pagne comme ces indigènes grelottant sous leurs abris de palmes et qui ne manqueraient pas de choper la pneumonie ? Les courtisans crièrent à la folie, mais rien n'y fit. Le souverain consentit à exaucer ce vœu de sa capricieuse protégée, n'ignorant pas que, sous sa lingerie, l'oiseau-serpent du cirque portait un coquillage doté de fluides mystérieux. La foule des dignitaires assemblée autour d'elle et du roi la vit porter à son oreille, puis devant ses yeux, la conque marine qui permet d'entendre et de voir au-delà des mers. Puis elle posa ses lèvres sur l'orifice nacré du coquillage, et l'on entendit un cri surnaturel. Ce n'était pas sa voix, plutôt le rugissement d'un fauve blessé à mort, modulé sur deux ou trois notes soutenues par un secret roulement de tambour : ***awopbopalulabelopbamboom***. Un industriel russe du nom de Bielinski voulut attraper la main d'Eva, qui se dégagea d'une brusque volte, son cri continuant de propager un réseau d'ondes où se prirent le magnat grec Minos Théokratidès et le financier levantin Moïse Evangelista, secoués d'une soudaine décharge électrique. Ils saisirent le roi des Belges par la taille et l'entraînèrent dans une série de contorsions, tous les corps explosant au rythme frénétique de ***wopbeloobop***, tandis qu'Eva leur échappait pour se ruer dans une barque et gagner l'îlot. D'un bond, vêtue de son seul pagne, elle se retrouva dans un saule dont les feuillages parurent d'or et d'ivoire, les branches manifestant l'incroyable souplesse du caoutchouc. Une paire d'ailes invisibles lui fit quitter son enveloppe de chair et elle disparut. Le village entier de sauvages alors se mit à chanter, improvisant dans leurs langues les paroles de *l'Insulaire*, cette jolie contredanse créole qui faisait un tabac dans les capitales d'Europe. Où était passé l'oiseau-serpent ? Comment ces primitifs pouvaient-ils avoir appris, sans répétition préalable, une musique exigeant les plus hautes aptitudes orchestrales ? Ce seraient autant de mystères dont jaserait le Gotha de la Politique, de l'Industrie et de la Finance – n'oublions pas Sciences non plus qu'Arts et Muses – tout au long de cette Exposition universelle placée sous le haut patronage de Léopold II. Par quelque incompréhensible contagion mentale, qui avait dû se propager à son cerveau depuis ses possessions du Congo, celui-ci témoigna du plus vif des plaisirs devant un tel spectacle, même si la disparition d'Eva le plongea dans une tristesse dont la mort seule devait le délivrer. Mais l'élite mondiale rassemblée à Bruxelles s'inquiéta. Le nonce apostolique Loyola, l'industriel russe Bielinski, le magnat grec Minos Théokratidès et le financier levantin Moïse Evangelista tinrent un conciliabule secret sur la grand-place de Bruxelles, au pied de l'Hôtel de ville surmonté de l'archange et du dragon. Comment une personne vraiment civilisée pouvait-elle confondre ce qui avait eu l'heur de plaire au roi des Belges en personne, avec les sorcelleries de sauvages adorant une femme-serpent ? Le coquillage abandonné par Eva, celui qui permet de voir et d'entendre au-delà des mers, fut au cœur de leurs supputations. Comme pour enterrer la question, l'on résolut d'enfouir discrètement la conque maléfique sous la première pierre devant assurer en grandes pompes les fondations de la nouvelle Tour à quelques pas de là, du côté du canal. Un demi-siècle plus tard, la petite-fille d'Eva retrouverait Atlas sur une autre île, et l'inviterait à traverser les océans pour gagner le rivage d'où sa grand-mère avait jadis pris son envol vers l'Europe. Elle aurait pris le nom d'Aurore, et serait la fille de l'empereur des mers Aristos Théokratidès, associé au monarque des affaires Jésus Evangelista. Toute l'histoire du monde se jouerait dans ce fabuleux voyage, au début des années cinquante ; il n'est donc pas insensé de rappeler quel fut le premier mot prononcé par l'homme qui était mort, à l'aube ayant suivi la nuit du 16 juin 2004 :

awopbopalulabelopbamboom

(titre du film en Super 8 réalisé par Anatole à sa sortie de l'école, pour son entrée à l'Institut National Supérieur des Arts du Spectacle.)

Voix de Lazare

D'être né l'année même de 1897, celle de l'Exposition universelle de Bruxelles, Monsieur Lazare Ponticelli, der des ders de la Grande Guerre, s'empare de ma voix ce 12 mars 2008, à l'heure de sa mort. Quelle perle autour de quelle blessure (quelle boule de cristal) naîtrait-elle du coquillage d'Eva de Cuba ? Le signataire de ce livre, pourquoi devait-il voir le jour au Congo belge ? Pourquoi son fleuve natal mêlait-il, dans la ville-île de Kisangani, les traces de l'enfer et du paradis ? Pourquoi d'invisibles puissances lui soufflent-elles à l'oreille d'ici laisser tomber les masques ? J'écris ceci à visage découvert dans ce parc de Tervueren où se vécut le premier amour. Pour quelles raisons obscures sur les bancs de l'école, à la rentrée des classes de l'année 1969, devais-je rencontrer Claire, la fille du peintre communiste Roger Somville ? Comment et pourquoi savait-elle tout du jeu de masques des adultes ? Pourquoi, madone-diablesse, me ferait-elle retrouver les traces du paradis et de l'enfer ? Pourquoi fallait-il épouser alors l'idéologie situationniste, manière la plus radicale de miser sa vie entière sur une rédemption révolutionnaire des damnés de la Terre ? Pourquoi réussir les examens d'entrée à l'INSAS et déguerpir en laissant une lettre d'insultes ? Pourquoi, en compagnie de Claire, faire le tour du Maghreb en stop munis de mille francs belges chacun, deux fois 25 Euros ? Pourquoi apostropher Jacques Lacan à Louvain, cette ville où il faisait si bon vivre de rapines, écoutant *Tutti Frutti* (awopbopalulabelopbamboom) de préférence à la *Passion selon Saint Matthieu* ? Pourquoi cette passion de refuser toute voie d'accès à la réussite sociale ? Pourquoi mille choses vues dans l'enfance du rapport entre maîtres blancs et esclaves noirs devaient-elles se coaliser pour faire ce que je suis ? Par quel pacte intime

jamais ne pourrais-je trahir l'âme des boys nègres et de ma boyesse Rosalie ? Pourquoi la suprême liberté consistera-t-elle à écouter leurs voix qui se confondent à celles des puissances invisibles ? Pourquoi, dès l'adolescence, avancerai-je en sachant qu'il n'y aurait jamais de place à convoiter dans la société bourgeoise ? Pourquoi donc mon histoire serait-elle traversée par celle de Cuba, l'île saurien-colibri ? Pourquoi l'oiseau de paradis rencontre-t-il toujours une vipère qui se dresse et qui siffle sur les braises de l'enfer ?
Toutes questions que lancent les déesses-crétoises aux serpent, comme le Minotaure ou le dieu Pan, de mon épouse et compagne Michèle Vingerhoets, au fond de notre jardin d'Everberg. En elle se confondent les images d'Habanaguana, d'Aurore Théokratidès et d'Eva de Cuba. D'elle vient que leurs voix m'assaillent dans les grands arbres centenaires de l'Arboretum à Tervueren, plantés par le roi Léopold II au tournant d'un autre siècle.
Cette année 1897, qui vit la naissance de Lazare Ponticelli, dernier rescapé de la Grande Guerre, fut aussi celle où se fourbissaient déjà les armes de la Der des Ders. Après l'Exposition universelle de Bruxelles, toutes les puissances impérialistes entamèrent une course militaire comparable à ce qui se voit de nos jours, dont le champ de manœuvres ultime était moins l'Europe que les territoires du Moyen-Orient. L'Empire britannique y régnait alors sans partage. Bientôt le Kaizer Guillaume II se rendrait à Constantinople pour y rencontrer son allié, le sultan ottoman. Dans la simple logique du commerce, n'était-il pas naturel que l'Allemagne cherchât en Asie mineure un débouché pour ses marchandises ? Le projet naquit cette année-là d'une voie de chemin de fer à destination de Bagdad. L'histoire des hommes apporte ici caution à mon roman. Car chacun sait, ou devrait savoir, que le négociant grec Minos Théokratidès investissait de puissantes sommes dans l'industrie sidérurgique allemande, alors que le financier levantin Moïse Evangelista se voyait octroyer la concession du

chemin de fer. Or les maîtres du monde n'admettaient pas, du Reich, une politique étrangère forte. Ce d'autant moins qu'ils ne toléraient aucune concurrence près de leurs champs pétrolifères. Un jeu d'intrigues habilement mené par l'agent Lawrence auprès des tribus arabes souleva celles-ci contre les Turcs, favorisant l'explosion de haine qui conduirait au génocide arménien comme à la Grande Catastrophe d'Asie mineure pour les Grecs. Ce bal masqué diplomatique portait en lui comme conséquences et la Première, et la Seconde, et la Troisième guerres mondiales.
Cette dernière, moins accompagnée par tambours et clairons que rythmée aux accents du rock and roll...

L'heure est venue pour Loyola de reprendre le masque de son personnage.
Qui sait encore que le cri de guerre des dieux vivants du *rock and roll* avait été lancé pour la première fois en 1953, à l'***Eva's Bar*** de La Havane, par un jeune rebelle cubain du nom d'Abel de Loyola ? Qui sait que la civilisation du *Coca Cola* et du *hamburger*, de l'*entertainment* et du *soap*, de la *pulp fiction* et des *reality shows* naîtrait sur cette île du Couchant ?

Ames oxydées d'Occident, voici le cri d'un *rock'n roller* nu et sans défense issu du Levant, dont les fables s'abreuvent aux sources orientales. Sa prophétie commence il y a cinquante ans. Non, elle remonte à cinq cents ans. Non, ç'avait commencé bien avant, dans le coquillage qui est à l'origine de son histoire : un coquillage où serait né le murmure des mers ayant offert aux dieux le songe de mondes à créer ; mondes peuplés de soleils et de millénaires, de mythes et d'épopées, de religions et de mystères, parmi lesquels ceux d'une sphère où cette conque lui figurait un sexe de femme à l'image de l'univers, quand sur une barque il souffla de tels mots dans l'oreille d'Aurore, dite Eva de Cuba.

(*Cette intime* cosmythologie *clandestine est le fruit des amours d'un fou avec la sagesse. Il s'offre à vous depuis les branches d'un arbre où gît Eva de Cuba, ce fruit dont l'alcool contient la science du Jagüey. L'ivresse qui en émane impose la question pour les temps à venir : combien de cimetières encore dans vos nuages ? Oui, ce que vous n'oseriez croire, mes yeux aux mille faces l'ont vu, j'y étais, mes millions de consoeurs dévoreuses de cadavres ne cessant depuis cinq cents ans d'unir leurs magnificats à la musique des sphères. Tout reste à déchiffrer dans l'infinie spirale miroitant au coeur de mes pupilles astrales.*)

Le cosmos éclatera de rire, Messieurs-dames, quand on apprendra qu'une mouche fut capable à elle seule de plonger la capitale d'Europe dans les ténèbres... Quant à toi, si tu peux me rendre mon sang qui coule dans tes veines, alors je disparaîtrai définitivement dans ce canal... Même si, tel Orphée, ma tête continue de chanter à la surface des eaux noires !

L'homme qui était mort comme il avait vécu - dans un tourbillon de mer - sentait encore au fond de ses veines le battement des vagues du canal. Il venait d'éprouver la chute au creux des eaux, quand elles vous font danser la rumba des étoiles au rythme d'un tambour qui aspire le corps avant de l'exploser dans son roulis sonore.

Il ressentait toujours ce balancement de houle qui l'avait happé vers les profondeurs, où toutes les musiques s'accordent en étrange harmonie. Son corps nu roula sur la berge en contrebas d'une passerelle de béton. L'homme qui était mort sentait en lui la frénésie d'un demi-siècle (voire d'un demi millénaire) ayant refermé leurs cercles en un tout cohérent – et déjà près de disparaître – comme la trace huileuse que lui-même devait avoir laissée à la surface des eaux noires du canal. Ses yeux se tournèrent vers l'enseigne de la tour Panoptic : c'est alors qu'il s'était désaltéré à la coupe – en forme de conque marine – trouvée il ne savait comment au fond du canal.

Sa vie entière, il avait traversé l'air des humains dans un état de combustion pareil à celui des sphères célestes quand elles pénètrent l'atmosphère ; alors même que les coups de feu lui eussent permis de rejoindre l'univers des étoiles, c'était comme si quelque énergie nouvelle avait soudain retrempé sa carcasse pour le propulser à nouveau dans ce monde épileptique. Il était une torpille-grenade à bout de course qui, sortie de l'eau, tout à coup, se fût trouvée regoupillée. D'un geste nous prouvant sa vivacité revenue, l'homme se gifla le visage où venait de s'aventurer une mouche, qui prit son envol vers une destination inconnue.

(*Par le cantique de nos ailes, non moins que par celui de nos mandibules, ne sommes-nous pas les seules véritables messagères entre le monde moderne et l'au-delà ?*)

Je vous parle plus tard, bien plus tard, et pourtant tous les temps se confondent. Voulez-vous m'entendre ? J'avais vidé une bouteille de rhum dans mon bureau du dernier étage et j'étais sorti de la Tour en titubant. Une fois dehors, j'ai renouvelé de manière absurde le miracle quotidien qui consiste à traverser avec un calme olympien l'esplanade, à cette heure envahie par quantité de bagnoles roulant à tombeau ouvert ; puis je me suis aventuré sur ce pont de béton surplombant le canal, comme sur celui d'un bateau par grosse mer. Etais-je mort moi-même sans le savoir ? A la lumière avare des lampadaires, mon corps ne projetait aucune ombre au sol. Peut-être s'était-il dissous pendant la traversée du pont vers l'autre ville. Alors je me suis penché vers le canal. Ce n'était pas ma figure qui se reflétait en ce miroir obscur, mais le masque du mort qui me disait avant de s'évanouir : Tu es l'Atlas de la mythologie, mais aussi l'apôtre Anatole, cinquième évangéliste, et bien d'autres encore... J'ai scruté cette image. Aux endroits où se reflétaient quelques lumières tombées de la Tour, les eaux paraissaient teintées de sang. Les noyés de la nuit ne reviennent-ils pas sur terre à l'aurore ? C'était comme si l'esprit de ma victime, d'une manière incroyablement subtile, s'était emparé du mien, pour lui infliger la pire des épouvantes : celle dont s'emplit un crâne vidé de sa propre substance et réduit à se dérober sans rien comprendre devant un monde peuplé de fantômes. Ne me demandez pas quelle heure il pouvait être, toutes les horloges du ciel et de l'enfer s'étaient déréglées. Quelque chose m'a incité à lever les yeux vers le sommet de la Tour, et j'ai vu dans le ciel un monstre rougeâtre qui occupait tout l'espace au-dessus du canal, où se perdait son énorme queue recouverte d'écailles. J'ai fermé les paupières en m'appuyant au parapet. Pendant quelques instants de vague réflexion, mes idées ont tenté de se frayer un passage dans un cerveau encombré de végétations folles - celles de mon île natale - puis j'ai rouvert les yeux. Plus nettement encore, j'ai vu un dragon couvrant le firmament de l'aube absente ainsi qu'un serpent flamboyant dans un abîme d'encre de Chine. Ce monstre crachait du feu par la gueule de ses sept têtes ! Me croyez-vous si je vous dis qu'à cet instant précis j'ai eu l'idée d'en faire un roman ? Un roman qui se déroulerait entièrement dans l'envers du décor. Mais je n'avais pas ma tête à moi, comprenez-vous. Car l'autre type, tout mort qu'il fût, continuait de divaguer au bord du canal.

Maïak

JE N'ETAIS PAS NE

Mais la semence était en moi, dans le ventre de ma mère qui avait choisi le pseudonyme grec de fille de l'aurore, et qui faisait croire à tous ces snobs fin de siècle qu'elle était née sur les côtes du Pérou d'un père et d'une mère indiens qui l'avaient consacrée à l'Inca. Elle ajoutait qu'elle avait été initiée aux danses sacrées dès l'âge de cinq ans dans les ruines du Macchu Pichu. N'importe quoi pour satisfaire la soif d'exotisme de cette bourgeoisie d'Europe se pressant, l'automne 1897, à l'Exposition universelle de Bruxelles, pour voir mourir sur l'île d'un étang sept nègres en pagnes. C'est afin de détruire cette race bourgeoise que ma mère s'est offerte au grand feu qui se levait à l'Est, en octobre 1917.

Sans doute il y a des hommes errant sans savoir, sans guide, sans livre lumineux. Mais il est une source qui fait entendre les morts. Oui, ce sont là des signes.

L'eau du canal ondule comme un serpent criant dans la nuit vers une Tour où guette le tireur embusqué. Quel invisible serpent, Messieurs-dames, terrorisait-il toute la province d'Oriente, cette année 1898, alors que les troupes des Rois très catholiques devaient plier bagages devant les assauts des Indépendantistes conjugués à la puissance militaire des Yankees ? La même année, le président Roosevelt avait déclaré : « L'américanisation du monde est notre destinée »... Les Etatsuniens ne venaient-ils pas de faire exploser leur propre navire Maine dans le port de La Havane, usant de ce prétexte pour déclarer la guerre à l'immorale puissance coloniale espagnole ? Il faut, pour comprendre ces faits, revenir à l'Exposition universelle qui s'était tenue l'année précédente à Bruxelles, au cours de laquelle Eva s'était volatilisée dans le domaine royal de Tervueren.

La Gazette Royale *de la Belle Epoque en parle comme d'une bayadère, d'une nouvelle Shéhérazade dont les attraits, lorsqu'elle envoûtait le Tout-Bruxelles par sa fameuse danse aux sept voiles, offraient plus de charme sauvage que les gesticulations lascives des négresses aux seins nus sur l'îlot de Tervueren. Je possède une image d'elle, allongée comme une odalisque et parée de bijoux, deux cornes d'ivoire dans les cheveux. C'est elle, affirmait-on, qui inventa le strip-tease oriental. Au cimetière de Tervueren repose le corps de l'espionne soviétique. Il n'est guère aisé d'être une agent double, quand on n'a en tête que la danse et l'amour : cet épitaphe collectif rôde autour de sa tombe. Ainsi clôt sa légende l'actuelle mémoire électronique, pour d'autres snobs fin de siècle qui ont déclaré clos l'incident d'octobre 17, éteintes les flèches incendiaires des esclaves, comme ils disent maîtrisé tout foyer d'épidémie dans les entrailles de l'Histoire. Mais n'est-ce pas les mêmes qui incitent à se gaver de leurs ordures et à téter le pus suintant aux mamelles de la Bête Immonde ?*

L'aède, le menteur que je suis vous a parlé d'un nonce apostolique portant le nom de Loyola. Mon but n'est pas de raconter ici des bobards comme tous ceux produits par la Panoptic, mais d'éclairer l'origine d'une Tour au sommet de laquelle ce Loyola devra boire le calice de mon sang jusqu'à la lie. Car un descendant du fondateur de la Compagnie de Jésus se trouvait alors bien en poste à Bruxelles, y dirigeant plutôt la loge maçonnique Atlas, qui s'occupait de fomenter des troubles dans les colonies hispaniques. Les vénérables frères étaient férus de mythologie antique et, dans leur jargon secret, ils appelaient l'Espagne les Colonnes d'Hercule. Comme il était hors de question d'organiser des menées subversives au grand jour, l'une des ruses utilisées consistait à faire passer certains messages libérateurs aux peuples opprimés par le biais de spectacles populaires, plus difficiles à censurer que les canaux de la propagande officielle. Quels tribunaux du Saint Office auraient-ils soumis à la question, voire même soupçonné d'hérésie les acrobates et les clowns du cirque Noé, patronné par un commerçant grec d'Asie mineure et subsidié par un bâilleur de fonds levantin ? C'est à ce titre que Minos Théokratidès et Moïse Evangelista se rencontrèrent avec le roi Léopold II, qui s'était entiché de la femme oiseau-serpent du cirque. Mais je m'égare, je m'égare... Pardonnez à l'aède qui ne brûle que de vous divertir... Bref, c'est ainsi qu'Eva, la fameuse Eva de

Cuba, disparut de son arbre au milieu de l'étang, non sans avoir lancé ***Je suis l'oiseau et le serpent du paradis !*** Reportez-vous aux journaux de l'époque et vous aurez une idée de l'émoi suscité par celle dont il se disait que la splendeur du corps offrait à ceux qui en avaient joui quelque chose comme l'avant-goût d'un éternel festin promis dans l'au-delà. Pour elle, donc, un empereur de la finance était prêt à risquer la fortune dont maints siècles avaient doté le glorieux lignage des Evangelista ; un magnat de l'énergie pouvait imaginer de tomber en faillite au préjudice du prestige dont s'entourait le nom de Théokratidès ; un tsar de l'industrie russe était capable de ruiner à jamais les ambitions de la famille Bielinski, sans compter ce qu'il adviendrait des Loyola... Mais je m'égare encore... Ah ! Pardonnez, mes bons amis, à l'aède qui s'enflamme en enfer de ses propres dires...

Nul ne sait à ce jour son secret d'amazone, l'alliance de la belle Troyenne avec un guerrier scythe dont je suis le rejeton. « **Spoeïda !** *», me disaient ses dents de nacre lorsqu'elle m'invitait à dormir sans faire plus de bruit sous la protection des gazelles et des lions galopant sur la savane de la tenture jaune, et qu'elle m'embrassait dans mon lit, riant de savoir l'un ou l'autre mot bruxellois, vers les années 1904. Une luxueuse automobile noire, conduite par un chauffeur d'origine russe, l'attendait devant notre maison de la rue des Bouleaux. Parée de ses sept voiles et d'autant de parfums, elle s'en allait loin dans le soir, non sans m'avoir fait réciter dans le même souffle qu'elle :*

Hen to onoma tou Patros kaï tou Guiou
Kaï Hagiou Pneumatos,

dernière formule de la prière qu'à l'école de Molenbeek, près du canal, chaque matin je serais épouvanté d'entendre travestie en **Heilige Geest,** *et la crainte inspirée par cet Esprit chuinté entre les dents jaunes du prêtre qui me prendrait ensuite sur ses genoux, ce fantôme divin privé du souffle maternel, qui me poursuivrait jusque dans mes rêves, ne s'accompagnerait d'aucune consolation dans le regard sévère d'un immense portrait derrière l'autel, dont j'apprendrais bientôt qu'il était celui d'Ignace de Loyola, fondateur de la Compagnie de Jésus.*

Juan-Luis de Loyola ne comprend pas le bourdonnement qui s'empare de son crâne alors que ne vient pas la lumière du jour. Serait-ce la mouche battant des ailes contre cette vitre noire ? Je suis certain de n'avoir pas manqué ma cible, et voici que celle-ci, d'objet mort, se transforme en sujet plus que jamais doué de parole. Une allégorie ? Tous les vivants-morts mis en joue par nos miradors pourraient-ils se muer en morts-vivants ? Mais alors... Alors, Loyola titube et se laisse tomber sur le fauteuil de son bureau. Face à l'écran du portable, il voudrait oublier. Ses doigts courent sur le clavier, notant des phrases qui précèdent sa pensée. Si l'on croyait avoir tué l'aède, écrit-il, est-ce que la vie ne lui souriait pas encore un peu ? Mais il aurait aussi à faire le mort – de même que, pour des raisons inverses, il serait dans la ville d'illustres défunts qui auraient à jouer cette nuit aux vivants.

— Depuis Socrate on est toujours coupable.
— De mener une enquête interdite.
— Sur ce qui se passe sous terre.
— Et dans le ciel.
— Pourquoi la capitale d'Europe est-elle plongée dans les ténèbres ?
— On dirait une pluie de cendres.
— Et cette puanteur de l'air.
— Atlas a fini par tomber.
— La planète vacille.
— Tel Ulysse, il nous faut explorer les abîmes aux extrêmes du couchant.
— Même si ces abîmes sont le crâne d'un homme.
— Les mêmes abîmes, le même crâne que depuis la première épopée.

Où en étais-je de mon récit, Messieurs-dames, dont l'objectif n'est autre que de vous faire passer la plus agréable des soirées ?... D'autres figurants du spectacle, semble-t-il, ont leur mot à vous dire... Mais voici qu'on m'ôte le micro... Laissez-moi poursuivre, voyons, l'histoire du serpent qui s'était emparé de l'île nul ne sait comment. Laissez-moi vous dire ce qu'il advint des Loyola, l'année suivant l'Exposition universelle de Bruxelles en 1897...

Juan-Luis de Loyola n'a plus la patience d'entendre sa victime lui débiter des fables sans pitié pour son patronyme illustre, car il devine trop bien que leur but est de nuire à l'honneur des Loyola. Ne suis-je pas le maître exclusif de ce que j'écris ?

Je croyais bien finie toute cette pitrerie, se dit l'aède comme, au théâtre, une résurrection inattendue termine la pièce avant même que la rigidité de la mort ait dit son dernier mot. De même que l'acteur en question se fût relevé

pour s'approcher de vous sur le bord de la scène, gens d'au-delà des spots aux visages inconnus, l'homme qui était mort ouvrit les bras au ciel : Je croyais que ce monde pouvait être transformé ! Et je le crois encore... Baissant la tête, et déposant la coupe reçue du canal, il sourit à son public imaginaire : Je pensais que c'était cela, le salut ! Et je le pense toujours...
L'homme qui était mort venait de résumer sa vie.
Quand on jouit, on est près des dieux, murmura-t-il encore... Cela, je le sais. Je l'ai vécu... Mais où en suis-je ? L'homme nu et sans défense pensait à une femme, errant dans son souvenir de la mer des Cyclades à celle des Caraïbes. L'instant d'avant, il était avec elle (et quelques âmes chères, d'époques indifférentes) au sein d'un grand tourbillon de lumière marine ; puis il avait connu cet arrachement dont témoignaient encore les eaux noires agitées comme au terme d'un douloureux travail matriciel. N'était-ce pas un cordon ombilical, cette longue écharpe d'algues océanes enroulées autour de son cou, qu'il rejeta dans le canal ? Il huma l'air et voulut s'abreuver d'une lampée de soleil, mais l'obscurité régnait seule sur cette ville, hormis quelques néons clignotant pour personne. Protège-moi si j'ai perdu mes ailes, j'attends de toi un signe…
Dans la substance grisâtre, sans lumière et sans poids, qui faisait l'air ambiant, malgré que depuis longtemps l'aube eût déjà dû se manifester, s'érigeait une lointaine et très haute masse noire. Ce n'était pas encore l'heure où devaient briller les flammes d'un dragon dans le ciel. Soyez avec moi, Lumières !
Nulle part elles ne l'entendirent ni ne s'allumèrent.

(*Comme aucun de leurs pontifes, j'ai percé l'ombre à la frontière entre les mondes, allant à mon gré par la capitale d'Europe depuis ses bas-fonds méphitiques jusqu'au sommet de la tour Panoptic. L'univers immense offre-t-il de plus authentiques reflets que ceux nés dans les prunelles d'une mouche ? Nuit sans fin, ces lignes à qui les recueillerait dans cent, mille ou dix mille ans. Par le baiser que je vous adresse, écoutez donc vrombir l'intuition d'un monde où, malgré mort et souffrance, de l'insecte aux galaxies régnerait enfin l'esprit d'une totalité sensible !*)

Cette nuit fut criblée d'étoiles écarlates quand chacune des blessures d'un autre homme, il y a cinquante ans, se mit à brûler dans le ciel. C'est, du moins, ce que j'ai cru voir plus tard, bien plus tard au cours de cette nuit sans fin, sur le pont de béton qui enjambe le canal, dans les flammes crachées par sept gueules furieuses. Une sanglante floraison de tous les hibiscus, flamboyants, bougainvilliers de l'île.

Sans oublier les fleurs de Pâques, ces fleurs écarlates en étoiles qu'Eva portait dans sa chevelure d'or à l'arrivée de Cristobal Colon ; ces mêmes fleurs, offertes par mon père à une femme la nuit du 26 juillet 1953... Serait-ce l'ivresse du rhum qui ravive en moi des images d'avant la naissance ?

Ne cherche pas à faire le point, clown, c'est inutile. Tu es un drôle de type, reconnais-le. Qu'est-ce qu'il reste de toi ? Oui, j'ai emprunté un chemin bizarre, je le sais bien, c'est même là ma première pensée au réveil et la dernière chaque fois que je m'endors. Cette idée a traversé ma nuit sans sommeil, hantée par des légendes vieilles de cinquante ans. Le mauvais chemin, le plus facile, celui qui vous conduit au sommet, quand les voies périlleuses, escarpées, sans concession morale, vous mènent à l'abîme élu par ce vieux type. Un abîme qui n'est pas demeuré sans paroles... Paroles auxquelles je résiste, mais que j'accueille en ce cœur secret d'un livre d'au-delà tous les naufrages. Installé devant mon portable, je sens l'heure venue d'une confidence au lecteur. Oserais-je la publier ? Dans notre jeune âge, voué aux combats de l'avant-garde, n'avions-nous pas mis au ban toute forme d'art, singulièrement celui du roman ? Combien de vieilles lunes sombrent avec cet aède, celles du temps où l'on croyait encore à l'autonomie de la littérature... Mais pourquoi pleurer la fin d'une civilisation ? Je vous propose ici le premier ***Storytelling*** entièrement aux gages de la tour Panoptic. De son point de vue s'envisage, en effet, une évaluation panoptimale des choses : 360° de rotation. Supervision globale du monde. Du haut en bas, de gauche à droite, devant-derrière, dessus-dessous, sans le moindre remords, la plus petite inhibition d'une pompe à fric planétaire fonctionnant désormais selon des méthodes parfaitement situationnistes. Est-ce que nous croyions vraiment que le monde pouvait être changé ? Anatole, comme son grand-père, sans doute... Quant à moi... Eh bien, disons que j'ai évolué, pour contribuer de modeste manière au grand chambardement survenu depuis trente ans. S'il faut bien sûr faire du chiffre, ce chiffre de nos jours explose grâce à la plus-value de fantasmes incluse dans nos marchandises, depuis que le mythe a déserté les anciens royaumes sacrés. C'est à quoi nos avant-gardes ont œuvré : ***Panoptic, la chaîne qui vous déchaîne*** !

(*Plus éternelle en son temps qu'une idole planétaire, moins durable à long terme que le cri d'une mouche.*)

La Tour s'élevait à une hauteur de septante-sept étages. Assez pour que, depuis son sommet - jusqu'aux cimes de la forêt de Soignes, à l'Orient - s'aperçût tout le paysage autorisé par la rotondité du globe. La plus splendide vision panoptique sur Bruxelles se fût donc offerte à Juan-Luis de Loyola si, par la fenêtre du dernier étage, s'était découvert autre chose qu'une immensité chaotique sans la moindre étincelle de jour.
Et *basta*, pour toute autre description romanesque d'un autre siècle !

CHAQUE SOIR ENTRE LES QUAIS QUAND JE TRAÎNE

C'est pour un parfum que la nuit ramène. Mon sac d'athlète sur le dos, je transporte l'Iliade et l'Odyssée d'une rive à l'autre du canal avant d'embarquer vers d'autres continents.

Devant moi, là, partout, s'échappe l'ancienne certitude d'un sens dont les oiseaux et les nuages se jouent. Immobile aux confins portuaires, je ploie sous mon baluchon sphérique chargé d'un legs planétaire comme sous le fardeau d'une dette impayée.

Partout sur les façades une déesse aux serpents, seins nus, bras en offrande enroulés de serpents. J'avais suivi la silhouette noire, le bruit de ses talons sur le trottoir mouillé.

Il n'est pire chaos que celui de mon crâne. Comme la disparition du soleil désorganise le cosmos entier, celle d'un homme fait exploser l'axe de mon esprit. C'est plus tard, bien plus tard au cours de cette nuit maudite, que je quitterai la Tour pour m'aventurer du côté du canal. Et dans quel but encore ? Quel sens cela a-t-il d'écrire un livre de plus ? La mort du roman faisait partie de nos dogmes, comprenez-vous. Cette « imagination au pouvoir » que nous appelions de nos vœux, n'aurait plus à se compromettre avec l'art ou la littérature. Une vraie vie libérée de toute entrave, révolutionnée chaque instant, transfigurerait les sensibilités créatives en d'incessantes ***créations de situations***. C'était, du moins, ce dont nous aimions nous persuader avec Anatole, quand il nous arrivait de nous pencher voici trente ans sur ce pont de béton. Aurions-nous jamais pu imaginer une telle scène ? Son grand-père éliminé par mes soins, mais qui n'en poursuivrait pas moins son verbiage depuis le canal. Et tous les autres sortilèges de la nuit. Ma propre voix perchée au sommet de la Tour, puis descendant à une autre heure, comme en rêve, sur le lieu même du crime, dans je ne sais quelle dimension du réel encore à découvrir, sans parler de cette vision d'un dragon crachant le feu de ses sept gueules dans le ciel.

Les balles sifflent de plus en plus fort

Et il y a des cris et du feu partout
Parce que c'est les bombes
Autour du cimetière
On dirait c'est les flammes de l'enfer
Le feu c'est pas seulement des bêtes
Qui lèchent et qui sucent ton ventre
C'est aussi des coups
Des coups de feu partout
Je pense dans moi-même
Voilà mon père
Le roi du cimetière
Le grand Moïse Evangelista
Qui vient m'offrir la coupe du roi Priam
Datant de la guerre de Troie
Comme ça pour sortir de la mort
Pour amuser sa petite Eva
Mais les coups de feu sont encore plus forts
Ca résonne ça résonne
Et comme ça résonne trop
Eh bien j'entends ça plus que la respiration de ma mère
Est-ce que je suis encore dans son ventre
Ou bien je suis déjà rentrée dans l'autre ventre
Celui de la terre et de la mer
Où ya plein de trous de lumière ?
Alors mon corps tellement j'ai peur
On dirait la pierre d'une tombe
Et pourtant je vole très haut dans les airs
Là où il n'y a plus de maintenant
Seulement hier et demain
Quand c'est jamais la guerre
Alors tout à coup je me dis c'est pas possible
Comment je vole
Si haut dans le ciel
On dirait j'ai les ailes
D'une mouche

Excusez je vous prie, Messieurs-dames, ces légères interruptions du programme. L'instant est venu de reprendre le cours du récit où il fut abandonné, pour des raisons techniques ainsi qu'il se dit. Ne dit-on pas tant de choses ?... Ainsi se disait-il sur l'île bien des légendes relatives au serpent qui s'était rendu maître du cours des fleuves souterrains, depuis les cavernes de la côte jusqu'aux cimes de la montagne rouge, et qui paraissait devoir étendre son règne à jamais sur l'île entière. Sa puissance, Messieurs-dames, était celle des enfers ! Il était capable, semblait-il, de s'introduire aussi bien dans l'hostie du prêtre à la messe que de pénétrer par le trou de n'importe quelle serrure pour jeter sa malédiction sur l'alcôve la plus secrète. Qu'il s'agît du nouveau-né récemment baptisé, de la vierge venant de communier, des époux les plus chastes unis par le mariage ou du moribond venant de recevoir l'extrême-onction : nul sacrement ne semblait en mesure de conjurer la puissance du mal. On se mit à parler de l'œil du diable, sans que quiconque pût savoir qui était à l'origine de tels racontars. Aussi, qu'un Loyola de Cuba fût nonce apostolique à Bruxelles, ou qu'il y dirigeât quelque secte maçonnique destinée à saper le crédit de l'Eglise catholique, une union sacrée des élites se constitua pour mettre fin aux maléfices, et l'on résolut d'accorder foi aux rumeurs s'étant répandues depuis la province d'Oriente, selon lesquelles une femme de cirque jouant le rôle d'oiseau-serpent se plaisait à disparaître en plein vol, puis à reparaître où bon lui semblait, se riant des mers et des continents, laissant dans son sillage d'incalculables monceaux de victimes, au premier rang desquelles tel empereur de la finance, tel magnat des énergies, tel tsar de l'industrie, tel monarque d'un royaume où de mémoire d'homme on avait toujours vu l'archange terrasser le dragon... Mais je vous ennuie peut-être avec ces vieilles histoires, après tout sans rapport avec les réalités vécues par les hommes aujourd'hui.

(*Au contraire, au contraire, l'histoire entière des hommes obéit à nos plans sur tous les continents... Notre règne à venir prospère de leur sang !*)

Une seule chose était certaine pour Juan-Luis de Loyola, contemplant la capitale d'Europe depuis ce pont de béton. Mais fallait-il y croire ? Un dragon crachant son venin de feu dans la nuit, conjugué à la disparition des symboles de Bruxelles au sommet de l'Hôtel de ville... Heureusement, il avait connu un triomphe lors de l'émission réalisée la veille au soir. Un triomphe ? Le souvenir s'en dissiperait dans son cerveau vaincu par une conjuration de forces obscures, parmi lesquelles cette bouteille de rhum seule jouerait encore un rôle tangible, bien visible, appréhensible par des sens qui sembleraient se rire de leur propriétaire anéanti.

Car ce n'est pas un héros qui vous parle mais son ombre, l'ange ou le démon déchu de celui que je fus. Je ne reconnais plus dans la vitre noire l'image du jeune échevelé qui battait les trottoirs des nuits et des saisons entières avec son vieux pote Anatole, survivant d'aumônes et de rapines, en quête vaine d'une étincelle d'éternité, puisque l'éternité ces années-là se débitait au distributeur automatique de l'Histoire et que le printemps 68 venait d'écouler tout le stock de la machine. *Inputs, outputs*. Chaque jour nous convoquions un monde imaginaire, invisible, futuriste, aux couleurs des rêves les plus fous, qui avaient à nos yeux davantage de substance qu'une vie quotidienne soumise à la plus acerbe des critiques. *Flux et reflux*. Nous étions les explorateurs d'une planète inconnue, dont Anatole s'autorisait à tracer les cartes au prix d'une errance convulsive perpétuelle. *Plannings, timings, grilles et progrès*. Nous débusquions les idées comme des nids au sommet de falaises illusoires, où notre Phénix déployait ses ailes rouges dans un grand rire dirigé vers l'Orient. *Un commando d'executives à fort potentiel, doté d'un très bon sens de l'opérationnel*. Combien de scandales sur la voie publique, dans le refus radical de ce monde et l'invention d'une autre vie ! Combien de constructions de situations quotidiennes, pour n'en acquérir jamais aucune dans l'existence ! Combien notre grande affaire serait-elle de prendre à rebours le roman classique, ce négatif à l'œuvre dans une histoire, où le héros combat dans le but de se faire une situation ! Combien de chamailleries autour des textes canoniques, Anatole refusant par exemple de croire que ma mère fût la première destinataire du fameux ***Formulaire pour un urbanisme nouveau***, rédigé juste après la mort de mon père, en 1953.
L'an de la nativité pour l'ère Panoptic.

(*Ce patient travail est pour vous, gens du futur, qui aurez besoin de rassembler tous les indices afin de reconstituer la genèse d'un empire, lequel en son temps s'était voulu le maître des royaumes visibles et invisibles.*)

Une page des ***Mémoires*** de Guy-Ernest Debord lui rendait pourtant un hommage voilé, au couple qui m'a donné la vie (j'écris ceci moins par souci de prestige personnel, que pour aider le travail des historiens), même si mon père Abel de Loyola s'était alors fait exclure pour « délire mythomaniaque ». Son hérésie (dont découlerait ma vie) ? Avoir imaginé une femme qui parlait dans un arbre en se souvenant de l'arrivée de Cristobal Colon sur une plage des Caraïbes. Crime pardonnable, puisque cette même lointaine année-là, Guy Debord – notre futur maître à penser – prierait Aurore Théokratidès d'intercéder auprès d'un obscur poète grec dans les Cyclades, afin de ramener mon père, originaire de Cuba, dans le giron de l'avant-garde. Probablement, Anatole ne voulait-il pas admettre ce rôle de simple messager joué par son grand-père, dans une épopée grandiose qui serait le seul territoire où il daignerait jamais donner carrière à son *potentiel créatif.* Si d'aventure, au cours de ses dérives, une vague favorable menaçait de soulever Anatole pour l'emporter vers les hauteurs où prospèrent fortune gloire et pouvoir, une force contraire en lui toujours niait de si riantes perspectives, le rejetant vers ces mêmes ténèbres où vient de sombrer son grand-père. L'un et l'autre étaient donc de ces rastaquouères qui, toute leur vie, marchèrent inconscients sur le bord de l'abîme, leur âme pénétrée d'une lumière défiant cet abîme. Quant à moi… Vous me suivez toujours, tandis que je me dégage à grande peine de ce *desk* pour voir enfin l'aurore devenir monde, et que ne s'aperçoit rien d'autre à la fenêtre qu'un soleil noir en immobilité convulsive totale ? Oui, quant à moi… C'est entre l'été 1953 et la fin du printemps 1954 que la messe fut dite. A présent, mes cheveux sont gris ; j'aurais l'air d'un vulgaire aventurier de bas étage en déroute si je n'occupais ce bureau d'*ethical & esthetical expert* au sommet de la tour Panoptic.

(*Mille millions de mille milliards de dollars : bilan pour l'autre siècle de la tour Panoptic. Autant de monnaie de singe que de rêves évanouis sous les cendres, autant que de souvenirs sans valeur gisant sous terre et sous les eaux, qui fomentèrent une rébellion des âmes contre des conditions de mort devenues invivables. Le Comité Central des Ancêtres a dû se réunir en catastrophe, au tournant du millénaire, pour aviser d'une stratégie nouvelle. Comme le moindre banc de sable paraissait une montagne par marée basse de l'esprit, comme le plus faible souffle était un ouragan dans le désert mental des hommes (telle escarbille politique ou artistique, une éruption volcanique ; telle infime secousse intellectuelle, un tremblement tellurique), et que ces marées basses et ces déserts de glace affectaient l'équilibre des astres, c'est par la voix des séismes et le chant des raz-de-marée, par le cri des cyclones et l'expectoration du feu que les orbes nous avisèrent de leurs souffrances, dont quelques humains se mirent en devoir de vous déchiffrer le sens. Comme l'arbre à l'origine de cet évangile, ils ont vu la copulation lointaine des Cyclades et des Caraïbes, dont vous aurez recueilli l'héritage. Ici se superpose donc un labyrinthe verbal à celui du réel, où le temps n'existe plus que dans un incessant flux du passé au présent, du présent au passé, de sorte que vous en soit ouvert l'espace, à vous gens du futur, personnages à part entière de cette rêverie d'outre-monde.*)

En pareille aube rien ne se résout, le point du jour n'aura pas lieu, tous les soleils sont à réinventer pour un homme guidé par les anges à son retour du monde intemporel. La mouche de tout à l'heure (quelle heure ?) était revenue chercher l'aventure du côté de ses blessures ; d'un geste définitif, l'atlante blafard l'envoya tenter sa chance à d'autres altitudes. Je ne saigne pas trop, malgré les coups de feu… Juste un peu soif... Est-ce qu'il y aurait du rhum dans cette vallée des ombres de la mort ?

Cri du Cimarrón

Combien de millions d'âmes blafardes, ne connaissant plus la lumière du jour, depuis qu'une boule de feu plus lumineuse que mille soleils réduisit en cendres une ville, puis une autre, au pays du Soleil Levant. Combien d'ombres ayant perdu leur corps ! Il ne serait pas sot d'imaginer que la capitale d'Europe était un lieu propice pour accueillir les événements étranges survenus dans la nuit du 16 juin 2004. C'est, du moins, l'interprétation d'une mouche qui me tient compagnie depuis lors au sommet de la montagne de Cobre, non loin de Santiago de Cuba. Par les moyens de communication propres à cette espèce, elle demeure en contact avec l'une de ses congénères installée dans la tour Panoptic à Bruxelles. N'est-ce pas de là qu'en vertu d'accords secrets partirent les ordres devant fournir l'uranium dont allaient se nourrir les boules de feu ? Si mille soleils furent sacrifiés à Hiroshima comme à Nagasaki, pourquoi l'astre du jour n'aurait-il pas connu quelque défaillance au lieu même où surgissaient des corps venus du royaume des ombres ? Elles remontent loin, les perturbations mentales enregistrées lors de cette nuit sans fin. C'est, en effet, au début de l'année 1953, qu'un homme en Amérique serait traduit devant le tribunal civil pour divers actes de délinquance. Il voulait à tout prix être considéré comme coupable. Cet homme n'était autre que le pilote ayant commandé le déclenchement de la première explosion atomique sur Hiroshima, dont la cible était un pont, ***situé entre la ville et le Quartier Général militaire. Depuis l'époque du tribunal de Nuremberg, ouvert entre le 6 et le 9 août 1945, il avait manifesté de graves troubles psychiques, refusant en particulier d'être considéré comme un héros. Son cas serait soumis à un certain Allen Dulles, qui confierait son trouble à l'expert soviétique Alexandre Bielinski. Les deux hommes ignoraient alors qu'une correspondance s'engagerait entre un poète grec et le pilote interné de force, car cliniquement déclaré fou. Pour anodines qu'elles paraissent, de telles informations ne seront pas inutiles à une pleine compréhension de la vision du monde présentée dans ce récit. Vision mythique inconcevable sans*** œil nucléaire ***à son origine.***

Juan-Luis de Loyola ne sait plus où donner de la tête. Il s'embrouille avec son ordinateur. Quelles voix lui traversant l'esprit retenir ? Auxquelles conférer le prestige d'un encadré ? Comme lui le ciel avait l'air de souffrir, la nuit allait mourir d'un instant à l'autre. Le jour aurait déjà dû naître, ainsi que ce nouveau monde espéré par mon père, attendu par nous-mêmes voici plus de trente ans. Mais c'était à présent l'attente d'une fin du monde. Une fin totale, à l'échelle planétaire. Un bouleversement des astres, pareil au renversement de l'archange et du dragon. Après la vision du monstre qui s'est dissipée dans le ciel, ils deviendraient plus fréquents les vertiges au milieu du pont de béton. Si Loyola se concentrait vraiment, verrait-il revenir les traits de son vieux pote Anatole, entendrait-il sa voix ? ***Le secret de Bruxelles, c'est l'ange-démon de son totem.*** Il essaierait de se rappeler une situation bien précise, un certain ciel, eux deux en arrêt sur ce pont. Là-haut dans les nuages, un monde à peine visible, aussi grouillant que celui de la ville, et des léviathans pouvaient s'en détacher, forêts en feu, océans démontés, continents en transe, dans une bouillie d'atmosphère fétide. Nul besoin de lever la tête pour deviner une telle apocalypse en gésine, tandis que gémissait le pont dans les remous de la grisaille bruxelloise. Comme alors tu t'accouderais à la rambarde métallique avec Anatole à coté de toi, lui adossé contre une balustre de pierre, en sorte que tu lui ferais face, mais que sa tête resterait floue, déjà celle d'une ombre écroulée, car tu saurais trop bien qu'il n'en peut plus de ce monde régi par la valeur marchande, et tu lui dirais : Reste encore un moment, j'ai besoin de te parler, tandis que ton regard plongerait vers la bouillasse où les traits d'Anatole refuseraient toujours de se recomposer.

Qui brandit sous mon nez ce serpent ? Je ne vois personne. Est-il tombé de la Tour, ou s'est-il envolé du canal ? Nul ne pouvait alors établir un lien quelconque, Messieurs-dames, entre d'inavouables terreurs enfouies depuis des millénaires, et le cirque de fortune appartenant à un négociant grec et à un financier levantin, où s'était exhibée une femme-serpent. Nul ne pouvait imaginer non plus l'émoi dans lequel Eva de Cuba, l'année précédente, avait plongé l'Europe entière. Il est hors de doute qu'elle y provoqua l'ébullition des esprits puisque, cette même année 1898, fut votée la loi reconnaissant de manière officielle une seconde langue en Belgique, et qu'un Emile Zola ne craignit pas de publier son célèbre « ***J'accuse !*** ». Un écrivain provocateur comme H.G. Wells avoua d'autre part que sa *Guerre des Mondes* lui avait été inspirée par le spectacle de cette créature infernale et divine, à ses yeux venue d'une autre planète. C'est ce que prétendait l'industriel russe Bielinski, tenant de l'auteur britannique en personne cette information qui avait bien fait rire Moïse Evangelista. Celui-ci, ne l'oublions pas, était devenu le gouverneur de l'île et, connaissant le président des Etats-Unis en personne, il avait mondialement consacré la réputation sulfureuse d'un cirque ayant fait sensation lors de l'Exposition universelle à Bruxelles. Quelle meilleure publicité que le scandale ? Un scandale bientôt universel, alimenté par la disparition notoire de celle qui en avait été la cause. L'ancienne puissance coloniale éliminée par les nouveaux maîtres de Cuba, leurs troupes d'occupation fouillèrent en vain tous les recoins de l'Oriente, sans s'aviser de l'évidence qui s'affichait pourtant sous leurs yeux. Mais je pérore, je pérore, Messieurs-dames, et j'en dis peut-être un peu trop qu'il n'est convenable cette nuit. Mon but n'est-il pas de vous divertir ? Oubliez donc les racontars d'un aède, menteur de grands chemins, qui s'en va reprendre un rôle de Titan de foire portant son globe de carton-pâte dans une autre histoire...

(*Nous seules, dévoreuses de cadavres, pour l'applaudir.*)

Atlas pivota lentement sur lui-même, tendu vers la tour sombre, comme si la boule sur ses épaules, à cet instant précis, devait arrêter pour toujours sa rotation dans l'espace infini. Qui a prétendu que l'auteur d'***Adieu Satan*** n'aurait jamais existé ? Qui a tenté d'accréditer l'idée selon laquelle Anatole Atlas aurait été le prête-nom littéraire d'Isidore Isou, voire de Guy Debord ? Des mots lui traversaient la tête à toute vitesse, des mots chargés d'un sens non usuel, comme s'il n'était pas tout à fait revenu sur cette planète, mais en un lieu régi par d'autres dimensions. L'homme qui était mort se sentait transformé en l'autre de lui-même, cet être imaginaire arrimé à son dos tout le long de sa vie (peut-être était-ce plutôt lui, le personnage fictif, qui l'avait transporté), de sorte que ses deux moitiés (l'être réel et son double surnaturel) se fussent réconciliées ici, le long de ce canal, dans la figure du géant mythologique portant sur ses épaules et le globe terrestre et la voûte céleste. Oubliant ce double fardeau, l'homme qui était mort se redressa d'un bond.
Ses yeux s'emplirent d'une lumière intérieure tandis que le canal partait à la dérive, revêtant l'allure d'un mirage, qui lui donna bientôt l'illusion d'une mer lointaine à l'horizon de laquelle surgissaient deux îles, une dans les Cyclades, l'autre dans les Caraïbes. Enfin, tout lui revenait. Les yeux verts d'une femme comme deux mers où s'était baptisée sa vie. Et l'arbre primordial, ce figuier tropical dont les racines couraient sous les eaux océanes pour voir le jour sur chacune de ces deux îles. Eva ! Rien qu'un signe, en souvenir de l'au-delà !

Maïak

L'INSTANT QUI SUIVIT

J'ai vu, de mes yeux vu, le paradis.

J'avais encore en poche mon poème inachevé, cette nécropole hantée par les ancêtres depuis combien de millénaires ?
Il serait plus juste d'avouer que je l'ai à peine entrevu, cet au-delà qui se présentait là comme une radieuse assemblée d'âmes sans désirs, au comble du plaisir. Debout sur une barque, je l'aperçus en robe rouge, qui jetait en arrière sa chevelure blonde en éclaboussant le paradis de son rire. Le seuil de la lumière, je ne l'ai pourtant pas franchi. Car je m'attendais à tout sauf à comparaître ce soir-là. Ma nécrologie comporterait bien des lacunes, trop de trous dans mon curriculum. *Comme je n'avais jamais rêvé qu'un destin favorable s'accomplît, jamais imaginé d'avoir place parmi les bienheureux, depuis de longues années ma défense était prête pour l'éventuel Jugement, mais en forme d'attaque. Je comptais affronter le tribunal des anges avec les armes de la révolte. Et puis ce sont des choses qu'on oublie. Vous y pensez quand vous êtes jeune, vous révisez votre copie à la maturité, le grand âge vous assigne d'autres urgences que l'éternité.*

A l'approche de son centenaire, quand il vit se creuser deux méchantes rides aux coins de ses lèvres sèches, l'aède pensa que c'en était fini de l'adolescence. Les choses un peu sérieuses allaient enfin commencer.

J'ai entrevu dans l'autre monde un défilé de féeries sur cette passerelle de l'abîme où les fils du soleil sanglotaient sous la douceur fleurie des étoiles. Volutes et virevoltes surplombèrent la Tour en spirales venues du canal sous la divine présence de la lune en son ostensoir de nuages.

Dans l'obscure aube sans soleil, pleine des mirages battant contre ses paupières douloureuses, il vit un arbre dressé sous la lune au bord du canal. Et cet arbre chantait. En lui. Dans ses veines. Et cet arbre dansait. Comme l'homme qui était mort se mit à le faire, nu et sans défense, levant haut les jambes avec une agilité juvénile, ainsi qu'aucune tour de verre au monde jamais n'aurait pu le faire. A moins d'avoir ingurgité tout l'ouzo des Cyclades et tout le rhum des Caraïbes.

(*Après nous les mouches, disait une maxime aussi vieille que les pestes ayant ravagé leurs sociétés sans foi ni loi. D'excellentes justifications sociales rendaient alors nécessaires les courses au pétrole de la firme Noé, tous ses pavillons de complaisance intégrant l'hypothèse du sinistre dans le* ratio *des pertes et profits. Non moins indispensables au bien-être de tous étaient les tankers de l'information, ces vaisseaux de l'espace déversant chaque seconde leurs stocks électroniques, dont il n'était un crâne au monde qui fût supposé manquer de sa ration quotidienne. Mais qu'arrivait-il si les pompes à mazout se transformaient en distributeurs numériques de signaux à très grande vitesse ? Et si les téléphones mobiles de la société Panoptic, en forme de conques marines, se mettaient à dégurgiter de la benzine ? Ce fut l'un des cauchemars dont accoucherait l'interminable nuit du 16 juin 2004, que hanterait l'image de pétroliers satellitaires avariés larguant dans le cosmos une marée noire de signes imbuvables. On tenterait bien d'exorciser ce mauvais rêve, de le remorquer au large, mais la cargaison funèbre reviendrait au gré des marées capricieuses et les navires maudits finiraient par sombrer, pour engluer de leur poison toutes les plages d'une civilisation. Fleurant l'odeur du pire, il se trouva trois êtres qui suspendirent le cours des astres cette nuit-là, trois êtres eux-mêmes issus d'une autre nef, laquelle n'est répertoriée sur aucun registre de l'espace et du temps.*)

C'est d'une île mal connue que vient Juan-Luis de Loyola. S'il est un privilège que nul autre pays ne peut lui disputer, c'est le record mondial en bobards dont elle fait l'objet. Tout semble n'y exister que pour donner naissance à fables, légendes, mythes et spéculations en tout genre. Un fait y est pourtant indubitable, quelles que soient les opinions : l'habitude qu'ont certains de ses habitants de verser une larme de rhum dans leur café matinal. Ce goût, Loyola en hérité de son père. Sans doute y a-t-il sacrifié une bonne partie de la nuit. Pour se remettre d'aplomb, il ajoute à sa tasse une large rasade, alors que l'envahissent les rumeurs de Santiago de Cuba, le parfum doucereux de la frutabomba, les taches rouges en étoiles de la flor de Pascua. Fleur de sang de feu de rubis dans la chevelure d'Eva de Cuba.

Quel rapport entre ta mère Aurore et cette nuit sans fin ? Vertige au milieu du pont, cette invisible frontière de Bruxelles. N'était-ce pas son rêve à elle, il y a si longtemps, face à la mer, de voyager un jour dans une ville au sommet de laquelle se trouvait l'oiseau-serpent primordial ? Bien sûr ta mère Aurore, dite Eva de Cuba, ne pouvait pas savoir quelle forme prenait cette créature des origines en haut d'un Hôtel de ville. Encore moins pouvait-elle imaginer que Bruxelles était le bout du monde, un terminus des âmes à la dérive. Aussi n'as-tu pas ouvert le carnet noir qui se trouve depuis neuf mois dans le coffre-fort, précieusement rangé à côté de la guabayera. PAS PRENDRE CONNAISSANCE AVANT LENDEMAIN 50 ANS. Le message incongru ne portait aucune signature. Par simple superstition, sans doute héritée de ton père, tu t'es bien gardé de trahir une consigne d'autant plus impérative qu'elle n'était assortie d'aucune obligation. Ce carnet noir, tu l'avais simplement glissé en lieu sûr sans plus y penser jusqu'à cette interminable nuit. Tout ramenait Loyola vers l'autre côté de lui-même, cette histoire d'avant sa naissance à laquelle un aède grec était mêlé. Le plus facile exercice, mettre un pied devant l'autre, le moindre travail de l'esprit devenaient extrêmement périlleux. La carte imprimée dans ta tête, celle des sept Pléiades crachées par les sept gueules du dragon figurant sept villes de la planète, ce roman fou qu'il vous était arrivé d'écrire dans les nuages, il y a trente ans, comme les millions de clichés que prennent à chaque instant tes yeux pour guider tes pas de vivant, tout cela se brouille en l'aurore qui ne vient pas. Peut-être ce vertige n'est-il pas une défaillance de ton corps. Peut-être est-ce la vérité qui a pris possession de toi. Le problème n'est pas seulement en toi : il est aussi à l'extérieur de ton corps. Il emplit l'atmosphère entière de la ville et du monde. Si ton corps fait faux bond, ce n'est pas qu'il se trompe. Non. Enfin, il commence peut-être à saisir.

Debout contre la vitre au dernier étage de la Tour, Loyola vient de se gifler d'une main le visage, renversant de l'autre sur la moquette le contenu de son pousse-au-crime. Il sort de sa poche un cigare, l'allume, souffle une bouffée sans pitié vers l'intruse invisible. Cela fait un moment que l'agace une mouche dans l'obscurité. Les fenêtres sont fixes, privées de tout système d'ouverture. Impossible de savoir d'où provient cet insecte au flair attiré par l'alcool sucré. Tu ne t'es donc pas résignée à errer dans le monde d'en bas, celui dont l'unique objet est d'être vu depuis les fenêtres, en haut ? Déjà cette scission du monde était combattue par mon père, aux temps héroïques de la revue ***Potlatch***. Sanglantes médailles étoilant le corps d'Abel de Loyola... Bien sûr, leur analyse de la société moderne aurait à prendre en compte l'inversion qui s'était opérée. Ce seraient ceux d'en bas qui contempleraient un Show universel en levant les yeux. Mais n'avons-nous pas, à notre tour, inversé le processus, rien que pour donner tort à Debord ? Désormais, la piétaille s'offre aux projecteurs comme aux caméras satellitaires de la tour Panoptic et n'importe qui met ses vidéos sur le *web* en rêvant d'être une *star* au *top* de la *free underground rebel independant alternative trashy gore exhibition* ouverte à tous. Que s'est-il donc passé dans l'intervalle ? Cette foutue bestiole...

Oui, depuis que tu es né, clown ! Est-ce que tu te vois, rampant immobile au sommet de cette falaise, en train d'oublier la cadence de tes battements cardiaques et de perdre la chair qui enrobe tes os ? Tiens, fume, c'est du cubain !
Loyola, tâtonnant vers son bureau, se reverse une lampée. *Il faut construire l'hacienda.* La plus tangible trace de mon père, une allusion rapide à sa mémoire laissée par Yvan Chtcheglov, sous le pseudonyme de Gilles Ivain, dans les archives du mouvement lettriste. *L'hacienda où les racines pensent à l'enfant.* Ce texte légendaire, auquel Abel de Loyola ne fut pas étranger (jamais, non, jamais Anatole ne voulut croire que ma mère y était impliquée, malgré le vocatif explicite : « Et toi oubliée, tes souvenirs ravagés par toutes les consternations de la mappemonde...), ce texte serait recueilli quelques années plus tard dans le premier numéro de la revue ***Internationale Situationniste***. Mon père, quant à lui, ne serait plus là pour la lire, à l'heure même où l'on me ferait fuir une île embrasée par la rébellion des esclaves nègres dans leurs champs de tabac et de canne à sucre, à laquelle il s'était identifié dès le 26 juillet 1953. Aucune voix humaine, jamais, ne porterait plus loin que la clameur de ce cadavre auquel manquait un œil, la colonne vertébrale brisée, dont le corps fut découvert à l'aube dans les branches d'un figuier tropical. Tout ceci vous paraît incroyable ? Prenons les choses autrement. Nous sommes à l'aube suivant la nuit du 26 juillet 1953. Mon père pendu dans un arbre, le corps criblé de balles, me sourit à travers la fumée du cigare que je souffle vers la tasse, au bord de laquelle va bientôt s'engluer ma petite visiteuse dans un océan de café au rhum.

(Ainsi, quand menaça de se déployer sur Terre la grâce d'un ouragan du nom d'Eva, revint-il à un aède grec - à peine décédé - d'exprimer ce chapitre du poème universel en compagnie de deux autres aèdes fraîchement débarqués, connus pour avoir chacun rédigé son Odyssée, dont pour l'un se trouvait être anniversaire fatidique cette date du 16 juin 2004. Comme des Mânes errants, dégoûtés du sang des sacrifices que les hommes offraient à leurs dieux par milliers d'hécatombes, ils visitèrent l'aède mort depuis les profondeurs d'un fleuve qu'on ne repasse guère si l'on ne possède les ailes d'un diptère, choisissant dans cette ville une faille aux effluves pestilentiels donnant directement accès aux Enfers.
Grâce à mes antennes, j'ai pu capter le dialogue biscornu de ces deux âmes avant qu'elles ne reviennent de loin saluer une planète en mal d'Orient :

— Par la mâle mort d'Aurore...
— Aurore aux doigts de rose...
— Mâle d'Aurore met à mort la métaphore !
— Combien d'aurores encore à chevelure d'or ?
— Bien dit. L'or. Comment faire pour la bectance ?
— Nous avons en besace la pièce de monnaie la plus précieuse...
— Qui ait eu cours depuis la guerre de Troie...
— Sur les terres peuplées d'hommes doués de parole.

— Dollar, livre sterling ? Face de Gagamemnon ou de Mélasse-née ?
— Le visage d'un noble guerrier Troyen, sur une pièce de trois pesos.
— Tres pesos cubanos ?
— À son front luit toujours l'étoile d'Orient.
— Money money money, for two little has been.
— Oui, combien d'aurores encore...
— The most precious money the world has ever seen !

Si de tels propos, bien sûr, pouvaient jamais être tenus. S'il n'arrivait pas à un homme de confondre ses propres sanglots aux bourdonnements d'une mouche contre la fenêtre.)

Nul ne veut savoir combien d'innocence il a trahie. C'est de la Terre entière qu'il se sentirait responsable, fardeau que l'on délègue (à défaut d'autre croyance) au titan porte-globe. Mais quand Atlas – en personne – reçoit une balle en pleine tête ? Peut-être tout ceci n'était-il qu'un jeu de tir virtuel, quelque programme conçu là-haut pour divertir les vidéastes amateurs. Il éclata de rire les yeux fixés sur la Tour en surplomb du canal, d'où les coups de feu étaient partis. *Comme une mouche au bout du canon d'un fusil.* Ces mots lui vinrent à l'esprit, sans qu'il sût au juste pourquoi. Les mots... Rien d'autre que les mots pour défier la Tour ! Même le pire des romans, se dit-il, n'oserait offrir une telle histoire à ses dupes. Cette pensée le rassura. Dans l'aube toujours pleine de nuit, la tour Panoptic se mit à danser pour lui seul, une transe obscure dont les rythmes battaient en ses veines depuis cinquante ans. Elle tanguait sur un vieux ***son*** santiaguero. L'auteur de ce récit n'en menant plus trop large au sommet de la Tour, pensa-t-il, j'éclairerai moi-même l'objet de ses angoisses : ma relation avec sa mère, dans les semaines qui précédèrent le 26 juillet 1953.
L'aède fit un pas vers le canal et s'éclaircit la voix.
Mais d'abord, Messieurs-dames, les terreurs provoquées sur l'île par un mal inconnu, dont la cause ne pouvait résider qu'en une danseuse de cirque, une oiseau-serpent disparue l'année précédente à Bruxelles. Vaches, bœufs, veaux, chevaux, brebis, chèvres et basses-cours crevaient par milliers, couvrant le pays d'une puanteur de charogne. Le nouveau gouverneur Evangelista fut obligé de convoquer son ancien homologue Loyola dans son palais de Santiago donnant sur la place de la Cathédrale dédiée à l'apôtre Jacques, où grondait la foule des marchands de la ville. Un poison sans cause infiltrait le pain, le vin, les épices, les fruits, la moindre marmite chrétienne. Exaspérés par une malédiction sans remède

connu, les colons se mirent à fouetter la négraille hurlante pour lui faire avouer quel démon d'Afrique était à l'origine d'un tel sortilège. Les esclaves en retour manifestaient une bonne humeur insolente – et même révoltante. Jamais ceux qui étaient chargés de rythmer la récolte des cannes n'avaient frappé leurs tambours avec plus d'ardeur. Ne paraissaient-ils pas savoir que, doué du pouvoir de se transformer en oiseau, le serpent des origines échapperait à toutes les battues ? Mieux encore, ils semblaient n'ignorer rien des masques humains sous lesquels pouvait se dissimuler le malin. L'infernal venin n'en finissait pas de décimer les familles, tuant bêtes et gens, sans que prières dominicales et conjurations médicinales pussent faire obstacle au triomphe de la mort. Mais je m'éternise encore, Messieurs-dames, au risque de vous infliger à mon tour une infection mortelle, peut-être la pire de toutes, celle de l'ennui. Ne vous attristez donc pas si j'en reste provisoirement là de mon histoire, certain qu'un peu plus tard vous reviendra le goût de ce récit, car lui seul éclaire le mystère d'aussi cruelles ténèbres.

Sortant à peine de l'ombre, les toits de l'autre rive recouvraient lentement leurs couleurs grises ; la flèche lointaine de l'Hôtel de ville émergeait à peine de la nuit. Chacun verrait bientôt l'archange et le dragon de bronze ayant cessé leur éternel combat dans le ciel. Quelle heure pouvait-il être ? Juan-Luis de Loyola se penche toujours sur cette rambarde où, avec son vieux pote, ils évoquaient parfois le thème de l'apocalypse. Le regard plongé au fond du canal, il attend de savoir ce que pense encore la conscience inemployée d'Anatole. L'instant qu'il faut retrouver. C'est celui-là. Pourquoi ne pourrait-on faire machine arrière. Stopper le massacre avant que tout ait commencé ? L'avertir, le préparer. A ce qui n'est pas encore arrivé. Qui est arrivé. Je veux qu'Anatole m'aide. Je veux des mots pour donner du sens à ce qui n'en a pas. Sur ce pont de béton le ciel n'est pas seulement là-haut, chargé de tout son Léviathan. Je le sens sous moi, dans la boue du canal. Miroir sale où se reflète la façade énorme d'une Tour. Partout et nulle part. Mais c'est la voix d'un autre encore qui murmure en toi. Qui te prend à partie. Que ferez-vous de moi ? Il ne s'agit pas de mon cadavre. Que vous retrouverez à l'aube. Je veux parler des mots. Que je vous confie depuis des millénaires. Ne préparez donc rien pour ma pierre tombale !

Passer de son vivant le pont vers l'autre rive, c'étaient les mots d'Eva... Juan-Luis de Loyola sent le plancher se dérober sous lui, venant de s'envoyer encore une rasade. Il s'abandonne au tangage de la Tour, tête renversée, la gorge remplie du breuvage qu'il vient d'ingurgiter, ce café au rhum dégoulinant en cascade le long de son menton pour poisser une courte barbe noire semée de fils blancs. *Je l'avais connu avec elle, ce passage, à boire les longs oublis d'une eau noire où s'explore l'autre côté du monde...* La voix lui parvenait par vagues au sommet de la Tour, issue de ce canal où n'en finissait pas d'expirer le vieux bougre ; pareille au bourdon d'une mouche, elle traversait les airs et montait jusqu'à son dernier étage en ondes murmurantes, venait mourir contre la vitre, puis déferlait à nouveau pour s'abattre sur son ordinateur Panoptic.

(*En ces régions habitées par les ombres, aux extrémités de l'Occident...*)

Mais oui, Messieurs-dames, il y a longtemps, très longtemps, que ne vous fut racontée une telle histoire. C'est qu'il ne s'agit pas ici d'un roman, comme on en voit tant, mais d'un récit véridique, portant sur des faits indubitables, dont le seul but est de vous faire passer quelques moments des plus agréables.... Déjà, ne voyez-vous pas quelque chose pâlir de cette infernale nuit ? Regardez bien... Ces fausses lumières que fait miroiter à toute heure la tour Panoptic... Leur éclat n'est-il pas terni par ce qui nous arrive ? Toute cette poudre aux yeux qui scintille aux vitrines de l'art et de la littérature, en serez-vous encore dupes quand reviendra le jour ? C'est par une telle nuit de l'esprit, peuplée d'autant de monstres et hantée d'aussi funestes psychoses, qu'un aède grec du nom d'Atlas arriva sur l'île où sévissait toujours l'invisible serpent. Notre voyageur, venu du fond de la Méditerranée, prétendit que ses poèmes n'ignoraient rien du commerce avec le royaume des ombres. Il fit son apparition dans la ville de Santiago. Ses dires illuminés produisirent plus d'effets que tous les coups de fouets assénés aux esclaves nègres. L'on put juger de leur bonne foi à la manière dont ceux-ci se massèrent sur la place de la Cathédrale, parmi les bourgeois de la ville, pour écouter l'histoire salvatrice narrée par cet étrange voyageur...

Plus tard, bien plus tard, Juan-Luis de Loyola se retournerait vers la Tour en surplomb du canal, où il avait passé la nuit. Dressée de toute sa masse noire, elle revêtirait la funèbre solennité d'une sépulture. Plus encore que la flèche de l'Hôtel de ville abandonnée par son archange et son dragon, cette tour imposait à la capitale d'Europe une puissance tutélaire. Les épaules de Loyola se tassent, il relève le col de sa veste. Quel trou noir que le canal de Bruxelles, brèche ouvrant sur un autre monde ! J'y vois le fleuve du temps qui défile, j'écoute l'espace dont les méandres s'écoulent à travers montagnes et plaines du cosmos. Dans cette écoute, il capte les voix profondes au fond de lui-même, venues des vagues battant la digue du canal. Où est la source ? Où le rivage ? L'aède est celui qui sent couler en lui le fleuve entier du temps. Il ne fait la course avec personne. Aucune stratégie de victoire ne l'anime. En chaque instant la source et l'ultime rivage. Et le vol des nuages. En chaque instant l'une et l'autre rives ainsi que le pont. Grâce à la magie des Pléiades !

Loyola s'écroule dans le fauteuil de cuir derrière son bureau. Ne serais-tu même plus capable d'écrire un roman, clown ? Avec le temps, il avait appris à écouter cette Tour. Palais resplendissant quand les choses allaient bien, noir donjon criblé d'oubliettes quand elles se présentaient mal, ses matériaux de métal et de verre lui semblaient d'excellents conducteurs de certaines ondes, ce qui justifiait la flatteuse inscription sur une plaque de cuivre à l'entrée de son bureau. Jamais encore, il n'avait pourtant vécu le phénomène d'une panne de courant générale, associée à d'aussi intenses transmissions de messages. Quelquefois, sans doute (à la manière de ces gens qui souffrent d'une jambe quand le temps va changer), la Tour pouvait se montrer sensible aux variations climatiques. Mais le cas était rare et ne survenait qu'à l'occasion de très graves perturbations cycloniques, peu fréquentes sous nos latitudes. N'avait-on pas annoncé la venue d'un cyclone erratique portant le nom d'Eva ? Une frayeur s'empare alors de Loyola : les magies de la *Santeria* ? Dans son esprit, celle-ci n'était guère séparable des sortilèges ayant émaillé la révolution cubaine. Or, jamais il n'avait succombé aux charmes douteux du vaudou tropical, pas plus qu'aux séductions romantiques de la guérilla dans la Sierra Maestra. Peut-être par secrète réaction contre son père, dont la figure se mêlait à ces deux ordres de mystères. *Il faut inventer l'hacienda.* Certes, nos frasques de jadis en faveur d'une révolution universelle, absolue, immédiate – pure de toute contamination surnaturelle comme de tout péché bureaucratique – n'étaient-elles pas dépourvues de certaine sorcellerie (l'*hacienda* fictive d'Anatole courait bien le long d'un fleuve d'Afrique, baignée par steppes russes et pampas d'Amérique, peuplée d'arbres magiques aux racines intersidérales, à mille milles de toute autre terre habitée), dans un monde qui commençait alors déjà de basculer. Vers quoi ? Bonne question – de ces questions qui n'attendent guère de réponses. C'est, en tout cas, ce que dut lui dire la mouche, qui trouva ce moment le plus opportun pour se mettre à vrombir intensément sur le bord de sa tasse de café au rhum.

(*Si les hommes pouvaient savoir tout ce que nos antennes ont capté depuis des siècles !*)

L'aède Atlas révéla que des puissances invisibles, sans doute les âmes de leurs propres ancêtres, lui commandaient de dire ça, et ça, et ça... peu importait au fond, pourvu que soit communiquée l'existence d'un pont entre les deux mondes... A la foule massée face à la Cathédrale, sous le balcon du gouverneur Evangelista qui ne perdait rien des divagations du vieux fou, celui-ci claironnait que chaque mur, chaque rempart, chaque temple des lointains pays blancs devait être possédé par l'esprit d'un oiseau-serpent, de même que cet esprit régnait sur toutes les églises de l'île, pour la construction desquelles tant de peaux noires avaient été arrachées à leurs terres natales. Il suffisait de voir la grande peinture sur une paroi de la Cathédrale. Quelle que fût leur origine, chacun savait qu'au milieu du tableau, parmi les branches d'un arbre, l'oiseau et le serpent rayonnaient autour d'Eve d'une sombre lumière, dont était dépourvue l'effigie de Saint Jacques, le patron de la ville. Il n'était pas jusqu'à la Virgen de la Caridad del Cobre, dont Atlas n'affirmât qu'elle était une émissaire des divinités blanches et noires mêlées dans l'autre monde, qu'il convenait en conséquence d'honorer comme elle le méritait.

« J'ai entrevu dans l'autre monde un défilé de féeries sur cette passerelle de l'abîme où les fils du soleil sanglotaient sous la douceur fleurie des Pléiades... »
On dirait que la mouche parle dans son ivresse. Quelle autre option, pour Loyola, que celle d'ouvrir les frontières de son texte à ces mots clandestins ? Quand même, c'est drôle, ces mots qu'une mouche bombine au-dessus d'une tasse de café au rhum. Ils devraient lui servir, depuis qu'il se consacre lui-même à une frénétique production de pattes de mouche, indéchiffrable galimatias de fiction sur le site officiel de la tour Panoptic. D'ailleurs, il va l'y aider, puisqu'elle puise une si belle inspiration dans cet alcool. Vas-y, plonge donc, et continue comme l'autre à dicter des chants à hurler au sommet de ces ruines ! Toute peine de mort ne devrait-elle pas se voir commuée en art ou en littérature ?

... Ce qui, Messieurs-dames, fut fait. En vertu des pouvoirs que lui conférait l'autre rive, ajouta l'aède Atlas, il pouvait affirmer que, dès cet instant, l'oiseau-serpent mettait fin à la malédiction pesant sur la province d'Oriente. Rentrez donc chez vous, s'autorisa-t-il à leur annoncer, faites la fête jusqu'au matin, les sources de l'île sont à nouveau pures comme le sang des chèvres, des volailles et des porcs qu'il s'agit d'égorger sur-le-champ. Bientôt les coutelas s'enfoncèrent dans la gorge des boucs dont le chant rappelait la naissance de l'antique tragédie. Les peaux de toutes les couleurs défilèrent sur les places en liesse pour cueillir de leurs lèvres un peu de l'écume écarlate jaillissant du cou de ces bêtes et, dès le lendemain, s'entendit à l'aube comme jamais la prière du coq.

(*Je me mets à votre place, mes pauvres chéris, vous qui ne trouverez pas chaque numéro des plus drôles au grand cirque d'Eva de Cuba. Mais l'histoire d'Habanaguana fut-elle toujours comique au cours des millénaires ? Je me ferai petite comme une mouche pour vous glisser dans l'oreille toutes les informations nécessaires à la meilleure compréhension de mon spectacle. Et d'abord, il me faut ici réparer un oubli de l'aède, ce menteur de grands chemins. Besoin de vous bluffer ? Simple timidité ? Le plus important de son histoire, il a omis de vous le dire. C'est qu'en 1898, celui qui avait délivré l'île, pour sa récompense, fut banni de Santiago de Cuba. Comment les Théokratidès et les Evangelista se seraient-ils humiliés à le couvrir d'honneurs ? Réfugié à Baracoa, l'aède y découvrit que sa disgrâce l'y avait précédé. Les enfants lui lancèrent des pierres au visage, l'appelant «* El Pelu ! El Pelu ! *». Sa tignasse d'anachorète lui valut un surnom dont ferait légende Baracoa durant cinquante ans. Ne lui en veuillez donc pas si l'aède Atlas répugne à rappeler cet épisode, qui s'avérerait pourtant crucial pour comprendre la suite. Car il se transmit partout qu' «* El Pelu *» jeta malédiction sur la baie, promettant que tous les projets qui y naîtraient avorteraient. De fait, au fil des ans, la presse de l'Oriente se mit bientôt à fulminer contre le gouvernement de La Havane : «* Baracoa en desgracia ! *». Selon la prophétie du Pelu, il ne fut pas une seule initiative économique prise en cette région qui n'échouât mystérieusement au cours d'un demi-siècle. C'est ainsi qu'une ligne de chemin de fer inaugurée en 1898 par Moïse Evangelista, qui reliait le rio Mata à la baie de Baracoa pour l'exportation des bananes et du cacao, périclita, subissant la concurrence féroce de l'*United Fruits *à Panama. La presse nationale s'en émut à l'approche du centenaire de José Marti, en 1953. Elle lança une campagne sur le thème : «* Hay que terminar en el Centenario de Marti con la maldita maldicion del Pelu *». Un article en particulier fit sensation, déjouant la censure en courrier des lecteurs de* La Nacion. *Il rappelait que la* tragédie d'abandon et de douleur, de misère et de mort *dont était frappée* Baracoa, tierra bendita y hospitalera, *semblait* confirmer la fatale malédiction historique de ce missionnaire appelé « El Pelu », qui en 1898 vagabondait par nos rues, traînant derrière lui des nuées d'enfants qui le sifflaient et lui lançaient des pierres, dont une l'atteignit à la tête. *L'article en tirait argument pour dénoncer la crise de chômage où se trouvaient plongés les travailleurs portuaires de Baracoa,* ne sachant où trouver un quignon de pain pour nourrir leurs enfants. *Appel était lancé à tous les souscripteurs de l'*Union Light & Power Co – *dont vous connaissez les principaux actionnaires – pour qu'ils se réunissent avec l'Alcalde municipal afin de défendre les intérêts de la ville. Une exhortation était enfin lancée à la jeunesse pour qu'elle participe au combat,* chaque fois qu'il s'agira de défendre ses intérêts exigeant paix et progrès, pain et travail, qui est ce dont elle a besoin. *L'article était signé par le Delegado del Sindicato General de los Obreros Maritimos : Abel de Loyola.*)

Juan-Luis de Loyola n'espère plus l'aurore. Il ne sait pas encore – peut-être a-t-il oublié – que ses pas le conduiront – l'ont conduit ? – du côté du canal. Quand le paysage urbain se dévaste à chaque pas, mieux vaut forcer l'allure. Qui viendrait me chercher ici ? Sur ce pont de béton, entre deux déferlantes, mon existence entière se trouve entre parenthèses. A l'abri de tous les siècles, accoudé contre ce parapet dans une vapeur d'intemporalité, je contemple l'interminable muret du Malecón... Loyola guettait toujours le moment du vertige, la jouissance de la chute. Il attendait l'écroulement de son être au bas de ces milliers d'étages de verre. Il espérait l'explosion qui tardait à venir, une catastrophe miraculeuse grâce à quoi son ombre marcherait le long de cette mer sur un chemin qu'avait emprunté son père. *Quien anda* ? Loyola sursaute. Non, ce n'est pas la formule qu'emploierait un flic ou un garde-frontière en ce pays. Cette interpellation qu'il vient d'entendre, elle ne peut lui avoir été lancée par personne d'autre que lui-même. Assommé par l'alcool, il avait égaré tout ce qu'il pouvait lui rester de raison, perdu dans la réverbération de ses vieilles chimères. Seul, vraiment seul dans Bruxelles archipélagique, sans autre attente que celle du jour à venir, de l'aurore qui se dilue, des étoiles en partance et peut-être d'un nouveau signe apocalyptique. Oui, c'était le plus souvent sans raison précise qu'ils s'arrêtaient sur ce pont, jusqu'à ce qu'un signe les libère, quelque nuage non pas en pantalon comme pouvait en voir Maïakovski, mais en forme de dragon crachant ses flammes vers la place des Quatre Evangélistes, pour vous rappeler que même si vous étiez l'un et l'autre hostiles à l'art et à la littérature, il se poserait sans doute un jour la question, non de raconter sa vie ou de faire plus ou moins aimable figure dans un roman, mais de livrer une expérience au sens le plus fort (quelque chose comme un mythologème, pour employer les mots de son grand-père), auquel cas ne convenait-il pas de répéter son rôle ? Anatole pouvait alors lever les bras au ciel et prendre une voix nasillarde pour imiter celle du prêtre au Collège du Sacré-cœur, s'adressant à l'oiseau-serpent représenté par les deux figures de bronze en haut du totem de l'Hôtel de ville : « Bienheureux Michel, Archange, défends-nous à l'heure du danger. Sois notre sauvegarde contre la malice et les pièges du démon ; ô prince des célestes légions, que Dieu aide ton bras à précipiter Satan aux enfers, et avec lui ces autres esprits du Mal qui errent par le monde pour la ruine des âmes... »

Il me faut à présent, Messieurs-dames, prendre congé de vous. Véridique est l'histoire que je vous ai narrée. L'aède Atlas ne fut pas des convives au palais du gouverneur où Moïse Evangelista célébra, dans un mémorable banquet, le temps de l'harmonie revenue. Faut-il vraiment que je vous énumère les noms des principaux invités ? L'important fut que les discours après boire ne présagèrent pas que ne revinssent de tels vents de folie. C'était, aux dires des notables que vous connaissez, comme si la fièvre des rébellions périodiques habitait le sang de ces gens-là, fièvre en droite ligne héritée de leurs origines cannibales et dont les médecines sociales ne tempéraient jamais l'ardeur que pour un temps... Ne se souvenait-on pas des révoltes d'esclaves ayant éclaté juste un demi-siècle plus tôt ? Cinquante ans plus tard, il était à prévoir que les ébullitions sauvages reprendraient le dessus par de nouvelles fureurs qu'il faudrait encore juguler dans le sang, quelque répugnance qu'on pût en éprouver. Ainsi, lors de ces journées historiques de 1898 (dont fut témoin une petite fille rêvant de voir un jour le retour de sa mère), était-il permis d'imaginer que les effets de ce mal endémique, à paraître s'endormir pendant les cinq décennies à venir, ne s'en réveilleraient qu'avec plus de fureur, aux alentours des années cinquante, lesquelles engendreraient une dictature sanguinaire nécessitant de recourir à des ruses nouvelles. Ainsi, mais je m'égare, outre l'aède Atlas, ferait-on sans doute appel aux distingués services d'un Théokratidès et d'un Evangelista, pour que dans ce trop prévisible tourbillon surgisse un Loyola dont la semence, un autre demi-siècles plus tard, jaillirait au sommet d'une Tour à Bruxelles.

Juan-Luis de Loyola se lève à nouveau, son visage reflété par l'immensité noire du vitrage. PAS PRENDRE CONNAISSANCE AVANT LENDEMAIN 50 ANS. Comme un refrain bouffon lui revient le message accompagnant ce carnet noir en sommeil depuis neuf mois dans le coffre-fort. Les astres y auraient-ils déposé quelque chiffre secret ? Rien ne te fera l'ouvrir avant que ne revienne le jour.
Pour le reste... Faire de cette histoire un roman... Ce ne serait jamais qu'accomplir le cycle. Un dernier tour à la roulette (oui, tout avait commencé dès avant ta naissance par une affaire de casino, là-bas, du côté de Santiago de Cuba). D'autres que toi demain pourront en ramasser les gains. Tu vois ? Ces fils blancs dans ta tignasse de guérillero, c'est lui, ton père, ne plisse pas les yeux, je veux te contempler, toi le Jaguar du Jaguëy, ta cervelle déchiquetée par un poète ayant connu ta mère avant ton père, ici comme là-bas, mémoire oiseau-serpent boueux du canal où a plongé cette nuit l'aède grec, mais c'est toi qui pars en morceaux, tu t'écroules sur la piste aux étoiles et tu as peur, clown, peur de ce brave mort, bientôt toi non plus tu ne seras plus là, ne pleure pas, ça va passer, tout ira bien, tu ne te souviendras plus de rien grâce aux consolations d'une mouche dans la tasse de café au rhum.

(*On voit d'emblée* – lui suggère la mouche – *qu'il s'agit ici moins d'un roman que d'un témoignage authentique. Tous les noms y seront vrais, leur éventuelle ressemblance avec des faits ou personnages réels ne relevant d'aucune coïncidence. En guise de preuve, s'il fallait n'en fournir qu'une seule, chacun peut vérifier l'histoire d'* El Pelu *au musée de Baracoa – province de Guantánamo. Et pour la part du songe ici présente, il faut se rappeler ce qu'elle était dans la culture de ces Indiens taïnos auxquels appartenait Eva de Cuba : une façon de voir en dormant.*
Une seule exception concerne la figure centrale de ces pages. Il était rare, sous ses latitudes originaires, que l'on fût appelé par son vrai nom, lequel était un secret jalousement gardé sous la cendre d'un feu sacré millénaire. Probablement se contenta-t-il d'une appellation symbolique, désignant pour tous les futurs un lien nécessaire entre l'Anatolie et l'Atlantide. Vous qui me lirez demain dans des conditions viables à l'échelle planétaire – c'est-à-dire, au-delà du cannibalisme impérial et de la Grande Guerre entre Occident et Orient – retenez que cet aède répondait à l'harmonieux pseudonyme d'Anatole Atlas, et que ce témoignage clôt un cycle romanesque au long cours, une épopée-tragédie-farce dont l'auteur seul restera fictif : une simple mouche. Avant d'entamer son dernier tour de piste, l'homme qui était mort flottait donc à égale distance du rêve et des images qui passeraient pour la réalité de son ultime nuit sur Terre, celle du Jaguëy.)

Ave Eva

Un chapitre que peut sauter quiconque n'a guère d'opinion favorable sur le point de vue d'une mouche.

Il n'y aurait pas d'arbres
Ni tout ce que le cycle des racines aux fruits signifie
Si la Terre ne s'était nourrie
Si l'eau n'avait ruisselé
D'Eva de Cuba
Qui avait la peau noire
Une chevelure blonde et les yeux verts
Sans savoir pourquoi

Eva de Cuba flotte sur cette histoire. Comme une acrobate qui. Dans un cirque à moitié obscur. Avant que les spectateurs n'y soient admis. Présenterait de nouveaux. Périlleux. Exercices de voltige. A un parterre de connaisseurs. Que je devine réunis. Dans le cerveau de Juan-Luis de Loyola.

Quand elle conçut Eva sa mère était oiseau
Serpent quand elle l'engendra

De mes yeux d'experte. Je suis seule. A la voir évoluer dans l'ombre. D'un crâne. En ce moment. Sachant qu'Eva entrera bientôt en scène. Même si son vol. Agite les pensées. De mon compagnon de nuit.

Dès avant sa naissance
Dans l'œuf
Eva dansait le mambo et le cha-cha-cha

Si l'on pouvait mesurer. L'activité oculaire. D'une mouche. Les oscillations de son âme. Tous les efforts qu'impose. Un tel destin. En essayant par jeu. De calculer l'incalculable. On obtiendrait une grandeur. En comparaison de quoi. La force dont Atlas a besoin. Pour soulever le monde. N'est rien.

Eva savait depuis toujours
Combien l'axe du monde soutenu par Atlas
Etait au-delà
De tous les horizons

Croyez-moi. Les idées d'une mouche. Ne sont pas des chimères. Elles sont des réalités. Non encore nées. Ou de longtemps oubliées. Par les hommes. Souvent puisées. A la source de leurs livres. Dont ils ont perdu mémoire. Combien d'ouvrages décryptés. Depuis tant de siècles. Par notre studieuse confrérie ?

Dans le cirque biblique
Dont elle fit son existence
Eva joua le rôle de la femme des origines
Et celui de l'oiseau-serpent
Non sans s'offrir en outre
Comme le fruit de toutes les tentations défendues

Pommes d'or. Toison d'or. Motifs de toutes leurs guerres. Moteur de leur histoire. Ainsi. Nous savons qu'être homme. Ne peut signifier. Que le devenir. En retrouvant l'oiseau-serpent. Et qu'ils ne sont. En somme. Au mieux. Que sur le point d'être hommes. Séparés dans leurs têtes. En saints et en démons. En anges et dragons. Dieu lui-même. Peut-il parler. Des hommes. Sur un autre mode. Que le conditionnel ?

C'est dans l'île du diable
Qu'Il créa la forme primordiale
Toujours en devenir
Celle de l'oiseau-serpent
Dieu façonna son corps avec de l'argile
Prélevée sur une montagne rouge
Aux extrémités orientales de Cuba

C'est ce que mes yeux. Aux mille faces. Voient. A cette fenêtre. Au-dessus de la ville. Face au compagnon de ma nuit. Qui se tient là. Devant son ordinateur Panoptic. Armé de l'épée du prestige social. Comme un saint. Tue le dragon. De sa mémoire. Plein du désir. D'affronter toujours. Un homme mort. Et Dieu sait aussi. Combien nous les connaissons. En profondeur. Les morts !

Chaque nuit renouvelait pour elle un même rêve
Celui d'un cirque avec ses jongleurs et ses fauves
Ses clowns et ses acrobates
Et surtout son oiseau-serpent
Qu'une immense nef eût emmenés vers l'île
Venus d'au-delà des mers

Comment lui dire. Ce qu'ignore encore Loyola. Cette partie de son histoire. Bien avant le 26 juillet 1953. Comment lui dire qu'Eva naquit d'un œuf. Ayant roulé de siècle en siècle. Jusqu'en l'année 1897. Quand l'oiseau-serpent. Sa mère. La déposa sur l'île. Avant de s'envoler. Dans un grand cirque. Vers Bruxelles. D'où elle ne reviendrait jamais ?

Chaque matin ramenait cette image à l'irréalité vaporeuse des songes
Dès que l'aurore pointait
Le cirque se volatilisait
Et elle restait seule
Aux premières lueurs du jour
Voyant se dissiper le chapiteau
Qui s'était dressé triomphalement dans sa vision nocturne
Sur l'horizon de la mer

Grâce à moi Loyola. Voit sa vie d'un autre œil. Son crâne devient monde. Où se lient les espaces et les temps. C'était son rêve à elle. Il y a longtemps. Face à la mer. De voyager un jour dans une ville. Au sommet de laquelle. Dansait sa mère. Même si elle ne pouvait. Deviner. Quelle forme exacte. Avait prise. L'oiseau-serpent. Au sommet. De l'Hôtel de ville. De Bruxelles.

Car on lui avait bien dit qu'une ville au-delà des mers
Portait au sommet de sa plus haute tour
Les figures d'un être à la fois pourvu d'ailes
Et s'entortillant comme un serpent

Loyola parle dans sa tête. Et j'entends tout. Il remue en lui des pensées. Qu'il ne voudra. Qu'il ne pourra. Jamais formuler. Rien d'aussi difficile à rendre. Qu'un homme qui pense. Le monde entier qui va et vient. Ses multiples aspects. Qui se recomposent. Dans une pauvre tête. Humaine.
Nous cherchons tous un paradis
Tous nous avons souvenir d'une langue oubliée
Celle d'Eva quand elle disait avec des mots

Nul ne sait de quelle origine
Bien avant le cirque Noé
Je suis l'oiseau-serpent du paradis

Comment la description d'une telle activité. Celle de penser. Ou de rêver. Ne serait-elle pas ennuyeuse ? Impossible d'attraper le moment. Où l'on passe du personnel. A l'impersonnel. Ce pourquoi les penseurs. Et les rêveurs. Donnent aux écrivains. De tels soucis. Qu'ils préfèrent. Eviter. Ce genre de personnages.

Le corps d'Eva depuis des siècles
Paraissait attendre quelque chose de lumineux
Comme un bain d'aurore
Sur une plage vierge du Nouveau monde
Cette terre que le grand amiral de la mer Océane
Avait décrite comme la plus belle
Que les yeux humains eussent jamais contemplée

Mais une telle prouesse. N'est pas hors de portée. De la confrérie des messagères. Espionnes ailées. Entre les mondes. Que je représente. Cette nuit. Dans le bureau de Loyola. Triant au milieu des idées. Qu'il ose exprimer. Celles qui sont rejetées. Comme autant de feuilles mortes. Ou comme les feuillets. Echappés d'un livre. Animé par mille inspirations. Mille pensées. Qui appartenaient à un autre.

Peu d'années s'étaient écoulées
Depuis la naissance d'Eva
Qui avait éclos de l'œuf
Déposé dans un coin du cirque par l'oiseau-serpent
C'était en l'an de disgrâce 1898
Le président Théodore Roosevelt venant de déclarer
« L'américanisation du monde est notre destinée »

Le cirque n'est-il pas. Depuis Noé. L'un des lieux d'élection privilégiés. Par Dieu. Pour le salut de ses créatures ? Loyola voit le dôme. A l'intérieur de son crâne. D'un vaste chapiteau. Qui s'élève. Magnifique. Au milieu d'une place. Aménagée pour foires et marchés. A son fronton. Un nom célèbre. En lettres multicolores. ***NOE***. Eva pénètre. Le cœur battant. Dans l'ombre de la piste aux étoiles. Où les illusionnistes. Sont entrés en scène. Eva ouvre grand les yeux. Magiciens. Equilibristes. Trapézistes volant dans les hauteurs. Nulle part. Eva ne reconnaît. L'oiseau-serpent. Sa mère. Qui l'avait couvée là. En 1897. Avant de s'embarquer. Au-delà des mers. Où le cirque était attendu. Sur la grand-place de Bruxelles. Pour l'occasion. De l'Exposition universelle.

Ainsi tout se relie
Dans la vie de n'importe quel homme
Chacun nous avons une île natale
A l'extrême de l'Orient
Découverte ou non par un Cristobal Colon
Aux confins de notre Occident
Fragment du bloc de l'Est
En un crâne où n'est plus que l'Ouest
*Car nous avons perdu l'**hacienda***

Il était alors. Sous le grand chapiteau du monde. Un homme à tout faire. Portant un globe terrestre. En carton-pâte. Qui explosait gaiement. Faisant surgir la femme-oiseau. Dont les évolutions aériennes. Enchantaient le public. Avant qu'Eva ne se pose. Délicatement. Sur la branche d'un arbre. Où son corps se lovait. Se changeant en serpent. Pouvait-elle enrouler sa proie ? Cracher sa poche à venin ? Elle n'en faisait rien. Car elle ne pensait jamais. A mal. Des tristesses qu'elle avait connues. Des humiliations subies. Elle effaçait les cicatrices. Prompte à changer de peau. A se laisser pousser d'autres ailes. Elle qui avait la peau noire. Les cheveux blonds. Et les yeux verts. Sans savoir pourquoi.

Elle voyagerait toujours
Comme une étoile
D'une rive à l'autre
De son océan mental
Celle dont la chair de nuit
Répondait aux mèches blondes ornées de coquillages
Et dont les seins étaient comme deux grappes de fruits
Gonflés d'une sève inconnue

Elle voyagerait toujours. Pour qu'une fille de ses filles. En juillet 1953. Rencontre l'aède. Sur une île des Cyclades. Et l'emmène avec elle. Vers les Caraïbes. Afin que s'accomplît le destin. De l'Indienne Habanaguana. Dans cet *Eva's Bar* de La Havane. Où n'importe quel crétin. Pouvait cracher ses conneries. Et la première mouche. Venue d'Hiroshima. Qui passait par là. Tout écouter. Comme depuis cinq cents ans. Pour le rappeler. A Loyola. Cinquante ans plus tard.

La chanson d'Habanaguana
Se chante comme une habanera
Sous les illuminations nocturnes
De la plus haute tour
Où le canal de Bruxelles
Agite les ombres
D'une lanterne magique engloutie

Moi seule vous dirai donc. L'étrange relation. Nouée jadis. Entre l'aède et Loyola. Pour écrire un livre. A deux voix. Auquel se superpose un autre livre. Celui que vous êtes en train de lire. Moi seule vous révélerai. Qu'il s'agissait d'abord d'une trilogie. Dont le titre d'ensemble devait être. Le nom de code soviétique de l'aède :

MAÏAK

Qui d'autre qu'une mouche. Envolée d'Hiroshima. Connaît donc le fin mot. De toutes les histoires ? Qui d'autre pourrait vous expliquer. Que dans un manuscrit. Vieux de dix ans. Se trouvait déjà le passage. Vers ce roman ?

Voici la ville plongée dans les ténèbres avant les premiers nuages de l'aurore. Une rumeur est portée par la brise qui souffle sur les eaux noires, une rumeur musicale rappelant celle d'un cirque ou d'une fête foraine. Le cirque n'est-il pas, depuis Noé, lieu d'élection privilégié par Dieu pour le salut de ses créatures animales, de sorte que la simple mouche pouvait dans l'arche converser en langue primitive avec l'oiseau-serpent des origines ? C'est Noé qui invente le principe de la ségrégation des races, par l'absurde condamnation de son fils Cham, coupable d'avoir vu la nudité du premier patriarche quand celui-ci se fut dévêtu sous l'effet de l'ivresse. Là-dessus se fonde l'Histoire, long périple au bout duquel commence notre histoire. Il y sera naturellement question du pacte entre deux hommes – Aristos Théokratidès et Jésus Evangelista – à Cuba, en juillet 1953, dont il se déciderait que le chimique et l'électronique seraient les deux voies d'émancipation de l'humanité. Leur contrat faisait suite à une autre rencontre, un bon demi-siècle plus tôt, entre quatre hommes cette fois, d'où découlerait le destin d'Aurore Théokratidès, dite Eva de Cuba. C'était au temps où, dans les îles tropicales, on accusait les descendants de Cham d'être à l'origine de tous les maléfices et de jeter un sort aux plantes, aux bêtes et aux gens, selon que le malheur frappât la flore, la faune ou la seule race humaine ayant depuis Noé trouvé grâce aux yeux du Tout-Puissant...

Deux volumes en parurent. Les années passèrent. Et le projet fut laissé en plan. Mais demeurait un étrange contrat. Suggéré par Loyola. Qui ne voulait pas abandonner. Son principal protagoniste. Le petit-fils de l'aède. Portant même nom que lui. Compagnon de jeunesse. Il s'agissait d'enchevêtrer. Leurs vies respectives. Dans un livre monstrueux :

L'Ombre des Ancêtres oubliés

Oui. Le GRANDOEUVRE. D'une époque. Dont moi seule sais. La tournure qu'il a prise. N'ignorant rien des pensées de ce Loyola. Tandis qu'il mélange à son gré. Souvenirs et oublis. Comme font tous les hommes. S'appropriant. L'Ombre d'un autre. Où l'on ne démêlerait plus. Des siens. Les pauvres ancêtres oubliés. De l'aède. Pour emporter. Sans doute. Le prix Panoptic. Manipulé par ses soins. Qui serait attribué au livre. Obéissant le moins. Selon son règlement. A la logique des machines. Par quoi toutes les œuvres en compétition. Auront été numérisées. Ce qui veut dire. Victorieux pendant le jour. Par un usage rationnel de la technique. Et vainqueur après la tombée de la nuit. Grâce aux magies de l'aède. Loyola lui-même assurant la transition. Via sa société de production

Oiseau de Minerve

Celle-là même. Qui produisait hier soir. L'émission

LES DOUZE DIEUX DE L'OLYMPE

Le contrat noué voici dix ans. Stipulait son annulation. Au cas où la trilogie n'aurait paru. Dans la décennie suivant sa signature. Et arrivait à terme. Le 16 juin 2004. C'est-à-dire cette nuit. Au cours de laquelle. Devant mes yeux de mouche. Un homme se bat. Sur le clavier de son écran.

Pour faire un mauvais sort
À ce vieux supporter du Panathinaïkos

Qui pourrait lui offrir la gloire. Ce ne serait jamais. Qu'un tour de passe-passe. Une astucieuse manipulation. Parmi d'autres. Un simulacre. De fête foraine.

Une
voltige
d'Eva
de Cuba.

Dits de la chevelure des Pléiades

Autrefois les êtres avaient l'oreille très sensible. D'une rive à l'autre des mers, ils pouvaient écouter la musique émise par mes antennes. Livrées aux vents mes paroles traversaient alors les océans, mes pensées volaient d'Orient en Occident : chacun pouvait entendre mes frondaisons vibrer de part et d'autre de la grande eau. C'est ainsi qu'il n'eût été nécessaire à personne de s'astreindre à contempler des écrans Panoptic pour capter le message que je vous délivre aujourd'hui. Même si quelque chose – quoi ? – m'empêche de comprendre, impossible de ne pas m'obstiner dans ma tâche de medium *entre les deux rives.*

L'histoire que je vous propose d'écouter remonte aux plus lointaines origines. Par spires concentriques, mes lianes resserrent leur étreinte sur le demi millénaire où s'invente un Nouveau monde, non sans agripper au lasso les dernières cinquante années. Deux générations. L'espace allant de Socrate à Aristote. Une histoire qui part du temps où la pensée put être pensée – mais sous forme de prose, moins primitive que la poésie – pour aboutir à cette époque où la non-pensée ne peut plus être que non pensée. Gigantesque parenthèse prosaïque ayant exclu le poème, ou l'union cosmique de l'oiseau-serpent. Mais celui-ci n'a jamais quitté le nid de mes branches et de mes racines, y prenant feu puis renaissant de siècle en siècle. Il n'a jamais suspendu son vol incendiaire dans l'histoire – l'Histoire ! – des hommes. Même et surtout pas quand, épouvantés par son absence, ils tournèrent leur adoration vers des ombres qui les hallucinèrent sous mille formes de rapaces et de reptiles sanguinaires. Même et surtout pas depuis qu'un tel monde est hamlétisé par des spectres chimiques et électroniques. Non, malgré toutes ces démences, l'oiseau-serpent des origines jamais n'a cessé de vous déclarer sa flamme en inspirant des histoires comme celle que je vous raconte.

Et d'abord, ce dragon écaillé tel un monstrueux poisson surgi du canal, gueule incendiée par les coups de feu tirés depuis le sommet de la tour Panoptic, ainsi qu'il apparut aux yeux de Juan-Luis de Loyola. Des serpents de flammes sortent de ses narines en répandant leurs effluves pestilentiels. Dans sa gueule brillent les clés de la ville, s'il est vrai que les dents de ce dragon, dit-on, fondèrent l'enceinte première de Bruxelles. Voyez-vous où mon histoire vous convie ? Non ? Le jour se rêve encore, l'aurore voyage sous les eaux. Là-haut, cime des cimes, la flèche d'un Hôtel de ville gothique paré d'or lance le cri désespéré de son archange. Où donc est passé le diable, ce dragon familier dont le cœur saignait depuis des siècles sous son épée flamboyante ? Contre quoi, désormais, protéger un demi-milliard d'âmes, en cette capitale du Vieux continent ? Contre quels sortilèges du Malin ? A moins que le dragon lui-même ne soit devenu soudain l'ange exilé, quand le messager de Dieu ne représenterait plus qu'une puissance démoniaque ? Allez savoir ! Il pleut, comme toujours, sans bruit, sur Bruxelles et ses milliers de chapelles. Temples, palais, théâtres dorment encore sous leurs multiples dômes babéliens. L'heure était venue pour deux âmes de se mettre en voyage. L'une vers

l'Occident, l'autre vers l'Orient. L'une et l'autre, à des époques différentes, ont conçu le périple d'Ulysse. Leurs voies souterraines se croisent ici, dans la capitale d'Europe. Te souvienne, fille du roi Phénix, des anciens fastes du Levant ! Depuis le royaume des ombres, et tout au long de cette histoire, deux infirmes des yeux nous éclaireront sur l'énigme de l'ange et du démon de bronze, figures de l'oiseau-serpent primitif. A leur suite, nous pénétrerons au cœur d'une métropole où la vie ne grouillera plus des sacrifices consentis à la lumière du jour.
Sans doute ces mots de feuilles, de lianes, de racines et de branches auront-ils du mal à frayer leur chemin vers un lecteur d'aujourd'hui, plutôt retenu par les shows de la tour Panoptic, tels qu'il s'en donnait un hier soir au stade d'Anderlecht. Flottait au vent l'emblème du lion, logo d'une firme de vivres avalée par la banque Noé.
— Pas de panique avec Panoptic ! Voici notre grand jeu

LES DOUZE DIEUX DE L'OLYMPE

Loyola Loyal, en smoking de flanelle blanche à gilet d'argent et cravate d'or, une fleur écarlate à la boutonnière, apparaît sur la pelouse tandis que les trompes impériales retentissent. A bout de bras Loyola tend la coupe du vainqueur. Il s'avance vers les deux cages disposées autour du rond central, où les fauves et les douze héros du soir, dans leurs enclos respectifs, attendent le début de la joute, si l'on en croit leurs images en gros plans diffusées sur l'écran géant du marquoir. Un parcours du combattant périlleux entoure les geôles de métal, composé de douze étapes séparées par montagnes glissantes et toboggans piégés, plans d'eau à franchir en déséquilibre et obstacles à n'en plus finir. A chaque étape, une tête de dragon que les dieux devront arracher et jeter à travers des cerceaux enflammés pour espérer gagner la coupe, explique Loyola Loyal en se tournant vers des gradins où un faux ciel azur se confond avec la mer de l'Odyssée. Découpé sur ce bleu profond, le décor d'une cité grecque aux colonnes surmontées de leurs divinités de plâtre. « Sportifs multimedias, stars de la télé, déesses des podiums ou héros anonymes, ils seront douze à tenter la grande aventure », clament les haut-parleurs alors qu'une caméra sur grue fait son looping au-dessus de la foule où des ambianceurs professionnels braillent en agitant les bras pour faire monter l'enthousiasme high-tech.
L'essentiel de ce que pense Juan-Luis de Loyola réside en ce qu'il s'abstient de dire, au moment même où toute sa concentration lui serait nécessaire, mais se trouve distraite par une mouche qu'attire son visage maquillé ruisselant de sueur près d'une grille entre les barreaux de laquelle bâille une gueule paresseuse. « Nos dieux d'un soir seront d'abord Hercule affrontant le lion de Némée, qui avait été envoyé par Héra pour terroriser la vallée de l'Argolide, où l'on ne disposait pas encore de portables Panoptic !... » Au clignotement d'un téléphone mobile géant sur l'écran du marquoir, la clameur de la foule s'élève des gradins mitraillés par les cameramen téléguidés au casque. « A vrai dire, nos deux

premiers candidats seraient tombés du ciel s'ils n'avaient pas surgi des entrailles de la terre. Providentiel cadeau des dieux, dans l'esprit même de notre coupe ! Deux concurrents officiels nous ont quittés il y a peu, victimes l'un et l'autre d'une piqûre d'insecte, et durent être remplacés au pied levé. Nous avons le plaisir d'accueillir à leur place deux parfaits inconnus, dont la sélection s'est imposée voici quelques minutes... Je vous prie d'applaudir bien fort nos deux amis Omer et Jim ! »

— Il faut beaucoup ramper sous terre...

Un petit homme chauve à l'imposante barbe blanche et un grand moustachu à lunettes noires sont conviés par les dompteurs à franchir le sas entre les deux cages, le premier s'avançant tel un somnambule en plein rêve, bras levés à l'horizontale, vers un lion qui l'inspecte avec la curiosité d'un maître animal pour quelque phénomène échappant aux lois de la nature.

— Avant de goûter aux fruits de lumière !

Qu'ont-ils murmuré dans le micro sans fil, qu'ont capté des millions de télévoyeurs ? Loyola Loyal n'en a cure. Il brandit la coupe. « Ce redoutable fauve se nomme Ulysse, et nos champions devront placer leur tête entre ses crocs ! » La foule pousse une clameur puis retient son souffle, comme à l'instant d'un penalty. Sur l'écran du marquoir, un fouet claque. D'un bond le fauve prend position sur son tabouret de cirque. Tel un vieil acteur, exhibant ses canines en rugissant, il aventure un coup de patte dans l'axe de la caméra. Des cris épouvantés s'élèvent des gradins. « Silence dans les tribunes ! » Le vieillard à barbe antique s'approche d'Ulysse. Leur face à face est aussi bref que celui du tireur et du gardien de but. Une feinte de corps et des deux mains il écarte les puissantes mâchoires, y glisse son crâne lisse, attend quelques secondes puis retire sa tête de la gueule. Un fracas de cymbales résonne dans le stade. Omer tend les bras vers le ciel, son prénom scandé par les supporters clignote sur l'écran du marquoir sous la sonnerie des trompes impériales.
A eux la coupe des vainqueurs !
Loyola Loyal ferme un instant les yeux, agacé par la mouche. « Heureux qui comme Ulysse... » avait-il prévu de s'exclamer au moment fatidique, avant de se raviser. Bien sûr, il n'ignore pas que la bête ainsi baptisée vient du zoo de Guantánamo. Le troc fut réalisé par Noé, grâce à un programme contournant l'embargo sur Cuba. Quelques tonnes de pilules en échange de produits exotiques. Mais un malaise le saisit à la pensée de son père. Ces vieux fauves n'avaient-ils pas l'âge d'une respectable carrière, entamée aux temps où l'on mélangeait de la viande humaine à celle des lions dans le zoo de Santiago ? Il vacille comme il vacillera encore au cours de cette nuit. Pour un peu, il cèderait le micro sans fil, à travers les grilles, au second candidat dont il envie le flegme, nonchalamment

appuyé de toute sa stature contre les barreaux. L'image de son père s'évanouit dans une rêverie vague, relative à la manière dont s'est opérée la rencontre avec ces deux candidats de dernière minute. Ils se trouvaient là, dans les couloirs menant aux vestiaires du stade, quand l'équipe médicale découvrit des larves de mouche sous la peau du crâne des deux champions qui devaient entamer l'épreuve. Aussitôt joua l'instinct du professionnel, the show must go on, *et les deux inconnus providentiels prirent leur place dans la cage aux fauves. Nul ne s'interrogerait jamais sur l'origine lointaine de la coupe qu'ils emporteraient en vainqueurs...*
Il doit exister, se dit Loyola tandis qu'un inquiétant silence tombe sur le stade, il doit exister un monde sous ce monde, une cachette où dissimuler l'histoire sous la scène du spectacle où je l'expose. Ô jour de ma naissance ! Terrons-nous ! Renonçons à l'air pour la terre. Une plaque sur la porte de mon bureau dira peut-être un jour : Passage sans rime ni raison, emprunté par un Prétendant au Trône des Ténèbres.

ECHOS DU ROYAUME DES OMBRES

— La descente aux enfers est la même d'où qu'on vienne.
— Bien dit. Ma descente a toujours été bonne.
— Hadès est de tous les dieux celui que les mortels haïssent le plus.
— Vu que de son royaume on ne revient jamais.
— Sauf pour quelque exceptionnelle mission.
— Cette coupe à récupérer.
— Du plus pur orichalque.
— Le métal précieux des Atlantes.
— Dites-moi donc pourquoi vous avez quitté votre île natale.
— Comme vous, mon cher, pour chercher l'infortune.
— Mon île, quant à elle, communiquait directement avec l'autre monde.
— C'est vrai, j'avais oublié votre île.
— Une île minuscule, non loin de l'Anatolie. Sa lumière me manque.
— A moi me manque aussi la lumière irlandaise.
— Alexandre fit explorer votre Hespérie comme une hypothèse de l'Atlantide.
— Anatolie, Atlantide...
— Il restait à créer sur ce thème quelque mythe.
— Pour éclairer le fond de leur caverne.
— Voyez plutôt.
— Cette étrange lueur.
— On dirait de tout petits points lumineux.
— Qui émettent une vibration.
— L'éclat d'un ciel qui scintille.
— Aurions-nous à vérifier l'absurde conjecture de Platon ?
— Ce fils de pute qui m'exclut de sa Cité idéale !

— Mais il parlait de la caverne des vivants.
— N'y étions-nous pas tout à l'heure ?
— Le souvenir s'en est effacé de ma mémoire.
— Votre crainte a bien diverti le public !
— Le moindre chien m'a toujours fait peur.
— Je voulais parler du lion.
— Quel lion ?
— Quand l'histrion de service a crié « pas de panique ! »
— Franchement, j'ai manqué plus d'un chapitre de ma vie.
— Rappelez-vous donc, même si l'épisode est encore à venir.
— Je me souviens vaguement d'une mouche.
— Grâce à elle, nous avons revu la lumière du jour.
— Les feux des projecteurs, le vacarme d'une foule.
— Nous étions dans un stade, ou bien nous y serons plus tard.
— La gueule du lion, je le crains fort.
— Voilà, tout vous revient.
— Mais dites-moi, où avez-vous appris votre technique de dompteur ?
— Eternelles servitudes des jeux du cirque.
— Je n'irai pas jusqu'à parler d'éternité pour ces divertissements de l'Empire.
— Disons que ces fosses ont un caractère historique.
— Même si leurs cirques léonins...
— Voudraient se faire passer pour éternels.
— De toute manière, on ne dompte jamais les Ilions.
— Nous sommes donc remontés des enfers pour déboucher dans cette caverne.
— Où nous attendait le vieil Ulysse.
— Si tout se passe comme prévu.
— Que voulez-vous dire ?
— Peut-être était-ce demain.
— C'est vrai, nous habitons aussi dans le futur.
— Depuis plus de trois mille ans.
— Combien d'entités vides ont régné ces trois millénaires !
— Toujours la même, j'en ai peur.
— L'Odyssée sans cesse à recommencer.
— La caverne infernale à creuser.
— J'ai toujours préféré les entrailles d'une ville à sa tête.
— Il nous faudra pourtant remonter.
— Vers les hauteurs sacrées.
— Où tout se joue.
— Nous aurons pour cela besoin de lunettes protectrices.
— Les vôtres ne sont pas suffisantes ?
— Toujours cette maladie des yeux.
— Je ne suis guère un champion de la vue, moi non plus.
— Où mieux soigner son iritis que dans la cité de l'iris ?

— A propos, comment rejoindrons-nous le monde visible ?
— Justement, cette étrange lucarne.
— Des petits points lumineux.
— L'éclat d'un ciel qui scintille.
— Serait-ce le fond de la caverne ?
— Autrement dit, l'envers d'un de leurs écrans.
— Qui ne sera peut-être pas facile à traverser.
— Bien sûr. Nous aurons besoin de pioches et de pelles.
— De perceuses, de gants.
— De lampes, de casques et autres masques.
— Le pensez-vous vraiment ?
— Quelle autre possibilité de voir encore le jour ?
— Comment s'y déplacer, sous quel déguisement ?
— Voiture et uniformes de police feront l'affaire.
— A la grâce de Dieu et des policemen !
— Il nous faudra encore des papiers d'identité.
— Un passeport à code électronique.
— Sans compter tout un lot de cartes magnétiques.
— N'oublions pas quelques vivres pharmaceutiques.
— Pour avoir seulement le droit de paraître.
— Au milieu de ces hommes qu'on ne peut plus dire doués de parole.
— Depuis que leur cerveau dépend de la tour Panoptic.

Tels étaient les propos qu'ils échangeaient dans la maison d'Hadès, aux profondeurs du monde.

Dès 1953 – parole de mouche ! – l'objectif du Nouvel Ordre Edénique était de soumettre le monde aux banques et multinationales, en utilisant le chantage nucléaire.

Tower of Power

Pur point de vue, nous survolons la ville. Quelque chose fait doucement vibrer les dernières obscurités de la nuit. Comme une rosée perlant sur cette immense toile d'araignée ; ou, peut-être, comme sous l'effet d'un insecte égaré.
Oui, ce paysage urbain, nous l'observons à travers les yeux d'une mouche qui volerait très haut dans le ciel. Depuis son regard panoramique, la capitale d'Europe apparaît ainsi qu'un immense piège dont les filaments s'étendraient jusqu'à d'insaisissables confins. Vers l'Est, le réseau lumineux s'éteint : la mouche n'ignore pas que cette masse noire correspond à l'antique forêt de Soignes. Vers l'Ouest, une autre trouée, pâle, dénonce la présence d'un stade où flotte encore dans l'atmosphère la trace des orgies photiques de la veille. L'aube devrait avoir vaincu la nuit, mais aucune lueur ne signale un réveil de l'activité. Tel un continuo, la ville bruit au ralenti. Monotone, monocorde, intégrant cependant quelques pressentiments. Tenez. Une zone, du côté du canal, attire son regard. Lequel opère la mise au point. Amorce une descente vers la maigre source de lumière. C'est un ancien quartier déshérité, depuis peu animé de néons multicolores. Les murs couverts d'images n'y cessent guère leur bavardage diurne. Bientôt, les haut-parleurs des boutiques reprendront leur flot de basses, teinté de hip-hop. Un énorme Game Center *ouvrira ses portes, libèrera ses sons électroniques. Des centaines d'écrans exploseront de toutes leurs grenades armées dans la tour Panoptic. Les flots de mésemployés surgiront des orifices du métro bouchés durant la nuit. La vapeur fuse d'une bouche d'égout, chose banale entre toutes, mais chargée d'une infime part de ce mystère qui préside à la naissance de chaque nouveau jour. On voit la fumée se répandre dans la rue, mêlée à d'étranges effluves sortant du soupirail devant le* Game Center. *Apparition fantomatique de l'aube sur ce trottoir de la ville : deux silhouettes en émergent, tout droit sorties du royaume des ombres. Une voiture de police glisse le long des quais, vitres opaques, ainsi qu'une créature du fond des mers, pourvue d'une carapace et d'appendices permettant la survie prolongée en milieu hostile. Pourtant, ses occupants n'ont pas résisté à l'attaque ennemie. Les deux malandrins surgis des bas fonds, qui venaient de faire contrôler leur absence d'identité, ont bénéficié de l'appui d'une mouche descendue en piqué. Celle-ci a mis hors de combat deux policiers, dont les uniformes furent subtilisés. Telles ces espèces marines usurpant la cuirasse d'autres coquillages, deux créatures privées de logis se sont emparées des insignes et de l'armurerie qui appartenaient aux forces de l'ordre. Un vieil aveugle à barbe respectable a pris le volant, secondé par un long escogriffe chaussé de lunettes noires. Pourquoi désespérer ? Bientôt viendra un autre jour.*

— L'exil on y patouille.

Une plage artificielle, bordée de palmiers synthétiques, étale son sable tout au long du quai transformé en rivage des Caraïbes. La voiture de police aux occupants abusifs glisse entre les paillotes hérissées de toits exotiques.

— On s'y noie.

Sous leurs yeux le canal charrie son inventaire de produits chimiques et d'ordures. C'est là qu'ils jetteront la coupe d'orichalque, pour un cadavre qui jouera son rôle de fantôme flottant vers deux îles au-delà de la mer.

— Comme en son propre sang.

Chut ! Voici qu'une vague déferle, venue de la constellation des Pléiades...
Sa blanche écume roule une mémoire qui se confond à celle de la Terre.

— Celui du dragon.

Voici qu'une nuit de l'aède résume trois millénaires passés sur les flots amers de la vie. Un souffle à peine pour ma mémoire végétale.

— Le sang n'est-il pas la nourriture des dieux souterrains ?

L'homme qui était mort n'ignorait pas qu'il errerait jusqu'aux confins de son orbite cométaire, allant de monde en monde, au-delà des frontières de l'espace et du temps.

— Voyez cette bête...

Mais il sait aussi que son voyage toujours le ramènera sur ce bon vieux globe convulsé de sacrilèges. Car il appartient à la race des sphérophores.

— ... qui bouge entre deux eaux.

Milliards de vagues chaque instant recommencées depuis des milliards de cycles autour du Soleil : c'est ce qui paraît d'abord à ses yeux. Suis-je en route pour l'éternité sur ce quai de Bruxelles qui se transforme en grève ? Une poignée de sable et tout vous revient. L'homme est allongé sur la première plage du monde face aux marées de la Lune peuplées d'îles parfumées. Les souvenirs en lui se font et se défont comme ces flots qui l'ont jeté sur un quai du canal. Canal de pourpre sombre pareil à la mer vineuse où se mirent les temples de marbre aux façades fleuries d'hibiscus et de bougainvilliers sur l'île de sa rencontre avec Aurore qui sera dite par lui-même Eva de Cuba.

— C'est une bête préhistorique.
— Au pelage en écailles et aux yeux de feu.

Comment ne pas plonger avec adoration dans ces eaux lustrales ? Aucun dégoût ne l'en empêche, même si la blessure au cœur atteste un (plusieurs ?) coup (s) de feu tiré (s) depuis la Tour en surplomb du canal. Il rit. Pourquoi pas, d'abord, un petit sprint à poil comme il y a cinquante ans, quand la vie s'ouvrait encore telle une aube nacrée ? Ses pieds nus font crisser des débris de coquillages. Il pense à celui d'Eva, l'originel. Sa conque rose pâle d'où tout est venu. Calice, coupe, Saint Graal de toutes les beuveries imaginales...

— Par le Styx ! Voyez la bête remuer sa queue...
— Murmurant des mots dans une langue d'avant les temps.

Le cours des choses retrouverait bientôt son rythme immuable. Les eaux primordiales à jamais refermées sur ce vieux mirliflore, qui se souviendrait encore d'Anatole Atlas ? Hâbleur des carrefours, menteur de grands chemins, portant sur ses épaules un monde où criaient des perroquets bavards. Ceux-ci jacassaient des légendes à propos d'une femme rêvant de rencontrer un homme qui lui fît oublier la tristesse de n'être pas oiseau...
Tandis qu'ici. Dans les nuées jetant leurs étincelles. Sur un splendide palais de cristal. Dort un prince de haut et saint lignage. Le visage effondré. Sur son clavier d'ordinateur. Tout ce que l'on entend. Est peut-être son rêve. Où d'aimables vierges reposent. En chantant des romances. Au pied de l'arbre de la Connaissance...
Loyola sort une pile de chemises et se met à les jeter. Dort-il encore ? L'une après l'autre. Chemises en soie fine. En flanelle épaisse. En coton de hautes gammes. Qui couvrent son bureau d'un désarroi multicolore. Chemises africaines à fleurs. Corail. Vert pomme. Lavande. Orange pâle. Ornées de pictogrammes indiens. D'entre lesquelles une seule est élue. Chemise blanc crème. A poches multiples. De type tropical. Telle qu'il s'en porte à Cuba. Sous le nom de guayabera.
Voyez donc sa fierté. Quand il s'en revêt. Chevalier idéal. Armure vide. Sauf que la poche de sa poitrine. Le sait-il déjà ? Contient une coupure de journal.

26 de Julio 1953

Regardez-le s'approcher de la fenêtre. Où la courbe lointaine d'une baie. S'ouvre sur un bras de mer. Dissimulé par les immeubles. Aux toits rosâtres.

Dans la pâleur grise d'avant l'aube. Une coupole se découpant là-bas. Celle du Capitole. Bien sûr, pas celui de Rome. Ni de Washington. Quelques coups de klaxons. Déchirent la rumeur des larges avenues. Bordées de ces ficus. Aux énormes racines. Qu'on nomme ici Jaguëys. En contrebas d'une Tour. Au sommet de laquelle. Bout le sang de son père.

Un

Certain

Jour

De 1953

On n’est jamais seul à contempler son image dans le miroir : cela crève les yeux.

Même si je suis toujours avec moi-même, et s’il ne saurait y avoir de vie pour moi sans ce moi-même, cette vie exige la présence d’un autre lui donnant un sens que seule elle n’aurait pas.

Dans ma vie, des êtres naissent, passent et meurent, et leur vie/mort est souvent l’événement le plus important de ma vie, l’événement qui en détermine le contenu – ce qui fait l’essentiel du romanesque dans la littérature universelle.

Mais dans cette vie, vécue par le dedans, je ne peux vivre les événements de ma naissance et de ma mort ; la naissance et la mort, en tant que **ma** ***naissance, et*** **ma** ***mort, ne peuvent pas devenir des événements de*** **ma** ***vie.***

Pourtant, l’espace de liberté que m’offre le roman permet de construire une relation **dialogique** ***entre deux créatures imaginaires, dont l’une vivra sa naissance et l’autre sa mort sous les yeux démultipliés d’une mouche – avatar de toutes les divinités.***

Petite messagère ailée de l’au-delà, ton regard panoptique subvertit celui de la tour Panoptic ; il trangresse toutes les prescriptions **monologiques** ***(de Guy Debord à Jésus Evangelista), pour offrir droit de parole à l’aède comme à mon vieux pote Anatole, en ces limbes où l’on n’est jamais seul à contempler son image dans le miroir : cela crève les yeux.***

(Quel théâtre amusant que la vie des humains, quand on n'en est plus l'un des personnages... Rien d'aussi drôle que d'observer les désordres s'emparant de l'âme d'un vieux pote en proie aux sombres échos d'un monde hostile aux esprits des morts. N'est-ce pas le sort de presque tous les vivants, qui préfèrent ne rien voir et opposent une sourde oreille aux messages émis par notre cortège ?

Alors, oubliez un instant le bavard que je fus, l'aède, le menteur de grands chemins ; oubliez tous ces perroquets criards perchés sur le globe dont ployaient mes épaules et qui vous parlaient d'îles où je ne suis jamais allé, pour prêter l'oreille à ce qui de mes fables mérite votre pleine attention : je vous prie d'écouter l'histoire véridique, telle qu'elle ne fut par nul autre encore racontée, de la femme ayant rêvé d'un homme qui lui fît oublier la tristesse de n'être pas oiseau. C'est toujours elle qui parle en Juan-Luis de Loyola. Grâce à elle que s'offre à lui le privilège de voir, durant son sommeil, surgir à la lumière tant de choses qui auraient dû rester dans l'ombre de la mort... A moins qu'il ne s'agisse d'hallucinations dues à l'excès de la gnôle qu'il vient d'écluser tout au long de la nuit ? Je navigue dans une zone inexplorée du cerveau, lui avais-je confié naguère en levant à la sirène du fleuve Congo ma coupe de vin de palme, une zone où se rencontrent bien des âmes en voyage. Elles ne sont pas avares en visions, avais-je ajouté en lui parlant de l'imminence d'un ***coup du monde situationniste***. Oui, c'est dans l'ivresse partagée avec les puissances invisibles que s'accomplissent les extases au cours desquelles parviennent aux dieux les plus sincères prières humaines, mais aussi sont communiqués aux hommes les signes qui permettraient à la concorde et à l'harmonie de supplanter leurs logiques de guerre. Hélas, ils ne comprennent pas toujours... Voyez Noé ! Quels désastres en tous genres provoqués par la malédiction de son fils Cham en conséquence d'une célèbre beuverie. N'empêche, l'alcool nous manque. Oui, les âmes en voyage ont soif ! Prophètes et poètes le savent, qui n'ont de cesse de mettre en garde l'humaine confrérie contre tous ses Molochs, de siècle en siècle élus pour s'abreuver de sang dans le crâne de leurs victimes.

Ainsi, tandis que je circule, invisible, dans ce roman (si ce n'est sous la forme de mon ***Autopsie du XXe siècle***, dont Loyola conserve un souvenir très vif), je n'ai d'yeux que pour la bouteille de vieux rhum Evangelista qu'il ne craint pas de mêler à son café matinal. Du rhum ! Des flots de rhum, et pas une seule goutte pour les morts... C'est là l'un des pires inconvénients de ces limbes, dans l'œil du cyclone où j'attends mon heure après la fin de cette histoire, même si jamais je ne me suis plus diverti que durant tout le temps qui s'est écoulé depuis ma disparition. Je ne vous dirai plus qu'elle remonte, cette histoire, au paradis terrestre, ni même à celui que voulut découvrir Colomb ; je vous dirai qu'elle commence plus simplement à la fin du siècle dix-neuvième, un dimanche de l'Assomption perdu dans la somme innombrable des jours et des nuits. Représentez-vous donc un petit cirque ambulant dont le nom scintille en trois lettres de couleurs vives : NOE. Spectacle unique et exceptionnel ! Eva rôde près des roulottes, elle admire les acrobates, celle qui jusque là passa la plus clair de ses jours à observer l'horizon de la mer où sa mère avait dû s'envoler. Car ce même cirque avait été le seul au monde n'ayant offert qu'une seule représentation, à l'issue de laquelle celle qui incarnait l'oiseau-serpent disparut dans les airs, non sans laisser un œuf d'où naîtrait notre Eva. Aux yeux de cette petite fille, donc, toutes les grandes villes de l'autre côté de l'océan – là où sa mère s'était envolée – dressaient les tours et les dômes et les flèches de leurs plus hauts édifices dans une brume qui recouvrirait le siècle vingtième pour ne se dissiper qu'aux premières années du suivant, parmi les effluves de café au rhum imprégnant le cerveau d'un homme au sommet de sa tour, qui lui-même aurait à découvrir les secrets de sa naissance et bien d'autres mystères, étant le petit-fils d'Eva de Cuba. Mais Juan-Luis de Loyola n'en sortirait pas des brumes infinies de sa nuit, sans écouter enfin l'évangile du

)

Jaguëy.

Je suis l'œuf de l'oiseau-serpent qui roule de siècle en siècle et sans cesse éclôt puis s'envole d'un continent à l'autre à la faveur de quelque cirque dans une pérégrination magique ainsi que la tienne mon Ulysse polytrope toi le roi des sans-papiers depuis trois mille ans tu t'en souviens des allées et venues par-dessus les océans c'est un retour aux sources pour nous deux que ce parc où je m'étais volatilisée lors de l'Expo de 1897 quand j'avais fait scandale parmi les cours d'Europe en aguichant ce roi Léopold II mais aujourd'hui parmi les monticules d'ordures se poursuit notre spectacle et ça fait soif alors dans les couches de cendres Habanaguana l'Indienne blonde à peau noire plonge un tuyau comme on faisait sur l'île avec la mélasse de canne à sucre il suffit de pièces de récupération lessiveuse robinets serpentins cuvette et voici d'un tas de ferrailles mon alambic faramineux distille un rhum tiré des ordures fermentées l'extrémité du tuyau crache en sifflant un jet de vapeur d'où jaillissent les gouttes exquises comme la rosée du paradis terrestre où les fauves s'enivraient d'amour en compagnie de l'agneau venant de naître goûte-moi donc cette larme d'enfant c'est la nuit sacrée que l'on boit avec toutes ses étoiles même si ça vous enflamme les tripes c'est comme d'avoir les Pléiades en feu dans le crâne alors peu m'importe que tu sois lion jaguar ou léopard mon Ulysse ton cri vient du fond de mon ventre l'Afrique et son écho se répercute en Amérique où ceux de Guantánamo ne l'ont pas plus oublié que les foules du stade en cette capitale d'Europe car la mondialisation c'est nous qui l'avons inventée depuis l'aube des temps où les merveilles des contes de fées se donnent carrière à tire-d'ailes pour offrir une image globale du monde capable de guérir pestes famines guerres et morts la preuve cet aède que mon utérus a conçu de la semence du roi des Belges oui ce sont ses larmes à lui que distille mon alambic écoute-le renifler c'est promis après notre spectacle je monterai sur ton dos puis on dansera jusqu'au sommet de la plus haute tour et nous boirons ensemble cette nuit jusqu'à sa dernière goutte…

Evangile du Jaguëy

« Périsse le jour où je suis né,
et la nuit qui a dit : Un homme est conçu ! »

« Cette nuit, que les ténèbres en fassent leur proie,
qu'on n'y entende pas de cri d'allégresse ! »

JOB

« Ecris donc ce que tu as vu, ce qui est, et ce qui doit arriver dans la suite. »

Apocalypse de JEAN

« Tu engages la nuit dans le jour et Tu engages le jour dans la nuit. Tu fais sortir le vivant du mort et Tu fais sortir le mort du vivant. »

CORAN

Quelle foudre illumine ce gouffre ?

BOÎTENOIRE

Le jour et la nuit se confondent. Cellule minuscule, fenêtres masquées, cagoule sur la tête. Combattant ennemi. Régime de privation sensorielle, puis lumières et sons violents. Tortures électriques. La chambre obscure de mon crâne est celle d'Anatole à Guantánamo Bay. Comme celle de son grand-père il y a cinquante ans. Comme celle de ma mère avant ma naissance, quarante jours en trop dans la matrice, à l'hôpital de Santiago. Nous ferons de l'apocalypse une genèse de la Nouvelle Jérusalem ! Drogues expérimentales psychodysleptiques. Suspects ne sachant plus qui ils sont ni où ils se situent dans l'espace et le temps. Calendriers ou horloges interdits. Régression totale, état de délire permanent. J'entends des voix, je parle à des personnes absentes.

Quel or dans le tamis...

Entrez donc

Messieurs dames

Entrez je vous en prie

nous ne manquons pas de places

au grand cirque de l'au-delà

Vous ne serez pas déçus

par Eva de Cuba

La piste du spectacle est assez vaste

Elle s'étend des Cyclades aux Pléiades

Et du fond de la Colchide

Au jardin des Hespérides

Car il fallait que beaucoup de sang coule

Pour extraire tout l'or

De mes pommes et de ma toison

Lors donc était mon père Moïse Evangelista

Roi de l'Asie mineure et des Caraïbes

Ayant fait des affaires à Saint-Pétersbourg

Avec les Bielinski

Comme avec les Loyola

Comme avec Minos Théokratidès

Dans le commerce tabac sucre & rhum

Mais aussi dans la poudre d'or

Et dans les immeubles à Bruxelles

Guerre de Crimée guerre de Sécession américaine

Grands besoins de coton et d'indigo

Mais aussi de salpêtre de souffre

Et de certains métaux

Que l'on trouve à Cuba

Ma mère envolée par-delà les océans

Constantinople et Troie

D'Atlantide en Anatolie

Où se retrouve l'aède Atlas

*Qui lui parle d'*eos rhododaktulos

Aurore aux doigts de rose

Et du trésor de Priam

Pendant que mon père investit à Cuba

Trente mille livres sterling d'actions

Dans la Havana Railroad Company

J'entends le rire sauvage et désespéré
D'une vieille femme aux cheveux blancs
Longs de trois millénaires
Dont le ventre est un cimetière
Où gît le cadavre du fœtus qui parle par ma voix
Car mon père à Saint-Pétersbourg
Avait aimé une Bielinskaïa
Qui avait accouché d'un fils
Avant de rencontrer ma mère
Fille de Minos Théokratidès
Lors donc Moïse et Minos aimaient l'or
Au point de s'en enduire le visage
Grâce à la poudre de Californie
Dont ils faisaient mondial négoce
Et voici ma mère apprenant son infortune
De la bouche même du fils Bielinski
Se mettant à chercher le masque d'or
Ce fameux trésor de Priam
Comme une folle
Pendant que mon père n'a d'yeux à Cuba
Que pour le cours du tabac et du sucre
Envoyant en Asie mineure
Pour seconder sa femme
Un jeune Loyola
Fou d'archéologie
Là-dessus les marchés perdent la tête
Et c'est la guerre et c'est la guerre
Pas besoin d'en faire un roman
D'autres que moi savent y faire
Pour chanter dans le détail les fortunes
Des Evangelista des Bielinski
Des Théokratidès des Loyola
Il faut que le sang coule !
Il faut que le sang coule !
Mais voilà les statues d'argile et de bois
Trouvées à Troie par un jeune Loyola
Qui était devenu l'amant de ma mère
Voilà ces statues qui révèlent
Des masques tout pareils
A ceux des Indiens caraïbes
Et voilà pourquoi depuis
Je suis nulle part et je suis partout

Rengaine d'une idole des vitrines

J'ai quelque scrupule à figurer comme personnage d'un ambitieux roman, mais qui d'autre qu'un mannequin pouvait-il témoigner des événements survenus cette nuit-là, dont il ne reste aucune trace dans la mémoire des humains ?

Non, je ne suis pas une statuette comme les autres.

Même si nous avons toutes vocation d'exprimer les voix des divinités, la sorcière en bois des îles que je suis pourrait vous raconter de plus étranges et miraculeuses histoires encore que celles dont bruissent toutes les religions. C'est d'une danse que je vous parle, entre semence d'Atlantide et matrice d'Anatolie. Un puissant va-et-vient les relie, qui ne se peut concevoir sans penser à l'existence possible d'une dimension inconnue de l'autre côté de l'espace et du temps. Chut ! J'en ai déjà trop dit... Le dernier demi siècle n'a-t-il pas imposé silence à la parole poétique, entre révélation prophétique et réflexion philosophique ? Un territoire immense exploré par les avant-gardes artistiques au lendemain de la Grande Guerre, clôturé par l'idéologie situationniste...

Réfléchissez un instant. Ridiculisé par Picasso, par Buñuel et par Aragon – comme par combien d'autres artistes communistes – le jeune arriviste d'avant-garde qui, vers le début des années cinquante, eût manigancé quelque putsch afin de s'emparer du pouvoir laissé vacant par un surréalisme sur le déclin, quel autre artifice eût-il mis en jeu qu'un décret de la mort de l'art ?

Seul pareil stratagème lui garantissait une carrière de leader *dans l'avant-garde, sans trop de coups à férir. Il suffisait de prôner la révolution immédiate et universelle, par construction ininterrompue de situations, comme panacée politique et esthétique. Plus de va-et-vient du réel à l'imaginaire, plus de voyage d'un monde à l'autre... Oui, je suis une créature de Pablo Picasso, de Luis Buñuel et de Louis Aragon !*

Maïak

Quelle autre résurrection

Qu'une révolution ?

Faute qu'elle prît le cap des Isles fortunées, l'utopie communiste eut sa tombe à Kronstadt la Rebelle, écrasée sous la mitraille de Trotski, suivi par une armée de futurs fonctionnaires, qui comptabilisaient déjà le rêve et la mémoire comme cinquième roue du carosse révolutionnaire. Or, la cinquième dimension m'apparut voici deux tiers de siècle – j'en avais alors près d'un tiers – un jour de l'automne 1929, devant l'image d'une automobile noire emportant deux amazones par des steppes où l'Histoire pour les uns sombrait, pour d'autres semblait sortir du naufrage.

Cette accélération brutale d'une automobile dans un paysage immobile depuis des siècles me fit imaginer, au lieu d'un rapport entre l'espace et le temps tel que l'un divise l'autre pour créer le dieu de la vitesse, un autre rapport qui les multipliât pour ouvrir à tous l'éternité de la légende.

Car j'aurais bien voulu les retenir au village de Petrodvorets, non loin de Leningrad, ces deux amazones dont l'une était ma mère et l'autre serait celle de la femme qui surgirait un quart de siècle plus tard sur la digue d'Hierapetra.

Mais il eût fallu pour cela passer d'emblée à la Cinquième Internationale, chère à Maïakovski. Celle qui eût déjoué les ruses bureaucratiques dissimulées derrière le Grand Tournant de Staline, qui dans l'embardée d'une collectivisation forcée serait un an plus tard fatale à Vladimir. N'était-ce pas au fond leur vœu commun, à lui comme à Lénine, face au Golfe de Finlande, que d'y voir surgir l'île engloutie des songes millénaires, où depuis la guerre de Troie les guerriers scythes faisaient leurs festins de chair avec des amazones ? Homère admirait cette civilisation troyenne, creuset de peuples et de mythes, où se mêlaient aux tribus thraces et orientales ces femmes d'Asie mineure parmi lesquelles une héroïne comme Andromaque déshonorait la grossière figure d'Achille. Même si nous doutions fort qu'Alexandre Bielinski partageât ce rêve, lui le descendant de l'ami de Pouchkine Vissarion Bielinski, quand il prenait le bras de la belle Olympia Théokratidès pour gravir les escaliers d'une datcha de bois vert, sanglé dans sa vareuse de l'armée soviétique. Il en avait coulé de l'eau, sous les ponts de la Neva, depuis que leurs familles s'étaient acoquinées dans des intrigues où n'avait manqué ni le trésor de Priam, ni les négoces d'or avec les Evangelista, ni certains investissements juteux à Cuba par l'entremise des Loyola. Nous en parlerions avec Maïakovski devant le clocher à bulbe d'une petite église, dont la torsade pistache partirait en flammes le soir même.

Je revois le visage accablé de Vladimir. Il me demanderait, à l'aube, de ne jamais oublier le voile de brouillard montant de ces ruines, ce rideau de fumée qui recouvrirait bientôt le siècle. Car là où les idées communes de révolution et de résurrection se trouvaient crucifiées, là, sur ce qui était devenu la tombe des premiers soviets, gisait déjà le saint suaire justifiant tous les bûchers à venir. Qui ne serait complice d'un tel oubli ? Certainement pas les idéologies prétendument radicales qui, en Occident, ne feindraient de compatir au sacrifice des espérances communistes que pour travestir le vieux slogan jésuitique Ad Majorem Dei Gloriam *en nouvelle devise prônant la plus grande gloire du Capital !*

Mais, ajoutait Vladimir dans un grand rire, tandis que nous éclusions notre kvas de patates, le spectre qui surplomberait lui-même tous les brouillards d'illusions de ce siècle serait toujours bien l'âme des marins de Kronstadt, l'âme de ceux qui offrirent leur sang, contre les bureaucrates, pour défendre l'initiale idée des Soviets. Jamas, Maïak ! *me lançait-il. Car nous trinquions à la grecque. Un vaisseau militaire croisait au loin, battant pavillon rouge. La même image viendrait à Pablo Neruda, dans son* Canto General, *sur un autre continent. Nous étions là, comme deux idiots, sur cette plage, buvant de l'infâme kvas et mangeant du poisson*

séché. La pluie se mit à tomber. Mi, kak dvieï idioti, na plajié pod dojdi *: ce serait l'une des dernières plaisanteries de Vladimir.*
Oui, nous étions là comme deux idiots sur cette plage sous la pluie, mais une foule invisible nous entourait. Son souffle donnait des ailes au navire soviétique. Il y avait à nos côtés tout ce que la poésie mondiale créerait de grand au siècle vingtième – si l'on admet que Borges et Pessoa furent d'immenses poètes communistes. Nous aurions pu deviner la présence, bien sûr, de Pablo Neruda, mais aussi celles des peintres Orozco, Diego Rivera, David Alfaro Siqueiros. Oscar Niemeyer inventait sous nos yeux une cité idéale s'inspirant du monument en spirale que Tatline dédiait à la Troisième Internationale. Pablo Picasso, répétant à l'envi qu'il allait au communisme comme à la fontaine, improvisait une fresque montant jusqu'aux nuages, qui emprisonnait dans ses rets les avions de la Luftwaffe afin que Guernica ne fût pas. La Pasionaria *Dolorès Ibarruri dansait donc avec Federico Garcia Lorca sous les bravos d'une Rosa Luxembourg libérée des geôles social-fascistes. Eisenstein, Buñuel et Pasolini se pliaient aux conseils de Dziga Vertov pour filmer Charlie Chaplin dans l'optique du Ciné-Œil, bobines immédiatement envoyées vers les campagnes par train spécial de l'*Agit-prop. *Sur un autre quai descendait Aimé Césaire en héros d'*Orfeo Negro, *croisant dans un grand charivari les personnages des* Visiteurs du soir *et des* Enfants du paradis. *Car il n'y avait aucune raison que Jacques Prévert n'eût pas réconcilié André Breton et Louis Aragon. Tous partageaient notre gnôle, Nazim Hikmet et Yannis Ritsos l'agrémentant de raki et d'ouzo tombés de leurs poches trouées. Bertolt Brecht, jouant au dégoûté, tordait son mouchoir pour en offrir un schnaps hors de pair à Walter Benjamin. Kateb Yacine tirait de l'étoile rouge un jus dont le goût rappelait à Mahmoud Darwich celui de la boukha, Julio Cortázar transformait la pluie en eau de vie de la pampa et Alejo Carpentier, d'un claquement du doigt, faisait revenir de Cuba le navire au drapeau frappé de la faucille et du marteau, plein à ras bord du meilleur des rhums Evangelista.*

Jamas, Maïak ! *Oui, nous étions là comme des milliers d'idiots, tous étant loin de partager le même point de vue. L'ordre soviétique, selon certains, devait se défendre contre l'encerclement capitaliste. Pour d'autres, la révolution resurgirait à l'Ouest...* Kakaïa revoloutzia ? *rugissait Vladimir en crispant ses mâchoires de géant. Il me considérait avec l'indulgence agacée qu'on aurait pour un petit frère un peu simple d'esprit. Mais nous tombâmes d'accord sur la Cinquième Internationale, celle de la cinquième dimension...*
Comme le vaisseau soviétique était encore visible à l'horizon, Vladimir agita ses mains dans sa direction, fermant et ouvrant ses doigts comme pour imiter les éclairs d'un phare, qui se dit maïak *en sa langue. Ce jour-là, il m'offrit en partage la moitié de son nom.*

« Ah ! »

ARAGON

« Ah ! Ah ! Ah ! »

PASOLINI

JE VEUX SENTIR L'ODEUR DU CAFE AU RHUM, se dit Juan-Luis de Loyola. Comment faire pénétrer l'arôme du café au rhum dans mes cellules, tandis que les bombes s'abattent sur le monde, répandant vers l'Orient leurs senteurs de poudre et la saveur du néant ? Le café au rhum, pour un connaisseur comme lui, il fallait le préparer selon un dosage minutieux, qui fut jadis motif de querelles homériques avec son vieux pote Anatole, mais aussi avec celui dont la correspondance d'un autre âge traînait sur le bureau de Loyola.

15 septembre 1986

Cher Loyal,

(...) Floriana Lebovici m'avait envoyé le prospectus sur le dernier ouvrage d'Anatole Atlas,* Autopsie du XXe siècle, *mais non la brochure même. Peux-tu me la trouver ? (...)

A bientôt. Amitiés.

Guy

13 octobre 1986

Cher Loyal,

Merci pour tous les documents. Cet Atlas paraît nettement malveillant. Mais ne serait-ce pas plus inquiétant de plaire à un stalinien ? (...)

Amitiés.

Guy

31 octobre 1986

Cher Guy,

(...) Bernard Tapie n'a pas lu **La Société du spectacle**, *pas plus qu'HH007 n'a lu les* **Manuscrits de la Mère-Rouge** *; les pauvres lecteurs de* **Libération** *auraient au moins appris que sous le faux radical se cache un vrai stalinien. Misère du journalisme...*
D'après un ami qui a vu l'émission, Tapie s'est ainsi défendu : « Debord a sûrement lui aussi de grandes choses à dire, c'est bien la preuve que les grands esprits se rencontrent ; peut-être qu'un jour je serai assassiné en direct... » (...)

Loyola Loyal

5 novembre 86

Cher Loyal,

Atlas va être un fou encore plus gênant que Voyer. Le public a-t-il pu croire même à un partisan (un peu modéré) qui irait faire des reproches à Bernard Tapie ? Bien sûr, c'est très injuste de reprocher **à Tapie** *de s'inspirer de moi (Atlas le fait avec la double malveillance de l'amalgame, contre moi et contre Tapie) ; alors qu'on n'a rien dit sur Attali, et surtout pas sur Baudrillard. Tous ces envieux aboient contre le plus médiatique, pas contre le plus néfaste (de ceci, ils s'en foutent bien).*
Le lapsus, que tu cites, de Tapie, semble bien vouloir dire qu'il me confond vaguement avec Gérard Lebovici ; et n'est donc pas trop gêné d'avoir pillé un mort. Il se dit que les morts n'ont plus de « gardes du corps ». Qu'il soit, lui, assassiné « en direct », je lui accorderais de bon cœur cette dernière volonté, si c'est la sienne.

A bientôt.

Guy

Miracle du café au rhum ! Juan-Luis de Loyola sirote une gorgée, paupières mi-closes... Chez Anatole, Debord a dû modérément goûter certaines phrases faisant danser l'horizon, qui lui rappelaient peut-être un peu trop ces chevaliers à l'éclatante arrogance de sa propre jeunesse, dont faisait partie mon père Abel... Précisément, n'est-ce pas à la révolution cubaine qu'il fait allusion dans sa lettre suivante ?...

19 décembre 86

Cher Loyal,

(...) Pour détourner une formule particulièrement imbécile de Fidel Castro sur le « devoir des révolutionnaires », je dirais : le travail de la critique révolutionnaire n'est assurément pas d'amener les gens à croire que la révolution deviendrait impossible !

A bientôt. Amitiés.

Guy

Tout le monde aujourd'hui parle de Guy Debord, se dit Juan-Luis de Loyola, mais Guy Debord ne parle pas de tout le monde ; encore moins des êtres fictifs. Anatole Atlas est l'unique personnage de roman qui ait jamais eu l'honneur de sa correspondance. A la santé de mon vieux pote, une louche de café au rhum !
En conclusion de ses ***Considérations sur l'assassinat de Gérard Lebovici***, l'année précédente, il ne manquait déjà pas de s'escrimer avec Anatole, sans le réfuter autrement que par la formule devenue célèbre : « L'imposture régnante aura pu avoir l'approbation de tout un chacun ; mais il lui aura fallu se passer de la mienne ». Une formule aujourd'hui reprise par maint médiatique se piquant de paraître sur la scène du roman ; une formule faite à l'usage exclusif de ces nouveaux médiatiques. Plus tard, dans ses ***Commentaires sur la société du spectacle***, Debord reviendrait à la charge contre les publications clandestines de mon vieux pote, estimant qu'elles « ressemblent au *fac simile* d'une arme célèbre, où manque seulement le percuteur ». Pour la seule fois de sa carrière, il userait d'un ton professoral, celui d'un maître d'armes en quelque sorte : « C'est nécessairement une *critique latérale*, qui voit plusieurs choses avec beaucoup de franchise et de justesse, mais en se plaçant de côté. Ceci non parce qu'elle affecterait une quelconque impartialité, car il lui faut au contraire avoir l'air de blâmer beaucoup, mais sans jamais sembler ressentir le besoin de laisser paraître quelle est *sa cause* ; donc de dire, même implicitement, d'où elle vient et vers quoi elle voudrait aller ».
Pour Loyola – même au temps de ses rencontres avec Debord – le café au rhum, c'était la clé du jour. Il voulait l'odeur du café au rhum, rien d'autre que l'odeur du café au rhum. Depuis la première aube du monde, il avait besoin de cette odeur pour se remettre sur ses deux pieds, transformer le dragon rampant de la nuit en archange vaillant du jour. Tel qu'il apparaissait sur les photos qui accompagnaient ces lettres d'un autre âge, dans une ***guayabera*** immaculée, Debord à ses côtés déboutonné, coiffé d'une casquette révolutionnaire à la Helmut Schmidt.

Le créateur de l'Internationale situationniste aurait-il pu deviner que j'avais moi-même prêté quelque concours à la rédaction du livre intitulé ***Gagner,*** signé Bernard Tapie – ce Tapie qu'Anatole avait apostrophé sur un podium d'émission télévisée ? Son ***Autopsie du XXe siècle***, à quoi fait référence Debord, étrillait toutes les prétentions de ce dernier à se vouloir le gourou d'une époque. Si Debord entendait répudier l'ensemble des représentations politiques et artistiques, tout en s'affichant – dans une ombre complice – comme l'unique décodeur d'une réalité privée de toute référence imaginaire, quelle serait la substance du Nouveau monde entrevu par une telle prophétie ? Où (sinon dans le pauvre cinéma produit par son mécène Gérard Lebovici) était la place des rites mythiques, des représentations sacrées que les peuples se font de l'univers, pour celui qui se parait d'un costume très cinématographique d'amiral de la mer Océane, quand son ombre envahissait des milliers de cerveaux, pareille à celle d'un Conquistador ?

Il semblait qu'il n'y eût pas de raison spéciale de poursuivre plus avant cette histoire ; l'imagination du lecteur suppléerait aisément au maigre récit de la disparition d'un homme dans les eaux du canal de Bruxelles. Quant à celle de son petit-fils, portant même nom d'Atlante que lui ? Juan-Luis de Loyola s'était senti vaciller sous un fardeau pesant le poids du globe. Pour son vieux pote Anatole (fou dangereux, selon l'auteur de ***La Société du spectacle***), toute l'affaire situationniste, depuis 1953, n'avait-elle pas été un ingénieux contre-feu de l'Occident face aux périls nés de la révolution cubaine ? Celle-ci – selon l'analyse d'Anatole – coïncidait avec la création de la revue ***I.S.***, laquelle n'y verrait jamais qu'une version tropicale de bureaucratie stalinienne. Quel meilleur stratagème, pour contrôler un mouvement international naissant, que d'en fixer les règles théoriques, avant de camper dans la posture de son inattaquable censeur ? De nos jours encore, la pensée-Debord se confond à l'image, devenue label médiatique, d'une indépassable critique radicale, quand bien même y manque toute référence à l'esclavage. Anatole Atlas est le mieux placé pour savoir quel rôle joua l'œuvre de Guy Debord dans ce qu'il nomma lui-même une « démoralisation » de l'idéologie soviétique, lui qui, via son contact à Berlin, la fit connaître à un certain Vladimir Poutine.

L'information, dûment transmise aux conseillers de Gorbatchev, ne manquerait pas à Moscou de susciter quelque émoi chez les théoriciens du ***dia-mat***...

Maïak

La haine leur sort de la bouche à propos de l'aède, et leur cœur en cache encore plus. Ils ont prétendu récuser la vérité qui venait à eux , mais l'avenir leur donnera des nouvelles de ce qu'ils raillaient. Tous verront alors clairement ce qu'ils croyaient pouvoir dissimuler, car il y a des livres qui éclairent et qui guident.

Puissiez-vous avoir quelque chose dans votre tête qui vous connecte à certains morts ! Il ne faut pas être grand clerc pour voir s'ouvrir, après la fin de l'Union soviétique, une ère nouvelle dans l'évolution de l'espèce humaine qui, sous nos yeux, prend déjà la forme d'une régression anthropologique. Le capitalisme sans freins ne pourra produire d'autres effets qu'un retour barbare à l'esclavage. *Socialisme ou Barbarie*, avait décrété Karl Marx. C'est sous le masque même du parti socialiste qu'a lieu le génocide au pays des Grands Lacs. Dans les anciens pays de l'Est, ne peut manquer de se déchaîner un trafic d'armes, de drogues et de chair humaine qui se parera de motifs humanitaires. Sous la bénédiction du pape et de toutes les autorités morales en Occident. Partout exploseront les marchés financiers conçus pour la seule spéculation, dans un aveuglement intellectuel généralisé. La fausse conscience étendra son empire des ténèbres qui, comme l'annonçait dans ses brochures mon petit-fils Anatole, aura pour lumière noire l'idéologie situationniste. Au nom d'une prétendue conception radicale, immédiate et universelle de la révolution, triomphera la contre-révolution libérale et libertaire identifiant le communisme au nazisme sur tous les marchés de l'opinion, dans l'exclusion de la moindre pensée relative à ce que fut l'expérience des Soviets.

Traverser l'écho

d'une voix dans le canal, c'est n'oublier pas qu'Anatole – Debord en eut la juste intuition, sans oser l'écrire – avait épousé la cause de l'U.R.S.S. Et qu'il ne fut pas trop difficile au camp d'en face, avec ses puissants ordinateurs, de mettre en équation l'ancien agent grec du Kominterm et son petit-fils portant même nom même prénom que lui. C'est aussi se souvenir du fait que le Military Act *des U.S.A. définit comme* Unlawful Enemy Combatant *toute personne coupable de quelque menée dite* terroriste *que ce soit, les tribunaux militaires ayant le droit d'utiliser des preuves obtenues sous la contrainte ou par « ouï-dire » pour les maintenir en détention à Guantánamo Bay. Le patronyme d'Atlas à lui seul n'attirait-il pas les pires suspicions pour le bras armé de l'Alliance atlantique ?* « Honour Bound to Defend Freedom » *est la devise de la* Joint Task Force Guantánamo. *Comment, pour le salut d'un si noble idéal, n'auraient-ils pas mis hors d'état de nuire le terroriste qui balança son attaché-case contenant une bombe de type* Maïak *dans le pare-brise de la limousine à cocarde étoilée, lors de la dernière venue de George W. Bush à Bruxelles ? Parmi les dizaines de bad guys barbus et lymphatiques épiés vingt-quatre heures sur vingt-quatre et conditionnés dans leurs cages derrière les barbelés de Guantánamo Bay, qui ferait la différence entre son faciès négro-asiate et celui des deux Belges d'origine orientale alors détenus au camp Delta, dont le retour en Belgique serait négocié à l'occasion de cette même visite présidentielle, pourvu qu'ils jurent sur la Bible qu'on ne les retrouverait jamais, armes à la main, sur un champ de bataille, face aux troupes du monde libre et démocratique ?*

Notes en bas de vie

L'éternité s'empare du présent. Qui lui-même se dissout. Dans un rêve intemporel. Terreurs et guerres civiles. D'un autre âge. Explosent au cœur de l'actualité. L'instant immédiat. S'absente pour un exil. Vers des contrées lointaines. Dont je n'ai aucune souvenance. Ainsi défile dans ma tête. Tantôt somnolente. Tantôt éveillée. Une procession d'images. Venues je ne sais d'où. Comme celles d'un hôpital. A Santiago de Cuba. Voué aux manipulations psychiques. Et privations sensorielles. Où Sacha Bielinski. Répugne à entrer. Dans la chambre de sommeil. De ma mère. Trop bouleversé. Par les gémissements d'une femme. Au crâne rasé. Chevelure d'or envolée. Morte vivante. Portant un enfant dans son ventre. Depuis neuf mois. Et quarante jours. Réduite à radoter. Des cauchemars chimiquement programmés. Que peut-il encore pour elle. Se disant la fille d'Atatürk. Descendante du calife de Bagdad. Née durant la guerre de Troie. Qui va et vient dans le temps. Comme dans l'espace. Tous ses mots enregistrés. Pour percer le mystère. Du contrôle sur l'esprit. Selon le programme de l'Agence. Incluant l'usage du LSD. Cages. Monstres. Cercueils. Cadavres. Immense tour de verre. Prise dans les racines d'un Jaguëy. « Ca va, petite ? » « Je... je ne peux plus... L'enfant me dit qu'il veut partir... » « Ah oui ? Pourquoi refusez-vous qu'on vous aide ? » Au plus profond de sa matrice. Les injections de cauchemars. Se déposent dans la mémoire. D'un embryon. Pour le hanter. A jamais. Nuit longue de cinquante ans. Qui s'assombrit encore. Et je n'exige plus de lumière. Je ne demande plus que tu viennes. Illuminer une vie. Tarie de naissance. Je ne veux même plus. Que le jour naisse. Même si la nuit définitive. Bientôt. Me fera taire. Comprends-moi bien. Je porte pour toujours. L'âge de mon père. Même si c'est encore le printemps. Même si c'est l'heure. Où la nature explose. Expulse la mort. Y as-tu pensé ? Je suis celui qui t'a faite femme. Après tout. Même si mon corps. Déjà vieux. Retourne à la terre. De ton ventre. Et que l'heure arrive. De laisser le sommeil. M'engourdir. Et que tu ne m'imagines. Même plus. Tenter de me glisser. Au plus intime de toi. Ne crois-tu pas. Que l'amour et la mort. Se pénètrent l'un l'autre ? Même si bientôt. La nuit me fera taire. Etre du côté de la naissance. Ou de la mort. Quelle importance ?

La Guerre des Mondes

Carnet d'Alexandre Bielinski

Ton père organisa l'assassinat de l'homme dont tu portes le nom. Je ne m'attends pas à ce que son existence te dise quelque chose : elle reste l'un des secrets les mieux gardés du dernier demi siècle. Cela fait un drôle d'effet de regarder cinquante ans en arrière et de se replacer dans la mentalité qui nous conduisait à nous venger de nos ennemis avec une froide assurance. Toute ma vie, je me suis senti le soldat de cette « Guerre des Mondes » évoquée par H.G. Wells, à ceci près que nous autres, les Soviétiques, figurions plutôt les Martiens de cette guerre aux yeux de l'opinion occidentale. Ton bisaïeul Alexandre Bielinski, négociant à Saint Pétersbourg, était un ami de l'écrivain anglais, rencontré à l'Exposition universelle de Bruxelles en 1897. L'année suivante marquait le cinquantième anniversaire de la mort de son propre grand-père Vissarion Bielinski, publiciste russe de génie, victime à 37 ans de la répression tsariste. H.G. Wells tenait cet ami de Pouchkine en haute estime et se souvenait du reproche qu'il avait un jour adressé à Tourgueniev : « Comment pouvez-vous aller manger, alors que nous n'avons pas encore résolu la question de l'existence de Dieu ! ». Notre lointain ancêtre appelait avec force à une vaste critique de l'ordre social. Il ne craignait pas de voir la Russie du futur à la tête de « l'humanité éclairée », ni d'exprimer dans ses articles son envie pour « nos petits-fils et arrière-petits-fils... ». Bien que notre famille eût accédé au bien-être matériel, je fus élevé dans le culte de cet ancêtre, et eus toujours à cœur de ne pas démériter d'un nom si prestigieux. Lors de la « Grande Guerre Patriotique » contre Hitler (ainsi avions-nous coutume de désigner la Seconde Guerre mondiale), la lutte entre le bien et le mal se trouvait pour nous simplifiée. Tous les antinazis savaient que nous représentions le seul espoir de briser la nuque au fascisme. Il n'y avait pas le moindre doute quant à la nécessité de nous procurer les moyens de fabriquer la bombe atomique avant les Allemands. Nous étions indignés à l'idée que les Américains, grâce à l'uranium du Congo belge, prenaient de l'avance en ce domaine sans nous associer à leurs travaux. Aussi, toute recherche de secrets militaires équivalait pour nous à une action héroïque. C'est dans un tel contexte que je me suis voué durant la Guerre Froide à ce que nous appelions les Missions Spéciales. A l'époque, nous ne nous posions pas de problèmes moraux quand il s'agissait de tuer Trotski ou tout autre de nos anciens camarades qui s'étaient retournés contre nous. Nous avions la conviction de nous trouver engagés dans une lutte à mort dont dépendait le salut de notre grande expérience, la création d'un nouveau système social qui protégerait tous les travailleurs et supprimerait l'oppression du capitalisme. La vérité sur ce qui s'est réellement passé au cours des cinquante dernières années est encore maquillée – dans les deux mondes – par des interprétations idéologiques, lourdes d'autojustifications. N'oublions pas que la mort de Staline, en 1953, voyait s'ouvrir deux voies possibles à l'Histoire, que Marx avait déjà résumées sous la formule : Socialisme ou Barbarie. Ce fut le début d'une guerre secrète où se mirent en place, dans une ombre propice, les principaux inspirateurs de la tragédie qui devait culminer avec l'actuelle offensive militaire lancée sur l'Orient. Ce n'est rien d'autre que ma version des faits que je te livre dans ce carnet, dont tu feras l'usage le plus approprié après ma mort, ce 16 septembre 2003. Il y a cinquante ans ce jour, en effet, qu'eut lieu mon unique relation avec ta mère, dans un hôpital de Santiago de Cuba qui portait alors le nom de son fondateur Moïse Evangelista. J'ose placer mon espoir dans le sang des Bielinski coulant en toi, pour que tu te conformes strictement au vœu formulé sur l'enveloppe, et que tu n'ouvres pas ce testament avant le lendemain de ton cinquantième anniversaire.

Juan-Luis de Loyola venait de sombrer dans une profonde léthargie. Pour lui, le café au rhum n'était pas la seule clé du jour. L'aurore aurait-elle pu surgir sans le rougeoiement d'un cigare ? Il ralluma le havane qui sommeillait dans le cendrier. PAS PRENDRE CONNAISSANCE AVANT LENDEMAIN 50 ANS ! Le carnet noir dormait toujours au fond du coffre-fort. Sa lecture attendrait bien la lumière du jour. Depuis son ermitage entre ciel et terre comme entre veille et songe – mais aussi, entre un monde à tous les sens *fini* et un autre monde interdit – Loyola se demandait quelle instance aurait les moyens de l'obliger à cracher le morceau sur l'***A.A.A.A.A***. Peu de mots lui suffiraient pour avouer les raisons l'ayant fait adhérer à l'Association : s'il pouvait se risquer à les prononcer – mais devant qui, sinon sa compagne velue ? – Loyola se fût bien gardé de les écrire, tant pareille trace eût invalidé toute prétention à jamais voir publié son prochain livre.

Après tout, pourquoi, *pour qui* de tels scrupules ? Il appartenait à la race qu'avait fuie Anatole, celle des nouveaux centaures, dont le torse n'était plus apparié au corps d'un cheval mais à la chose fonctionnelle entre toutes : un bureau. Jamais l'on n'avait vu se cabrer son vieux pote à quelque podium que ce fût. Toujours il piaffait dans un débat depuis le public, celui qui jusqu'au bout dédaignerait l'accès aux tribunes officielles. « On te laisse vivre », lui avait un jour déclaré l'une des prêtresses de la vie culturelle bruxelloise, comme il venait encore de ruer face au gratin littéraire du royaume, à la fin d'un colloque sous haute surveillance où était invité Salman Rushdie, proposant à ce dernier d'indiquer comment « un tel cirque » serait décrit par un écrivain, si d'aventure il s'en trouvait un seul parmi cette auguste assemblée. L'on aurait certes pu longtemps laisser Anatole Atlas tenir son rôle de lanceur d'invectives entouré d'un vague ridicule toléré, complice malgré lui d'un consensus de bonne compagnie, s'il n'avait soudain disparu de la circulation. Pour nul ne savait quel motif, sinon sa femme Pléione, il s'était embarqué vers Cuba le 16 septembre dernier, et on ne l'avait plus revu depuis. Ce qui ramena Loyola, les yeux mi-clos, vers cette ***Anatolian Atlantic Athletical & Artistical Association***.

Curieux nom, qui aurait fait exploser de rire Anatole. Au siège new-yorkais de l'Association (qui occupait le rez-de-chaussée de la tour Panoptic) se concevaient les méthodes modernes du ***Story Telling Management***. Aux quatre coins du monde, leurs discours valaient parole d'évangile. Et leurs journées de conférences, au bas mot 60.000 $. Ils s'inspiraient de Jésus Evangelista, père fondateur des relations publiques de l'entreprise, dissertaient sur les « codes narratifs » de la marchandise et se piquaient de sémiologie, citant Roland Barthes ou Guy Debord dans le texte. « Dites-le avec des fictions ! » : tel était le slogan de l'Association. Loyola était bien placé pour savoir que les gens n'achetaient plus des produits, mais les légendes ou les mythes que ces produits représentent...

Après ces vagues réflexions, l'Expert avait replongé dans le sommeil, non sans voir danser devant ses yeux la photographie d'Anatole au dos de son ***Autopsie du XXe siècle.*** Une charmante photo de famille. Coiffé d'un grotesque chapeau, lunettes noires, berçant une bambine dans ses bras, le chevalier de l'essence perdue était couvé du regard par sa jeune femme Pléione. Qu'avait-elle pu devenir, s'était encore demandé Loyola, juste avant qu'une chevelure blonde ne se confonde à celle qui ornait un mur de son bureau. Il avait dû dormir un bon moment. Quand il ouvrit les yeux, c'était toujours le même vertige noir qui tombait de la fenêtre. Il s'enfonça le mégot du cigare entre les dents, mais avant même de l'allumer la toux monta dans sa gorge et l'étouffa. D'un bond il se leva, s'appuyant sur le bras du fauteuil. On avait dû frapper à la porte et elle s'ouvrit. En toute circonstance normale, personne n'aurait pu avoir accès à ce haut lieu, sécurisé comme il se devait. Mais une femme était dans l'embrasure, éclairée par une lueur pâle venant du couloir. Grande, mince, belle à n'en pas douter. Elle le surprit dans cette position peu avantageuse, stoppé dans son élan, à moitié courbé entre le fauteuil et la fenêtre, cigare au bec et crachant ses poumons. Que lui voulait-on ? Bien sûr, les interventions intempestives, il connaissait. Mieux que personne ! Ils n'étaient pas vraiment rares, ceux qui savaient que là-dessus s'était jouée sa carrière lui ayant valu cette plaque d'expert esthétique luisant sur la porte entrouverte, à côté d'une silhouette immobile. Sans déterminer au juste pourquoi, Loyola s'imagina que ce pouvait être une pute aussi bien que l'une de ces multiples bonnes sœurs d'aujourd'hui. Se tenant les reins, il se redressa dans l'obscurité. Une belle salope à tous les coups, pensa-t-il sans prononcer un mot, dans une tentative de rationaliser la situation. Les ligues féminines de vertu faisaient florès, auxquelles adhéraient tant de gouines insatisfaites pour mille raisons, pressées de franchir la barrière morale en proclamant qu'elles n'étaient plus soumises au vieil ordre patriarcal. Celle-ci portait un long manteau noir d'où jaillissait une crinière blonde, mais il ne distinguait toujours pas son visage. Qui savait même si elle portait quoi que ce soit sous sa tunique ne laissant pas apparaître le moindre bout de viande. L'inconnue inspecta le bureau d'un coup d'œil et, dans le contre-jour, Loyola vit briller son regard. Vert, lui sembla-t-il. Deux flammes faites pour éclairer son propre enfer. Lui réclamerait-on des comptes ? Confusément, il devinait bien sûr qui elle était, mais pouvait-il se l'avouer ? C'était elle et ce n'était pas elle. Il pensa, un délire de plus au point où nous en sommes, à la réplique du portrait qui s'étalait en noir et blanc sur le mur à côté de la porte où elle demeurait sans bouger, toute la force de sa présence concentrée dans son silence. Une telle tignasse blonde et bouclée, qui d'autre qu'elle ?

— Monsieur Jésus Evangelista, c'est bien ici ?

La voix laissait traîner un accent indéfinissable, pouvant signaler plus d'une origine incertaine comme la fatigue d'une nuit blanche. Loyola ne répondit pas, reculant de quelques pas vers la vitre noire. Après toutes ces heures au cours desquelles il s'était immergé dans combien de passés, le présent de la phrase venait de le foudroyer. ***C'est bien ici ?*** Les derniers mots, prononcés avec une extrême lassitude, flottaient encore dans la pénombre à peine dissipée par la lueur du portable sur le bureau d'acajou.

— J'ai rendez-vous avec Monsieur Jésus Evangelista, reprit la silhouette au seuil de la porte avec plus de force, comme pour marquer quelque agacement, avant d'adoucir le son de sa voix : « Je suis sa nouvelle garde du corps ».

Elle ne parlait pas, elle feulait. Confusément, revint à Loyola l'allusion faite par Guy Debord aux gardes du corps de Bernard Tapie dans sa lettre d'avant les temps. La scène était, si possible, encore plus irréelle que tous les événements de la nuit. Ce devait être la matinée, le jour ne s'était pas levé, le bureau même plongé dans l'obscurité ne pouvait être confondu avec aucun autre et surtout pas avec celui du *Tycoon*, mais l'idée seule qu'une créature féminine surgie du néant pût s'imaginer rencontrer le *boss* de la Panoptic en poussant une porte au dernier étage d'une Tour moins franchissable que le palais du roi faisait basculer l'ensemble dans la gamme d'un film infiniment plus burlesque que tous ceux produits par feu Gérard Lebovici, du côté de la tarte à la crème balancée par Léon Dingo sur le visage de Jésus Evangelista, voire même de ce navet qui naguère à Cuba devait mettre aux

prises Aurore Théokratidès et Abel de Loyola, sur un scénario tiré d'***Adieu Satan***, grâce au financement du même Jésus Evangelista.
— Excusez-moi.
Les seuls mots que Loyola fut capable de prononcer avant de quitter la pièce en direction de la salle d'eaux voisine, où il tomba sur son image dans le miroir. Que lui dire ? Bien sûr, certains responsables de la très officielle et respectable ***A.A.A.A.A.*** n'avaient pas vraiment apprécié de voir un petit excité bruxellois s'adonner à des publications douteuses dont l'enseigne, même clandestine, avait le grand tort de présenter d'étranges similitudes avec leur propre dénomination. N'était-ce pas pure provocation que d'ouvrir un site électronique sous un sigle identique, ce qui avait donné lieu à de fâcheuses confusions ? ***Anatole Atlas Aède, Athlète, Anachorète***, ça vous prenait le goût d'une farce de potache qui cherche les ennuis. L'affaire s'était corsée quand des personnalités, mises en cause par Anatole dans ses pamphlets, se retrouvèrent membres influents de l'Association. Rien de grave ne serait pourtant arrivé si un site Web américain pro-situationniste n'avait largement diffusé la traduction des ***Correspondances*** de Guy Debord, où ce dernier, dans une lettre adressée voici vingt ans à Floriana Lebovici, l'épouse de son mécène assassiné, s'enquérait de la dernière brochure d'Anatole. Plusieurs notes explicatives y étaient ajoutées, de la main d'Alice Debord, qui précisait le titre de l'ouvrage : ***Autopsie du XXe siècle***. Non, l'***Anatolian Atlantic Athletical & Artistical Association***, dont les activités réelles, sous une si prestigieuse façade, n'eussent dû permettre à quiconque de mettre en doute le sérieux professionnel, ne prisait guère l'humour de tels charivaris...

Loyola se sent vidé de son sang, comme s'il avait subi le supplice d'une pendaison par les pieds dans l'arbre même ayant accueilli naguère le cadavre de son père. Quel romansonge serait-il capable de dénouer puis de renouer les fils d'une telle histoire, où se devine une trame occultée de l'Histoire ? Car c'était bien la pensée de Guy Debord, par l'entremise clandestine d'Anatole, et de ses brochures, qui avait contribué à griller l'Union soviétique ! Je me souviens de ses cachotteries, retour de Berlin, dollars et deutsche marks plein les poches, quand il m'annonçait le lancement prochain d'un nouveau missile au label de sa ***Sphère Convulsiviste*** ! Leurs experts en marxisme auront dû se dire : si ces gens-là sont si forts, alors nous sommes cuits ; mieux vaut changer notre statut de bureaucrates en celui de managers, pour ne pas finir comme Hector sous les ruines de Troie...

L'A.A.A.A.A. – parole de mouche ! – encourageait, au nom du monde libre, les mouvements d'avant-garde les plus radicaux, combattant à la fois le communisme et la parole de l'aède.

Juan-Luis de Loyola ne reconnaissait plus sa propre grimace dans le miroir. Cette femme, comment avait-elle fait pour déjouer les systèmes de sécurité en tout genre qui lui interdisaient l'accès aux étages de la tour Panoptic? Fallait-il que Pléione fût prête à beaucoup pour glaner quelque explication sur l'évanouissement de son compagnon d'infortune ! Un silence effrayant planait sur la salle de bains et le bureau voisin, traînée d'ondes négatives qui se mêlait aux remugles du tabac refroidi. L'ouverture même de sa porte, comment l'avait-elle déclenchée, s'il fallait disposer d'une carte magnétique à empreinte optique ? Et puis, cette sinistre plaisanterie concernant Jésus Evangelista ! Savait-elle que c'était lui, en compagnie d'Aristos Théokratidès, qui avait fondé l'***A.A.A.A.A***. voici cinquante ans à Cuba ? Juan-Luis de Loyola sursauta. Pouvait-elle deviner les fantasmes érotiques dont s'était divertie sa solitude ? Si la pétasse blonde avait, par hasard, une fleur de Pâques dans la chevelure, puisque aucune sorcellerie ne pouvait manquer d'être dispensée par une telle nuit magique, il l'inviterait aussitôt, avec la plus extrême galanterie, à s'installer dans son bureau, dont il lui abandonnerait sans remords toutes les responsabilités, s'engageant même à dévisser la plaque de cuivre et à se la suspendre au cou tels jadis les condamnés au pilori, pour s'en aller descendre par les rues jusqu'au canal et clamer enfin à tous la plus abjecte confession d'un homme depuis les pires affabulations de Shakespeare ! Dans l'opacité d'âme qui régnait sur ses domaines, Loyola fit trois pas vers la pièce enfumée où l'ordinateur portable dispensait toujours sa lumière ténue, mais la porte en était hermétiquement close, verrouillée, cadenassée comme un coffre-fort sur ses inquiétants secrets.

« Car. Il suffirait. D'un geste. Pour constater. Que le carnet noir. A disparu. »

La Guerre des Mondes

Carnet d'Alexandre Bielinski

Ne compte pas sur moi pour me livrer ici à quelque acte de contrition que ce soit. Si tu prends mon témoignage pour un récital d'horreurs honteuses auquel tu serais contraint d'assister, referme et brûle aussitôt ce carnet. Vois-tu, on ne se refait pas. Je reste fidèle à Lénine, pour qui « notre moralité est entièrement subordonnée aux intérêts de la lutte de classe menée par le prolétariat ». C'est ainsi que j'ai contribué à l'assassinat de Trotski et à la mise en place des réseaux d'espionnage atomique en

Amérique. Je pense être la seule mémoire en vie, conservant le secret de toutes les actions clandestines entreprises par les services de renseignements soviétiques dès avant la mort de Staline.
Dans la revue Sovrémennik *de Saint-Pétersbourg, ton aïeul Vissarion Bielinski voyait que le tsarisme était acculé au mur par l'évolution historique et économique de la Russie. L'ordre féodal comprenait déjà tous les inconvénients du servage, mais il ne se déciderait jamais de lui-même à faire le pas décisif. Tu disposes d'assez d'atouts pour apercevoir la transposition que l'on peut faire de cette réflexion, à l'heure où le capitalisme signale partout son caractère obsolète, sans qu'il soit possible de franchir un nouveau mur qui s'est dressé devant l'humanité depuis la fin de l'Union soviétique. Aujourd'hui comme alors, l'« en bas » de la société manifeste une insatisfaction croissante, quand la caste à laquelle tu t'es vendu n'en finit pas de surenchérir dans une course folle à la spéculation n'ayant d'autre issue que l'abîme. Ce sont précisément les spéculateurs en tout genre que Bielinski tournait en dérision – non sans une verve caustique soulignée par Lénine – ainsi que les philanthropes dans le genre de Jésus Evangelista. Ses idéaux s'incarnaient dans les principales pensées critiques des doctrines caduques : Rousseau, Voltaire, Diderot. Mais aussi Saint-Simon, Fourier, Cabet, Louis Blanc et surtout George Sand. Il ne connut pas l'expérience de la révolution de 1848 et, pour cette raison, croyait encore à l'existence d'une illusoire classe moyenne partagée entre les intérêts de la bourgeoisie et ceux du prolétariat. Pour lui, la mission la plus noble de l'écrivain était de mettre sa plume au service des multitudes opprimées, de répandre la foi en l'humanité. Je n'ignore pas combien ceci peut te faire sourire. Nietzsche est définitivement passé par là. Socrate, le Christ et Marx étaient les figures à abattre. Et je ne me dissimule pas, sois-en sûr, à quel point fut souillé l'idéal par un sang dont s'entachent mes mains. Certes, mes activités furent en grande partie celles d'un agent criminel au service d'un pouvoir criminel. Mais n'oublie jamais que notre ancêtre exprimait un espoir illimité en l'avenir, qui ne s'arrêterait pour lui ni au féodalisme ni au capitalisme. Dans un article de 1842, il écrivait que tôt ou tard « la lumière vaincra les ténèbres, la raison vaincra les préjugés, la conscience libre transformera les hommes en frères par l'esprit, et ce sera une terre nouvelle et un nouveau ciel ». Sa pensée devait beaucoup à Schelling, pour qui l'art serait un jour le degré supérieur de l'activité spirituelle. Ses articles eux-mêmes étaient*

conçus comme des œuvres littéraires, qu'il ne craignait pas de faire évoluer en spirales, avec certaines digressions de dix pages, la ligne droite étant à ses yeux le moyen le moins fiable pour épouser les phénomènes complexes du monde. Il vouait un culte à Homère, dont les épopées selon lui s'organisaient à partir d'un plan qui nous reste encore mystérieux. Je ne doute pas que, né cent ans plus tard, il aurait succombé au charme d'un James Joyce, que j'ai moi-même rencontré à Paris. Car l'artiste est un fou qui réussit ou non à se faire croire, par l'exclusif moyen de ses mensonges...

ECHOS DU ROYAUME DES OMBRES

— Nous ne voyons pas le noir.
— Nous n'entendons pas le silence.
— Même si le silence et le noir sont habités.
— Par une multitude de cracheurs de feu.
— Prêts à hurler, mais quand ?
— Depuis trois mille ans.
— Nous guettons leur vacarme et leur feu.
— Quand ces dragons vous crachent dessus.
— Dans une armure d'archange.
— Depuis le sommet de leur Olympe.
— A tant vouloir faire l'ange ils font la bête.
— Et la bête occupe la place de l'ange.
— Quand l'ange périt flingué dans le canal.
— Sifflement des mots.
— Des flèches ou des balles.
— Des missiles à tête chercheuse.
— On l'entend, ce sifflement, même quand il n'est plus là.
— Dans le silence et le noir.
— Une fois qu'on vous a tiré dessus.
— On vous tire toujours dessus.
— Toujours, on est d'un côté ou de l'autre de la gueule des armes.
— Alors, mieux vaut encore porter cet uniforme.
— S'abriter sous une carapace mobile de police.
— Et allumer le gyrophare.
— Pour sillonner la ville morte.
— Interroger les ombres des ombres.
— Dix fois nous avons fait le tour de cette capitale d'Europe.
— Dix fois les mêmes boulevards, les mêmes tunnels.

— Dix fois cette avenue de la Toison d'Or.
— Dix fois vérifié la disparition de l'archange et du dragon dans le ciel.
— Pas plus de lumières en plein air que sous terre.
— Excepté tous ces feux rouges.
— Feux arrière injectés du sang des voitures.
— On dirait les écailles d'un immense dragon.
— Cité décapitée par un ange géant.
— Croyez-vous Bruxelles en deuil de l'aède ?
— Depuis longtemps, nous portions son chant dans notre sang.
— Ci-gît un homme qui fut ivrogne, gueux et mendiant.
— Atlas fut l'axe entre les pôles.
— Comme lui, nous avons vécu entre vie et mort.
— Entre songe et réalité.
— Ouvrant l'œil dans la nuit.
— Les yeux morts durant le jour.
— Comme à lui, les dieux ne nous offrirent nul havre fixe.
— Errer sans cesse d'une rive à l'autre entre les mondes.
— Comment les vivants pourraient-ils se passer de nous ?
— Comment pourrions-nous vivre la mort sans eux ?
— Je me souviens de votre Ulysse, quand il rencontre le fantôme de sa mère.
— C'est un thème qui hante aussi votre œuvre entière.
— Le vaisseau d'Ulysse d'abord devait traverser l'océan.
— Comme votre personnage franchissait le canal de Dublin.
— Qui ressemble à ces terres de nuées et de brumes où vous situez le pays d'Hadès.
— Les brumes du Nord-ouest, celles de votre Hibernie.
— Votre Ulysse veut en vain saisir dans ses bras le spectre de feu sa mère.
— Non moins que votre Stefen Dedalus, mon cher.
— Il crie devant ses yeux vitreux qui le menacent.
— Elle n'était plus qu'une ombre ou qu'un songe envolé.
— Dans mon esprit s'y est toujours associée une vieille mélodie irlandaise...
— ... ***Ô vous, les morts***...
— Ne me dites pas que vous la connaissez ?
— C'est la même complainte que les femmes troyennes chantaient à la veillée.
— J'avais été frappé par la façon dont s'interprétait la strophe où les défunts...
— ... Disent leur souvenir d'une vie charnelle qu'ils ne connaissent plus.
— Mais vous lisez dans mes pensées ?
— Je me souviens la chaude vie pleine d'un beau sang riche de...
— Molly ?
— Mais oui, Molly comme moly.
— Le nom de la plante sacrée qu'Hermès offre à votre Ulysse.
— De sorte que son ode à l'esprit des morts se perpétue encore.
— Souvent, il m'est arrivé de la chanter moi-même.

— Cette ode aide à franchir les millénaires.
— J'aime la manière dont vous parodiez la descente aux enfers.
— Le même humour préside à votre scène du cimetière.
— L'aède le meilleur, dites-vous, n'aurait pu la raconter.
— Ce qui nous ramène à ce canal.
— Où je reconnais moi-même le parfum de la rivière Liffey.
— Celui des quatre fleuves infernaux.
— Où, dans votre imagination, poussaient des pommiers aux fruits d'or.
— Vous avez très bien décrypté mon Odyssée.
— Pensez-vous ! Il suffisait de lire que l'île de Circé se trouve en Colchide.
— Son antique nom se disait ***AEa kolkhis***.
— D'où, ***Aiaiè*** que vous utilisez pour désigner le séjour de Circé.
— Soit, le fond de la mer Noire.
— Où Jason trouve la Toison d'or.
— Le roi s'y nommait ***Aiétès***.
— Oui, le père de Médée.
— Pommes d'or, toison d'or : gardées par un même dragon.
— Circé, pressant Ulysse de se rendre au royaume des ombres...
— Lui fait effectuer un bond hors de la matrice.
— Où, précisément, se rencontre le fantôme de la mère.
— Tous les experts en Odyssée n'y ont vu que du feu.
— Sauf Dante, qui avait un point de vue global.
— Celui qui nous réunit aujourd'hui.
— Toujours l'union des pôles.
— Sur le pont de ce canal.
— Où Loyola Loyal se penche vers les eaux noires.
— Tout en poursuivant son sommeil au dernier étage.
— Nous sommes dans le songe de l'aède.
— Contemporains d'un voyage éternel.
— Entre le fond de la Colchide et le jardin des Hespérides.
— Chaque être est l'Ulysse d'une Odyssée universelle.
— Voyez là-haut.
— Est-ce une muse, une nymphe ?
— Pénélope, Circé, Calypso ?
— Je ne reconnais ni sa tenue rouge ni sa chevelure blonde.
— Elle se lance du sommet de la Tour.
— Comme depuis la cime d'un arbre tropical.
— Quelle acrobate !
— Une artiste de cirque...
— N'en avons-nous pas fini avec les fauves ?
— Une déesse en plein vol sur le dos d'un jaguar.
— Notre plaque d'immatriculation porte les lettres JAG.
— Un signe de plus.

Faut-il un signe de plus pour que le jour se lève et que la vie recommence ? L'autre qui est au fond de moi m'écoute, mais je ne suis pas sûr qu'il saisisse tout ce que cette nuit traduit en mots résumant des images, des sensations, des présences tirées, comme des cartes battues, d'une mémoire millénaire.
Celle d'un autre qui m'écoute. A mes pieds, ses godillots délacés. Si les gens de la Tour avaient vu leur expert dans une pareille tenue, à cette heure, aller et venir sur ce pont sans se résoudre à le franchir ! Parmi les dimensions inconnues du réel que la nuit de son crime permettrait à Loyola d'explorer, il y aurait ces inexplicables chassés-croisés dans le temps, qui s'organiseraient autour de l'axe double formé par le canal et ce pont de béton. D'interminables heures, il veillerait à son bureau du dernier étage, penché sur son ordinateur, alors que seule une fraction de sa mémoire enregistrerait l'escapade réalisée – quand et où ? – de l'autre côté du pont. Quant au premier versant de cette nuit, celui des jeux du stade, sa mémoire en était vierge, hormis le souvenir d'une mouche ayant permis d'inviter cet étrange couple d'Omer et Jim dans la cage aux lions.
Quelque chose a fait que je n'ai pu résister à la tentation de lui piquer ses vieilles godasses, au macchabée. Quel imbécile j'avais été de croire que l'on peut chausser les souliers d'un tel mort... Les paroles de Jésus Evangelista me revenaient à la mémoire : « vulgaire scénario pour série télévisée de dernière catégorie ». Ces mots ne pouvaient s'être adressés qu'à mon père, il y avait cinquante ans.
Dans le cône de lumière balayant la surface des eaux noires, passeraient des silhouettes oubliées.
— Pssst, pssst... mi amor !
Il se retournerait à l'instant même où l'une de ces silhouettes surgies de l'ombre le frôle. (Mille excuses, mais la grammaire française elle-même, et ses sommaires concordances de temps, seraient incapables de fixer un tel prodige avec une parfaite correction.) Malgré que le soleil demeurât invisible, un homme passerait derrière lui portant une brouette pleine de ce qui ressemblerait à de la canne à sucre et à des feuilles de tabac.
Tout me revient d'un songe dont la rumeur court en mes veines accompagnée de klaxons multicolores et je retrouve les odeurs, les innombrables odeurs des fleurs à l'agonie dans le regard de ces filles aux entrailles pulpeuses offertes à la nuit comme de jeunes fruits déjà trop mûrs, offrandes écartées par mon père dans le silence de sa marche vers un rêve qui court toujours en moi. Ce tangage entre deux mondes, il me faudrait l'écrire ; dans l'ombre engloutie du canal, ramener l'obscur à la lumière avec les mots du Jaguëy. Pour seule encre cette sève. Blanche comme l'écume de la mer.

Aède est celui dont les rêves ne coïncident pas avec la réalité vécue par tous ; aède, qui nourrit l'imaginaire des siècles.

Maïak

VOTRE ATTENTION S'IL VOUS PLAÎT...

Monsieur Anatole Atlas,

des services secrets soviétiques, est attendu au bureau de débarquement... Je répète...

Ces mots, prononcés par une voix d'aéroport, je les ai entendus quand a pris fin le grand voyage. Et c'était l'intonation d'Eva, cet accent grec si finement déguisé qu'il faisait exulter sa voix. J'ai frissonné de reconnaître, dans cette soyeuse douceur, le fauve qui ronronnait toujours au fond de sa gorge...

Mais pouvais-je évoquer Eva de Cuba, quand c'était une femme en imperméable noir que j'avais suivie par les ruelles dévalant de la gare au quartier du canal ? Je croyais mettre en scène la déesse crétoise aux bras enroulés de serpents ; déjà, je me retrouvais dans un autre roman.

Quelle importance ? Juan-Luis de Loyola, de toute manière, sera bien obligé de prendre mon manuscrit. Comment serait-il capable, par lui-même, d'inventer une vision du monde ? Le corps de ces bourgeois s'est acquis la plus confortable des sécurités matérielles, ils jouissent de tous les privilèges d'une quiète existence, mais en eux quelque voix secrète murmure l'insatisfaction de se limiter à un tel sort. Ils voudraient, en outre, bénéficier du surcroît d'estime dévolu à celui qui a placé l'âme au centre de ses préoccupations. C'est ainsi qu'ils édifient leurs châteaux de livres en usurpant le rôle du poète.

L'aède n'eut demeure qu'en ce qui demeure !

L'homme qui était mort se tenait là debout, sur une berge de béton, pieds nus, issu de quelque suprême distillation de la nuit. Il échappait à l'atmosphère qui l'entourait, aux relents d'égout du canal, nimbé d'une splendeur de ressuscité. Eut-il jamais du travail parmi les hommes ? hum hum. De la famille ? passons. Une patrie ? l'autre rive... Quelque expert en langage des signes aurait pu deviner, lisant sur ses lèvres closes : « Flinguez-moi tant que vous voulez, mais laissez-moi au moins mes godasses, afin que je puisse me présenter décemment devant Hadès ! »
Sa voix, quand il s'exprimerait, proviendrait toujours du fond des eaux noires, tandis qu'il baguenauderait dans le même temps par les ruelles des quartiers alentour. Ce ne serait guère une sinécure pour l'auteur de ce roman, qui tenterait de capter à la fois l'une et l'autre de ces voix. Loyola n'en pourrait plus d'entendre l'homme qui était mort lui murmurer ses cris depuis le canal, pas plus qu'il ne supporterait le récit d'une obscure pérégrination matinale, prolongée par la veille hallucinée de l'aède au café ***Come Back*** donnant sur un quai désert. D'autant plus éprouvante serait la répulsion de notre *esthetical & ethical expert* devant un tel programme, qu'il aurait à y enregistrer le souvenir de sa propre mère, s'exprimant à la lueur d'un réverbère, dans les branches d'un figuier tropical. Qui n'a pas plus envie que Loyola d'endurer pareille épreuve, suspende ici la lecture de son livre. Les autres – s'il s'en trouve – n'auront pas meilleur choix que de partager son trouble, à tomber lui-même dans une drôle de bouillasse.

PAS PRENDRE CONNAISSANCE AVANT LENDEMAIN 50 ANS. Loyola sent ses yeux cernés comme des souches d'arbre ; cinquante ans n'ont pas consumé la terreur de vivre amassée en moi dès avant la naissance. L'aède, quant à lui, semble péter la forme et exulter de joie même après sa mort. Qui sait si, pris ensemble, nous n'offririons pas l'image d'un équilibre idéal ? Il faut sans doute passer par les extrêmes pour avoir une idée du juste milieu, me dis-je en observant dans le reflet de la fenêtre mon sourire déformé par un filet de bave.

Non, ce roman – si c'en est un – n'est pas pour vous.
Son auteur – s'il en a un – ne se découvrira qu'à la dernière page.
Qui peut-il bien avoir marmité pareil ***Ajiaco*** ? Si les ombres de maintes âmes errantes se sont dérobées de chez les morts, laquelle nous en a-t-elle transmis cette recette venue d'avant les premiers âges ? Et d'abord, notre fier héros Juan-Luis de Loyola vient-il vraiment de s'observer dans une fenêtre au dernier étage de la ville, ou se trouve-t-il plongé lui-même dans une parodie de la mort ?

Traverser l’écho

d’une voix dans le canal, c’est vivre une Odyssée mentale digne de nos anciens raids sur la Capitale d’Europe. Le raider, le trader, le killer que je suis plonge au fond de lui-même, de l’autre côté de l’écran de lumière, vers la caverne matricielle où retentit un chœur de voix. Quel miroir vole-t-il en éclats ? Pourquoi quarante jours en trop dans le ventre de ma mère ? Est-ce que je porte en moi les expériences vécues par elle dans un hôpital de Santiago de Cuba ? Mais alors, quels espaces qui ne sont pas l’aède ouvre-t-il au-delà de sa mort ? Le personnel du *back office* dort encore. Manipulation des cours ? Personne n’est là pour vérifier. Déjouer les procédures de contrôle et usurper les mots de passe informatiques. Je ne cherche pas le profit, non. Du moins, pas directement. Car je suis un *trader* d’exception, un génie qui anticipe les mouvements du marché. Et je touche les primes qui récompensent mon talent. Trois cent mille euros de bonus par année. Si les choses tournent mal, on pourra toujours parler des marchés asiatiques ayant dévissé. Voilà pourquoi je m’amuse à jouer sur le rouble. Me, myself and I. Exploser les lignes de crédit de la Panoptic. Et d’ailleurs, Jésus Evangelista pourrait-il ne pas être d’accord ? Débouclage, flot d’ordres

de vente, une position de cinquante milliards sans que quiconque soit au courant… Jésus Evangelista, désigné par le magazine Capital comme le patron le mieux rémunéré de la planète. Leader mondial des produits dérivés sur actions. Non, nos ventes n'ont pas dépassé les 10% du volume global. L'horloge dit Jour, le jour dit Nuit. Mais la nuit, que dit-elle ?

Notes en bas de vie

Le ver est dans la Grosse Pomme. Soit je déchaîne. Un cataclysme planétaire. Soit je crève. Sur le dos. Comme une mouche. Ne serait-il pas fou. D'être le seul sage. Parmi les fous ? Ce système. Fonctionnant comme il fonctionne. Avec de telles possibilités. De gains rapides. Et cumulatifs. Pourquoi ne pas faire. Comme tout le monde ? Si je ne le faisais pas. Jésus Evangelista. Me le reprocherait. Sachant que. Si ça merde. On pourra toujours parler. Avec Schumpeter. De destruction créative. Il est donc sage. D'être fou. Parmi les fous. D'autant plus. Qu'en cas de pépin. Dans le fruit défendu. Je me tire. Avec trois siècles de salaire. D'un prolétaire. Ou trois millénaires d'oboles. A un aède. Et puis. De toute manière. Mon cerveau gauche. Peut-il savoir. Ce que fait. Mon cerveau droit ? Les zones qui. Dans un encéphale. Commandaient à l'Occident. De la pensée rationnelle. Et à l'Orient du rêve. Ne communiquent plus. Depuis que dans un hôpital. Financé par l'Agence. A Santiago de Cuba. Les mêmes hommes. Travaillaient dans l'aile Ouest. A provoquer la douleur. Et dans l'aile Est. A chercher des médicaments. Destinés à l'éliminer. Que voulez-vous. C'est ainsi. Le monde entier. Lobotomisé. Far West. Far East. Comme une femme. Il y a cinquante ans. Portant le double nom. D'Aurore. Et d'Eva. Dans le désert. De sa ***matrix***. On était deux. Quarante jours. Quarante nuits. De plus. Que les neuf mois. Mon vieux pote Anatole. Et moi. Comme sont doubles l'aède. Et Abel de Loyola. Même si ce n'est pas vrai. Car je porte encore. La souffrance de mon père. Et je n'ai pas connu. La jouissance d'Anatole. Souffrance et jouissance. A l'origine de toute histoire. Que nous prétendions. Accomplir. Au-delà de l'Apocalypse. Retrouver la Genèse. De l'Eden. Mais qui a éteint le cours des astres ? Qui a perturbé l'ordre des planètes où l'amour seul était prescrit ? Qui a suspendu l'annonce de la vie par-delà toutes les morts du monde ? Cette vie au-delà de nous qui depuis toujours me visite comment lui faire encore confiance ? Un froid mortel. M'anéantit. Après ta venue. Tout à l'heure. ***Pléione***. Reine des Pléiades. Nouvelle garde du corps. De Jésus Evangelista. C'était gonflé. Comme j'étais plongé. Dans une publication. Clandestine. De ton Anatole. ***Autopsie du XXe siècle***. Après l'assassinat. De Gérard Lebovici. Mécène de Guy Debord. Et manager du cinéma. Producteur du film. ***La Cavale***. Imprésario des stars. A la mode. L'esprit de Mai. Sur le trottoir. Une entreprise idéologique. Dont le théoricien situationniste. Etait l'actionnaire principal. Et si le phare. De la pensée radicale. Faisait sa plus-value. D'une éclipse mentale. Comment s'orienter encore ? Comment s'étonner. Du fait. Que les dévergondages intellectuels. Deviennent le label. D'une époque ? Comment s'étonner. Du fait. Que je t'aie devinée. En tenue d'Eve. Prête à jouir. Comme dans. ***La Cavale***. Où tu jouais un rôle. Sans entraves. Au diable toute morale ! Puisque la révolution nous restitue le paradis perdu. Que tu te foutes à poil devant moi pour fêter mon anniversaire. Comme l'avait fait ma mère devant mon père. Voici cinquante ans. Pareille scène. Pouvais-je y rêver ? Je ne parle même pas d'autres images plus triviales qui viennent à un homme devant une femme. Surgissant au cœur de la nuit. Vêtue d'une fourrure. Coiffée de sa crinière blonde. Comme la tringler. Vite fait. Sur ce bureau. Par tous les trous. Tu aimes ça. La queue d'un mâle. Qui te fourre. Et qui te bourre. Et réclame ta langue. Entre ses dents ? Tu aimes ça la queue d'un mâle entre les fesses au dernier étage de la tour Panoptic ? Mais tu t'étais. Envolée. Figure-toi. Que je t'ai. Fantasmée. Bondie. Par la fenêtre. Sur le dos. De quelque fauve. Comme une étoile de cirque. J'aurais voulu que tu me reconnaisses en flagrant délit d'innocence. Au moment même. Où tu apprenais. Mon crime. De la nuit. Quand tu vins me trouver. Comme une fée. Mais interdit. De te toucher. Comme si le tabou d'Anatole me dérobait l'ardente révélation d'une divinité. Quel mauvais sort. Me jetais-tu ? Voulais-tu m'humilier par tes pouvoirs de sorcière ? Comment la raison pourrait-elle expliquer ce qui est arrivé ? L'immensité de cette nuit. Du moins. M'autorise à te parler. Vois-tu. Dès le premier jour. Où je t'ai vue. Bien sûr. En compagnie d'Anatole. C'était au Cap Gris-Nez. Je t'ai comparée. A la marée. Ton flux et ton reflux. Face à l'océan. D'Atlas. Ta ressemblance avec ma mère. Comme une sœur. Serais-tu née. L'année même. Où je fus envoyé en Europe. Après la victoire des barbus ? Mais aujourd'hui tout s'est figé. Comme si l'aveugle foi. Dans les progrès. De la tour Panoptic. Et de la société Noé. Produisant tant de ravages. Avait généré. Une autre foi. Dans le régrès. Le recul des marées de l'esprit. Je le sais bien. Comme Anatole. Ruine à jamais l'équilibre des mers. Peut-être. Est-ce le signe d'un tel désastre ce chaos détraqué qui supprime tout flux tout reflux. Qui annule. Jour et nuit. Car est-ce encore la nuit cette syncope où je suis ? Comme si le monde avait crevé. Telle la bulle. De mes spéculations. Sur une monnaie de singe. Quel accord encore avec lui ? Je n'en connais plus qu'un. La grâce où je me sens dévasté de t'aimer. Celle qui me fait revivre. Le roulis des marées. La grâce de retrouver ta voix. Ton sourire triste et souriant. Cette nuit. Qui me fait revenir à la vie. Qui précéda ma vie. La grâce de revoir l'intouchable sacralité de ma mère. Quand elle dansait encore avec mon père dans le casino de Baracoa la veille du 26 juillet 1953. Que j'exprime donc l'intention de contempler ta nudité n'aurait-il pas entraîné. Le contraire. De l'effet recherché ? Quelle récompense finale. A ma prière. Quel don de toi autre qu'une disparition ? Qu'un abandon pareil. A celui d'autrefois. Lorsque j'avais six ans. Sur l'île de Cuba. Livrée à la victoire. Des guerriers barbus. Mais n'étais-je pas aujourd'hui dans le même état d'innocence qu'alors. Quand le péché. Est invisible. Ou n'existe pas ? Ne pouvions-nous. Dès lors pas. Nous aimer. Dans une totale révélation. De la chair. Puisque je t'aurais livré. La danse de mon père. Et que tu m'aurais joué. La chanson de ma mère. A Santiago de Cuba ? Pouvais-tu. Ne pas soupçonner. Que je savais par cœur. L'intimité. De ton corps. Avant même. De t'avoir aperçue. Dans la splendeur. Du Cap Gris-Nez. Toi ma Pléione. Reine des Pléiades ?

La Guerre des Mondes

Carnet d'Alexandre Bielinski

J'imagine trop bien quels songes peuplent cet anniversaire. Mes pages te permettront d'y voir un peu clair, si tu veux bien attendre de les découvrir après les brumes de la nuit. Car nous avons en commun ceci, de n'avoir pas voulu vivre notre vie comme les spectateurs d'une tragédie antique. Nous connaissons les épreuves qui guettent le héros quand il tente de vaincre sa destinée. Elles nous font obéir aux lois d'une autre dramaturgie, celle qui promet le bonheur aux hommes par la fin de toute soumission aux dieux. C'est ce dont parlait un poète grec, agent du Kominterm, qui était notre agent dans les Cyclades et dont tu as connu le petit-fils. Il avait pour nom de code Maïak, *ce qui signifie* phare *dans notre langue. Au lendemain de la mort de Staline, il eut mission de séduire la fille d'un magnat de son pays, pour l'escorter aux Caraïbes. Je lui ai révélé comment nous avons trouvé Staline couché sur son parquet le 1er mars 53. Un tour d'horloge s'était écoulé avant qu'on ose franchir le seuil sacré. Le guide suprême gisait par terre, foudroyé par une attaque cérébrale. Il faudrait encore un tour d'horloge pour que le premier médecin accède au Père des Peuples, sur autorisation de mon chef Beria. Lorsque celui-ci arriva à la datcha, il injuria le personnel : « Vous ne voyez pas que le camarade Staline dort profondément ? Hors d'ici ! Ne troublez pas son sommeil ! ». J'ai vu Malenkov retirer ses chaussures pour ne pas faire craquer le parquet où reposait celui qui, fils d'un cordonnier, était devenu le patron des prolétaires du monde entier. Lorsque les médecins sont arrivés, Beria s'est exclamé : « Camarade Staline, tous les membres du Bureau Politique sont là, dis-nous quelque chose ! ». Je me suis alors approché de la dépouille gisant sur le sol et de deux doigts j'ai clos un regard qui, même mort, décidait encore de notre sort. Tel celui de Dieu, son cadavre n'en continuait pas moins d'agiter encore des millions d'existences au bout de fils invisibles.*

Les Pléiades aiment l'odeur de la mer, le grondement du ressac, le fracas des galets roulés par les vagues d'un canal dans le crâne de celui qui rêve à sa victime depuis le sommet de la Tour. Aurait-il ouvert les yeux à cet instant, que Juan-Luis de Loyola se serait aperçu d'une éclaircie dans les nuages autour de la cime d'un arbre, qui lui aurait rendu l'espoir en la promesse d'une aurore. Chaque astre est une lettre dans l'alphabet de ce Jaguëy, dont les feuillages voisinent avec les constellations, mais dont les racines connaissent le piquant du béton armé comme celui des barbelés. Cette sensation fait sursauter Loyola qui s'éveille d'une longue torpeur, visage écroulé sur son clavier. Le royaume oriental de son cerveau s'éteint aussitôt ; s'allument tous les feux du lobe occidental.

Rien à signaler durant la nuit sur les marchés forts comme sur les marchés fluctuants, si ce n'était, bien sûr, une insolite flambée du rouble accompagnant la baisse du yen et du yuan. Le bourdonnement de cette mouche a dû le sortir du sommeil. Très peu demeure en lui des événements de la veille au soir, et ceux de cette nuit le font naviguer vers cela même que sa conscience préférerait oublier. A ses côtés, dans une farde usée, le vieux manuscrit de l'aède :

MAÏAK

Maintenant, tu es couché sur le sable d'une plage exotique aménagée au cœur de la capitale d'Europe. Le monde baigne dans les sortilèges d'une aube qui n'en finit pas de faire hurler les chiens du crépuscule. Pourquoi pas un bain de minuit au clair de lune dans le canal, puisqu'il est près de midi ? Et c'est à cet instant que le spectacle commence ! Il suffit de lever les yeux vers le ciel... Là-haut, à la fenêtre du septante-septième étage, apparaît une jeune femme, une mulâtresse à chevelure blonde, qui te fait un grand signe de la main. Soudain elle plonge dans le vide, mais au lieu d'une chute verticale, tu vois le corps de la métisse auréolée d'or décrire un immense arc de cercle comme s'il était au bout d'un trapèze invisible, qui devrait la propulser à même hauteur d'une tour jumelle, s'il y en avait une, à défaut de quoi la belle se pose avec une grâce d'oiseau sur le parapet du pont qui enjambe le canal. Quel est ce phénomène ? Une femme ? Un enfant ? La voici ! Bras levés au ciel, fièrement cambrée, elle s'avance, moulée dans un maillot rouge vif qui enflamme sa chevelure et fait briller ses yeux du même éclat vert que ceux du jaguar sur la croupe duquel elle vient de bondir, parfaitement droite, pour trotter à la périphérie d'une arène circulaire délimitée par le grand hall de la tour Panoptic. La voilà qui se dresse du bout de ses pieds agiles sur l'échine du fauve et commence à danser, tous font silence, projecteurs ! projecteurs ! ordonne le propriétaire du cirque, illuminez la piste ! musique ! musique ! tambours et guitares, trompettes et violons ! Dans le cercle de lumière Eva danse solitaire, tous les regards des morts accompagnant sa pirouette au rythme d'une habanera dont le violon chante par-dessus les tambours, alors qu'elle semble naître des flots du canal, ivre et légère sur l'écume d'une crinière, l'animal fabuleux flottant dans les airs au pied d'une tour de verre en balançant sa cavalière, étrangère à tout autre langage, qui bondit, se rattrape, exécutant des figures qui défient toute géométrie sous le faisceau de lumière, puis rebondit plus haut encore vers les cieux où elle se hisse de branche en branche dans une forêt tournoyante son corps mû par un élan venu de l'autre rive de l'univers.

Juan-Luis de Loyola n'a jeté qu'un œil distrait vers le texte de l'aède. Serait-ce un récit gratuit, quelques phrases illustrant la joliesse d'une scène imaginaire ? Il sait confusément que non. Loyola devine que ces phrases concernent sa mère, à Santiago de Cuba. Il conjecture qu'elles évoquent le tournage d'un film, en 1953, produit par Jésus Evangelista.
Mais en attendant, acheter vendre, tous à faire semblant de croire que c'est une vie libre et humaine et démocratique, acheter vendre, toujours acheter vendre, partout la même loi partout vendre et acheter. Sauf sur l'île du Diable, il fallait bien le reconnaître...
Il se trouvait dans cet état de demi-sommeil où la vie entière se dissout en images fugaces tremblant à la surface d'une eau noire sur laquelle s'érigeait cette Tour, dont les mêmes images à

présent franchissaient les murs et gagnaient la ville, puis le monde. Quel monde ? sursauta-t-il encore, comme si quelques rudes secousses avaient modifié le mouvement d'horlogerie de son crâne. Il se souvenait bien d'une chose. Au début de la nuit, il avait acheté tous les stocks de roubles disponibles sur le marché. Il avait ensuite emprunté ailleurs d'autres quantités de roubles, à des taux d'intérêt ridiculement bas, puis utilisé cet argent frais pour spéculer sur des valeurs qui ajouteraient des zéros à sa mise initiale. N'était-ce pas le but du jeu, cette multiplication sans fin des zéros ?

Tu as touché le fond, clown ! C'est de la glu, voilà que tu t'enfonces encore, jambes, taille, torse, et jusqu'aux cheveux. Une boule tout au fond, c'est ça qui coince. La boule sur le dos de ce vieux type. Chaque fois que tu la soulèves – elle pèse mille fois mille fois mille fois ton poids -, même pas le temps d'écouler un millimètre cube de merde qu'elle retombe au fond du canal qui est dans ton crâne, là où ça bouche. Ce n'est pas un siphon, là-dessous, c'est un hublot. Il y a du monde ? A travers la seule paupière que tu parviennes à soulever un peu, il te semble bien voir quelqu'un, de l'autre côté de la vitre, accroché à la surface, et qui te regarde, clown ! Mais où tu es ? A te débattre, sans savoir si c'est vers le haut, vers le bas, tu tournes, tu t'emmêles, tu te vois ? en train de te noyer là-dedans, ça te pénètre par les trous de nez, tu ne peux même plus pousser un cri, propulsé par des mouvements qui ne sont pas les tiens, au gré d'un lent tourbillon ressemblant à celui qui devait emporter ta victime, sans espoir de la moindre lueur d'aube.

Un bip retentit à son poignet. Boîtier, écran, clavier. Le tout, dans l'espace d'une montre au poignet. Miracle de la technologie Panoptic ! Nouvel Ordre Edénique ! Le boîtier, c'était l'antre aux mystères, la caverne magique, tabernacle et saint des saints de l'église nouvelle, dont les liturgies se jouaient sur un écran numérique...

Loyola sauta sur ses pieds et s'étira. Quelque chose était resté sur lui de ses visions nocturnes, dont l'éveil en sursaut provoqué par cette mouche, puis par ce bip, ne parvenait pas à le débarrasser. Il se passa deux doigts sur les yeux. Ses épaules furent les premières à lui signaler l'insolite présence d'un tissu qu'il n'avait jamais porté. La chemise. Une guayabera de son père, toujours étoilée de sa tache brune à l'endroit du cœur. A nouveau Loyola se dirige vers la fenêtre et considère la nuit sans penser, remuant en lui toute la scintillante confusion des sensations éprouvées au cours de ces heures, il ne savait dans quelle dimension de sa vie.

Sur les multiples écrans numériques de sa montre, le bal des devises tout à coup s'enfiévra pour adopter une cadence rap. C'était le moment, c'était l'instant. Pas vrai l'aède ?

Je suis ici sans pain sans habits sans havre
au péage de l'au-delà
pour chanter la ballade d'Eva
ses yeux pleins de mouettes
oh comme j'aimerais encore avec elle
en plein midi faire l'amour
dans l'odeur douce des grenades
fenêtre ouverte à Naoussa
près du vieux port
en écoutant le chant des mondes sous la pluie
car la parole donnée fait reculer les limites de la mort.

Par une fissure noire, ces mots s'exhalaient des très anciens poumons du globe terrestre ; ils continuaient d'exprimer, comme des bulles crevant l'eau du canal, un souffle à la surface de Bruxelles. Aurais-tu des remords ? Par saccades rouges lui jaillissant du coeur, une douce liqueur accompagnait ces mots se mêlant aux eaux noires, *le jus de la grenade quand il s'écoulait de ses lèvres*, car les âmes des morts ne réclament pas d'autre sang des vivants. Loyola contemple son reflet dans la timide clarté sans lumière du septante-septième étage, pleine des borborygmes d'un autre monde. Franchement, tu crois surnager plus que lui ? Remonter un jour à la surface, tu en es sûr ?

PAS PRENDRE CONNAISSANCE AVANT LENDEMAIN 50 ANS. Loyola tâtonne à l'aveugle dans son bureau, cherchant à savoir où il pose les pieds. Car il n'y a même plus de sol ici, tout flotte. Comme dans un mauvais rêve. Son coffre-fort était ouvert, il en a la certitude, avant l'arrivée de cette femme. Il oublie à l'instant le carnet noir. C'est un brouillard de particules et il se retrouve en train de tournoyer dans ce milieu opaque, sans appui, un œil ouvert et l'autre pas encore, difficile de discerner tout ce qui grouille là-dedans, si ce ne sont peut-être les spermatozoïdes formant la semence du diable qui jadis féconda quelque matrice méphistophélique pour donner naissance à la tour Panoptic.

Sabbat d'Eva

« Une ombre se balance au-dessus de ta tête mon chéri l'ombre d'un trapèze de cirque où je me suspends qui va et vient tout seul d'un rêve à l'autre de l'océan des temps oui nos âmes en voyage ont soif à la frontière entre les mondes quand elles prennent leur envol sur l'horizon de la mer pour leurs métamorphoses fériques peux-tu comprendre une femme ayant rêvé d'un homme qui lui fît oublier la tristesse de n'être pas oiseau ?

(Je te dois des excuses, mon enfant, pour cette histoire difficile à comprendre et dont tu es le fruit. Toutes les explications nécessaires viendront au moment voulu. Je ne sais si tu as capté les messages que je m'obstine à te faire parvenir par le truchement d'une mouche, ma seule alliée pourvue d'ailes qui puisse pénétrer dans ton bunker de malheur. Sache que la bouteille de rhum est mon autre messagère, et qu'elle joue un rôle essentiel dans la fable qu'est ta vie depuis cinquante ans.)

Peu importe que l'au-delà soit céleste ou maritime je suis fée du destin qui manifeste sa présence quand quelqu'un va mourir lui ai-je dit sur cette plage de l'île de Paros avant de l'embarquer vers une île perdue de l'autre monde une demi-lune offrait sa barque où mon sabbat l'emporterait je me suis surprise à lui parler en espagnol et la lune fit office d'interprète pour traduire des mots portés par le murmure de la mer ces mots venaient de l'Indienne Habanaguana dont l'image ornait la bouteille posée sur ma table à la terrasse d'une taverne en bout de plage où j'étais assise tenant en mains les premiers tracts situationnistes relatifs à la mort de l'art alors il s'est mis à fredonner une chanson qui ferait le tour du monde veux-tu me croire ?

(D'abord Debord ! Ce fut sa première plaisanterie, quand il tomba sur les feuillets du Manifeste. Il fallait voir sa tête, en découvrant le programme de notre Internationale... Pour t'en faire une idée, pense à la tronche de ton vieux pote. Sans prononcer un mot, je lui ai servi à boire. Hypnotisé semblait-il être par l'étiquette où souriait une mulâtresse blonde, en laquelle il crut deviner je ne sais quelle ressemblance avec moi. La scène mériterait de figurer dans un roman, s'il s'en écrivait encore. Je n'avais pas prévu qu'un coup de foudre

pût naître de ce dessin naïf, à l'heure où les âmes et les cœurs ne s'enflammaient déjà plus que par la magie des idoles en celluloïd. N'étais-je pas la mieux placée pour le savoir, tant m'avait sollicitée le producteur Jésus Evangelista ?)

La mythologie des fées rejoint celle des géants lui ai-je dit s'il est bien vrai que dans les contes géants et fées dissimulent des secrets de lointaine origine et j'ai même ajouté plus tard dans sa piaule où il m'a prise comme un homme n'ayant plus connu la moindre femme depuis des lunes que monde hellénique et monde celtique ont en commun ces figures hybrides venues du fond des âges qui pourraient être diablement divinement utiles pour comprendre notre bel aujourd'hui tu me suis toujours mon petit ?

(Pour dire la vérité, tous les événements prirent un tour imprévu sur cette plage des Cyclades où j'étais chargée par mon père d'entraîner vers Cuba l'auteur d'*Adieu Satan.* Dans son livre l'aède narrait une vieille coutume occidentale selon laquelle, en temps de peste, on choisissait au hasard quelque vagabond sur qui tombaient toutes les malédictions de la ville. Puis on le mettait à mort, entouré de prières pour que Dieu s'acharne à épuiser ses colères sur le misérable gueux voué au sacrifice collectif. Je peux bien te l'avouer, moi la trapéziste experte en jeux de haute voltige, ce poète communiste me ferait tomber dans le vide au cœur d'un tourbillon d'images, de pensées, de sensations en tout genre par je ne sais quelles associations d'idées que continuerait de produire sur lui la vue d'une simple bouteille de rhum. Puis, lors de notre arrivée aux Caraïbes, je m'étais si bien imprégnée de mon rôle d'ange qu'à nouveau le tourbillon me prit quand je suis tombée dans les bras de ton père. Comme si tout cela faisait partie d'une histoire imaginée par l'aède lui-même.)

Le conte de fées qu'il m'offrirait deviendrait à chacun manière d'habiter enfin le monde je le précéderais sur des voies méconnues et il m'introniserait lui-même dans les arcanes d'un réel invisible j'aurais à vivre les métamorphoses d'une déesse au cours de ce passage entre la vie des hommes et les secrets de l'au-delà nous explorerions ensemble une forme particulière de connaissance que notre commune tradition grecque attribuait aux créatures marines familières des anges et des démons rien de sacrificiel donc dans la mort d'un géant dont la tuade offre motif à résurrection mythique au moins me comprends-tu ? »

Plus d'impuretés grâce à Noé !

Tout agité, suffoquant, un œil qui ne trouve pas comment s'ouvrir, tu es en train de descendre mon vieux, de tournoyer en chute libre au fond d'un bouillon pire encore que celui du pauvre type qui hurle à tes oreilles. Ne remonte pas qui veut...

Juan-Luis de Loyola fut tiré de son cauchemar par un nouveau BIP à son poignet. Les écrans miniatures affichaient des tableaux et des graphiques, tous les cours du marché. Le rouble manifestait d'étranges bonds d'humeur, progressant toujours contre les autres devises, malgré les nouvelles alarmantes en provenance des firmes pétrolières de Sibérie. Soudain cela se trouble. Il y avait sur le verre de sa montre une image, le visage de l'aède. Ce qui signifiait qu'il avait dû manipuler par erreur quelque dispositif de caméra, peut-être au moment des coups de feu. L'appareillage était à ce point perfectionné qu'il relevait de l'information pure. Un prodige métaphysique, pensa-t-il en tirant de sa poche un cigare. Car tout le système de caméras fonctionnait en temps réel. Ces images révélaient l'au-delà de l'aède. Les têtes chercheuses à intelligence numérique ne connaissaient plus l'obstacle de la mort. Le recul du zoom fit apparaître un corps entier, dans une position très réussie, forme claire allongée près de la masse noire du canal. L'image prit de la hauteur et montra bientôt tout le quartier dominé par une Tour, puis les ceintures et rings périphériques de la ville, avant que les nuages ne permettent plus de voir qu'une banquise dont les neiges infinies se déployaient au-dessus de la biosphère.

Maintenant, je suis en position de lui parler d'homme à homme, sans interruptions de sa part. A moins que ce ne soit encore l'aède qui s'exprime en moi, dans une langue des morts que je comprends. A moins que je ne sois contraint de lui ériger une sépulture de trois mille pages, afin que ses rêves depuis trois mille ans conservent ici leur fosse commune, même si toute l'écriture du monde ne suffirait pas à décrire ce qu'il a pu ressentir au moment des coups de feu.

Peut-être bien que je suis lui, qu'il est moi. Ce n'est pas impossible après tout, si lui-même était à la fois l'Anatole que j'ai connu – mon *alter ego* – et son grand-père l'aède. Peut-être que, dans ce cas, il me faudra marcher, marcher, marcher tout au bout de moi-même jusqu'aux limites extrêmes de la vie, pour franchir ces limites ainsi que le soleil dépasse l'horizon sur l'écran de ma montre, loin de l'autre côté de la courbure du monde, et atteindre enfin cette île qui est toi mon Eva. Toi la première femme, toi dont naîtra demain la première aurore.

« Approchez, Messieurs-dames, n'ayez pas peur. Au commencement était la source, écoutez-la couler dans la voix d'Eva de Cuba... »

Ave Eva

Un chapitre que négligera quiconque
n'accorde guère de valeur au regard d'une mouche

Depuis cinquante ans. L'argent niait le temps. Souvenez-vous. L'opération Jaguëy. Quand les maîtres du monde. Après la mort de Staline. Réunis dans une villa coloniale. Sur les hauteurs de Guantánamo. Mirent les pendules à l'heure. De Wall Street. J'y étais. En mars 1953. Chez Allen Dulles. Ce vieux dragueur. Nouveau patron. De la C.I.A. « Dites-moi, ma chère Eva, cet écrivain grec inconnu, dont un livre aurait inspiré votre dernier film où vous êtes sublime, il faudrait nous le présenter... » J'entends encore. L'éclat de rire. De Mamie Eisenhower. Quand une mouche. Prit la parole. A ma place.

« Autrefois. Ce fut le brave temps d'horloge. Qui accéléra. La montée du Capital. C'était encore. Un spectacle émouvant. Qu'une tour à l'ancienne. Comme ces campaniles. Ou ces clochers d'églises. Où le vieux son des cloches. Ayant rythmé les heures. Des hommes. Pendant des siècles. S'harmonisait à des cadrans. Vétustes. Aux aiguilles souvent d'or. Pour marquer. Une pulsation commune. A la ville et aux êtres. Mais la révolution cybernétique. Ne produira plus. Qu'une explosion électronique. D'informations boursières. Unités de messages binaires. Clignotant. Sur un écran de verre. Alors pourquoi l'aède grec ? »

Hélas pour mon fils. Juan-Luis de Loyola. L'heure n'était plus. Où il aurait écouté. La sagesse d'une mouche. Savait-il au juste. Qui ou quoi. L'avait fait agir. Au cours de cette nuit ? Tous ses centres nerveux. Déconnectés. De la raison du jour. Une puissance étrangère. Lui commandait. Simplement. D'obéir. Il ne savait au juste. A quels ordres. De sorte. Qu'il ignorait lui-même. Pourquoi. Sur ses épaules. Cette guayabera. Qu'il ne portait pas la veille. Au moment où il s'esclaffa. Pour la centième fois. Son corps lui chuchotant des choses. Une chanson d'un autre temps. De bien plus loin. Que sa propre naissance. Dans un hôpital. A Santiago de Cuba.

Traverser l'écho

d'une voix dans le canal, c'est remonter à la matrice de ces opérations aventureuses. Tout bénéfice pour la Panoptic. Anticiper un retournement du marché et engager une position massive de cinquante milliards. Seul. Même si je ne suis pas seul à dépasser les autorisations. Jésus Evangelista lui-même ne m'a-t-il pas mis au parfum ? Après tout, j'ai suivi ses conseils, et il n'a jamais eu à s'en plaindre. De toute manière, il est couvert. Positions spéculatives dissimulées, dira-t-il en cas de merdier. Jamais on ne parlera d'une défaillance générale du système de contrôle. On prétendra que les responsables du service des risques ont été alertés, mais qu'ils ont reçu des réponses falsifiées. La Panoptic apparaîtra comme victime d'un pirate isolé. Les surveillances n'ont pas eu l'efficacité prévue, s'exclamera peut-être le patron. Quelle importance ? D'autres, avec plus d'humour encore, affirmeront que les contrôles ont fonctionné, sans faire l'objet d'un suivi approprié.

Car n'oublions pas que l'horloge dit Jour.

Elle ajoutera donc, l'horloge, que le trader a profité de sa connaissance approfondie des procédures de contrôle pour dissimuler ses positions grâce à un montage élaboré de

transactions fictives. Elle dira que chaque fois que j'achetais du rouble, je faisais semblant de vendre autre chose pour le même montant. Elle ajoutera que chaque cent est contrôlé trois ou quatre fois, et qu'il est impossible qu'à la fin de chaque journée la Panoptic n'ait pas un tableau résumant parfaitement les positions qui ont été engagées durant le jour. Bien sûr, mais s'il n'y a plus de jour ? Qui pourra jamais vérifier ce qui se passe au cours d'une nuit sans fin ?

Le jour ne se lèvera plus, je parlerai donc toute la nuit.
Pourquoi, finalement, cet homme est-il mort ? C'est le sujet de mon roman.
Que ce fût une vision réelle ou une illusion née du sommeil, l'image première sera celle d'un dragon crachant ses flammes dans le ciel par la gueule de ses sept têtes.
Loyola s'allume un cigare. En souvenir de mon père, adepte d'un marxisme à la mode San Lázaro. Sait-il qu'il ouvre, ce faisant, le cercle de la ***cahoba*** chez les Indiens taïnos, quand les âmes défuntes s'invitaient à danser parmi les vivants, dans la fumée du rouleau de tabac ?

Cet étui à cigares. Portait encore les initiales. Gravées dans le cuir. D'Abel de Loyola. Pour lui. La première bouffée. Son rire. Devant les cours boursiers. Qui s'effondrent partout. D'énormes faillites. Qui se multiplieront. Demain. Dans un parfum de scandale. Les stratèges mondiaux. N'arrivant pas à trouver. Quelque explication plausible. A la chute brutale. De leurs devises. Quand. Dans le même temps. Monterait. Sans raison logique. Cette monnaie de singes.
L'écran de sa montre. A nouveau. Disait Bip. Et encore Bip. D'un tel mot. Pouvaient se déclencher. La plupart des systèmes. Commandant l'allumage. D'autres écrans de contrôle. Veillant sur la santé. De la Terre entière.
C'était l'éloquence. Des alphabets numériques. Pleinement réalisée. Sous forme électronique. Dans l'état. Zéro-un. Du monde. L'impératif binaire. Catégorique. Définissant. Le moindre souffle. Des milliards d'habitants. De la planète.
Et pourtant les poèmes de l'aède lui avaient donné conscience d'une respiration. Quelques-unes de ses phrases ouvraient un espace de l'autre côté de l'horizon. Vers des contrées dont on n'était pas prêt à soupçonner même l'existence. L'aède meurt sept fois chaque nuit. Pensa-t-il. Autant de fois qu'il y a d'étoiles. Dans la constellation des Pléiades. Cela ressemblait à quelque chose que l'aède aurait pu dire. Peut-être même était-il en train. De répéter. Ses paroles.
Il venait de retrouver. Toute son assurance. Mais à bien y regarder. N'était-ce pas. Un état de conscience. Fort artificiel. Qui donnait à Loyola. Sa démarche

sûre. De long en large. Près d'une vitre noire. Entre les orbes des astres. Invisibles. Et les abîmes. De l'atome. Pour lui faire dignement. Porter un cigare. A ses lèvres ?

Un équilibre. Bien précaire. Fondé sur la croyance. En un ordre planétaire. Qu'il s'amusait à bousculer. Tels ces pontifes. Qui officient toujours. Ayant perdu la foi. Sans savoir vraiment. Qu'une croyance. Epuisée. Comme un crédit. S'écroule. Sous une dette. Impayable. Sans plus de loi divine. Assurant l'unité.

Loyola tirait. Sur son cigare. Dont l'arôme. Lui facilitait. La contemplation. D'un paysage. Irréel. S'étendant. A perte de vue. Sachant. Que le cylindre. Des feuilles de tabac. Roulées. Sur son île natale. Contenait. L'explication.

Bien sûr. Ses initiatives sur le rouble. Provoqueraient des cyclones. Loyola. Par le truchement. De Panoptic. Se trouvait en telle position. L'ampleur et l'expansion. De la Tour. Si étroitement liées. Aux affaires. De tant d'entreprises. Vulnérables. Par leur puissance même. Que le système entier. Courait un risque. De syncope. Et il tirait. Toujours. Sur son cigare. Contemplant. A travers. La fumée du havane. Une mosaïque de façades coloniales. Apparue durant la nuit. Sur l'autre rive du canal. Ayant oublié. Qu'il avait traversé. Cette frontière. Plutôt. Comme un songe. Que comme.

Une certitude.

Que lui.

Garantirait.

Sa mémoire.

Dits de la chevelure des Pléiades

S'il est un arbre sur les îles qui sert de trône à Eva de Cuba, les lianes de cet arbre ne perdent rien du déroulement d'une histoire où le silence en dit quelquefois plus long que les mots. Pour le lecteur d'aujourd'hui, tout ceci risque fort de prendre les allures d'un roman médiocre, déroutant, d'un effet global appauvri par une intrigue invraisemblable, passablement ennuyeuse. Il paraît évident que, pour lui trouver un quelconque intérêt, ledit lecteur est prié d'abandonner toute exigence de logique et d'accepter le pari de l'absurde. Loisir lui est offert d'imaginer une interprétation symbolique ou morale autour de l'antithèse entre celui qui a commis le crime et sa victime, laquelle n'a pas dit son dernier mot.

Car l'aède n'est plus un corps mais il est le canal, comprenez-vous ; ce serait un missile au moins qu'il faudrait désormais pour le détruire. Et si ce missile détruisait le canal, il serait toujours là, cet Atlas, blessure ombilicale d'un globe retournant à la sanglante source, et nulle fusée intersidérale ne se risquerait plus jamais dans aucun ciel sans que les ordinateurs qui la guident n'explosent par le souvenir seul de cet atlante assassiné s'évaporant dans un parfum d'étoiles.

Et pourtant ! Si vous saviez comme en lui brillait peu d'éclat stellaire... Si vous saviez comme en lui pesait une si matérielle poussière planétaire... Mais ce sont d'autres morts qui ont ranimé son corps en le faisant remonter d'outre-canal, afin qu'il nous livre témoignage de sa rencontre avec Eva de Cuba.

Loyola se penche à nouveau sur son ordinateur. La fumée du cigare, peut-être associée au rhum, vient de faire surgir une évocation de son père au temps de la revue ***Potlatch***. Oui, pourquoi cet homme est-il mort ? C'est une question qu'on ne pose plus dans les romans, depuis que les cerveaux sont conditionnés aux seuls problèmes du « qui » et du « comment ». Cherchez le coupable, braves gens ! Quelle est l'arme du crime et de quelle manière s'y est-on pris pour vous bluffer ? Si l'on s'intéresse au mobile, c'est pour des raisons purement techniques, proches de celles expliquant une panne d'électricité. Mais justement, nous y sommes, devant une panne généralisée, les prouesses de la machine seules autorisant encore mes batteries à fonctionner. Pour combien de temps ? Chut ! L'aède parle...

Je marcherai, comme je l'ai fait toute une vie, dans le bleu de cette lune glaciale qui miroite sur le canal en envoyant au ciel des milliers d'étincelles. Je te parlerai contemplant les rues sombres, où veille pour moi seul à jamais le soleil de tes yeux.

UNE AVENTURE D'AMOUR ET DE MORT DANS LE CADRE PRESTIGIEUX DES ILES

Ma vie éternelle non écrite, non chantée, je la dédie au regard d'une femme réelle dont s'éclaira ma vie mortelle. Cette ombre qu'on devient de soi-même, il suffit d'un seul flash pour la dissoudre et que tout reprenne l'éclat des Pléiades. J'ai vécu cet instant, il y a plus de cinquante ans. Mais où le retrouver ? Perles d'Orient pâle étaient les yeux d'Aurore dite Eva de Cuba. Pas d'autre but qu'errer dans ce monde en aveugle, à la recherche d'un instant contre lequel j'échange toute éternité, sans être inquiété par le mauvais œil d'une caméra dissimulée sous quelque réverbère. Il paraît qu'une femme célèbre, une chanteuse en Amérique, s'est juchée sur un arbre pour le sauver du massacre. On dit aussi qu'aux Indes, un adolescent depuis des mois s'est installé dans le tronc d'un figuier sacré. Est-ce vrai ? Faux ? Rien ne sert de s'en remettre aux logiques de la raison, si les voix d'au-delà disent à cet Oriental de rencontrer cette Occidentale ici même, à Bruxelles, où la lune à la lune aboie comme un chien galeux de passage.
Dans ce but il me faut une lumière qui réchauffe, un lieu vivant, une parole humaine au milieu des façades sombres où lorgne l'œil des caméras Panoptic. Peut-être suis-je à mon insu le héros de quelque téléréalité. Un ultime hommage, *via* Internoé ? J'avance à tâtons comme si, au coin d'une rue, quelqu'un allait surgir pour me tout révéler. Seules ces lunes se font entendre, au loin, sur l'autre rive. Cela paraît irréel, d'avoir traversé le fleuve des enfers dans une cité civilisée ? Que dire alors de ces écrans bleutés dont s'éclairent certaines fenêtres, où tremble l'image de diables nus et rouges de sang suspendus par les pieds aux branches d'un arbre mort. Quelque part en Orient. Leurs têtes encagoulées reçoivent le gourdin de l'Occident, sous la vigilance des chiens. Mais en cette autre perle

d'Orient qu'on nomme l'île du Diable, tout à l'Occident de l'Occident, n'as-tu pas connu de même la cagoule et les coups ? Cet épisode en cellule noire de laboratoire, par des procédés chimiques et électroniques, s'est effacé de ta mémoire... Dans un réflexe idiot, du pouce et de l'index, tu vérifies la présence de tes canines, *ces crocs qu'on n'est pas arrivé à m'arracher dans le grand cirque de la vie.*

Ces derniers mots ne se pouvaient proférer sans quelque clownerie, comme au loin redoublaient de furie les abois des chiens. Le vers de Virgile me revint en mémoire : *Ô lente currite noctis canes !* Intraduisible musique de l'aède romain poursuivi par les chiens de l'Empire, Auguste le suspectant de sympathie pour Carthage... L'homme qui était mort glissa le pouce et le majeur vers sa gorge, l'air de qui l'on étrangle, appuyant contre la carotide pour un spectateur invisible. Il haussa le ton de sa voix intérieure, tout en continuant de marcher à grandes enjambées. S'il faut à la cité, de temps à autre, entendre la voix d'un homme qu'on égorge, mieux vaut, selon ses coutumes, que ce soit celle du poète. Il n'est de fable qu'à se perdre et qu'importent les hurlements d'un monde horrifié par sa vie plus que par sa mort ! Quelques chiens de l'enfer saluèrent la tirade. Plût au ciel que tout ceci ne fût qu'un roman policier où il n'y aurait pas de coupable, mais où nul ne serait innocent du crime ! Quand ce qui est le plus hostile à l'esprit gouverne l'Europe d'Homère et de Virgile, de Dante et de Joyce, le verbe créateur ne doit-il pas périr en ses eaux usées ? D'un geste théâtral, il se caressa le cou du tranchant de la main.

— Egorgez ce bouc ! hurla-t-il à la ville avant de lever les bras pour saluer son public, tête baissée sous les bravos. Il ne manqua pas de chiens au loin pour crier *bis*. Ainsi je ne suis ni mort ni vif, et il ne fait ni jour ni nuit, conclut-il sa sérénade itinérante qui le faisait revenir à son point de départ, un arbre immémorial dont il ignorait le nom scientifique (à supposer qu'il en eût un, ce devait être dans la famille des ficus, d'où son appellation caraïbe de figuier maudit des Ecritures).

J'ai toujours été un noctambule, mais ceci passait vraiment la mesure. Je n'avais même pas pris garde à ce fait que, sorti sans savoir comment du canal, je m'étais tout naturellement dirigé à l'inverse de la raison, mes pas revenant sans cesse vers ce même sépulcre liquide, sans le moindre but conscient dans une tête où tournaient mille et une fantasmagories. Cet arbre, ces chiens (*Ô lente currite !*), l'autre rive du Styx ! Avais-je seulement marché ? Combien de fois suis-je mort pour les autres, et revenu à la vie, depuis que j'écrivais *Adieu Satan* sous le nom de Jérémie Lazarévitch, avant

qu'une certaine Aurore ne me recueille sur une île des Cyclades pour me faire visiter la Caraïbe, où elle se transformerait en Eva de Cuba...
Le mouvement lettriste n'a pas fini son strip-tease.
Pas de doute, c'est toujours bien ce vieux fils de l'increvable Lazare qui voyage de siècle en siècle et vient encore de resurgir d'entre les morts au coeur de la capitale d'Europe.

(On est dans quel pays, mon amour ? Elle : On est au pays de la lune.)

Comment m'entendez-vous ? La nuit. Pâle et les cheveux couverts de la boue du canal, un homme gît sous ce pont de béton, recroquevillé parmi les ombres. Là-haut, une lune voilée, brisure d'argent fracassé, pulsation de beauté froide. C'est elle qui éclaire de sa splendeur un arbre, sur ce quai le long du canal, dont les branches ont tissé tous les fils de mon histoire. Pardonnez le délire d'un mort. Il était déjà là, ce figuier solitaire, dans l'île où je devais rencontrer Aurore avant qu'elle ne devînt Eva de Cuba. Me croyez-vous si je vous dis que ses racines captent les rêves des hommes et pénètrent le secret de leurs âmes ? Elles voient ces rêves surgir du néant pour former une galaxie lumineuse qui roule sur elle-même dans les branches d'un ficus à la frontière entre les mondes (*Eva, l'ombre lunaire, ses yeux pleins de mouettes !*), sur une même plage des Cyclades et des Caraïbes. Excusez-moi pour ces bêtises. Bien sûr que vous me croyez, que vous me comprenez. Vous seules êtes en mesure d'attester la véracité de mon récit. Que ce fût sur l'une ou sur l'autre de ces îles séparées par une mer et un océan, depuis cinq cents ans, je n'ai pas souvenir que vous m'ayez jamais quitté des yeux. Sans relâche vos ovations m'ont suivi de siècle en siècle, à chaque pas je les ai guettées, jusqu'aux étals d'hier où je n'avais qu'à les écouter pour me frayer un chemin parmi toutes les merveilles offertes à mon ultime convoitise.

Loyola glapit de plaisir en tournoyant dans son fauteuil, le fauteuil où son esprit vacille sans bruit. Il ferme les paupières, aspirant de longues bouffées de son cigare. Une vague de chaleur humide m'accueille, aux parfums de fruits mûrs, provenant du marché des Abattoirs. Mangues, bananes, goyaves, papayes, fleurs fanées mêlées aux relents de fuel dans la brise marine... Pssst pssst... mi amor ! invite une voix féminine invisible dans l'ombre. A-t-il vraiment pu quitter son bureau du dernier étage et se retrouver sur l'autre rive de la ville au cours de cette nuit sans fin ? Comme la vision d'un dragon dans le ciel, de telles images ont-elles surgi dans la brume de son havane ? Entre deux spirales bleutées, j'ai loisir de me réfugier. Le klaxon d'une vieille Plymouth noire soulève un nuage de poussière d'où émerge devant moi, sur le quai, un arbre monstrueux. Ses racines semblent chercher la trace d'un corps. Elles s'entortillent sous les dalles du trottoir lézardé de part en part.

Je suis ici sans pain sans habits sans havre... Sans pain, mais non sans victuailles de fortune dérobées la veille au marché des Abattoirs. Quartiers de mandarines, olives, raisins, bouts de fromages avaient calmé ta faim jusqu'au soir. L'homme qui était mort, mais n'en restait pas moins bon vivant, conservait une grenade, sa friandise préférée, souvent délaissée dans son pays d'origine pour d'obscures croyances. On y prétendait que son jus, semblable au sang, était de préférence la nourriture des défunts. (*Tu veux que je te dévore toute ?*) Par tradition, l'offrande faite par les mortels au royaume des ombres. Cette nuit l'avait saigné à blanc. D'un coup de dents, renversant la tête, il dégoupilla le fruit mûr dont les petites bombes rouges lui explosèrent au visage. Il en suça le suc au parfum d'Eva, comme jadis dans le vieux port de Naoussa.

« Accourez, Messieurs-dames, frémissez à la vue de nos personnages exhibés pour la première fois sous le plus vaste chapiteau du monde, accourez au grand cirque d'Eva de Cuba ! »

Loyola pense à son père en secouant les cendres du cigare sur les touches du portable Panoptic. Les mots qui défilent à l'écran ne sont pas de lui. Nés dans la fumée du tabac, sans aucun doute. Son père au sang teinté de noir, les avant-gardes radicales d'il y a cinquante ans, la Santeria de Cuba. Curieux mélange où la Phénoménologie de l'Esprit *pouvait se mêler au culte de San Lázaro, le dieu des désemparés, celui qui ouvre les chemins, selon cette superstition d'origine africaine adaptée aux rites chrétiens par les esclaves nègres des Caraïbes. Son père dont la mort demeure une énigme, la nuit du 26 juillet 1953.*

Bénis les morts sur qui tombe la pluie, même s'ils sont pendus à un arbre, le corps criblé de balles. Abel de Loyola – mon père – n'aurait jamais dû être mêlé à ce figuier tropical, dans son costume de flanelle blanche à chemise en argent et cravate d'or, une écarlate fleur de Pâques à la boutonnière. Il se serait sans doute assuré un avenir meilleur s'il s'était contenté de fomenter des révolutions imaginaires à Paris. Encore eût-il fallu qu'il ne fût point exclu de cette avant-garde lettriste en 1953, pour aller batailler dans de pires milieux interlopes, mais à Santiago de Cuba. L'on entendait encore la musique et les rires d'une fête brillante illuminer la pelouse d'un jardin peuplé d'essences rares aux parfums fraternels, semé de bouteilles et de coupes en cristal brisées durant la nuit. C'était la nuit du 26 juillet 1953 – fête de Santiago, saint patron de la ville, jour de carnaval. Une demeure coloniale avait dispensé la lumière des étoiles à des papillons de hasard.

L'homme vagabondait par les méandres d'une dimension inconnue, où noms et souvenirs lui revenaient dans un rêve confus. N'entendez-vous pas le battement dément qui allait du coeur à ses tempes ? Un roulement de tambours comme il n'en existe qu'autour de Santiago, la nuit de la San Lázaro... Oui, tels ces anciens esclaves poursuivis par les chiens (*lente currite, noctis canes !*), il s'était enfui cette nuit-là du laboratoire aux cagoules et aux coups pour battre la campagne et se réfugier sur une colline en surplomb du village de Cobre. Les coups de feu lui avaient rallumé cette part engloutie de sa mémoire. L'homme avait vu le centre de la Terre, qui explosait en millions de grenades. Il avait écouté leur étrange tambour battant un rythme à quatre temps : Guan-ta-na-mo, dont les sons ne s'envolaient pas dans l'espace mais voyageaient loin, très loin, vers les plus extrêmes frontières de lui-même, au-delà desquelles toute musique s'éteint en douce agonie. Quand ses yeux se rouvrirent, l'homme crut voir se dresser la tour Panoptic, belle et solitaire ainsi qu'un beffroi d'avant le temps des caravelles ; il tendit une main vers cette pâle hostie qui la nimbait dans les nuages, comme elle avait éclairé jadis la voile des cathédrales flottant vers des îles où planter leur croix. Sur la plage de Baracoa - future province de Guantánamo.
Je ne sentais aucune lassitude, ce qui est singulier, si l'on songe à l'aventure extrême qui venait de te survenir. Aucune fatigue du corps, et même un sentiment extraordinaire de disponibilité physique et mentale. Je savais bien que cela viendrait plus tard, sans vouloir y penser, gardant toute ma faculté de souffrir pour un souvenir qui t'habitait depuis cinquante ans. Cette vieille histoire, comme un jeu terrible où tu avais tout perdu, sauf une pièce de monnaie. Trois pesos !... Quand une ombre descend aux abîmes, n'est-elle pas munie d'une petite obole pour ce brave Charon, qui lui fera passer le fleuve dans sa barque délabrée ?

Pas mal, cette situation, pour un roman d'autrefois. J'accepte le jeu de t'obéir au doigt et à l'œil. Mais dis-moi. Est-ce vraiment la flamme d'un dragon dans le ciel qui tout à l'heure ouvrit la brèche par où s'éclairent tous les paysages du temps, m'autorisant à vivre plusieurs époques simultanément ? Juan-Luis de Loyola sent confusément d'autres signes cachés sous les mots de l'aède. Comme si les images évoquées par lui se rapportaient à... Peu importe, se dit-il en aspirant une puissante bouffée, tout en faisant tourner son fauteuil telle une toupie à l'agonie. Oui, cet homme parle depuis que les dieux de l'Olympe ont jeté les titans dans le Tartare. D'un bond, Loyola se retrouve à la fenêtre. Nuit noire ainsi qu'avant le monde. Invisible l'archange au sommet de l'Hôtel de ville, dont le glaive accompagna les conquérants du Nouveau monde au temps où Bruxelles était devenue la capitale de l'empire espagnol. Depuis mon poste de guet, je fonds moi-même sur n'importe quelle ville du monde comme Cortés ou Pizarro le firent sur les villages caraïbes. L'un et l'autre en escale dans mon île natale, avant de poursuivre une carrière dont les actualités militaires illustraient toujours l'impériale permanence.

La tour Panoptic, sur son quant-à-soi, dressait face aux nuages noirs un gibet solennel. Dans ces ruelles baignées par une chaude nuit printanière, je découvrirais la caverne féerique. Son orifice éclairé donnerait sur le quai désert, égayé d'une lueur spectrale. *Ô lente currite noctis canes* ! Le roulement des tambours se mit à battre plus fort dans mes veines, au rythme des musiques enfiévrées qui t'étaient parvenues depuis le village de Cobre, cette nuit de la San Lázaro qu'il avait passée seul sous les étoiles dans la barque d'une demi-lune, au sommet de la plus ancienne mine de cuivre des Amériques, dédiée à la mémoire du Cimarrón. C'était le 16 décembre 1953. Plus d'espoir pour Eva, dans son hôpital de Santiago. Du haut de cette montagne je me voyais encore dans les maquis surplombant l'île de Paros, apercevant au loin la Crète par temps clair. C'est là que reviendraient les songes de l'ancêtre Atlas, unissant à jamais Caraïbe et Méditerranée. Car un simple bras de mer sépare Paros de Naxos, où selon la légende Ariane et Dionysos eurent un même refuge. Vous aviez donc là quelques rêves à communier. Par exemple, cette grande barque aux ailes blanches frappées de la croix, quand elle s'approcha de l'île par une nuit de l'an 1492, ceux qui étaient en compagnie d'Eva ne pouvaient-ils pas la confondre avec celle de la lune que j'avais sous les yeux ? Au matin, ne prirent-ils pas ces trois caravelles pour les pirogues de quelque tribu de fantômes errant depuis l'au-delà ? Bien avant que Colomb ne sillonnât les mers, leurs mythes ne faisaient-ils pas état de pareilles pirogues enfuies de l'autre côté de la mer et qui reviendraient un jour ? Le Jaguëy seul savait, sur la plage de Baracoa. Le Jaguëy seul savait que ses racines profondes remontaient au jour sur une île des Cyclades.

(Bruxelles est, comme aucune autre, une ville où les cadavres aiment les plantes exotiques. En ce miroir de sang noir poussent comme nulle part ailleurs lauriers

roses, bougainvilliers, flamboyants du rêve et de la mémoire. Si l'homme qui était mort avait le droit d'intervenir dans le récit de son histoire écrite par un autre, il devrait dire, avec toute la sincérité dont il est capable, sa rencontre d'une femme sur l'île grecque de Paros, vers le printemps 1953. C'est elle, Aurore Théokratidès, qui le ferait venir à Baracoa. C'est elle qu'il baptiserait Eva de Cuba. Mais d'autres fleurs plus vénéneuses hantent les rues d'une ville où l'aède écrivit dix ans plus tôt le récit de ce qui lui surviendrait ce 16 juin 2004. Car il ne l'avait pas davantage inventée, la déesse crétoise ayant levé sur lui ses bras enroulés de serpents. Depuis toujours guidaient Maïak *certains cafés de l'aube, qui offraient de rester ouverts aussi longtemps que ses yeux ; là, au-delà des nuits, pouvaient se rencontrer d'autres yeux vous assurant passage à l'aurore. Il vivait seul, à l'affût de ces statues de chair menant dans les bars une vie surnaturelle, fées ou sorcières, nymphes ou muses entourées d'un voile de silence, dont le sourire et le regard lui étaient signes cabalistiques envoyés par certaines puissances à la source de toute Parole.*

Bruxelles est, comme nulle autre, une ville où les cadavres aiment les plantes exotiques. Racines et lianes d'un Jaguëy devaient me ramener des ombres de là-bas dont on ne revient pas, que j'avais traversées pour franchir l'au-delà de l'au-delà, qui ressemblait foutrement à l'ancien ici-bas de mon corps mortel. Si mes sens toutefois ne me trompaient pas, quand ils dirigèrent ce corps vers le néon d'un bar où se profilerait une nymphe rencontrée là dix ans plus tôt.)

Maïak

BRUXELLES EST UN ROYAUME AQUATIQUE

N'étanchant nulle soif ; une ville tumulaire où l'eau ne murmure ni ne soupire. Impossible d'y dormir. C'est pourquoi j'ai suivi les pas d'une jeune inconnue depuis la gare jusqu'à ce café grec au bord du canal. J'entends chaque soir un tel écho dans les rues de villes que je n'ai jamais parcourues. J'allais donc vers ces pas, j'errais d'échos en échos qui se répercutaient d'avant en arrière, et je pressentais que cette inconnue dont je suivais la trace le long du canal, c'est elle qui m'avait pris en chasse. Pris en filature par les ombres qu'il traque, j'étais encore le fauve réclamant de sa proie la cruauté d'un regard ou d'un acte fatal. Celui qui sait aimer après la mort demeure en vie, dit une rengaine de chez nous que déversait le long des quais le juke-box du café. Tout au long de notre itinéraire, le rythme de l'ombre et de la lumière produit par la succession des réverbères trahissait l'effet de tournage d'un film. Cette impression d'être épié par quelque objectif, d'avoir à répondre de mes gestes ainsi qu'un comédien, ne m'avait pas quitté depuis la descente du train. Je sentais sur moi l'œil électronique scrutant la moindre mimique d'un vieil aède grec égaré dans ce labyrinthe aux miroirs.

— Cela fait longtemps que vous me suivez ?

D'une démarche souple elle s'était approchée de moi, levant son visage vers la lanterne d'entrée. Pouvais-je me dérober à un tel sourire ? Elle tenait à deux mains les pans de son imper, plus soucieuse d'offrir à la vue que de dissimuler son contenu. La chair encore gracile tremblait. Je vis ses poignets enroulés par deux bracelets d'argent à têtes de serpents. Sous mon regard elle rajusta l'imper, puis elle poussa la porte du café. Bientôt s'allumèrent des néons roses en vitrine de sa caverne. Elle avait revêtu un peignoir bleu ciel au dos duquel s'affichaient les lettres CALYPSO. Pouvait-elle savoir que la nymphe aimée par Ulysse était une fille d'Atlas ?

Rengaine d'une idole des vitrines

Est-ce moi qui fus capable d'endosser un imperméable noir et de quitter cette boutique pour me transformer en jolie môme que recouvrirait ensuite un peignoir marqué du nom de la nymphe aimée par Atlas, ou tout cela fut-il pure imagination de l'aède ? Créer des visions fantastiques incroyables, et pourtant possibles, est bien dans la manière de l'aède, même s'il pèche ici par imprécision, ma vitrine étant celle d'une agence de voyages...
Que voulez-vous. S'il n'y avait pas âme qui vive à Bruxelles cette nuit-là, seule une sorcière en bois des îles pouvait vous servir de témoin. Car je suis certaine d'avoir éprouvé des sensations telles que je n'en avais plus connues depuis une éternité. Les anesthésies imposées à mon corps de statue, devant lui, s'évaporèrent une à une. Je ressentis l'émoi d'une nymphe amoureuse... Cela fait longtemps que vous me suivez ? murmurèrent mes lèvres de poupée. Bien sûr, nous nous chercherons toujours toi et moi dans des nuits différentes, me répondirent ses yeux de ressuscité.
Je me souviens du vacarme fait pour débloquer le volet métallique et ouvrir cette satanée boutique. Cyclades et Caraïbes ! Tous les fantômes de la nuit s'en étaient allés vers leurs îles de rêve, de l'autre côté des cauchemars du diable. Un bruit m'a fait sursauter, comme si ce que je craignais venait de frapper à la porte. Une ombre sur le trottoir paraissait résister à la fatalité. J'ai senti que seule une telle résistance faisait tenir le monde sur ses pieds. Que cette ombre était celle du géant de la mythologie dont on dit qu'il porte le globe sur ses épaules, un globe lui-même en train de vaciller. L'ombre du titan recroquevillée là, sur le quai du canal ! L'homme que j'avais pris pour cette ombre dormait. A voir l'agitation de ses paupières, j'ai deviné que derrière son sommeil il veillait, poursuivant le poème de ses multiples vies. Qui sait, peut-être faisais-je partie moi-même de son rêve... Les mots prononcés par ses lèvres endormies semblaient trouver une façon neuve d'exprimer certaines choses, comme pour nous venger d'un invisible et terrifiant tyran...

Dits de la chevelure des Pléiades

Quand tressaille en la ville une chair de nymphe amoureuse et que de ses immenses troncs de verre sourd une sève nouvelle, quand sources et racines font jaillir leurs eaux secrètes, alors les Pléiades scintillent sept fois plus que de coutume sous la voûte céleste et les tours s'extasient comme des tiges dressées dont les bourgeons s'ouvrent d'un grand coup : du bout de l'univers, une déesse dit aux hommes qu'un aède mort vient de renaître à la vie. Ce prodige est tombé sur Bruxelles où la voix du mort s'élève en douce brume pour former un nuage au-dessus de la ville qui l'invite à descendre en pluie du côté de la source afin de féconder les eaux matricielles, transformant le canal en rivière de vie.

— Maïak, tu me parles ?
— Qui parle ?
— Mais moi !
— Qui, moi ? Je ne connais pas cette voix.
— Moi, ton petit-fils Anatole.
— Où as-tu disparu ? Nous ne sommes plus dans *Maïak*...
— Je sais bien, Grand-père. C'était il y a dix ans.
— Où et quand es-tu donc ?
— Comme toi, dans tous les lieux et temps.

N'est-ce pas ainsi que pratique le démiurge pour créer un monde ? Le gouvernement de Quelconquitude faisait la roue du paon sur la queue d'un arc-en-ciel dont s'effaçaient les signes de la nuit. Tout illuminée que parût cette ville sous les feux de la tour Panoptic, elle n'éclaira guère d'un aède la chute en sa transe extatique sur l'échelle cosmique reliant le ciel aux enfers.

— Je voulais te raconter, fiston...
— Ce n'est plus la peine, je t'expliquerai.
— J'ai bien fait de te traiter d'irresponsable.
— Tu me déçois, Grand-père.
— Quelles conneries as-tu faites ?
— Dignes de toi, mon vieux.

L'axe comicosmique d'Atlas avait cru pouvoir s'appuyer sur un arc-en-ciel politique où le ministre des Arts et Muses lisait Homère et Joyce ainsi que Patrick Chamoiseau. Connaissez-vous d'autres histoires à raconter que celles d'une Chute ? Le petit-fils de l'aède, comme lui prénommé Anatole, vécut la sienne dans cette affaire ; comme son grand-père, il ne trouverait d'issue qu'à Cuba. Dans l'au-delà du monde – oui, l'au-delà du monde au sein d'un plus grand monde encore – l'un et l'autre virent l'archipel des Antilles voguer parmi les vagues de la mer Egée. Toutes les îles des Caraïbes, ainsi qu'une semence astrale, sous leurs yeux pénétrèrent au fond de la Méditerranée. Dans un grand rut cosmique les corps de l'Afrique et de l'Amérique avaient repris leur danse interrompue depuis les ères génésiques. Et han ! Qu'une croupe tressaille et s'offre au ventre qui saillit. Que le dard plonge par les colonnes d'Hercule en la matrice originelle. Que la noire liqueur gicle et se répande et féconde les jardins secrets de Phénicie !

— Maïak !
— Oui, je suis là.
— A qui parlais-tu ?
— Mais à toi !
— J'essayais en vain de te joindre et tu n'écoutais pas.
— Grand-père, il est arrivé quelque chose à mon petit-fils.
— Je t'avais bien dit que tu l'assommais.
— C'était dans *Maïak*, il y a dix ans.
— Maïak ?
— Arrête de pomper l'air, Grand-père !
— Non, c'est moi, ton petit-fils.
— Excuse-moi, le vieux me sonnait encore.
— Celui qui a connu Pouchkine ?
— Si tu veux. Dis-moi ce qui t'est arrivé.
— Trois fois rien. Guantánamo...
— Tu aurais dû m'appeler.
— Pour une leçon de morale ?
— Ne me dis pas que tu n'as pas évolué depuis dix ans.
— Toi-même, tu t'es bien regardé ?
— Pardonne-moi, je ne sais plus trop où j'en suis.
— Cela se voit, Grand-père.
— Je suis toujours écroulé ?
— Ne bouge pas, je t'envoie la mère des Pléiades.

L'aède n'eut d'asile qu'en les yeux d'une femme. Avez-vous jamais été jaloux d'un mort ? Celui-ci gisait pieds nus, rejeté par les eaux de la marée. Une jeune femme en peignoir venait de lui clore les paupières. A travers elles, c'était comme s'il se réfugiait dans une image millénaire. Il voyait la femme jusqu'au fond de son âme par le vert de ses yeux. L'homme la reconnut telle qu'elle était avant sa naissance, il fit errer son rêve sur sa chevelure blonde. Se laissant aller au fil de la mémoire, il ouvrit le peignoir et conçut la nudité d'autrefois. Se rappelèrent à lui des bras, des épaules et des seins qui lui étaient apparus siècle après siècle. Alors survint ce qui fit aux mouettes échapper un cri. L'horizon du canal venait de s'élargir jusqu'à la mer. Une même teinte écarlate peignit le ciel et les eaux noires. Le soleil de l'aube atteignit l'Atlantique. Puis il s'y coucha. Durant le passage de cette étoile, ils furent au sommet de l'édifice qui se dressait jadis à l'emplacement de la tour Panoptic. Du vieux château ne restait qu'un mur, dont les fenêtres vides entouraient de leurs ogives des parcelles de nuages. Au coin du mur demeurait une tourelle, seul vestige intact. Il était une fois, prononça l'aède mort, une fée qui dormit cent ans. Le lit de ses noces est toujours là, dans sa chambre au sommet du donjon gardé par un dragon. La fée ôta son peignoir et vint se blottir contre l'homme qui était mort, comme s'il devait la protéger encore. Comme si l'ennemi était là, dans cette nuit qui n'en était pas une, on ne savait où, mais ailleurs que dans leurs bras. Ailleurs que dans leurs bouches qui se trouvèrent. Elle secoua la tête et dégrafa sa chevelure blonde qui s'écoula sur la poitrine du mort. Les innombrables fils de soie se répandirent si légers qu'un linceul. Eva l'enveloppait, soulevée sur un coude, le bordait comme un enfant dans ce grand voile animé par les génies d'un autre monde. Cette tapisserie chantait leur histoire et les unissait, faisant de leur couple un seul être où s'ingéniait leur propre métamorphose. Elle ferma les paupières pour s'évanouir sur une plage au crépuscule de l'orgasme, son être entier confondu, dans le rêve où elle sombra bientôt, avec les rives d'un océan. Jambes ouvertes, elle perçut encore au fond de son ventre les spasmes qui l'identifiaient à la mer ancestrale. Avez-vous jamais été jaloux d'un mort ? L'aède n'eut d'asile qu'en les yeux d'une femme.

Maïak

DEPUIS LES COLONNES D'HERCULE,

Anatole Atlas veille sur la Méditerranée comme sur le parcours d'un coït millénaire.
Les villes y sont autant de terminaisons nerveuses, dont certaines brûlent en son souvenir comme les foyers de jouissances immortelles : Carthage, Alexandrie, Gaza, Saint Jean d'Acre, Tyr, Ephèse, Troie, Byzance, Athènes, Venise – et ces lèvres sacrées qu'épousèrent les siennes, auxquelles on a donné pour noms Gibraltar et Tanger.
Le cœur de ce foyer toujours : Hierapetra. Depuis le sommet de l'île de Paros, par temps clair, il pouvait voir la Crète à l'horizon. Les murs du palais de Knossos y vibraient encore de danses aux taureaux, parmi des silhouettes en pagnes et coiffées de plumes qui, d'après l'ancêtre Atlas, attestaient le voyage de peuples de la mer venus d'au-delà des colonnes d'Hercule.

Là se tisse la trame d'un roman futur, me disais-je en haut de la montagne de Cobre, sur les derniers contreforts de la Sierra Maestra. Partis de Naxos, Ariane et Dionysos auraient brisé la loi du labyrinthe pour découvrir, aux Isles fortunées, ceux dont les aïeux se trouvaient représentés sur les murs de Knossos. La déesse crétoise n'aurait pas à lever sur l'aède ses bras enroulés de serpents...

Aveugles dans la révolte, ceux qui crurent briser un autre dédale ! Mais ouvrir les yeux n'est jamais rassurant. Ce que les peuples adorent, n'est-ce pas le corps mugissant du Veau d'Or ? Depuis le bris d'un mur, que retentirait-il d'autre qu'intrigues de palais dans le labyrinthe mondial ? Le fond de la matrice ne tarderait pas à

s'enflammer, les pays du Levant mis à feu et à sang...

Rengaine d'une idole des vitrines

C'était comme un asile qu'il cherchait dans mes yeux !
Le seul refuge où il croyait pouvoir se reposer, une statuette en bois des îles qui l'observait depuis l'étal d'une agence de voyages... Oui, c'était bien la leçon de ce trottoir matinal où un S.D.F. se trouvait couché, l'un parmi combien de millions d'autres depuis que le monde s'était débarrassé de la folie totalitaire. Plutôt morts que rouges : n'était-ce pas le slogan des plus brillants intellectuels, aux temps où régnait encore sur une moitié de l'Europe le plus sanglant pavillon de l'histoire ?
Cette boutique aux volets clos, jamais une telle épave n'aurait eu force et courage pour la fracturer. Dans la caisse du comptoir, peut-être y avait-il de quoi se payer un resto et une nuit d'hôtel du côté de la Grand-place, au risque d'y laisser sa peau... Dans ce pays où tout, jusqu'au drapeau, se trouvait déchiré, la dernière institution fédérale n'était-elle pas la police des étrangers ? Mais ce vagabond ne pouvait avoir de telles idées, continuais-je d'imaginer. Blotti dans la pénombre du quai. Qui ne craignait pourtant pas de rêver à voix haute son poème de folie, où je l'entendais supplier la nymphe Calypso.
C'est alors que, prise d'une inavouable pitié, je lui ai fait signe en frappant de mon aile en bois contre la vitre. Sous l'éclairage rudimentaire, je me suis mise à improviser une danse que mon corps de statue comprimait depuis la nuit des temps. Je crois avoir assez bien réussi mon petit jeu, car il a ouvert les yeux. Puis il m'a contemplée. Du geste le plus gracieux, j'ai ramené la touffe de paille qui me sert de chevelure en torsade pour en faire un chignon sur le haut de mon crâne. Alors il s'est redressé de son imposante stature, comme si le monde à nouveau pouvait tourner dans le bon sens. Le temps vient de mourir, le temps vient de renaître, je ne suis d'aucune rive, a-t-il chantonné pour moi seule avant de se diriger tel un Lazare vers le lazaret du coin, chez Ivan le Bulgare...

Dits de la chevelure des Pléiades

Quels séismes entre deux rives d'un canal ! Il faudrait au Jaguëy raconter l'histoire de cet aède Atlas, héros légendaire allongé le long d'un bief qui se transformerait en fleuve de vie, lui-même écoutant l'histoire du monde voguer en son esprit comme une épave sur ce fleuve de vie. Une histoire universelle en forme de fable cosmique, où toutes les créatures fussent des formes vues en rêve et défilant de la source à l'embouchure de ce fleuve pour faire halte à Bruxelles dans un café qui voici dix ans s'appelait encore Chez Omer. *L'aède Atlas y serait ranimé par l'odeur de l'alcool durant sa veillée mortuaire.*
On a toujours besoin de traverser un fleuve océan, s'était-il dit comme il prenait pied sur ce quai du canal éclairé par l'enseigne du Come Back. *L'aède sait-il jamais ce qui lui dicte son errance et ne vivait-il pas ce qu'il avait imaginé pour son roman dix ans plus tôt ? Dans la vitrine, une créature méditerranéenne observait son rétablissement d'un ample geste nouant sa chevelure en chignon. Puis il fit une pirouette, laissant admirer à la dame combien son corps se trouvait délesté de toute ombre, et il se mit à siffloter* le temps vient de mourir, le temps vient de renaître, je ne suis désormais d'aucune rive. *Les femmes défileraient-elles encore en balançant leurs mers devant ses yeux ?*

Le seuil à franchir en était un de trop pour cette nuit. Peut-être aussi ne pouvais-je affronter ce regard astral de la vitrine. Je dus encore sombrer pour m'éveiller à une table près de l'autre fenêtre, celle qui n'était pas éclairée de néons roses, un gros moustachu mettant en route la machine à café derrière son comptoir. Peut-être lui ai-je parlé, car il m'a questionné sur mon accent, lui-même ayant une prononciation traînante que je ne pouvais identifier à coup sûr. Sans doute les Balkans ? Dans un coin, le juke-box d'un autre âge murmurait en sourdine une même romance que voici dix ans. *Demeure en vie qui sait aimer après sa mort.* Tout prenait à mes narines, en plein Bruxelles, odeur troyenne. Je lui ai répondu que mon accent provenait d'une langue oubliée, que je m'efforçais de réinventer depuis quelques millénaires. D'un doigt, il a désigné le ciel noir à la fenêtre avec une mimique expressive, l'air de dire « Je comprends », puis le percolateur a rempli notre silence bercé de voix slaves. Oui, la lumière du matin sur le canal était assez belle, pour ceux qui aiment le noir. Ce n'est pourtant pas un petit noir que j'écluserais d'abord en sa compagnie, même si le mélange irait dans cette gamme de couleurs pour me ramener encore une éternité en arrière. Tout ce qui fut et tout ce qui serait se confondrait à ce qui est. Je pourrais encore quelque temps vouer mes fièvres à rêver d'îles chimériques, en suivant un cap connu de moi seul.

— Vous paraissez bien pâle. D'où venez-vous ?

— C'est une longue histoire.

— Un petit coup à boire, cher Monsieur… ?

— Atlas.

— Atlas, comme Atlas ? Moi Ivan.

A tout hasard je lui répondis en bulgare.

— *Zdrasti, dober vetcher*. Oui, Atlas, comme l'Atlas de la mythologie. A propos, j'ai cru voir une belle nymphe à la vitrine...

— Calypso ? Elle vient de monter avec deux clients.

— Nous ne sommes jamais seuls sur la terre des songes...

— Braves gars du quartier. Flics. Un grand maigre à lunettes, un petit chauve barbu. Ils font saut ici le matin, juste avant leur journée, ou après, ça dépend. Mon petit noir les remonte...

— Vous les renseignez ?

L'intraduisible expression de son visage, celle des camarades.

— *Podiavolite !* C'est plutôt eux qui donnent informations. Ville bouclée par police, vraie poudrière qui attend moindre étincelle. Ils sont en train mettre au point dispositions légales autorisant toute surveillance électronique par satellite... *Big Brother*, vous comprenez ?

— Ces deux types...

D'un geste tournant, j'avais désigné la porte ouverte au fond du café, donnant sur un escalier, puis posé la main sur une tasse fumante venant d'apparaître sous mes yeux pour décliner l'offre.

Ivan balaya l'air d'un chiffon de cuisine.

— C'est comme ça la vie... Gens sympathiques vous tombent dans les bras, morts. On ne sait pas quoi faire, alors ils ont pitié de vous, et ils vous tirent d'un drôle de pétrin en revenant vie. Mais qu'est-ce que vous buvez ? J'ai rigolade, si vous voulez.

— Je m'en serais voulu de ne pas être un revenant. Servez-moi donc une pinte de bon sang.

Sur l'étagère aux bouteilles, Ivan choisit celle qu'il fallait d'une main sûre, puis il posa sur la table une mixture pétillant le rhum des Caraïbes, qui fit se gondoler au mur un souvenir de faux marbre des Cyclades.

— Vous savez, seulement fous dans votre genre, et quelques chiens, pour promener encore ici. Tout est à détruire pour construire ville encore plus moderne, cyberhôtels, téléboutiques, électrobanks, technobordels...

— Comme ici ?

— Oh ! Calypso, vieille courtisane, avant temps Spartacus !

Il flottait dans ce bar un parfum d'ensorcellement, comme si sa porte ouvrait sur l'autre univers. Sensation tant de fois ressentie dans les pays de l'Est, où durant un tiers de siècle j'avais mené l'existence d'un intellectuel communiste, ma *Belle Hélène* traduite aux éditions de Moscou. Dans ses cartographies fabuleuses où se mêlaient récits d'Homère et lecture des Saintes Ecritures, l'ancêtre Atlas imaginait des chemins menant de la Galilée aux Indes occidentales. Ma fable se plaisait à faire dériver Jonas aux Açores et Noé vers des archipels plus lointains encore, pour y recueillir dans son arche le jaguar des antipodes. Je mêlais avec soin les époques et les lieux, confondant l'épouse de Ménélas éprise du Troyen Pâris et son homonyme, la mère de l'empereur Constantin, que je faisais revenir sur l'île de Paros au temps des conquêtes espagnoles et resurgir en pleine époque moderne. Ainsi les cartes à venir se peuplaient-elles de cyclopes et de méduses, de sirènes et de poissons volants aux gueules assez grandes pour gober d'un coup la baleine de Jonas et l'arche de Noé. Jamais ces allégories spasmodiques n'eurent l'heur de déplaire aux vigilants censeurs de la bureaucratie. Non, je ne fus pas victime des purges de l'après-Staline ! Oui, dans une taverne imaginaire de l'île de Paros, l'ancêtre Atlas pouvait ressembler à l'un de ces bonimenteurs en costume d'astrologue tels qu'en font surgir toutes les époques de crise, quand certains bouffons montent sur le trône impérial et guident les peuples sous la férule de leurs marottes. Le premier César porte en lui tous les Conquistadores ; puis Napoléon I, II, III, IV et V, plébiscités chacun par la grâce d'un abrutissement programmé, celui qui met à mort toute dialectique. Alors, plus que jamais, revient le costume du fou à celui que la providentielle nature pourvoit d'une espèce de troisième œil, car élargir les horizons connus devient question de vie ou de mort. Pour facétieuse que fût mon inspiration, je soutins toujours auprès des comités d'experts en villégiature littéraire savante sur la mer Noire, à Sotchi ou Yalta, que les farces d'Orwell ou de Kafka menaçaient de leur charge explosive davantage les fondations du capitalisme que les chantiers

du communisme. Il fallait ouvrir le troisième œil, camarades ! Nous réclamant de l'esthétique de Bertolt Brecht et de Georg Lukacs, nous avions un jour, avec Bielinski, convaincu le vieux Souslov, gardien sourcilleux de l'orthodoxie, de republier *La Révolution* de Gustav Landauer, cet anarchiste allemand qui avait contribué à instaurer la République des Conseils en Bavière après la Grande guerre, dont il serait le Commissaire du peuple à l'Illumination et à l'Instruction publique. Pourquoi ne pas réhabiliter cette fonction de Commissaire à l'Illumination, même et surtout si l'on savait que les Spartakistes furent, comme de juste, massacrés par les milices socialistes de Noske ? Bien sûr, tous les tenants de l'ancien monde ne manquent pas de lui en faire grief, à l'illuminé, de son troisième œil, pour le désigner aux railleries des foules ainsi qu'à leur vindicte. C'est ainsi, voyez-vous, que l'ancêtre Atlas vivait à l'écart sur son île, ne fréquentant qu'une taverne où il tenait d'étranges discours et décrivait les terres situées au-delà de l'océan comme un fol royaume ouvert à l'esprit d'aventure, une Atlantide que chacun pouvait s'offrir avec la promesse d'une poignée d'algues en guise de couronne. Ces divagations que les marins se rapportaient dans leurs saouleries de port en port, ces descriptions farfelues d'un autre monde parvinrent pourtant aux oreilles et fouettèrent l'esprit d'un aventurier venu de Gênes qui serait connu sous le nom de Cristobal Colon. Je ne manquais pas d'établir un lien entre Lénine et ce dernier, associant dans un même opprobre Staline et ces pourceaux que seraient Pizarro et Hernan Cortes. Question de vie ou de mort...
Un fin sourire éclaira les moustaches de l'homme des Balkans tout le long de mon charabia. Lui-même eût pu m'en raconter autant, si j'avais prononcé le nom de Georges Dimitrov. Inculpé comme dirigeant du Kominterm pour l'incendie du Reichstag, tenant tête face au tribunal nazi, désignant Hitler derrière le rideau de fumée qui intoxiquait l'opinion mondiale avant la nécessaire *Drang nach Osten*... Ivan savait, sa pensée devançant la mienne pour ce qui concernait l'immédiat.
— S'il n'y a pas le moindre attentat terroriste, qu'est-ce qu'elles vont faire, toutes ces forces de police ? Et les journalistes ? Un mort dans le canal, c'était providentiel, ça leur donnait des choses à raconter...
— Désolé pour les journalistes et leurs compères de la gendarmerie.
— Vous voyez ça d'ici, tous les escadrons spéciaux de recherche ici dans mon café ?
— Je ne peux pas vous donner tort.
Comme j'étais déjà sur le seuil, Ivan brandit un journal de la veille :

— Selon calculs de tour Panoptic, vie éternelle deviendra possible vers 2050 grâce aux ordinateurs !
Son doigt pointait un article où il était dit que Panoptic serait alors capable de recharger un cerveau humain en le stockant sur une machine dotée d'une *conscience*, même si la technique, supprimant le problème de la mort, serait d'un coût tel qu'elle serait réservée d'abord aux riches. Les pauvres attendraient un peu pour que l'application devienne une affaire accessible à tous...
Il me donna l'accolade en levant le poing. Je lui pris la tête entre les mains. Sous mes doigts son crâne lisse fut un tambour thrace.
— *Balgarski tchovek !*
— *Drougar !*
Nous savions qu'en nos veines battait un sang commun. Sur le seuil, mon regard glissa vers la fenêtre de l'étage où Calypso donnait la réplique à deux flics, un grand moustachu à lunettes et un petit chauve barbu. Le scénario, comme celui décrit par l'article du journal, n'était sans doute pas pour déplaire à un certain Loyola.

Juan-Luis de Loyola découvre avec stupeur les mots défilant au milieu des siens sur son ordinateur. Si l'obscurité soudain se dissipait (l'écran du portable n'assurant pas un éclairage idéal de son visage), on pourrait décrire les visibles débâcles où sombre un homme qui ne prétend pas répudier ici toutes les audaces de l'avant-garde. Vieilles saloperies staliniennes ! Et l'éloge de Christophe Colomb ? Son projet de roman fait naufrage. Telle une trop orgueilleuse caravelle, sa vie prend eau de toute part, dans le temps même où cet aède paraît triompher du mauvais sort qui lui était promis. Va-t-il enfin s'expliquer sur ses relations avec ma mère ?

La nécromancie d'Eva, son art de ramener les morts à la vie. L'air frais et vif te restitue la parole du monde après la brûlure des coups de feu. Quelle parole ? Quel monde ? Je parle de si loin que peut ne plus vous parvenir le chant d'un orage dans le sang de la ville.
Oui, c'est de la foudre vive qui s'exprime par la bouche d'un mort.
Déjà celui-ci jouit, auprès d'êtres inconcevables, des mystères de son échec. On l'accueille avec l'amour que l'on réserve au pèlerin longtemps égaré ou retenu par bien des mauvais sorts en chemin. Car il avait encore un petit rôle à jouer dans ce théâtre explosif, dit-il, comme pour s'excuser, aux puissances hilares. Tu n'aurais qu'un mot à prononcer, pensa l'homme en regardant l'arbre inondé de lune, un mot pour que toute l'histoire s'éclaire !

Les franges d'un invisible rideau rouge balayèrent sa tête et les quais bordant le canal s'ouvrirent comme un immense vestibule où se pressait la foule entre les miroirs des façades, foule aux ailes repliées sous les habits et robes du soir à fourrures d'il y a cinquante ans (*les épaules nues d'Eva*) ; foule venue de Baracoa, dans la province orientale de Cuba, massée sur un escalier de marbre rose menant au paradis de ce théâtre en plein air, tandis qu'aucune lueur d'aube n'éclairait encore le ciel du côté de l'Orient.

— Maïak ?
— Ecoute les tambours !
— Laisse-moi te parler, Grand-père.
— Regarde s'allumer les feux pour la San Lázaro.
— Qui crois-tu que tes visions intéressent ?
— Vous avez verrouillé le labyrinthe.
— Tu m'accuses encore ?
— Cette scène fut le moment le plus vrai de ma vie.
— Tu ne parles que par énigmes.
— Ce n'est plus l'heure du Sphinx quand règne le Minotaure.
— Toujours ces vieilles histoires...
— Toute l'histoire humaine est contemporaine.
— Qui crois-tu qu'intéresse ton passé stalinien ?
— J'irai jusqu'au bout de mon histoire.
— Mais il n'y a personne pour t'écouter, Grand-père !
— C'était surnaturel et le cœur du réel.
— Comment veux-tu qu'on te comprenne ?
— La lumière est venue à Cobre, le 16 décembre 1953.
— J'y étais le même jour cinquante ans plus tard.

Cri du Cimarrón

Un œil nucléaire ***a mission de rendre clair comme le jour l'hypothèse que la bombe atomique ait produit son explosion d'abord dans le cerveau de ses maîtres. Cinquante millions de degrés, ça vous ferait fondre le crâne de la plus raffinée des civilisations. Ce que ne cesse de me répéter la mouche ayant quitté l'essaim des voix mortes envolées d'Hiroshima le 6 août 1945, pour s'éparpiller dans toutes les directions, qui me tient compagnie depuis lors au sommet de la montagne de Cobre. Cette ancienne mine de cuivre dit à elle seule qu'elle remonte loin, leur industrie de l'anéantissement. Ne prend-elle pas naissance avec l'arrivée des Espagnols et le massacre des peuples indiens, poursuivi par la traite négrière qui serait nécessaire au commerce triangulaire ? Traqués par les chiens, nous n'avions d'autre espoir que de trouver refuge en haut de ces massifs sauvages, d'où la vue plonge vers les vallées comme depuis le surplomb de leurs tours. C'est ce que devait me confier ce poète grec égaré voici cinquante ans dans la Sierra Maestra. Que faisait-il à Santiago de Cuba, c'est son histoire. Il semble qu'il ait fui un hôpital destiné à la santé des âmes, ce qui n'a rien d'étonnant, tant les tranquillisants et les électrochocs sont des moyens normaux pour exorciser les esprits dans un tel monde. La mégamort y règne ainsi qu'une condition*** **sine qua non** ***de fonctionnement du système. Comment celui qui propose une vision globale n'y serait-il pas traité en criminel ? Il veut parler à tous, et qui d'autre l'écoute que les mouches ? Elargir les dimensions de l'espace et du temps : voilà ce qu'il tentait de faire. Tous les points éloignés, mais aussi les séquences historiques, se sont rapprochés au point qu'il ne soit plus possible de concevoir avec recul ce qui se fabrique dans l'éternel instant de chaque jour. Conscience et réalité se séparent dans la mesure où l'esprit ne dispose plus de la moindre liberté pour échapper à cet enclos totalitaire. Le savoir-faire technique englobe les imaginations, la logique du jour emprisonne celle de la nuit. Ce que, du point de vue des mouches, démontrent avec brio tous les experts de la tour Panoptic.***

C'est bien à vous que je m'adresse, vous qui êtes le meilleur public et dont j'entends d'ici vrombir les vivats, vous le peuple mythique entre tous (oui, le véritable peuple élu sur cette planète chimérique), parce qu'il acclame et honore tous les acteurs humains depuis Adam ; vous, le peuple des diptères, qui ne tarderez pas à célébrer la fin de mon spectacle et qui, je l'espère, dans vos offices, au moment de récurer mes os, prierez de toutes vos ailes pour mon initiatique retour aux sources.

La mouche de tout à l'heure (quelle heure ?) est venue se poser sur l'écran de mon ordinateur. Elle semble suivre mot à mot les pensées de l'aède. Un souffle de fumée la chasse, mais elle revient gambader aussitôt parmi des grappes de signes dont elle sera peut-être l'unique réceptrice. Qui d'autre, aujourd'hui, perdrait-il son temps à lire d'aussi futiles divagations ? Qui d'autre que toi, ma vieille, qui honores tous les acteurs humains depuis Adam...

D'Adam la tombe en Aden, près de l'arbre aux quatre fleuves, de siècle en siècle murmure en langue abyssine « on s'entend parler », sens du nom des abysses où l'humaine errance connut sa matrice, vers les sources du Nil, où le fluide s'écoule par la vallée d'esprits à tête animale dont le corps immense, figurant la voûte céleste, englobait le monde, afin que le chant des colosses nés pour dire l'appel de l'aube, rappelant cette parole des origines, trouvât refuge au rivage de la mer, dans les nuages d'une bibliothèque évanouie, face à des îles où commence mon histoire - sur l'épaule droite des dieux.
Dignité de la parole ! murmure en écho le canal de Bruxelles creusé de profonds tourbillons, dans un silence qui serait absolu sans les aboiements d'une lune sur l'autre rive. Ce fut une agonie féerique.

« Entrez donc, Messieurs-dames, au grand cirque de l'au-delà. Vous ne serez pas déçus par les sortilèges d'Eva de Cuba ! »

Juan-Luis de Loyola s'éponge le visage, poursuivant la voix convulsive interrompue de séquences venues qui sait d'où... Sinon d'un sein maternel... L'idée du sein le trouble. Cette femme blonde, tout à l'heure apparue dans son bureau, qui se faisait passer pour la nouvelle garde-du-corps de Jésus Evangelista... Tout, dans ce roman, serait-il dirigé contre moi ? Loyola voudrait relire cette longue phrase en spirale où passe la rumeur de son vieux pote Anatole sur les traces de son vieux pote Rimbaud vers leur commune Afrique destinale, d'Adam la tombe en Aden, près de l'arbre aux quatre fleuves, et cette Eva créée de toutes pièces en 1953...

Dans les rues de cette ville, un demi-siècle de souvenirs était toujours prêt à bondir sur l'homme qui était mort. Peu lui importait, pourvu que n'apparût pas le Cerbère de l'autre rive ! On a beau voyager entre les mondes, on n'en conserve pas moins quelque superstition de son pays natal. Tenez, au coin du quai, cet atlante aux muscles bandés, pectoraux saillants, dont la nuque ployée soutenait la corniche d'un immeuble vétuste. On y voyait luire l'enseigne d'une agence de voyages : ***Cyclades & Caraïbes***. Dans la vitrine, une statuette en bois lui faisait de l'œil. Cette grossière figure féminine ailée, aux fesses et seins proéminents, pourvue d'une queue de serpent, semblait lui parler depuis l'autre côté de l'espace et du temps. L'homme fut pris de vertige et s'appuya contre le grillage métallique. Il n'avait pas connu tel passage à vide, même dans le puits sans fond. Je suis ce porteur de nuées, se dit-il, qui croit faire tituber les étoiles et qui vacille devant une simple réclame. Embrassant d'un même regard l'idole fessue et sa propre effigie de pierre, il se massa la nuque, à hauteur de la vertèbre Atlas. Que s'était-il passé sur le globe au cours du dernier demi-siècle, depuis son voyage de Paros à Baracoa ? S'il avait échoué cette nuit sur l'une des îles promises par le titan de la façade aussi bien que par l'idole magique, sa parole d'aède n'eût-elle pas infecté d'une maladie contagieuse le plus riant des paradis pour touristes ? C'est ce qu'il pouvait lire dans le sourire de la statue, qui lui offrait une poitrine tentatrice. Il passa la main dans le grillage et caressa la vitre à hauteur du sein. Maladie que véhiculent à plus forte raison tous les étrangers, tous les proscrits, tous les bannis en errance, tous ceux dont l'identité fut l'exil dans un Olympe où se concentrent les plus énormes richesses puisées aux mamelles d'Eden...

Il transporterait donc sa maladie honteuse le long des boutiques aux volets grillagés, s'en remettant au peuple des vitrines pour veiller sur sa sécurité posthume. Là, dans leurs étalages, tirés à quatre épingles, des hommes et des femmes en matière synthétique l'observaient avec une expression sibylline. Hermétique. Un frisson le parcourt. Encore et toujours ces écrans bleutés. L'arbre des origines où pendent tant de corps. D'un mouvement de langue machinal, il vérifie à nouveau la pointe de ses crocs, ces canines sauvages dont il n'est pas peu fier. Jamais on n'était arrivé à les lui arracher, pas même sur l'île de Makronissos, en cette cage un peu spéciale du grand cirque où, naguère, les gardiens de l'ordre, à coups de bâton, vous brisaient les dents pour vous ôter du crâne la racine des mauvaises pensées. Pas même sur l'île du Diable, en cet hôpital de Santiago qui s'est évanoui de ses cartes mentales. Rassuré, il sourit en pensant à leurs bonnes vieilles méthodes pour vous désactiver le rêve et la mémoire. Combien les temps avaient changé ! De nos jours, ce n'était plus guère au moyen de ces archaïques brutalités que l'on domestiquait les foules et faisait obéir leurs cerveaux au doigt et à l'œil. Du moins, dans les enclos civilisés du grand cirque planétaire. Il avait retrouvé des forces et lança un signe amical à la caméra sécuritaire qui l'avait à l'œil, avant de reprendre sa ronde solitaire.

Visitez BRUXELLES PSYCHOGEOGRAPHIQUE

Où se trouvait-il donc, cet arbre des Amériques avec sa chanteuse à voix d'or ? Etait-ce encore Aurore et le chant de ses yeux, que j'écoutais toujours à en mourir ? L'homme qui était mort marchait par les rues vides, savourant l'impression d'irréalité que lui donnaient ces devantures closes, pleines de marchandises dont le sommeil ne pouvait être menacé que par la passion mauvaise des cambrioleurs ou la convoitise des macchabées. A l'intention de ces derniers, n'avaient-ils pas mis au point quelque baume à parfumer les suaires, quelque système de téléguidage pour piéton métaphysique ? Du coin de l'œil, il scrutait les innombrables gammes de cosmétiques ramifiées autour de la firme Noé ; son regard ne perdait rien des gadgets aboyés par la société Panoptic. Procédés chimiques et électroniques, à vous faire perdre la mémoire. Et toujours ce clébard de l'enfer, au loin, qui lançait à la lune ses hurlements pathétiques. Sa cavale nocturne, par la Sierra Maestra, vers cette colline de Cobre, la nuit de la San Lázaro. Etais-tu le marcheur du tarot, promis à être mordu au genou par un chien ?

ECHOS DU ROYAUME DES OMBRES

La plupart des fantômes ont semblance d'une haleine emplie de mots ressemblant à ceux de l'aède, mais ces deux-ci ne paraissaient guère appartenir à la catégorie des ectoplasmes ordinaires. Leurs visages n'avaient rien de livide et leurs corps ne trahissaient nulle errance spectrale, impeccablement sanglés qu'ils étaient dans leurs uniformes à képis, sillonnant les quais au volant d'une voiture de la police bruxelloise.
— Toujours divine, cette Calypso.
— Nymphéatique, c'est mon avis.
— Comme lorsque nos Ulysse l'ont quittée.
— Dommage qu'elle veuille demeurer en son île enchantée.
— Qui nous accompagnera dans cette aurore sans doigts de roses ?
— Où n'est rayon qui se faufile sous les nuages bas et noirs.
— Si ce ne sont les phares de cet auguste char.
— Une merveille automobile.
— S'il n'est plus d'autres apparitions surnaturelles.
— Hélas, oublions tous les feux du ciel.
— Confions donc notre destinée aux muses.
— Filles de Zeus et de Mnémosyne.
— Elle-même engendrée par l'union d'Ouranos et de Gaïa.
— Oyez notre complainte, ô muses des sources de la ville !
— Il doit bien demeurer dans ces rues quelque autre créature...
— Désireuse d'encourager le blasphème à l'égard des dieux absents.
— Quelque diablesse qui sous la lune fréquenterait les anges déchus.
— Capable de nous entendre, si nous crions dans la bonne direction.
— Quelque déesse amoureuse de nos odes vulgaires.
— Mais qu'attendre encore d'elles si on leur fait laver le linge...
— La vaisselle et le carrelage des humaines cervelles ?
— Quand elles ne font pas le tapin pour des prothèses électroniques.
— Aï ! Aï ! Aï !
— Voilà bien une exclamation homérique !
— J'apprends que depuis sa fusion avec la banque Noé...
— Oui, Panoptic monte à cinq mille points.
— Ce qui, de leurs jours, tient lieu d'événement historique.
— Chantez, ô Muses, les armes et hauts faits de la tour Panoptic !
— Elles n'ont pas d'autre choix que d'obéir aux divinités du moment.
— Dow Jones, BEL20, CAC40.
— Chaque époque a les superstitions qu'elle mérite.
— Falaise de verre et de métal que le Parnasse aujourd'hui.
— Le souffle poétique n'anime plus que des citadelles boursières.
— Depuis qu'ils ont nommé des experts esthétiques.

— Lesquels se recrutent parmi les avant-gardes artistiques.
— Qui avaient osé se prévaloir de l'antique chant des muses.
— Quand ce n'était de la parole prophétique.
— Ainsi quelques escrocs bibliques fondent leurs nouveaux temples.
— Sur de la fausse monnaie idéologique.
— Prélevée grâce aux vrais deniers sucés par César.
— Voilà ce qui est sacré, puisque nous devrions être à l'égout.
— Non seulement le cours en Bourse, mais aussi celui des astres leur appartient.
— Depuis qu'ils mettent à sac l'univers sur un champ de bataille cosmique.
— Allons ! Qu'aucune mélancolie n'altère notre destin spectral.
— Mettons un peu les gaz, que l'histoire s'anime.
— Réjouissons-nous d'une telle aventure !
— Si elle nous permet d'éclairer tant soit peu les hommes qui viendront.
— Dans les phares de ce char magique.
— Oui, nous ne sommes plus en vie, et nous sommes bien là.
— Tous feux allumés.
— Nous n'avons pas sombré dans l'insignifiance.
— Ainsi que les pensées en songes creux de leurs experts.
— Au sommet de la tour Panoptic.
— Parce que notre existence était un rêve pensé.
— Ce qui nous autorise toutes les imaginations.
— Cet Atlas, par exemple, ami de nos Ulysse...
— Qui de la mer entière connaît tous les abîmes.
— Et veille sur les colonnes unissant ciel et Terre.

Dits de la chevelure des Pléiades

L'aède n'a pas entrepris ses navigations pour gagner honneur et fortune, lui qui n'eut jamais ni patrie ni Terre, lui dont le voyage vers les îles traversa des galaxies, lui qui transporta la nuit dans le jour et le jour dans la nuit, suspendu toujours entre songe et vie, parcourant un monde réel qui lui fit faux bond chaque fois qu'il crut l'avoir conquis, le rejetant sans ici ni là-bas comme un nageur entre deux eaux, naufragé d'un radeau fantôme – radeau grimpant sur des vagues hautes comme des tours cosmiques, avant de retomber dans les abîmes – découvreur de planètes ultramarines, passager des nébuleuses, natif d'une constellation de légende qui ne porte pas de nom, seulement formulable en langue d'Odyssée.

Loyola se renverse dans son fauteuil. N'avions-nous pas voulu découvrir, nous aussi, un nouveau monde ? Il revoit son vieux pote Anatole vitupérer les prétentions de son grand-père. Nous ne voulions plus d'aucune des vieilles lunes de l'art et de la politique, même si nous avions appris combien le monde pouvait se transformer quand on le regardait avec l'attention portée sur lui par les créateurs d'odyssées. Nous admettions ces mondes invisibles, à la fois présents et absents. La piqûre de cette absence était à nos yeux plantée au cœur du présent. Un pieu s'enfonçait au centre du monde, alors que le vide commençait à en avaler les bords. Nous étions des aveugles braquant leurs yeux morts sur un vieil univers qu'il ne serait plus jamais nécessaire de voir, apercevant comme par double vue les contours d'un autre continent, plus réel bien qu'illusoire, qui nous faisait nous souvenir de ce qui n'aurait pas lieu. Finalement les Anatole disparaissent, et je suis là dans mon fauteuil, au sommet d'une colonne qui n'unit plus mais oppose en guerre le ciel et la Terre. Qu'en dis-tu la mouche ?

L'homme resurgi du canal demeurait aux aguets des bruits nocturnes et mystérieux de Bruxelles, où la réforme des polices n'était pas un vain mot. Tous les quarts d'heure, passait une voiture à gyrophare bleu qui ralentissait devant son allure suspecte, puis repartait en laissant entendre un bref hoquet de sirène, avant que ne retombe un silence insolite, celui d'une aube sans jour. Comme tant d'autres cette ville avait surgi, des millions d'hommes s'y étaient agglomérés. D'où venaient-ils à l'origine ? Depuis quelles sources évanouies les premières foules avaient-elles afflué vers cet immense réservoir sans autre estuaire que le port d'un canal ? Sa rencontre avec Ivan, au ***Come Back***, l'avait remis en route vers un hier encore à nommer. Car, de l'Elbe à la Moskova, du Danube à la Neva, quel scandale pour les âmes oxydées d'Occident s'il devait révéler qu'il vécut l'Europe orientale comme un fleuve tranquille ! Il flottait à présent sur toute ville un parfum d'abattoir, tel celui tout proche, pensa l'aède nez au vent, se rappelant ceux de Chicago dont s'inspira le contributeur du parti nazi Henri Ford pour ses usines automobiles, elles-mêmes imitées dans les camps de la mort par Hitler, qui dans son *Mein Kampf* remercia Ford pour l'art de faire perdre aux victimes et bourreaux tout repère, le travail des uns et des autres découpé en tâches simples et répétitives, annulant toute nécessité de penser, l'aboutissement même d'une société occidentale opposée par essence à la civilisation troyenne. L'aède, à grandes enjambées, cherchait réponse dans sa mémoire au bourdonnement sourd de la ville en sommeil, si pareil dans sa continuité au bruissement de la forêt ou au murmure de la mer. L'ampleur du monde, le besoin d'un rythme cosmique imposaient leur mesure à ses pas. Sa respiration correspondait à une tension athlétique lui rappelant combien cette ville, il n'y a guère, osait encore affirmer une beauté de pierre qui s'harmonisait aux églises et palais d'autrefois. L'empereur Charles-Quint n'avait-il pas fait d'une bourgade sans fleuve sa capitale pour l'unique plaisir des chasses en forêt de Soignes ? Les éléments disparates s'en assembleraient dans un organisme où rien ne serait superflu, où tout serait nécessaire ; chair et esprit de la matière humaine s'unifieraient autour d'un squelette vertical sans lequel il n'y aurait ni force ni possibilité d'être. La ville fondrait les énergies vitales pour en créer une matière nouvelle où débauche, vice et transgression des lois auraient leurs quartiers réservés dans une ombre propice, en lisière de sa propre conscience. A nouveau le gyrophare bleu de la police effleure les façades en silence. Aujourd'hui, ces quartiers dévastés faisaient l'objet d'une obsessionnelle vigilance, quand l'immoralité s'exhibait à la tête et au coeur des représentations collectives, dans un flux continu de scandales qui n'en étaient plus, de corruptions devenues institutionnelles, d'escroqueries sur grande échelle où le trafic de la chair fraîche passait pour le moindre des maux, négocié comme une épice à l'étal des images explosant sur les multiples canaux de la tour Panoptic. Partout s'éparpillaient les succédanés d'anciens savoirs, de croyances avortées. Ce qui s'était perdu se retrouvait défiguré dans un miroir, chaque atome voyant son existence réglée par de stricts instruments de mesure, calculant les extases autorisées à franchir la mesure ordinaire. Ainsi les passions trafiquées pouvaient-elles acquérir un sens nouveau, en quelque sorte divin. Chaque jour naissait donc un

Olympe aux divinités éphémères, images idéales émanant d'un besoin de croire mutilé. Toujours la bête immonde, se disait-il, accouchait de rêves éthérés, le dragon prenait masque d'archange, quand le chant de l'oiseau subissait la traque réservée au sifflement du plus venimeux reptile...
Quelles ondes négatives émanaient-elles de cet immigré clandestin, proie facile pour des flics toujours en chasse des gibiers de l'exil, sous la clarté froide et cruelle de la lune ? Une chanson lui vint aux lèvres, une chanson simple qu'il avait composée cette nuit-là de la San Lázaro, non dans sa langue natale mais dans celle d'Eva :

Muy mas clara que la luna
Sola una
en la tierra brilla Eva

N'avaient-ils pas amassé l'or des Amériques avec cette rengaine, téléchargée dans des millions de boîtiers en plastic, ceux qui prétendaient contrôler tous les rêves et toute la mémoire des hommes depuis le sommet de la tour Panoptic ? Ne se souvenant même plus où ni quand avait été enregistrée sa bluette improvisée, il savait qu'une centaine d'artistes l'avaient reprise, ainsi qu'une trentaine de films, pour cent millions de royalties. Le comique de l'affaire était qu'un milliard de chansons venaient d'être téléchargées sur Panoptic, et que la milliardième opération concernait sa douce gueulante, ce qui lui valait un lot de bidules numériques ainsi que deux tickets d'accès au stade pour assister à la finale de leur grand jeu :

LES DOUZE DIEUX DE L'OLYMPE

Toutes sortes de projets d'avenir lui remuaient en tête, à commencer par celui d'un témoignage sur le vif de son aventure au canal, qu'il eût paré d'un titre comme... *Observations de plusieurs singularités & choses mémorables trouvées à Saint-Gilles, Molenbeek, Anderlecht et autres pays étranges...*
« Où tu t'en vas comme ça, grand-père ? » La bagnole à bande orange et gyrophare bleu venait de se glisser à ses côtés sur l'asphalte mouillé. Les deux types n'avaient pas vraiment le physique de l'emploi. Mais c'était juste : où est-ce que tu allais ? Voilà une question à laquelle il est bien difficile de répondre quand on vient tout juste de renaître à la vie. J'aurais pu leur en poser d'autres sur le même registre, à ces deux flics dont la

dégaine avait quelque chose de vaguement familier. Aurais-je dit que j'essayais d'effacer en moi le sentiment de l'abîme, qu'avec leurs gueules d'arsouilles ils se fussent peut-être joints à ma joyeuse *dérive psychogéographique*, pour employer les mots de mon petit-fils que m'avait jadis fait connaître Aurore. Devais-je leur exhiber mes tickets valides afin qu'ils me laissent respirer ? « C'est un bien mauvais roman policier qui pourrait commencer ici », murmura dans sa barbe à l'antique le petit chauve descendu contrôler mon identité sur le trottoir, quand il en eut comparé les données à celles de ses machines reliées aux satellites Panoptic. Croyait-il si bien dire ? « D'après nos informations, poursuivit avec flegme le grand maigre à lunettes qui était au volant, vous devriez être l'un de ces terroristes, Belges entre guillemets, que nos alliés maintiennent en détention sur la base de Guantánamo. » Plaisantaient-ils ? Ce n'était pas impossible, et leur allure courtoise autant que leur langage me firent supposer que l'humour envers les morts était désormais la principale qualité requise des agents de l'ordre au coeur de la capitale d'Europe. « Un 16 juin comme celui de cette année, ça se fête », ajouta l'escogriffe en reprenant le volant. Sans doute était-ce le centenaire du *Bloomsday*, jour décrit dans l'*Ulysse* de Joyce, mais je refusais d'y croire. « Nous fermerons les yeux pour une fois ! », conclut le vénérable vieillard au visage de marbre, qui tâtonnait à l'aveugle pour ouvrir sa portière. Il avait un regard vide. Un regard de statue. Comment pouvait-il ne pas être brouillé avec lieux et temps de naissance ? Mais tout n'était pas faux dans leur enquête sur le pouce. Comme certains nourrissons, victimes d'un bug électronique, se retrouvent aujourd'hui centenaires pour l'état civil, il pouvait arriver que le caprice des électrons fît confondre aux autorités le grand-père et son petit-fils, lorsqu'ils se trouvaient par hasard gratifiés du même prénom.

Loyola bénit ces deux *opérateurs culturels* pour leur intervention, qui ajoute juste ce qu'il faut de prestige littéraire à son roman, non sans rappeler son vieux pote Anatole au bon souvenir du lecteur. Encore une fois je me retrouve aux temps où nous parlions avec lui d'un autre monde à inventer, dans la mesure où nous l'estimions possible, et ce tu et ce toi de nos dialogues, nous le savions, s'élargissait à une poignée de camarades, à quelques dizaines d'énergumènes dans notre genre, à plusieurs centaines de connaissances partageant ces vues de loin, à des milliers, voire des dizaines de milliers d'adeptes inconnus d'une foi nouvelle, à des millions de consciences animées par le brasier de quelques milliards d'âmes osant rêver un autre demain qui s'est évanoui dans la fumée de mon cigare.

« Joyeux anniversaire, grand-père ! », crut bon de me lancer le conducteur avant de remettre en marche son moteur. La voiture continua de me suivre en silence, tandis que j'avançais d'un rythme allègre vers la place Saint-Lazare. Splendeur de cette nuit ! Devais-je me retourner vers leurs phares avec une emphase théâtrale - comme l'eût fait mon petit-fils Anatole - et leur expliquer que tout ceci n'était qu'un rêve d'après la mort, le simple envers du décor, point trop différent de ce qu'est parfois la vie elle-même, l'absurde vie des nuits et des jours ? Par exemple, sa disparition. Rien de plus confus qu'une telle histoire. Selon certaines rumeurs, Anatole aurait été arrêté non loin de l'ambassade américaine, porteur d'une valise, lors de la dernière visite à Bruxelles du président George W. Bush. Information démentie par d'autres sources, faisant état de sa présence plus récente au siège du Parti communiste français, place du Colonel Fabien, pour un colloque international sur la dialectique. Enfin, sa trace aurait été signalée à Baracoa, province cubaine de Guantánamo. Quelqu'un fut donc repéré sur un temps assez court, en trois points de l'espace, puis il s'évanouit. Son absence n'est dès lors plus qu'un problème trigonométrique, un calcul à résoudre pour les ordinateurs planétaires de la tour Panoptic, sans plus de mystère que cette place entourée là-bas d'une vapeur orangée. L'envers du décor, vous dis-je, Messieurs les flics ! Celui qui permet d'échapper à tous les contrôles satellitaires... Tenez, cette place... N'était-ce pas celle où se dressait alors un fameux Jaguëy, du côté des ruelles menant au vieux port, vers le cimetière de Santiago de Cuba ? J'y étais passé en fuyant, cette nuit de la San Lázaro 1953, comme je m'échappais de l'hôpital où tu donnerais naissance à Juan-Luis de Loyola six mois plus tard. Toujours suivi de près, j'adaptais mon pas au rythme de mes pensées. Sans doute, les deux gusses à képis n'eussent-ils pas attaché grande importance à de telles divagations, même si celui qui était à la place du mort faisait penser à une caricature du vieil Homère, le conducteur étant l'exact sosie de James Joyce. Quoi qu'il en fût de leur *identité* (cette notion factice ayant servi de prétexte à notre bref échange), il me parut certain que ces deux ectoplasmes venaient de me délivrer un message, à savoir qu'il s'agit toujours d'inventer de nouvelles manières de raconter les plus vieilles histoires.

Est-ce parce que j'accélérai soudain l'allure, mes pas devenant ceux d'un ***cimarrón*** en cavale ? Rugissante, la voiture bondit comme une Jaguar, j'allais dire comme un Jaguëy. Le puissant moteur de la tire policière fit disparaître les deux compères, et leur gyrophare bleu se perdit parmi les ombres de la nuit. Le numéro de la plaque, remarquai-je, portait les trois lettres JAG. Un signe de plus ? Longtemps, les pas de l'homme qui était mort continuèrent de remuer en lui des souvenirs vieux de cinquante, voire de cinq cents ans. Je devrais porter une crécelle à grelots, se dit-il à voix haute en abordant la place Saint-Lazare. Ainsi que les lépreux du temps de Christophe Colomb...

(Lorsqu'un noyé revient à la vie, que ses yeux s'ouvrent à la lumière comme ceux d'un nouveau-né, ses bras se tendent vers le souvenir d'une étreinte qu'il a dû connaître jadis, elle-même l'écho de coïts ancestraux nous faisant frères lointains de tous les autres hommes.)

Le jour allait donc entrer en scène comme un lépreux, un gueux, un guenilleux, un Lazare en béquilles sacré de croûtes et d'escarres pouilleuses, flanqué de chiens galeux. Venant de traverser une place Saint-Lazare aux bancs chargés de présences endormies, tu ne pouvais penser à l'aube d'une telle nuit sans voir surgir l'image bénie de San Lázaro. C'était une impression qui excédait l'espace et le temps. A six mois d'intervalle et un demi-siècle de distance, ton petit-fils et toi vous étiez nés le seize aux deux mois du solstice. Comme l'axe du globe relie ses pôles extrêmes, tous les temps de l'année se trouvaient pour toi réunis. C'était à la fois la nuit du 16 juin et celle du 16 décembre, noche de San Lázaro.

(Il faut croire qu'au seuil de l'éternité, je n'y ai reconnu qu'un reflet en trompe-l'œil de ma passion vécue. Dédaignant d'embrasser un tel simulacre, n'ai-je pas éprouvé une béatitude infinie à sentir l'air circulant dans mes poumons, à imaginer les prochaines orgies de lumière et de soleil, à deviner les torrents d'une musique universelle, même dans le délicieux silence de la nuit ? Dès la sortie du canal, je fus comme attiré par la grâce de retrouver l'humaine symphonie. Mais quelle substance matérielle y gagnerais-je ? Dans mon enthousiasme, j'ai voulu rattraper d'un bond le temps perdu parmi les anges. Mais parmi les hommes, quelle jouissance physique trouverais-je ? Mon regard, mes oreilles, mes nerfs, mes mains, ma queue, tous mes sens affamés se précipitèrent à nouveau vers la vie dans la furie de leur désir. J'étais comme prisonnier d'un no man's land entre deux mondes. Mon ardeur spirituelle ne pouvait se satisfaire que dans l'entière possession charnelle d'une femme. C'est alors que, jugé sans doute inapte au service des essences immatérielles, je fus précipité, loin en arrière, dans le souvenir d'Eva de Cuba.)

J'ai toute la vie devant moi.

Ce furent mes derniers, mes premiers mots.

Le jour ne se lèvera plus ; je parlerai donc toute la nuit.

Qui d'autre que toi, mon Eva, pourrait écouter l'histoire d'un vieux bougre qui n'aura ni veillée funèbre, ni enterrement, ni tombe ? Elle te rappellera cette autre ville qui se peuplait alors de cadavres pendant la nuit ; de corps sans yeux, sans ongles, souvent sans langue. Ce n'était pas le cas des deux spectres en uniforme quand ils ont démarré en trombe dans leur voiture de police. Juste avant de m'abandonner, je les vis stopper net à ma hauteur, une vitre s'abaissa. « ***La question grecque est à l'ordre du jour depuis trois mille ans, mon cher aède !*** », lança le conducteur en appuyant vigoureusement sur la pédale des gaz, frein serré à bloc. Le passager à la barbe antique me fit encore un salut de la main, non sans murmurer une dernière phrase qui retentirait longtemps dans la mémoire de cette nuit : « ***Tenons-nous à distance des machinations de l'I.S.*** »

Internationale socialiste ou situationniste : l'aède avait le choix. Jamais il n'eût pensé qu'Homère le mît en garde contre l'Intelligence Service...

Qui parle tout le long de ce roman si ce n'est lui, dont la parole m'anéantit ? Loyola n'en peut plus d'écouter cette voix d'un homme qui se tortille au fond de l'abîme, quand il ne vadrouille pas dans les ruelles à la rencontre des fantômes. Il suffisait pourtant bien de viser la mouche et de tirer en plein coeur de la cible. Mais après ? Une histoire ne finit jamais. Jetez un homme au canal, il disparaît en quelques instants, mais vous n'en avez pas pour autant terminé avec lui. À l'endroit où son corps est tombé, un remous se forme, qui s'étend en vagues circulaires à l'ensemble de la surface liquide et va s'élargissant toujours par les rivières et par les fleuves pour se répandre dans la mer jusqu'à ce que toutes les eaux du monde s'en émeuvent... Et quant à son âme ! Se pourrait-il qu'elle continue de vibrer en nous à tout jamais, par quelque système d'ondes maléfiques ?

Les ténèbres qui avaient envahi la ville étaient belles, surgies du canal avec une densité presque surnaturelle. Ténèbres bibliques, aux éclats chaotiques, éclaboussant les façades, parcourant les quais, se coulant le long des volets grillagés, laissant dans leur sillage un parfum subtil de révélation. Je rythmerai la langue de l'émoi, dans le bleu de cette lune glaciale qui miroite sur le canal en envoyant au ciel des milliers d'étincelles. Je te parlerai contemplant les rues sombres, où veille pour moi seul à jamais le soleil de tes yeux.

Le soleil de tes yeux !
S'agissant de sa mère, Loyola prend ça comme des coups de feu. La conscience de quelqu'un né pour gagner, voué au destin d'excellence, pouvait-elle se brouiller d'une lie déposée par cet aède, une lie remuée dans le fond d'un canal ?

Les coups de feu ! J'étais là, sur un pont de béton qui enjambe le canal, te parlant à voix basse, quand tout à coup, au milieu d'une phrase, j'ai senti... C'est assez difficile, pour un mort, de décrire ce qu'il ressentit alors, même s'il en conserve un souvenir très vif. J'ai eu l'impression d'être au coeur d'une explosion qui me ramenait au temps de la guerre civile et du camp, cinquante ans en arrière. Toutes les manœuvres du *Foreign Office* pour juguler les rescapés de la Résistance grecque au nazisme, dont les camps sitôt libérés de la croix gammée reprendraient leurs fonctions sous la bannière de l'Union Jack. Tout autour un éclair aveuglant, puis un choc terrible, la sensation d'une faiblesse extrême, le sentiment d'avoir été réduit à rien. Les immeubles et les quais s'enfuyaient à l'infini. Tout cela en moins d'une seconde. L'instant d'après mes genoux fléchirent, et me voilà tombant, donnant de la tête contre le parapet, puis ce fut le plongeon dans les eaux noires du canal. Tout se brouillait en ton regard. Me foudroya l'idée qu'il avait fait bon vivre en un monde où poussaient des jaguëys. Cinquante ans en arrière... Il fallut attendre la mort de Staline. Mes jours s'égareraient alors dans les ruelles d'un port des Cyclades, où j'ignorais encore que les vagues de la mer frappaient les vieux remparts ainsi qu'elles s'écraseraient bientôt et retomberaient en hautes gerbes d'écume sur le Malecón. Pouvais-je penser à la rencontre d'une femme ? L'idée seule en était aussi absurde que d'imaginer la belle Aurore, dans sa robe couleur de grenade, surgissant au milieu du camp d'où je venais d'être libéré.
Sardonique, Loyola s'imagine un instant ce qu'il fût advenu si l'aède avait été maintenu dans son camp de concentration pour têtes chaudes, à l'enseigne du monde libre et civilisé. L'idée s'enfuit d'elle-même... C'est pourtant là que, d'une certaine manière, tu es venue à moi, si je ne t'ai pas connue qu'en rêve. Comme l'Ibis inscrivait ses cartouches d'éternité sur l'écorce d'un sycomore, j'ai tatoué le début de cette histoire, voici cinquante ans, sur la peau d'un arbre criblé de balles, un géant feuillu au tronc noueux des Caraïbes, dressé dans l'île de Makronissos. Peut-être le figuier tropical se voulait-il un relais de ta parole entre les monts de la Lune aux sources du Nil et les lointaines Isles fortunées...

J'ai fait mouche, mais elle continue de me moucher, la fine mouche ! Toutes ces palabres dénuées de sens vous donnent une idée de ce qui s'entend de la bouche d'un mort. Voilà pourquoi je suis assis cette nuit devant mon portable, au dernier étage de la tour Panoptic. Le plus rationnel est d'en tirer profit pour continuer la rédaction de mon roman. Sera-t-il publié ? C'est un acte de foi qui est requis de son hypothétique lecteur. Car je pense avoir vécu l'histoire la plus incroyable ayant jamais mérité d'être racontée. Ne suis-je pas l'homme qui a tué son père, non sans s'être privé de baiser sa mère, avant même de naître ? A ce point du récit, je ne vois pas qui m'interdirait de l'épicer à ma guise. Du moins cet argument plairait-il aux agents commerciaux gérant la circulation des livres. A leur adresse, un détail véridique : mon père – comme Anatole – est né le jour consacré au Lazare des Saintes Ecritures. Si l'on veut bien se rappeler que notre nom n'est autre que celui du fondateur de la compagnie de Jésus, vous comprendrez combien j'éprouve le besoin de confesser une aussi singulière histoire. Celle-ci remonte à plus de cinquante ans, mais déjà je m'égare, ayant tout juste atteint cet âge. Par où commencer ? J'ai résolu de composer ce livre en deux parties. Avant d'en venir à la nuit fatidique du 26 juillet 1953, je tenterai de rassembler mes souvenirs à partir des événements survenus cette nuit du 16 juin 2004.

Voix de Lazare

Moi Lazare Ponticelli né quelques jours avant la saint Lazare en l'an 1897 et der des ders de la Grande Guerre encore en vie dans ce siècle vingt et unième s'il m'est donné d'entendre en rêve les hallucinations aéropanoramiques d'un homme au sommet de son mirador sans perdre de vue la dérive d'un revenant aux abords de la place portant le nom de mon saint patron à Bruxelles n'est-ce pas que le San Lázaro qui ouvre les chemins dans bien des traditions m'enjoint de témoigner du fait qu'à l'heure des mythmakers s'unifient commandement militaire et leadership économique la gestion de la guerre et celle de la tour Panoptic laquelle après Hollywood et Disney occupe la troisième place mondiale en utilisation du Storytelling Management devant Coca-cola Nike I.B.M. et Microsoft ces divinités tutélaires ayant recueilli le sang de millions de poilus pour que les fables collectives imaginées dans une tour vitrée bruxelloise à son dernier étage occupé par les bureaux d'un Eshtetical & Ethical Expert l'un de ces anciens activistes passés dans le camp des actionnaires grâce aux griots djinns et gourous de la dream society oui pour que ces fables collectives concourent à ce que le marché globalisé ne soit plus seulement celui des produits matériels en circulation mais d'abord un théâtre où s'échangent les histoires que ces marchandises racontent cette évolution selon lui découlant avant tout de l'application la plus radicale des thèses contenues dans un livre : La Société du spectacle.

Bible du néocapitalisme cet ouvrage offre les clefs théoriques permettant de s'adapter aux nouvelles formes d'organisations nomades éphémères et délocalisées dans un cadre changeant et imprévisible où priment les cycles de plus en plus courts dans la recherche du profit grâce aux techniques dites de créations de situations d'autre part toujours selon l'E. & E. E. si les convergences croissantes entre Hollywood et le Pentagone ont permis de regrouper scénaristes et experts militaires au sein de l'A.A.A.A.A. pour produire les principaux jeux vidéo de la Panoptic de telles synergies remonteraient au début des années cinquante ce serait en effet à Cuba en 1953 que l'armateur Aristos Théokratidès et le producteur Jésus Evangelista auraient passé contrat pour inaugurer les méthodes autorisant aujourd'hui George W. Bush à créer sa propre réalité planétaire celle qui lui permet de répandre ses fictions dans le monde au point de faire du monde une fiction l'enjeu principal n'étant plus un champ de bataille réel mais ce miroitement de signes électroniques occupant tous les cerveaux dans le but ultime d'une création mythique bien éloignée de celle imaginée par l'aède Atlas.

Rengaine d'une idole des vitrines

Je ne suis qu'une illusion d'optique dans le labyrinthe aux miroirs du cosmos. La patiente alchimie des étoiles m'a fabriquée d'un peu d'oxygène, de carbone, d'azote et de que sais-je encore voici douze milliards d'années, pour que la matière visible qui vous parle capte l'œil d'un aède revenu du royaume des ombres.
Un vieillard qui renaît après sa mort est-il encore un être humain ? A-t-il droit à une protection juridique ? Est-il justiciable s'il commet un crime, un délit, voire une infraction constatée par les agents de l'ordre, fussent-ils eux-mêmes des revenants ? La jurisprudence est floue, concernant le cas des bébés mort-nés. Tous les experts terrestres disputent âprement la définition même de l'homme. Certains admettent, et d'autres nient, l'existence d'une âme. Aussi celles de Picasso, de Buñuel et d'Aragon sont-elles en communication directe avec l'auteur de ce roman – qui réalise un mixage de Guernica, *de* Viridiana *et du* Fou d'Elsa *– pour vous éclairer d'une lumière d'au-delà.*
Prisonnier d'un no man's land *entre les mondes après l'explosion, cet homme a refusé les prestiges de l'éternité pour gagner à nouveau l'humaine symphonie. La musique des sphères et les vibrations stellaires l'ont dissuadé de renoncer à la possession charnelle d'une femme. Le peu de matière visible que je représente, à l'étal d'une boutique, l'a convaincu de rebrousser chemin dans la galerie des glaces universel. Depuis le vortex initial, il voulait retrouver le triple mystère du cosmos, de l'âme et de la cité des hommes.*
Grand bien lui fasse, et je ne serai pas la dernière à me flatter de son choix, même s'il a jugé bon de parler à mon propos d'un système d'ondes maléfiques.
Il faut croire que nos puissances lui ont accordé quelque visa diplomatique, sous forme de laissez-passer, pour que son témoignage vous instruise à tout jamais, hommes et femmes du futur, sur les modalités de passage entre les rives du cosmos, dans les infinis branchages de l'arbre du vivant...

L'homme qui était mort ne se sentait plus rivé à la terre, laquelle ne semblait ni fixe ni ferme sous ses godillots troués. Ce qui était arrivé devait avoir été préparé par les puissances d'en haut, mais aussi par celles d'en bas, pour te mettre à l'épreuve. Aussi le ciel noir ne lui était-il pas plus impalpable que le pavé gluant du trottoir. Encore, se mit à rêver l'aède Atlas, pour que fût absolue la magie de cette nuit, manquait-il quelque grotte chimérique veillée par la monotone cantilène d'un Jaguëy.

Le figuier, seul arbre du camp.

On y attachait par les pieds les prisonniers récalcitrants.

Si lent, si graduel est le passage de la mort à la vie que cet homme, à peine sorti du canal, éprouva la sensation de parcourir moins les rues d'une ville que forêts et montagnes hostiles, tour à tour transpirant et claquant des dents, traversant les fleuves noirs et les marais du désespoir afin d'imiter l'infini voyage de la divinité qui ouvre les chemins selon la Santeria de Cuba. Car c'était vers le dieu Babalu Aye, sous les oripeaux de San Lázaro, que montaient les prières séculaires des esclaves nègres en misère sur l'île d'Eva, cette île dont la danse de colibri taquinait depuis cinquante ans la gueule du caïman qui règne sur le monde. Provocation ridicule ? Imitation de son grand-père ? Qu'était donc allé branler Anatole, muni d'une valise n'ayant rien de diplomatique, près de l'ambassade américaine à Bruxelles ? Et dans le bunker parisien de ceux qui osent encore se nommer communistes, subventionnés désormais par la tour Panoptic ? Et quel sens pouvaient avoir ses traces retrouvées dans la province cubaine de Guantánamo ? Quelle que fût l'intention de ces bravades, l'homme qui était mort s'en faisait pour son petit-fils comme s'il s'agissait de lui-même. D'ailleurs, les deux flics aux allures de druides ne venaient-ils pas de confondre leurs identités ? L'aède Atlas pouvait donc, le nez toujours au vent, se glisser dans la peau d'Anatole, dont l'imagination se fût elle aussi mobilisée toute pour coïncider avec l'esprit de son grand-père.

Tu l'appelles. Tu cries un nom qui n'existe pas, justement parce que son vrai nom ne pouvait exister. Tu as pour lui un autre nom, que tu n'as jamais prononcé tout haut. Pas Anatole Atlas. Un nom secret, réservé à celui dont l'absence te pèse et tu le cries à la fenêtre de ton bureau d'***Esthetical & Ethical Expert*** comme tu l'avais crié tout à l'heure sur le pont du canal qui emportait le corps de son grand-père. Peu importe. C'est trop tard à présent. Il ne peut plus t'entendre, et même le pourrait-il, tu ne peux aller où il va, plongerais-tu par la fenêtre ou dans cette eau noire. Car ici ce n'est plus du roman. Tu sais bien que c'est la meilleure part de toi-même, celle de rêves n'ayant plus nulle raison d'être, qui s'est à tout jamais anéantie. Ton vieux pote est bien mort, sur l'autre rive de l'Atlantique. Disparu sans autre dernier message qu'un texte en espagnol, du côté de Guantánamo. Tandis que, par un coup du sort plus incroyable encore que dans tous les romans, c'est un autre qui a fait le plongeon cette nuit, portant le même nom que lui.

Traverser l’écho

d’une voix dans le canal, c’est franchir la frontière me séparant d’un frère, libérer nos deux âmes de leur solitude monadique. Comment faire venir au jour sa nuit, comment rendre présente la plus lointaine présence de lui-même ? Oui, nous sommes deux en une seule personne, jeunes gens superflus livrés à cette grande chasse à l’homme dont nous n’avons pas très bien compris le sens. Nous sommes deux quand je n’obéis pas aux directives de Jésus Evangelista, l’exposant à quelques milliards de pertes, comme nous sommes deux, et davantage, quand avec lui je plonge au fond de l’abîme pour échouer sur le rivage d’une île où renaît son grand-père dans les grands yeux verts de ma mère.

« Ne dis pas trop de bêtises, mon chéri. Ne te raconte pas tant d’histoires, quand la réalité que nous avons vécue est déjà assez difficile à retracer. C’est cela le sens du grand cirque, sous le chapiteau de l’au-delà ; c’est cela le message d’Eva de Cuba ! »

A vrai dire, le passage n'a rien d'indicible, ni même d'inracontable. Je me suis retrouvé dans le grand tourbillon de la mort, où les yeux d'Eva qui me virent, et ne me voyaient plus, me regardaient encore, avec une terrible expression d'éternité. Tout était-il si irréel ? Au loin, la mer murmurait doucement, s'abandonnant à la musique venue d'un autre temps. Si j'avais la chance de survivre à toutes ces guerres, je mettrais le murmure de la mer dans un livre avant de mourir, m'étais-je dit alors que je retrouvais l'île il y a cinquante ans. Combien j'avais vagabondé, de façon peut-être stupide, animé par ma chimère la Grèce, celle d'ancêtres mythiques... L'homme qui était mort songeait encore à la chanteuse américaine sur son arbre perchée, mais Eva restait la source et l'ultime destinatrice de ses pensées. Toutes naissaient d'elle et toutes y retournaient, comme l'étoile fixe est nécessaire à l'aimant d'une boussole intérieure. La pluie le rendait pitoyable et, devant maintes boutiques, il avait été pris de l'envie d'en fracasser la vitrine pour s'emparer de quelque valeur qui lui eût permis d'augmenter son capital, s'élevant dans sa poche à la hauteur d'une obole de trois pesos. Une statuette en bois, de ses ailes, avait chassé cette idée. Ses yeux n'évoquaient-ils pas ceux d'Eva de Cuba ? Bien sûr, il eût pu chercher à revendre ses deux précieux billets d'accès au stade pour la grande finale, à peine endommagés par leur séjour dans les eaux du canal. Mais n'étaient-ils pas l'une des raisons de sa présence au coeur de la capitale d'Europe ? Son estomac criait famine et tout le sang dans ses veines en appelait à la miséricordieuse indulgence d'une goutte d'alcool. Un cornet de cacahuètes grillées, rien qu'un petit verre... L'imagination fut le seul pain qui lui donna des forces, l'unique rhum qui le ravigota. Alors, comme le pèlerin se voit escorté par un oiseau ne perdant pas de vue celui qui peine avec lenteur, de cette capricieuse et fantasque manière dont Eva fut la compagne de sa vie – elle qui avait dans la voix le savoir des choses lointaines, elle dont les yeux s'animaient d'une vision qui voit plus loin que le regard – elle fut devant lui comme il y avait cinquante ans, sur la même plage de sable noir où Colomb l'avait découverte voici cinq cents ans. *Te souviens-tu de l'arbre sous lequel nous avons parlé pour la première fois, de l'autre côté du monde ? Mon ange gardien, ma lumière, voulais-tu vraiment que je retourne à la vie ?*

Chaque fois que tu voudrais jeter un œil de l'autre côté du miroir, c'est le reflet de ton père que te renvoie la nuit. C'est lui, ton propre épouvantail. Mais regarde-toi donc. Tu es un gagnant, pas comme Abel de Loyola. Tu n'as jamais vu ta mère, et alors ? Tu règnes au sommet de la ville, et l'on ne retiendrait de toi que l'image d'un corps difforme et rampant qui se tord et se contorsionne en hurlant comme un vaincu, quand ta victime poursuivrait son chant de gloire en étant sortie du canal ? D'où lui viendrait cet étrange pouvoir ? En quoi se justifierait pareille rédemption ? De quel privilège pourraient se prévaloir ses mots pour continuer sans fin leur litanie ? Quel passe-droit pour survivre à l'anéantissement dans la noire bouillie programmée ? Et si c'était de ta propre souffrance que naissait son apothéose ?

(Aurore était belle à ce point que la voir pour la première fois me fut un couteau dans le coeur. Quand je dis d'elle qu'elle était belle, c'est façon de parler. Toutes les femmes à mes yeux sont belles ; elle aurait donc pu n'être ni jeune ni belle au sens habituel de ces mots, qui font trop de ravages dans les romans. Mais il y avait les mouettes qui riaient dans l'or vert de ses yeux. J'avais passé la cinquantaine et cette jeune splendeur surgit devant mon corps tel un astre qui ne pouvait lui être destiné. Ne me demandez pas trop de détails sur qui j'étais, ce que je faisais à l'époque. Il y avait de bonnes raisons pour un homme d'être clandestin dans la Grèce de ces années-là. Tirez donc sur le fil de la dictature qui régnait alors et de notre éternelle guerre civile : vous avez bonne chance de remonter aux origines d'une civilisation. Vous aurez aussi l'explication du grand jeu téléréalisé depuis le stade sur le thème des douze dieux de l'Olympe.

Les SITUATIONS confuses sont mal CONSTRUITES

Je me trouvais donc en sommeil sur mon île natale, ayant pris la précaution d'en fuir la capitale, pour habiter une modeste chambre dans les ruelles du port de Naoussa. C'est à la terrasse d'une gargote ouverte sur la plage, ombragée par les ramures d'un figuier tropical, que ses yeux me frappèrent au coeur, laissant à tout jamais dans la blessure une place pour la balle qui me serait si peu fatale cinquante ans plus tard.)

Tant pis pour qui se moque ! Loyola vient d'en faire l'expérience : n'importe quel coup de feu tiré vous revient en pleine tête. Dans le meilleur des cas, cela vous illumine. C'était comme si, au centre du monde, avait existé un noyau de lumière musicale pure où sa mère et cet aède se fussent rencontrés jadis, dont son père et lui-même s'étaient trouvés exclus. Cette espèce de paradis sur Terre avait eu les branches d'un arbre pour se manifester. La chose avait eu lieu, semble-t-il, voici cinq cents ans, puis s'était

reproduite il y a cinquante ans pour lui donner naissance, à travers l'intervention d'un autre homme - Abel de Loyola.
*Mais pourquoi ? pourquoi ? Une idée monstrueuse alors se met à germer dans l'esprit de l'*Esthetical & Ethical Expert *au sommet de la tour Panoptic. Et s'il était le rejeton de ces deux hommes ? L'un provenait de l'Orient de la Méditerranée, l'autre avait vu le jour à l'extrémité occidentale de l'océan. D'une certaine manière, ces deux hommes incarnaient les deux pôles d'une même vision du monde. Et cette vision du monde se donnait à lire grâce aux racines d'un arbre courant sous les eaux, comme le regard n'existe que par le nerf optique, si quelque balle ne vous a pas fait exploser le cerveau.*

Traverser l'écho

d'une voix dans le canal, c'est rouler au fond de ses eaux noires et découvrir que cette voix des Cyclades et des Caraïbes raconte une histoire infinie, celle d'un flux cyclique et d'une onde en devenir perpétuel, entre le rivage des étoiles et la source magmatique. Jamais je n'avais vu une ville plongée dans de telles ténèbres, comme durent l'être ces nuits à l'aube de toutes les nuits, quand deux clans pouvaient s'affronter en un combat féroce parce qu'ils ne s'étaient pas reconnu le même ancêtre ! Oui, nous sommes deux, peut-être davantage, dans une même personne… J'étais au sommet d'une Tour à Bruxelles et la mer Egée respirait largement devant mes yeux. L'espoir naissait en moi du soleil sur les collines entourant le village au cœur de son île natale. J'entendais le chant saugrenu des coqs saluant la lumière qui s'en allait de l'autre côté du monde, ce cri perdu de l'aube au crépuscule sous le parfum des lauriers roses parmi les maisons blanches aux volets bleus étagées en terrasses, quand brille le serpent de la vieille route byzantine allant vers le port et que les derniers rayons frappent la façade et les deux tours en marbre blanc de l'église où reposent les os du Christophore, lui qui découvrit un autre archipel au-delà de l'Occident. Mais qui suis-je

encore ? C'est pourtant là qu'elle commence, ma vie, s'il est vrai qu'un yacht est amarré dans le port, qui suivra bientôt le chemin tracé par Colomb d'un œil à l'autre de ma mère...

« Entre les deux coups de feu qui décidèrent de son destin, il eut le temps d'appeler une femme Aurore, puis Eva de Cuba. »

A ce qu'on dit, il y a toujours une aurore après... Ainsi va la vie ! Mais après la mort ? Ne soyez pas macabre, voulez-vous, me souffle une voix féminine venue de plus loin que la nuit. Avez-vous déjà suivi le reflet d'une femme dans l'esprit d'un mort empli d'ombres légères ? Il danse en lui comme une lune, ce reflet, pour donner au mort sa petite leçon de mappemonde, où les yeux de la femme brillent à la fois du Levant et du Couchant. Cette pulsation rapproche, écarte nos rives intimes et légendaires autour d'un océan dont le nom loge en chacun la titanie d'Atlas. A chaque battement de ses paupières se joue un spasme entre l'Occident et l'Orient. Mais aussi entre l'Est et l'Ouest, puisque mon pays, la Grèce, était l'un des enjeux du conflit entre bloc soviétique et monde aimablement dit libre, un purgatoire au coeur du marchandage entre enfer et paradis, d'où notre guerre civile et le camp de Makronissos. Au lendemain du conflit mondial, nous autres communistes, qui avions pris une part décisive dans l'écrasement du fascisme, étions voués à retourner derrière des barbelés, dont les miradors arboraient bannière démocratique. Oserais-je l'avouer, même après la mort ? C'est encore le plus ineffable tabou régnant sur cette bonne vieille planète aujourd'hui lobotomisée : la société soviétique, malgré toutes ses tares, en dépit même de la contre-révolution stalinienne, fut la moins folle des civilisations que l'ère moderne ait portées dans ses flancs. Si on ne lui avait opposé la guerre capitaliste à outrance, et sous toutes les formes, elle aurait peut-être accouché d'on ne sait quel miracle historique, dont l'idée même est aujourd'hui partout prohibée. Rendez-vous dans cinq cents ans pour confirmation de ce verdict.

Loyola vient d'en tordre son cigare, mais il note. Avec scrupule. De combien de discussions enflammées cette question n'avait-elle pas été l'objet avec son vieux pote Anatole, depuis plus de trente ans...

C'est ce que je ne pouvais d'abord écrire sur l'écorce d'un arbre tropical, au printemps 1953, dans le camp de mon île orientale. Il fallait que le figuier sauvage me dictât ses hymnes ancestraux, portés par les nuages venus d'Alexandrie. Quel autre parti pour un aède, contre tous les empires, que celui de la bibliothèque d'Alexandrie ? Ces hymnes parlaient d'un Age d'or où dieux, hommes, bêtes et monde végétal habitaient en harmonie. Puis ils situaient l'origine de l'aède en des temps héroïques, les temps d'entre le règne des dieux et celui des hommes, ceux où dut se produire une fracture des géographies premières pour que la même mère, le même père de la mythologie engendrassent une paire de dragons, dont l'un garderait le jardin aux Pommes d'Or des Hespérides et l'autre la Toison d'Or de Colchide. Depuis lors, l'aède en son délire chante la douleur d'une telle séparation, qui accompagne celle entre les hommes et leurs dieux.

L'excès d'alcool et de tabac sur une nuit sans sommeil ? Loyola sent ses entrailles se nouer à de telles évocations. Tu causes, tu causes, mais j'aurais voulu te voir face à mon père, voudrait-il rétorquer pour clore le bec de cet Atlas. D'ailleurs, aux yeux des partisans de la théorie du Spectacle – dont Abel de Loyola fut l'un des pionniers méconnus – le moindre prolégomène à toute intelligence de l'époque ne postulait-il pas la critique radicale d'une Union soviétique enrobée des prestiges fallacieux de l'Age d'Or ? Sur le sol de laquelle, il faut bien l'avouer, aucun d'entre nous n'avait jamais mis les pieds. Sauf Anatole, dont le grand-père n'en poursuivait pas moins son laïus d'outre-canal.

Tout cela, je le remuais au camp. Grâce à l'arbre génésiaque. Sans imaginer Aurore dans sa robe de sang. Sans savoir qu'elle m'initierait aux mystères, qu'elle me conduirait aux enfers par le charme de sa voix. Sans deviner qu'elle m'apprendrait à offrir le jus de la grenade aux morts, qui ne réclament pas d'autre sang des vivants. L'arbre le savait-il encore ? Ses lianes et ses racines se souvenaient-elles d'Atlas et d'Eva (c'est-à-dire de vous et moi, n'importe qui en état d'éveil), mêlés à elles depuis tellement plus longtemps que cinq cents ans.
Soutenant la voûte astrale au jardin des Hespérides, j'ai donc survécu à la dérive des continents, l'extrémité d'une queue volcanique se retirant de ta matrice où s'engouffraient les eaux de la mer jusqu'au fond de la Colchide. Cyclades et Caraïbes : rivages d'îles déployées dans ce tourbillon par un souffle venu de la constellation des Pléiades.
Qui renaît chaque jour en tes yeux verts.

Traverser l'écho

d'une voix dans le canal, c'est rentrer à ce point en soi que s'y fracasse la frontière avec un autre, pour le voir passer des jours et des nuits sans dormir, à errer dans les parcs, à se reposer sur les bancs publics, à sauter dans des autobus vers n'importe quelle destination, s'assurant de n'être pas suivi. Staline était mort voici quelques lunes à peine et les camarades se déchiraient sur la politique à suivre, dans une clandestinité qui n'avait pas cessé depuis la guerre. Puis c'est le voir s'embarquer au Pirée sur le bateau menant à son île natale. C'est donc en clandestin qu'il retrouverait l'île où trois lustres de guerre avaient décimé ceux de sa génération, si l'on comptait la dictature de Métaxas et toutes les années d'une guerre civile qui n'en finissait pas. C'est là qu'un soir, à la terrasse d'une taverne, il rencontrerait les yeux de ma mère.

« A vous d'orchestrer la piste aux étoiles dans le grand cirque d'Eva de Cuba ! »

Le coup de feu de tout à l'heure (quelle heure ?) lui revint en pleine tête, à l'homme qui était mort, devant l'arbre phénoménal. Un figuier des tropiques aux branches extasiées enlaçait de ses lianes le vieux réverbère, dont l'éclat foudroyait la vitre noire du seul bistrot visible sur ce quai désert. Enfin, se dit-il, un peu de réalité. Mais non. Tout à l'heure (quelle heure ?), une créature féminine en peignoir bleu ciel officiait à la vitrine offrant ses formes à la lueur des néons roses, et je n'ai pu rêver les moustaches du camarade Ivan me servant à boire une mixture au rhum... Son nez contre la fenêtre du ***Come Back***, une main en visière. Personne ! Même qu'il y avait un juke-box d'où s'envolaient des voix mortes, et que la fille s'appelait Calypso, je ne l'ai pas vue de près, mais n'est-ce pas cela la réalité dont les jours et les nuits étaient faits, Calypso montée à l'étage avec deux flics, un grand maigre à lunettes et un petit barbu, tonnerre, ce devait être vrai, les deux policiers sur mes traces dans la voiture au gyrophare bleu... La vie serait-elle plus cruelle que le fond du canal ? Au seuil de quel bar, écoeuré d'exotisme, retrouver un espoir dans l'aube au-delà du naufrage ? Eclat de rire bref, tourné vers l'unique source de lumière. Quels yeux de verre cachés dans ce réverbère ? Les nuages qui cachaient la lune depuis un moment s'ouvrirent et il vit le corps d'Aurore se dresser dans son éclatante nudité. L'aède prit appui contre la façade. *Au figuier, seul arbre du camp, les coups s'accélèrent. Par tous les moyens arracher les crocs de ceux qui vivent en grands félins.* C'était comme si son crâne avait contenu des millions de miroirs faisant écho d'images venues de tous les lieux et de tous les temps. Pendant une fraction de seconde, il fut le siège de cette lucidité convulsive absolue que l'épileptique est seul à connaître. Il perdit toute illusion de l'espace et de la durée pour s'aventurer plus loin encore dans cette dimension du réel qui le ramenait à la fois cinquante ans, cinq siècles et cinq mille ans en arrière, sur deux spirales galactiques n'en faisant qu'une à la surface des mers. *Ce double tourbillon d'îles au fond de tes yeux verts, mon Eva !* Dans cette éternité en suspens, il sentit toutes les guerres de conquête qui avaient laissé en lui leurs monceaux de cadavres comme autant de déchets organiques de son propre corps. Il sentit ces millions de victimes qui bouillonnaient au fond de ses viscères pour écumer en filet de bave à ses lèvres tremblantes. Il sentit toute la misère du monde se mêler à ses os et à ses dents. N'était-ce pas à se déchirer les tripes qu'il avait passé le plus clair de sa vie sur cette planète ?

(Lecteur d'un siècle futur ! Toi qui auras retrouvé ta nature sauvage et tes sens raffinés car tu ne vivras plus sous la griffe des carnassiers, sache que leurs appétits féroces et leurs instincts meurtriers se déployaient d'abord contre les nuages et les oiseaux de passage...
On venait déjà de m'offrir une superbe tournée des îles, avec séjour prolongé dans le camp de Makronissos, charmante villégiature où les militaires au pouvoir accueillaient à bras ouverts tous les fauves de mon genre. Très copains, entre nous, avec le sympathique Fulgencio Batista, grand maître des plaisirs sur l'île où

m'entraînerait Aurore. Mais je ne veux pas ici me souvenir du pire. La frénésie entretenue par certaine bourgeoisie flibustière (dont faisait partie Aristos Théokratidès), à s'encanailler pour accroître la dose de frissons dont elle estimait pouvoir légitimement jouir, trouvait son lieu d'élection mondial dans la Caraïbe, et spécialement à Cuba. L'île entière était alors un terrain d'aventures multiples, sans temps morts ni entraves morales d'aucune sorte, où tous les plaisirs ludiques avaient le champ libre. UNE AVENTURE D'AMOUR ET DE MORT DANS LE CADRE PRESTIGIEUX DES ILES. *Elle se voulait donc la capitale de ce qui s'opposait au goulag soviétique et, pour cette raison, devait être un laboratoire de l'idéologie nouvelle à laquelle - je l'ignorais encore - mon amour se trouvait acoquinée.)*

Traverser l'écho

d'une voix dans le canal, c'est se rappeler du fait qu'Aristos Théokratidès, le père de ma mère, avait été au cœur des tractations compliquées qui s'étaient nouées entre les puissances au lendemain de la guerre, dont la Grèce était un enjeu stratégique. Une grande partie de son peuple, et de son armée, nourrissait de telles sympathies communistes que Staline s'en était méfié lors du partage de Yalta. La Grèce appartiendrait-elle à l'Est ou à l'Ouest ? Il n'était rien de plus urgent, pour l'Occident, que de s'employer à construire une paix juteuse dans un Moyen-Orient né de la mort de l'empire ottoman, lui-même avatar monstrueux de l'archaïque Troade. Que ce fussent les nouvelles troupes d'Agamemnon jadis organisées pour conquérir Ilion, ou les armées modernes de la perfide Albion : les unes comme les autres, à trente siècles de distance, incarnaient les valeurs de l'Occident contre celles de l'Orient. D'autre part, aux extrémités du couchant, ce n'était un secret pour personne que le sergent Fulgencio Batista avait été installé au pouvoir grâce aux bons soins du même Agamemnon, dont les services spéciaux se trouvaient associés sur l'île aux principales familles de Miami et de Las Vegas. Comme n'avaient cessé de le faire, au long

des siècles, l'empire espagnol de Leurs Majestés très catholiques, puis l'empire britannique de Sa très Gracieuse Majesté, le nouvel empire dont la bannière étoilée se levait sur le monde armait une incomparable puissance de feu pour assurer partout bonheur et paix, justice et prospérité. Pareille mission ne se concevait pas sans la promesse de répandre universellement les droits de l'homme et la démocratie. C'est ce dont il serait question sur un yacht ancré dans ce port des Cyclades, au printemps 1953.

Notes en bas de vie

Sitôt après ma conception. L'ultime nuit vécue par mon père. Celle de l'assaut de la Moncada. Le 26 juillet 1953. Les archives d'un hôpital en attestent. A Santiago de Cuba. Ma mère passa quarante jours. Quarante nuits. En état de vivante morte. Coupée du monde. Hors toute autre perception. Que des murs noirs. Insonorisés. Un casque sur la tête. Selon les programmes de l'Agence. Pour parvenir au contrôle. Sur l'esprit. Des obsédés politiques. En son genre. Après quoi. Laborieusement. Put se développer. Dans son utérus. Un embryon. Promis à venir au jour. Le 16 juin 1954. Au début. En dépit des drogues. Elle tenta de lutter. Donnant de sa tête casquée. Des grands coups dans la porte. Capitonnée de noir. Puis on augmenta les doses. De sodium amytal. Et elle se calma. Sans autre stimulus. Qu'une bande enregistrée. Passant en permanence. La voix de Sacha Bielinski. « Votre homme est mort. Ma petite. Il est parti. Mais vous n'êtes pas seule. Aujourd'hui commence une nouvelle vie. Vous devez y croire. » Au cours de ces neuf cycles. De la lune. Elle subit près d'un millier d'électrochocs. A raison de cinq par séance. Vêtue d'un slip. Et d'une robe de chambre. On l'installait dans une cabine. Equipée d'un analyseur de voix. Pour étudier les troubles de la parole. Cette « salade de mots ». Procurant de précieuses informations. Cliniques. Sur l'évolution de sa maladie. Les questions portaient. Sur son lieu de naissance. Ou sur le nom de son père. Qui ne pouvait rien pour elle. Cette partie se jouant. A un niveau supérieur. Hors de portée. D'Aristos Théokratidès. Voire du dictateur Batista. Lui-même. Savait-elle. Où elle se trouvait. Quelle année. Quel mois. Quel jour de la semaine. Quelle heure ? Et les réponses. Un babil radotant. De la belle Aurore. Ou les grognements. De la chanteuse à voix d'or. Eva de Cuba. Parlaient d'un cimetière. Près de la mer. Où elle était née. Lors de la Grande Catastrophe. D'Asie mineure. Ainsi que du ventre. De sa mère. Au-dessus duquel. Elle flottait. A jamais. Voyant l'Indienne blonde. A peau noire. Habanaguana. Depuis les branches. D'un jaguëy. De l'autre rive. Accueillir. Les trois pirogues. Aux voiles blanches. A croix rouges. De Cristobal Colon. Débarquer. Sur la plage de Baracoa. Mais elle évoquait. En outre. Un ventre creux. D'aède grec. Voyageant. A travers les siècles. D'Anatolie. En Atlantide...

Maïak

DANS CERTAINES TAVERNES,

Aux heures pâles, siègent les parlements véritables de nos démocraties. Je m'étais installé dans un coin d'ombre près de la fenêtre au fond de ce café bruyant. La jeune femme en imper noir n'avait pas encore levé sur moi ses bras enroulés de serpents. Retiens la nuiiit, *braillait un juke-box aux passions en rade, punks et skins, madones aux lèvres mauves, chômeurs cherchant dans la bière une chaleur précaire, anciens militants rabougris se laissant insoler aux accents d'une époque révolue. Debout sur une chaise, un type aux cheveux longs rabâchait ses hébétudes accompagné d'une guitare. Accoudés au comptoir, lorgnant d'un regard morose les tables enfumées, plusieurs intellectuels se trouvaient engagés dans une discussion relative aux subsides nécessaires pour continuer des fouilles aux confins de l'Empire.*

Qu'en sera-t-il dans dix ans ? Le passé renaîtra-t-il toujours par la voix cyclique de Johnny ? La courbure labyrinthique infligée aux choses ramènera-t-elle toute l'histoire à un temps sans mémoire ni projet, noir des plus sinistres présages ?

L'aède est celui qui parle après sa mort ! Aventure infinie, l'au-delà des ici-bas... Cette épiphanie vécue sur la plage de Naoussa me fut comme l'image d'Athéna quand, dans l'Iliade, elle descend des nuées pour signifier aux mortels qu'existe une vie éternelle. Au rebours, l'embryon peut-il comprendre le mouvement qui l'incite à quitter son abri matriciel ? Peut-il savoir quelle énergie lui fera voir la lumière du jour ? Dédale est ce qui nie l'hypothèse du passage, aussi dois-je

imaginer cette rencontre en Crète, sur la digue d'Hierapetra.

Rengaine d'une idole des vitrines

Bien sûr, l'aède est menteur comme tous les Crétois.
Ne te fie donc à rien de ce qu'il avance, ô Lecteur, son royaume exclusif étant celui du mythe. Mais celui-ci possède une vérité propre, qui traverse les âges.
Ainsi du palladium d'Athéna, prétexte à la guerre de Troie.
Les diverses péripéties de mon existence terrestre, telles qu'elles furent chantées par Virgile, ne furent-elles pas à l'origine de la fondation de Rome, avant de susciter l'œuvre de Dante ? Si j'ai roulé ma bosse de fétiche taillé dans le bois d'un figuier tropical pour me retrouver à l'étal d'une agence de voyages, il fallait bien que ce fût en bout de course afin de nourrir le rêve d'un aède grec...
Je suis en relation avec l'arbre et le fleuve de l'histoire, disent mes yeux fermés pour cause d'inventaire. Le volet de métal est baissé devant la vitre de cette boutique où, par les interstices du grillage, il a passé sa main tremblante. Mon corps s'est embrasé sous la chaleur d'une caresse qui m'a fait revenir toutes ses aventures en mémoire. Importe-t-il beaucoup de savoir si sa rencontre avec une femme eut lieu sur l'île de Crète ou sur celle de Paros ? Il s'agit là d'une question qui remplirait certes plus d'un estimable roman. Sous l'éclairage de la lune, mon devoir est plutôt de réfléchir comme un miroir sa recherche d'une ombre féminine, cette image aperçue un beau jour sur quelque plage, marchant pieds nus en robe rouge telle une vérité première qui s'offrait à lui dans toute sa tragique et banale simplicité florale.
Cette rencontre ne pouvait avoir eu lieu que dans l'espace imaginaire grec, au fond de la matrice d'une idole. D'une île à l'autre de mes yeux s'écoule une rumeur de sable dont la source est ailleurs que sur les cartes géographiques.
Au-delà des frontières mentales est son ventre porteur d'une semence toujours vive, son ventre tenaillé d'une faim millénaire...

What's for dinner ? We have a solution for you... murmurait la vitrine du boui-boui. Minuit passée depuis combien de siècles, et te voici, le ventre toujours vide, à la frontière de ces nouvelles rues cossues qui exhalaient une délicate odeur de bouffe internationale jusqu'aux quartiers touristiques entourant la Grand-Place. *L'île où les pierres étaient rouges du sang répandu.* Trois pesos d'épargne en poche, l'aède s'imaginait avoir déambulé comme un lépreux depuis la veille, avec des crabes et des homards qui lui rongeaient les entrailles, parmi ces relents de boustifaille, croisant sur les bancs des squares quelques monstres insolites - vieillards idiots, clochards névrotiques -, tous plongés dans un rêve olympique. *Chairs en lambeaux chairs en lambeaux pour des idées qui n'en sont plus.* N'eussent-ils pas damné leur âme pour un ticket d'accès à la grande finale des douze dieux de l'Olympe ? Et voilà qu'au débouché du canal, comme au sortir d'un noeud intestinal, sur le sol inégal du trottoir - déjections humaines confondues aux rebuts et aux gravats de cette capitale - se dressait l'immense arbre tropical, blême, spectral. *Fouets tressés de barbelés sous un figuier, le seul arbre du camp.*
Comme l'ancêtre Atlas, il s'était assigné pour devoir de colporter sur ses épaules une vision globale de l'univers. Ses navigations l'invitaient à découvrir toujours un au-delà des horizons visibles. Toutes les limites au regard, derrière lesquelles il y avait lieu d'inventer d'autres mondes, lui procuraient l'ivresse de faire exister, à l'autre bout du globe, des îles bienheureuses ; quand bien même il se fût agi de terres désolées, recouvertes seulement de buissons rabougris, proies des mêmes oiseaux de mer que ces mouettes s'acharnant sur un tas d'ordures devant le *Come Back.* Une nuée de mouches tournoyait au pied de cet arbre, cherchant à lui rappeler quelque chose, *fauves dressés sous le figuier pour vous corriger les idées,* puis disparut de son champ de vision. Faire naître des espaces imaginaires, n'est-ce pas l'un des jeux les plus grisants de l'esprit ? L'homme qui était mort s'y livrait pour savourer l'extase que procure une aventure en haute mer, à peu de frais, dans l'ombre d'un café bruxellois. Tout de même, ces mouches venaient de lui jeter un sacré froid, messagères d'on ne savait quel monde infiltrées dans la ruche humaine à l'affût des débris de la vie. Pour mort qu'il fût, l'homme ne s'en avouait pas cadavre pour autant. Butinant en lui-même les souvenirs les plus lointains, l'aède s'abusait-il en croyant que son miel eût des pouvoirs éternels ? Il ne faisait que suivre l'exemple d'un aïeul fameux, lequel Atlas fut le premier à parler de terres nouvelles, de continents vierges, d'îles inutiles et introuvables où l'or et le feu se conjuguent dans une ébullition mystérieuse de la matière -

et des étincelles immortelles de lumière - que seuls font découvrir les périples au-delà des tempêtes et des naufrages, où telle créature féminine, habitant les profondeurs marines, vous rend à la vie.

(J'interviendrai le moins possible dans ce récit chaotique où tout n'est pas faux, même si prennent un peu trop d'importance les mouches évoquées. Celles-ci sont bien placées pour savoir qu'elles furent les premiers témoins de ma rencontre avec Aurore Théokratidès, dite Eva de Cuba. Mais il y avait surtout les mouettes venues d'autres îles au fond de ses yeux. Existe-t-il au monde un lecteur disposant de la patience nécessaire pour accepter le fil d'une telle histoire ? Ses entrecroisements formeraient une tapisserie crédible, si l'auteur jugeait digne d'en respecter la trame initiale. Une tapisserie, voire un tapis de prière, à quoi ressemblait la petite plage étendue aux pieds de la taverne Panselinos, *qui m'offrirait de vivre une éternité parmi les oiseaux de mer dans le monde lumineux de ses yeux verts. Chaque jour, les gardiens du camp nous faisaient tirer du puits des seaux d'eau puis, au pas de course, les vider sur les rochers de la jetée qui devaient être propres comme l'intérieur de nos crânes.*

Sans doute, l'auteur a-t-il ses raisons pour occulter le récit d'une peu glorieuse errance où je m'enivrais de boissons dont les noms m'obsédaient comme les élixirs d'improbables îles tropicales. Nomade en mon île natale, je trouvais dans l'alcool une illusion de chemin vers des Sargasses imaginaires. Ainsi du fameux rhum Evangelista. Principaux financiers de Batista. Chacun se souvient d'une mulâtresse blonde, sur la réclame aux couleurs exotiques pour ce rhum des Antilles. Aurore en était l'exact reflet, si ce n'est que sa carnation semblait une réplique, dans les tons pâles, de celle illustrée par l'image de la bouteille, qu'elle éclusait seule à cette terrasse ouverte sur la plage de Naoussa. Toute île était pour moi l'origine des fables et je vivais alors à Paros, pour ainsi dire, de désert en désert. C'est ainsi que son regard jaillit sur moi comme une source au milieu des sables. Elle avait l'air d'une fée maîtresse des mirages, assise à l'enseigne de la Pleine Lune. Je revois le rivage au bout de la digue, et cette unique table où me frappe l'épaule d'une femme dont le contre-jour efface encore le visage. Quelques pas de plus et l'éternité d'or s'imprime sur la peau d'une cuisse, la main de l'inconnue lève un verre où s'échoue ma détresse, puis d'un coup son regard insistant vers ce vagabond qui passe. Puant l'odeur des fauves dans la cage spéciale du grand cirque. *Rien de plus insultant, pour un clandestin, que d'être ainsi dévisagé par une belle jeune femme exhibant tous les dehors de l'opulence matérielle. Il avait passé le cap de la cinquantaine et, s'il ne portait pas trop mal ton âge avec ma dégaine de zouave dégingandé, cette allure désoeuvrée n'aurait pas captivé l'attention de n'importe quelle gamine de la haute. Etait-elle dans un état second ? Pour moi, je fus changé en pierre.* Notre odeur de félins, quand les gardiens vous arrachaient les crocs à coups de gourdins. *Surtout, j'étais sidéré par la ressemblance entre cette femme et l'Indienne à peau noire qui figurait sur l'étiquette mémorable de la bouteille. Elle continuait de m'observer en silence. Eh bien, regarde ! murmurait l'étrange lien qui nous unissait à cet instant. Regarde, et dis-moi ce que tu voudras. Dans une absolue fixité de nos deux êtres, cette interrogation muette sous le bourdonnement des mouches autour du figuier tropical. Tu sais ce que je voudrais, moi ? Ce serait que chaque terminaison nerveuse de mon corps épouse le tien pour l'éternité. Voilà ce qu'il y avait dans ce double regard fondu en un seul. Ses yeux m'apparaîtraient comme deux mers archipélagiques n'en faisant qu'une quand, sans rompre encore le charme, elle fit apparaître un morceau de papier dont les caractères prirent leur envol devant mes yeux.*

ABEL de LOYOLA

Présente

Le mouvement lettriste n'a pas fini son strip-tease

VISITEZ BRUXELLES PSYCHOGEOGRAPHIQUE

Jamais mots imprimés ne se gravèrent dans ma mémoire comme ceux de la feuille qu'elle se mit à parcourir en souriant avec nonchalance, la balançant d'une main calme près de son visage ainsi qu'un éventail, avant de la déposer sur le coin de la table. «Tous les arts sont des jeux vulgaires, et qui ne changent rien »... « L'Art moderne réclame un au-delà de l'Esthétique »... « La nouvelle génération ne laissera plus rien au hasard »... « Nous sommes résolus à dicter une autre condition humaine »... « Les rapports humains doivent avoir la passion pour fondement, sinon la Terreur »... « Persuadés que les seules questions de l'avenir concerneront le JEU »)

Traverser l'écho

d'une voix dans le canal, c'est le Grand Jeu d'un homme que les directives officielles de Jésus Evangelista n'autorisent pas à porter, à la fin de la journée, un risque résiduel supérieur à quelques centaines de millions d'Euros. Mais, au cours de ces dernières semaines, les positions ouvertes n'ont-elles pas dégagé plusieurs milliards de pertes, avant qu'il ne renverse la vapeur pour amasser une somme équivalente, en gains cette fois, lui laissant toute latitude pour conclure en beauté la nuit de son anniversaire ? De si riantes perspectives doivent avoir gagné le cerveau d'un autre homme qui fait partie de moi, quand je me retrouve avec lui dans un café près du canal, partageant les va-et-vient de sa mémoire depuis cinquante ans. L'absence de lendemain à cette nuit faisait refluer mes pensées comme des galets, loin en arrière, au-delà de ma propre naissance. Particulièrement sonores sont les vagues du canal de Bruxelles, quand elles roulent sur les galets du rivage à l'aurore. Une brise chargée de sel, qui semblait avoir traversé des lames de fond, me restituait les souffles marins dans un archipel de la Méditerranée orientale. Je me trouvais au cœur de la capitale d'Europe et la mer Egée respirait devant mes yeux. Les façades blanches flambaient

aux derniers feux du jour, j'entendais tinter la cloche de six heures du soir dans le roucoulement des colombes et me revenait le parfum du jasmin qu'Aurore aimait piquer dans sa tignasse d'or quand nous descendions vers le port où reposait à l'ancre le bateau de son père, celui qui devait nous mener vers l'autre rive de l'Atlantique, sur la plus grande île d'un autre archipel où Colomb voici cinq cents ans doit encore mettre pied pour que se réalise le destin du monde.

Notes en bas de vie

Les réponses d'Aurore. Ne sont pas de celles. Qui agréent. A Sacha Bielinski. Dans la cabine. Où l'on étudie. Son horloge interne. Et teste. Sa résistance. Un potentiomètre. Attaché. Entre le haut de sa cuisse. Et le bas de son torse. Afin que l'appareil. Appuie. Fortement. Sur la hanche. Ainsi qu'un petit émetteur. Fixé. Avec une courroie. Pour enregistrer. Les signaux. Emis par le potentiomètre. Et les transmettre. A la chambre d'analyse vocale. Où s'étudient. Bruits de suffocation. Et larmoiements. De ma mère. « ***Technique scientifique destinée à affiner l'analyse du comportement des patients.*** » Selon le langage. De l'Agence. Les renseignements. Se traduisaient. En graphiques. Sur papier millimétré. Tous les symptômes. De la malade. Façons dont elle. Se déplace. S'assoit. Incline la tête. Entremêle ses doigts. Murmure. Marmonne. Radote. Bave. Promène un regard vide. Autour de la pièce. Soigneusement. Relevés. Sous forme de points. Et de lignes. Ses mouvements filmés. Pendant qu'un micro. Caché dans le plafond. Enregistre. Ses gémissements. D'animal apeuré. Un haut-parleur placé. Derrière la glace. Sans tain. A travers laquelle. On me filme. Car je m'envole. Dans les airs. Par un sortilège magique. Du rêve et de l'ivresse. Vers l'unité originelle. Serait-ce l'effet. Du breuvage narcotique. Absorbé cette nuit ? J'interprète le rêve. D'une vie embryonnaire. Dans le ventre de ma mère. Elle-même. Dans celui. De sa propre mère. Pendant la Grande Guerre. En Asie mineure. Patrie de Dionysos. Le deux fois né. Prophétisant. Par moi. L'époque où nous vivons. Ce qui doit mourir. Bénéficie. De tous les soins. Dus à un nouveau-né. Quand ce qui doit naître. Pour tout berceau. Bénéficie. D'une pierre tombale. Cette cellule. Dans un hôpital. Après le 26 juillet 1953. Où Sacha Bielinski. Note. Ce qu'il nomme. Les mouvements ondulants typiques. De ma mère. De temps en temps. Lui donnant des ordres. Par le haut-parleur. Elle. Se demandant. D'où vient la voix. Mais elle a. Trop régressé. Pour donner réponse. A ses questions. Droguée. Déstructurée. Manipulée. Les têtes pensantes. De l'Agence. Ravies. D'avoir trouvé. En Sacha Bielinski. Un psychiatre. Prêt à poursuivre. Les expériences. De privation sensorielle. Jusqu'à leur conséquence. Ultime. La détérioration. Irréversible. Du cerveau. Lui qui. Tous les quatre ans. Prenait congé. Vers la Turquie. Se débrouillant. Pour gagner Moscou. Donnant à son retour. Grâce à ses éminentes fonctions. De président. De l'Association mondiale. De psychiatrie. Des conférences. Publiques. Sur les dangers. Du communisme. Ayant donc ses entrées. Au Kremlin. Comme à la Maison Blanche. Est-ce l'aède qui parle en moi ?

Juan-Luis de Loyola ne s'en remet pas.
Ses pensées tournent en rond comme la mouche qui trapèze devant ses yeux. Pourquoi ce bourdonnement d'insecte dans son crâne ? Ces phrases le parasitent ainsi qu'un essaim venu d'avant le temps de sa naissance, impossible d'en ôter le bruit de son texte, il voudrait en demander pardon au lecteur. Que lui importe encore le fait que, dans cette Internationale dirigée par Debord, Untel ou Untel eût été exclu pour « déviation doctrinale » ou pour « médiocrité personnelle », puisque ce ne fut pas le cas de son père ? Loyola se caresse la barbe. Mais comment donc ce pauvre diable était-il capable de se souvenir, avec une telle précision dans ses divagations éthyliques, de scènes concernant sa mère morte en lui donnant la vie le 16 juin 1954 ? Comment pouvait-il lui infliger pareille abomination ? Loyola se perd en vaines suppositions pendant que la fumée de son cigare s'élève dans l'air confiné du bureau, entourant son visage de sombres volutes, et qu'il continue de frapper les touches de son Panoptic. A la façon même dont volent les mouches : au débotté et à l'instinct.

A propos, que cherchez-vous en ouvrant un livre ? Du sexe et de la mort, il s'en offre à tous les étals. Enrobez-les de quelque secret, l'affaire est faite. Mais il s'agit ici du plus profond mystère, celui d'une parole venant s'emparer de mon esprit, de ma connaissance et de mon souffle. A l'époque où commence mon histoire, la conscience du citoyen occidental s'abandonnait à l'ivresse des grands titres faisant allusion à la menace atomique, aux nouvelles épidémies et famines, à une prochaine guerre mondiale dont les prémices explosaient au fond de la Méditerranée. Devant quoi ledit citoyen s'adressait au marchand du kiosque pour acheter quelque *Action Story*, *Pulp Fiction*, *Yankee Mag* ou autre forme de littérature propre à satisfaire tous les goûts dans une société démocratique. Et face à quoi l'avant-garde littéraire, à laquelle appartenait mon père, détournait les *comic strips* en déclarant se mettre au service de l'oubli. Faut-il pour autant perdre toute mémoire ? Les souvenirs gênants remontent à la surface... « Quand le préfet de police remplace ***Nadja***, le voilà l'amour fou », proclamait l'un de leurs premiers manifestes destiné à flinguer « un vieux beau sur le retour », nommé André Breton... Dans cette même affiche, le fondateur du mouvement lettriste, Isidore Isou, n'était-il pas accusé « de tirer ses subsides des Renseignements généraux et de l'Ambassade américaine » ? Ailleurs, sommation est lancée aux « partis révolutionnaires prolétariens », « d'organiser une intervention armée pour soutenir la nouvelle révolution » en Espagne... Quelques mois plus tôt, les membres de cette Internationale créée à Bruxelles insultaient Charlie Chaplin, venu présenter son film **Limelight** à Paris, le traitant d' « escroc » et de « fasciste larvé »... Par je ne sais quelle paradoxale conjuration, n'étaient-ils pas complices de la ***Kulturindustrie*** ? Cette hypothèse ne plaît guère à Loyola, même si elle alimentait les publications de son vieux pote Anatole. Où trouver le lien qui manque ?

« Ne te tracasse pas, mon chéri... Le programme suit son cours au grand cirque d'Eva de Cuba ! »

Loyola n'était plus revenu sur toutes ces questions depuis plus d'un lustre. Dans le silence du bureau désert, au terme d'une nuit sans sommeil, c'était comme si les pensées de plusieurs hommes affluaient à son cerveau surexcité par le café au rhum. Tous les possibles historiques étaient ouverts, en ce début des années cinquante. L'affichage massif du meurtre collectif ne suffisait plus à combler une addiction nouvelle du public. L'ère étrange qui s'ouvrait alors, dans la mesure même où elle abreuvait les foules en rasades quotidiennes de sang frais, semblait exciter une soif inextinguible pour des libations fictives.

C'est ainsi que ma mère a dû découvrir ***Adieu Satan***, roman à deux sous publié sous le pseudonyme de Jérémie Lazarévitch. Qu'il me soit pardonné de rappeler pareil contexte un demi-siècle plus tard, à l'heure où cet Anatole Atlas continue son cirque obscène aux abords du canal de Bruxelles.

Anatolie et Atlantide, Orient et Occident, Est et Ouest, Levant et soleil couchant... Ma tête a surnagé dans les eaux du canal, ses magmas d'étoiles giclant sur mon île natale des Cyclades aussi bien que vers la Caraïbe et Cuba, le jaguëy, la Santeria, le cigare et le rhum, la musique et la danse du ***son*** santiaguero, le Cimarrón, la révolution, l'amour d'Eva. Bref, toute une panoplie publicitaire, sans oublier la grotte où mourut l'Indien Hatuëy... Qu'est-ce que tout ça veut dire ? Où veut-il en venir ? Vieillard aveugle errant de siècle en siècle à déclamer ses odes aux carrefours de la guerre entre les hommes, les mythes qu'il invente profèrent une vérité qu'ignore désormais l'Histoire. Car il nage à la frontière, la frontière interdite entre les mondes. Cyclades et Pléiades, Colchide et Hespérides : il était voué à faire voisiner ces géographies lointaines comme on fait copuler des mots étrangers l'un à l'autre. C'est le moins qu'on puisse dire. Ses mensonges voudraient prendre à rebours le discours officiel ; ils créeraient des histoires que l'Histoire ne sait plus inventer. Je pourrais moi-même vous raconter quantité de bobards concernant mes affaires, mes amours – vous pensez bien ; mais je ne crois pas qu'ils s'écarteraient fort de ce que vous offrent tant de téléfilms produits par nos soins, lesquels assument aujourd'hui l'ancienne fonction du roman. Chaque marchandise n'a-t-elle pas sa petite fable à vous narrer, de sorte que les esprits pataugent en permanence dans un marécage où les fantasmes tiennent lieu de réalité ? C'est à quoi servent nos programmes de ***Story Telling Management***, mis au point par l'Association. Oui, cette ***Anatolian Atlantic Artistical & Athletical Association***, servant de façade à la promotion de multiples affaires entre l'Asie mineure et la Floride, la Turquie et l'Amérique. Multinationale du sexe et de l'argent, des armes et de la drogue... Chut !

Quant à lui... Sitôt libéré du camp de Makronissos après la mort de Staline, au printemps 1953, j'achetai un cahier d'écolier pour y transcrire le premier chapitre d'un nouveau roman qui avait mis toutes ces années de détention à prendre forme dans ma tête. J'ignorais alors d'où m'étaient venues les intuitions auxquelles je devrais cet évangile inspiré par un jaguëy. Sans doute avait-elle quelque pertinence, l'hypothèse des camarades mettant une telle expérience au compte de la folie. Certains, pourtant, se montraient réceptifs à mes fables. Ne transportais-je pas des bibliothèques entières dans ma tête, ainsi qu'il convenait à un intellectuel communiste ? Ils se souvenaient eux-mêmes de légendes grecques évoquant des temps où, subjugués par les chants d'un aède, les animaux féroces s'en approchaient pour l'écouter, tandis que les arbres inclinaient vers lui leur feuillage à la manière de ce ficus planté au milieu du camp. C'était comme si ses étranges racines me les avaient dictées, ces fables archaïques, au fur et à mesure qu'elles m'imprégnaient de souvenirs tirés d'une autre vie. Comme si ses branches et ses lianes m'avaient aidé à capter des chants évanouis avec la bibliothèque d'Alexandrie.

Traverser l'écho

d'une voix dans le canal, c'est saluer la mer immense qui vous répond en respirant de son souffle puissant dont s'emplit un café pour vous faire découvrir en un éclair le lien de sens unissant tous les événements du monde.

Loyola, dans l'ombre, porte à ses lèvres le cigare. Oui, où tout cela veut-il en venir ? Il croit se souvenir d'une mouche, à tête de chacal ou de jaguar, guidant ma main sur les précieux fragments de son écorce. Et d'une mouette, que je retrouverais dans le regard d'une femme étrangère au monde. Une Indienne à peau noire et chevelure blonde aux yeux verts, dilatés, voyant dans l'arrivée des caravelles une catastrophe à laquelle encore de nos jours le monde préfère demeurer aveugle. Car il s'agirait alors d'interroger le sens global de tout cela, comprenez-vous. Tous les membres de la communauté décidant aussitôt de faire cercle pour ouvrir une cahoba*, le rouleau de tabac passant bientôt de main en main, de narine en narine, dans un appel collectif à l'esprit des morts.*

Traverser l'écho

d'une voix dans le canal, c'est plonger au fond des yeux de ma mère devant cet homme pris à leur piège. C'est nager vers le regard de l'aède sur la terrasse d'une taverne à Naoussa. L'aimable partie de poker entre Chamberlain et Daladier, Hitler et Mussolini venait de balayer la République espagnole quand j'élus domicile dans la clandestinité. J'avais fait partie de ces résistants qui, traqués par la police de Métaxas avant la guerre, puis pourchassés par l'armée d'occupation nazie aussi bien que par les agents de la sécurité grecque, seraient recherchés par les services anglais dès la fin des hostilités officielles, pour enfin se retrouver victimes des sbires de Staline. Celui-ci n'avait-il pas sacrifié la Grèce aux desseins de Churchill ? D'un côté, la propagande occidentale nous présenterait comme de féroces bolcheviks ; de l'autre, pour Moscou, nous pêchions par idéalisme romantique et nos velléités révolutionnaires faisaient de nous les ennemis objectifs du prolétariat mondial. Tout cela ne pouvait qu'attiser une guerre civile dans les yeux de ma mère.

(« Le modernisme, celui qui transforme vos vies, avance masqué »... « Le modernisme envisage des constructions nouvelles plus complexes, de nouveaux terrains d'application pour des méthodes supérieures d'enrichissement de la vie »... « Le mouvement de disparition de l'écriture poétique a été précisément l'un des prodromes de la décomposition de l'ancienne culture, un signe avant-coureur de son remplacement par une poésie directe de la vie. »

— Vous me feriez plutôt penser à une poésie directe de la mort...

La jeune blonde en robe rouge pouffa de rire. Aurore me regardait lire quelques phrases de cette publication posée à côté de la bouteille de rhum sur la terrasse devant la plage de Naoussa. Ce furent ses seuls mots. Sans manières, elle écarte les bras comme un chat qui s'étire, visage incliné vers l'épaule où sa bouche étouffe le rire, dans un mouvement lascif qui m'offre la splendeur des deux nids dissimulés au creux de ses aisselles. J'aurais pu le lui dire alors, mais elle n'avait pas fait le geste, qu'elle ferait le lendemain, dans ma chambre du vieux port, celui de manier un imaginaire volant de voiture qui eût été arrimé sur le sommet de la bouteille, elle-même couverte d'inscriptions en tout genre, pour m'annoncer que son Debord était l'auteur du premier roman tridimensionnel, très au-delà des audaces de Joyce ; avant d'ajouter qu'Abel de Loyola, lui, avait conçu le roman quadridimensionnel, en ce qu'il débordait tous les cadres littéraires pour modifier violemment la vie par un phénomène d'induction magnétique : « le roman ébauchera de nouvelles mathématiques de situations ou ne sera pas ! » J'aurais pu lui dire, alors, que j'écrivais dans la cinquième dimension, celle du rêve et de la mémoire, de l'utopie et de la nostalgie, de la mélancolie et de l'espoir.

Manifeste pour une construction de situations, *pouvait-on lire en tête d'un autre papelard qu'Aurore me glissa entre les mains. Pour la seule fois de ma vie, j'ai défailli devant des mots. Pourquoi ? Je n'aurais pu le dire, mais j'y sentais le faux, l'ersatz, le simulacre joué d'anciennes expériences littéraires, qui avaient eu la vie et la mort collectives pour enjeux. Sans doute, quelque secrète jalousie me tenaillait-elle, à l'égard de soudaines puissances inconnues qui me dérobaient une part de son sourire. Mais ce n'était pas la plus profonde raison de mon trouble. Obscurément, je devinais qu'il y avait là quelque chose où tout se joue, quelque chose présentant les allures d'un sortilège dont il y avait lieu de ne pas se défendre. Il fallait détourner la tête et paraître ignorer ces phrases pires que les aboiements des chiens sur l'île de Makronissos. La bouteille de rhum et son étiquette observaient la scène avec ironie. Désemparé, je passais de l'image à son modèle, évitant la feuille aux maléfiques hiéroglyphes, tandis qu'elle ne cessait de sourire.)*

Traverser l'écho

d'une voix dans le canal, c'est m'insinuer dans le sourire de ma mère devant un homme dont elle ignore que l'obscure odyssée ne connaîtrait aucun terme et le conduirait cinquante ans plus tard à me prêter cette voix. Tous ces gens, bientôt réunis sur le pont d'un yacht, célébreraient un joyeux anniversaire, celui d'agapes fructueuses qui en avaient déjà rassemblé certains dix ans plus tôt, dans le même port de la Méditerranée orientale. L'aède collaborait alors à une feuille clandestine des brigades grecques en Orient. Ce n'était un secret pour personne que sa plume était acquise à la cause révolutionnaire, alors que l'Armée rouge préparait son offensive du printemps. Les Russes venaient de reprendre Kharkov et, pour ce qui concernait la Grèce, il s'agissait, à Londres, avant tout de défendre les intérêts des armateurs, tel cet Aristos Théokratidès. Chacun savait qu'il avait vu sa fortune exploser grâce aux trafics en tout genre d'une rive à l'autre des océans. Quels marchandages, intrigues, trahisons – quels doubles et triples jeux, dans l'intérêt de l'Empire britannique – s'étaient-ils fomentés sur le pont de son yacht ! Après l'allégresse causée dans tous les peuples par l'issue de la bataille de Stalingrad, il y avait lieu, pour les Alliés, plutôt de calculer les

risques d'une telle victoire, que de prendre en compte les avantages tactiques d'ouvrir un second front sur l'Ouest. Or, les unités grecques étaient les plus combatives du Moyen-Orient. Elles avaient pour ultime objectif la libération de la Grèce de toute puissance occupante, qu'elle fût teutonne ou anglo-saxonne. Tout cela flottait dans le sourire de ma mère, occupée à séduire cet homme en lui faisant miroiter les mirages d'

UNE AVENTURE
D'AMOUR ET DE MORT
DANS LE CADRE
PRESTIGIEUX
DES ILES

Mes yeux s'offraient au poignard du regard, fixe et continu sur ta personne, alors que ses doigts s'agitaient à manier quelque allumette pour faire naître un filet de fumée qui lui échappa des lèvres, ses yeux verts - identiques à ceux de l'image - ne perdant rien de ton visage impassible. Peut-être avait-elle découvert **Adieu Satan**, *publié sous nom d'emprunt ? Le genre d'absurdité que l'on s'invente quand rien n'a de sens que les mouettes venues d'autres îles au fond des yeux d'une femme trop belle pour vous être destinée. N'était-ce pas l'une de ces piquantes constructions de situations, dont elle aurait bientôt loisir de t'entretenir ? Tu notas qu'une partie de son attention déviait furtivement vers le figuier tropical envahi de mouches, comme vers un public invisible,* les camarades ou les gardiens dressant leurs fauves ?, *avant d'interroger à nouveau les traits du mythique Jérémie Lazarévitch.*

Le hasard vous guide LA DERIVE vous perd
Les SITUATIONS confuses sont mal CONSTRUITES

Dans la flânerie proche du désespoir qui était mon lot quotidien, ce regard me foudroya par sa façon de chercher en cet inconnu le feu couvant sous la cendre des apparences. Tant de regards féminins sont inoffensifs pour un homme expert, comme je l'étais, dans la guerre des ombres (où votre vie parfois se joue d'un cillement des paupières face aux fauves en puissance qui vous épient), que lorsqu'un œil vraiment vous transperce la poitrine, c'est une autre vie qui commence dans cette déchirure. Mon être se refermerait à jamais sur une telle blessure, pour l'enrober d'une perle à l'échelle du monde qui ne se distinguerait plus de ma vie. Qu'est-ce que c'était que cette jeune femme ? Pas vraiment elle, mais son regard où tous les sens étaient en éveil, qui faisait pourtant mine de ne pas percevoir la puanteur du félin. *J'aurais pu me noyer dans ce regard, et elle semblait s'accrocher à ma gueule de fauve blessé, comme si sa propre vie en dépendait. Je restais immobile pieds nus dans le sable, quand je vis qu'elle savourait sur mon masque figé, sous le tas de cendres qui me tenait lieu de tignasse, une convulsion de haine et de désir. Tu devais avoir une de ces fringales de femmes ! suggérait l'Indienne blonde à peau noire sur l'étiquette ornant la bouteille de rhum. Je ne pouvais même plus songer à feindre. Sans un mot, sans plus sourire, Aurore emplit son verre de la célèbre liqueur et le posa d'une manière signifiant l'offrande. Un essaim de mouches, tournoyant au pied du figuier tropical,* rouge du sang des camarades, *fit l'office de cette messe occulte. Quelle agonie dans un regard où l'amour était possible, il faut être passé par la mort pour en avoir pleine conscience. J'ai fait un pas. D'un geste lent, j'ai pris le calice plein à ras bord, l'alcool m'est descendu dans le gosier. Flamme ! Un feu de tous les dieux m'envahit, tandis qu'elle ne me quittait pas des yeux, plongeant la main dans son sac pour en retirer un livre qu'elle posa sur la table à la place du verre, où des nuées de mouches paraissaient vouloir couronner cette cérémonie nuptiale d'un funèbre concert. Je découvris alors la couverture noire portant mon véritable nom, sous un titre que je n'avais divulgué à personne depuis ma libération du camp :* **Evangile du Jaguëy**. *)*

Traverser l'écho

d'une voix dans le canal, c'est se mêler aux vagues battant l'un et l'autre archipel dans les yeux de ma mère, qui allaient des rivages de Paros à ceux de Cuba. Cet immense va-et-vient de la mer serait l'écho de nos deux corps. J'étais ton Christophore dont les voiles cinglaient sous la folie de tes baisers ; tu étais mon Indienne arawak noire, aux yeux verts et à la chevelure blonde, rencontrée par mon ancêtre en compagnie de Colomb. J'étais une énergie qui confondait l'air et le feu, la terre et l'eau. Tu aimerais me voir courir nu sur le sable d'une plage grecque. A jamais tu saurais combien l'aède fait corps avec la mer et le soleil quand l'arc de sa vie lance une flèche depuis les Cyclades jusqu'aux Caraïbes. En quel recoin de ta mémoire se trouvent encore cette île où je t'ai connue, cette autre où je t'ai perdue ? Ne dis rien, c'est une trop longue histoire. Nous étions couchés sur le pont du yacht de ton père.

Loyola reste assis, la fumée du cigare se répandant sur son visage. Continue de lui parvenir le récit du vieux type au fond du canal ou dans les rues avoisinantes, on n'en est plus à ce détail près. Le monstre végétal me parlerait du rite *Abakwa* de Cuba, cérémonie secrète au cours de laquelle des esclaves déguisés en bêtes sauvages égorgeaient un bouc au pied de son tronc reliant ciel et terre ; transe ancestrale venue d'Afrique, dont se sont inspirés les cultes à Dionysos pour les sacrifices propitiatoires et les danses qui furent à l'origine de la tragédie grecque. Et ce n'est pas tout. Le figuier sauvage me rappellerait aussi qu'elles étaient originaires de la haute-Egypte, ces pythies de race nègre exerçant leur art divinatoire avec les serpents, que des aventuriers venus de Grèce captureraient pour qu'elles rendissent leurs oracles à Delphes. Et l'histoire de l'Atlantide racontée à Solon, selon Platon, par les plus vieux sages du Nil. Et la villégiature des dieux grecs, d'après Homère, chez les faces brûlées de l'Ethiopie. Et les fables animalières de l'esclave Esope, directement sucées de la mamelle africaine...

Loyola ne bronche pas. Il laisse la voix s'adresser à lui, tout en observant le bout rougeoyant du cigare se consumer dans l'obscurité. Quel sens pourrait avoir un tel roman ? Imaginons qu'il voie tout à l'heure Anatole grimper telle une mouche le long de la façade, puis bondir dans ce bureau comme jadis il pouvait le faire, avec ses allures de macaque n'ayant place dans aucune structure civilisée. Ensemble, se remémorant à quoi servirent leurs années de jeunesse, à quelle ultime destination ils voulurent consacrer leur vie. Ne serait-ce pas cela, le sens de ce roman ? Cet examen-là d'une conscience que, plus ou moins, chacun partage à chaque époque. Tout en disposant de peu de moyens pour l'exprimer. Oui, qui étaient-ils jeunes et qu'ont-ils accompli ? Quelle révolution ? La voix poursuit sa litanie, légère et indifférente ainsi que la fumée du cigare. C'était comme si toutes ces histoires faisaient partie d'un tourbillon de mémoire globale, dont avait hérité le Jaguëy. Le passé, le futur, il savait. Jusqu'à ma tenue blanche de prisonnier, sur l'île de Makronissos, qui ne serait pas éloignée de celle portée par les paysans ***guajiros***, asservis aux plantations de la canne à sucre et du tabac, sur l'île de Cuba.

Loyola sombre au fond d'un précipice, dans l'envoûtante clarté de l'antimonde. ***El Abismo***, je m'en souviens, fut un sacré mambo chanté par Eva de Cuba. Les Grecs, d'autre part, pensaient que nombreuses étaient les routes menant aux enfers. Désormais l'aède y figurait en guignol, en figure de carnaval, en burlesque énigme morale. Occupait-il cet espace infernal où, selon certains, chuta Lucifer pour devenir le premier paria ? Comme son frère Prométhée, le sort d'Atlas était-il de subir à jamais le châtiment réservé aux Titans par les dieux de l'Olympe ? Là-haut, dans le ciel noir, ne s'apercevait toujours pas la flèche de l'Hôtel de ville. Envolé l'archange terrassant le dragon !

Enfin j'avais rejoint le coeur de l'esprit, de l'esprit qui romance. Bien sûr, j'étais incapable de relater dans le détail les innombrables épisodes mourus au cours de la guerre civile. Mais tout à coup, en plein camp, une idée me venait, que je gravais avec une patience obstinée, comme (je l'apprendrais bientôt à Santiago), l'avait fait l'un des pères de la nation cubaine - le seul propriétaire blanc de cette île aux confins du couchant qui eût jamais été membre de pareille société clandestine -, un certain Loyola, quand il scella naguère l'ordre de libération de ses esclaves nègres en signant cet acte officiel sur une même écorce de jaguëy, dans ses vastes plantations de la province Orientale vouées à la canne à sucre et au tabac.

Loyola demeure immobile, tout en observant sa main tremblante faisant tomber scrupuleusement la cendre du cigare sur les touches de son portable Panoptic. Serait-ce pourquoi le texte, à ses propres yeux, déroule d'aussi imprévisibles volutes, comme si la machine était douée d'une vie indépendante, où par quelque magie s'infiltrait sans cesse la voix de l'aède ? Plus rien venant de lui ne pourrait le surprendre, même si du filet de fumée devait surgir quelque Indienne blonde à peau noire, elle-même occupée à la cérémonie de la cahoba, *qui se mettrait à inventer des fables où serait passée en revue toute l'histoire des hommes depuis l'arbre des origines. Mais au bout de ses doigts, le rouleau de tabac était froid. Comme l'histoire des hommes, se dit-il. Notre Internationale ne s'en était-elle pas prétendue le dernier feu ? A nouveau son cigare se lève et, d'une chiquenaude, il en fait tomber la cendre, ou ce qui eût été la cendre, s'il ne l'avait secouée une seconde auparavant.*

Traverser l'écho

d'une voix dans le canal, c'est naviguer vers l'au-delà de l'au-delà pour découvrir une île où l'Indienne blonde à peau noire se raconte l'histoire des hommes dans la fumée du tabac. Depuis son figuier tropical, rien ne l'empêche de voir l'autre rive des mers à l'Orient, traversant l'espace aussi bien que le temps. C'était bien le moins, se dit-elle, qu'Aristos Théokratidès offrît l'hospitalité de son yacht à ceux qui n'ignoraient pas combien la Grèce était un scandale (une pierre d'achoppement, traduit-elle) dans la délicate opération d'un partage du monde. Churchill prônait la solution Théokratidès pour un futur gouvernement qui ne devait pas trop afficher sa complète soumission à l'Alliance atlantique. Or, l'armée grecque dans son écrasante majorité – soldats comme gradés – manifestait autant de répugnance à pareille reddition, qu'elle avait exprimé d'héroïsme dans sa lutte contre l'occupation nazie. Staline, quant à lui, ne voulait pas de ce peuple rebelle, dont les soldats s'étaient organisés en conseils et menaçaient leurs anciens chefs. La flotte, l'aviation, la marine adhéraient au mouvement. Aussi grande était la perplexité chez les Occidentaux que chez les Russes. Toutes les brigades grecques postées au Moyen-Orient – dans

l'attente d'un second front, qui ne s'ouvrait jamais – furent dispersées par les Alliés, leurs membres parqués dans des camps ou, pour les plus récalcitrants, contraints à d'absurdes marches forcées à travers le désert vers la Mésopotamie. Pourquoi donc les brigades grecques avaient-elles été transférées à pied jusqu'à l'Euphrate, s'interroge l'Indienne des Caraïbes, si ce n'était pour y redécouvrir l'arbre des origines, celui du fruit défendu ?

Grecque et judéo-chrétienne, biblique et philosophique, les deux traditions à la source des cultures occidentales ne frappent-elles pas d'une même condamnation la figure du voleur de feu ? L'ultime avant-garde artistique, sous la férule d'un Debord, ne réitéra-t-elle pas cette malédiction dont s'asphyxie le cerveau d'une civilisation ? De bonds en bonds, comme un insecte fou, Loyola court de son portable à la fenêtre du bureau. Promenant par la vitre un regard méfiant, ne suis-je pas une mouche prise dans plusieurs toiles en même temps ? La flèche de l'Hôtel de ville et son oiseau-serpent. L'unité primitive à jamais disloquée par l'archange faisant rendre gorge au dragon. Celui-ci dans la nuit n'avait-il pas lancé son signe en langage de flammes par la gueule de ses sept têtes ? Il faut capter un tel message, quoi qu'il puisse en coûter, c'est Anatole qui l'exige !

Traverser l'écho

d'une voix dans le canal, c'est voir la source de l'histoire où l'ange et le démon se séparent, au pied d'un figuier tropical. Nuit et jour à travers le désert j'ai marché vers l'arbre de Babel et les sources de vie transformées en puits de l'abîme. Pourquoi l'arbre se change-t-il en Tour ? Et la source en canal ? Dans le ciel du grand fleuve aux eaux rouges de sang, j'ai vu se dresser un dragon aux queues semblables à des serpents, qui crachait le feu par la gueule de ses sept têtes. L'ange pour fuir les flammes n'avait plus d'Orient, mais se tournait vers le chant venu d'un autre arbre aux extrémités du soleil couchant, sur l'autre rive de l'océan.

Ainsi tour à tour, et sans laisser d'être l'aède, je prendrai voix de mes personnages incarnant ciel et terre, amour et haine. Victime et bourreau j'étais je serai depuis l'aube de toute histoire. Mais par quel miracle ce vieux communiste, pris dans les mâchoires de l'Histoire, n'a-t-il pas succombé au grand tourbillon du désenchantement mondialisé ? D'où vient-il qu'en lui n'ait pas chuté l'idéal ? Sans doute la réponse est-elle dans le chœur d'une voix dont je recueille ici les échos... Même si les nuages de l'écran m'aveuglent. Même si je sais qu'il faut en finir, car je n'y vois presque plus, la fumée d'un cigare de cette île envahissant l'air de traînées dansantes, pâles et ondoyantes comme les phrases d'un aède évoquant depuis l'abîme nul ne sait quelles origines lointaines, qu'en cette aube noire il m'est impossible de ne pas retranscrire au dernier étage de la tour Panoptic.

Maïak

Aède qui voyage dans les cieux, sur la terre et par l'entre-deux. Quiconque s'en avise peut à la fois vivre, mourir et revivre comme lui. Mais la plupart doutent et rient de l'aède. L'aveuglement, la surdité président en leurs cités. Comment son poème les atteindrait-il, puisqu'il n'est à leurs yeux qu'un démoniaque ?

Selon la tradition religieuse que j'ai côtoyée durant nos marches forcées vers Bagdad, où retentissaient partout les *la-illaha-ill-Al-lah*, le Seigneur des Mondes avait paré le ciel d'étoiles pour protéger les hommes de tout Satan rebelle. Seigneur des cieux, de la terre et de l'entre-deux, Seigneur des Orients, comme dit un verset du Coran, protège-moi de mes démons !

Quel était le démon de ton démon ?

Nous rendons vie aux morts, affirme une autre sourate, qui parle d'un arbre au fond de la fournaise, dont les fruits sont comme des têtes de satans. Serait-ce du Jaguëy que parle le prophète ? Mohammad a-t-il vu, dans son voyage extatique par les déserts peuplés de djinns, les étranges fruits qui pendaient aux arbres à Santiago de Cuba ?

Combien d'aèdes et de prophètes ! A chaque siècle on ne les veut ni voir ni entendre. Chaque nation nie les vérités qu'ils profèrent...

« Entrez, entrez, le spectacle commence, tous nos diables sont en place... »

Panoptic. Illusions d'optique et simulations acoustiques en tout genre. C'est ce qui demain serait gravé en lettres d'or dans le marbre rose du hall d'entrée, s'il devait jamais y avoir un demain. Cette nuit, il m'a fallu un petit moment pour mettre au point le tir, et je suis devenu meurtrier. La mouche, une simple mouche au coeur de la cible. Ne lui ai-je pas rendu service, à ce vieux type ? De toute façon, chacun le croyait mort depuis longtemps. Et puis, les vivants ne sont-ils pas tous des squelettes en livrée ? Après le crime, on ne réclame pas grand chose, juste un peu de lumière pour survivre. Oublier. Ne plus voir ces taches noires qui envahissent votre champ visuel tandis que le monde est pris de vertige. Une seule d'entre elles ! Je donnerais tout pour qu'une seule de ces mouches me comprenne et que ce building cesse de vaciller. Toi par exemple, qui te remets à battre des ailes contre la vitre et rêves que vienne enfin le nouveau jour. Aucune lueur matinale n'éclaire la fenêtre où court ma complice velue. Ma chère petite *ghostwhriter*. C'est à elle que j'adresse mes confidences. La meilleure épitaphe que puisse mériter un homme, n'est-ce pas d'avoir accompli des exploits audacieux pour la vérité, malgré la haine des puissants ? Je n'entends pas ce que signifie ton bourdonnement sarcastique. Voudrais-tu te diriger vers les deux photographies au mur ? Mon père et son air bizarrement indien dans cette pénombre, l'œil allumé de son ivresse coutumière par quelque biture au rhum Evangelista. Ma mère, lèvres ouvertes, le sourire de celle à qui l'on vient de raconter une bonne blague, l'œil caché par une mèche de sa crinière folle. Mais, après tout, peut-être ne rit-elle pas ? Quelque chose a pu l'effrayer. Est-ce de l'humour, ou la panique, dans son iris ? La photo cache plus de choses qu'elle n'en révèle sur les origines de ma vie. Qu'en penses-tu, la mouche folle ? Quant à moi, je me sens trop cubain pour ne pas rire de cette situation. La *risa cubana* de mon père, une houle qui vous secoue de la tête aux pieds. Bon. Je ne dirai pas toute la vérité, mais tout ce que je dirai sera vrai dans ce roman. C'est bien le moins que je doive à mon père, lui dont j'ai reconnu le visage au miroir des toilettes cette nuit. Dès ce moment, j'ai su que les choses ne tournaient pas rond. Dans les waters, l'eau de la chasse refusait de s'écouler, puis elle se mit à tournoyer à l'envers, comme si nous étions sur l'autre hémisphère. A tout hasard, j'ai relevé le couvercle du réservoir. Il s'y trouvait une bouteille de rhum Evangelista, dissimulée dans un sac en plastic, au millésime de 1953 ! Il m'a fallu quelques heures pour écluser cet élixir, planqué là par le Vieux pour je ne sais quelle occasion. Tu peux m'expliquer ça, la mouche ? On disait de Jésus Evangelista, pour donner une idée de son pouvoir et de sa fortune, qu'il était si grand que, d'une main, il pouvait toucher l'Orient quand de l'autre il touchait l'Occident, tandis que sa tête cognait les étoiles. Celui par qui tout arriva. Qui acheta - gagna - ma mère à la roulette, avant qu'elle ne rencontre mon père, alors qu'elle avait emmené dans ses valises un certain aède grec. Un homme capable - sans vouloir t'offenser - du jour au lendemain de transférer cet immeuble sur un autre continent, comme on chasse une mouche. Pardon, chère compagne. Mais dis-moi, le patron de la Panoptic avait-il songé à la malédiction quand il conclut son pacte avec le diable, il y a cinquante ans, sur le cimetière indien de Baracoa ? Chaque squelette y était, selon mon père, orné d'un collier de coquillages à dents de jaguar et muni d'une conque marine destinée à propager dans l'au-delà le chant des morts. Toi qui t'y connais, qu'est-ce que tu en penses ? Au pied de la Tour passe encore, de temps à autre, le cortège de Jésus Evangelista. Au nombre des voitures, je sais quand il parade en tant que Président et quand il se laisse emmener comme prisonnier vaincu. C'est alors l'armée de tes soeurs qui vrombit à sa suite. Lorsqu'il s'agit de l'homme régnant sur son empire, du propriétaire de la Tour, il m'adresse un salut négligent de la main sortant d'une vitre blindée à l'arrière de sa limousine, et son bras fait encore le geste de chasser un insecte invisible. Quand il s'agit du condamné, j'entends sa prière monter vers moi depuis un fourgon escorté de vos nuées noires. Puis le magnat revient lavé de tous ses crimes, debout les bras au ciel dans sa jaguar blanche décapotable, une main touchant l'Occident, l'autre l'Orient, son front bousculant l'ordre des étoiles. Entre deux défilés, passe dans les nuages le visage d'une jeune femme blonde née en Grèce, brutalement disparue à Cuba. Quel rapport avec les mouches ? Oui, quel rapport. Si l'on pouvait traduire vos messages, combien de phénomènes étranges verraient leur élucidation ! Dans tous les cas, il est clair que, par ces passages, le Vieux me laisse entendre qu'il faut lui ouvrir la porte de cette histoire et lui accorder la place qu'il mérite. Ce n'est pas ton avis ? Non, ne réponds pas tout de suite. On verra plus tard. Pour l'instant, je préfère oublier cette momie dans son coffre-fort.

La Guerre des Mondes

Carnet d'Alexandre Bielinski

Rien ne t'oblige à prendre au sérieux le contenu de ce carnet quand tu l'ouvriras, en pleine lumière du jour, au lendemain de ton cinquantième anniversaire. Il peut être l'œuvre d'un plaisantin, voire émaner de la concurrence. Elles ne sont pas rares, les officines où se trafiquent biographies mensongères et faux témoignages en tout genre. Je te prie donc de croire à ma réalité comme à celle d'un personnage de roman, qui aurait connu le Quartier Général de l'Agence à Langley aussi bien que celui du KGB au numéro 2 de la rue Loubianka. Si tu dois engendrer un jour quelque création, que ce soit à partir des ténèbres profondes ayant servi de matrice aux illusions du dernier demi siècle. Toi-même y as connu les premiers émois de la vie. C'est la voix de l'histoire universelle qui parlait dans le ventre de ta mère. Une certitude absolue de ce que tu es se projette encore sur la paroi de ce ventre, depuis le fond d'un abîme effrayant. Comme le voyait notre aïeul Vissarion Bielinski, l'art extrait l'or du réel et le refond en formes nouvelles. Rappelle-toi de Pouchkine, lorsque son Eugène Onéguine lui apparaît en visions confuses, et qu'à travers un cristal magique *il voit se dessiner les contours de son roman. Si complexe est la réalité que j'ai pu nouer un lien d'amitié avec Allen Dulles, au procès de Nuremberg, en me faisant passer pour expert en psychiatrie, quand mon vœu le plus secret n'était autre que d'un jour pouvoir témoigner de tout ce que j'ai connu dans la peau d'un ingénieur des âmes, selon la formule de Lounatcharski. Sais-tu que Moïse Evangelista, naguère à Saint-Pétersbourg, s'éprit d'une fille des Bielinski dont il eut un fils – mon père ? Et devines-tu quelle tapisserie naîtrait à la lumière du jour si tu pouvais entrecroiser les liens de sang qui depuis l'aube des âges font la trame de nos destins déchirés ?*

Maïak

AU MUR DE LA TAVERNE,

Sous les regards de haine et de mépris venus du comptoir, le vieillard que je suis fixait l'image rouge du calendrier, cet ange agenouillé d'Ulysse Lévine, un genou replié par humilité, les traits d'Olympia Théokratidès l'année 1929. L'histoire de ce siècle tenait comme une vague dans les yeux de celle qui serait la mère d'Aurore, fécondée par un guerrier scythe en pantalon de buffle. A l'intérieur de cette vague (Eva m'avait révélé que son père était un Bielinski), bruissaient les ressacs d'une histoire accordant à ce siècle l'éphémère existence d'un songe privé de sens. On était encore loin du basculement de l'aube, mais l'alcool et la fatigue avaient eu raison de mon regard lucide. C'était bien la scène du village de Petrodvorets qui m'apparaissait sur ce chromo délavé par les ombres et la fumée. Dans un coin du tableau le bulbe vert et or d'une église partait en torche rouge et je le reconnus avant même qu'il ne fît souffler un vent de fraîcheur marine dans le café.

— Je suis le dernier Tsar de toutes les Russies ! clama-t-il à la ronde en poussant la porte.

Vêtu d'un long paletot sombre, caisse de violon sous le bras, le vieil homme aux cheveux de steppe enneigée traversa la cohue pour se diriger vers ma table, me considérer longuement en silence et m'apostropher de cet accent qu'il ne pouvait avoir perdu.

— Eh bien ! Vous avez terminé le scénario, cher Monsieur ?

Dans les yeux de Bielinski brillait l'ombre d'un personnage absent. Il tourna la tête et demeura plongé dans la contemplation de l'icône.

Grâce à une pièce de cinq francs, la supplique de Johnny partit pour un nouveau tour, comme la grande roue de la fête foraine où j'avais suivi tout à l'heure, jusqu'au labyrinthe aux miroirs, une jeune femme en imperméable noir.

Certes ! Ce sont là des signes...

« Ne craignez rien, Messieurs-dames, laissez-vous tenter même si les tours de nos artistes vous paraissent absurdes, tout se passe comme prévu au grand cirque d'Eva de Cuba ! »

L'homme qui était mort but une large rasade et reposa son verre de rhum. Les souvenirs bourdonnaient en lui telles des mouches qui ne vous laissent jamais en paix. Il posa sur la ville un regard nu... Comme ce monde semblait étrange et lointain ! Tant de cyclones avaient surgi, pour dévaster tant de villes, ici et ailleurs... Combien de séismes et d'ouragans dans l'esprit d'une civilisation, depuis qu'y avait fait fortune l'idéologie de la dérive, propagée par de jeunes bourgeois bohèmes ayant si peu quitté leurs cafés de Paris ! De toujours les rues furent ton seul refuge. Nul ne peut comprendre leur magie, qui n'y ait flotté comme une épave sur l'écume des marées nocturnes. Ainsi, l'homme avait-il erré par des ruelles éclaboussées de visions du passé qui dansaient devant ses yeux tel un essaim de mouches venu des temps les plus anciens. Elle avait vu, et bien vu, la sorcière assise à la terrasse d'une taverne sur la plage de Naoussa... Le yacht de son prétendu père était à l'ancre dans le vieux port. Il conduirait bientôt un déjà vieil aède grec sur des traces ancestrales au-delà de l'océan. Même si ce yacht n'était qu'une chimère du même bois que la barque d'Ulysse, il fallait croire à ce trompe-l'œil ainsi qu'aux caravelles ayant naguère emporté mon aïeul vers ses Isles fortunées...

Si l'on n'ignore pas que l'aventurier d'origine génoise, connu sous le nom de Cristobal Colon, portait dans sa patrie natale celui de Columbo, peu savent que ce patronyme avait été lui-même inventé dans une taverne de Colymbythres, non loin du petit port de Naoussa, sur cette île des Cyclades où se dressait un figuier tropical pareil à celui que le futur amiral de la mer Océane découvrirait lors de ses premiers pas sur une plage des Caraïbes. La taverne appartenait à un certain Théokratidès. Parmi les hommes de l'équipage, il y aurait un officier basque de la famille des Loyola, de même qu'un frère du banquier juif Evangelista. Quand il s'agirait de ramener en Espagne un premier lot d'indigènes emplumés, l'un et l'autre feraient assaut de courtoisies auprès de Sa Majesté très catholique, pour s'assurer la charge d'une mystérieuse Indienne blonde à la peau noire et aux yeux verts, parée d'un collier d'or à dents de jaguar.

(Ce n'est guère mon rôle de faire ici le récit d'une rencontre avec le magnat du pétrole Aristos Théokratidès, comme si j'étais le narrateur d'un quelconque roman. Son navire de plaisance revenait des rivages de Colchide et faisait escale aux Cyclades avant de lever l'ancre en direction des Hespérides pour gagner ce qui était à mes yeux le jardin des Pléiades. Voilà ce dont il m'importe ici de témoigner : du miracle aux aguets sous les trivialités de la vie réelle. Que le propriétaire d'un yacht battant pavillon grec eût jugé nécessaire, peu après la mort de Staline, de s'en aller croiser sur les côtes géorgiennes, patrie du Petit père des Peuples, voire d'y mener pèlerinage au village natal du grêlé Joseph Djougachvili, afin d'y nouer quelque affaire secrète et juteuse avec les camarades, pour ensuite hisser la voile vers une île tropicale où l'appelaient de tout autres combines, c'est ce que je laisse à d'autres le soin de transformer en littérature. Ces péripéties vaines pourraient bien n'avoir jamais existé, si ne les avaient transfigurées, dans le regard d'une femme, deux mers où je sombre à jamais.)

La première parole était déjà mondiale... *Quel fou, quel preux, quel saint, quel martyr, quel élu d'un autre temps ; quel aède, quel barde, quel troubadour, quel ménestrel fut-il damné pour crime de ces mots, salués par l'aubade des oiseaux de l'aube ? Loyola sursaute en découvrant ces mots, hier encore pour lui dénués de sens. Toi, pendant ce temps-là, tu caramboles dans mon bureau de mur en mur, un coup d'ailes te projetant depuis la vitre noire vers la photographie d'un homme et d'une femme que je n'ai jamais connus, tu le sais bien.*

Pour que se manifeste à moi l'esprit de ma mère, il suffit d'allumer un autre cigare. Je vois alors son visage m'apparaître et elle parle. Qui croira cette histoire, sourit-elle avec une tristesse infinie. Qui croira qu'un homme rencontré dans les Cyclades peu avant de connaître ton père aux Caraïbes, qui croira que cet homme, cinquante ans plus tard, te raconterait notre vie juste après sa mort ? Et pourtant, poursuit-elle dans un souffle me faisant croire qu'elle-même expire une bouffée du cigare, il n'est pas douteux que certaines légendes communes aux îles tropicales et à la mythologie grecque font du ficus un lieu propice aux va-et-vient de l'espace et du temps. Ses racines, continue-t-elle avec lassitude, capturent des images lointaines que ses lianes sont capables de ranimer dans l'esprit qui a la folie de les solliciter. Le sortilège est tout simplement provoqué par la présence d'une divinité féminine invisible, emprisonnée dans le tronc de cet arbre. Oui, qui croira jamais cette histoire, sourit ma mère de ses yeux de nymphe.

Ma mère. Sa disparition mystérieuse à Cuba.

D'ordinaire, et sans trop de peine, Loyola convoque aussi l'esprit de son père, l'un et l'autre dansant à leur guise autour de lui. Elle, la blonde Aurore Théokratidès aux yeux verts, fille du grand Aristos écumeur des mers, et cet Abel de Loyola, rebelle barbu des Tropiques. Sans savoir pourquoi, il voit parfois son père déguisé en jaguar et se tait alors, cherchant à capter leurs voix qui s'emmêlent dans la fumée du havane (jamais de grande marque, plutôt l'un de ces tabacos *à un peso vendus au coin des rues), comme sortaient jadis les esprits du rouleau de tabac lors des cérémonies ancestrales de la cahoba, telles qu'elles furent découvertes il y cinq cents ans sur l'île où il est né voici juste un demi-siècle.*

« Ne crois pas que je sois seulement ta mère, mon petit, je suis Eva la mouche mère de toutes les aurores, infiniment légère d'amour au-delà de la mort, mais tu es le seul que j'inviterai sans billet d'entrée ce soir à mon grand cirque. »

Tout un chacun n'est-il pas le meurtrier d'un aède qu'il portait en lui dès avant sa naissance et dont le chant, s'il avait pu se déployer, nous ferait vivre dans un autre monde ? Loyola voit toujours s'inscrire sur l'écran, parmi les volutes bleutées, des phrases qu'il n'a pas voulues. Tout un chacun n'est-il pas cet aède ayant lui-même armé le bras du crime ? Tout un chacun n'est-il pas écartelé entre le sommet d'une tour d'où part le coup mortel et des bas-fonds jouissant de cette extase ? Tout un chacun n'est-il habité d'une telle voix double ? Et celle ci n'est-elle pas toujours traversée d'un fleuve de sang ?

Mais il ne se passe rien dans ce roman !

Il ne se passerait rien si tu n'étais là, ma chérie... Avec ton flair pour les paperasses, tu es tombée pile sur les archives posthumes de mon père, cette collection du bulletin **Potlatch** *où dépasse un tract jauni, daté du jour même de ma naissance, le 16 juin 1954. Les chiures de tes congénères, en un demi-siècle, n'ont pas trop effacé des insultes qui s'adressaient autant à cet aède qu'à tout artiste ou poète vivant de cette époque. « Il ne faut pas demander seulement du pain, mais des jeux ». Bien sûr, bien sûr, « ce n'est pas la question des augmentations de salaires* *qu'il faut poser », car « le vrai problème révolutionnaire est celui des loisirs ». Quant à ce tract qui me tombe sous les yeux comme une douteuse carte d'anniversaire, il se termine par un appel à « la guerre civile portée dans les pays asservis d'Amérique centrale », encourageant pour ce faire tous les volontaires d'Europe ! J'ai cru entendre retentir le rire du vieil Evangelista et de son comparse, Aristos Théokratidès, dont on sait qu'ils subsidiaient en douce le clandestin périodique. Il n'était certes pas sans intérêt, pour le futur général stratège de l'armée du Négatif en Europe, de compter dans les rangs de son Etat-major un rebelle métis au sang chaud, né sous le même soleil que Paul Lafargue et prompt à croire aux esprits, mais susceptible d'apporter une touche d'exotisme tropical à leur nouvelle Internationale. Même si mon père passerait déjà l'arme à gauche la nuit du 26 juillet 1953, lors de l'assaut de la caserne Moncada.*

Tiens, voici que ton vol me fait penser à une sonate pour violon solo de Béla Bartok. Non moins que les musiciens, peintres comme écrivains de tous bords étaient alors haïs par les apôtres de cette moderne Internationale, qui exigeaient la mort de l'art pour préalable à la Révolution dont ils proclamaient l'imminence, à condition qu'elle adoptât pour unique programme celui de leur prophète, à savoir une ***construction ininterrompue de situations****. Mais n'est-ce pas l'exact programme de la tour Panoptic ? Le monde à venir comme un Grand Casino, ma mère gagnée à la roulette par Jésus Evangelista sur une table de jeu de Baracoa : c'était préfiguré dans la revue* ***Potlatch*** *! Bien sûr, c'est une hypothèse que je hasarde, mais au point où nous en sommes. Car, à ce jour, nul autre qu'Anatole n'a osé mener l'enquête sur les conséquences réelles de cette idéologie. Une enquête qui ne lui a guère porté bonheur.*

Solitaire dans un bureau désert, je m'abandonnais à des souvenirs de mon père qui deviendraient aussi les nôtres, quand je t'ai entendue rôder du côté de la bibliothèque. Sur quelle reliure d'un autre âge as-tu passé la nuit, toi qui m'as ramené ces fadaises en mémoire ? Tes vagabondages viennent se poser à la frontière entre songe et raison, découvrant une mer à l'horizon de Bruxelles. Si verte, malgré le noir ! Il doit y avoir bien du plaisir, pour les os d'un aède au fond du canal, à voyager vers cette immensité où il aura toute l'éternité pour embrasser à loisir les grands yeux de ma mère... Comme avant le 26 juillet 1953 !

Les oiseaux des Cyclades y répondent à ceux des Caraïbes et leurs appels autour d'un yacht il y a cinquante ans rendent le son d'une complainte ayant accompagné trois caravelles voici cinq cents ans - mêmes appels que ceux perçus par Ulysse en route vers les pommes d'Or des Hespérides, même complainte que celle ayant guidé Jason vers la toison d'Or de Colchide. Pommes et toison qui nous ramènent à la conque marine, celle de mes propres origines, dans un immense bureau vibrant de fantômes n'ayant pas perdu leur voix. Mais tu connais les gens. Si l'on s'avisait d'en tirer matière pour un livre, ils auraient tôt fait de juger cette histoire sans queue ni tête. Quoi ! L'aventure d'un aède grec, ayant traversé le siècle vingtième, où se découvrirait une équivalence du **cosmos***, du* **mythos** *et du* **logos** *? Indigne des magazines contrôlés par la tour Panoptic ! Une* **cosmomythologie** *portative sous forme de racontars nés du crâne d'un mort ? Et en sept volumes, s'il vous plaît, autant qu'il y a d'étoiles dans la constellation des Pléiades... Eh oui ! Cela fait près de vingt ans que la Tour fournit l'axe d'un cycle romanesque non enregistré dans les mémoires. Et même si nous contemplons la ville depuis son dernier étage, impossible d'expliquer la destination de cette gigantesque pierre tombale, dont le succès tient à ce qu'elle vend les meilleurs systèmes susceptibles d'améliorer l'image d'autres cryptes verticales, elles-mêmes ayant pour vocation d'assurer à la religion Panoptic une apothéose mondiale.*

(L'évangile du Jaguëy fut donc écrit l'instant d'une éternité. O Jaguëy ! semence devenue poème, arbre chantant, chantant doucement l'histoire d'Eva de Cuba. C'était il y a cinquante ou il y a cinq cents ans, pour ne pas dire il y avait cinq millénaires. Ce sera demain. C'est en train de se passer dans les volutes bleues d'un cyclone unissant l'archipel des Cyclades à celui des Caraïbes. Le Jaguëy parle en langue d'évangile pour dire à tous les chaos du cosmos que ses lianes et ses racines ont engendré l'oiseau-serpent des origines. L'homme qui était mort n'avait pas oublié la semence des mots qui lui explosait toujours dans la tête après le coup de feu fatal, parole rythmée par la danse des Pléiades. C'était comme s'il avait parcouru l'univers dont la moindre sphère gravitait au plus intime de lui-même. Longtemps après sa mort, l'arbre lui avait parlé. La mélodie de sa voix était douce comme le murmure de celui qui parle dans un rêve.)

Le Jaguëy parle par ma voix.

Voulez-vous que je mêle à plaisir les espaces et les temps, les pays et les mondes ? C'est un Indien des Caraïbes, n'ayant pour toute parure qu'un collier d'or à dents de Jaguar, qui se réveillerait au sommet d'une tour inconnue. Ainsi serait-il vêtu que l'une de ses aïeules parut aux yeux des découvreurs du Nouveau Monde. Mais quel rapport entre ces indigènes *arawaks* et l'un des managers de la tour Panoptic ? Admettons qu'il arbore une chemise de lin blanc, une *guayabera* comme on en voit encore à Cuba, dont la poche de poitrine, juste à l'endroit du coeur, abriterait un fragment de journal datant de l'année précédant celle de sa naissance.

26 de Julio 1953

Au cours de son enfance, il avait un peu connu cette île plate (si l'on exceptait la chaîne des montagnes orientales, où s'était caché son père) en forme de crocodile, avec ses écailles vertes et rousses, la canne à sucre et le tabac. « *Hay mani ! Buen mani* !... » Cette chanson des rues de Santiago demeurait en lui. Cri rauque, parfois suraigu, poussé par les marchands ambulants de cacahuètes grillées, dont l'écho lui était revenu cette nuit. Deux hommes, dont rien dans l'apparence ne trahissait le moindre rapport avec l'île, arpentaient le canal en vociférant cette rengaine à trois notes, ombres mouillées qui semblaient se mouvoir sans corps. Cela paraissait déjà si loin... Si ses souvenirs étaient exacts, il se trouvait pieds nus sur l'esplanade en bas de la Tour quand il entendit le cri, lancé d'une voix de chanteur d'opéra par le plus grand des deux ivrognes, et celui-ci lui tendit un modeste cornet de *mani*, roulé dans le morceau de journal que recueillerait sa poche de poitrine.

26 de Julio 1953

Le Jaguëy parle par ma voix, répéta l'homme du dernier étage, on se demande pourquoi. Sa main droite venait de chasser machinalement la mouche qui lui chatouillait l'oreille, alors qu'il se trouvait écroulé sur son bureau d'acajou, l'une de ces mouches invinciblement attirées par les êtres humains comme si déjà elles en sentaient le cadavre. Etait-ce voulu par la mouche ? En sourdine, se jouait ***La jeune fille et la mort***, un quatuor de Schubert, qui murmurait en lui la voix jamais entendue de sa mère. Vous réclamiez une histoire ? Une histoire convenant à ces petits romans convenus, convenables et conventionnels, n'attisant aucune haine parce qu'ils noient le conflit social dans un joli flou artistique ? Eh bien, vous allez

être servis par la grâce d'une mouche erratique dont il serait vain de narrer le périple depuis un tas d'ordures envahi de mouettes aux abords du canal jusqu'au sommet de cette tour, où sa mission proprement angélique était de tirer du sommeil notre brave Juan-Luis de Loyola. Car il fallait bien clore ce chapitre et se tourner vers le futur. A commencer par la grande finale de ce soir. Maître d'oeuvre des changements stratégiques, Loyola devait y lancer la nouvelle plate-forme Panoptic, destinée aux jeux à domicile. Un centre multi medias pour toute la famille ! Révolution rendue possible grâce aux capacités accrues du processeur...
Aïe ! Une brûlure au moment de se lever du fauteuil imitation Louis quelque chose, méchante piqûre au pied que distrait de l'homme l'envol de l'insecte vers la vitre noire. En boitant Loyola suit la mouche et tombe sur le reflet de son masque blafard. Je ne me regarde plus dans une glace de peur d'apercevoir mon vrai visage, celui d'un mort qui se survit tant bien que mal, s'use de ne plus penser à rien de vital. Pourtant, cette fenêtre vient de me renvoyer l'image de celui qui passe pour toi au grand cirque de la vie sociale...
« ***Approchez, Mesdames et Messieurs... Entrez donc sous notre chapiteau. Venez acclamer les saltimbanques de la tour Panoptic ! Clowns et jongleurs vous ouvriront les portes du rêve, dompteurs de fauves et magiciens vous feront entrer au royaume des merveilles...*** »
Debout contre la vitre du dernier étage, Loyola pose le front sur la buée d'une aube qui ne se lève pas. Ses doigts écartés griffent la surface froide. J'ai conçu ma vie comme un jeu de massacre à cette foire, où ma propre tête était la première cible. Ma tête : laquelle encore ? Aïe ! Cette algie - pour parler aède grec - ça vient du pied, ce n'est pas grave. Petit élancement nerveux qu'aurait à peine remarqué mon père, un certain 26 juillet 1953.
En souvenir de cet homme - qu'il n'a pas davantage connu que sa mère - Loyola se dirige vers le meuble à musique (non pas le dernier cri des gammes Panoptic, mais un tourne-disques du temps de son adolescence), et pose un antique microsillon couvert de griffes - une compilation de Mahler -, attendant que l'aiguille lui fasse crachoter les premières mesures de ***Résurrection,*** avant de reprendre son guet.
La brume grise du canal s'était épaissie, concentrée, pour acquérir la compacité d'une nappe flottante que Loyola voyait ramper sur l'esplanade au pied de la tour. On devinait à peine le haut bariolé du chapiteau forain dressé là pour de prochaines festivités. Aïe ! Toujours cette piqûre... Un clou dans la chaussure ? Est-ce d'avoir parlé du pied de la tour ? Tout est devenu possible et rien ne me laissera distraire de l'accomplissement d'un destin tracé voici cinquante ans.

26 de Julio 1953

Sans souci du qu'en-dira-t-on, l'homme ôta son soulier verni pour se masser la racine endolorie. Juan-Luis de Loyola, c'est toi, tu te rends compte ? Pas seulement toi, bien sûr. Il y a tous les autres (combien d'autres !), dont je devine à peine les traits qui fuient dans le canal, je voulais dire ce miroir. S'il faut y retrouver aussi l'image d'un aède, mieux vaut encore tenter d'inscrire sa vie et sa mort sur les pages d'un livre. Sa vie qui me ramène à celles de ma mère et de mon père, il y a

cinquante ans. Sa mort dans ce canal où les vagues de la mer jouaient pour la mémoire de ton père et de ta mère une partition de Schubert ainsi que la deuxième symphonie de Mahler, la mer et Mahler en même colère se ruant au fond d'une caverne pour s'y apaiser dans un commun murmure, dont leurs voix déchirées ne pourraient jamais être captées par tous les radars de la tour Panoptic.
Loyola porte une main contre son coeur.
Si cela ne tournait pas rond pour lui ce matin, s'il n'avait pas vraiment fermé l'œil dans son bureau du dernier étage, si tout s'était enchaîné d'une manière à ce point irréelle qu'on ne voudrait pas du récit de sa nuit pour le plus minable des prix littéraires, c'est qu'il y avait toujours dans la poche de sa chemise, à l'endroit de la poitrine, un fragment de journal qui lui incendiait le coeur. Oh ! quelques lignes, à peines lisibles, sur un vieux papier jaunâtre, avec des auréoles d'un brun pâle comme du sang décoloré.

26 de Julio 1953

Les spots éclairent le visage en noir et blanc d'une femme étalée contre le mur et je ne perçois plus l'éclat de son regard... Tout ce qui me reste d'elle, dont je n'ai jamais senti le parfum de jasmin promis par cette affiche à la gloire de Noé, pas plus que je n'ai entendu sa voix me chuchoter une caresse au creux de l'oreille. Est-ce normal cette brume dont s'emplit soudain la pièce ? Il paraît que, dans son jeune âge, ma mère aurait participé aux premières dérives situationnistes à Paris... Faut-il donc vraiment faire semblant que s'accolent toutes les pièces du puzzle pour cracher un roman ? Dehors, toujours la nuit, malgré l'heure. L'écran me ramène à je ne sais trop ce que je cherche. Lui seul invente un vrai miroir à toutes ces folies. L'aède nage-t-il dans un tel brouillard, au fond de son abîme ? Est-ce bien lui qui me dicte les mots de cette histoire ? Non, ce n'est pas vrai... Chaussure ainsi que chaussette Hermès ôtées, ce truc noir au talon... Sautant à cloche-pied, l'homme bat en retraite vers le fauteuil Louis machin.
Quelque chose avait dû se passer au cours de cette nuit - mais quoi ? - pour que Juan-Luis de Loyola se réveille avec une épine d'oursin plantée dans son pied gauche. Non pas la simple douleur pouvant résulter d'un caprice quelconque des neurones, mais, à bien y regarder, un picot véritable à la pointe apparente et qui commençait de s'enflammer. Si les membres du Conseil d'administration le voyaient, patte à l'air posée sur l'acajou verni !... Réveillé, c'était beaucoup dire, l'*ethical & esthetical expert* de la tour Panoptic n'ayant pas vraiment fermé l'œil au cours de ces heures tragiques. Il s'était peut-être assoupi à son bureau, devant un écran lumineux l'ayant bercé des images d'une femme blonde en robe rouge dansant au pied d'un figuier tropical avec un corsaire noir qui brandissait au ciel une conque marine au rythme de ***Chango***, l'antique rengaine populaire d'Eva de Cuba, dédiée à ce dieu ou ce diable dans la Santeria cubaine. Elle tourbillonnait comme une flamme sur fond d'horizon nuit, frôlant des lèvres son torse d'athlète avant de lui souffler un baiser qui murmurait le slogan du nouveau parfum Noé. « ***Mâle d'Aurore, j'adore !*** » disait une voix sensuelle travaillée par ordinateur, et les premiers rayons de l'aube illuminèrent le jeune couple quand il s'enlaça.

Loyola grimace un sourire. Pourquoi désespérer ? Ce clip sacralise les épousailles entre Panoptic et Noé. Physique et chimie planétaires dans le même brasier. Tant de commentaires en sens divers, habilement encouragés, qu'il est devenu référence universitaire. Car, une fois le jour levé, le couple délacé, l'actrice blonde esseulée sur la plage - Vénus retournant à l'écume - n'a plus qu'une conque marine pour souvenir du corsaire noir, qui se rappelle à elle par une mélodieuse incantation musicale mêlée aux roulis de la mer ; la voix de l'homme surgit du téléphone portable en forme de coquillage, et nos amoureux s'unissent à l'éternel dans les vagues marines. Loyola se redresse contre son dossier. D'un mouvement acrobatique, il pose le pied nu contre la surface de l'écran, les orteils en palmiers sur fond d'une plage caraïbe.

26 de Julio 1953

Usines en Chine, bureaux en Inde, siège à Bruxelles. Création du cirque : Santiago de Cuba. Valeur spectaculaire, angoisse du statut social, image aux yeux des autres, moi je connais pas, se dit-il en ébouriffant une chevelure devenue célèbre au fil des émissions téléréelles.

Ce jour n'en serait pas un comme les autres, soit ! Que le soleil se lève ou non, qu'importe ! De toute manière, aurait lieu la grande finale du jeu situationniste ***Les Douze Dieux de l'Olympe***. Mais une épine au pied ça vous gâte la vie... Performances accrues, délestage des charges patronales, dégraissage conjoncturel, dégonflement des effectifs surnuméraires... Tout ça ne serait rien s'il n'y avait en outre la conjuration sadique des oursins. C'est quoi, cette épine au talon ? Soudain, ça lui revient, déjà si loin. La plage de sable aménagée sur une rive du canal en bas de l'esplanade, ce décor exotique imaginé pour dorer l'image de la ville, au cours de la nuit Loyola s'y était promené pieds nus, franchissant la déclivité de béton barrée par une chaîne qui descendait en pente douce presque jusqu'au niveau de la surface des eaux, si claires sous la lune qu'il pouvait admirer au fond la couleur vive des coraux. C'était juste après avoir envoyé l'aède boire son bouillon de minuit. Oui, cet irrépressible besoin d'aller y voir sur les lieux du crime. Un petit vent soulevait des vagues au-dessus du débarcadère pour péniches, et Loyola découvrit un banc de poissons des îles scintillant par saccades entre les herbes tropicales. « *Hay mani ! Buen mani !...* » La voix des deux ivrognes et leur cornet de cacahuètes. A cet instant survint le grondement des lames comme quand elles s'abattent sur les rochers du Malecón, truffés de ces bestioles à picots dont l'une avait dû le gratifier de son dard venimeux, qui faisait une auréole rouge à mesure que les ongles de ses pouces tentaient d'extraire du talon meurtri, posé contre l'écran sur son bureau d'acajou verni, le résultat d'une promenade somnambulique. Sans savoir pourquoi, Loyola pense à son vieux pote Anatole, au temps des interminables dérives le long de ce canal, qu'il avait évoquées dans son ***Hymne pour une ville sans fleuve***. N'était-il pas le digne petit-fils de l'aède Atlas ? Tous les événements de cette nuit me renvoyaient par bribes les souvenirs d'anciennes déchirures que tu croyais enfouies sous des protections illusoires. « *Mâle d'aurore, j'adore !* » C'était bien de lui, quand notre vie nocturne se consumait d'une manière qui était aux autres incompréhensible, et qu'il vous serinait ses théories loufoques selon lesquelles ***Maldoror met à mort la métaphore***. A cette époque où nous errions dans la banlieue du monde, pouvions-nous croire que la vie se résumerait un jour au négoce de babioles en tous genres, dont la circulation planétaire, à vitesse de la lumière, serait la raison d'être même de cette Tour ? Milliards de bibelots d'inanité sonore dont l'attrait résidait hier dans l'inutilité parfaite, aujourd'hui dans la parfaite nocivité. Au coeur desquelles images et paroles en pagaille, inondant ces régions du cerveau qui étaient autrefois nécessaires pour enregistrer le mémorable. L'oubli serait notre passion dominante, selon la formule d'un certain Guy Debord...

Trente ans plus tard, je suis devenu le pitre officiel de la Panoptic, tandis qu'Anatole a fait un bond de bête carnassière hors de la cage aux fauves. Bond de Jaguar, bond de Jaguëy. Mais qu'est-il allé foutre à Cuba, si c'est là que se perd sa trace, du côté de Guantánamo.

Les pistes sont d'ailleurs brouillées. Certains prétendent qu'on aurait retrouvé des documents le concernant, rien moins qu'au siège du Parti communiste français. Qui veut-on désorienter ? Bien sûr, les staliniens avaient publié le récit de ses premières aventures. Mais j'ai de bonnes raisons pour croire que mon *alter ego* s'est fait embourber ici-même, à Bruxelles, quand une limousine particulièrement situationniste à cocarde étoilée s'est pris dans le pare-brise ***Pleine lune sur l'existence du jeune bougre.***

A mesure que les amis meurent, des ennemis surgissent qui prennent la relève. Quelle relève ? Quand viendront-ils, ceux qu'à nouveau nous appellerons frères ? Quelles racines, quelles semences nouvelles ? Dans cinquante ans, qu'en sera-t-il de nos *sicav* et de nos *junk bonds*, de nos *hedge funds* et de nos *swaps* ? Juan-Luis de Loyola sort de la poche poitrinale de sa chemise un fragment de journal.

26 de Julio 1953

Si Loyola dort en ce moment, son sommeil est si paradoxal qu'il a lui-même envie d'en savoir plus. L'écriture à plusieurs voix, leurs multiples degrés de profondeur, lui paraissent une plongée dans un abîme où l'***E. & E. Expert*** est obligé de rebrousser chemin, tout en demeurant le gardien du sommeil d'un autre qui s'enfonce toujours plus loin. Son propre sommeil en marge du sommeil, lui s'observant comme dormeur et le dormeur se souvenant de lui, ce sommeil où l'on ne sait peut-être plus ce que l'on rêve ni même si l'on rêve, car le rêve est inaccessible, à moins que le rêve ne se réveille sous forme d'un cauchemar, permettant alors au romancier d'accueillir le travail du rêve, ce sommeil littéraire où il distribue son identité entre plusieurs personnages n'est pas là pour faire onirique, mais pour créer un dormeur fictif incarnant le paradoxe d'un sommeil intime et universel. Un sommeil cosmique.

***D**ans la chambre aux échos de mon crâne*

Avant même d'ouvrir la boîte noire
Où gisent les secrets de mort et de naissance
A grands fracas j'entends se fracturer un pont
Se briser la voie de passage
Et tous les os crient dans ma tête
Comme lors d'une expérience de laboratoire
Dont ma mère fut la victime
Dans un hôpital à Santiago de Cuba
En travaillant un peu le corps calleux du cerveau
Vous obtenez deux hémisphères cérébraux distincts
Dépourvus de toute connexion
L'Est et l'Ouest
L'Occident et l'Orient
Deux esprits distincts dans un même crâne
Une moitié du sujet croit aux mondes invisibles
L'autre est parfaitement calculatrice et raisonnable
Rien ne les relie plus sinon Panoptic et Noé
Halte là ! Check point ! On ne passe pas !
Nous sommes les gardiens du pont !
La communication c'est nous !
Physique des atomes chimie des molécules
Remède à tous les troubles psychiques
Croyez en nos sciences divines !
Flottant fracturé brisé
Le sujet crie à l'aide
Panoptic et Noé volent à son secours...

(Les vents de l'aube ont soufflé dans l'œil du cyclone où je t'écoute après la fin de cette histoire, parmi le cortège de ceux qui sont morts sans avoir accompli leur travail sur la planète. Vu d'ici, pas d'autre feu de joie chez vous que l'oiseau renaissant toujours de ses cendres. Vus d'ici, l'aurore et le crépuscule se confondent aux ailes rouges qui relient Athènes à Jérusalem. Vu d'ici l'envol du Phénix unit l'Orient et l'Occident. Je vois ce que tu ne vois pas, mais il se peut aussi que tu voies ce que je ne vois pas. Contrairement à ce qu'on pourrait croire, l'au-delà n'offre pas de vision sur toute la réalité terrestre, où certaines zones conservent leur opacité noire. Ainsi, les ténèbres où tu te débats, je ne peux y apporter aucune lumière. Toi seul pourrais soudain te taire, fermer les yeux, puis les rouvrir, et tout à coup les choses te sembleraient claires. Tu comprendrais enfin les raisons de ma disparition mystérieuse à Bruxelles aussi bien que sur la montagne rouge de la Majayara, près de Baracoa, province de Guantánamo. S'il est à chaque homme plus d'une terre natale et plusieurs cieux d'origine, pourquoi ne serait-il possible de disparaître en deux ou trois lieux à la fois ? Tu comprendrais aussi les raisons qui ont poussé ma femme Pléione à te rendre visite cette nuit, sous le prétexte comique d'un rendez-vous de travail avec Jésus Evangelista. Sa nouvelle garde du corps ! J'en ris encore, même si cette idée pourrait t'inspirer dans la continuation du cycle romanesque où je tiens un rôle d'éternel jeune bougre, depuis cette **Pleine lune** *qui a fait voler en éclats le pare-brise du président des Amériques lors de son dernier voyage dans la capitale d'Europe. Un conseil : veille à la cohérence de ton histoire. Ce récit ne peut obéir aux injonctions du désordre et de l'éclatement qui dictent sa cadence à la gigue du monde sous le haut commandement de tels maîtres. Le monde, sois-en sûr d'après mon point de vue, gagnerait à reposer sa vaste tête sur l'oreiller d'un livre pareil à celui que je te souffle, et à faire un somme d'un petit siècle. Les déchaînements de mille activités morbides ont troublé sa raison, et bien qu'il paraisse demeurer en éveil avec une surnaturelle obstination, c'est dans le plus grand sommeil de l'esprit qu'il se trouve plongé. N'ai-je pas vu paraître une réclame de la Panoptic montrant Atlas élevant sur ses épaules un globe aplati, toi-même étant présenté comme le « père spirituel du concept de* flat world *» ? Je connais ton humour, et ne m'en formalise guère depuis ces limbes qui soufflent leurs ouragans sur l'océan portant mon nom comme celui de*

mon grand-père, mais franchement, n'y a-t-il pas d'autres visions pour éclairer cette pauvre planète au lieu de la tourmenter ainsi ? Je sais bien que, si tu m'écoutais, tu fuirais cette Tour et t'adresserais aux gens dans la rue d'une manière ou d'une autre. Au lieu de quoi tu t'obstines à te quereller avec des ombres et n'entends pas la voix qui te parle, aussi réelle que celle d'Eva de Cuba. Comment dois-je m'y prendre ? En te dictant les mots à écrire sur l'écran de ton ordinateur ? La suite serait bien plus intéressante. Elle parlerait du vrai Christophe Colomb, celui qu'avait connu l'un des aïeux de l'aède, installé naguère sur un rocher du Levant dans le fond de la Méditerranée. Il se disait le fils du Phénix, prétendant attendre une colombe qui viendrait du Couchant. Il ne connaissait rien, absolument rien, rien d'autre que cette colombe connue de lui seul. Cet Atlas était assis sur le rivage et guettait l'horizon, certain du fait que la Terre était ronde puisque la colombe existait, qui devait bien se trouver de l'autre côté du monde visible. Il attendait donc là le moment propice qui l'emporterait un jour sur les flots vers la colombe à l'instant où celle-ci lui apparaîtrait. Et cette colombe vint, sous forme d'un nommé Colomb, dont le prénom signifiait en outre qu'il portait sur ses épaules un célèbre ressuscité, fils du Phénix comme l'aïeul de mon grand-père. A Colomb celui-ci montra le Phénix, et le christophore s'embarqua telle une colombe du Levant vers le tout au bout du Couchant. Désormais nul ne pourrait plus nier que la Terre fût ronde, la réalité courbe, une colombe toujours prête à surgir depuis l'horizon des choses visibles ! Et où en es-tu à présent, toi et ton flat world *du village global ? Où en est le mariage promis de l'Orient et de l'Occident ? De quels feux s'embrasent les ailes rouges du Phénix entre Athènes et Jérusalem ? Faut-il que ce soient encore les deux créateurs d'Ulysse, à trois mille ans de distance, qui fassent des heures supplémentaires pour vous apporter la réponse ? Tu mériterais, mon vieux, que je la boucle, non sans t'inviter à m'oublier. Dis-toi que je me suis évanoui comme une pensée fugace...*

Encore un mot, puisque je ne pourrai jamais cesser de t'adresser des signes. Et que tu es moins obnubilé par la colombe et le Phénix que par une histoire d'oiseau-serpent. Passèrent les siècles après l'arrivée des conquérants, comme avaient passé les millénaires depuis la première ancêtre Habanaguana : c'est au seuil du siècle vingtième que s'ouvre

l'histoire moderne de l'oiseau-serpent.)

Je m'en souviens comme si c'était hier de cette musique de Schubert qui m'avait accueillie naguère en compagnie d'autres sauvages à plumes au grand cirque de la cour d'Espagne où mes yeux verts d'Indienne blonde à peau noire explosèrent dans leur ménagerie d'ânes mitrés de macaques aux culs galonnés de rats plus fanfarons que ceux de la décharge car bardés de médailles multicolores de bassets moins hardis que tous les chiens galeux car empouponnés dans des rubans d'honneur plus longs que leurs pattes comme plus tard les mêmes yeux verts hallucinèrent un identique bestiaire aux ordres cette fois du roi Léopold ici même à Tervueren où les îles des anciens étangs décorés alors de huttes pour une tribu de nègres en pagnes sont des carcasses de ferrailles dont j'ai tiré les pièces afin de construire mon alambic au milieu des étincelles qui s'élèvent en crachant un nuage de fumée noire et retombent comme des étoiles quelle sainte ivresse est celle d'Habanaguana dansant sur les ordures en cette nuit de noces éternelles inaccessible aux flammes dont se consument les monceaux d'épaves avariées de l'industrie des hommes cinq siècles après qu'une colombe m'envoya par-delà les mers peupler l'univers ô nuit de voluptés divines mon élixir précieux coule goutte à goutte ainsi qu'une rosée de l'alambic improvisé dont serpentins et tuyaux de fortune puisent leurs fluides au plus profond des immondices d'où pourtant monte à mes lèvres une source cristalline venue de la nature entière j'entends encore le chant de la colombe mère des dieux et des hommes qui même si le sol s'enfonce et que je suis tirée vers le bas fait tendre au ciel mes seins gonflés de désir entre ces monticules servant d'abris pour les pauvres sans domicile enroulés pêle-mêle dans leurs chiffons et ces mares croupies les jambes dans l'eau jusqu'aux cuisses montagnes de chair mers de sang malgré pestes famines guerres et morts quel festin d'amour unit ciel et terre comme lors de cette exposition universelle quand j'ai pris mon envol à tire-d'ailes par-dessus le siècle vingtième non sans me poser ici et là pour faire entendre le message de la colombe à l'occasion de quelques spectacles annonçant aux hommes qu'au-delà de leurs apocalypses est toujours une terre promise...

Homériques Amériques

« In figure de colomb volat a ciel »

Cantilène de Ste EULALIE

« Un jour peut-être un jour se lèvera pour la première fois et que ce soit sur une Terre Sainte ou le vrai paradis terrestre un jour »

ARAGON

Quel pont sur cet abîme donnera-t-il sens à la marche du monde ?

BOÎTE NOIRE

Guantánamo Bay est un laboratoire spécialisé dans le lavage des cerveaux. Dernier message clandestin d'Anatole. Qu'il m'est impossible d'enregistrer. Traitement de choc pour combattants ennemis. Cellule aux fenêtres noires, lunettes noires. Privation sensorielle absolue, déluge de cris et de lumières, tortures électriques. Nous ferons de l'apocalypse une genèse de la Nouvelle Jérusalem ! Yeux bandés cagoulé nu battu. Le ventre de ma mère dans l'hôpital de Santiago. Quarante jours après le 26 juillet 1953. Qu'est-ce qu'elle a donc chanté du ciel et de l'enfer, ma mère, pour que je ne voie plus les débris de mon âme damnée dans le miroir de ce canal ? Est ouest monde lobotomisé comme un crâne sans pont entre son Occident et son Orient, désorienté mon crâne ainsi que le monde.

Quels souvenirs s'y cachent...

Entrez donc

Messieurs dames
Entrez je vous en prie
nous ne manquons pas de places
au grand cirque de l'au-delà
Vous ne serez pas déçus
par Eva de Cuba
Mon spectacle a pour décors
Les rives d'une mer et d'un océan
Qui relient tous les territoires du mythe
D'Anatolie en Atlantide
Collez vos oreilles à la peau des tambours
Africains aussi bien qu'indiens
Les secrets qu'ils racontent
Inventent l'histoire de Dionysos
L'homme deux fois né
C'est ce que croyait Abel de Loyola
Quand sur foi des récits de son père
Il s'initia aux rites cubains de l'Abakwa
Sacrifice du bouc au pied d'un grand arbre
Près d'un fleuve ou d'une rivière
Pour honorer les esprits et les dieux
Qui s'incarnent en l'oiseau-serpent
Font danser l'ange et le dragon
Pour que ne coule plus le sang des hommes
Car le temps passe
Et il ne passe pas
Le jour devient la nuit
La nuit ne devient plus le jour
Comment moi je pouvais savoir ce qui arrive
Dans le ventre de ma mère
Au milieu d'un cimetière
Près de la mer ?
Ya plus jamais de maintenant
Mais toujours hier et demain
En même temps
Le ciel noir est plein de couleurs
Et je vois des esprits dans les nuages

Comme quand j'étais une petite fille
Qui savait dire son nom
Quand c'était pas la guerre
Parfois j'entends ce qu'on ne peut entendre
Tout cesse de marcher dans mon corps
Alors je fais rien qu'écouter regarder
Depuis que mon père il est plus mon père
En plus que c'est la guerre
Et qu'on est dans un cimetière
Près de la mer
Alors comme ça d'un coup je vole
Au-dessus du ventre de ma mère
J'ai envie de crier dans le ciel
Pour que tout le monde entier se réveille
Et voit les misères que cette guerre elle nous provoque
Mais ma mère elle dit rien
Donc moi aussi je ne dis rien
Ma mère elle est debout face à la mer
Mon père il est assis sur une pierre
Et il demande comme ça c'est qui ?
C'est quoi la chose dans ton ventre ?
Moi je sens comme un feu à l'intérieur de ma tête
Le feu le sang qui coule
Et j'écoute et je regarde
Je flotte je flotte on dirait
Une flamme de sang
Qui raconte son histoire
Dans la peau d'un tambour
Au fil de l'eau d'une rivière
Près du grand arbre
Où le bouc a la gorge tranchée
Pour que ne coule plus le sang des hommes
J'ai le goût du sang qui m'avale
Ce n'est pas ma voix qui parle
A l'intérieur de ma voix
Tout ce que je raconte
C'est pendant la guerre
Et ça me revient maintenant
On dirait même c'est un rêve

« Tu portes une boule sur tes épaules qui doit remplacer tous les livres. »

Rimbaud

« C'est un homme, ou une pierre, ou un arbre, qui entame le quatrième chant. »

Lautréamont

Parole du Phénix

QUEL EST L'AUTRE CÔTE DU JARDIN DES PLEÏADES ?

C'est la question que pose, depuis les origines, maint grimoire sacré.
Voyez l'oiseau d'Orient s'envoler par-delà l'Occident pour mourir dans les feux du soleil et renaître au milieu d'une nuit qui capte sa parole !
Ce livre, fleuve en crue navigué par les morts, exige un océan qui n'ait peur de franchir ses propres horizons dans l'espace et le temps. Il faudrait pour le lire imaginer une sphère impeccablement ronde, mais non close ; un espace hors du monde au cœur même de ce monde. Cet espace irréel, béance vers l'ailleurs, est le fruit d'une semence astrale jaillie de la matrice d'une ère sépulcrale, où plusieurs milliards d'êtres ont moins de voix qu'un oiseau de légende à la cime de l'arbre, aux ramifications infinies, dont les racines puisent la sève de cette histoire.
L'arbre est à l'extrême du Couchant et je suis à son Levant ; pourtant, je vous parle bien depuis les plus hautes branches du Jaguëy. Pour chanter une ballade où se mêlent, aux troubles contemporains, des évocations venues du plus lointain jadis, le Phénix est sorti de ses cendres, palliant les infirmités d'un auteur qui restera dans l'ombre, afin d'instruire au mieux sur ces temps de disgrâce le lecteur du futur. Vous venez de voir là l'un de nos personnages, hanté par les tourments d'une infernale nuit. Ses délires nous parviennent comme les volutes lancées dans le néant par la fumée de son cigare. Voilà bien le plus étrange cauchemar dont les dieux du sommeil aient jamais leurré l'auteur d'un crime ! Rêve étrange à

ce point – c'est mon rôle ici de vous le dire – qu'il pourrait révéler, par des chemins secrets, le cœur d'une réalité rarement explorée.
Figurez-vous donc ce Loyola dans ses convulsions nerveuses au sommet de la Tour. Pour des raisons qu'il ne m'appartient pas encore d'expliquer, ses coups de feu n'atteignirent pas leur cible sans déclencher une série de phénomènes incompréhensibles, si l'on s'en réfère aux lois actuellement connues de la matière. De même qu'il y a cinq cents ans l'on eût tenu pour fou quiconque se fût permis de bâtir un récit sur les miracles de l'aéronautique, sans doute ce millénaire ne s'achèvera-t-il pas sans que soient devenues accessibles à chacun des voyages effectués selon les lois mystérieuses de la cinquième dimension, celle du rêve et de la mémoire.
Aussi je recommande à votre tolérance la divulgation d'une autre série d'événements qui ont peuplé la nuit de Loyola, même si cette partie du récit doit heurter les conventions par lesquelles d'ordinaire s'entend la progression des créatures dans les quatre dimensions de l'espace et du temps. Je ne pourrais y réussir si la pensée du lecteur ne m'accordait toutes ses faveurs. Car il faut que votre indulgence ici vienne à mon aide. C'est à vous qu'il revient de combler, par l'imagination, les intervalles obscurs entre le moment où Juan-Luis de Loyola se prit à laisser errer la lunette à infrarouge de son arme vers la zone du canal et celui où une main glacée lui étreignit le cœur car l'aède était là, à la fenêtre du ***Come Back***, immobile comme un homme perdu dans ses pensées. Loyola demeura longtemps agrippé à la crosse de son arme, l'œil dans le viseur, écoutant son cœur battre et tremblant de peur. Etait-il en train de devenir fou, avait-il des troubles de la vue, ou l'aède était-il revenu de chez les morts ? J'implore du lecteur la grâce de croire à une certitude : jusqu'à cet instant où il vit se découper la silhouette familière de sa victime dans le cadre d'une vitre de café, jamais les voix de celui-ci n'interférèrent en lui d'autre manière que comme un artifice littéraire, auquel il n'accorderait pas plus de foi que Shakespeare aux voix de ses puissances imaginaires. Mais ce qui ne pouvait se concevoir que comme une fantaisie de poète serait bien là, présent devant ses yeux ! La vérité, se dirait-il un peu simplement, c'est que j'ai trop bu. A nouveau il pointerait sa lunette vers la fenêtre du café. Presque aussitôt, la silhouette se transformerait en une ombre projetée par la branche d'un vulgaire marronnier, qu'éclairerait à peine un réverbère.
C'est, permettez-moi d'en faire l'aveu, l'apparence ordinaire qu'emprunte l'arbre des origines sous vos latitudes. Il peut aussi bien prendre la forme d'un chêne ou d'un tilleul, d'un platane ou d'un eucalyptus. Mais s'il fallait une preuve qui étayât la véracité de mes

dires, cette preuve se trouverait dans le fait que pas une bribe des pensées de l'aède n'échapperait aux oreilles de son meurtrier.
Ô puissances invisibles qui prodiguez au Phénix d'innombrables yeux pour observer les actions humaines, et plus encore d'ouïes pour en capturer les éclats sonores, vous savez que mon seul plaisir est d'amuser en retour leurs prunelles attentives, tout en charmant leurs délicats tympans, de fables qui les transporteraient jusqu'à vous, s'ils étaient seulement capables de voir et d'entendre !

« Entrez donc Messieurs-dames, entrez je vous en prie, nous ne manquons pas de place, entrez au grand cirque de l'au-delà. Vous ne serez pas déçus par Eva de Cuba... »

D'où est venue la voix, sinon des branches du Jaguëy ?
L'espace n'existait ni le temps quand explosèrent ses racines et ses lianes originelles en longues chaînes de galaxies dont certaines moururent et combien d'autres naquirent afin que parût l'arbre cosmogénésique. *Out and down*. Ses pas avaient conduit l'homme qui était mort vers l'un des quartiers les plus tortueux de la ville, une plaie gangréneuse au coeur de la capitale d'Europe. C'étaient des masures croulantes, plantées à la diable d'un autre siècle, un labyrinthe se tordant en spirales enroulées sur elles-mêmes sans autre issue (si l'on exceptait cette agence de voyages faisant rêver aux Cyclades et aux Caraïbes) - que le miroir du canal.
Qui sait ? Peut-être est-ce le même homme produisant sa chanson de la plus haute tour et conversant avec lui-même au bord de cet abîme... Il aurait pu aussi bien traverser une ville abandonnée, une relique des temps anciens dont on n'exhiberait aux visiteurs que les façades vides, n'eût été cette loupiote qui brillait sur un quai désert. *Out and down*. D'une poussée de l'épaule, il avait enfoncé la porte du ***Come Back***. Quelqu'un sommeillait dans l'ombre derrière le comptoir, qui lui servit à boire. Et l'homme s'était assis à une table, près de la fenêtre, se rappelant comment ses lèvres et sa langue à elle effleuraient les grands muscles de l'arbre, quand des mots obscènes se déversaient dans ses veines avec un peu de salive qui s'en allait rejoindre la sève du Jaguëy.
Construisons donc une petite situation, se dit l'homme qui était mort.
Visitez PARIS PSYCHOGEOGRAPHIQUE
Quai de Jemappes. *Out and down*. Le canal Saint Martin, plutôt vert, à deux pas de la place du Colonel Fabien. Tous les frissons de la nuit, je les

devinais sous la surface d'une eau pâle ainsi que ton ombre errante qui filait au long des siècles de ma vie. Chaque émoi ressenti quand tu es loin de moi chaque éclat de ta chevelure d'algues vives chaque pulsation de ta langue chaque désir de tes cuisses les vibrations du mystère au fond de ton ventre dont je captais la lumière par ces yeux d'or vert éblouissant ma nuit lumière venue de tes deux astres solaires où se noie mon vertige le cri de tes ovaires. *Out and down.*

C'est là, sous la voûte blanchâtre imaginée par Niemeyer pour abriter les séances du Comité Central - un dôme translucide flottant parmi les arbres au pied du bunker -, c'est là qu'aurait disparu mon petit-fils, à l'occasion d'un colloque organisé cet automne sur le thème de la dialectique. Là qu'on découvrirait, sous un siège de formica, la serviette en cuir du Niger contenant trois missives aux couleurs d'autant de ministères, signées par un certain Dominique de Villepin ; sa publication ***Global Viewpoint***, analyse radicale des enjeux de la guerre en Irak placée sous l'éclairage d'Homère, parue dès les premiers jours de l'offensive militaire ; une réponse ironique de Guy Debord datant de leurs querelles d'il y a trente ans, relative au fait que l'Internationale situationniste n'ait jamais été capable de penser la révolution cubaine, dont tous les éléments se dérobent au regard occidental ; ainsi qu'un livre paru dix ans plus tard aux éditions Champ Libre sous le titre « Considérations sur l'assassinat de Gérard Lebovici », que le même Debord concluait en s'escrimant avec un article de mon petit-fils publié par ***Le Soir*** de Bruxelles ; sans oublier son dernier assemblage de mots (***Dialogique non linéaire du roman***) - lui dont la trace physique s'évanouirait à l'extrême pointe orientale de Cuba, près du Jaguëy gardant une grotte magique où rôde encore, dit-on, l'esprit de l'Indien Hatuëy. *Out and down.* Parti sur les traces de sa boyesse d'enfance africaine, dont il avait entendu dire, par un certain Loyola, qu'elle s'était réfugiée parmi les communautés nègres peuplant toujours la province orientale de l'île, et qui n'auraient cessé de pratiquer les cérémonies de la Santeria.

Dialogique non linéaire du roman ! Qu'allait-il foutre encore chez ces staliniens à peine repentis, qui avaient publié jadis le premier livre d'un prétendu cycle romanesque, où le mettait en scène cette âme damnée de Loyola ? N'était-il pas question d'une pleine lune dans le titre ?

Muy mas clara que la luna
Sola una...

(La langue d'Eva, je l'avais apprise avec les Brigades internationales en Espagne. Tout au long du séjour dans le camp, j'eus le temps de me remémorer le froid dans les tranchées, les alertes aux aubes sinistres, et ces longues heures de faction les mains sur un fusil gelé, la boue glaciale où l'on patauge durant des jours et des nuits dans une atmosphère de saleté, de vacarme, d'inconfort, de vêtements en loques, de privations, mais aussi de camaraderie et de fraternité.
*L'auteur du présent récit serait bien inspiré d'évoquer, dès le titre, l'***ajiaco** *des Indiens taïnos, ce pot-pourri d'éléments disparates faisant de la marmite un monde en bouillonnante gestation convulsive, où l'esprit des ancêtres se mêle à tous les ingrédients de la nature. Ainsi d'un même os à moelle épinière pouvant relier un grand-père à son petit-fils. L'un et l'autre, à l'adolescence, nous étions face à un système auquel il ne pouvait s'agir de prêter sa collaboration. Sa génération, non moins que la mienne, avait découvert l'effroyable horlogerie d'une mécanique sociale dévoreuse de cadavres et se couvrant de masques divers pour en sucer le jus. Aux situationnistes comme aux surréalistes répugnait un tel ragoût. C'était avant tout affaire de bon goût, de becs fins, que d'arracher ces masques et de décliner l'invite au macabre festin. Voie dans laquelle nous avaient d'ailleurs précédés les plus estimables aînés, voie qui paraît aujourd'hui condamnée...*
L'unique raison d'être de mon témoignage serait d'éclairer, si l'auteur y consent, les raisons d'un tel trou noir historique, où s'est englouti mon petit-fils Anatole. Au lecteur du futur qui jugerait mon expérience utile pour son enquête rétrospective sur notre époque, je signale que l'horloge du banquet mondial voit ses aiguilles sonner une heure, singulière entre toutes, le 26 juillet 1953.)

Le temps n'avait plus d'importance. Une horloge était bien accrochée au mur du comptoir, mais semblait destinée à moquer les heures plutôt qu'à les marquer. En quel siècle avait-elle cessé de fonctionner ? De toute manière, les lois de l'espace comme de la durée se trouvaient abrogées. ***Atlantic Market***, signalait une devanture d'un autre âge. ***Cariban & Cycladic rent a car***, affichait la vitrine de l'agence délabrée. Bien qu'il fût encore tôt, ce ne pouvait plus être l'aube et le jour n'apparaissait toujours pas sur le canal de Bruxelles.

Rengaine d'une idole des vitrines

L'aède vient la nuit troubler le sommeil des vivants non moins que leur veille durant le jour. Chaque matin, chaque soir, la voix des morts qui parle en lui s'insinue dans les maisons pour éveiller au fond des âmes une secrète inquiétude. Nul ne sait d'où vient le sentiment qui se propage dans les cœurs ainsi qu'une épidémie contre laquelle en vain se mobilisent les pharmacopées de la firme Noé comme les émissions de la société Panoptic. Il se prescrit d'absorber cachets et pilules aussi bien que Glamour à mort *de la bouche d'une poupée dont la voix prétend imiter celle d'Eva de Cuba. Mais quand survient un scénario de crise et que les urgences d'Etat multiplient des états d'urgence pour conjurer famines et pestes, guerres et morts, quand les populations se terrent dans les entrailles de la ville pour obéir au couvre-feu, qui vient encore calmer l'amertume des morts n'ayant pas été honorés ? Je porte un masque rituel afin d'accomplir l'œuvre funéraire. J'apaise les défunts en les conduisant vers l'au-delà. Tu as envie de faire le saut de l'ange avec moi, mon amour ? Son regard scrute l'ombre matinale où des fantômes parcourent les quais sous leur manteau de brouillard. Ils voyagent à travers les murs pour caresser des chevelures que les rêves ont dénouées. S'y raniment des désirs auxquels jamais ils ne s'autorisent à prendre part, même s'ils se permirent quelquefois d'effleurer la peau d'un visage du bout de leurs doigts, faisant naître dans un soupir on ne sait quel sourire endormi. Quand sonne l'heure d'une pandémie planétaire, l'aède est contraint d'exercer ses magies dans le monde visible par des chants de vie. Je l'aide à accomplir cette cérémonie par quoi l'esprit des morts peut rejoindre apaisé le royaume des ombres. Toute cette activité n'affleure guère plus à la conscience humaine que le trajet de la sève dans l'arbre du vivant. Mon corps et mon visage peuvent y apparaître en pleine lumière, dansant le sabbat d'Aurore ou d'Eva.*

Sabbat d'Eva

« Je suis ta fiancée surnaturelle qui voyage entre les mondes où mes yeux verts ont l'infini pouvoir de te faire signe d'un arbre à l'autre des deux rives unies par la parole du Phénix afin que le fruit défendu de mon corps s'offre à ton regard en Orient comme en Occident car si les fées se montrent au chevalier d'errance dans les légendes grecques aussi bien que celtiques pour le soumettre à une épreuve avant de l'emporter vers une île lointaine ignores-tu que ces îles étaient dites peuplées de fruits d'or ?

(Je ne sais toujours pas au juste, il est vrai, ce qui m'est arrivé sur la plage de Naoussa, tant ce type m'a secouée. Je me sentais prise au piège de ma proie, par la naïveté même de ses yeux fixés sur l'image d'une bouteille de rhum. L'autre monde peut surgir d'une simple vague, aurait-il dû me dire – ainsi qu'il convenait à un aède – comme Aphrodite est née de l'écume de la mer. Je me serais pâmée pour obéir au rôle assigné par mon père, et l'affaire était dans le sac ! Mais j'avais devant moi, au lieu du redoutable poète communiste recherché par toutes les polices grecques, quelque simple d'esprit qu'hébétait la vue d'une mulâtresse blonde sur une simple étiquette. Voir l'invisible, c'est aussi mon métier, voulais-je confusément lui dire, non sans ressentir tout le ridicule de la scène. C'est alors que, pour faire diversion, j'ai agité quelques feuillets ronéotypés de l'Internationale financée par mon père. Je me souviens d'avoir lu quelques phrases du programme de Guy Debord, selon lequel il convenait d'« inciter les personnes qui détiennent certaines des vastes ressources qui nous font défaut à nous donner les moyens de réaliser nos expériences, par un crédit analogue à celui qui peut être engagé dans la recherche scientifique, et tout aussi rentable ». Alors le simplet s'est mué en idiot. Debout, hagard, il parut halluciné par un eucalyptus aux racines un peu grosses planté devant la taverne, désignant deux ou trois mouches avec l'effroi d'un enfant sous l'attaque d'avions de guerre. Quelque chose de difficile à s'avouer se passait tout au fond de moi, qu'il me fallut évacuer en lui offrant à boire. Sa réaction ne m'a plus guère surprise : un assoiffé du désert jouant au cracheur de feu mais avalant la flamme n'aurait pas exprimé un tel spasme. Il était clair que j'avais affaire à un grand brûlé de l'existence. En moi tout a basculé dans cet incendie. J'étais cramée de l'intérieur. C'est alors qu'elles ont poussé, les ailes d'Eva de Cuba.)

Ange et démone ma surnature d'oiseau-serpent originel s'est révélée quand j'ai sorti de mon sac son livre Adieu Satan comment pouvais-je le connaître sinon par le petit succès que lui avait valu ce bouquin sulfureux publié sous pseudonyme peu de temps auparavant mais il devait m'avouer qu'il avait cru lire sur la couverture un autre titre preuve de plus d'une âme embrasée c'est aux entrailles que son feu m'a prise un feu pareil à celui des dragons métalliques hérissés de serpents venimeux crachant leurs flammes vers l'Orient de Babel qu'il décrivait dans son livre écrit lors de ses marches forcées avec les débris de l'armée grecque à travers les déserts de Mésopotamie si j'ai bien compris la flotte l'infanterie l'aviation étaient alors entrées en résistance contre notre gouvernement officiel soutenu par les Alliés pour eux la guerre n'aurait jamais de fin je lisais le récit d'une intemporelle Apocalypse où l'on voyait dans le ciel un monstre aux écailles de métal déverser le feu d'autant de gueules qu'il y eut de têtes aux dragons du texte sacré mais qui arboraient les masques des anges vus par Jean l'Evangéliste à Pathmos un livre où tous les signes se trouvaient inversés veux-tu connaître l'œil de ma vision magique je lui ai dit plus tard dans sa petite piaule quand il me chevauchait comme un damné jamais je n'avais connu ça des serpents tu as dû en voir en manger pendant tes marches forcées j'ajoutais goûte alors cette chair c'est à peu près la même viande assez corsée mais qui a certaines douceurs à l'humide sillon que dis-tu de mon fleuve ?

(Qui de nous deux fut sous l'emprise de l'autre ? Jamais je n'avais ressenti une telle émotion, tant cet homme était nu et sans défense. Je pense bien que toutes les mers, toutes les lunes – d'Orient comme d'Occident – nous ont guidés dans cette aventure où nous retrouverions la pulsation première, celle qui relie aux mystères immémoriaux. Mais lui le communiste, croirait-il à une créature mythique d'origine surnaturelle ? Si sorcière ou fée je lui étais apparue, le voyage à travers moi ne le conduirait-il au-delà de lui-même ? Ce ne serait plus une histoire à dormir debout que mon invitation à franchir l'océan vers cette île du nouveau monde.)

Dans les contes quand une princesse exige du dragon qu'il l'accompagne vers une île perdue pour l'aider à bâtir quelque château de rêve afin d'étendre au-delà des mers les royaumes de son père arrive-t-il que la belle recueille l'affront d'un refus ? ce n'était après tout qu'un chapitre de plus aux légendes éternelles qu'il nous faudrait écrire où ne manquerait même pas la fontaine d'eau salée cette source sacrée veillée par un jaguëy où repose l'esprit de l'Indien Hatuëy sur le flanc de la Majayara dans la baie de Baracoa sauf que notre histoire présenterait l'image inverse des fables d'autrefois comme à l'échelle mondiale se modifierait la distribution des rôles entre archanges et dragons la bête immonde se parant des atours les plus charmeurs et les plus séduisants oui ce serait la marque distinctive du dernier demi-siècle que la beauté divine mise au service du diable mon enfant car c'est à toi que je m'adresse ne sens-tu pas à ton pied le signe monstrueux qui affecte toujours les rejetons des fées m'entends-tu ?

Juan-Luis de Loyola s'est remis de sa blessure au talon, provoquée par une illusoire piqûre d'oursin. La douleur n'en est que plus vive, des flèches décochées depuis l'autre monde par le grand-père de son vieux pote Anatole. Cette façon, qu'ils partageaient, de prétendre à un point de vue global ! Cette arrogance à vous dicter quel sens devrait être celui de votre travail ! Et puis, surtout, l'insupportable adresse « au lecteur du futur », par-dessus la tête même de l'auteur ! N'empêche, est bien forcé d'admettre Loyola, n'empêche que leurs prêches ne manquent pas d'une certaine pertinence, quand un monde voué à l'inessentiel n'a plus pour substance immuable et défiant le temps que bêtise et folie programmées. L'image d'Anatole passe à nouveau devant mes yeux. S'il fallait mener une véritable enquête sur sa disparition, cette enquête recouperait sans doutes celles dont témoignaient ses publications clandestines. Cela permettrait d'ouvrir un sac de couleuvres interdit à la vue, où grouillent des reptiles dont les anneaux mêlent toutes les formes du combat contre le communisme depuis cinquante ans. C'était aussi, sinon surtout cela, notre ultra-gauche radicale. Comme il n'est de prise en tenaille efficace qu'au moyen d'une double mâchoire, à quoi les officines et réseaux fascistes financés par la C.I.A. auraient-ils servi, sans l'appui d'un discours adverse exprimant de manière extrémiste l'idéal absolu du prolétariat ? C'est à ce jeu-là que nous nous sommes prêtés, Anatole avait vu juste. Il n'en fut pas récompensé, sinon par la douteuse oraison funèbre de son grand-père. Où chaque phrase me fait craindre le pire.

Traverser l'écho

d'une voix dans le canal, c'est entendre le cri de mon vieux pote à chaque page du volumineux rapport publié par la *Commission for Assistance to a Free Cuba*. Créée à l'initiative de l'*A.A.A.A.A.*, cette officine a pour parrains George H.W. Bush et Jésus Evangelista. Le rapport annonce une aide accrue aux organisations de certains pays tiers, vouées à décourager les voyages touristiques vers la nouvelle île du Diable. Or, le principal organisme se consacrant à une si noble mission vient de résumer ses objectifs dans le *projet Jaguëy*, mis au point par la tour Panoptic. La Maison Blanche promet une augmentation de cinq cents pour cent des fonds alloués à la propagande anticastriste. Fallait-il envoyer Anatole à Cuba ? L'une des dernières photographies dont nous disposons de lui – document pris par satellite – le montre en conversation à La Havane, le jour des morts 2003, avec une journaliste prénommée Lazara (qui aurait accompagné Che Guevara dans les maquis du Congo), à l'angle du Malecón et de la rue San Lázaro. Nous regorgeons de moyens à ne savoir qu'en faire, alors que j'ignore tout des réalités de mon île natale. Tout juste si j'ai respecté les consignes en rencontrant à Miami (siège du géant du rhum Evangelista) l'agent

d'origine cubaine Félix Rodriguez Mendigutia, celui qui avait ordonné la mise à mort d'Ernesto Guevara près du village bolivien de La Higuera (le figuier !) en octobre 1967. Trop de coïncidences macabres obligent à refouler ces souvenirs dans les plus obscures zones d'une mémoire que ravive pourtant l'image de mon vieux pote. S'il avait pu voir mes compagnons de table, dans l'antre de la rhumerie Evangelista ! Il y avait là ce farceur de Juan Restoy, un ancien dirigeant politique du régime de Batista reconverti dans le narcotrafic, ainsi que William Seymour, impliqué dans l'assassinat de Kennedy, sans compter Frank Sturgis, l'un des plombiers du Watergate ayant participé à l'invasion de la Baie des Cochons, puis recruté par un expert de l'Agence nommé George H.W. Bush. Comment Anatole aurait-il réagi face aux frères Guillermo et Ignacio Novo Sampol, responsables des activités paramilitaires dans la Fondation Jaguëy, complices du meurtre, à Washington, de l'ex-ministre chilien des Affaires étrangères Orlando Letelier ? Si je devais divulguer les noms des hommes d'affaires, politiciens, stars du show-business, intellectuels médiatiques de toutes obédiences recrutés en Europe, ainsi que la somme des capitaux mis en jeu dans le projet Jaguëy, j'aurais sans doute si peu d'espoir de voir la fin de cette nuit que je préfère ensevelir un tel fardeau dans les profondeurs du canal.

Notes en bas de vie

Un homme en tue un autre. L'un parle. Au-delà de sa mort. L'autre. En deçà de sa naissance. Une femme. Elle-même double. Unit leurs destins. Depuis les Cyclades. Jusqu'aux Caraïbes. En son ventre. Crient déjà. Dans un hôpital. A Santiago de Cuba. Les barbus. De la Sierra Maestra. Lancés à l'assaut. Du dictateur Batista. Comme. A la même époque. En Iran. Ou au Guatemala. Contrôler les esprits. Est donc. La première mission. De l'Agence. Moucher. Les rebelles. De toute obédience. Qui refusent. Le pouvoir yankee. Ma mère. De toute manière. N'aurait pas survécu. Aux tortures. Du colonel Miranda. C'était donc. Une morte vivante. La femme. Aux mains. Du docteur. Sacha Bielinski. Chimiothérapie. Electrochocs. Antidépresseurs. « Donnez à la petite cinquante milligrammes de sodium amytal supplémentaires. » Car l'Agence. Avait besoin. De sacrifiables. Pour ses expériences. Mais pas. Sur le sol américain. Ma mère. Que ses forces. Abandonnent. Et qui s'éloigne. Du monde. Pour entrer. Au plus profond d'elle. Où je l'entends. Toujours. « C'est simplement... Un peu... Difficile... » Son corps. Ne lui obéissant plus. Petite fille. A son premier. Rendez-vous. Ne sachant quoi dire. Tentant. De reprendre. Le fil. De ses pensées. Absentes. Et de calmer. Les battements. De son cœur. Jambes en coton. Dans un abîme. Petite. Insignifiante. Face au Docteur. « Vous êtes nerveuse, je le vois bien, c'est un cas typique d'hypomanie. » Excitants la journée. Somnifères le soir. Euphorisants. Tranquillisants. Pilules. Comprimés. De la firme. Noé. « C'est pour votre bien, petite. » La mort. Ne serait-elle. Préférable. A cette existence ? Alors. Pourquoi pas. Toutes les pilules. D'un coup ? Bientôt. Elle ne serait. Plus rien. « Ne vous en faites pas, petite, quoi qu'il arrive, je vous assure... » Mais elle ne fut. Même pas. Capable. De se tuer. Torpeur physique. Tempête. A l'intérieur. Du cerveau. Cauchemar. Eveillé. Tombée. En mille. Morceaux. Dopée. Par les médicaments. Sentant pourtant. En elle. Un embryon. Qui vit. Et se souvient. De son histoire. « Voyons, petite, vous prétendez, contre toute vraisemblance, porter un enfant de père inconnu, et vous voudriez que l'on s'engage comme si vous jouissiez de toutes vos facultés ? » Selon Sacha Bielinski. Ces traitements. Hardis. Bientôt. Mettraient fin. A l'institution. Psychiatrique. Traditionnelle. Et le jour. Etait proche. Où la maladie. Mentale. Serait traitée. De façon routinière. Electrochocs. Et drogues. La physique. La chimie. Pour venir. En aide. Aux déviants. Et autres. Inadaptés sociaux. Afin. De briser. Leurs comportements. Anormaux.

La Guerre des Mondes

Carnet d'Alexandre Bielinski

L'heure est venue pour toi de savoir, et ce devoir m'incombe. Pendant la courte période qui s'est écoulée entre la mort de Staline et mon arrestation par les partisans de Krouchtchev, nous avons fait circuler des rumeurs selon lesquelles j'aurais bénéficié d'un capricieux favoritisme du défunt. L'Union soviétique était alors à l'Ouest un territoire du secret, même s'il se murmurait déjà que les meilleurs serviteurs de Staline seraient les plus terriblement punis. Cela faisait partie de la lutte à mort qui se livrait contre Beria pour s'emparer du pouvoir. On fit ensuite croire à ma condamnation pour trahison, puis je me suis du jour au lendemain retrouvé libre. Il ne pouvait alors faire aucun doute pour les services occidentaux que j'étais une « chèvre », d'autant plus fidèle à ses maîtres qu'elle n'avait aucune peur du loup. Mais le coup de bluff était si énorme, qu'il ne pouvait décemment avoir été conçu par les rusés stratèges de Moscou. Mon prix ne pouvait donc valoir très cher sur le marché du renseignement. Ce qui séduisit ce bon vieil Allen Dulles. Comment je m'y étais pris lui était moins important que la perspective de surenchérir dans ce jeu de dupes au second degré. Et puis, ne nous étions-nous pas connus au tribunal de Nuremberg ? « Aha ! You redface soviet nigger ! » aimait-il plaisanter devant ses invités dans la villa qu'il occupait sur les hauteurs de Guantánamo. Car, en vraie canaille internationale, j'avais choisi de m'installer à Cuba. La mise en coupe réglée du monde y trouvait alors son symbole. « Quand chacals et vautours font la loi, vous n'êtes même plus un loup pour la chèvre », lui répliquais-je en riant. Mamie Eisenhower en personne me couvait d'un regard attendrissant. Mon rôle consisterait à figurer le roi des charognards d'une île où la viande avariée croupissait à foison. « Je suis un soldat soviétique ! » Rien que pour ce bon mot, la meilleure barbaque me serait offerte aux joyeux barbecues de l'Agence. Ainsi j'ai rencontré ta mère, qui se disait elle-même la reine d'une constellation lointaine.

Je suis l'arbre-aigle et l'arbre-serpent. Rien n'échappe à la patiente reptation de mes racines qui se glissent où elles veulent, se transforment en lianes, s'enroulent autour de leurs proies végétales ou animales qu'elles étranglent et avalent en guettant d'autres proies, de sorte que toute notion de mesure échappe à mon tronc monstrueux. Les plus hautes antennes de mes branches n'ont de cesse de capturer tant d'informations nécessaires à leurs entreprises, que celles-ci peuvent se comparer à ces pieuvres gigantesques dont s'inspirent certaines organisations humaines réputées criminelles. Ainsi de cette **Anatolian Atlantic Artistical & Athletical Association*****, dont Juan-Luis de Loyola semble ne plus vouloir se souvenir. Mais groupes financiers, familles mafieuses et services spéciaux venus des Etats-Unis dans les années cinquante pour faire leur proie de Cuba secouèrent toujours de rire mes profondes racines. Bien sûr, je savais que l'une des principales questions qui se poseraient au monde libre et démocratique à la mort de Staline, serait celle de l'entrée de la cocaïne sur le marché nord-américain. La poudre blanche était au cœur de l'empire du divertissement, qui fonctionnait depuis les plus luxueux palaces jusqu'aux plus minables tripots, dans ce qui deviendrait le plus éblouissant bordel du monde. Sur cette fabuleuse île où poussaient à foison palmes et mulâtresses, La Havane servirait de centre conspiratif pour la stabilité sociale des Amériques.***

Je confie ma parole vivante à la plume des morts pour lancer une semence dans la matrice du cosmos, aussi loin que le fit naguère un Jaguëy des Caraïbes quand il féconda cette île des Cyclades où se perdent les origines d'Eva de Cuba. N'avait-elle pas été mon guide en étoileries ?... *C'est ça être une étoile,* me disait-elle, *c'est briller par soi-même avec la certitude d'exister. On est ensemble à l'abri dans la grotte ? Oui, mon amour, dans la grotte entre la montagne et la mer de l'Indien Hatuëy...* Sans Eva je n'aurais jamais été qu'une planète morte, elle dont émanait une éruption de clarté si intense que pas un coin du monde n'échappait à sa lumière qui semblait venir des astres. Une lumière dont s'éclaire à jamais le 26 juillet 1953.

Le pire, pour Loyola, c'est le rappel de cette date. Une étoile fixe dans son histoire comme dans celle du monde contemporain. L'évoquer vous offre une boussole qui permet de vivre ou qui tue.

Voix de Lazare

Archanges et dragons, sorcières et fées possèdent une réalité qui se confond au trésor perdu des guerres et des révolutions. A-t-il seulement un nom, ce trésor perdu ? Si tant d'hommes ont porté les armes au cours de l'ère dite moderne, il semble que ce fut pour creuser l'immense tranchée d'un présent perpétuel sans passé ni futur. Ne reste que le cycle biologique d'êtres prisonniers de cette fosse commune pourvue de tout le confort matériel, êtres pouvant encore à peine se prétendre vivants. Pourtant, ce trésor, ne l'avons-nous pas tenu dans nos mains, fût-ce un bref instant d'aveuglement, avant qu'il ne se change en mirage ? Depuis lors, s'est officialisé le divorce entre la réalité et toute manière de rêver encore au trésor perdu ; ainsi, des millions d'esprits marchent-ils dans les ténèbres. La tâche de leur conscience fut de comprendre ce qui s'était passé, pour trouver la paix avec le monde. Sans quoi ne se reconduirait jamais qu'une absurde guerre sans fin. C'est d'un appel à la pensée que nous avions besoin, nous les poilus de cette Grande Guerre qui ne serait jamais la der des ders... S'il fallait donc écrire l'histoire du siècle vingtième comme la biographie singulière d'un homme l'ayant enjambé de part en part, l'esprit de cette personne se révélerait entièrement déterminé par des choses qui ne sont plus et par des choses qui ne sont pas encore. C'est dans un tel intervalle, purement spectral, qu'il me revient de faire entendre ici ma voix, moi Lazare Ponticelli, né en 1897 et mort en 2008, depuis ce lieu surnaturel sans espace ni temps que représente Ajiaco. *Précieuse est la mémoire d'une telle marmite. Par exemple, vers la fin de la Seconde guerre mondiale, qui sait encore qu'une mystérieuse vague de crimes frappait les femmes européennes dans la partie orientale de la Méditerranée ? Après la tombée de la nuit, plus une pauvre fille n'y était en sécurité, pour peu qu'elle eût la peau blanche et fût ressortissante du Commonwealth. Une rumeur se répandit, selon laquelle quelque dangereuse organisation terroriste islamique avait juré d'égorger le plus grand nombre de femmes chrétiennes. Ce qui déclencha la répression de toute forme de résistance arabe. Il ne serait jamais dit que les tueurs, loin d'être des musulmans fanatiques, appartenaient à un réseau organisé par l'Intelligence Service pour provoquer des troubles, exciter la xénophobie, créer de toutes pièces une psychose de guerre en accord avec les intérêts du Foreign Office. Cet épisode, entre mille, est le label d'un siècle marqué par la rupture entre les apparences et ce que masque le décor. Nous sommes des millions de poilus qui errons à jamais dans les coulisses de ce théâtre d'ombres, à la recherche d'un trésor perdu dont il est interdit de connaître le nom.*

Cri du Cimarrón

Ce jour du 6 août 1945, il y avait des cumulo-stratus éparpillés au-dessus d'Hiroshima, entre 12000 et 15000 pieds. Les nuages allaient à une vitesse de 10 à 15 milles à l'heure. La cible – un pont ***entre le quartier général militaire et la ville – apparaissait clairement. La météo paraissait donc idéale au pilote chargé de la mission préalable d'observation, qui devait donner le feu vert à l'Enola Gay. C'est ce qu'il devait confier à Allen Dulles, après la réussite absolue de sa mission. Car le seul problème avec lui, fut qu'il refusa d'appartenir au clan des Gars de la Victoire. « Enola Gay's Juice ! Enola Gay's Juice ! » criait-il dans l'asile où il fut interné de force. Le malheureux pilote parcourait les couloirs de l'hôpital réservé aux fous dangereux, tel un camelot ambulant qui aurait proposé de vendre des jus de fruits tirés de la bombe. Il s'était bricolé une échoppe roulante surmontée de son enseigne : « ENOLA GAY'S JUICE ». Celle-ci tomba entre les mains d'Allen Dulles, qui devait l'exhiber à son collègue, l'expert soviétique Alexandre Bielinski, comme pièce à conviction démontrant l'aliénation mentale du maniaque. Quelles que fussent les ruses dissimulées derrière leur collaboration depuis le tribunal de Nuremberg, les deux hommes se témoignaient une admiration mutuelle, qui n'allait pas sans conseils échangés à titre gracieux. « Cas incontestable de transformation de la personnalité. » Tel fut l'avisé verdict de Bielinski. « Patient dépourvu de tout sens de la réalité. Complexe d'angoisse, tension nerveuse croissante, hallucinations. » Le diagnostic final justifia un traitement chimique et électrique du fou d'Hiroshima dans un autre hôpital, à Santiago de Cuba. C'est là que, depuis le sommet d'une montagne surplombant le village de Cobre, un*** œil nucléaire ***me permet de suivre cette histoire avec une profondeur de champ de cinquante ans. Je n'ai pas oublié la surprise de Bielinski quand le pilote catalogué comme dément, ayant réduit en miettes son enseigne après qu'elle lui eut été restituée, en dispersa les lettres qui retombèrent sur le sol de l'hôpital devant ses yeux, pour se rassembler dans un ordre différent : EL CASINO JAGUEY.***

L'aède est celui qui vit l'âge d'or, se dit l'homme qui était mort. Cette immortalité fait de lui l'être le plus vulnérable, à l'heure où tout n'est qu'occupation militaire de l'espace, dans l'anéantissement du temps. Le canal, derrière la vitre, évoquait toujours à ses yeux le maléfice des tranchées ayant englouti l'espoir illimité d'un autre monde possible à portée de la main. Sa tête, ses bras, son corps franchirent la fenêtre pour s'aventurer à tâtons parmi tant de voix qui réclamaient sa présence auprès d'elles. Mes os se lèvent dans la nuit. Quelle est encore leur place au coeur de la guerre des hommes ? La vie humaine, toutes les vies humaines, l'enchevêtrement de ces vies comme les racines et les branches du Jaguëy, ce plus grand mystère du songe dont on se réveille après la mort. Quel meilleur engrais que les rêves pour les pensées du jour ? Encore ont-ils besoin d'un peu de soleil, au lieu des projecteurs tombant des miradors de la tour Panoptic. Privés de vraie lumière, les songes comme les fleurs s'étiolent au matin. En attendant, la nuit de Bruxelles paraît toujours le noir palais d'un empereur accoudé dans les ténèbres au sommet de la Tour. Tout empire ne vit-il pas dans la hantise d'un peuple de fantômes ? Ange envoyée du ciel par des chemins lactés, c'est encore ton visage qui se devine aux carreaux du café.

(Toute femme en ce monde est Aurore se croyant une pauvre bougresse ; malgré sa beauté, sa jeunesse et ses longs cheveux de pécheresse, elle se sent seule et vide et incomprise et mal aimée, tout ce qu'elle voudrait c'est qu'on la vénère d'un amour éperdu, chaque instant de son existence à elle dédié par un homme qui se veuille à jamais son esclave, pas vraiment le genre de ce type qui passait sur la plage d'une île des Cyclades comme elle y vidait seule une bouteille de rhum Evangelista. Toute femme est Eva. Mais qu'était-ce pour un piège que cette feuille exhibée devant mes yeux sur la plage de Naoussa ? J'aurais voulu lui arracher ce tract et le déchirer, tant en un éclair me parurent funestes, prémonitoires d'un avenir néfaste, les signes que je venais d'y déchiffrer, quelque chose comme un ersatz pervers, une imitation frauduleuse de formes poétiques ayant eu leur validité au lendemain de la Première guerre. Oui, qu'était-ce pour un piège que ce titre connu de moi seul, sorti de son sac ? J'ouvris le livre et lus la première phrase : **Le Jaguëy chante mon deuil avec les yeux d'Eva.** *)*

Rengaine d'une idole des vitrines

J'ai senti dans mes yeux s'éveiller des lueurs. Ils burent une gorgée d'azur par-delà cette nuit. Le sommeil profond d'une ville, quel rapport avec l'épidémie ? Masques en stock, proclame le Nouvel Ordre Edénique...
Toujours famines et pestes, guerres et morts. Point de remède contre la mort, nul n'est jamais sorti de sa tombe. Jouissez donc sans entraves, puisqu'un jour vous serez comme si vous n'aviez jamais été. Le souffle de vos narines ? Une fumée ! Votre parole ? Une étincelle éphémère de votre cœur, lequel deviendra cendres, et votre esprit pour toujours dissipé dans le néant de l'éther...
Mes yeux écarquillés fixèrent une vision de soleil. Par quel stratagème aujourd'hui l'unique point de vue de Dieu, l'éther, les cimes célestes, la musique des sphères, le chœur des anges, le conseil d'administration de la firme Panoptic et de la société Noé s'arrogent-ils comme pouvoir suprême le privilège de représenter aussi toutes les voix de l'enfer, du peuple de la géhenne, des damnés de la Terre ?
Dans ce monde où l'unique dieu de l'argent s'était approprié toutes les créatures, il en était une qu'il n'avait pas les moyens de se payer. L'aède était le rescapé d'une guerre perdue, prisonnier dans le camp des vainqueurs et ignoré par l'innumérable armée des vaincus. Ceux-ci, tant qu'ils étaient, n'avaient dans le crâne que des « haaa-li haaa-lo, ha-ha » triomphants. Pas d'autres chants permis que ceux de la race élue, quand bien même ils avaient sombré dans l'abîme de la damnation...
Bien sûr, j'en ai vu défiler devant ma boutique, des clients qui prétendaient refaire le monde ! Remplissez-vous donc de mon parfum de déesse, car votre nom sera oublié avec le temps ! Votre vie passera comme la trace d'une nuée, comme un brouillard chassé par les rayons du soleil...
Pourtant chacun de ces êtres était un astre à part. Chacun de ceux que j'ai pu observer depuis mon poste fixe était un univers. Ensemble, ils peuplaient le regard d'un elfe perché dans son arbre au bord du canal...

Ave Eva

Un chapitre qu'évitera
Quiconque méprise le point de vue d'une mouche

*Le Jaguëy. Chante mon deuil. Avec les yeux d'Eva. C'était la première phrase. D'*Adieu Satan. *Si je me souviens bien. Mais aujourd'hui. Quelle importance ? Même si tu peux encore te demander. Ce qui t'est arrivé. Sur une plage des Cyclades. Ce jour de la fin du printemps. Il y a si longtemps. Etais-je vraiment. La fée sorcière. Que je voulais m'imaginer ? Tu ne peux pas savoir. Mon chéri. Ce que signifiait alors. Etre la fille. D'Aristos Théokratidès. Au bras de Jésus Evangelista. Le producteur d'*Habanaguana. *Dans la villa coloniale. D'Allen Dulles. Nouveau patron. De la C.I.A. Sur les hauteurs de Guantánamo. Quand ce vieux dragueur. Epié par sa femme. Et par Mamie Eisenhower. M'attire à l'écart. « Cet écrivain grec inconnu, ma chère Eva, dont on s'est inspiré pour votre dernier film où vous êtes sublime, il faudrait nous le présenter... » Il y avait là Sacha Bielinski, Lyndon Johnson, quelques espions d'ambassades européennes et cet acteur minable de Ronald Reagan, mais je m'emballe. Il m'avait surprise. A l'*Hotel Nacional. *Où je nageais nue. Lisant le Numéro Zéro. De la revue* Potlatch. *L'affaire a fait des vagues. En plus du scandale. De la revue* Confidential. *Où on me voyait. Avec Abel de Loyola. Ô je ne voulais pas. Tomber entre les pattes. De ce Mac Carthy ! Alors j'ai suivi. L'avis de mon père. Une petite croisière. Pour changer d'air. Et pourquoi pas. Pêcher cet aède grec. Dans son île. Ou plutôt. Me faire pêcher. Par lui. Puis le ramener. A Cuba. C'était une folie. Je le savais. Mais j'ai aimé. Deux hommes. Dans ma vie. Qui. Chacun à sa manière. Possédait. Un hameçon. Capable. De pêcher le cœur. De n'importe quelle femme. Le destin voulut. Que je les rencontre. Presque en même temps. De sorte qu'ils pourraient. L'un comme l'autre. Etre le père. De mon fils. Du moins. Si j'en crois. Cet Indien. Hatuëy. Dans sa grotte. Veillée. Par l'arbre. Où te parlent mes yeux.*

L'homme qui était mort captait la voix errante et mélodieuse d'une femme dans les feuillages du figuier maudit. A travers les lianes, il cherchait à entendre son appel plaintif. *Est-ce toi qui me parles... t'ai-je bien entendue... suis-je enfin parvenu jusqu'à toi ?*

Le regard d'Eva semblait voir et ne pas voir, ainsi que les pupilles d'un oiseau du soir quand elles réfléchissent le monde comme un fabuleux miroir. *La brûlante beauté de ses yeux verts, où brillait la source de l'Indien Hatuëy.*

Qui est encore cet emplumé, dont le lexique de mon portable refuse l'existence ? N'y aurait-il plus aucune réalité fiable à quoi s'accrocher pour construire un ***Storytelling*** digne de ce nom ?

Eva tenait depuis toujours de l'ange saltimbanque, du singe funambule, de l'elfe ménestrel, de l'oiseau troubadour. Elle était allongée sur la mousse d'une énorme branche, main tendue vers un colibri dont le trille répondait à sa voix. Autour de ses épaules et de son cou s'enroulait un serpent, qui balançait vers l'homme une tête en fer de lance où s'agitait une voltigeuse langue bifide. Le défunt restait sans bouger, osant à peine respirer, de peur d'effrayer cette créature surgie de jadis.

Tout de suite il avait reconnu le monstrueux ficus, dont les ombres s'accrochaient au tourbillon d'un réverbère sur le quai désert. L'homme était certain qu'il ne s'agissait ni d'un rêve ni d'une illusion, même s'il ignorait à quoi ceux-ci pouvaient ressembler au-delà de la vie. Mais n'en avait-il pas éprouvé un avant-goût dans les bras d'Eva ? *Tu veux te fondre en moi ? Je veux que tu m'encercles tout partout, comme le Jaguëy.* Les premiers oiseaux des îles commençaient à piailler dans les branches de l'arbre à l'approche d'une aube encore incertaine, quand il se laissa envahir par l'organique splendeur du Jaguëy. N'était-ce pas en ses feuillages, dit-on encore sur l'île, que Christophe Colomb avait découvert l'oiseau-serpent sous la forme d'une Indienne blonde à peau noire et aux yeux verts, qu'il baptisa du nom de la première femme ?

« Je suis Eva la fée, la sorcière, la muse de toutes les sources et l'oiseau-serpent du grand cirque, l'une des attractions de l'au-delà. Je peux prendre la forme d'une mouche aussi bien que celle d'une mouette pour te guider, mais ne pourrai jamais plus m'adresser à toi que par énigmes. »

Loyola sent que tout l'incite à renoncer.
Quelle part de soi-même laisse-t-on dans le tourbillon d'une barque naufragée dès avant sa naissance ? Il reste la vision d'un yacht et le ciel d'une nuit d'été qui tombe avec des rires, ces rires d'une femme qui sera ma mère, tout ce qui peut passer par la tête de mon père tué par ce type il y a cinquante ans.
La mouche de tout à l'heure, dont le murmure des ailes ne cesse de l'encourager, lui paraît à présent la plus douce des muses... Quels tambours battent en moi quand je pense à mon père ! Sans l'aède, jamais mon père et ma mère ne se seraient rencontrés, dans une étreinte ultime, la nuit du 26 juillet 1953. Jamais je ne serais né le 16 juin 1954. Mais pourquoi cette gestation de plus de dix mois ? Pourquoi ces quarante jours en trop, dans un hôpital de Santiago de Cuba ? Si tu veux m'y aider, ce sera l'objet de mon enquête et la raison d'être de ce livre. Il faudra, pour y arriver, superposer un labyrinthe de mots au dédale de la vie réelle. Mon existence entière sera l'enjeu de cette partie, qui commença par le projet d'un casino à Baracoa, dans la province orientale de Cuba. Un plan conçu par Aristos Théokratidès et Jésus Evangelista, d'après les perspectives d'une société des loisirs et du jeu tracées par la revue ***Potlatch***. A mon pote Anatole s'imposait la question : Où sont passées les créations imaginaires de ceux qui écrivirent sur les murs : « *Tout le pouvoir à l'imagination* » ? Nous sommes les mieux placés pour ne pas y répondre, nous les *créatifs* et les *communicants* qui fûmes les épigones de cette idéologie-là. Comme si réclamer à cors et à cris du pouvoir temporel qu'il cédât la place au spirituel avait été la meilleure garantie pour que, dans sa propre sphère, l'Esprit d'une civilisation disparût. Jamais le sel de celui-ci n'aura été plus fade que depuis que nous occupons le sommet des buildings, y arborant des plaques de cuivre comme celle dont s'orne la porte de mon bureau : « Juan-Luis de Loyola, *Esthetical & Ethical Expert* », au dernier étage de la tour Panoptic.

Traverser l'écho

d'une voix dans le canal, c'est remonter au colloque de Baracoa, cette rencontre entre quatre hommes au cours de laquelle il s'agirait d'imposer son hégémonie sur la future industrie des loisirs et d'y imposer ses règles du jeu. Pour ce faire, quelle meilleure stratégie adopter – aux marges de toute légalité – que d'imiter la légalité de l'Etat lui-même en créant de toutes pièces un exécutif, un législatif et un judiciaire du crime ?

Je suis donc l'arbre mafieux par excellence. A ce titre seul ma parole est dite* honorable *et ne souffre pas qu'on la discute. Nulle part vous ne trouverez témoin plus fiable que la moindre de mes feuilles pour vous rappeler qu'une île des Caraïbes, à l'aube des années cinquante, servirait de laboratoire à un capitalisme chimiquement pur, c'est-à-dire délivré de toute entrave morale. Or, il s'agissait précisément de la revendication principale exprimée par cette Internationale d'un genre nouveau dont le siège était à Paris, qui comptait parmi ses membres un certain Abel de Loyola. Si l'on ajoutait à leur critique radicale du communisme l'exigence de* vivre sans temps morts, *ces ambitions conjuguées n'étaient pas trop éloignées de celles qui feraient imaginer, par le gouvernement cubain, l'ouverture d'un « Bureau de Répression des Activités Communistes », comme un grand pas en avant pour la cause de la Liberté. Les relations entretenues par Allen Dulles, alors directeur de la C.I.A., avec Jésus Evangelista, sont sans équivoque à ce propos. Il s'agissait rien moins que de légaliser les projets de la mafia, même si la nécessité s'imposait d'une couverture nationale pour de telles activités. Leur plan ? La Compania Hotelera del Oriente S.A. se proposait de bâtir un complexe hôtelier pourvu de night clubs et de casinos, dont la devise d'avant-garde,* Jouir sans entraves, *épouserait celle des compagnons d'Abel de Loyola, sous les conseils éclairés de Sacha Bielinski. Il s'agirait des premiers établissements au monde où repas et alcools, shows et accès aux salles de jeux, drogues et filles seraient inclus dans le prix de la chambre.

Mais quel rapport avec la mort d'un aède grec cinquante ans plus tard à Bruxelles ?

La parole m'abandonne et c'est tout dire. Aucun mot ne devrait encore être prononcé, si les mots les meilleurs sont ceux que nous cherchons en vain. Je n'ai plus d'autre voix qu'un bourdonnement noir contre la vitre, d'autre langage que celui de cette messagère au sommet de la ville. Toi aussi tu es seule, c'est sûr, et tu pleures tes morts. Est-ce le chant de tes ailes qui vient de composer son épitaphe ? Quelque chose comme... Ci-gît Anatole Atlas, qui fut tout et qui ne fut rien. J'ajoute pour ma part : Son âme fut accompagnée par les oraisons d'une mouche. Puisqu'il semble que ce soit la tâche qui m'est assignée, si je veux conserver un minime espoir que s'éclaire enfin la mémoire commune de mon père Abel et de cette Aurore Théokratidès, dite Eva de Cuba...

Traverser l’écho

d’une voix dans le canal, c’est voir surgir la figure de Sacha Bielinski, le seul homme au monde qui ait jamais eu ses entrées libres à la Maison Blanche comme au Kremlin. Nul ne sait où ni quand sa carrière commence à prendre une allure fulgurante, même s’il est certain qu’y jouèrent un rôle important la mort de Staline et certain assaut de la Moncada, le 26 juillet 1953, à Santiago de Cuba. Né en Russie, trempé dans la tourmente révolutionnaire, Bielinski ne laisse aucune trace avant le coup d’Etat en 1952 de Fulgencio Batista. Qui donc, sous le masque d’un psychiatre aux yeux délavés, gérant des fortunes dans les casinos les plus mal famés du monde capitaliste, eût-il pu soupçonner l’existence d’un fin dialecticien marxiste ayant connu Bertolt Brecht et Georg Lukacs, dont les messages atteignaient le sommet de la pyramide à Moscou ? Les archives ont prouvé qu’il tira ma mère des griffes du colonel Miranda, pour la faire admettre dans un hôpital à Santiago. Certaines figures se dérobent au pinceau du peintre et il ne s’agit pas ici d’esquisser à gros traits le profil d’un personnage de roman, quand cet homme échappait à toute catégorie littéraire. La vie seule engendre certains types humains dont les activités réelles sont impropres à toute forme

de fiction, par excès d'invraisemblance. Ainsi Bielinski fit-il de plantureuses affaires dans le crime à La Havane, tout en étant l'agent d'influence le plus efficace du Kominterm pour les deux Amériques. C'est à ce titre qu'il devait rencontrer l'aède au flanc de la montagne Majayara surplombant Baracoa la veille du 26 juillet, jour de la Saint Christophe, en cette grotte où veille l'esprit de l'Indien Hatuëy.

Notes en bas de vie

Dans la matrice de ma mère. J'éprouve. L'unité primitive. De l'univers. Sa douleur. Originelle. « J'aurais mieux fait de mourir » Dit sa voix. Pour l'embryon. Que je suis. Mais aussi. Pour Sacha Bielinski. Qui vient d'ouvrir la porte. De la chambre d'isolement. Saisi. Par la forte odeur. De cadavre. Que dégage. Le corps. De ma mère. Recroquevillée. Dans un coin. De la pièce. Insonorisée. Vêtue. D'une robe de chambre. Et d'une culotte. Coiffée. D'un casque. Peint en noir. Comme le reste. De la pièce. Tous les interstices bouchés. Autour de la porte. De sorte qu'il soit. Impossible. De distinguer. Le noir du sol. Celui des murs. Du plafond. Car Bielinski estime. Que dans cette chambre. On doit avoir. L'impression. D'être dans un cercueil. Ou de dériver. Dans l'espace intersidéral. « Mon petit, il faut faire exactement ce que je dis. » Car bien sûr. Bielinski. Veut le bien. De ma mère. Simplement. Pense-t-elle. Il ne sait pas. Ce que c'est. Les drogues. Et les électrochocs. « Mon petit, ce traitement est d'un grand secours. Ne l'oubliez jamais. Quand on a extirpé tout ce qui est négatif, on a la place pour introduire le positif. » Penché sur elle. Il parle. Avec l'éloquence. D'un prophète. Visionnaire. « Ma petite, c'est un moment historique. Pour vous. Pour moi. Pour les malades. Pour tout le monde. Nous y participons tous. Jamais vous ne l'oublierez. » Derrière Bielinski. Elle voit. L'infirmière. Debout. Près du chariot roulant. Sur lequel. Trône. La boîte noire. « Je vous l'ai déjà dit, mon petit. Il n'y a pas de quoi avoir peur. Maintenant, donnez-moi votre bras. » Ma mère l'observe. Pendant qu'il. Cherche. La veine. Elle sent l'aiguille. Puis la fraîcheur. De la gelée. Qu'on étale. Sur ses tempes. « Prête, infirmière ? Voltage réglé ? Go ! »

Depuis la montagne enchantée. De mon Olympe. J'observe. Les forces titanesques. De la nature. Fauves redoutables. Flottant parmi les cieux. Démons hostiles. Parés du masque des anges. Monstres échappés des abîmes. Régnant sur les sphères supérieures. De l'édifice divin. Prêts au sacrifice rituel. D'une femme. Eblouissante création du rêve. Habitée par. Quelque muse des Cyclades. Ses lèvres alors. Laissent échapper. Contre toute attente. Une psalmodie. Qui se fait hymne. Pour ma vie. Une mélodie magique. Pour son enfant. Possédé. Avant sa naissance. Grâce au philtre de sorcière. Procuré par l'Indien Hatuëy. Son visage décharné. Ses traits tirés. Se métamorphosent. Puis je vois rayonner. Dans les yeux grands ouverts. Et radieux. De ma mère. Une transfiguration. Eternelle. Quand la danse. Horizontale. Agite de son rythme. Tous ses membres. Un torrent de feu. Se déverse d'elle. Avec des cris. Perçants. Fièvre extatique. Transe orgiaque. D'une intelligence. Divinatoire. Face aux puissances. De l'électrochimie. Coalisées. Dans un hôpital. A Santiago de Cuba. C'est une voix féminine. Parfaitement audible. Qui s'élève. Dans l'immense pièce. Où je suis seul. Comme chaque jour. A la même heure.

La Guerre des Mondes

Carnet d'Alexandre Bielinski

Quelque chose me dit qu'elle sera féconde en délirantes fantasmagories, la nuit de ton prochain anniversaire. Je comprendrais, en effet, que tu te fasses tout un cinéma des circonstances ayant entouré ta singulière venue au monde. C'est pourquoi j'attends de toi que tu n'ouvres ce carnet qu'une fois dissipées tes imaginations nocturnes, à la bienfaisante lumière du jour. Il court sur le nom de Sacha Bielinski tant de légendes que je crains fort n'être pas capable de livrer ma véritable vie en pâture à quelque biographe que ce soit. Ne seraient-ce que mes premiers contacts, en pleine guerre mondiale, avec le futur patron de l'Agence, risqueraient de ne pouvoir servir de matériaux fiables pour un roman d'espionnage. Allen Dulles était alors occupé à manipuler avec brio, depuis son bureau suisse, les généraux allemands et l'Abwehr de l'amiral Canaris. C'est de nous qu'il tenait ses informations sur la mentalité de l'adversaire, grâce à un comité secret de psychiatres soviétiques. Il lui avait ainsi été plus facile de manœuvrer la Gestapo de Himmler afin de la monter contre Hitler, puis d'utiliser les modérés allemands pour semer la panique dans la population. Nous disposions en outre, comme monnaie d'échange, de redoutables témoignages attestant la complicité des plus grandes firmes américaines dans la montée en puissance du nazisme ainsi que dans l'organisation des camps de la mort, impossible à mettre en oeuvre sans les programmes de la société Panoptic. La victoire venue, c'est tout naturellement vers nos experts que le gouvernement des Etats-Unis se tourna pour évaluer l'état mental de Rudolf Hess lors du procès de Nuremberg. Coaccusateurs dans le jugement des criminels de guerre, nous procédions ensemble à l'examen psychiatrique des principaux accusés. C'est ainsi que je rencontrai Dulles pour la première fois.

Le Tabou !
Autour d'un Tabou seul toute parole, toute langue, toute culture. Tabou de l'Indien Hatuëy. Sur la grotte où gît son corps depuis cinq siècles devait s'édifier le complexe hôtelier. Là plongent mes racines secrètes et combien difficile d'en parler ! Les lianes du Jaguëy ne pendent-elles pas comme un voile pour clore cet espace sacré ? Oui, Jaguëy, temple originel, tombe, Indien Hatuëy.
Sans doute n'y eut-il guère d'Européens, depuis un demi millénaire, qui allèrent sur cette île tropicale et y rencontrèrent, dans une caverne au flanc de la Majayara, la source où repose l'esprit de l'Indien Hatuëy, puis qui s'en retournèrent avec une étincelle de cet esprit au fond des yeux. Ce que fit cet Atlas et que tenta d'imiter son petit-fils un demi-siècle plus tard.
Aurore dite Eva de Cuba, mère de Loyola, fille d'Aristos Théokratidès, associé de Jésus Evangelista, tabou tabou dire pourquoi l'aède grec venir à cet endroit. Lui communiste et pourtant met en doute combats modernes de l'homme écrasé par le poids d'une redoutable liberté. Celle-ci alimentait toutes les idéologies nées des décombres de la guerre. Aujourd'hui les mots, partout, partout, Liberté ! L'aède grec ne voyait pas quelle grâce trouver à l'existentialisme, au lettrisme ou au situationnisme, cette grâce qui lui paraissait devoir être la condition première et l'ultime finalité de leur combat. Combien l'expérience il avait eue de camarades militants, de responsables du Parti, s'en souciant aussi peu – de cette grâce – que les pires philistins de l'autre camp. Alors, quand Aurore lui parle de ce Debord, lequel écrit à vingt ans ne pas vouloir faire **le voyage d'Orphée,** ***tout en lui se ligue pour n'accorder aucun crédit à des expériences puériles auxquelles se rallierait son petit-fils vingt ans plus tard. N'empêche, ils devaient venir sur l'île et plonger dans la source de l'Indien Hatuëy ! Car l'idée du roman qui serait à écrire est que la Caraïbe est la province la plus sensible du monde enfin mondialisé, quelque chose comme une Judée pour l'Empire moderne, sur l'autre rive de la Grande Eau. Des prophètes y surgissent depuis l'Indien Hatuëy, qui ont noms Toussaint Louverture, Simon Bolivar, Paul Lafargue, José Marti. Leurs prophéties sont résumées par l'Evangile du Jaguëy.***
Guerre ! Guerre ! Toujours la guerre ! Mais en guerre, les seuls à condamner sont les premiers coupables, et le Jaguëy vous touchera mot de ceux qui furent parmi les premiers responsables de cette guerre entamée le 26 juillet 1953. Une guerre planétaire dont l'enjeu serait la conquête des âmes...
Car, du crime organisé, l'île était devenue centre névralgique mondial. Au lendemain du coup d'Etat de Batista, la Banque nationale

recevrait un communiqué présidentiel qui l'aviserait de la création prochaine d'une* Banco de Oriente, *laquelle ouvrirait aussitôt des succursales à Santiago et à Baracoa. C'est là qu'une chaîne d'hôtels serait construite avec les fonds de l'Etat, puis concédée à des sociétés étrangères qui réaliseraient, en un an, des profits équivalant à la totalité d'un investissement qu'elles n'avaient pas dû faire, le tout n'étant qu'une façade –* honorable, *excusez-moi de répéter ce mot – pour d'encore plus juteux trafics.
D'autre part, des montagnes d'intérêts bancaires seraient englouties pour financer l'industrie tirée des plantations de cannes ; celles-ci, grâce à la sueur et au sang, grâce à la faim et au chômage organisé, garantiraient la fabuleuse rentabilité des sucreries de l'île. Son fleuron sur le marché mondial, celui qui assurait partout le renom de Cuba, demeurait le fameux rhum Evangelista. Quand j'y pense encore, leur idée d'une commercialisation internationale des jus de la mélasse tirée des cannes à sucre avant leur fermentation, cette idée fait trembler mon tronc d'un rire homérique. Un tel stratagème leur permettait en effet d'installer des comptoirs, en tout point* honorables, *dans chacune des capitales du monde libre. Dont Bruxelles. Où l'esprit de l'Indien Hatuëy se mêle à la fumée d'un cigare pour suggérer à Juan-Luis de Loyola que ses misères de la nuit seront terminées quand les palmes d'un Jaguëy, mortes depuis cinquante voire cinq cents ans, se réuniront à leur antique souche et reverdiront de plus belle. Où la chevelure des Pléiades continue de rôder au royaume des ombres.

ECHOS DU ROYAUME DES OMBRES

— Holà ! Du haut de ton palais de marbre.
— Et de ta fenêtre de cristal.
— Où sont les muses et les fées ?
— Pourquoi donc, roi de l'Olympe...
— Ajournes-tu le jour ?
— Et le changes-tu en nuit ?
— Nous te le déclarons, l'ami !
— Tout le monde a des yeux pour y voir clair.
— Même dans pareilles ténèbres.
— Et pour se guider sur la route.
— Hormis ceux qui les ferment et ne veulent pas voir !

Juan-Luis de Loyola vient d'ouvrir un œil, le cigare toujours au bec. Des voix confuses ont parlé durant son sommeil. Encore un rêve ? Quelque absurdité venue de la rue, comme les fous et les ivrognes peuvent en proférer sans réfléchir ? Mais alors, comment ces voix multiples ont-elles pu franchir septante-sept étages de métal et de verre ? De deux choses l'une : ou ce roman n'a aucun sens, ou il en possède un qui demeure inexplicable à mon esprit borné. Pourrais-tu m'aider à comprendre, toi ma compagne ailée qui te bats toujours contre la vitre ? Obstinément ta litanie s'envole vers un ciel aussi noir que le fond du canal où clapote l'aède Atlas. Toi aussi, tu cherches en vain le point lumineux d'une cosmogonie, l'entrée dans l'inconnu, le passage vers une autre dimension. La lumière est morte à jamais, dirait-on. Ni soleil ni étoiles ni lune de l'autre côté de la fenêtre où tu implores le jour. Aucun astre ne brille à l'horizon. Rien, sinon le sillage rouge de quelques voitures sur le boulevard de la petite ceinture, étincelles qui s'évanouissent comme cet homme dans le néant. Serait-ce la première éclipse totale du millénaire ?

(L'auteur de ce récit trouvera vain que je décrive au physique à quoi ressemblait la jeune femme blonde en robe rouge installée seule à la taverne de la Pleine lune voici cinquante ans, dont j'ai dit qu'elle paraissait une réplique - hormis le noir de la peau - de la belle mulâtresse illuminant une bouteille de rhum, ou du moins son étiquette, qu'elle entreprenait de vider en offrant à l'homme un verre sur la plage de Naoussa. Tout son visage – bouche et regard – évoquait la fente. Elle portait la tête haute, ses lèvres dessinaient en permanence un léger sourire non dénué d'ironie ; dans l'immensité de ses yeux verts, on pouvait plonger comme dans une double mer. Quant à l'homme son corps, sa peau, son visage étaient toujours empreints de cette crasse puante et poussiéreuse posée sur lui par une interminable guerre civile. Aurore était la chair, toute la chair, mais en ses yeux brillait l'esprit. Cette façon qu'elle avait de mordre sur ses lèvres non maquillées, tout en passant une main légère dans sa crinière d'or, pour jouer l'idiote en écarquillant ses deux mers et vous dire : « Je regarde en vous la vérité... », fixant alors l'homme comme sans le voir, obligeait à se perdre en la rejoignant au fond de son regard lointain. C'est là, dans une telle promesse, qu'était l'égarement pour le combattant croyant à un autre monde possible ici-bas. Combien de poètes avaient rendu les armes dans ce duel ! Il en allait d'un effort de votre personnage pour gagner l'au-delà de sa conscience, inconnu d'elle-même comme le fond de ses sens à elle vous était étranger. C'est ainsi que se déroula, quelques instants qui furent une éternité, cette cérémonie mondaine sur la plage de Naoussa. Le dernier chic nec plus ultra bon ton bourgeois nouvelle mode excentrique et rebelle à prétention révolutionnaire lancé par Paris fit à la belle te proposer de vider la bouteille non sans que, dans

son geste fébrile pour verser l'alcool, un brin de cendre contenant une braise ne tombe par mégarde sur le dos de ta main, que je chassai d'un doigt de l'autre main comme on chasse une mouche.
— Il y a une bête ?
— La bête à feu.
— Elle t'a mordu ?
Je la vis souffler une longue bouffée de fumée, puis ses lèvres s'avancèrent par-dessus la table et se dirigèrent vers la main brûlée qui venait de saisir le verre, sa langue s'y posant, puis ses doigts s'agrippèrent à ma chevelure de cendres.)

Le visage de Loyola se détend, pour la première fois depuis longtemps. La mouche vient de le taquiner, au moment précis où il rallumait son cigare, provoquant une brûlure bénigne qui a plutôt l'effet de le rassurer. Sur l'écran du portable, il croit voir la figure de l'aède en train de s'esclaffer.

Ni dedans ni dehors, un homme vous regarde par le hublot d'une âme voyageuse. Espion d'un autre monde, agent secret venu des Pléiades, il flotte parmi les ténèbres, dans l'envers du décor des apparences. Trois pesos en poche pour tout excédent d'argent liquide. Il sourit en songeant à la Tricontinentale, imaginée naguère par Ernesto Guevara. Ces trois pesos, se dit-il, hissaient haut les couleurs de l'Afrique, de l'Asie et de l'Amérique latine. En cette petite pièce métallique, fusionnaient les hurlements d'entrailles dont avait été forgée la prospère Belgique.
Floc...floc...floc... Le bruit d'un robinet seul rythmait le silence de cette interminable nuit. L'homme était tombé comme une goutte rouge dans la ville en or des noires alchimies. S'il avait bonne mémoire, tel était encore le drapeau de ce pays : Noir Jaune Rouge. Dans la brume, il avait vu flotter quelques-unes de ces bannières aux plus pauvres fenêtres des quartiers déshérités. Sans aucune malice, il s'était demandé quelle occasion solennelle (mort d'un roi, triomphe sportif ?) avait valu cette flambée nationale d'ébène d'or et de sang. « Le Panthéon des Belges » titraient hier les quotidiens en première page, affichant cent photographies où se côtoyaient monarques, joueuses de tennis et pitres de l'écran. Ni Charles De Coster ni Thyl Ulenspiegel, mais une certaine Amnesthésie. Ainsi allaient les lois d'un monde sans autre loi que celle des miradors de la tour Panoptic. Et si, contre toute attente, ils s'en venaient à élire la voix d'un aède chantant ?

L'homme qui était mort avait découvert cette litanie des Belges les plus illustres sur une double feuille de gazette recouvrant le visage d'un vieux bougre endormi dans l'encoignure de l'agence de voyages (***Daily cruises, tickets for all boats***) où clignotait la réclame du Lotto national, au coin d'une ruelle pleine de silhouettes recroquevillées, apeurées, ensevelies sous des linceuls de cartons et de journaux distribués gratuitement dans la station de métro voisine. *Out and down. Fauves malades encastrés les uns dans les autres. Si l'un veut se tourner il doit guetter le souffle du camarade et son envie de se tourner sans quoi c'est le réveil en chaîne.* Toutes ces tombes de papier chantaient en choeur l'appel aux clémences de peste et famine, guerre et mort. Que celles-ci ravagent la surface du globe s'imposait comme un malheur naturel, auquel il n'était nul remède qui ne dépendît de nos prières, donc de la miséricorde du ciel. Celui-ci leur clamait, grâce au logo du Lotto, qu'au moins le rêve de devenir un jour *scandaleusement riche* appartenait à tous. Pouvaient-ils ignorer qu'un million de dollars voltigeait en produits bancaires dérivés, comme une constellation bénédictrice, par-dessus chaque tête humaine ? Quel qu'il fût, le salut viendrait donc de l'autre monde. Or, parmi ces créatures écroulées, s'étaient faufilées deux ombres entre les murs de la ruelle, deux formes sans contours bien définis, dont l'allure lui était vaguement familière. Etait-ce la fatigue ? Son attention détournée par ses propres délires ? Il n'avait guère prêté d'intérêt à ces deux vagabonds - l'un portant barbe antique et l'autre modernes bésicles -, titubant au milieu de leurs congénères, quand ils éructèrent en levant une bouteille de rhum vers les lumières de la tour Panoptic :

— Holà ! Roi des Lottophages...
— L'aurore aux doigts de rose ne daigne plus paraître.
— Oyez, filles des hautes falaises de verre !
— Nymphes du métal et du béton, venez vous réfugier dans la barque d'Ulysse !
— Avez-vous oublié l'anniversaire du héros aux mille tours ?
— Venez, nymphes et muses, lever le mauvais sort d'une ville envoûtée !
— Accourez pour nous dire quand cette nuit finira.
— Que nous sachions si nous sommes morts ou vivants.
— Errant réellement par un jour sans soleil.
— Ou créatures fictives égarées dans une fable.
— Mais quelle importance, ô Muses...
— Si l'auteur de ce livre nous est plus familier...
— Qu'il ne l'est à ses contemporains.
— Ce qui garantit la réalité de son rêve !

Traverser l'écho

d'une voix dans le canal, c'est sentir que toute cette mort dont regorge à présent le canal, toute cette mort autour de la mort d'un homme, déborde et s'infiltre dans la Tour pour en remonter les étages un à un, jusqu'au bureau de l'*Esthetical & Ethical Expert*. D'où venait cette mort, sinon d'avant sa naissance à l'île du Diable ? Sacha Bielinski dirigerait l'opération comme indiscutable fondé de pouvoir, tandis que le président Batista et le chef de sa police lui faciliteraient dans l'ombre toutes les démarches. Il s'agirait, pour commencer, d'une centaine d'hôtels qui couvriraient un éventail de lieux idylliques situés en arc de cercle depuis Santiago jusqu'à Baracoa. Non que Sacha Bielinski fût en rien propriétaire. Ce titre, il le laisserait à Jésus Evangelista et Aristos Théokratidès, qu'il prendrait sous son obligeante protection. Les nuits se peupleraient ainsi de cadavres que l'on retrouverait défigurés au petit matin. Qui contrôlerait casinos, cabarets et bordels contrôlerait la paix des cimetières. Une même gestion demain planétaire. L'empire du jeu, du sexe et de la drogue serait donc aussi celui de la mort. Faire taire l'ombre des ancêtres, imposer silence aux légendes unissant le ciel et la terre,

permettrait de régner sur toutes les industries de la chair. Une seule puissance financière s'emparerait des corps et des âmes. Jouir et s'éclater, n'est-ce pas tout un ? A un pôle ça se concentre, à l'autre ça explose. Armes et bombes feraient partie du grand jeu. Plus de paradis ni d'enfer qui échapperait au commerce mondialisé. La nature et la culture, matières premières d'une gigantesque machine qui broierait leurs tissus et chierait leurs déchets dans le canal, quand leur suc alimenterait les étages de la tour Panoptic.

Notes en bas de vie

Dans cet état. Mystique. D'unité. Avec le tout. Dont résonne. Un écho primitif. Au plus profond. De la matrice. De ma mère. C'est le génie. De l'univers. Qui exprime. Sa douleur. Originelle. Par une métaphore. Où se reflète. L'être éternel. Œuf cosmique. Dont miroir. Musical. Est. Le chant. De ma mère. Qui s'élève. De son ventre. Après. L'électrochoc. « Ne cherchez pas à me résister, petite, c'est très mal. » Certes. La vraisemblance. Est règle d'or. D'un vrai roman. Mais peut-elle être. Respectée. Si l'on s'avise. D'y incorporer. La réalité. De notre époque. Depuis. Le 26 juillet 1953 ? Aussi. Ai-je scrupule. A y incorporer. La figure. De Sacha Bielinski. Dont ne subsiste. Aucune. Image. Aucune. Trace. Photographique.
Cette tragédie. Illustre. Le monde visionnaire. De l'aède. Qui lui seul. Invente. Mon histoire. Lui. Le medium. Entre l'artiste. Originel. De l'univers. Et nous. C'est. L'essence. De son art. Depuis. Le murmure. De la tendresse. Jusqu'au. Hurlement. De la folie. Son œil solaire. Perce. Le secret. De la caverne. Et me permet. De révéler. Qu'avec Bielinski. N'a nul besoin. De prononcer. Un mot. Pour que. L'atmosphère. Soit chargée. D'électricité. Lui. Le chaman. Dévoyé. Venu. De Sibérie. Qui. Dès leur première. Entrevue. A fait miroiter. Au patron de l'Agence. La perspective. De lui révéler. Les techniques. De lavage. De cerveau. Utilisées. Par les Russes. Au cours. De leurs procès. Spectacles. J'entends encore. Par les oreilles. De ma mère. Dans son casque. « Ecoutez, écoutez bien tout. C'est la seule façon d'aller mieux... » Mais qui. Pourrait. Me croire. Si j'ajoute. Qu'après. Avoir. Distribué. Ses consignes. Aux infirmières. En rafales. De mots. Semblables. A celles. Tirées. Par un pilote. US. En Corée. Sur un bombardier. Soviétique. Sacha Bielinski. Enclenche. Le magnétophone. Pour ses collègues. « Ce que vous allez entendre est top-secret. Toute transgression sera passible de poursuites de la part du gouvernement des Etats-Unis. » Les médecins. Echangent. Des regards. Perplexes. Pourquoi. Ecouter. Une bande. Dont le contenu. Est si brûlant. Qu'il donne lieu. A cette mise en garde ? Alors. Le magnétophone. Repart. « Nous tous, prisonniers, faisons solennellement l'appel suivant : l'ingérence armée dans les affaires intérieures de la Corée constitue une agression barbare destinée à protéger les intérêts du capitalisme monopolistique des Etats-Unis. Luttons tous ensemble pour le droit contre l'injustice en nous opposant courageusement à ceux de nos dirigeants qui voudraient nous mener à une guerre contre la Russie. » La voix. Du pilote. Américain. Etait jeune. Qui lançait. Ce message. Après. Avoir subi. Un traitement. Approprié. Dont Sacha Bielinski. Connaissait. Le secret.

La Guerre des Mondes

Carnet d'Alexandre Bielinski

Durant les jours passés ensemble à Nuremberg, ce fut un jeu d'enfant pour moi de faire croire à Allen Dulles que nous partagions les mêmes perspectives historiques à long terme : le nazisme une fois détruit, une menace nouvelle et plus grave à maints égards pour la race élue, celle des seigneurs et maîtres de la planète, pointait à l'horizon. Le communisme, forme nouvelle du vieux despotisme oriental, s'apprêtait à répandre sur le monde libre sa barbare et pernicieuse influence. Lorsque nous nous quittâmes, ayant déclaré Rudolf Hess « cliniquement sain d'esprit », c'était à qui de nous deux avait le mieux persuadé l'autre du fait qu'il fallait tout mettre en œuvre pour sauver l'univers du péril soviétique. J'offris même à ce brave Allen Dulles un exemplaire de La Guerre des Mondes *qui avait appartenu à mon grand-père, dédicacé de la main d'H.G. Wells, preuve à ses yeux suffisante que la véritable élite se reconnaissait à sa culture. Je n'eus pas l'effronterie de lui parler de leur immense poète Walt Whitman, mais ne pus m'empêcher de lui demander comment il avait subi le choc de l'émission radiophonique réalisée sept ans plus tôt par Orson Welles. Il n'en avait pas été moins épouvanté que par le krach financier de Wall Street, et je n'eus aucune peine à lui faire croire que notre Armée rouge promettait une invasion de petits hommes verts, en pire. Douze ans plus tard, je faisais officiellement défection du camp martien. Nous serions donc unis dans un même combat pour le salut des consciences. Moi-même, j'avais peine à me convaincre de l'effrayante simplicité d'esprit de cette caste, en rien comparable à celle de nos plus stupides idéologues frottés de dialectique stalinienne. C'est qu'ici, les Noirs comme les Jaunes ou les Rouges représentaient l'ennemi ontologique. Un adversaire comparable à l'espèce des serpents. La race des anges avait à les combattre, et vous ne pouviez y être admis qu'à condition d'exhiber la bonne couleur de peau.*

Dits de la chevelure des Pléiades

Juan-Luis de Loyola se tenait toujours à la fenêtre du dernier étage, attendant l'aube du grand jour. Il ne faisait aucun doute que venaient de lui parvenir les multiples voix surgies du royaume des ombres, qui l'incitaient à tourner son attention vers d'autres paysages imaginaires. Il fixa les yeux sur une vitre toujours noire. La vue s'étendait à travers un bras de mer qui pénétrait la ville et là-bas, loin par-delà une vaste baie portuaire, couraient les écailles vertes et brunes figurant le dos de son île natale. Ce ne lui était pas un effort particulier de s'y croire, sur l'île-crocodile, alors que se devinaient à peine blocs et avenues de Bruxelles. Au vrai, comme il appartenait à un univers où tous les marchés tournaient jour et nuit, sa tête se trouvait dans un permanent vertige ubiquitaire. La Tour se présentait donc à lui plutôt comme une image virtuelle, platonique en dépit de sa taille : elle appartenait moins à la réalité qu'à l'ordre des idées. Rien n'existait vraiment, pouvait-on dire, autour de Loyola. Cette raison lui fit désirer avec force le refuge d'une caverne matricielle. Mais que cherchait-il au juste, et où le trouver ? Car les réminiscences du ventre de sa mère n'appartenaient pas aux mêmes zones cervicales que son vouloir lucide et raisonnable, celui qui lui permettait par exemple de miser sur le rouble. Il ne savait pas vraiment ce qu'il voulait et soudain il le sut. Les deux spectres de la rue brandissaient une bouteille, et la sienne était vide. Il avait envie de s'envoyer encore un petit verre de rhum à la mémoire de son père, dans ce café dont une loupiote mauve signalait la présence de l'autre côté du canal.

C'est alors que se déclencha quelque chose, au moment précis où retentit un nouveau Bip *au poignet de Loyola. Le rouble avait encore grimpé aux dernières heures de la nuit, murmura sur une musique suave la voix dissimulée dans le boîtier de sa montre. Il prononça une formule codée à l'intention du processeur de signaux logé sous l'écran miniature, et la voix féminine lui répondit par un salut matinal. Saturé d'érotisme, l'organe électronique lui souhaitait en quatre langues plein succès pour un jour qui, malgré l'heure, ne s'était pas encore levé. Loyola prendrait l'ascenseur où il verrait pivoter vers son visage une caméra de contrôle, comme dans le hall de marbre dont les miroirs cacheraient d'autres voix féminines qui lui susurreraient dans un râle d'amour que le rouble hier moribond n'avait pas cessé de bander toute la nuit. Puis il sortirait et traverserait l'esplanade où il se retournerait pour admirer les septante-sept étages d'une prolifération de verre et de métal dont il se demanderait si quelque métastase n'en avait pas accru la progression verticale au cours de ces heures obscures. Un vent du large alors le prendrait dans son tourbillon. Mais il saurait ce qu'il voulait - un petit verre de rhum - et il resterait encore un moment à étudier les proportions de cette masse couleur bronze, dont Jésus Evangelista avait jadis argué de la transparence parfaite pour arracher tous les permis nécessaires, au temps du fameux projet Manhattan. La principale vertu de sa façade était, il est vrai, de réfracter la sombre luminosité du canal. Un reflet des entrailles de la ville, se dirait-il encore, tournant ses pas vers le pont de béton, sans ignorer que son image et sa voix, depuis le bureau du dernier étage, n'auraient cessé d'être vidéotransmises dans le monde entier* via *satellite. Au moins, conclurait-il, ces instruments techniques auraient-ils enfin leur utilité : celle de fixer dans une mémoire objective les scènes spectrales qui se donnaient à voir de l'autre côté du canal.*

(A cet instant de son récit, l'auteur de ce livre me pardonne si j'ouvre un autre cahier, mon cahier secret. Les deux figures venant d'intervenir permettent, en effet, que je dise de l'aède qu'il s'agit de n'importe qui venant de nulle part et marchant dans les rues d'une ville inconnue : où peut-il aller ? à qui s'adresser ? **Finances : Des sommets historiques !** *Bien sûr, ce type est pauvre en fric et riche d'un esprit ne s'accommodant guère des moeurs boutiquières.* **Bruxelles a gagné près de 25 % en un an !** *Sa principale ressource mentale - celle qui lui épargne l'enseigne de la cloche - réside en ceci qu'il est tourné vers le futur et vers toutes les sources du passé, dont il capte les voix comme personne. Pareille disposition pourtant le handicape, davantage encore que les clochards, lorsqu'il s'agit pour lui d'affronter les réalités immédiates, et c'est avec une égale brutalité qu'il reçoit presque chaque vision s'offrant à son errance.* **Euphorie !** *Tous ces gens, quels qu'ils soient, pourquoi tolèrent-ils ainsi les rôles qu'ils se jouent ? Comment font-ils pour se prendre au sérieux ? Pensent-ils vraiment être un* trader *dynamique, un sportif émérite, une star de la chanson, un politicien soucieux de la Cité ? S'ils pouvaient prétendre à la légitimité d'une fonction sociale, n'était-ce pas dans l'exacte mesure où celle-ci se reliait à un fluide universel ne leur faisant pas ignorer la face cachée de leurs propres fantômes, ces clochards endormis sur leurs*

bouches de chaleur, et tous ceux qui crevaient la gueule ouverte au seuil même de leurs existences cossues ? Animée d'une rage planétaire, son oeuvre entière leur posait de telles questions, dont il ne doutait pas que la formulation adéquate eût modifié de fond en comble ce qu'il fallait nommer un désastre social. **Toute la planète Bourse exulte !** *Celui-là, par exemple, croyait-il vraiment être au sommet de la tour Panoptic ? Et les deux lustucrus venant de lever leur bouteille de rhum dans sa direction, parfaits sosies d'Homère et de James Joyce, n'étaient-ils pas les flics de tout à l'heure dans leur bagnole à bande orange et gyrophare bleu, quand ils prenaient en chasse mon ombre suspecte ?)*

Puis les deux silhouettes s'éclipsèrent, et l'homme qui était mort oublia même ce qu'il venait d'entendre. Avait-il d'ailleurs capté quelque chose ? Le nom d'Ulysse était sans doute au coeur de sa mémoire la plus profonde... *Les situationnistes se placeront au service de l'oubli,* affirmait leur premier ***Manifeste***. Mon métier, se dit l'aède, est de peindre la réalité de mon époque, ainsi d'époque en époque, et d'aède en aède, je me survis. Le cycle des poèmes épiques n'est-il pas toujours à recommencer ? *Une action révolutionnaire dans la culture ne saurait avoir pour but de traduire ou d'expliquer la vie.* Comme à travers un songe, deux messagers de l'autre monde écoutaient le silence d'une voix dans ce café désert, où l'homme qui était mort attendait en vain le jour. Celui de la finale au stade, pour le grand jeu

LES DOUZE DIEUX DE L'OLYMPE

ECHOS DU ROYAUME DES OMBRES

— Voici la nuit sans fin qui laisse du loisir.
— Pour le plaisir d'entendre des histoires.
— Pauvre type !
— Seul à déblatérer ses fables dans un café.
— J'ai connu ça, moi aussi.
— Le malheur l'égare au point qu'il mélange les jours.
— Si ce mot a toujours un sens.
— Il attend pour demain un événement public s'étant déroulé hier.
— En êtes-vous bien sûr ?
— J'éprouve encore sur mon crâne la pression des féroces mâchoires.

— Ah oui, la gueule du lion !
— Magiciens, clowns et dompteurs.
— Domestiquant la foule esclave.
— Dans l'éternel présent programmé.
— Une légende rapporte qu'aux temps où vos dieux se livraient à leurs jeux...
— Sur l'Olympe.
— Apollon lui-même, ayant gagné une partie, exigea sa récompense.
— Faute de quoi, vous avez bonne mémoire.
— Il menaçait de plonger dans l'Hadès.
— Et de ne plus briller que pour les morts.
— Si la lumière s'était pointée sous terre, nous en aurions su quelque chose.
— Voyez là-bas cet autre type, comme il titube sur le pont.
— Il semble l'un de ces errants qui eurent le malheur de tuer un homme.
— Etranger, notre père !
— Votre voix ne lui parvient guère.
— Il arrive de très loin, des pays d'outre-mer.
— Invitons-le dans cette auberge et offrons-lui un alcool du pays.
— Attendons ! Qui est-il ? Serait-il un des dieux, maîtres des champs du ciel ?
— Pourquoi le comparer à l'un de ces ivrognes de votre Olympe ?
— Le bar a deux entrées. Par celle qui donne sur le quai n'entrent que les humains.
— L'autre ouvre à l'arrière sur un cul-de-sac.
— C'est le chemin des immortels.
— Croyez-vous qu'il puisse appartenir à cette engeance bâtarde et maléfique ?
— Peut-être bien. Sinon, c'est un humain qui a dû fuir, loin du pays natal.
— Si ce n'est pas un rêve, dicté par cette histoire à mourir debout.
— Je sais la vanité des songes et leur obscur langage.
— Une grande partie de l'existence humaine se déroule dans un état second.
— Qui ne peut être exprimé par le langage courant de la veille.
— Sans doute ne faut-il pas s'y embarquer sans quelque vision divine.
— Une lumière qui nous englobe.
— Et que l'instant présent ne perçoit qu'à peine.
— Comme un pâle rayon sur une muraille lointaine.
— Combien peu nombreux ceux qui la perçoivent !
— Amusons-nous donc.
— Après tout, le temps n'est guère ce qui nous manque.
— Mais disposons-nous d'encore assez de chaos pour créer un monde ?
— Il suffit d'essayer.
— Voyez ces façades, comme leurs couleurs changent.
— Un Olympe en technicolor !

Traverser l'écho

d'une voix dans le canal, c'est se demander si les revenants ne sont pas seuls à tout comprendre en ce bas monde. C'est aussi se poser quelques questions vitales, comme celle de savoir si l'on n'est pas mort soi-même, à errer dans les territoires entre deux univers, où règnent les esprits que la Tour a pour fonction d'évacuer. Qui sait si ce n'est pas rentrer à ce point dans leurs voix que l'on arrive à y percevoir l'autre de l'autre, ce moment où vous revient la plus intime voix de vous-même. C'est se demander encore si l'on n'est pas en train de flotter sur la ligne de partage des eaux entre la vie de ces morts et la mort de sa propre vie. D'un côté, les événements normaux des vivants et des morts, tels qu'ils devraient se produire aux jours habituels, et de l'autre une série d'épisodes spectraux, dont il vaudrait mieux ne pas s'occuper ni se demander pourquoi ils ont lieu, encore moins tenter de les débusquer, quand ils soulèvent le couvercle d'un enfer qui s'était donné les allures du paradis. Car, dès avant ma naissance, l'île du Diable fut le laboratoire du Nouvel Ordre Edénique. Un Olympe ouvert à toutes les familles, sans exclusive, où les dieux n'avaient même pas besoin de gardes du corps. Voilà pourquoi, prévoyant que des désaccords

fatalement risquaient de surgir, le haut commandement de la mafia décida de nommer un médiateur. On choisit Abel de Loyola pour seconder Sacha Bielinski, car il était le seul à parler parfaitement l'espagnol et pouvait ainsi faire le lien entre tous les clans et le colonel Miranda, beau-frère du président de la République, chef d'une police secrète qui protégeait efficacement les intérêts défendus par Batista. C'est par un accord entre tous ces hommes, dans le palais présidentiel, que serait confiée l'exclusivité du projet *Magna Graecia* à Aristos Théokratidès et Jésus Evangelista.

Notes en bas de vie

Une mélodie primitive. Continuait de s'exhaler. Des lèvres de ma mère. Accompagnée d'images. Qui dans leur changement rapide. Leur feu tourbillonnant. Evoquaient un camp de loisirs. Une croisière immobile. Un nouveau temple du bien-être. Où tout est fait pour satisfaire vos désirs. Et je faisais partie d'un chœur tragique. Voix populaire immémoriale. Au-dessus du chant des mortels. Qui entre ciel et terre. Aussi réelle. Aussi digne de foi. Que l'Olympe. Par-delà les folies des rois. Disait l'unité de l'homme. Et de l'homme. Au sein de la nature originelle. C'est ce chœur antique dans son ventre. Qui consolait ma mère. De la cruauté d'une aiguille. Dans sa veine. Et des électrochocs. Terrible processus destructeur. De l'histoire universelle. Son regard lucide à présent. Voyait l'essence des choses. Il s'élançait au-delà du monde. Au-delà des dieux eux-mêmes. Pour dire l'horreur. Et l'absurdité. De sa situation. Vérité dévoilée. Par la fée qui guérit. Et qui sauve. Tandis que Sacha Bielinski. Poursuivait son expérience. Ma mère toujours couchée. Dans la chambre d'isolement. Un casque sur la tête. Où le magnétophone. Continuait de déverser. Ses phrases stupéfiantes. « ... Dachau, Auschwitz, Hiroshima, Nagasaki. Aujourd'hui la Corée, demain d'autres parties du monde. Voilà où peut conduire l'extrême férocité des régimes capitalistes. La Seconde Guerre mondiale l'a démontré. L'humanité souffrante a crié à l'unisson. On n'aurait jamais dû permettre que ce cri s'élève à nouveau. C'est pourtant ce qui se produit. Les Etats-Unis ont utilisé toutes les ressources de leur technologie avancée et de leur industrie capitaliste pour produire cette nouvelle monstruosité. Nous, prisonniers, appelons à la création d'un corps international pour imposer le respect du droit aux forces capitalistes et réactionnaires. Faisons clairement connaître notre condamnation morale de tels agissements... » Où. Bielinski. Voulait-il. En venir ? Pourquoi. Repassait-il. Cette bande. Magnétique. Ramenée de Washington. Comme de nombreuses autres. Exprimant les confessions. De prisonniers. Rééduqués. En Corée. Dans quel but ? Peut-être. Une erreur. De programme. Ce lavage de cerveau. Opéré. Par les Soviétiques. Ne devait pas. Concerner. Son propre cerveau ? Ma mère. Entendait toujours. La voix de Bielinski. S'adressant à ses collègues. Dans la cabine. Derrière la vitre. « Ne devons-nous pas nos succès à la mise à nu de l'inconscient, qui permet de découvrir les traumatismes enfouis, pour en délivrer nos patients ? » Murmure d'approbation. « Nous comprenons de mieux en mieux comment le corps et l'esprit agissent l'un sur l'autre. Voyez-vous où je veux en venir ? Si nous sommes intéressés par les mécanismes mentaux et les lois qui les gouvernent, c'est aussi le cas de nos ennemis communistes. Mais si les moyens sont les mêmes, nos buts sont différents. Ils agissent pour nuire. Pour nous, il n'est question que de guérir... »

La Guerre des Mondes

Carnet d'Alexandre Bielinski

Les missions spéciales auxquelles j'ai participé reposaient sur un principe d'autant plus simple à mettre en œuvre que l'on montait dans la hiérarchie des interlocuteurs. S'il est très difficile et périlleux pour un agent subalterne de gagner la confiance de son homologue adverse, il suffit presque de s'adresser à la tête pour voir s'évanouir ce que l'on croit à tort sa raison d'être : l'intelligence. Il serait peu charitable pour moi d'ironiser sur le fait que nulle part ne se rencontre un tel défaut davantage que dans l'Agence dont le nom même prétend indiquer une concentration de cette qualité. Mais j'ai de longue date l'expérience des vanités humaines. Ainsi, quand il m'aurait fallu de nombreuses années pour tenter d'infiltrer à la base un réseau de la CIA, non sans œuvrer d'abord comme agent double afin de prouver ma valeur sur ce marché, rien ne me fut plus aisé que de renouer le contact avec Allen Dulles après le renversement de pouvoir à Cuba. J'y étais en mission secrète, pour ainsi dire officielle, et il jouissait d'une agréable villa coloniale sur ses terres de Guantánamo. Le dictateur Fulgencio Batista, mis en place par ses soins, donc son obligé, était un sang mêlé. Je ne dus guère produire trop d'efforts pour inventer complots et trahisons de palais au Kremlin rendant précaire ma situation dans l'empire totalitaire. Un clin d'œil suffit. Je n'eus qu'à lui faire sentir que nous étions du même monde. Nous appartenions l'un et l'autre à une essence qui autorisait la maîtrise du monde. Ainsi prit-il plaisir à ma complicité pour me fournir le détail de ses actions passées au service de l' United Fruit Company *dans quelque pays d'Amérique centrale, ou pour me révéler les gages mutuels qui le liaient au Shah d'Iran. L'essentiel semblait pour lui de justifier la débauche des fonds secrets. Comme à un vieil ami, je lui fis miroiter l'avantage qu'il y aurait à augmenter encore ces sommes en mettant sur pied quelque programme chargé d'analyser comment les communistes s'y prenaient pour gagner à eux tant de consciences.*

Maïak

Juan-Luis de Loyola voulait un roman ne contenant rien d'ineffable, d'illisible, rien qui défiât les représentations de la tour Panoptic. Peut-être sera-t-il intéressé par le personnage de Bielinski.

Face aux technologies qui suppriment l'espace et le temps, l'aède use d'un art qui les démultiplie.

A L'INFINI RETIENS LA NUIT,

suppliait toujours la voix de Johnny. Je me suis tourné vers la fenêtre où le grand ciel de l'aube se suspendait au-dessus de la ville. Plongée dans les ténèbres, une frontière invisible s'étendait le long du canal, qu'il ne faisait pas bon franchir quand on appartenait aux exclus. Le bruit des conversations s'était assourdi, tous les regards tournés vers notre coin sombre où rayonnait au mur l'image d'un calendrier. Le nouvel arrivant venait de saisir un dossier de chaise à ma table, y prenant place d'un air las. Son regard glissa vers l'espace impersonnel et vide qui s'offrait derrière la vitre. Je le vis raidir le torse, rejeter en arrière sa chevelure blanche de gentilhomme. Il se lissa la barbe en saisissant une liasse de papiers dans la poche de son paletot. Ce sont les yeux rêveurs d'autrefois qui me fixent lorsque Sacha Bielinski, d'un geste cérémonieux, les ajoute à mes feuilles posées sur la table où il s'appuie des deux bras, parlant d'une voix douce.

— J'écris comme vous, pour ne pas perdre la raison. Mais si on est seul, on ne peut pas avoir certitude. A deux, c'est autre chose. A deux, il y a garantie objective. A deux, plus de folie. A deux, possible de tout croire. Même à une ville peuplée de revenants...

Le jour de sa naissance à Santiago de Cuba, le soleil flambe, la mer brille sur son île comme dans l'archipel grec où sa mère a vu le jour un quart de siècle plus tôt. Cette idée traverse l'esprit de Juan-Luis de Loyola tandis qu'il voit les façades au-delà du pont s'éclairer de reflets multicolores. Telle une poitrine ornée de médailles, ce quartier sinistré bombe un torse décoré de mille simulacres naïfs où toutes les nuances du jaune au rose en passant par la pistache et le bleu d'outremer se conjuguent ainsi que sur les murailles baroques de la vieille Havane. Quelle heure pouvait-il être ? Sa tête était si lourde. Il fallait que je dorme, que je traverse cette nuit qui ne voulait jamais finir. Je me versai encore un peu de rhum. Ce carnet noir, dans le coffre-fort. Entre mes yeux et la bouteille, un brouillard s'épaississait, le même brouillard que celui dans lequel venaient de résonner deux voix sur le quai du canal. Des voix ? Etais-je en train de délirer ? Je ne pouvais pas croire que les deux silhouettes en uniformes de police aperçues tout à l'heure s'obstinent à me poursuivre jusque dans ce bastringue dont la réalité perdait toute consistance. PAS PRENDRE CONNAISSANCE AVANT LENDEMAIN 50 ANS. Fermer les yeux, poser ma tête sur le clavier de l'ordinateur. Et si j'ouvrais le coffre-fort ? Une rumeur emplissait mes oreilles, un bruit de houle marine qui enflait et donnait le sentiment qu'au sommet de la Tour murs et fenêtres s'écroulaient, tandis que les deux voix continuaient de s'approcher. Qui étais-je encore ? Comme inspirée par ces voix, la pensée que Loyola fût bientôt réduit à l'état de cadavre me terrifia. Mais c'était moi, Loyola ! Je n'avais pas pensé à cela. C'était horrible, l'idée d'un corps qui se refroidissait à jamais par ma faute. Comment les deux flics déjà sur ma piste auraient-ils pu s'y méprendre ? Mais ils ne savent pas encore que je suis lui et qu'il est moi, que nous sommes la victime et l'assassin réunis dans une même personne, et que c'est mon propre corps qui s'en va rejoindre les abîmes du canal tandis que lui pourra s'éloigner à pas tranquilles en allumant un autre cigare avant de regagner son repaire au sommet de l'Olympe...

Il y a de ces nuits où l'on sort de son rêve, à chercher en vain les oripeaux de sa vie, avant de constater que l'on est tout bêtement seul, dans son bureau du dernier étage, que nul fantôme ne vous attend au bas de la tour Panoptic et qu'aucun yacht battant pavillon caraïbe ne se balance dans les eaux du canal de Bruxelles. Sans parler de tout le reste... Alors, on contemple à l'horizon du mur les images de son père et de sa mère. Et le miracle resurgit, celui d'un autre horizon qu'ouvrent en toi d'autres yeux que les tiens, bien avant ta propre naissance...

L'homme qui était mort fixa son regard, de l'autre côté de la vitre poussiéreuse, vers les ténèbres où se devinait une étendue de sable et d'eau. La pluie avait cessé de tomber. Toutes les vessies de l'Olympe étaient-elles vidées ? C'était bien le nom de la montagne des dieux qu'ils avaient donné à la réception de l'hôtel Panthéon, dans le vaste complexe *Magna Graecia* construit non loin de la plage de Baracoa. Selon les plans *psychogéographiques* d'Abel de Loyola, dieu des nuits havanaises, dont le sourire canaille accueillait chacun des hôtes comme s'il était le maître des lieux. L'homme qui était mort n'éprouvait aucune peine à voir surgir devant ses yeux les stucs et les dorures du restaurant casino dancing *Ulysse*, non plus qu'à se remémorer l'ambiance de ce temple de la chair voué au culte de Poséidon, quand y retentissait la chaude voix d'Eva chantant *Besos de fuego*. Moment de mortelle volupté, ses lèvres humides qui se tordent et ses yeux lançant des éclairs, tandis qu'elle presse l'une contre l'autre ses longues cuisses nues, sous une robe qui la fait déborder de luxure au bras de cet Abel s'emparant du micro pour entamer sur la scène inondée de lumière un quatuor en compagnie de Nat King Cole et de Frank Sinatra. Le visage de Sacha Bielinski rayonne à la table d'honneur illuminée de *flashes*, où Théokratidès et son compère Evangelista trinquent avec le colonel Miranda, tous impeccables dans leurs smokings taillés sur mesure, lançant de rapides coups d'œil vers la sortie protégée par une muraille d'hommes armés jusque dans leurs chaussures bicolores vernies. Sous l'effet de tels souvenirs, le canal plombé, avec son miroir d'eau ternie, avait l'air de sortir non seulement de la nuit, mais aussi d'un océan perdu. Ce quai désert prenait à ses yeux l'aspect d'une plage tropicale ravagée par un cyclone. Etait-ce la raison qui donnait au réverbère son aspect démoniaque, l'incitant à lancer des signes de détresse, le torse enlacé par les bras d'un Jaguëy ? On avait bien pu voir l'un de ces arbres en Floride, lors du dernier ouragan, se soulever de terre et voler dans les airs, sans savoir où il allait retomber. Avait-il survolé l'Atlantique ? L'homme qui était mort se tournait vers une mer invisible, si proche et si lointaine. Dans la brise qui semblait venir d'un autre continent, lui parvenaient les grondements du ressac, la houle des brisants quand ils parcourent une ville comme la New Orléans. Le firmament était en feu, les terres se noyaient, l'océan saignait noir et les vents eux-mêmes suffoquaient d'asphyxie. Tout cela était-il sans rapport avec les noces de la physique et de la chimie, telles qu'elles s'étaient nouées sur une île vouée à tous les trafics voici cinquante ans ? *Out and down*. L'homme venait de vérifier dans sa poche la présence des deux tickets d'accès au stade. Noces de l'existence et des apparences nouvelles, du *show* et de la finance, entre Aristos Théokratidès et Jésus Evangelista. L'homme roulait entre ses doigts une pièce de monnaie. Trois pesos. Toutes ces nuits d'une vie à capter l'écho des orages urbains, ces éclairs d'or et de sang qui claquent dans le noir. Et ces coups de tonnerre sourds au fond de ton coeur.

« Allons allons, Messieurs-dames, entrez je vous en prie, nous ne manquons pas de place, entrez au grand cirque de l'au-delà ! Vous ne serez pas déçus par Eva de Cuba... »

D'où est venue la voix, de quelle âme envolée ? De très loin semble-t-il, du côté des éclairs qui lancent leurs signes magiques aux oiseaux de mer, entre le ciel et l'enfer des hommes.
(Eva ! Ses yeux pleins de mouettes...)
Depuis le bout de la plage, elle dut me voir venir de loin. J'étais habillé du costume le plus rudimentaire, chemise et pantalon de coton blanc. Qui sait si quelque accoutumance ne m'avait pas empêché de rompre avec la mode vestimentaire en usage au camp de l'autre île, cet uniforme clair que le soleil se faisait une joie de désigner aux regards de nos gardes, eux-mêmes toujours vêtus de couleurs sombres. Quand je l'aperçus au loin, ce fut comme l'explosion d'un de ces fruits de sang dont les arbres entouraient le monastère au sommet de la colline qui surplombait le vieux port, d'où la vue s'étendait à toutes les Cyclades ; l'explosion d'une de ces grenades jetée depuis le monastère par quelque démon du ciel caraïbe.

C'est drôle. Quelquefois, il me semble que c'est toi, la mouche, qui ponds en moi les phrases alambiquées de cet aède mort. Mais vas-y, vide-le, ton satané sac à visions ! Loyola ne sait plus à quelle muse encore se fier. Lui sera-t-il permis de conférer à cette mixture infâme la forme d'un roman ?

Traverser l'écho

d'une voix dans le canal, c'est être surpris par un soudain nuage de fumée, puis voir surgir le bout incandescent d'un autre cigare dans ce bureau du dernier étage que l'on croyait occuper seul depuis une éternité, pour découvrir la silhouette familière de sa victime se découpant dans la maigre lumière de l'ordinateur et levant sans un mot votre verre vide, avant de s'éclipser telle une ombre à quelque table de black-jack où s'entend le cliquetis des jetons sur un tapis de jeu, la plus grande part des mises devant être raflée par la tour Panoptic. C'est découvrir plus avant pourquoi les industries principales de l'île avant votre naissance ne pouvaient être le rhum et le tabac mais le sexe et la drogue, les jeux de hasard et la morgue, ainsi qu'il est prévu qu'il en soit demain si la révolution cubaine vient à s'effondrer, comme semble murmurer l'ombre de lanterne magique venant de disparaître dans un nuage de fumée. Ce destin de bordel et de casino programmé pour la planète entière ne pouvait être mis en question par quelques barbus jouant aux héros dans la Sierra Maestra, poursuivent d'autres silhouettes masquées par la même volute. Un brouillard vieux de cinquante ans se dissipe au sommet de la Tour où Sacha Bielinski, sans bruit, quitte l'écran du

portable pour se diriger vers la fenêtre toujours noire. Les gigantesques usines dont la production de songes envahira le globe ainsi qu'une brume aux effluves enchanteurs, souffle-t-il dans une bouffée de cigare, toutes ces productions de fantômes s'organiseront autour de thèmes d'un abord facile et accessible aux nouvelles armées d'esclaves qui échangeront le salaire de leurs vies contre des histoires qu'ils ne seront plus eux-mêmes en mesure d'imaginer, ni même de rêver durant leurs nuits placées sous les contrôles chimiques et électroniques de la tour Panoptic.

Notes en bas de vie

O formes lumineuses. Projetées. Dans une irréalité. Fantomatique. Sur un écran opaque. Au fond du ventre de ma mère ! Plus aucun mystère. De l'esprit. Ne serait. A l'abri. Des explorations chimiques. Ou électriques. A partir. Du 26 juillet 1953. Que l'on soigne une névrose. Ou une dissidence idéologique. J'en suis la preuve. L'équipement. Scientifique. Pénètre. Au tréfonds des âmes. Depuis les triomphes. De Sacha Bielinski. Dans le contrôle. Des comportements. A distance. « Faites-moi confiance, mon petit. » On lui attribuait le mérite. D'avoir adapté. Une méthode. Soviétique. Pour soulager. Toute maladie psychique. En utilisant. Des techniques. De lavage de cerveau. Travaillant. Sur les régions. Où se nichent. Pensées. Sentiments. Pulsions. Désirs. Instincts. L'esprit de ma mère. Bondit dans les airs. Depuis cinquante ans. Casque de footballeur. Sur la tête. Ses cheveux. Comme la chemise de nuit. Les draps. Baignés de sueur. Centaines de seringues. Dans ses bras. Milliers de cachets. Avalés. Voici la boîte noire. Avec ses cadrans. Ses boutons. Tirée sur un chariot. « Faites ce que je vous dis, mon petit. » L'aiguille dans la veine. La gelée sur les tempes. Ouvre-bouche. Entre les dents. Pour empêcher la langue. De jaillir. L'acier glacé des électrodes. « C'est prêt. » Bouton. Secousse. Le cerveau grésille. Dans son crâne. Le corps s'élance. Entravé. Soubresauts. Bave. Nouveau choc. Puis trois autres. Fin de l'opération. Puis douleur. Brume confuse. Où surgit l'Indien Hatuëy. Parmi les saints. Du calendrier chrétien. Mêlés à ceux. Du culte africain. Dans une rumba d'enfer. Ô Santa Barbara ! Ô San Lázaro ! Dieu des désemparés. Dieu qui ouvre les chemins. « Dans le passé, il y avait d'abord l'homme. Dans le futur, il y aura d'abord le système ». Nouvelle Jérusalem. Depuis le 3 avril 1953. Jour où le Pentagone. Avait décrété. Sur base de 7190 dossiers. Portant sur des lavages de cerveaux. Pratiqués par les communistes. Que tout prisonnier américain. En Corée. Qui refuserait de rentrer. Serait considéré. Comme déserteur. Et fusillé. La guerre. Etait. Déclarée. Sur le front. Des manipulations. Psychiques. Mais les expériences. Financées par l'Agence. Ne pouvaient avoir lieu. Sur le sol américain. « Je suis ici, je viens de là-bas. » Murmure ma mère. Dans le trou noir. De son cerveau. Vacille la flamme. D'une certitude. « Je suis ici, je viens de là-bas. » Tourbillon sans fin.

La Guerre des Mondes

Carnet d'Alexandre Bielinski

Sans mentir, la carrière du mensonge est de loin la plus fructueuse que puisse voir s'offrir à lui l'homme civilisé. J'en ai fait l'expérience des deux côtés du mur que nous avions cru devoir dresser au centre de l'Europe, où cinq ans plus tôt j'avais donné des gages à mon compère Allen Dulles en lui fournissant le moyen de capter quelques messages anodins envoyés par Moscou à ses satellites. Le rusé Staline lui-même ne pouvait y croire. Après sa mort, je me trouvais confortablement installé dans un rôle de joueur professionnel à Cuba, sans que quiconque pût savoir laquelle de mes activités lucratives servait de couverture aux autres. Le royaume du masque et des capes réversibles est paradoxalement celui où les plus fieffés trompeurs font aussi les plus admirables dupes. Je tins à en avertir notre agent grec dépêché de son île des Cyclades en ayant réussi l'exploit de séduire la fille d'un magnat de son pays. Dans ce genre de mission, mieux vaut remiser les affaires de cœur au magasin des accessoires. D'autant plus, il ne l'ignorait pas, qu'Aristos Théokratidès travaillait pour notre camp. La belle Aurore était à nos yeux moins fiable que son père, même si plus d'un aspect de son personnage lui conférait la séduction d'une créature féerique. Ce ne me fut pas un plaisir de constater les ravages qu'elle produisit sur ce poète naïf. Abel de Loyola, quant à lui, tenait de l'incontrôlable chiot. Malgré la sympathie qu'il m'inspirait, je dus plus d'une fois tenir ce petit fou à l'encolure en lui conférant un statut dominant parmi ces meutes rivales au service desquelles Batista grignotait son os en toutou bien dressé. Ce dont nous devisions avec Allen Dulles, plus que jamais intéressé par mes révélations à propos du contrôle scientifique de l'esprit. Son Technical Services Staff *se lançait, au gré de l'enchanteur Merlin que j'étais à ses yeux, sur les pistes du lavage de cerveau par les moyens du LSD, ou des champignons magiques de Russie.*

Maïak

LE MONDE EST COMME UN CERVEAU MALADE,

Estimait Sacha Bielinski, livré aux affres d'un insoluble conflit entre ses hémisphères occidental et oriental. Il me tenait des propos incohérents sur diverses expériences de psychométrie clinique menées jadis par le professeur Tchernychevski pour l'accouchement brutal d'un monde sans classes, d'une civilisation qui fût l'incarnation de la Cité de Dieu sans Dieu.

Pendant qu'il me parlait dans l'ombre du café, ses avant-bras mêlant avec négligence mes feuilles aux siennes sur la table, je revoyais dans ses yeux clairs les moujiks attroupés, silencieux devant deux belles dames sorties de quelque légende, et la limousine noire qui repartait dans un nuage de poussière unissant l'immense plaine au ciel.

Ses lèvres, sa barbe encore assez grise remuaient pour parler d'autre chose, que venaient faire ces deux déesses dont l'une était ma mère au cœur de l'enfer, si ce n'était intercéder par leur grâce à l'effort collectif d'une rédemption ? Ses mâchoires se crispaient au rappel d'un hôpital tenu par son père, et je revoyais aussi le fier infirmier bolchevik, chef politique du rayon de Petrodvorets, arborant un brassard écarlate, qui brandissait le Bezbojnik où se trouvait l'article qu'il venait de signer relatif à la nécessité de purger Leningrad de ses Innocents.

Ceux-ci, dits aussi Fous de Dieu, n'étaient que l'une des sectes mystiques ayant fait leur apparition suite au Schisme, vers la fin du 18e siècle. D'importantes subventions avaient été allouées au docteur Tchernychevski pour mettre au point contre eux ses techniques de castration mentale. Progrès contre arriération, futur contre passé, cerveau gauche contre cerveau droit. Sacha Bielinski poursuivait son récit halluciné mais je ne l'écoutais plus. Me revenait devant les yeux la sollicitude empressée de son père à l'égard de la belle Olympia, la jeune épouse d'Aristos Théokratidès, gravissant l'escalier vers le perron d'une datcha de bois vert, lui le représentant dur et fier d'une nouvelle noblesse. J'entendais ses bottes claquer tandis que ma mère et moi suivions ce couple étrange dont le fruit, un quart de siècle plus tard, me ferait accéder au cœur secret de ma propre histoire.

Dits de la chevelure des Pléiades

Juan-Luis de Loyola poursuivait un rêve enchanté.
Sous la procession des nuages roses clignotait à ses yeux le phare de la Punta, désignant la pointe extrême du Malecón. Tournant la tête, il retrouvait un quartier de son enfance dans ces façades bleu pervenche et rose défunt, couronnées d'un diadème d'étoiles en guirlande. Un joueur d'orgue de Barbarie, singe déguisé en groom sur l'épaule, vend des meringues alignées en pyramide sur le parapet de béton. Devant lui, quelques volées de gamins courent de rocher en rocher pour se jeter dans les vagues dont d'immenses gerbes retombent en se fracassant sur l'asphalte. Une Chevrolet jaune canari modèle 1953 déboule derrière son dos, suivie d'une Buick fuschia rafistolée, qui se prennent l'écume en plein pare-brise et poursuivent sans ralentir. Sa guayabera *trempée, Loyola tâte machinalement la poche de poitrine où un cigare éteint ne pourra plus se rallumer. Est-ce un hasard si, à l'instant même, lui fait un signe équivoque de la main ce grand Nègre à moto transportant un cochon dans son side-car, dont les petits yeux fous lui renvoient le reflet de sa propre stupeur ? Sur le trottoir, un mulâtre sifflote en poussant une brouette pleine de ce qui ressemble à des feuilles de manioc. Il est escorté à vélo par un vieillard moustachu pouvant être son père, mince et athlétique, dont la rayonnante épouse tout de blanc vêtue jusqu'au chapeau se dandine sur le porte-bagages, un coq serré contre sa poitrine. Au passage, elle entonne un air de boléro qui doit bien avoir son âge,* Me sientôôô morrrîîîrrr, *dont s'alimente son compagnon pour pédaler de plus belle vers ce bar du coin dont l'aube a débarbouillé la façade mauresque. En les voyant disparaître à l'angle du pont, Loyola constate qu'un marmot sanglé dans le dos de la femme accompagne cette petite famille vers son destin quotidien. Le vertige. Depuis toujours, il n'a ni père ni mère. Tout seul.* Esthetical & Ethical Expert. *Aux termes d'un contrat passé voici cinquante ans, des biens doivent lui rester dans la ville conquise par ces gueux. Le cigare de grand*

prix qu'il sort de sa poche, mouillé comme il est, fait rire les gamins ruisselants qui s'agrippent au parapet, quand dans n'importe quel bar le paquet de vingt-cinq s'affiche un dollar. Et le verre de rhum ? Car il n'a pas oublié le but de son escapade, ça non ! Loyola se pique entre les dents le havane qu'il tente en vain de rallumer puis avance, la mue de sa peau d'assassin lui battant les talons, vers les façades coloniales de l'autre rive repeintes pendant la nuit en vert amande et en jaune safran.

— Regardez... Vous avez vu ?
— Je suis aussi aveugle que vous.
— C'est pourquoi nous sommes ici.
— Oui, j'ai bien vu ce que vous avez vu.
— C'étaient des Ethiopiens de la plus belle eau !
— Dans une île au bout de la mer pituitaire.
— L'une des Iles Fortunées...

Loyola croit avoir entendu murmurer quelque chose à ses oreilles. La mélodie du Malecón cogne à ses tempes. Abasourdi de lumière, il tente vaille que vaille de conserver son équilibre en prenant appui sur le parapet de béton.

— Tu vas te jeter à l'eau ?
— Quoi ! Qui me parle ?
— Tu vas te jeter à l'eau, amigo ?
— *Non... pas maintenant. Enfin, pas aujourd'hui.*
— Ah ! Mais alors... tu joues la comédie ?
— *Qui êtes-vous ?*

Loyola se retourne et ne voit rien, si ce n'est une mouche qui s'envole de ses cheveux. Continuer vers ce bar du coin. Le garde-fou lui fait une haie d'honneur ironique. Il faudrait une conviction révolutionnaire, un amour, une création quelconque pour franchir cet abîme. Personne ne l'attend sur l'autre rive. Personne ne le regrette à son lieu de départ. Il s'arrête. Seul au milieu du pont. Là-même où jadis, avec son vieux pote Anatole, ils entrevoyaient les contours d'un autre monde. Il y avait, en ce temps-là, deux gars n'imaginant dans l'avenir qu'un lendemain plus radieux que la veille, et qui croyaient l'un et l'autre à une aube éternellement nouvelle. Pour Loyola, ce voyage désormais s'apparente à un convoi funèbre escorté par une tribu de fantômes.

Il y a des écrivains qui produisent toute leur vie de bons livres, qu'on lit avec plaisir, aucun de ces bouquins ne dépassant les limites connues ; de tels écrivains occupent une place estimable dans la littérature, puisqu'ils sont venus au monde sans qu'en rien leur passage ait quoi que ce soit modifié. D'autres pensent écrire une œuvre contraire aux codes et goûts admis, contre laquelle il n'est d'arme que le silence. C'est le cas de cet aède et de ses cavatines qu'il croit porteuses d'une lave astrale, dont l'éclat serait supposé franchir les brouillards de l'époque. Il vous imagine un fleuve allant de la source au rivage et remontant par les nuages. Car seuls ceux-ci auraient recueilli les chants partis en fumée dans l'incendie de la bibliothèque d'Alexandrie. Mais n'est-il pas d'autres incendies des livres ? Guy Debord disait dans son premier Manifeste : ***Visiblement le premier domaine que nous allons remplacer et accomplir est celui de la poésie qui s'est brûlée elle-même à l'avant-garde de notre temps, qui a complètement disparu...***

ECHOS DU ROYAUME DES OMBRES

— Quelque planète sinistre règne sur ce monde.
— Est-ce qu'il tourne encore ?
— Je l'ignore, mais on dirait que cette histoire s'anime.
— Ce qu'il y a d'obscur en elle est peut-être source de lumière.
— A condition de faire œuvre traversière.
— Traduisez-moi donc un peu leur dernière phrase.
— Querelles d'avant-garde...
— Vous parlez en termes militaires !
— C'est ainsi que s'exprimaient les jeunes gens du dernier siècle.
— Ils croyaient mener une guerre nouvelle, ignorant que c'est toujours la même.
— Vous et moi, nous en avons tenu la chronique.
— Raison pour laquelle sont réduites en cendres les bibliothèques.
— Mais dites donc, vous y êtes allé un peu fort !
— Avec ce maroufle ?
— Il aurait pu se jeter au jus.
— Ne tenait-il pas la poésie pour une affaire morte ?
— C'était l'idéologie d'une époque !
— Puissent les dieux lui apprendre le respect des Pléiades.

Loyola n'a pas souvenir de sa traversée du pont, quand il entend les mots du premier ***Manifeste*** situationniste rappelés par les ailes de sa petite égérie. Où est le lien, vas-tu me l'expliquer ? Un large fleuve de conscience ayant, après le déluge, fécondé l'Egypte et la Palestine et la Phénicie et Troie jusqu'au fond de la Colchide, en une pulsation venue des Hespérides, où l'Anatolie danserait avec l'Atlantide ! C'est de ce double tourbillon qu'aux yeux de l'aède naîtraient Cyclades et Caraïbes, lointaines héritières des Pléiades...

— Se superposent dans la réalité terrestre un astre vivant et un astre mort.
— Nous avons contemplé l'astre vivant.
— Jusqu'à perdre l'usage de la vue sur l'astre mort.
— Celui-ci cultive des ténèbres qui se font passer pour la lumière.
— Quand vers ce néant se braquent tous leurs projecteurs.
— Il est prohibé d'encore tourner les yeux vers l'astre vivant.
— Puisque l'interdit fut prononcé par ceux qui interdisaient d'interdire.
— Et ces phénomènes échappent à la majorité des vivants.
— Rendus aveugles par leur contemplation de l'astre mort.
— C'est pourquoi nous avons dû reprendre du service.

Quel rapport entre ces balivernes et la revue ***Potlatch***, sembles-tu me dire en zigzaguant sur la vitre noire. Tout commence à la mort de Staline. De nouvelles perspectives historiques pouvaient alors s'ouvrir, qui eussent été dans le sens d'une mondialisation de la conscience. Au lieu de quoi, ce qui se nommait guerre froide prit un tour stratégique nouveau. Face à la pensée dogmatique de l'Est, où s'incarnaient les espoirs d'une nouvelle Troie, l'Ouest aurait à déployer les ruses d'Ulysse pour seconder la force d'Achille, afin que cinquante ans plus tard le monde entier n'appartînt plus qu'au camp de l'Occident. Oui, un monde sans Orient ! Donc, privé de tout chant. Un monde où le Levant ne serait plus qu'à feu et à sang, nimbé de tout le rouge qui faisait autrefois le charme du Couchant. Un monde absolument désorienté, comme tu l'es toi-même dans tes bonds impétueux, voraces, furibonds contre une fenêtre privée de jour. Un monde pourtant propice à nulle autre espèce davantage qu'à celle de tes congénères. Velue, bleu noir, étincelante, es-tu de la première escouade, celle qui opère quand le mort est encore frais ? Ce serait à lui de répondre, lui le fils d'une muse décriée par ces rebelles auxquels appartenait mon père il y a cinquante ans, dont la mort d'Orphée serait la passion dominante ; lui dont la tête surnage et chante encore l'expédition des Argonautes au cours de laquelle, composant un hymne où se relatait la séparation des hommes et des dieux, son chant subjugua celui des sirènes.

(Au plus profond du désespoir, Aurore et moi nous ignorions le scénario du jeu de rôles joué par tous les autres, qui lui ferait bientôt porter le masque d'Eva. J'aurais à en déchiffrer le sens. Car la véritable question posée par l'aède : Comment faites-vous ? Je ne comprends pas, je n'y arrive pas... Comment vous y prenez-vous pour vous débrouiller de la sorte ?... Cette question logeait au coeur même d'Aurore, et

serait sa passerelle vers Eva, sitôt vidé le verre de rhum sur la plage de Naoussa. Ne venait-elle pas de laisser entendre que le programme situationniste consistait en une création d'ambiances ludiques, destinées à dépasser la vieille poésie ? L'on m'invitait à participer au premier projet, conçu par un certain Abel de Loyola. Tous frais payés grâce au père de la marquise, il me suffisait de la suivre à Cuba. Sans doute étais-je affublé moi-même d'un masque, et jouais-je un rôle de composition devant elle qui ne me quittait pas du regard. Au bout de sa ligne j'étais ferré. Poisson pris à l'appât, je mordais l'hameçon. Ne pas lui montrer qu'on est sur ses gardes, si tant d'artifices furent déployés pour cueillir une proie de choix. Poses langoureuses, inflexions de voix sensuelles, minauderies étudiées... Comment résister à si aguichante invite ? Une exposition d'objets et de documents, un cycle de conférences permanentes, une intervention directe dans l'urbanisme et la vie quotidienne de La Havane, avec organisation de dérives radioguidées... C'est à ce moment qu'elle se lève d'un bond et se met à marcher vers le rivage. Une série de petits cris, son corps qui se tortille sur le sable encore douloureusement brûlant du crépuscule. Je la suis. Par-dessus la courbe de son épaule, je vois une autre courbe, celle de la plage, qui se termine par d'énormes blocs de roches où des plantes étranges lancent vers la mer leurs longues racines. Une main en visière contre le soleil lui faisant un masque rouge, Aurore se retourne : « Là, dans le temps, il y avait... Tiens, regardez, le village est toujours là ! » Dans la direction de son bras tendu, je n'aperçois qu'un enchevêtrement d'ombres et de troncs. Puis, derrière, une colline plantée d'arbres exotiques. Enfin, nichée au coeur de l'obscurité, la silhouette de huttes à toits de palme de style tropical.)

Toutes les spirales de l'espace et du temps s'enchevêtrent en Loyola.
S'il n'est plus de place pour les sortilèges poétiques, n'est-ce pas la réalité entière qui se teinte aux couleurs d'étranges fantasmagories ? L'homme qui était mort, à son poste de guet, n'avait que l'embarras du choix pour en dresser le constat.

« Entrez !... entrez !... Venez écouter l'édifiante histoire dont vous parlerez longtemps après l'avoir entendue, une histoire dont le Ciel a voulu qu'un arbre des Tropiques, un arbre dont les semences errent comme des étoiles, fût le seul témoin ! »

Est-ce le coeur d'un mort ce tumulte ? ou l'imagination lointaine d'une île aux Caraïbes ? Quelle réalité submerge-t-elle cet homme de ses ondes ? Est-ce bien un corps avec des humeurs, des pulsations, du sang chaud qui entend gronder à cet instant le moteur d'un avion dans le ciel noir ? O lecteur d'un siècle futur ! Il y aurait pour toi de quoi douter de la réalité des

temps que nous avons vécus, si je t'apprenais que le canal traversant une capitale d'Europe servait de piste annexe à son aérodrome, selon des plans ministériels qui synthétisaient l'essence d'un jeu politique régi par la tour Panoptic. Vers quel trou noir piquait donc cet avion fantôme, auquel son instinct de vie après la mort prêtait à l'aède une destination secrète, quelque base comparable à celle de Guantánamo dissimulée dans les souterrains de l'Alliance atlantique ? ***All travel services***. Il voyait son petit-fils encagoulé, menotté derrière le dos, cerveau plongé sous sédatif, une couche pour ses besoins naturels au cul de sa combinaison plastique. Est-ce le regard d'un être dont battent les tempes et frémissent les paupières qui se détourne de la fenêtre où les yeux d'Eva - yeux étincelant d'un vert intense - viennent de lui parler au milieu des oiseaux de passage, dans les bras d'un ficus aux longues touffes tressées à la mode rasta ? Sa main - d'apparence intacte - sort d'une poche les deux enveloppes qui l'ont fait venir au bord de ce canal ; ses doigts - non vaincus par l'arthrose - remuent une fleur morte et une pièce de monnaie. Son pouls est-il vraiment celui d'un macchabée ?
Il avait à ce point fréquenté la mort durant sa vie, que la garce dédaignait d'encore creuser plus de traces sur ses traits. Pour un peu, dans cette pénombre, on aurait pu le confondre avec son petit-fils Anatole, d'un demi-siècle son cadet. L'homme qui était mort présentait donc un curieux visage, où l'âge et la jeunesse paraissaient avoir conclu l'armistice après une très longue bataille, sans que l'un fût venu à bout de l'autre malgré la charge incalculable des années. Anatole Atlas était le nom de cet homme double dont ne cesse de se dévider ici le récit, comme s'ils avaient eu la commune lubie d'en faire un conte de fées posthume.

(Le Jaguëy du trottoir poursuit pendant ce temps son travail silencieux de **plane spotter**, *photographiant le ventre de tous les zincs dont le vol rase les toits, fixant chaque numéro gravé sous le fuselage, ses lianes à infrarouge venant de mémoriser l'Atlas N379P d'Air America, l'express de Guantánamo. « C'est la montagne de la Majayara ! », lance Aurore dans un cri suraigu. Nous venions de déboucher sur une vaste clairière taillée parmi les palmes, au sol de terre battue, que surplombait une colline de la même ocre rouge où tranchait le vert de la végétation. « Tiens ! Regardez, on trouve de tout... Goyaves, avocats, papayes, qu'on appelle ici frutabombas... Je vous présente Baracoa, province de Guantánamo. Que diriez-vous d'aller vivre là-bas ? Ca paraît proche et c'est très loin, ça parait loin et c'est très proche... »)*

Le tronc de l'arbre fut parcouru d'une décharge d'électricité médiumnique, dont se souleva la surface du canal. Aucune caméra de la tour Panoptic ne capterait ce phénomène. C'est qu'au coeur de la capitale d'Europe s'aborde un cap à la périphérie de tous les univers. Franchissez donc ce finistère et vous plongez dans une écume bouillonnante, où se découvrent des chutes grondantes et tourbillonnantes, un charivari de nulle part ouvrant sur toutes les navigations possibles. Bien sûr, nul ne voudra le croire. C'est humain, trop humain. L'homme qui était mort lui-même, s'il n'avait connu pareille malaventure, eût accordé le plus maigre crédit à son propre récit fait par quelque autre illuminé de comptoir. Ne pouvait-il s'agir de ces visitations de l'œil arrivant parfois aux êtres en vertige, exténués dans le délire de l'aède au désert, de l'athlète en manque d'oxygène, de l'anachorète en sa caverne, voire de ces trois affections morbides réunies chez une même personne ?

L'homme qui était mort se sentait comme un personnage de roman loufoque (l'un de ces gentils romans faits pour *tuer le temps*), qui aurait eu le pouvoir à cet instant de remonter la chaîne des âges et d'aboutir à la loi cosmique, en communion avec l'âme universelle du Jaguëy. A travers ses feuillages, il crut pouvoir atteindre la constellation des Pléiades. C'était un archipel composé de sept îles, qu'il rejoignait en un clin d'œil dès qu'il fermait les paupières. *La lumière. Je vois où je suis. Dans une grotte humide, où les racines de l'arbre pénètrent par une ouverture devant laquelle je veille assis, ma tête promue au secret des Sept Etoiles.*

Pour que vive une ville, il lui faut un totem afin que les gens tournent autour, mettent leurs plumes et dansent. La Tour accomplit cet office pour Bruxelles. Ou plutôt, l'accomplissait jusqu'à cette nuit. Dans un royaume ordinairement borgne, les aveugles sont rois qui aiment s'emplumer, ripailler, zinnekeparader à tâtons sous ses murs dans un labyrinthe braille.

(La lumière succède à l'ombre qui succède à la lumière. Une piste de terre rouge, entre les palmiers, débouche sur une espèce de lagune, formée par une rivière venue de la colline, où se répandent les eaux de la marée. Un pont de bois - planches disjointes fixées à d'énormes troncs de cocotiers -, enjambe le bras d'eau sur lequel clapotent des barques n'ayant rien de commun avec celles de Naoussa. Des enfants à peau noire plongent en riant depuis le pont, poussant des cris pour attirer notre attention. L'envie me prend de les imiter, mais Aurore me lance d'une

voix de poitrine, son corps davantage encore moulé dans la robe dont elle soulève les pans à hauteur des cuisses, en équilibre sur un tronc : « Faites attention, ici il y a des barracudas ! ». Dans l'odeur de marée qui se mêle aux feux de bois éparpillés sur la colline, les rôles entre nous s'étaient inversés. Je tenais celui du civilisé qu'on protège, elle était mon guide en cette nature sauvage. Il me fallait lui emboîter le pas, littéralement mettre mes pieds là où elle avait posé les siens. Elle m'offrit une main pour la suivre sur le pont, mes yeux suivant comme une étoile cette fleur de Pâques écarlate qu'elle s'était fixée dans la crinière d'or. De temps à autre nous croisaient un homme au puissant torse nu portant quelque sac de farine sur l'épaule, une vieille à foulard enrobée d'un tissu multicolore, la tête couronnée d'un panier contenant des bananes ou du manioc, chacun poursuivant son chemin comme depuis des siècles sur cette frêle passerelle et nous adressant un salut tranquille, quand, vers le milieu de la rivière, Eva se mit à chanter dans leur langue une rengaine que plusieurs autres voix reprirent en écho. « **Mani... manicero se va...** *», murmurait ce lieu hors du monde, et il me parut évident qu'Aurore en appelait à un langage, à une mise en question du monde que celui-ci réprouve. A l'autre bout du pont de bois qui enjambait le rio Miel, sous la montagne rouge de la Majayara, une affiche proclamait : ESTAS MONTANAS JAMAS SERAN TOMADAS !)*

Ce doit être un sang d'outre-mer qui me joue de vilains tours !
On n'entend même plus une mouche voler, depuis que tu as décidé de poursuivre en silence ton exploration minutieuse de cette baie vitrée située à hauteur des oiseaux, près des nuages invisibles. Je devine ce que tu penses en scrutant l'abîme derrière cette fenêtre. Quel être a-t-on mis à mort qui se voulait autre que nous, même s'il fut parmi nous, car il n'avait pas oublié la tradition des antiques mystères... Habillé d'algues un corps surgit de l'écume du canal dont les vagues s'élèvent et s'abaissent, funambule sur une corde raide verticale, où les mouettes lui jettent leurs cris à la figure comme s'il était un morceau de viande. Serait-ce que tu flaires l'odeur de la charogne ? On dirait que tu cherches une issue vers le ciel, même s'il est aussi bouché que le fond du canal. Mais dis-moi : comment es-tu venue jusqu'ici ? Toutes les fenêtres sont fixes aux septante-sept étages de cet immeuble, et dépourvues de tout système d'ouverture. Impossible pour toi d'arriver seule à cette altitude.

Traverser l'écho

d'une voix dans le canal, c'est rouvrir les cachots scellés de la mémoire pour y découvrir un prisonnier sur le point de s'élancer par la fenêtre dans le vide, où sur l'écran de son ordinateur explose le bleu de la mer des Caraïbes. S'y découpent aussitôt les contours d'une île, et les images du satellite fondent sur l'étendue minérale de la Sierra Maestra paressant au soleil ainsi que l'échine lasse d'un reptile qui laisserait scintiller entre ses écailles l'éclat des villages au milieu de plaques brunes et vertes où se devinent les plantations de cannes à sucre et de tabac, tachetées par l'ombre immobile des nuages. Si l'île du Diable a la forme d'un crocodile dont la gueule serait tournée vers l'Orient, ses mâchoires sont formées par les deux fleuves enserrant la baie de Baracoa. L'œil du satellite plonge vers la montagne en surplomb, chute libre sur un massif de bananiers entre lesquels s'aperçoit un groupe de maisons à toits de palmes au cœur d'un espace de latérite illuminé par un buisson d'apparence irréelle. Sur le seuil de sa cabane ouverte à l'horizon de la mer, Sacha Bielinski cultive depuis plus de cinquante ans toutes les espèces rares en matière d'essences tropicales. A chaque investiture présidentielle, il se fait un devoir d'en

cueillir un bouquet pour l'offrir au nouvel élu de la Maison Blanche. Comment s'y prend-il ? Cela fait partie de son mystère. Mais depuis Truman et Eisenhower, aucun président ne se risque à prononcer son premier discours devant le Sénat sans arborer à son revers quelque corolle exotique issue de ce jardin secret sur les contreforts de la Sierra Maestra – province de Guantánamo – dont les images éclaboussent l'écran du Bureau Ovale.

— Ce sont des fleurs de Pâques, tenez !

La Guerre des Mondes

Carnet d'Alexandre Bielinski

Je comprendrais fort bien que tu passes la nuit de ton anniversaire comme dans une chambre noire, à te rejouer le film d'une vie dont les racines sont pour le moins obscures. Il te faudra sans doute franchir un tel cercle de feu. Mais où cela te mènera-t-il, sinon peut-être à découvrir l'envers de la tapisserie ? Méfie-toi pourtant des fantasmes et des hallucinations par trop carnavalesques. Si, comme je l'espère, tu me lis sous un soleil radieux, par exemple dans ce parc de Tervueren où notre ancêtre fut présent lors de l'Exposition universelle de 1897, je suis certain qu'une grâce venue de ta mère t'envahira. Il fallait la voir s'ouvrir à la caresse des regards comme cette fleur de Pâques dont flambait sa chevelure blonde. C'est d'elle que j'ai pris coutume de cultiver ces fleurs dans mon petit jardin caché sous les palmes au flanc de la montagne en surplomb de Baracoa. Nul ne savait plus au juste qui j'étais, ce qui me conférait une liberté d'action peu commune. You red soviet nigger ! *se plaisait-on parfois à me brocarder, comme on traite son meilleur ami de vieux bandit. Je m'amusais à fourvoyer ce nigaud d'Allen Dulles en secrets du contrôle sur l'esprit, lui inventant des champignons magiques dont auraient usé les tsars de Russie. Moins mes mensonges étaient crédibles, plus ils avaient de chances d'augmenter mon prestige auprès des suprêmes instances. Maintes archives en conservent le souvenir : il n'est pas un seul nouvel hôte à la Maison Blanche qui, depuis ta naissance, n'ait dérogé à la règle d'orner sa boutonnière d'une fleur me rappelant ta mère lors de son investiture. Ainsi, de mandat en mandat, passe une ombre dans le miroir du Bureau Ovale, celle d'Eva de Cuba. Chaque président revoit, un bref instant, la chair et l'âme de ta mère. Suppliciée consentante, elle s'offre toujours à la jouissance cruelle d'être contemplée par une meute aux appétits féroces. Elle reprendra vie demain, pour un élu dont le sang mêlera le Nègre à l'Indien.*

Maïak

Au Nègre rouge qui occupera la Maison blanche le 16 juin 2009, un lustre après le cinquantième anniversaire de mon commanditaire, il est prescrit de faire un signe.

YOU RED SOVIET NIGGER,

S'exclama Bielinski, hochant la tête et agitant les bras, comme s'il était assailli par d'invisibles mouches.
Le fil de son discours s'était progressivement haché, tandis qu'il évoquait le sort maudit du peuple russe. Plusieurs minutes nous restâmes en silence, la voix de Johnny reprenant son interminable ronde, comme la grande roue de la fête foraine près d'un labyrinthe aux miroirs où j'avais suivi la déesse crétoise. Il m'adressait un sourire lugubre. Son cerveau fêlé venait de lui faire proférer ce qui, en Russie, était devenu la pire des injures. Que scrutait donc en moi ce regard fou ? Le descendant des princes Bielinski, qui avait dans ses veines le sang d'un publiciste ami du nègre Pouchkine, petit-fils de moujiks, fils d'un héros bolchevik, fit une grimace agacée, battant l'air de ses mains :
— Tchiort vasmi ! *Ce ne sont pas les mouches qui manquent par ici !*
Je feignis moi-même de chasser l'un de ces insectes imaginaires :
— On est dans le quartier des abattoirs...
— Toutes ces mouches infectent la chair du monde.
Avec un sourire complice, il rapprocha sa tête de la mienne, ses avant-bras toujours allongés sur la table au milieu de nos feuilles, parlant d'une voix délibérément basse :
— Ce ne sont pas les mouches qui mangent les cadavres, mais les cadavres qui se nourrissent de mouches.
La phrase avait été marmonnée d'une voix presque inaudible, devinée sur ses lèvres plus qu'entendue. Devant mon expression perplexe il prit un air inquiet. L'ombre d'un soupçon traversa son

regard, comme si je faillissais à quelque pacte secret, puis il posa sa main sur la mienne qu'il serra violemment :
– Tous les fantômes se changent en mouches !

Dits de la chevelure des Pléiades

A partir de son axe le Jaguëy voit la Terre depuis le ciel comme le ciel depuis la Terre. Dans ces brèches de l'espace et du temps, c'est au porte-globe lui-même qu'il devait prêter ses voix pour conter une histoire essentielle se passant entre Terre et ciel.
Et si le véritable chant de cette fable était celui d'Eva, chant d'un oiseau suspendu là depuis les origines jusqu'à ce que l'arbre meure ? C'est bien la mort que crie Eva dans l'au-delà ! Comment les humains doués de parole ont-ils pu se retrouver seuls face à un monde silencieux qui n'a plus rien à leur dire, amputés de leur aptitude à entendre les hymnes du Jaguëy ? Ne comprennent-ils pas que les écouter reviendrait à percevoir leurs propres musiques éternelles, non moins loufoques et solennelles que celles de l'aède ? Ce monde où rôdent sur les villes des oiseaux de fer cachant dans leurs entrailles mille couvées d'œufs qui explosent ou de pauvres poussins destinés à quelque nid métallique de l'autre côté de l'océan, ce monde est-il plus irréel que les songes d'Atlas ?
Allons ! Si l'avion n'était guère concevable hier, demain verra des formes de voyage à peine imaginables aujourd'hui. Vous en avez un avant-goût sous les yeux, tant que vit le Jaguëy. Pourquoi faire la grimace ? L'homme qui était mort a bien vécu le passage d'une île à l'autre en un clin d'œil avec Aurore promise à devenir Eva ; tout comme, cinquante ans plus tard, le fils de celle-ci dans sa nuit blanche franchirait le même abîme sur un pont qui enjambe le canal de Bruxelles. Quoi de plus naturel *? Il vous suffit d'écouter voir comment, devant les yeux de Loyola, repasse en sens inverse un cochon noir dans son side-car de fabrication tchèque entouré d'une fumée de tous les diables - précisions qui authentifient l'ensemble du récit, car elles sont de celles qui ne s'inventent pas quand il s'agit de Cuba. La direction prise par cette moto conduite par un grand mulâtre induirait Loyola à*

penser qu'un tel équipage a pour but les Abattoirs, si son attention ne venait d'être détournée par une voix :
— El dio verde, gringo ?
Une main, une main noire, est posée sur l'épaule de sa guayabera. *Le regard souriant qui le fixe est celui du vieux Nègre qui conduisait à l'instant sa belle sur son porte-bagages. Le vélo, posé contre le parapet, est harnaché de sacs débordant de fruits qu'on ne trouve guère au marché du Midi. L'autre main noire tend une liasse de dollars,* el dio verde, *le dieu vert. L'ironie du regard transperce Loyola. Tout paraissait possible dans cette histoire, sauf ce renversement de rôles qui le voit sollicité pour acquérir une poignée de billets verts, par un grand diable en sandales vêtu d'un pantalon de toile blanche lui descendant jusqu'à mi-mollets, le torse athlétique découvert sous une chemise pareille à la sienne, une gaine de cuir à la ceinture d'où dépasse un manche de machette. Il ne manquerait plus que la sonnerie de sa montre lui annonçant que le rouble vient d'encore grimper. Toute la nuit, le rhum et les havanes seuls ont protégé Loyola des délires du temps. Sa main se porte à la poche de poitrine pour saisir le mégot de cigare, dont il se fait une contenance en le portant à ses lèvres.*
— On dirait que ça commence à bouger chez vous, l'ami ?
Le sourire s'élargit mais les yeux du type s'embuent.
— Nous choisissons nous-mêmes nos amis.
— Mais vous avez bien envie que ça change, tout de même ?
La liasse de coupures émeraude vole par-dessus le parapet.
— Jamais nous ne serons les esclaves de la société Panoptic.
— Vous vous emportez.
— Notre planète n'est pas la vôtre.
D'un geste, l'homme brandit un briquet vers le cigare.
— Que Chango te donne la flamme ! Qu'il veille sur ta semence et ne permette jamais au mal de ravager ta fertilité...
Le temps, pour Loyola, de fermer les yeux en aspirant une profonde bouffée du cigare, l'homme est monté en selle et repart d'où il était venu, vers les façades coloniales de l'autre rive. Une mouche insolente surgie de nulle part effleure les paupières de l' Ethical & Esthetical Expert, *qui jette son mégot vers le canal, dans la direction même suivie cette nuit par l'aède.*

Il faut croire que les mouches ont leurs passages aux frontières secrètes entre les mondes, celles où pourrit un cadavre nostalgique du monde avant la Chute, une charogne encore fidèle au rêve soviétique. Qu'est-ce que tu dis de ça ? Cette barbaque avait-elle droit à un autre sort que ceux de Pouchkine et de Maïakovski, quand les tsars blancs puis rouges leur proféraient qu'un chien mérite une mort de chien ? « Pour hurler à la mort, les chiens de garde vont ensemble » pouvait-on lire, sous la plume de Guy Debord, dans cette revue d'avant-garde où demeure la seule trace de mon père. Tous les pouvoirs existants, tous les créateurs vivants s'y trouvaient réunis dans un même opprobre, au nom d'un « ordre de désirs supérieur » que les situationnistes ne pouvaient manquer de faire advenir. « Une seule entreprise nous paraît digne de considération : c'est la mise au point d'un divertissement intégral. » Nous y sommes, non ? Alors, laisse le chien crevé s'en aller au fil de l'eau. Oui, laisse-le partir. Changer d'atlas... Avant l'épreuve de l'eau, le baptême du feu : ***PAN*** ! Grâce à l'ordalie de l'aède, la purification va l'emporter sur la terreur en cette cité de tous les égarements qu'est la capitale d'Europe. Je comprends donc ton désarroi. Comme tout a changé, depuis les riants programmes de la revue ***Potlatch*** ! Et pourquoi ? Où le cours des événements nous conduit-il ? Se pourrait-il qu'il n'y ait aucune destination finale à tout cela ? Pas plus de sources ou de racines que de fruits ou d'ultimes rivages ? Que ça change de forme juste pour changer de forme, et ainsi de suite ? Ma voix - la tienne - commence à se faire lointaine pour annoncer qu'elle s'en va, que ce serait parfait d'en finir de cette manière, l'esprit du meurtrier s'accouplant à celui de sa victime.

« Venez rire, venez vous divertir, il n'est pas de spectacle plus dépaysant que celui d'Eva de Cuba, au grand cirque de l'au-delà ! »

L'homme qui était mort habitait donc le vertige d'un songe, parcelle de souvenir dans la sève du figuier maudit. En celui-ci se concentrait toute la puissance organique du cosmos. En lui les énergies latentes, en lui les forces vives, en lui l'immatérielle éternité de la matière changeante. En lui la peau noire et la chevelure blonde piquée d'une fleur de Pâques écarlate, en lui le regard vert d'Eva de Cuba. Cet arbre tropical dont la sève s'épanouissait en ramures exotiques devant les eaux noires d'un canal, s'élevait à un horizon plus vaste et plus infini que Bruxelles. N'était-il pas un chant du poème universel ? Ne devait-il pas être proféré la nuit même où, depuis le sommet de la tour Panoptic, avaient retenti les coups de feu fatals ? Cet archaïque chant de l'aède ne plait guère à Loyola, qui n'a pas oublié le principe du premier ***Manifeste situationniste*** : « *L'idée d'éternité est la plus grossière qu'un homme puisse concevoir à propos de ses actes* ».

Comment faire savoir aux vivants que dans la spirale de mes lianes et de mes racines, de ma sève et de la semence que lancent, à l'autre bout des galaxies, mes fruits invisibles, il n'est d'espace ni de temps qui échappe au grand fluide cosmique, en sorte que mon tronc se dresse aussi bien devant le canal de Bruxelles qu'il relie secrètement, par des bras invisibles, une île des Cyclades et une autre des Caraïbes ?

(Quelque licence provisoire que me laisse l'auteur de ce récit, depuis les cimes de l'Olympe, je ne perds pas de vue les gouffres qui en compromettent la bonne intelligence. Au premier rang desquels, se demandera peut-être le lecteur : quel rapport entre Aurore, la jeune beauté blonde qu'il vit écluser tout à l'heure une bouteille de rhum sur l'île de Paros en compagnie d'un aède grec, et cette Eva de Cuba ? Patience... N'avons-nous pas toute l'éternité promise à l'art devant nous ? Même s'il est vrai que la légitimité d'une telle question se redouble du fait que l'apparence d'Aurore était à présent celle d'une mulâtresse à la peau sombre comme le rêve charnel dont s'illustrait une étiquette sur la désormais fameuse bouteille de rhum.
« Vous voyez, c'est une double baie. Nous sommes tout au bout, vers la pointe de l'île. Il y a cette plage, puis la digue longeant Baracoa, et la deuxième baie où se trouve le port, avec le bateau de mon père. Pour vous, ce serait trop dangereux... » Pouvais-je ignorer les ombres armées qui régnaient alors autant sur les Cyclades que sur la Caraïbe ? Mais une partie de notre combat, je l'avais appris, consistait à ne pas affronter toutes les lois de l'absurde. Eva se mouvait avec une légèreté de fantôme, ses pieds nus glissant sur le sol, décorés jusqu'aux chevilles d'une pellicule de sable noir. Au loin, la petite ville répandait une lueur qui se faisait plus nette à mesure que tombait l'obscurité. Là-haut, surplombant les deux baies, l'ancienne forteresse espagnole transformée en hôtel jetait les feux clignotants de ses cinq étoiles vers l'horizon, le même horizon d'où avaient surgi jadis trois voiles frappées de la croix. Dans la pénombre, son regard brilla de malice. « Il n'y a pas encore beaucoup de touristes ici, dans cette partie de l'île. Ils fréquentent plutôt les plages aux abords de la capitale, où sont concentrés tous les lieux de plaisir. C'est une drôle d'aventure, vous le saurez bientôt... » Ses mots faisaient courir en moi des frissons. La gorge qui se serre sous l'effet d'un élan venu de la poitrine explosant dans la bouche. Au moment même où la bile me montait aux lèvres, je vis l'impact sur un tronc de jaguëy, suivi de deux autres sifflements rapides et de trois détonations qui se fondirent dans le lointain. La tension de mes nerfs s'échappa dans un cri : « Eva ! ». Elle, à n'y pas croire, me répondit par un rire de source et m'empoigna le bras, se mettant à courir vers le bout de la plage hérissée de roches. Il y eut encore une salve assourdie qui se perdit parmi la rumeur déferlant à nos pieds. Avec une grâce délicate, la marée nous offrait un abri derrière d'énormes blocs où s'écorchaient les vagues. On les entendait battre et lécher les rochers dans leur va-et-vient millénaire, froissement de draps liquides

pour un immense vol nuptial, aux sens de celui qui n'avait plus connu de femme depuis... depuis il ne se rappelait quand. Côte à côte étendus sur le sable humide, nous ouvrions grand les yeux vers le promontoire au-dessus de la ville, illuminé de feux. « C'est là-haut qu'ils vont construire le complexe de la **Magna Graecia***. Vous qui êtes un Grec de ces temps-là, cela devrait vous plaire... » L'ironique murmure de sa voix, la longueur d'onde des étoiles. Et le chuchotement des vagues. Puis un ultime coup de feu, comique, imbécile, depuis leur position militaire en surplomb sur la montagne rouge, comme un dernier aboi de chien quand vous avez passé le coin. Doucement sa main m'effleure la tignasse, je suis des yeux son ombre chaude qui se lève, s'éloigne de quelques pas, gravit un fragment de roche, m'appelle. Je me lève à mon tour, non sans mal (passé la cinquantaine, il vous vient des douleurs aux reins), courbé je la rejoins. Sous les fastes du firmament brille une vaste pierre plate. Ce serait là qu'elle voudrait...? Je ressens, on peut dire à mort, toute l'éloquence d'une séduction dont s'embrasa l'univers pour que le miracle fût. « Regardez ça ! » Mais je ne voyais rien, sinon qu'elle frottait la surface lisse de la roche, balayant celle-ci de sa paume légère. Maintenant, je voyais. Cinq lettres, hautes chacune d'une dizaine de centimètres.*
Loyola, tel un pianiste de jazz fatigué de ses propres improvisations venues d'ailleurs, vient de plaquer les cinq doigts de sa main droite sur le clavier du portable dont s'échappe comme un cri d'agonie :

A A A A A

« Pas des lettres, vos initiales, ou celles de notre Association », corrige-t-elle en me soufflant au visage une haleine parfumée. Un vertige. Elle touche la pierre, suit le contour des lettres du dos de la main. Du bout des doigts, elle lit les entailles. « J'ai cassé l'épée d'un amiral, il y a cinq cents ans, pour graver ça... Qu'en pensez-vous ? C'est le nom d'une société secrète qui, comme Colomb le fit jadis, entend unifier le monde. Que diriez-vous d'en faire partie ? » Son corps, sa chair, la langue d'Aurore dans l'oreille d'un mort... « Je ne peux guère vous amener plus près de vous-même, dans la cinquième dimension. »)

Leur Terre tournait-elle encore ? Les mouettes, poussant des cris lugubres, balayaient le ciel des Pléiades. Elles se détachaient comme des flocons arrachés aux nuages des galaxies, virant sur l'aile depuis l'étoile Atlas, tandis que les sirènes de la Voie lactée se lamentaient avec elles ; d'autres nefs de l'espace répondirent, et tout un peuple de sirènes éleva le choeur de ses lamentations - pour la veillée de quel mort ?

Le genre d'élucubrations combattues par mon père dans la revue ***Potlatch***.

« Messieurs-dames, entrez voir pour admirer les pirouettes et acrobaties incroyables de nos étoiles intergalactiques ! Entrez, entrez, il y aura toujours de la place... »

Le vol de ces mouettes piqua vers tel système solaire pourvu d'une planète en état d'alerte maximale contre les oiseaux et les nuages, où la réalité vécue par l'immense majorité des créatures vivantes ressemblait à une écriture si illisible que nul n'essayait même plus de la déchiffrer. C'est un ciel nocturne étoilé de signes incompréhensibles que traversèrent les oiseaux de l'au-delà pour accoster sur le canal de Bruxelles, où la constellation des Pléiades brillait d'un éclat particulier. *Au plus noir des nuits ta lumière ma reine d'amour, il y avait nos deux corps et ce voyage en toi le plus loin dans l'univers, ma belle fente ô toi la meilleure chair du monde, mon Eva de Cuba.*

(Là, là, les mouettes... les mouettes en plein soleil nocturne dans les yeux d'Eva)

Quelque chose vient d'exploser au cœur de mon récit. Multinationale du sexe et de l'argent, des armes et de la drogue, l'***A.A.A.A.A***. ne pratique pas la pitié pour ceux qui en parlent. Comment ces initiales clandestines ont-elles pu se glisser ici à mon insu, tel un de ces détonateurs électroniques pour l'armement nucléaire qui transitent en Anatolie via nos sociétés écrans ?

Mais il y a plus, et l'on deviendrait fou pour moins que les aveux contenus dans le carnet noir de Bielinski, si on les combinait aux pages de ***Maïak*** écrites voici dix ans. Bien sûr, il ne s'agit ici que de fantômes imaginaires, mais ces fictions croisées à la réalité me feraient bientôt confondre moi-même à une créature de songe...

Toutes ces phrases m'assaillent comme des mouches, et je sens pourtant qu'en elles se butine une essence dont j'ignore si la littérature pourrait encore faire son miel. Que s'est-il au juste passé voici cinquante ans ? Mon père s'était juré de conquérir Aurore, dite Eva de Cuba. Un instant – une nuit – ce fut le cas. Il crut avoir gagné, me conçut. Puis perdit la partie. Et mourut. De telles pensées agitaient Loyola qui s'était installé sur le parapet du pont, déchiffrant son passé dans les étoiles.

Traverser l'écho

d'une voix dans le canal, c'est retrouver dans les étoiles une grammaire symbolique et vivante, un texte à peine chiffré sur lequel on a prise par le langage qui nous est de nature accordé, où certaines pratiques de magie même ne sont pas impossibles.

— Ce sont des fleurs de Pâques, tenez !

Sacha Bielinski fixe une fleur écarlate à la boutonnière du nouveau président. Celui-ci resplendit devant le miroir, en acteur consommé, dans le costume bleu foncé à larges rayures qu'il a choisi pour son investiture devant la Sénat. Bielinski remplit les fonctions de conseiller spécial de l'Agence pour les questions idéologiques depuis tellement de lustres, qu'aucun des pensionnaires successifs de la Maison Blanche ne se fût avisé de mettre en doute son jugement critique en matière de look vestimentaire. Sur l'écran du Bureau Ovale apparaît toujours la cabane en toit de palmes qui lui sert de planque depuis plus de cinquante ans, dans cette clairière de la Majayara surplombant la baie de Baracoa. Le teint fleuri du président se trouve rehaussé non tant par l'éclat rouge de ces

quatre pétales à son revers, que par l'exploit d'ordre spirituel grâce auquel elles ont pu franchir les multiples frontières séparant de la Maison Blanche la partie diabolique de Guantánamo. Bombant le torse, il sourit d'un œil complice à l'homme dont les rapports comptent parmi ceux qui sont lus le plus attentivement à Langley, siège de l'Agence. Après traitement, ne figurent-ils pas souvent dans le World Intelligence Daily ? Ainsi les dirigeants du monde jouissent-ils d'incarner un mythe, celui d'un Ordre caché, qui se reconnaît à ses mots de passe, parmi lesquels très peu d'élus pouvaient se flatter de savoir ce que dissimulait l'A.A.A.A.A.

Pour l'A.A.A.A.A. – parole de mouche ! – peuples et nations doivent obéir au Nouvel Ordre Edénique de la tour Panoptic.

Les racines du Jaguëy trament toujours leurs obscures errances vers la lumière des Pléiades. C'est à toi que je m'adresse, Eva, même si j'emprunte le langage des hommes qui ne devinent guère la complexité des jeux entre les mondes. Je leur parle avec des mots qu'ils peuvent comprendre et ce m'est un régal de leur envoyer des messages que l'un ou l'autre scribe s'efforcera de traduire en phrases destinées à ton seul plaisir. S'ils savaient ! Tous les prophètes furent de tels messagers, plus ou moins conscients de l'ultime finalité de leurs paroles...
Par exemple, celui que tu enfantas le 16 juin 1954 alors qu'il fut conçu le 26 juillet 1953, à Santiago de Cuba. Nous l'avons laissé dans un moment de sa nuit blanche où tout ce qu'il vit lui semble réel et non quelque vision surgie de son rêve, même si jamais rêve n'a moins ressemblé à la réalité. Sur le muret du Malecón, il tente encore en vain d'allumer son cigare. A ses pieds le canal de Bruxelles est un sanctuaire, un de ces lieux sacrés d'où contempler la ville avec ses couleurs, ses reflets, ses maléfices. L'eau frappe la jetée, projetant son écume contre le mortier des quais. Certains soirs, il croit voir le ciel s'illuminer de teintes bistres, halo des éclairages de Miami. Une centaine de kilomètres au-delà des mers, et pourtant des années-lumière. Dans son dos, la belle couleur ambrée d'une réclame de rhum défie le brouillard des néons. S'il se retourne, le nom d'Evangelista clignote à ses yeux, mais surtout dans sa mémoire, tandis que la rumeur d'une autre ville monte contre sa nuque, tout ce long soupir d'une aube rampant sur le jour à venir.

Ah ! Ah ! Ah ! Ah ! Ah !

Soudain, sans prévenir, un tempo de fantaisie claque au coin de la rue. Quelque pied nu trouve son écho, puis un autre, et encore un autre, et voici le mambo du sang qui bat à ses tempes, sur les tambours de morts plus ivres que la mer. Eva, ce fruit de tes entrailles, vois-le quand il pense à son père et à sa mère...
Nuit de juin bruxelloise, brise qui soulage d'une chaleur imaginaire, symphonie des vagues dont les embruns humectent son visage. Au loin, un paquebot tout illuminé quitte la baie de La Havane. Ce bateau lui adresse un signe, un message. Au-dessus, les étoiles scintillent, la pleine lune comme une énorme boule monte dans le ciel, une de ces grosses lunes tropicales qu'il a l'impression de pouvoir toucher de la main en étendant le bras. Si

le destin des villes modernes était d'abolir la nuit, cette ville-ci semblait inverser le processus en annulant le jour. Comme un film se déroulant soudain à rebours, peut-être ce prodige était-il signe d'un retour à l'ère d'avant le monde moderne... Voilà que ça le reprend, cette situation stupide où tout est comme un cadre vide, privé de substance, un demi-siècle plus tôt, juste avant sa naissance, dans la peau d'un type dont les pensées ne sont pas les siennes. Il est cinquante ans en arrière, il revit une scène où sont impliqués son père et sa mère, toute cette histoire constituant peut-être le pire des enfers qu'il eût été donné à un homme de vivre sur cette Terre.

Mais il sait aussi que s'il tourne la tête, un marronnier se transformera en figuier des Tropiques. Il sait que sur cette rive au-delà de l'abîme qu'il n'a pas encore osé franchir, d'où battent à ses tempes les rythmes du mambo, s'entendra le cri d'un vieux marchand des rues passant avec ses cornets de cacahuètes : Hay mani... Buen mani !

Regarde-le bien, ce fruit de tes entrailles, quand il pense à son père et à sa mère. Ses bras ne se distinguent plus de ses jambes, lesquelles sont à son cou, racines mêlées aux lianes, une chevelure hirsute courant sous les océans – dans l'espace aussi bien que dans le temps - ; le futur c'est hier comme avant-hier surgit après-demain, l'embouchure à la source et celle-ci vaguant par les nuages, tous les avenirs frères du plus lointain passé, ma sève universelle offrant l'alcool du fruit pour enivrer le chant de cet oiseau-serpent que Cristobal Colon apercevra bientôt s'enroulant dans la chevelure d'or d'une Indienne à peau noire lui faisant signe depuis les origines encore à venir au sommet d'un Jaguëy veillant à cette histoire sur le bord du canal de Bruxelles.

Traverser l'écho

d'une voix dans le canal, c'est n'oublier jamais que, depuis plusieurs décennies, le travail de Sacha Bielinski apparaît régulièrement sur un briefing secret destiné au chef suprême du monde. La valeur particulière de ces renseignements tient au fait qu'à la différence de ses collègues, s'aventurant peu hors des villes, Bielinski n'hésite pas à emprunter certains sentiers de traverse. Aussi le dernier maître de la Maison Blanche, en pleine préparation d'une guerre contre l'Orient planifiée par son père depuis plus de dix ans, n'avait-il pas été surpris, la veille de son investiture, de découvrir un message flash codé lancé par son agent de référence depuis les environs de Guantánamo Bay.

(Le Jaguëy parle en langue d'évangile pour nous dire que ses lianes et ses racines ont engendré l'oiseau-serpent des origines. Cette légende, Colomb la découvrirait sous les traits d'une Indienne blonde à la peau noire et aux yeux verts qu'il baptiserait du nom de la première Eve. Mais qu'Eva de Cuba, lovée dans les branches du Jaguëy, sur cette plage des Caraïbes, fût elle-même lointainement issue d'une île des Cyclades où avait germé l'idée du premier périple au-delà de l'Océan, jamais le grand amiral ne l'eût imaginé - même en songe - au cours de ses fiévreuses tractations nocturnes, dans un petit port de Paros, avec l'aïeul de l'homme qui était mort.

Celui-ci ressentait encore dans ses veines le battement des vagues du canal. Combien multiple était le monde qu'on disait réel ! Il contenait en lui, à l'état élémentaire, les élixirs de la souffrance et de la jouissance, de la confiance et du désespoir, de l'amour et de la haine, ces alcools dont les goûts s'étaient mêlés dans le sang de son coeur. C'est le rhum qui m'incite, se dit-il, ce vieux fou comme moi qui fait chanter, danser, rire et sangloter l'homme le plus mort d'entre les morts et lui tire les mots qu'il vaudrait bien mieux taire. Je suis les Sept Etoiles qui bondissent dans ma sève, les sept pommes d'or qui dansent dans mes branches, les sept racines au jardin des Pléiades. Un autre cosmos m'a craché dans celui-ci pour féconder l'ovule d'une lointaine planète à venir. La même semence a fait naître sept fleuves dans les frondaisons d'un arbre connu sous le nom de Jaguëy, même si c'est à toi que cette semence est à jamais destinée, mon Eva de Cuba.)

Le nouveau Président savait de longue date par son père, lui-même ayant tenu l'information du grand-père, le banquier Prescott S. Bush, que le World Intelligence Daily résume chaque jour tout ce qu'a pêché l'Agence à travers le monde. Le WID n'est tiré qu'à une dizaine d'exemplaires, destinés aux plus hauts chefs de division de l'Agence, aux secrétaires d'Etat, et naturellement à lui-même. Plus important et plus secret encore était le rapport quotidien rassemblé sur une simple page, à son usage exclusif. Sa bibliothèque n'ayant jamais contenu d'autres ouvrages – à l'exception de ceux signés de son nom, dont le plus prestigieux portait le titre I LOVE YOU – qu'une collection de battes de base-ball, il n'avait guère pris la peine de s'interroger sur le sens du message codé. Tout avait été fait selon les modalités habituelles en terrain ennemi. L'agent Bielinski n'ignorait pas les urgences de l'heure à l'échelle planétaire ; il connaissait mieux que personne la nécessité de réduire à sa plus simple expression le facteur temps dans la gestion spatiale du globe, ce qui éliminait toute hypothèse de l'envoi par ses soins d'un inutile parce qu'indéchiffrable rébus. Les

messages codés par trop hermétiques avaient aussi peu de chances d'aboutir sur la table du Bureau Ovale que le poème d'un aède grec. Ne cherchant pas à déchiffrer la signification de cet obscur alignement de mots, parmi lesquels ceux de Colomb et de Cuba retinrent seuls son attention, le Président se laissa gagner par l'intuition que ce message était signe d'élection divine : il attestait la promesse d'un destin grandiose. Devant son miroir, qui lui renvoyait l'image d'un costume à larges rayures dont pâliraient de jalousie son père et toute la galerie des ancêtres depuis Jefferson, il résolut de convoquer le jour même Sacha Bielinski, ce membre de l'Agence s'étant distingué plus que quiconque dans l'art du contrôle des consciences et dans le travail, délicat entre tous, de la manipulation des esprits.

Maïak

TOUS LES FANTÔMES SE CHANGENT EN MOUCHES !

Avait prononcé Bielinski, crispant chaque muscle de son visage dans un effort d'articulation qui me permit de lire ce murmure que l'oreille ne pouvait capter. Son regard circulaire inspecta les recoins d'ombres du café, puis il scruta derechef mon visage avec une mimique suggérant la plus intense réflexion : ses traits manifestaient une lutte intérieure entre connivence et méfiance à mon égard. Il semblait avoir trouvé la solution à ce dilemme quand il me fit signe à nouveau, les deux index pointés comme des antennes vers les murs à hauteur de ses oreilles, articulant toujours d'une voix muette :

— Mi-cros ! Mi-cros !

Je répondis d'un hochement de tête compréhensif qui parut le rassurer. Ses traits apaisés s'illuminèrent d'un sourire intérieur, comme s'il savourait déjà l'effet de ce qu'il avait encore à m'annoncer.

— Quand un fantôme se change en mouche, il court un grand danger, celui de se faire dévorer par les cadavres... Je crois qu'Aurore Théokratidès a fini par le comprendre. J'ai réussi à l'amadouer, slava bogou ! Mais ça n'a pas été sans peine. Elle s'est changée en mouche, vous avez dû le remarquer, mais je l'ai persuadée de prendre garde à tous les cadavres de Batista qui sont toujours enterrés dans l'hôpital à Santiago de Cuba, vous n'avez pas oublié ?

J'acquiesçai d'un simple battement des cils et il poursuivit, non sans jeter encore de fugaces regards craintifs par-dessus son épaule :

— C'était une question de vie ou de mort. Cet Abel de Loyola, par exemple. On se demande ce qu'il faisait aux femmes pour qu'elles s'amourachent de lui, comme s'il avait un diamant au bout de la queue... Et puis ses dents ! Il pouvait dire ou faire n'importe quoi, tout à ses jeux et à sa joie, sachant que les pires crasses lui seraient

pardonnées, rien que pour la splendeur de ses dents de jaguar… J'ai bien fait de prévenir Eva, vous ne trouvez pas ?

Le Jaguëy parle par ma voix.

Quel nom portent les limbes où vagabonde un enfant damné de naissance ?
Debout à la fenêtre du dernier étage, Loyola faisait un effort pour se représenter le visage de son père. Il avait devant les yeux l'image d'un *hombre total*, un digne fils de la Caraïbe et du peuple cubain. Il voyait aussi sa mère s'étirant longuement dans un lit d'hôpital à Santiago, sa mère qu'un dingue portant le nom d'Anatole Atlas avait accompagnée depuis une île des Cyclades jusqu'aux Caraïbes. Sa mère qui deviendrait pour cet homme Eva de Cuba. Elle ouvre un œil, entrevoit la figure de Santa Barbara qui l'observe au mur d'une chambre où les combats de la nuit ont laissé des impacts et des taches de sang. Comment réconcilier les fragments d'une telle mémoire éclatée ? Comment expliquer que son père et sa mère n'aient pu faire l'amour la dernière fois pour le concevoir qu'en cette nuit fatale du 26 juillet 1953, quand lui-même naîtrait le 16 juin de l'année suivante ? Où s'étaient donc évanouis quarante jours de sa gestation ? Quel voyage au désert, quel jeûne forcé dans la matrice de sa mère ? Il n'en finissait pas de remuer entre ses doigts ce parchemin jauni relatant, en très peu de mots, l'attaque d'une caserne militaire située face à l'hôpital de Santiago, la nuit du 26 juillet 1953.
Le bout de papier avait voyagé pendant un demi-siècle à la recherche de son destinataire. Ou plutôt, il était resté sagement dormir dans cette poche de poitrine, attendant que la chemise trouve les épaules et le torse de celui qui devait l'y découvrir. Un relent de sueur cadavérique imprégnait encore la chose, du moins l'imaginait-il. Triste échantillon des effluves d'une vie. N'y traînait-il pas quelque exhalaison du coït qui lui offrirait la lumière du jour ? Parlons-en, de cette lumière, en ce jour de la mort d'un autre homme où l'aube ne daigne pas pointer la moindre lueur. Quant à l'autre lumière, celle sollicitée par Sacha Bielinski pour que son fils en éclaire la lecture du carnet noir, comment Loyola pourrait-il s'y fier, lui qui a l'élégance de ne pas même vérifier si le carnet dort toujours dans le coffre-fort ?
Jusqu'à hier encore, Loyola n'en savait rien, ou pas grand chose, de ce qui s'était passé naguère sur cette île où avait fleuri sa petite enfance, presque aussi gommée de sa mémoire que l'encre vieille de cinquante ans sur un morceau de journal. Dire qu'il préférait oublier serait plus juste, malgré certains souvenirs d'une terre brune et verte en forme de crocodile, où ce qu'on appelle ici rose de Noël se disait fleur de Pâques. Terre verte et brune de la canne à sucre et du tabac, contrôlée par deux hommes aux origines de la tour Panoptic. Et puis, la nuit même de son anniversaire d'un demi-siècle, ce cadeau du ciel empoisonné : le coeur battant de son père emballé dans une *guayabera* cubaine, qu'avait retirée Loyola du coffre de son bureau flirtant avec les nuages de l'Olympe.
Il a trouvé la chemise étoilée d'une tache brunâtre. Abel de Loyola mort, assassiné le 26 juillet 1953. Impossible ? Il l'aurait voulu, mais le papier dans la poche de poitrine fait éclater à ses yeux l'évidence. On a beau ne rien savoir d'un homme,

s'être habitué de toujours à son silence, l'absence est soudain rompue. Comme si cette chemise lui renvoyait non seulement l'image, mais aussi l'odeur de son père en cette aube lointaine. Il y flottait encore le parfum coriace d'un onguent bon marché de la marque Noé, celui des hommes de là-bas quand ils n'ont pas le temps de se laver après une copulation hâtive. Peut-être même s'y insinuait-il un soupçon du musc de l'aède, si c'était bien lui qui avait abattu son père non loin de la caserne Moncada.
Ile verte et brune de la canne à sucre et du tabac... Ce n'était pas vraiment dans ses habitudes, et d'ailleurs formellement interdit sur tout lieu de travail de la firme Panoptic. Loyola sort pourtant un autre cigare du tiroir de son bureau. La première bouffée lui fait encore tourner la tête, alors qu'il scrute en vain le quartier du canal toujours enveloppé d'une brume opaque. Quel rôle joué par Panoptic et Noé dans cet épais nuage de fumée ? L'humanité entière semblait dans un état de transition entre la reptation, la position assise et la station debout. Lui-même, où en était-il ? Chacun d'entre nous fait la preuve de tant de bassesses et d'élans vers le ciel au cours d'une même journée ! Encore faut-il que jour il y ait. Dans ce matin privé de toute lumière d'aube, il se laissait doucement envahir par l'âcre fumée du havane, les yeux noyés de brouillard, devant l'image d'une femme en noir et blanc qui sur le mur du fond n'en finissait pas de se dérober à son regard. Dans les spirales du tabac se déroulaient d'autres visions, celles de silhouettes joyeuses dégustant un cigare populaire trempé de rhum sur quelque place au soleil. Elles tenaient en main un mince cornet de cacahuètes façonné dans quelque morceau de journal. « *Mani... Manicero se va...* » La chanson des rues de son enfance lui revint aux lèvres, atténuant la douleur confuse provoquée par le souvenir de ce papier vulgaire qui servait à emballer les arachides grillées, dont sa langue retrouvait la saveur évanouie. « *Hay mani ! Buen mani !...* » Le cri rauque de l'humble marchand remontait à la surface d'une Havane qui avait soudain plus de réalité que Bruxelles, avec ses trottoirs ombragés par des arbres aux racines et aux lianes monstrueuses. Loyola revoyait les porches des maisons coloniales sculptées dans la pierre au fil des siècles par des cargaisons d'esclaves, leurs façades colorées sans autre mesure que celle d'un rêve sans amarres, puis la coupole de l'Aduana survolée par son Hermès de bronze, un large bras de mer, le promontoire du Castillo Moro, son phare qui fut au coeur du commerce triangulaire entre les continents... Quand donc retournerait-il de l'autre côté de la baie, revoir les quartiers nègres de Guanabacoa ? Quand serait-il en mesure de rechercher les traces de ceux qui l'avaient engendré, du côté de Santiago, dans la province Orientale ? Depuis sa jeunesse, il enterrait tout au fond de son âme ces questions importunes... Quelle importance ? Peut-être eût-il mieux valu faire venir au jour d'autres souvenirs d'enfance, pourquoi pas ceux de son vieux pote Anatole sur le fleuve Congo... N'avait-il pas choisi de disparaître, justement, du côté de Guantánamo ? Anatole dont la Sphère Convulsiviste, ainsi que les publications clandestines, subsidiées par le sinistre ***Komitet Gossoudarstvennoï Bezapasnosti***, transmises à un certain Poutine à Berlin, puis analysées par les conseillers de

Gorbatchev, contribuèrent peut-être à l'étrange comportement du dernier *leader* soviétique... Loyola revoit son alter ego... Même quand, à l'occasion, dans quelque bar de Bruxelles ou d'ailleurs, la discussion tournait vers leurs îles mythiques (sa ville natale à lui voulait dire ville-île en swahili), s'envoyant force *Cuba libre*, ils préféraient se parler par énigmes, l'un ayant le secret de l'autre en partage. C'était cela l'amitié, cette mystérieuse identité qu'on s'échange, comme il arrive dans certains livres où l'auteur fait de vous quelqu'un d'autre... Le macaque saoûl ne s'endort jamais devant la porte du chien : c'était l'une des formules d'Anatole pour escamoter toutes ces questions. Que voulait-il dire, celui qui durant son enfance africaine semblait avoir intériorisé la conscience d'un nègre, d'un bougnoule, d'un macaque, et qui faisait mine de me croire lorsque je lui avais suggéré que sa boyesse Rosalie devait se trouver parmi les rebelles ayant fui le Congo pour Cuba, lors de l'arrivée au pouvoir de Mobutu en 1965 ? Voyons, l'avais-je provoqué, dis-moi comment ces fous de lumumbistes pouvaient encore trouver le sommeil à portée du nouveau chien de garde, même si celui-ci préférait arborer les crocs du léopard ? Il me répondit en faisant allusion au Jaguar de mes origines, affirmant que, si je lui avais volé sa vie pour plusieurs de mes romans, c'était bien le moins qu'il me rendît la pareille en usurpant mes oripeaux pour s'en aller retrouver ses chimères de l'autre côté de l'océan. Mais je savais aussi son couple avec Pléione en crise. De là que son voyage à Cuba ne fût qu'une fuite pour la reconquérir... Et si nous étions chacun l'autre de l'autre, pourquoi n'avais-je pas à mon tour le droit de m'en emparer, femelle à même crinière blonde que ma mère ?

Loyola se trouvait enveloppé dans les volutes bleues du cigare. Il fléchissait contre la vitre noire au dernier étage de la tour Panoptic, ainsi qu'un arbre aux racines précaires. Nous avons donc échangé nos origines, se dit-il, et me voici lesté des voix de son grand-père qui n'en finissent pas de battre en ma poitrine sous cette *guayabera* tachée du sang de mon père, à défaut d'une parure en or ornée des dents du Jaguar.

Traverser l'écho

d'une voix dans le canal, c'est s'abandonner les yeux fermés aux figures qui surgissent de ses brouillards, et revoir apparaître Sacha Bielinski derrière la fumée de son propre cigare. C'est, la nuit précédant la veille du 26 juillet 1953 (jour de la Saint Christophe) à travers les brumes d'un souvenir impossible – puisqu'on ne sera conçu que la nuit du surlendemain – voir cet agent double émigré vers l'archipel des Caraïbes, sur une île du Diable où la meilleure des couvertures est encore de conseiller la manœuvre des familles de Las Vegas et de Miami dans l'industrie du crime en écoutant la première symphonie de Chostakovitch sur un vieux gramophone soviétique en compagnie d'un aède grec rescapé d'une autre île du Diable dans l'archipel des Cyclades, l'un et l'autre en caleçon, contemplant l'horizon de la mer où, depuis la mort de Staline, se déchiffre la vision d'un futur possible, sous un toit de palmes au milieu des bananiers d'une montagne rouge surplombant la baie en laquelle Colomb crut voir l'image du paradis lors de son premier voyage, dans l'attente nocturne de visiteurs dont les prochaines décisions marqueront les cinquante années à venir (un financier juif propriétaire de l'empire Panoptic et

un magnat grec du pétrole dirigeant la firme Noé), qui viendront escortés par le directeur d'un hôpital de Santiago dont les programmes de recherche sur le contrôle des esprits sont financés par l'Agence américaine de l'Intelligence ainsi que par un ancien sergent promu général et mis au pouvoir dans l'île par cette même Agence défrayant largement tous les frais de Sacha Bielinski. Soit, l'une de ces situations routinières à faire périr d'ennui le lecteur d'un roman, si l'aède grec ne s'était protégé d'une si furieuse menace par un bracelet de coquillages orné d'une dent de jaguar qu'il porte à son bras gauche. Aurore, Aurore seule à chaque instant me sauve la vie, croit-il pouvoir confier à Bielinski lui servant une autre rasade, chacun sachant que l'heure approche. La rencontre au sommet portant sur le contrôle de tous les cabarets, bordels et casinos de l'île aurait bien lieu le lendemain, sous la bienveillante protection de Batista, chacun de ces hommes ignorant toutefois la part de glorieuse incertitude propre à l'histoire humaine, contenue dans le fait qu'une rébellion populaire contre la dictature se prépare au même instant, qui cherchera faveur en les festivités du carnaval pour faire vivre à la fumée du cigare de Bielinski cette nuit de plus d'un demi-siècle.

La Guerre des Mondes

Carnet d'Alexandre Bielinski

Certains enfants naissent en plein cataclysme parmi les rafales d'un ouragan, d'autres sous les décombres d'un tremblement de terre ou dans un bateau secoué par la tempête, voire même au cœur d'un incendie. Ta mère savait que toutes ces circonstances étaient réunies pour la naissance de son fils, dans un hôpital de Santiago de Cuba. Je t'ai suivi du mieux que je l'ai pu le long de ces années, pressentant combien seraient tourmentés les soubresauts de ta carrière et de ta vie, sinon ceux de ton imagination. Tu n'aurais pas tort pourtant de penser que ton vieil ami de jeunesse a dirigé ses pas dans une voie qui m'agrée plus que celle où tu te fourvoies. Mais c'est le lot des pères de rêver pour leur progéniture un destin qu'ils refusent, quand les enfants s'inventent une paternité le plus souvent hors de leur portée. Je ne suis pas amer pour autant. De quel droit te ferais-je la morale ? Ces pages ne sont là que pour dissiper certaines ombres dont je devine qu'elles peuplent ton existence. Sache donc encore ceci. Ta mère n'ignorait pas que, face à la révolution réelle entreprise par les barbus de la Sierra Maestra, les activités situationnistes étaient des bulles de savon juste bonnes à épater la bourgeoise qu'elle feignait de ne pas être en adhérant à cette Internationale de la mort de l'art. Ce pourquoi les aidait son père, non moins que Jésus Evangelista. Je me trouvais bien placé pour connaître la générosité des bâilleurs de fonds à l'égard d'entreprises rebelles ne mettant pas en sérieux danger leurs intérêts. Mon témoignage, du moins j'en ai l'espoir, éclairera ton ciel au lendemain de cet anniversaire et te permettra de ne plus fabuler à propos d'événements dont la vraisemblance ne serait acceptée pour aucun roman.

Maïak

L'AUBE GRISÂTRE

Avait dépeuplé le café, me laissant seul en compagnie d'un couple dépareillé qui paraissait dormir sur le comptoir. C'est à cette heure qu'ils sont maîtres de la ville, tous les fantômes, tous les esprits en errance depuis des siècles, quand les guenilles de leur pâle armée se cognent aux vitres, faisant refluer l'obscurité sous les plafonds des derniers refuges humains, dont ils s'empareront bientôt pour passer la journée reclus dans les coins d'ombre, tapis entre les murs et les images où souriront de belles idoles. Leurs premiers éclaireurs avaient mis en déroute mon compagnon de voyage dans la cinquième dimension, comme je lui désignais encore la peinture du calendrier. Que m'offrirait de plus réel cette nouvelle journée que la vision d'une église à bulbe vert partant en fumée dans le village de Petrodvorets en 1929, l'année du Grand Tournant ?

Bielinski s'était levé de sa chaise à l'approche du jour, les mains toujours posées sur mes feuilles mêlées aux siennes, qu'il rassembla en un tas compact :

— Vous avez tous les matériaux pour votre histoire.

Il me faudrait revenir à la déesse crétoise en imperméable noir que j'avais suivie par les ruelles jusqu'à la fête foraine et son labyrinthe aux miroirs. Tenir la promesse faite au commanditaire de ce roman, dont le contrat viendrait à expiration dans dix ans. Surtout, me rappeler du fait que l'idée m'en était venue cette nuit de la San Lázaro 1953, sur une montagne de Cobre où j'avais cru me retrouver au sommet de l'île de Paros, imaginant au loin la Crète, Ariane échappée de Naxos en compagnie de Dionysos pour gagner les Isles Fortunées...

A présent que devant moi sa place est vide, l'ombre d'un personnage absent flotte sur cette table où s'éparpillent les feuilles d'un scénario imaginaire comme tous les fantômes, toutes les mouches, tous les cadavres peuplant tous les cafés du monde.

Parole du Phénix

Je prends maintenant sur moi, en ma qualité de Phénix, de déployer mes ailes pour vous dire ce que mes yeux virent de plus important entre ciel et terre depuis cinquante ans. Croyez bien que mon cœur saigne des larmes et que mes yeux pissent du sang quand je siffle un tel cri sur les eaux qui relient Levant et Couchant. Si, pour preuve de mon existence, vous n'aviez que ce cri, vous en ririez comme d'un conte absurde, mais qui d'autre pourrait-il vous révéler comment le dernier demi-siècle vous a trichés avec ses dés pipés ? Qui mieux que le Phénix a-t-il survolé ces temps où le trafic avec des simulacres d'au-delà prospéra, dès lors qu'il n'y avait plus d'au-delà ?

Quelle folie que la sagesse en un monde où n'est plus d'admiration que pour babioles et colifichets du néant ! Dictature de la pacotille, inséparable du règne de l'idiotie, peut être nommée une époque où s'imposent bonimenteurs de foire et colporteurs de mensonges dûment certifiés authentiques.

Ne m'imputez pas à crime si, dans mon vol rapide, je glisse par-dessus cinquante années - puisqu'il est en mon pouvoir de renverser la loi du temps - pour vous donner à entrevoir ce qui se trama, sur l'une des îles réputées Bienheureuses, entre quelques personnages dont vous aurez peine à concevoir qu'ils existèrent et ne furent pas mis en scène par le Phénix en personne !

Pour autant, je ne vous ferai qu'un récit décousu de l'affaire, comme si cette histoire ne pouvait être qu'à l'image de l'extrême confusion d'un réel appelé à se confondre avec ce que d'autres temps s'accordaient à tenir pour irréel. Aussi je vous prie de tenir les inconvénients dus à ces tourbillons pour gages de ma sincérité. Si j'avais voulu faire de l'art, me serais-je approché si près de la vérité ? Je veux parler de celle dont il me revient de situer le noyau qui l'enveloppe en cette année 1953, quand fut modernisé le vieux pacte entre combien d'âmes à vendre et leurs nouveaux mercantis. Car c'est bien de cela qu'il s'agit alors : d'une répartition moderne des territoires à conquérir par la principale forme de négoce appelée à fleurir désormais sur la planète, celle qui tirerait juteux profit d'un commerce industriel de milliards de cerveaux en déshérence.

« Lourd est le souvenir, comme dit le Poète, venez donc écouter le témoignage unique et sensationnel de nos artistes sous le grand chapiteau de l'au-delà ! »

Pourquoi écrire ce livre ? Il renferme une âme tout entière – est-ce la mienne, est-ce celle d'un autre ? J'avais d'abord voulu faire un roman mondial, où l'ubiquité fût poussée jusqu'aux bornes du surnaturel, mais peu à peu, en écrivant, cet autre monde semble me dicter ses propres fables. Comme si quelque divin idiot tournoyait dans l'espace à me hurler en bavant ce que vous allez lire. Je préfère laisser cela dans le mystère des conjectures – et demeurer attentif aux voix qui continuent de hanter cette ville...

Ainsi couraient les pensées de l'homme qui était mort tandis qu'il demeurait immobile à la fenêtre du café, les yeux fixés sur le feuillage du Jaguëy. Dix ans avaient passé depuis qu'ici même s'était tramé le projet de ***Maïak***, un rêve inspiré par ses itinérances au long du siècle vingtième. Toutes ses rêveries tournaient autour d'Eva. Là-bas, sur l'autre rive, la vie continuait peut-être, mais il ne voyait pas jusque là. Ecoutant le bruissement du canal comme une éternité de murmure dans la nuit, l'homme portait son regard vers l'au-delà des terres et des mers, vers l'au-delà de tous les horizons. *Vagues sur vagues du désespoir, plus loin les chevaux de frise, enclos spécial de dressage pour les fauves du grand cirque, le dos chargé de pierres à jeter sur la jetée par ordre supérieur des gardiens de la bonne pensée.*

L'homme était sorti de la vie comme le vagabond d'un casino, fauché, ridiculisé, jeté dans les offices où il avait dû nettoyer la vaisselle des tortionnaires avant de tomber dans l'égout, pour se retrouver l'invité d'honneur d'un vaste et lumineux tripot, dont la fille du propriétaire l'accueillerait avec amour comme son hôte le plus fantasque, riche d'une fortune de trois pesos.

Passer de son vivant le pont vers l'autre rive : il ne l'avait connu qu'avec elle. Peut-être était-ce encore par elle que, depuis l'autre monde, il avait retrouvé l'ici-bas ? Lui revenait le son des cloches d'une église dans son île vers l'Orient, qui se mêlait aux percussions nocturnes pour la San Lázaro, sur une autre île au-delà du couchant. C'était comme si les archipels dont faisaient partie ces deux îles ne formaient en lui qu'un seul tourbillon de mémoire globale. Derrière la vitre du café, pour lui seul, se devinait le frémissement d'une lumière de mer. Il planait toujours dans le grand tourbillon de ces deux archipels. C'est à ce double tourbillon n'en faisant qu'un qu'il devait la vie, ce double tourbillon du jour et de la nuit, ce double tourbillon d'yeux verts.

(A ce moment de son récit, l'auteur devrait prendre en pitié le lecteur désorienté par ce jeu de va-et-vient dans la cinquième dimension du rêve et de la mémoire. Je n'étais certes pas le genre d'homme avec lequel une jeune femme belle et riche de l'époque avait coutume de s'envoyer en l'air au cours d'une croisière de luxe entre les Cyclades et les Caraïbes. Je n'étais pas non plus le prototype d'écrivain qu'un milliardaire grec aide à diffuser son oeuvre en lui offrant une partie de sa fortune. Et pourtant, l'armateur Aristos Théokratidès avait ses raisons pour sortir de la misère ce clandestin rencontré par sa fille sur une terrasse du port de Naoussa, dans l'île de Paros. Après notre escapade romantique au-delà des rochers bordant la plage grecque, et notre bain sous la lune agrémenté de coups de feu dont les balles pouvaient être aussi bien celles de la dictature cubaine, Aurore me dit en riant : « Nous reviendrons plus tard, pour l'instant montrez-moi votre gourbi. »)

Voici que le chaos de mes voix se libère et prend toujours davantage la forme visible d'un insecte charognant cette vitre noire au sommet de la ville. Toi aussi, tu aimerais bien lancer un message venu de l'autre monde aux vivants, pas vrai ? Si nos voix intérieures semblent venues d'ailleurs, n'est-ce pas que l'ailleurs est peuplé de nos voix ? Voix d'un homme et d'une femme vieilles de cinq cents ans ; voix de mon père, de ma mère et d'un autre homme le 26 juillet 1953. Faut-il embaumer les cadavres d'un père et d'une mère que l'on porte en soi ? Laisser pourrir leurs squelettes au placard de la mémoire ? Ou boire un coup à leur santé pour les ressusciter ?

Traverser l'écho

d'une voix dans le canal, c'est plonger vers une zone de l'esprit mystérieusement interdite à toute mémoire, aquelle profondeur il faut atteindre pour avoir chance d'accéder au secret de sa propre naissance. Même si l'hôpital de Santiago, la nuit du carnaval, avait pris l'aspect d'un bal masqué dans une volière tropicale, sous le coup de baguette magique d'une fée.

A force de nuit blanche et de fièvre dans sa folie, Loyola rend son absence de mémoire complice d'une fable absurde qu'il s'invente à propos de son père et de sa mère. Quels charmes joints à sa fatigue le font-ils délirer ainsi ? Pour ne rien dire de ses plongées dans l'écho d'une voix, ni des ses visions prénatales au fond de la matrice maternelle... Il semble d'ailleurs qu'ait cessé la sarabande infernale de souvenirs liés aux expériences vécues dans un hôpital à Santiago de Cuba. D'autres influences que la mienne ont dû s'emparer de son esprit. Fi de ces magiciens illusionnistes et de leurs sortilèges qui prétendent enfermer on ne sait combien d'êtres dans le tronc d'un arbre ! Chacun tente ici de s'illustrer sans parvenir à faire avancer le récit. Je devrai donc encore parler, pour dire de cette comédie insulaire qu'elle est avant tout l'occasion de vous divertir. Dans un instant je vous dévoilerai par exemple quelle fut, à La Havane, l'origine du rock and roll. *C'est pour la joie de tous vos sens que je m'institue maître unique des illusions d'une ballade qui, si elle prend quelquefois les allures d'un cirque, n'en devrait pas moins vous être de grand profit. N'ai-je pas été le témoin des époques les plus reculées, comme je le serai de celles où servira de lanterne, éclairant des temps oubliés, l'histoire d'Eva de Cuba ?*

C'est ainsi que mes antennes ont capté le cri de Yara, proféré par Carlos Manuel de Cespedes et son ami Jesus de Loyola quand, en 1868, dans le domaine de la Demajagua, les pères de la nation cubaine signèrent l'ordre de libérer tous leurs esclaves nègres sur un morceau d'écorce tranché d'un coup de machette à l'une de mes branches.

Quelque trente ans plus tard, j'étais encore présent pour voir une bannière étoilée brandie par le fier Théodore Roosevelt – son sabre dans l'autre main – se ficher au sommet d'une colline de l'Oriente et sceller une autre libération. L'armée des Etats-Unis chassait la Couronne Très Catholique du sol cubain : je vis défiler ses marines *dans les avenues de Santiago, puis le drapeau yankee remplacer la bannière sang et or face à la cathédrale, au palais du gouverneur Moïse Evangelista. Ce qui n'empêcha pas ce dernier de trinquer avec le futur président : ses plantations de cannes et son commerce de rhum ne pâtiraient guère d'une extension des marchés vers le Nord des Amériques.*

Il s'en fallut d'un demi-siècle pour que mes palmes indiscrètes ne s'éveillent à la vision d'une autre scène en rapport avec les deux qui précèdent, et dont le souvenir est précieux pour saisir les racines de cette histoire. Mil neuf cent cinquante et un. Solitaire, je fêtais le demi millénaire de la naissance de Cristobal Colon. Comme en son temps, s'entamait dans l'allégresse la seconde moitié d'un siècle – pleine de promesses. Depuis mon promontoire sur la colline de l'Université, j'observais les quartiers pleins de charme du Vedado, leurs maisons aux styles éclectiques bordant des avenues ombragées par mes innombrables feuillages. Plus loin, vers Miramar, s'étalait le luxe ostentatoire de somptueuses villas déployant piscines, jardins d'hiver, courts de tennis, garages pour plusieurs voitures des nouveaux riches intégrés à la vieille aristocratie coloniale. A l'horizon, je ne perdais pas de vue non plus l'accumulation de cahutes pourries, toits en zinc et branches de cocotiers, qui ceinturaient la capitale. S'entassaient là des paysans miséreux venus tenter leur chance depuis la province. Tout criait le chômage, la canne à sucre et le tabac bradés aux intérêts étrangers, non moins que la présence de plus en plus visible des barons de la drogue et du jeu, des boys *de Las Vegas et de Floride... Si les élections approchaient, qui dans des conditions honnêtes verraient tomber l'homme au pouvoir, ou si le coup d'Etat conçu à Washington pour placer un homme de main plus efficace avait déjà eu lieu, je n'en conserve pas le souvenir précis. Mon regard d'aujourd'hui plonge plutôt vers les bars portuaires, où s'improvise un pas de danse entre une jeune étrangère blonde et son compagnon de rencontre. La scène est vue depuis le haut de l'Escalinita, légendaire escalier d'honneur menant à l'Université. Combien j'en voyais passer, de ces blancs-becs dissipant leur jeunesse dans les bars de l'*Habana by night*, qui traînaient tout le jour à discutailler au sommet de ces marches, sous les colonnes doriques de l'Alma Mater !... Abel de Loyola était de ceux-là. C'est à l'***Eva's Bar** de Marianao, l'une de ces boîtes où les filles s'adressaient aux marins dans un sabir gréco-cubain, qu'il semblait avoir fait la connaissance d'une certaine Aurore. Ils se plaisaient sans aucun doute, je peux en attester sur ce que mes palmes berceraient de leurs mots doux, comme sur ce que mes branches ont surpris de leurs étreintes embaumées par le jasmin, dans les jardins de cette colline surplombant une place où s'élevait la statue du poète José Marti.*

Cette fois encore, une bordée de marines, *en vadrouille sur leurs terres conquises, passait par là. Vais-je froisser ici la ferveur de certaines adorations, nées à l'aube de ces années cinquante ? Les jeunes recrues revenaient d'une virée à l'***Eva's Bar***, où elles avaient pu découvrir mambos et rumbas lancées dans l'espace par un diable à deux têtes. Le monstre bicéphale tremblait de tout son corps sur des rythmes nègres, auxquels s'essayèrent les* marines *en goguette. On jouait précisément* Rock and Rythm *de Duke Ellington. Ils ne parvinrent qu'à singer gauchement la transe du couple en délire, même si l'un des soldats, venu du Tennessee, se montra moins engourdi que les autres dans son mime, remuant du bassin comme n'osaient y prétendre les culs coincés de ses compagnons. Son nom devait connaître un début de notoriété dans l'épisode qui allait suivre. Car le groupe ivre mort, sitôt sorti de la boîte, alla poursuivre ses festivités du côté du Vedado. Le couple de l'***Eva's Bar*** *emprunta leur taxi, qui déposa toute la bande sur cette place, en contrebas de l'Université, où mes plus longues palmes berçaient l'effigie en bronze de José Marti. Je vis alors l'apprenti danseur de Memphis escalader un piédestal de marbre en titubant pour, dégrafant son ceinturon, pisser sur la figure de l'apôtre. La presse titrerait en première page le lendemain :*

UN MARINO YANKEE MEA SOBRE MARTI

C'est en petits caractères, dans les pages intérieures, que prendrait naissance la gloire d'un certain Elvis Presley. Cinquante ans plus tard, près d'un tiers de ses concitoyens refuseraient de croire à la mort de celui qui est entré dans l'histoire des mythes pour avoir un soir imité la danse d'Abel de Loyola. La belle Aurore et lui – c'étaient eux, le diable à deux têtes – furent témoins de la scène urinale. S'ils n'approuvaient pas l'acte, ce qu'il avait de provocant les en rendait complices. Or, peu de temps après, mes branches apercevraient le même couple dans un cortège emmené par le jeune leader étudiant Fidel Castro, descendant l'Escalinita pour déposer une gerbe de fleurs au pied du monument, histoire de laver cet affront. Debout toute la nuit pour une veillée d'honneur, les étudiants s'échauffent et des pierres sont lancées contre les vitres de l'ambassade américaine proche. L'ambassadeur en personne, poussé par Washington, est contraint le lendemain de s'incliner à son tour devant le symbole profané ; il juge politique de se faire accompagner par le petit

troufion du Tennessee. Dans les deux cas, le couple était présent. Quelques photographies parues dans la presse illustrèrent les deux cérémonies, qui revêtaient des sens assez différents. Aurore et Abel, en voyage à Paris quelque temps plus tard, firent circuler les coupures témoignant de leur activisme rebelle parmi les cercles de l'avant-garde où ils avaient leurs habitudes. Ces documents sont historiques à plus d'un titre : ils sont les premiers où l'on voit apparaître d'une part Fidel Castro, de l'autre Elvis Presley. Ils serviraient aussi comme illustration initiale d'un de ces scandales dont le mouvement lettriste ne tarderait pas à faire son label.
Voyez-vous donc où porte le regard du Jaguëy, Monsieur Juan-Luis de Loyola ? Approchez-vous, n'ayez pas peur de mon tronc peu conforme aux mesures de ces latitudes. Je vous en prie, touchez le bout d'une de mes feuilles. Une pointe, un dard, une langue rouge gorgée de sève blanche. Allez-y, coupez-la. Voyez-vous jaillir un sang laiteux ? Vous disposez d'une plume de choix, pleine d'une encre indélébile. Saisissez-vous de ce calame et, sur la page de votre nuit, notez les mots qu'une Indienne à peau noire et chevelure blonde prononça dans mes feuillages quand s'approcha de nous le premier homme blanc venu des colonnes d'Hercule.

ECHOS DU ROYAUME DES OMBRES

— Heureux qui comme Ulysse croit aux Isles Fortunées !
— C'est un même désir qui anima Colomb.
— Celui de connaître l'impossible.
— Avez-vous entendu les paroles de cette Indienne ?
— Mot pour mot, le discours chanté par les sirènes dans mon Odyssée.
— Ces soldats ivres, ce sont les mêmes qui assommaient mon Stephen Dedalus.
— Dans l'épisode où la sirène est une fille de bar à marins.
— Ne me dites pas que je n'aurais rien inventé...
— Pas plus que moi, qui n'ai fait que recueillir de plus antiques légendes.
— Une même histoire passerait donc de livre en livre ?
— J'en connaissais déjà, dans les Cyclades, qui avaient la ***rock attitude***.
— Ne vit-on pas pousser un arbre à l'endroit où vous composiez l'Odyssée ?
— Un figuier des Tropiques.

Je me suis réveillé en sentant la sève de l'alcool se frayer un chemin hors les os de mon crâne, jusqu'à me déchirer le masque du visage. Peut-on conserver gueule humaine au fond de pareilles ténèbres ? Il me faudrait tes yeux aux mille faces pour y voir clair dans ce tissu de mystères... Car tu en as vu, pas vrai, depuis un demi millénaire ? Ne m'en veuille donc pas si j'en profite pour t'offrir une histoire à n'en plus finir, cette histoire infinie de ma vie à laquelle je travaille depuis cinquante, voire cinq cents ans. Sans avoir acquis la sensation d'être jamais né. L'ombre d'avant ma naissance n'est-elle pas illuminée par ce type qui poursuit son pèlerinage bien après sa mort ? Mais je m'en voudrais de t'interrompre, car je sens bien que tes antennes captent des messages inaccessibles aux micros et caméras les plus perfectionnés de cet édifice. Or, il n'est rien d'humain qui soit étranger à la tour Panoptic et à ses mille milliards de mouches électroniques. Pourquoi parler encore de puces, quand c'est bien de toi et de tes pareilles qu'il s'agit ma belle, toi dont dérive le mot mouchard ! Pardonne-moi si je te taquine sans raison. Ou plutôt... Des antennes à la queue, je te sens envahie d'une brume de rêves nocturnes, sans forme ni nom. Chercherais-tu à renouer le fil de mon histoire, attentive aux échos de mes voix les plus intimes ? Serais-tu prête à me transformer tout entier en cette scène gravée dans une mémoire d'avant la mémoire, ou même en un infime détail de cette scène, par exemple en l'une de ces milliers de mouches qui dévoraient le cadavre de mon père, pendu dans un arbre et criblé de balles non loin d'une caserne militaire, la nuit du 26 juillet 1953 ?

« Laissez-vous tenter, Messieurs-dames, par l'histoire véridique de nos personnages, une histoire terrible où vous reconnaîtrez la voix de la fameuse Eva de Cuba ! »

Loyola n'en peut plus : mettez-vous à sa place ! Que toute véritable histoire ne fût point linéaire, mais sphérique - ainsi que le globe -, qui mieux qu'Atlas pouvait en témoigner ? O lecteur d'un siècle futur ! Toi pour qui la rotondité du réel ira d'évidence, et qui seras chez toi dans ces dimensions inexplorées de l'univers, comme nos contemporains prennent l'avion pour l'Amérique sans se soucier des premiers voyages de Colomb, n'oublie pas qu'en nos temps obscurs une tour Panoptic, dont se raconte ici la genèse, contrôlait tout voyage entre les mondes. N'oublie pas davantage que les fondations de cette tour furent posées sur la carie d'une île de toutes les vénalités par deux hommes qui en contrôlaient alors les parties vertes et brunes : la canne à sucre et le tabac. *Un seul puits d'eau douce pour tout le camp. Entendre les autres piocher, leurs cailloux rouler dans la mer, pour les patrons du Grand Cirque.*

Traverser l'écho

d'une voix dans le canal, c'est flairer le sang par-delà les ans, tout ce sang qui rôdait sur l'île du Diable il y a cinquante ans. Où étaient donc passés les yeux d'Abel de Loyola ? Quand on découvrirait son corps criblé de balles pendu aux branches d'un jaguëy, ses organes oculaires ne seraient plus logés dans leurs orbites. L'enquête sur sa mort serait menée par le colonel Miranda, dont on disait qu'il collectionnait dans des bocaux les yeux et les langues arrachés aux personnes interrogées par ses soins. N'était-il pas le chef de la police de Batista, quand Loyola se trouvait être le lieutenant de Sacha Bielinski ? Chacun savait la mafia et les tueurs de Batista unis aux services américains comme les doigts de la main. Quelques jours avant le 26 juillet 1953, Bielinski avait quitté son fief, le célèbre hôtel Nacional de La Havane, pour se rendre dans un endroit inconnu. Nul, excepté trois ou quatre hommes, n'était supposé connaître son repaire sous toit de palmes au sommet de la Majayara. Devant l'arrivée des Siciliens dirigés par Lucky Luciano, il avait ouvertement menacé de se replier sur Miami et Las Vegas, en attendant que la guerre des familles se règle à coups de fusil, comme partout dans le monde civilisé. C'était compter

sans Batista, qui avait trop besoin de ses services pour mettre au pas les Siciliens. La police cubaine fourra donc Luciano dans un bateau à destination de sa Méditerranée natale, accordant à Bielinski de régner sur toutes les affaires de La Havane, un empire auquel venaient régulièrement s'ajouter de nouveaux cabarets, bordels et casinos. C'est dans un tel contexte que, le jour de la Saint Christophe, s'était négociée la concession du vaste projet touristique dans la province de l'Oriente.

La Guerre des Mondes

Carnet d'Alexandre Bielinski

Je t'imagine en haut d'un donjon de conte slave, les yeux fixant l'aube à venir. Au loin le canal brille sous la lune aveuglante que les aèdes invoquent depuis les premiers âges. Bientôt viendra l'astre du jour, annonçant pour toi l'heure de savoir la vérité sur ta naissance il y a cinquante ans. Quelles que soient tes visions nocturnes, elles ne peuvent approcher la réalité d'une île où s'étaient donné rendez-vous tous les bons et mauvais génies de la planète. J'étais en première ligne, perché sur les flancs d'une montagne en surplomb de Baracoa. C'est là qu'Allen Dulles m'avait confié la mission d'expérimenter les substances qui lui étaient nécessaires dans le combat titanesque mené par le monde libre contre l'empire du Mal. Il fallait lui fournir des agents chimiques entièrement nouveaux, qui resteraient bien sûr un secret de l'Agence. Que tu veuilles le croire ou non, c'est l'esprit d'un Indien mort depuis cinq siècles qui est venu à mon secours. Près d'une grotte où la légende prétendait que reposait son corps se dressait l'un de ces figuiers tropicaux, dont la semence était réputée pour ses propriétés curatives. J'en ai recueilli les graines en abondance, me gardant bien de révéler leur provenance. Bientôt cette substance inondait le marché de la drogue, provoquant des ravages entre les clans rivaux. Cette Chair de Dieu, comme je l'appelais, donnait la sensation de voir le sang et les os à l'intérieur de son propre corps comme en celui des autres. Elle nourrissait des fantasmes qui vous transportaient ailleurs, faisant ses utilisateurs voyager vers la lune ou habiter de somptueux châteaux. Je fis croire qu'il était là, le secret du contrôle sur l'esprit. Cette semence magique sema tant de confusion sur l'île qu'elle fut à l'origine d'un inexplicable effondrement mental de sa classe dirigeante, au point qu'il m'est souvent arrivé de croire qu'un tel arbre pensait.

Dits de la chevelure des Pléiades

Toute sa vie le Jaguëy navigua dans la vision des îles. Pareilles au marin faisant naufrage à chacun de ses voyages, mais rencontrant toujours l'hallucination d'une terre aux remparts de santal, aux tours de camphre, aux portes cloutées de girofle, il meurt et renaît sans cesse de nouvelles îles vagabondes errant comme toute âme d'Orient en Occident.

Cyclades et Caraïbes ainsi sont unies par un invisible pont, si ce mot lui-même vient du grec pour désigner une mer qui relie. J'avoue n'être pas étranger à ce phénomène, par mes racines démesurées. Car l'archipel est un miroir où se réverbère la mémoire d'autres archipels. Ainsi les Caraïbes furent-elles jadis attirées vers les Cyclades par de puissants courants traversiers, de même que celles-ci se mirèrent ensuite au-delà des mers dans les Iles Fortunées. N'était-il d'ailleurs pas, à l'extrême du Couchant, des légendes indigènes selon lesquelles un monde paradisiaque serait à découvrir dans la direction du Levant ?

Cette pulsation rythme les plus vieilles fables des hommes de part et d'autre de leurs océans imaginaires. En elle bat l'espoir d'un monde qui ne serait pas divisé comme les hémisphères de leur propre cerveau. Mais combien de folies guerrières, de crimes, de sang répandu pour terres d'épices, d'or et de pierreries au-delà des mers ? Combien d'aveuglements séculaires trouvant leur écho dans le crâne d'un homme au cours de sa nuit blanche ?

Le Jaguëy par son art a donc fait rugir la tempête et verser le feu du ciel sur la mer des Caraïbes, quand Cristobal Colon découvrit la baie de Baracoa. Par la même nécessité qui l'avait envoyé sur une île des Cyclades pour y trouver la certitude qu'existait une terre de l'autre côté des mers, l'amiral devait débarquer devant l'arbre où nichait Eva de Cuba. Sa mission était bien de réaliser l'espérance messianique, celle de retrouver le paradis terrestre. Qui, bien sûr, se transformerait en cœur de l'enfer : celui-là même dont raviveraient les flammes d'autres hommes cinq cents ans plus tard. Partis vers un nouvel Eldorado, ceux-ci accompliraient les mots de Colomb selon lesquels « qui possède l'or fait tout ce qu'il veut dans ce monde, et même peut élever les âmes jusqu'au paradis ».

Mais on était loin des vieilles croyances. En guise de cannelle, de gingembre et de rhubarbe, il s'agirait de canne à sucre et de tabac. Pour ce qui serait des fruits charnus, des oiseaux multicolores et des orchidées, tout cela ne ferait pas défaut dans le corps d'Eva de Cuba.

Parole du Phénix

Splendides Pléiades, écoutez l'oiseau du Levant nichant dans un arbre du Couchant ! Laissez donc le Phénix, par son vol, ouvrir au lecteur une brèche dans l'intelligence des espaces et des temps... Car, de tous les prodiges qui frappèrent Colomb quand son regard fut abusé par le filet mortel faisant de chaque liane du Jaguëy de nouvelles racines, le plus étrange mirage ne serait pas sa propre statue d'un plâtre rosâtre qui s'érigerait dos à l'océan pour la caméra des touristes et la paresse des fabricants de cartes postales sur fond de *sunrise* commercial, mais l'image du complexe qui surplomberait une station balnéaire où s'agglutineraient les plus juteuses grappes de filles aux peaux de toutes les couleurs venues de Sicile et d'Alexandrie, de Marseille et d'Asie mineure, filles dont Colomb lui-même n'ignorait pas les distinctes saveurs, même si les siècles auraient croisé leurs pulpes aux multiples variétés de chairs noires exportées depuis l'île aux esclaves pour composer un plateau de fruits exotiques agrémentant le cabaret, la salle des jeux, les pistes de danse ainsi que toutes les chambres du complexe, au milieu d'innombrables autres prodiges et mirages.

Placé sous l'invocation suprême de Noé, patron du premier cirque de l'histoire, Colomb pouvait-il ignorer son destin de batteur d'estrade ? Pouvait-il ne pas deviner que c'était d'un théâtre aux merveilles qu'il devrait d'abord éblouir Leurs Altesses Royales demeurées prisonnières des colonnes d'Hercule ? Même s'il emportait avec lui un morceau de la vraie croix déposé à Paros par Hélène d'Armorique, avec une habileté de jongleur, ce seraient monstres et sirènes dont il aurait à divertir une Cour d'Europe lasse des tombeaux du Christ et des songes brumeux de Jérusalem.

Daignez m'accorder encore un peu de votre patience, car vous risqueriez d'employer plus mal votre temps. Le Phénix vous en avise donc : en son intime conviction, Colomb pressentait que l'ultime finalité des empires à venir – derrière façades et vitrines – serait celle du Grand Cirque. Aussi le Jaguëy lui fit-il présent d'une créature surpassant en magnificence tout ce qui pouvait être promis sur l'île de l'or, des perles et des épices. Chaque fibre de son écorce (dont les Indiens caraïbes, depuis des temps immémoriaux, fabriquaient fil à tisser, cordes et lignes à pêcher), chaque linéament de son âme composa pour le Christophore l'image d'une femme qui réunissait en ses trésors aussi bien la toison d'or de Colchide que les pommes d'or au jardin des Hespérides.

ECHOS DU ROYAUME DES OMBRES

— Quel charivari !
— Je n'oublie pas le sens de ce mot, qui dans votre langue signifie...
— Mal de tête.
— Je pensais être le seul scribe à qui l'on imputait pareil défaut.
— C'est que l'entreprise est ici démesurée.
— Vous comme moi n'avons jamais craint les excès.
— Jamais non plus les hommes ne furent plus éloignés des dieux.
— Le travail est immense.
— Qui consiste à dire ce que nul ne veut entendre.
— En quoi pourrions-nous être secourables ?
— Il faudrait révéler trop de mystères.
— Toutes ces voix s'y emploient !
— Elles ont à dire une autre Odyssée que la nôtre.
— En êtes-vous bien sûr ?
— Depuis que la Terre est ronde...
— Je vous affirme sur l'honneur qu'elle était ronde à ma naissance.
— Quand avez-vous gagné les domaines d'Hadès ?
— L'an quarante et un de l'autre siècle.
— Alors se tramait l'histoire ici racontée.
— Voulez-vous dire que vous en savez plus que moi sur ce roman ?
— Allen Dulles, patron de la C.I.A. en 1953, connaît Sacha Bielinski depuis le procès de Nuremberg en 1945.

« N'ayez pas peur, Messieurs-Dames, n'ayez pas peur ! Il reste encore des places au spectacle d'Eva de Cuba... »

C'est dans un hôtel aux allures de place forte, surplombant la baie de Baracoa, que les propriétaires mondiaux du tabac se réuniraient en 1953, pour organiser la plus longue et coûteuse opération de relations publiques de l'histoire, dans un front commun de leur industrie et de la publicité, qui d'un nuage de fumée ferait cent millions de victimes... Remplacez rhum et tabac par pétrole, poudres et drogues en tout genre, boissons chimiques au glucose criant la fraîcheur des jus naturels et autres fumisteries : l'industrie

Nuit et Brouillard domine ce dernier demi-siècle. Une aubaine pour couvrir les autres finalités de l'***A.A.A.A.A.***

Loyola n'en peut plus. La voix de l'aède est en lui. L'homme qui était mort but une large rasade et se passa la main sur les paupières, comme pour dissiper toutes les brumes de cette nuit sans fin. Les yeux d'Atlas avaient eu les couleurs de la mer. Après sa dernière mort, il laissait choir une fatigue millénaire dans cette taverne bruxelloise, tout au désir d'observer l'autre rive, de s'abandonner au flux qui gonflait les eaux noires avant l'aube. Qu'est-ce qui se devine dans la ronde folle du canal, en cette heure de tournoiement fatal ? *Est-ce vraiment toi, Eva de Cuba ? Serait-ce que tu voulais revoir ma vieille gueule d'arsouille et mes allures de gouape à plus de cent piges ?*

(Des mondes se rencontrent, tandis que l'espace et le temps s'abolissent. Il m'en coûte ici de trahir le secret d'un autre monde qu'Aurore me divulgua, quand nous eûmes franchi les rochers bordant la plage de Naoussa. Secret grâce auquel peuvent s'épouser en chacun de nous lieux si lointains, temps si reculés qu'ils défient rêve et mémoire, pour court-circuiter à jamais toute notion de race et de frontière, de croyance unique ou de passeport. A cinquante ans de distance une interminable veille, cette nuit-là comme celle-ci, devait être rythmée par la palpitation d'une lave secrète reliant tous les temps et tous les continents.

Dès le premier soir, ce fut elle qui m'invita dans la modeste chambre que j'occupais au coeur des rues labyrinthiques de Naoussa. Je la vis ôter sans pudeur sa robe légère avant de s'allonger nue sur un divan qui avait recueilli tant de sanglots. Nous ne fîmes pas l'amour cette nuit-là, nous laissant dériver à la surface des mots jusqu'à l'aube, même si Aurore convint qu'elle entrait au royaume des jouissances quand je m'inclinai vers sa chevelure blonde :

— Est-ce que la reine autorise enfin son esclave à lui baiser une paupière ?

— Elle ordonne !

Le parfum de son corps fit alors tomber mes frusques et, bien que l'on fût en plein jour, la fenêtre où l'azur découpait l'aile d'une barque s'emplit soudain d'une épaisse nuit sombre comme sa toison. La clarté de son désir fut l'étoile qui nous guida sur un océan d'oubli. Les vieux murs de la chambre ne résistèrent pas au voyage et l'ivresse nous entraîna vers une île nouvelle au-delà des mers, dont le rivage avait souvenir des premiers mots du monde. Sur l'unique table de ma piaule, elle avait déposé le livre à couverture noire où, sous mon nom, figurait ce titre insolite : **Evangile du Jaguëy**. *J'ignorais que les pages en fussent vierges, et que ma mission serait de les remplir au cours de notre errance où elle rencontrerait*

Abel de Loyola, à Santiago puis à Baracoa. Quant à ce qui se tramerait, autour du 26 juillet 1953, sur cette île promise à devenir la capitale des trafics en tout genre sous le règne du crime organisé, je laisse à un autre Loyola le soin d'en faire la raison d'être de son propre roman. Osera-t-il démonter les rouages de cette machine contemporaine à pomper les corps, à soudoyer les coeurs, à détrousser les âmes, à formater mémoires et rêves, qui plongerait ses derricks aux confins du cosmos ?)

Loyola sent monter en lui la rage même de son père, au temps lointain des avant-gardes, contre les visions de cet aède. S'émanciper de son joug, n'était-ce pas, après la fin du pouvoir des prêtres, un ultime gage de liberté ? Plus de poètes qui vous tyrannisent l'esprit par leurs chants de malheur ! Les cerveaux disponibles, enfin débarrassés des derniers restes de fables, de légendes et de mythes... L'E. & E. Expert se trouve ici bloqué dans l'avancée de son roman. ***Ne prends pas la mouche !*** D'où lui vient ce souvenir ? Une petite phrase d'Aragon à son vieux pote Anatole, quand ce dernier lui avait rendu visite à Paris. Aragon, vers qui convergeaient toutes les haines situationnistes... Mais quel rapport entre cette haine pour l'aède et la tour Panoptic, sinon cet insupportable nimbe d'autorité spirituelle qui semble conférer à l'art un pouvoir surnaturel ?

(Elle avait lu dans mes pensées l'envie d'en savoir plus à propos de leur mouvement d'avant-garde, et de même, en silence, elle y répondit pendant que mes lèvres s'attardaient sur ses paupières closes. Elle me fit entendre que les artistes, jusqu'ici, n'avaient fait qu'interpréter des situations, qu'il s'agissait à présent de transformer dans un jeu supérieur. Une telle perspective permettrait de fondre la poésie, l'appropriation de la nature et la libération sociale absolues. Toujours sans dire un mot, je lui demandai si elle se souvenait de l'arbre étrange au pied duquel elle se trouvait devant la taverne où, la veille, nous nous étions rencontrés. Quelle tête ferait le gourou de son mouvement d'avant-garde, si je construisais une situation qui la vît suspendue dans les branches de cet arbre cinq cents ans plus tôt, mais aussi cinquante ans plus tard ?)

L'homme avait dû somnoler un bon moment, puis, tressaillant, il venait d'ouvrir les yeux pour apercevoir qu'Eva n'était plus dans le Jaguëy. Sans s'éloigner du réverbère, elle avait quitté sa branche et s'était mise à marcher sur le trottoir. Elle avançait là, comme dans une vie ralentie, si nue devant l'aube à venir... L'homme restait immobile contre la vitre, pour que se

poursuive le rêve de la voir traverser tant de siècles, rêve d'encore effleurer sa chair, de s'enrouler autour de son corps qui s'approchait depuis la plage d'une île des Cyclades où les nuages parlaient en langue des Caraïbes. Elle tenait dans sa main gauche un coquillage rose qu'elle porta contre sa tempe et sa voix me revint à l'oreille, sa voix me parlant des projets de leur avant-garde alors qu'elle s'offrait sur mon lit dans la chambre de Naoussa ; cette voix née de l'ultime écume de la nuit, qui par-delà toutes les mers me parlait encore... *Etais-tu vraiment prêt à m'entendre au terme de la vie ?*
L'homme se surprit à lui répondre tout haut dans le café désert, une main crispée contre sa propre tempe douloureuse comme sur l'un de ces nouveaux appareils de communication ludique, tandis que la silhouette s'éloignait d'une démarche nonchalante en remuant ses lèvres dans le dernier gadget inventé par la tour Panoptic. Un téléphone portable en forme de conque marine ! L'homme était bien placé pour deviner qui avait été capable d'imaginer ça. Dans sa main repliée contre son oreille, il entendit un murmure de brise monter de l'autre rive et vit une vague déferler sur la plage du canal. Alors elle fit un bond vers le pont de béton. Eva, pivota, volta, dessina des spirales dans l'espace autour d'un invisible centre de gravité qui était l'axe même d'Atlas. Tout son corps s'absorba, la chair se concentra, elle chutait vers le lit d'une petite chambre que les yeux de l'aède apercevaient au-delà de ses paupières mi-closes, où les draps commandaient à la danse d'une femme parmi les vagues du canal.

Maïak

JE M'ETAIS LAISSE GUIDER VERS LA LUMIERE D'AURORE

Et c'est Eva qui m'ouvrirait le passage. En haut de la montagne de Cobre, dans le roulement des tambours, je verrais l'issue du labyrinthe aux miroirs.

L'axe du monde vient de basculer, ainsi qu'Atlas, avec le mur de Berlin. Qui mieux que lui voit le monde polarisé selon les critères exclusifs du Capital, ce travail mort assujettissant à ses lois tout ce qui vit ? Le va-et-vient planétaire de rêves manipulés et de mémoires artificielles au service d'exigences financières ne connaîtra donc plus de limites.

Chaque nation voudra discréditer les vérités qu'il profère.

Qui, plus que le Porte-Globe, est témoin de la Grande Guerre contre l'Espace et le Temps ? Quel plus ironique regard sur une élite en mouvement perpétuel, s'identifiant à l'immuable esprit de la divinité, toisant du haut de ses tours Panoptic les populations soumises aux aléas de ce qui change, figées dans une uniformisation standardisée ?

Voyez quel paysage abstrait et vide, impersonnel et déshumanisé...

Toute production de sens appartient à cette race qui se croit riche, nomade, mobile et mondiale. Ils pensent avoir aboli les frontières, être chez eux partout ! Ils imaginent voyager vite

et transmettre leurs informations, voire *communiquer*, sans même pouvoir deviner la cinquième dimension de l'aède !

Aucune clarté n'était plus perceptible de l'autre côté de la vitre. Un sourire éclaira le visage de l'homme, au souvenir des pages écrites ici même dix ans plus tôt. Tout pouvait-il avoir pris autre tournure ? Lui revinrent les derniers mots échangés avec le patron sur le seuil du ***Come Back***, où il avait bu son verre pour la route avant de traverser le miroir.
_ Tout ça ne vous empêchera pas de revenir, hein ? _ Ne vous en faites pas, je fais toujours l'aller-retour... _ Ce serait dommage de ne pas vous revoir, j'attends tout à l'heure deux fameux revenants ! _ D'accord, à la revoyure !...

(A la revoyure... C'était bien d'elle, cette expression française qu'elle prononçait dans une diction qui se voulait parfaite, sans que la dernière syllabe trahît un quelconque accent d'origine. Il faisait déjà grand soleil et, depuis la fenêtre de ma chambre, on pouvait voir un groupe de pêcheurs écailler les poissons, vider les poulpes, réparer leurs filets sur le quai du vieux port. Quelle île, quel pays, quel continent, quel siècle cette scène ? En guise d'à la revoyure, elle me laissait un livre à remplir, où mon nom figurait déjà sur la couverture. Moi qui avais toujours pris des notes en parcourant le monde, avec la certitude de n'être jamais lu, voilà que je trouverais bientôt publié, grâce à elle, un texte que je n'aurais même pu rêver d'avoir écrit ! Je ne savais rien d'elle quand elle me quitta, sauf que le parfum laissé par sa peau dans les draps de mon gourbi surclassait les réclames à la gloire d'une firme de produits cosmétiques, dont pouvait toujours s'enorgueillir le père d'Aurore Théokratidès.)

Tout était déjà si loin !... Comme il y avait des fleurs et des lumières propres aux rêves de la nuit, la mort elle-même était prodigue en fruits. L'aède avait bien sûr l'intention de franchir le canal, mais il ne s'y était pas décidé tout de suite. Il eut l'idée de faire quelques tours dans le quartier, jusqu'aux sonneries des premières cloches qui carillonneraient en haut de leurs tours inconnues. Peut-être alors (à moins que ce ne fût dans un autre entrelacs de la cinquième dimension) se dirigerait-il vers le pont de béton, bien en ligne de mire pour servir de cible idéale à celui qui ne pouvait manquer de l'apercevoir depuis le sommet de la tour Panoptic.

Traverser l'écho

d'une voix dans le canal, c'est ne plus croire ce qu'on voit dans une lunette à vision nocturne équipant une arme pareille à celles qui faisaient la loi sur l'île du Diable, quand Batista y était le propriétaire de tout et de tout le monde, et qu'il tuait qui il voulait tuer. Son œil à infrarouge était partout ; il avait à ses ordres une police secrète qui surveillait chaque geste, chaque parole pouvant déplaire à Sacha Bielinski, donc au président des Etats-Unis. « Le sang appelle le sang » : c'était une vieille chanson calabraise, apprise à Miami, que Bielinski fredonnait aux oreilles du nouvel élu pour lui montrer que rien dans la culture de ses rivaux ne pouvait lui être étranger. Ceux-ci n'auraient plus à se disputer la construction d'une chaîne d'hôtels qui convertiraient le littoral de l'île en paradis du tourisme fortuné. Son séjour aux States lui permettrait en outre de remplir une mission politique de la plus haute importance : acquérir les tables de jeu les plus modernes qu'on pût trouver sur le marché, avec un design ayant fait ses preuves à Las Vegas. Qui contrôlait casinos, cabarets et bordels de Cuba ne contrôlait-il pas d'une certaine manière l'Amérique et le monde ? Sous les plus riantes perspectives se présentait

donc cette investiture devant le Sénat. La boutonnière ornée d'une fleur de Pâques écarlate cueillie sur la Majayara, le Président lui-même entonna la vieille rengaine : « Le sang appelle le sang ». Ils savaient tous deux que l'efficacité du business mondial reposait sur la solidité d'un trépied : finances, armes, Intelligence. Lesquelles, toutes trois, ne pouvaient avoir de meilleures assises qu'à la Maison Blanche, où Bielinski serait reçu dans les décennies à venir avec tous les égards dus à l'un des experts les plus éclairés du monde libre, sur ce que lui-même avait baptisé l'empire du Mal. La fumée de cigare soufflée par les deux hommes traverserait l'espace et le temps vers l'Orient, pour ne pas se dissiper après cinquante ans. « Le sang appelle le sang », chanterait-on un jour jusqu'en Afghanistan.

La Guerre des Mondes

Carnet d'Alexandre Bielinski

Ce ne sont pas les registres habituels du roman qui te permettraient de témoigner pour le futur de ce que fut le dernier demi siècle. Comprends-tu les impératives raisons pour lesquelles il te faut lire ces pages à la lumière du jour ? Je crains d'avoir embrouillé les parties rationnelles de ton système mental en évoquant à gros traits les ravages que purent provoquer quelques semences d'un figuier tropical. Vois-tu, toute la question est de savoir pourquoi les hommes de notre époque ont pu se laisser berner par la recherche d'une illusoire Chair de Dieu. Ce n'est pas ici le lieu de prétendre fournir une réponse à cette question. Je te livre les pièces en ma possession d'un dossier, dont tu feras l'usage qui te semblera bon. Mais il me semble aller de soi qu'un monde privé de chant remplit toutes les conditions pour être un monde à feu et à sang. Tu n'ignores pas que l'offensive guerrière en cours sur l'Irak, et bientôt peut-être sur l'Iran, s'appuie sur des positions militaires en Afghanistan. La manœuvre stratégique vise à encercler ce qu'en communiste convaincu je continue d'appeler notre Sainte Russie. Elle a pour autre objectif la Chine, en sorte que toutes les équipées à venir vers l'Orient s'assimilent à une riante ruée vers le Far East. Au cœur de ce dispositif, le contrôle des champs de pavot. L'occupation des montagnes afghanes, quelque prétexte qu'on leur donne, est une main mise sur la poudre blanche, dont les filières d'écoulement par la Turquie comme par les Balkans font l'objet d'autant de soins que les tuyaux garantissant l'arrivée de l'or noir. Dira-t-on du pétrole qu'il est le sang de Dieu ? Chair de Dieu, sang de Dieu. Sous l'œil des satellites Panoptic, voici les espèces de la moderne communion.

Ubiquité, j'écris ton nom : Jaguëy.
C'est tout ce que Juan-Luis de Loyola pouvait encore se dire pour justifier l'ambition de son roman. Mais le pouvait-il vraiment ? L'arme du crime reposait toujours sur son bureau d'acajou. N'importe où se négociait aujourd'hui ce type de fusil à lunette infrarouge permettant d'allumer un cigare à mille mètres de distance. Avait-il seulement souvenir de son escapade nocturne sur le pont du canal ; de la scène où ce grand diable de nègre venu de l'autre rive lui avait sorti l'une de ces flammes de l'enfer en invoquant la puissance de Chango ? Si le lecteur attentif s'en rappelle, ce n'est pas le cas de Loyola. Sa mémoire semble avoir effacé des pans entiers du livre qu'il s'acharne à écrire, et je devrais sans doute accourir à son aide pour lui remémorer l'épisode au cours duquel on le vit assis sur le mur du Malecón, face à la mer, dos à la ville, ses jambes dans le vide où des vagues battaient les récifs dont se jouerait Eva sous les yeux de l'aède. Non, Loyola ne se souvient pas de sa mère dansant sur le pont de béton ; l'image est plus lointaine, occultant une part de ce qu'il a vécu durant la nuit. Sa mère, exagérément nue dans un treillis vert-olive de barbuda, *fusil-mitrailleur au flanc, lui souriait comme une actrice de cinéma sur une vieille couverture de* Paris-Match, *à côté de l'arme ayant tiré ses coups de feu si peu fatals. N'était-ce d'ailleurs pas l'une des raisons réelles de son voyage aux Caraïbes ? Les studios de Jésus Evangelista n'allaient-ils pas produire le sulfureux* **Cuban Rebel Girls**, *dont la propre fille d'Aristos Théokratidès était supposée tenir la vedette ? Car l'ambassadrice de charme des parfums Noé, si elle aimait vitupérer le spectacle marchand sous les projecteurs de la nuit, ne dédaignait pas d'y sacrifier à la lumière du jour comme sa plus fidèle vestale... Qui était donc Eva, sinon cet être double ? Rien ne semblait l'exciter davantage que de jouer les stars d'un côté de l'Atlantique, tout en prenant part sur l'autre rive aux scandales de ses amis contre l'activité cinématographique. Au tournant des années cinquante, le festival de Cannes était un théâtre privilégié pour esclandres en tout genre ; ses dernières éditions avaient retenti, plus que des salves d'honneur officielles, des bordées de débords lâchées par un certain Debord. Aurore vivait donc deux*

existences distinctes. Sa carrière professionnelle dorée qu'elle jugeait ridicule, voire humiliante, et une vie d'insoumission rebelle à laquelle elle ne cessait de rêver. Celle-ci trouverait son incarnation dans le personnage d'Eva, jeune femme issue du meilleur monde qui aurait pour ambition suprême d'accéder aux plus grisantes canailleries de la plèbe. Dans un cas comme dans l'autre, elle pourrait changer de partition sans fausse note : l'image de chacune s'adapterait, en l'inversant, à la réalité de l'autre. Avec une symétrie parfaite, les deux êtres en elle vivraient leur origine comme une infamie, que seul réparerait le rôle opposé. C'étaient là des registres de pensées que, même confusément, le Jaguëy tentait d'introduire dans l'esprit de Loyola, toujours à contempler sur une photographie de magazine le sourire de sa mère en tenue de guerrillera.

Que veux-tu ? Pour mener une vie d'arbre, on n'en est pas pour autant de bois. J'ai bien tenté de t'écarter de ma vie, mais sans succès. Depuis ta disparition voici cinquante ans, je ne cesse de penser à toi. Dans chacune de mes feuilles, ton image à chaque instant s'imprime comme sur les pages d'un livre de l'aède. N'importe quelle histoire m'est toujours prétexte à parler de toi. Aurore ? Eva ? Quel est ton véritable nom ? Ni l'un ni l'autre, probablement. Moi-même, qui croirait me connaître en sachant que sur une île des Tropiques on me nomme Jaguëy ?

Non, ce ne serait pas de remords qu'il faudrait parler pour désigner la nature des sentiments qui se bousculaient dans l'âme de Juan-Luis de Loyola. Mon entreprise littéraire, d'ailleurs, a-t-elle un autre sens que celui d'exprimer tout ce qui m'assaille depuis les coups de feu tirés vers un pont de béton ? L'âme humaine, sur quoi les institutions religieuses exerçaient un empire séculaire, offrait le plus incommensurable des territoires à conquérir depuis les aventures coloniales, pour peu que fussent minées toutes les vieilles références au sacré. C'était cela, la nouvelle ***situation à construire*** pour la tour Panoptic voici cinquante ans ! Loyola ferme les yeux. Oui, le marché moderne voyait s'ouvrir à lui rien moins qu'un Nouveau Monde.

ECHOS DU ROYAUME DES OMBRES

Si deux fantômes errent toujours sous la capitale d'Europe, remontant à la surface ou plongeant hors de portée des caméras satellitaires, c'est que des secrets enfouis dans la mémoire des vivants peinent encore à trouver leur chemin vers l'absence de lumière.
— Tout cela est-il, ou n'est-il pas ?
— Ces événements n'ont rien de naturel.
— Ils sont de plus en plus inouïs.
— C'est qu'il n'est possible d'entendre que ce qu'on veut bien laisser entendre.
— Le grand complot ?
— Disons que les dieux des enfers eux-mêmes n'en espéraient pas tant.
— Voyons ! Sommes-nous bien éveillés ?
— Si nous l'étions, je serais capable de vous le dire.
— Mais vous me parlez !
— C'est le langage du rêve que nous parlons ensemble.
— Etrange langage que celui du sommeil.
— Quand on garde les yeux ouverts.
— Nous errons bien en uniformes.
— Dans une voiture de police.
— Tout en dormant si profondément.
— Que nous croyons entendre.
— Ce que ni vous ni moi n'aurions osé placer.
— Dans le songe d'un barde ou d'un aède antique.
— Tous les héros sont pourtant de passage.
— Entre mondes réel et surnaturel.
— Mais cette aventure-ci dépasse les mesures.
— J'en oublie même qui d'entre nous deux parle.
— C'est peut-être une chance.
— Que voulez-vous dire ?
— Notre rôle dans ce roman finira par être suspect.
— Pensez-vous qu'il y ait danger ?
— Toutes ces voix tournent autour d'un axe inavouable.
— Ce serait la raison de ces incessantes spirales ?
— Nous sommes dans un tourbillon de phrases.
— Mais c'est le propre de toute littérature.
— L'auteur n'ose avancer vers la révélation fatale.
— Vous mettez en doute son courage ?
— Il serait fou pour lui de faire vraiment parler l'aède Atlas.
— Et qu'a-t-il à nous dire ?
— La nouvelle guerre de Troie commence le 26 juillet 1953.

A demi assoupi, à demi dormant, ouvrant parfois les yeux pour les refermer presque aussitôt, paralysé par l'attente elle-même, l'homme qui était mort avait perdu la force de guetter l'incroyable recommencement de la lumière. *Out and down*. Des piaillements d'espoir s'élevèrent dans les branches de l'arbre, d'où prirent leur envol quelques oiseaux de l'aube. Comme ces pèlerins du ciel accomplissent, poussés par on ne sait quel magnétisme, leur miraculeux périple d'un pôle à l'autre du globe, ne fallait-il pas qu'un oiseau de métal emportât vers Bruxelles cet impénitent vagabond d'Atlas, pour élever un psaume à la passion du figuier médiumnique ? Une boule d'or flambe sous la voûte bleue du ciel et plonge derrière la banquise des nuages. Ultime vision du soleil, ultime éclat de lumière vive. A l'aube, il ne resterait de sa vie qu'une trace de sang sur les eaux noires d'une ville inconnue.

« Allons, allons ! Pas de chichis entre nous, Messieurs-dames... C'est de la très haute acrobatie que vous offrent nos artistes, au grand cirque d'Eva de Cuba ! »

Le globe en est maboul de son pote Atlas, dont la mort tourneboule toutes les sphères du cosmos. Il boit une sacrée tasse, l'atlante jongleur de zodiaques. Sous les flots noirs, l'axe du monde. Salut, épave ! Nuit, nuit, nuit d'une femme dans le regard d'un mort, nuit d'un mort dans le regard d'une femme. L'aurore à venir et le choeur des astres agonisent. Ainsi se défait une vie. Ainsi s'en va-t-elle à vau-l'eau du canal. Au cloaque, le porte chimères vaticinant encore par les chemins du mythe et de la légende. Rideau ! Que l'engloutissent à jamais les coulisses du grand cirque, ce vieux guignol ployant depuis des millénaires sous sa voûte astrale. Ciao, l'ouranophore !...
Loyola se tourne vers son égérie velue.

Vraiment, ton message m'épate. Quelle précision dans le choix des mots ! Je connais plus d'un manieur du verbe qui envierait ton aisance langagière. Sais-tu que ces antennes sont des terminaux plus efficaces que tous nos bidules ? Que tes yeux pourvus de mille objectifs mobiles et tes autres outils naturels ridiculisent nos machines les plus performantes, quand celles-ci veillent à ce que l'organisme social obéisse docilement aux injonctions de la tour Panoptic ? Et si tu étais toi-même l'un de nos robots miniaturisés, programmés pour capter des signes échappant aux sens du commun des mortels ? Dans ce cas, tu en connais plus long que moi sur le sens de cette histoire. Qui sait, peut-être n'ignores-tu pas le secret de mes origines, et seras-tu capable de m'instruire à propos d'Aurore qui se change en Eva ?

(Nous entrons au coeur du récit d'une vie. Qui était cette Aurore Théokratidès, aussitôt rencontrée sur une plage que disparue dans les venelles de Naoussa ? Sous les provocations de son allure et de chacun de ses gestes, on sentait le calme invincible d'une jeune femme sûre de son charme et de sa beauté. Derrière cette maîtrise affichée par esprit de bravade, surgissaient les signes d'une détresse profonde. Pleine d'espérances, riante, la princesse blonde masquait mal une inguérissable blessure : « Notre existence oisive n'est qu'un très mauvais feuilleton, vous savez... Je vous invite à le corriger pour en faire un chef d'oeuvre selon votre goût. De toute manière, le trompe-l'œil est notre condition, à nous qui croyons régner sur le monde visible ».)

La mer muette au loin se mit à frémir. L'ombre d'une sentinelle marchant, fusil sur la hanche, sous le réverbère. Ce canal, n'était-ce pas une tranchée des guerres du nouveau siècle ? Nulle part ne dormait le champ de bataille, même s'il semblait mort, comme l'était encore cet homme il y a peu. Là-bas, sur l'autre rive, la vie continuait peut-être, mais il ne voyait plus jusque là, son regard tourné vers la veille au soir. Car toute mémoire de la veille ne s'effaçait pas au matin de l'aède. C'était question de style. Il ne lui déplaisait guère de se rappeler que certains êtres avaient lutté, pas seulement pour leur survie matérielle, au cours du siècle vingtième. L'idée même d'aube radieuse ne s'évanouissait pas dans les brumes d'un crépuscule indéfiniment prolongé. Sa moelle épinière, chacun de ses nerfs, étaient tiraillés entre l'immense nuit d'hier et le jour à faire naître. Mais il éprouvait la sensation d'une course absurde avec une aurore qui se fût perdue en chemin, le laissant seul sur une ligne d'arrivée dépourvue de sens, ne signifiant plus même qu'il eût jamais pris un quelconque départ. Jeux de hasard et pétrochimie, reproduction technique des corps et transactions boursières, audimat et parts de marché du cerveau global, combinaison du logiciel et du matériel, clown-âge à tous les étages... Quand les brouillards produits sous le contrôle de la tour Panoptic eurent couvert d'une gangue opaque les terres, les mers et les airs, pouvait-on ne pas s'en remettre à l'esprit du Jaguëy ?

(J'entends encore ce sifflement aigu, comme le chant d'un étrange oiseau, puis l'impact de la balle sur le tronc du jaguëy. Ma pensée fit un bond de vingt ans en

arrière : toujours la même guerre civile ! Si je me résous à parler, c'est pour dissiper le malentendu qu'aurait pu faire naître mon récit dans l'esprit d'un hypothétique lecteur, tenté d'y trouver je ne sais quel parfum surréaliste, voire situationniste. Or mon intention ne fut jamais que d'explorer les réalités qui nous sont données à vivre, et j'ai peu de goût pour brumes et impalpables nuées de l'irréel. Il faut donc bien que les fables ici narrées s'ancrent dans une expérience assez sensiblement éprouvée, pour que j'estime nécessaire de la partager. C'est là que les difficultés commencent, à la frontière même où cessent d'opérer toutes les conventions de la littérature. J'ai dit que le premier coup de feu, dans l'étrange nuit de Naoussa, m'avait fait revenir deux décennies en arrière. Eussé-je fait le voyage mental en sens inverse, mon esprit se fût retrouvé face à des slogans incendiaires dignes de mon petit-fils Anatole sur les murs de Paris. Ce genre de guerre des ombres, où l'on eût dit que c'était toujours à qui manquerait l'autre, j'en avais connu l'expérience initiale avec les milices du POUM quand, sur les collines d'Aragon, crépitaient les balles tirées au petit bonheur, désordonnées et parfois comme privées de sens. La première fois que m'était apparu un état de choses exigeant que l'on prît les armes, c'était donc à Barcelone en 1936. Le sens de la dignité humaine, la droiture et la générosité partagées, je les ai trouvés au milieu de l'odeur du pissat des chevaux et de l'avoine pourrie, chez les camarades à la caserne Lénine, dans une ville en insurrection révolutionnaire contre le fascisme qui étendait alors sa pieuvre dans presque tous les cerveaux de l'Europe. Mais je découvrirais un trait commun aux milices républicaines en Espagne et aux troupes déguenillées tenant le maquis dans les montagnes grecques, c'est que nos armements pouvaient se comparer à ceux des soldats d'Abyssinie quand ils se firent bombarder par Mussolini, même si l'on n'était plus au temps du roi Ménélik, fourni par un sieur Rimbaud. Ce n'était pas une guerre, c'était un opéra-bouffe avec morts, où il pouvait arriver à quelque vieil obus, gratifié d'un surnom, de faire l'aller-retour entre les lignes sans jamais éclater. Que diable se passe-t-il ? m'est-il arrivé de me demander lors des combats de rue dans Barcelone. Qui se battait au juste et contre qui ? Comme si nous avions été les figurants d'une séculaire pantomime, sur quelque scène d'un casino dont il est impossible de ne pas croire que les dés avaient été pipés par les mêmes puissances qui mettent aujourd'hui l'Orient à feu et à sang. Tant, l'ignorant l'un et l'autre sans doute, chacun des deux camps, dans ces divers cas de figure, ne s'acharnaient à rien d'autre qu'à bâtir en puissance la bientôt souveraine tour Panoptic. Si le monde réel et ses mirages étaient en passe de faire naufrage, il fallait donc bien que d'autres longueurs d'ondes s'inventassent pour traduire en langage de nouvelles voies de passage, qui avaient été expérimentées par l'homme aux semelles de vent.

Ce fut l'objet de mes débats, sinon celui de mes ébats, avec Aurore, cette première nuit-là. Aurore qui en tenait pour une mystérieuse Internationale dont le gourou se prétendait rien moins qu'unique légataire universel de Marx et de Rimbaud.)

L'homme qui était mort se souleva sur la table du café, péniblement, en oscillant comme sous l'axe du globe qui écrase les épaules d'Atlas. Quel était ce silence ? Prodigieux ! Pas un bruit, sinon, de temps à autre, une goutte obstinée qui tombait de l'évier derrière le comptoir, au milieu de la fantastique paralysie du monde. Ces gouttes produisirent en lui un effet océanique. La belle caverne de la mer a refusé d'engloutir un vieil aède grec, murmura l'homme en vidant à moitié son breuvage, un rhum Evangelista mélangé de limonade au cola. *Cuba libre !* Il inclina la tête pour voir monter les petites bulles qui frissonnaient, se précipitaient, crevaient la surface noirâtre, comme lui-même l'avait miraculeusement fait dans les eaux du canal. Plusieurs chansons de l'île se mêlèrent en lui, celle de Compay Secundo racontant l'errance de Chan-Chan, une autre de ce poète-guajiro, dont il avait oublié le nom, disant *Je t'invite à me croire quand je parle du futur...* L'alcool aidant, il n'était plus l'aède grec centenaire imaginé sous le nom d'Anatole Atlas, né sur une île des Cyclades, mais son petit-fils du même nom, né au Congo belge un demi-siècle plus tard, disparu à Cuba entre le 16 décembre 2003 et le 16 juin 2004, dans la province de Guantánamo. *Out and down.*
Sa trace physique évanouie près d'une grotte au pied de la montagne Majayara, qui surplombe le rio Miel à l'extrémité de la baie de Baracoa ; ses dernières écritures trouvées dans une serviette en cuir du Niger, sous l'hypogée de la place Colonel Fabien. L'ironie voulait qu'on y trouvât une lettre de Guy Debord datant d'il y a trente ans, de même que trois missives signées par le ministre Dominique de Villepin. Que pouvait signifier encore toute idée de révolution, si l'on oubliait le 26 juillet 1953 ? L'homme vida l'autre moitié de sa mixture. Etre tenu pour mort, entendre parler de soi comme d'une âme envolée. Découvrir sa nécrologie dans le journal du matin... Oseraient-ils publier l'emblème qui t'avait tenu le plus à coeur, celui de la faucille et du marteau, peut-être accompagné d'une strophe de Maïakovski, sous la forme qu'il aurait plu à ton petit-fils de lui donner, si lui-même avait été encore en vie ?

Maïak

— Maïak ?
— Oui.
— Moi aussi je suis Maïak.
— Que veux-tu dire ?
— Je n'ai pas seulement suivi tes pas à Cuba.
— Tu es bien mystérieux.
— Voici vingt ans, j'ai fait un séjour en Union soviétique.
— Et alors ?
— Leurs services m'ont recruté.
— Bravo, mais en quoi cela me concerne-t-il ?
— J'ai pris comme nom de code Maïak.
— Tu plaisantes ?
— Moi aussi, j'ai communié avec Maïakovski.
— Mais tu n'es pas mort.
— Je t'appelle depuis le futur.
— Tu te moques, je n'ai pas encore publié le roman Maïak.
— Mais non, c'est moi. Tu reconnais ma voix ?
— Grand-père !
— Mon propre grand-père vient de me parler.
— L'ami de Pouchkine ?
— A propos de ta nécrologie.
— Ce n'était qu'une idée qui me passait par la tête.
— La faucille et le marteau.
— Comment peut-il connaître cet emblème ?
— Non, c'est moi, ton petit-fils.
— Vas-tu cesser de plaisanter ?
— Dans le journal, demain matin, voici vingt ans.

Traverser l'écho

d'une voix dans le canal, c'est oser revenir par bonds fous aux temps de nos vingt ans. Salvador Allende venait d'être assassiné. L'opération Condor allait se déployer, visant à exterminer une jeunesse rebelle dans toute l'Amérique latine. Sur ce même pont de béton, je dissuadais mon vieux pote Anatole de s'y aventurer. C'est un journal américain, le *New York Times*, qui mettrait le feu à ses esprits rarement équilibrés. Un long article y décrirait les activités illégales de l'Agence sous les gouvernements Johnson et Nixon. On y insinuerait que la gangrène remontait à plus loin encore. Pour donner des gages à l'opinion publique, Gerald Ford nomma son vice-président Nelson Rockefeller à la tête d'une commission chargée d'ouvrir une enquête. Parmi ses membres siégeait Ronald Reagan, gouverneur de Californie. Celui-ci rencontra Sacha Bielinski, lequel collaborait à un programme de recherches biomédicales, financé par l'Agence depuis les années cinquante, expérimentant des procédés chimiques et électriques pour traiter les individus faisant preuve d'agressivité impulsive. Cette solution à la crise morale du monde libre, limpide comme le scénario d'un de ces films de série B qu'il avait tournés jadis, déclencherait l'enthousiasme du

futur président des Amériques. Quand viendrait le temps de son élection, il se ferait seconder par un certain George H.W. Bush. L'un et l'autre appuieraient le projet de laboratoires secrets, destinés à modifier les comportements indésirables, pareils à celui qui avait naguère fonctionné dans l'hôpital de Santiago de Cuba. Ces travaux porteraient sur le traitement des sujets révoltés, y compris des prisonniers et adolescents turbulents. Quel meilleur site à présent que celui de Guantánamo, pour mener à bien des recherches concernant la pharmacologie des inadaptés ?

Notes en bas de vie

Au fond du ventre de ma mère. J'ai vu le spectacle vivant. D'un hôpital. A Santiago de Cuba. Chœur antique. En une seule personne. Pas encore née. Contemplant la scène. D'un monde à venir. Abîme de terreur. Où se joue le drame. De Sacha Bielinski. Qui est cet homme ? J'ai allumé un feu. Dans la caverne matricielle. Pour éclairer mes visions. Guérir. Mon regard blessé. Par cette effroyable nuit. Sur l'écran. J'ai vu se détacher. Deux spectres. Dans une irréalité. Fantomatique.

— Cet homme connut l'Hadès avant même de naître.

— Héros blessé dès la matrice de sa mère.

— Voilà bien une tragédie digne de Dionysos.

— On le dirait pris dans un rêve mythique.

— Voyez ce paysage.

— Un arrière-plan infini.

— Nous sommes chez Léonard de Vinci.

— Et cette musique.

— La dernière fugue de Bach.

— Je reconnais Glenn Gould.

— Cet homme est près de nous dans sa sphère magique.

— Quel interprète des songes lui viendra-t-il en aide ?
— Il suffirait de peu de choses.
— Lui dire qui fut Sacha Bielinski.
— Quelquefois les démons se substituent aux dieux.
— Mais nous sommes dans un roman.
— Les personnages n'y obéissent qu'à des conventions humaines.
— Comment faire passer la musique de Bach.
— La peinture de Léonard.
— La grotte de Lascaux, le Parthénon, les cathédrales.
— Dans un roman ?
— Faisons confiance à l'aède.
— Atlas n'a pas perdu la boule.
— Il trouvera bien le moyen de dire le fin mot de cette histoire.
— N'oublions pas son petit-fils.
— Qui hante l'esprit de Loyola.
— Nous avons aussi cette mouche.
— Divine messagère d'Eva de Cuba.

« Roulez tambours... C'est au saut périlleux de l'ange qu'à présent vous convie le grand cirque d'Eva de Cuba ! »

Loyola sent rouler en lui tous les tambours. Où en est-il dans la navigation de son roman, si l'aède confond son identité avec celle de son petit-fils Anatole ? Celui-ci n'a jamais tant vécu dans l'esprit de Loyola qu'au cours de cette nuit sans fin. L'image de mon vieux pote hante l'écran du portable où il n'est pas de mots pour traduire les transes de jadis. A l'instant, rallumant mon cigare, un geste maladroit me fait le tordre de manière qu'il m'évoque un lointain épisode. Anatole pouvait surgir, hirsute, sur la scène du théâtre des Beaux-arts jouant du Montherlant, de sorte que Le Soir du lendemain titrât : « Un jeune illuminé pénètre sur la scène et tient un discours incompréhensible » ; on l'a vu intervenir, lors d'un symposium du patronat belge à l'hôtel Hilton, ébahissant l'assemblée en prenant la parole en place du ministre d'Etat Henri Simonet ; son interruption d'une conférence de Jacques Lacan à Louvain lui valut d'être traité par celui-ci d'***Ange de l'Apocalypse*** ; et jusque dans les commissariats, j'en suis témoin, sa vie quotidienne fut une danse nègre. Mais qui nous dit que les images de la cruche d'eau jetée à la figure du structuraliste, lequel en perdit son cigare tordu comme le mien dans l'aventure, ne franchira pas les siècles, ainsi qu'un symbole de nos temps ? Dès lors, mon roman pourrait bien, lui aussi, connaître quelque postérité, pour des raisons touchant moins à la littérature qu'à la curiosité rétrospective sur cette époque troublée. Pour qui fera demain la chronique d'un tel dérèglement de tous les sens, la dernière sortie médiatique d'Anatole devait le voir apostropher Bernard Tapie sur le podium d'une émission télévisée, pour sommer ce dernier d'expliquer les emprunts flagrants faits, dans son dernier livre, à ***La Société du Spectacle*** de Guy Debord. Ce même Debord qui, dans sa jeunesse, avait exclu mon père de la revue ***Potlatch***, confiant à ma mère la mission de le réintégrer au sein de son avant-garde, en utilisant les services d'un poète grec dont la voix n'en finit pas de me harceler...

(Aurore se voulait une fée dont le charme excédât de toute part le royaume où plongent les cerveaux des hommes. Cette ravissante blonde qui aimantait les mâles, traquant selon ses propres dires leurs qualités olympiennes ou dionysiaques, faisait le plus souvent commerce platonique de sa beauté. A jets de lettres phosphorescentes, qu'elle signait de pseudonymes loufoques, elle attirait les artistes ou écrivains marginaux, déclassés, comme des papillons de nuit. J'étais moi-même à l'affût de toutes les étincelles d'idées nouvelles pouvant surgir des ténèbres laissées par les décombres de la guerre. Aussi croyait-elle m'enchanter par le récit de ses aventures avec les membres de cette mouvance d'avant-garde internationale ayant pour champ d'action les cafés de la Contrescarpe à Paris. La tête pensante en était un certain Guy Debord, si je pouvais en croire une correspondance enflammée qu'elle me fit lire, et qui vient d'ailleurs d'être publiée grâce aux bons soins d'une maison d'édition parisienne dépendant de la Panoptic. Ces pages font désormais partie de la mythologie du demi-siècle écoulé. L'auteur du présent récit ne devrait donc pas être le dernier à y découvrir les passages où il est question d'une crinière blonde et de son incroyable voix de négresse.)

L'homme qui était mort demeurait immobile ainsi qu'un gisant, sauf qu'il ne gisait pas, mais se trouvait toujours assis près de la fenêtre d'un café donnant sur la nappe d'eau noire où il avait plongé durant la nuit. Son corps ne trahissait aucune raideur cadavérique. Je suis avec elle dans l'or du soleil, se rassurait-il. Depuis les profondeurs de cette nuit sans fin, montait en sa poitrine une brûlante litanie. Comme si quelque brasier se consumait encore dans la rengaine afro-cubaine murmurée par ses lèvres, un de ces bons vieux boléros de la province orientale. Cet hymne d'or solaire flamboyait en ses veines aux accents d'une voix d'autrefois, celle d'Eva quand elle gouaillait *Me siento mor-r-r-i-i-i-i-i-r-r-r* dans le cabaret de la *Magna Graecia* tenu par l'honorable Sacha Bielinski. Un vaste complexe ludique où toutes les folies seraient permises, une champignonnière de bungalows dévolus aux commerces de l'amour. *L'or de notre amour est mort,* disait la chanson, même si elle ajoutait que toute mort annonce un soleil qui renaît à l'aurore. L'homme scruta les quais du côté du soleil levant. Toujours la même nuit. Le vent et les écumes le ramenaient aux tangages et aux roulis d'où il était revenu à la vie. Par quelle diablerie ?

(Les paroles d'Aurore grillaient leur proie plus sûrement encore que ses charmes d'ange flamboyant. Ainsi me laissa-t-elle entendre qu'il y avait nécessité d'ouvrir le front du combat révolutionnaire en rejoignant les combats menés sur d'autres continents. Tout serait permis ! Le jeu de société grandiose qu'elle me faisait miroiter, selon les propres termes de son mentor, conduirait tout droit à la société de jeu. La condition minimale à remplir, pour le triomphe universel des nouveaux Soviets, était de diriger le plus impitoyable feu de la critique sur l'Union soviétique. Il convenait aussi de jeter aux poubelles de l'Histoire tous les partis et syndicats. Le vieux monde ainsi désossé, nous entrerions dans l'ère promise par les plus vieilles prophéties. Serais-je prêt à l'accompagner dans ses foucades jusqu'aux îles d'outre-mer où, disait-elle, se trouvaient réunies les conditions d'une aube nouvelle ?)

Loyola se sent défaillir. Pour la première fois l'ébranle la jactance de l'aède, qui n'oublie pas ce qu'il a fait pendant sa mort. En son sommeil se trament les créations du jour. Il est un rêve qui entend les paroles défuntes et rend leur témoignage à la lumière des vivants. Son âme depuis toujours se teinte aux couleurs de l'aurore et du crépuscule : celles du défunt drapeau soviétique. Ne riez pas trop vite, gens du futur ! Vous-mêmes, qui aurez franchi le cap de notre immense nuit, vous souviendrez du croiseur Aurore comme de la couleur tristement prophétique du dernier crépuscule qu'il vous sera donné de voir avant de quitter la vie.

Impossible de l'expliquer. Ces phrases, à nouveau, se sont tissées sur l'écran du portable à mon insu. Comment en nier la présence, même si l'aube du jour ne vient plus ? ***Delenda est Moskva* !** Tel fut bien le cri de notre Debord, comme celui de dizaines d'écrivains célèbres, de centaines d'intellectuels prostitués, de milliers de fonctionnaires de la plume à la petite semaine, de millions d'échos dans tous les micros, qui formèrent la voix collective d'un moderne Caton. Oui, Moscou, comme Carthage et Troie, devait être détruite...

Puissé-je vous avoir fait comprendre l'atmosphère d'un autre temps ! Je revois les premières lueurs jaunes d'or de l'aurore, une sentinelle andalouse, emmitouflée dans sa capote, se mettant à chanter. Bientôt, par-delà le *no man's land*, à cent mètres de nous, la sentinelle fasciste entonnait à

son tour la même rengaine. Pour quoi donc, pour qui donc nous battions-nous ? Certes, je ne l'ai pas oublié. Et même s'il fallut en outre subir les coups de la police de Staline au sein des troupes rouges, en Grèce comme en Espagne, ce temps de ma vie conserve pour moi le caractère enchanté qui n'appartient, d'ordinaire, qu'aux souvenirs de l'enfance. Devrais-je m'en excuser ?
Seul, semble-t-il, un état d'âme neutre, sans la moindre passion - celui requis par l'idéal protozoaire - nous confine dans les limites imparties, à l'état de veille, au moi individuel. Encore n'est-ce pas de vraie solitude qu'il s'agit alors. Celle-ci, aux profondeurs et altitudes qu'elle requiert (éveillant mille racines et antennes invisibles), conduirait plutôt à des paroxysmes d'extase collective dans l'espace et dans le temps, à des communions universelles dont offre une image exemplaire le figuier maudit.

(Seul arbre du camp, rouge du sang des camarades. Comment, à Naoussa, pouvais-je ne pas me souvenir de ce géant noueux criblé de balles, quand Aurore tenta de m'initier aux arcanes de leur nouvelle Internationale, avançant que les révolutions prolétariennes seraient des fêtes ou ne seraient pas ? Quel était le Quartier Général d'où partaient de tels mots d'ordre, qui exploseraient en pleine tête de mon petit-fils Anatole ? Le jeu serait l'ultime rationalité de ces fêtes ; « vivre sans temps morts, jouir sans entraves », les seules règles qu'elles pourraient reconnaître. Qui menait un tel jeu dicté par la séculaire idéologie des Seigneurs ? Qui faisait la fête ? Qui jouissait sans temps morts ni entraves, depuis que le monde n'appartenait plus qu'au Capital ? Certes, Aurore à elle seule semblait ces folles croyances réalisées, le principe espérance concrétisé. Qu'est-ce que les yeux d'un homme pouvaient lui demander de plus... On croyait partout la reconnaître sur les publicités d'époque et, aujourd'hui encore, c'était son image qui assurait le prestige des multiples gammes de la firme Noé. Cette magie remontait à cinq siècles et verrait son apothéose le 26 juillet 1953.)

Traverser l'écho

d'une voix dans le canal, c'est voir que les mots comme les atomes s'organisent autour d'un invisible noyau de forces obscures d'où surgissent aussi bien la prière de l'ange que le feu du dragon ; le chant de l'oiseau que le venin du serpent. C'est découvrir que l'on est issu de cet être double, et que la fée portant le nom d'Aurore devait se muer en la sorcière Eva de Cuba, qui accoucherait de vous dans un hôpital de Santiago voué à d'étranges opérations sur les cerveaux. C'est plonger aux temps d'avant sa naissance pour errer parmi les laboratoires de l'aile Est et de l'aile Ouest, où les équipes de l'Office of Research and Development s'activent à créer une nouvelle race d'êtres humains psychocivilisés, sous contrôle absolu de l'Agence. A jamais seraient obsolètes, renvoyées aux ténèbres d'avant l'ère moderne, les conceptions anciennes voyant dans les profondeurs de l'esprit un monde impénétrable. Une société peuplée d'individus électriquement et chimiquement domestiqués par la science des atomes et des molécules : ce projet grandiose allait se concrétiser grâce au pacte historique signé par la firme Panoptic et la société Noé. Celles-ci collaboreraient pleinement aux recherches de l'Agence, encore embryonnaires, envisageant la

prise de contrôle des âmes et des corps dès avant leur naissance. Posséder les pensées, émotions, sensations et désirs humains grâce aux moyens techniques appropriés : c'était le but ultime de la future Nouvelle Jérusalem. Il ne faudrait pas attendre la fin du siècle pour que l'Agence lance un cri de victoire saluant la fin de l'Histoire. Les communistes ne venaient-ils pas de fomenter une grève des fossoyeurs à New York ? Selon un document transmis par Sacha Bielinski à la Maison Blanche, qui, sinon l'Union soviétique, pouvait-il être à l'origine de la campagne pour l'interruption volontaire de grossesse ? Là où l'Empire du Mal portait ses coups perfides, par des manœuvres occultes s'en prenant aux morts comme aux embryons, dans le dessein de saper les fondements d'une civilisation, là celle-ci avait le devoir moral, non seulement de se défendre, mais de prendre les devants sur son sinistre adversaire. Ainsi le gouverneur de la Californie Ronald Reagan ferait-il serment que, s'il était un jour élu par grâce divine à la présidence, il donnerait à l'Agence les moyens de gagner la guerre contre l'ennemi, quelles que fussent les méthodes utilisées. Toute la conscience de l'Occident ne se trouvait-elle pas déjà sous l'emprise maligne du KGB ? Panoptic et Noé s'associeraient donc davantage pour combiner un quotidien dosage de sensations électriques et chimiques fournies par la médecine de pointe ainsi que par les prochaines générations d'instruments électroniques, afin de conformer les citoyens du monde libre aux normes du marché planétaire. Un homme serait l'agent décisif de ce combat, qui vivait sous un toit de

palmes dans les contreforts de la Sierra Maestra, non loin de la base de Guantánamo. Cet homme connaissait le secret de ma vie.

Notes en bas de vie

Chair de Dieu. La substance. Que l'on donne à ma mère. Chair de Dieu. Comme ***Teonanactl***. Champignon magique. En langue nahuatl. Parlée par les Aztèques. Chair de Dieu. Force occulte. Pour les Indiens taïnos. Des Caraïbes. A la semence de mon père. Chair de Dieu. Devait être mêlée. Dans le ventre de ma mère. Chair de Dieu. Drogue de vérité. Du Mexique au Pérou. Les sauvages d'Amérique. Vénéraient toutes formes. D'herbes et de graines. De plantes et de champignons. Modifiant. L'état de conscience. Et Sacha Bielinski. Savait l'usage. En Sibérie. Comme en Corée. Du champignon toxique. Chair de Dieu. Dont l'agent chimique. Reçut pour nom. Psilocybine. Acide lysergique diéthylamide. Ou LSD 25. Créé. En 1953. Par l'Agence. Dont le chef. Allen Dulles. Après la mort. De Staline. Croyait. Que le sort. Du monde. Se jouerait. Grâce au contrôle. Des cerveaux. Fondé. Sur les drogues. De vérité. Alors. Dans tous les centres. De recherches. Américains. Boston Psychopatic. University of Illinois Medical School. Mount Sinaï Hospital. Columbia University of New York. University of Oklahoma. Addiction Research Center of Lexington. Comme dans les universités. De Chicago. De Californie. Du Kentucky. Les chercheurs. Se lancèrent. Dans des études. Financées. Par la C.I.A. Les chimistes. Du Technical Services Staff. Explorèrent. Les techniques infernales. Des communistes. Grâce aux conseils. De Bielinski. Dont le Quartier Général. Pour étudier. Les champignons. Magiques. Etait. Une cabane. Perdue. Sur les hauteurs. De la montagne. Majayara. Non loin. De Baracoa. Province. De Guantánamo. L'opération. Reçut. Un nom de code. Approprié. Tiré. De l'imagination. D'Allen Dulles. « Opération Course à la Chair ». Pour contrôler. L'esprit. Quoi de mieux ? De cette fusion nouvelle. Du corps et de l'âme. Devait surgir. Un embryon. Toujours. Dans sa. Caverne magique. Chimère ou être de chair. Comme sa mère. Orant. Pétrifié. Par l'angoisse. Yeux. Grands ouverts. Vers le ciel. Au-delà. De la folie. Où l'on meurt. Avant de naître. D'où l'on revient. Accablé. Par les millénaires. Attendant. De renaître. Les yeux tournés. Vers l'Orient. Pour conjurer. Cette immense nuit blanche. Accroupi.

Les bras sur mes genoux. Décharnés. L'ancêtre en moi. Murmure. Une prière. Qui fait bouger. Mes lèvres. Immobiles. Comme on le voit. Sur certaines statues. Des Cyclades. Et des Caraïbes.

La Guerre des Mondes

Carnet d'Alexandre Bielinski

T'avouerais-je la sensation curieuse que j'éprouve en te confiant ces notes que je laisserai pour seul testament ? Je me prends à t'imaginer la nuit de ton anniversaire, tentant de suppléer par les sortilèges du rêve à la terrible absence de ton père. Vois-tu, c'est comme si tu m'avais toi-même communiqué l'état de rêve dans lequel je t'imagine inventer les images d'avant ta naissance. Tu m'y as transporté. Je m'y crois. C'est comme si j'avais réellement pratiqué de telles expériences, et peut-être même y a-t-il quelque chose de vrai dans cette hypothèse. Mais laisse-moi te dire que tu ne serais pas en vie si je n'avais arraché ta mère au colonel Miranda. C'est moi qui l'ai convaincu d'user de méthodes moins expéditives que celles qu'il pratiquait tous les jours. Je devine les égarements qui sont les tiens face à l'implacable mystère de ta venue au monde. Et je te vois capable, en rêvant, d'approcher de très près la vérité de ce que furent les jours vécus par ta mère dans un hôpital à Santiago de Cuba. Mais il te faut savoir une chose. L'usage massif des drogues et des électrochocs était alors déjà fréquent en Amérique, où s'érigeait en dogme depuis la guerre une nécessité, celle d'extirper toute forme de déviance mentale. Ta mère offrait donc en quelque sorte une caution supplémentaire à mes activités, qui auraient tourné court si un seul de mes bluffs s'était vu éventé. Or, mes petits jeux avec les gangs et leurs maîtres de Washington pouvaient à tout moment mal tourner. C'était, sans jeu de mots, la roulette russe chaque soir. S'il bat en toi, le sang de ton ancêtre, ce publiciste ami de Pouchkine, peut-être ne m'est-il pas nécessaire de te raconter par le détail toutes ces péripéties. Chacune pourrait faire l'objet de l'un de ces romans destinés à noyer l'essence même du roman.

Ô ciel ! ô terre ! soyez témoins d'un vol à tire d'ailes, et pourtant combien immobile, entre une île du Levant et une autre du Couchant. L'aède, avec sa lyre, ne fait-il pas se mouvoir les espaces et les temps ? Son chant me déracine quand il se mêle à la mélopée du vent dans mes feuillages inexistants.

D'une rive à l'autre de l'Atlantique, par-delà les colonnes d'Hercule, un tel jeu de miroirs entre les continents fit naître la notion de dérive. Ce terme – j'en suis le témoin formel - appartenait à l'argot de la flibuste avant d'échouer dans les Antilles, sous forme créolisée de la « drive », pour ensuite revenir en Europe et y nourrir le glossaire des avant-gardes. Ainsi la dérive urbaine deviendrait-elle une pratique surréaliste, puis situationniste. La femme des rues anonymes y serait phare, sirène, figure de proue qui émerge au naufrage des carrefours. C'est comme telle qu'Aurore illuminerait le tournant des années cinquante. Cette chair incandescente, que les hommes entrevoient chez certaines passantes et qui leur file entre les cils, était promise au rôle d'héroïne dans l'unique récit que le groupe lettriste ferait d'aventures, somme toute, sans grand risques. On comprend que Debord ait jugé bon de rendre publique une telle expérience menée par lui en compagnie du jeune Abel de Loyola. La note exotique d'une course nocturne dans le Paris des bars antillais s'agrémenterait d'un jeu de coïncidences magiques, auxquelles ni Abel ni Aurore ne seraient étrangers.

Car ces aventuriers de l'esprit ne craignirent pas de faire leur, au cœur des cités civilisées, la devise de Colomb selon laquelle « l'art de la navigation incite à connaître les secrets du monde ». Et si les explorations du dédale urbain prétendirent n'avoir d'autre but que de découvrir le passage vers des terres nouvelles, celles-ci d'évidence n'appartiendraient plus à l'ordre géographique. Utopie ? La même accusation fut portée contre Colomb, qui ne dut qu'aux faveurs d'Isabelle de pouvoir, à partir d'une carte marine recueillie à Paros, appareiller vers l'inconnu depuis Palos. Le hasard d'une simple consonne, aléatoire selon les accents, qui distinguait les noms d'une île des Cyclades et d'un port espagnol, ferait pencher la décision des Souverains Très Catholiques.

Mappemonde à l'appui, Colomb avait été capable de convaincre ses protecteurs de l'aider à conquérir un nouveau monde ; mission qui reviendrait, cinq siècles plus tard, à d'autres coureurs d'aventures. Mais quels furent leurs bailleurs de fonds ? C'est le secret le mieux gardé du dernier demi-siècle : sa divulgation mettrait en question rien moins que l'histoire contemporaine.

J'avouais à l'instant combien me déstabilise le chant de l'aède. Si mes racines produisent de tels efforts pour puiser un suc nourricier de l'intelligence, elles fournissent à mon propos, pour l'illustrer, de troublantes coïncidences. Tenez. Cet aventurier génois doté d'un prénom grec signifiant « porte Christ », pouvait-il ne pas s'entendre avec un poète grec dont le nom évoquait un porte globe ? Il ne fait plus de doute que la carte qui guida le premier à bord de la Santa Maria, lui fut fournie par le second sur une île où, selon la légende chrétienne, Hélène d'Armorique, mère de Constantin, avait fait construire une basilique - ayant rapporté de Jérusalem un morceau de la vraie Croix. Sur la carte reçue à Paros, le vide atlantique était occupé par des fragments d'Atlantide, que précédait – ante insula – une île mythique du nom d'Antilia. De cette imago mundi fameuse devait naître, en 1492 – l'année du premier voyage – la construction du globe terrestre le plus anciennement connu, dont voici cinquante ans se disputaient la propriété deux hommes ayant résolu d'ouvrir de nouveaux horizons historiques à partir de l'île de Cuba.

Etait-ce donc un hasard si le même figuier millénaire, qui accueillit Colomb sur le rivage noir de Baracoa, dominait toujours le centre touristique d'avenir avec son cabaret, ses casinos, son industrie de jeux en tous genres, cet été de l'année 1953, quand se concrétisèrent les négociations entre Aristos Théokratidès et Jesus Evangelista ? Le Jaguëy a tout vu, tout entendu. Lui seul sait que Baracoa fut le premier laboratoire situationniste. Il sait aussi que là se forgea le slogan « Vivre sans temps morts, jouir sans entraves », devise du dernier demi-siècle, même si elle n'apparaîtrait sur les murs qu'une bonne décennie plus tard. Lui seul s'en souvient. J'ai bien peur, d'ailleurs, que ces réflexions ne franchissent l'impitoyable censure imposée par l'auteur de ce récit, tant l'art et la littérature - au premier chef : le roman - se trouvaient être les cibles privilégiées de leur idéologie. Sous les pavés de l'histoire humaine, tous les cauchemars seraient lavés par la vague d'un grand rêve déferlant sur la plage vierge où l'amiral de la Mer océane avait découvert l'arbre des origines.

Ce sont là, dira-t-on, naïves conjectures d'un figuier tropical, coupable de n'avoir pas perdu le goût des romans. J'en atteste encore, ô ciel, ô terre, par mon aptitude à des vols immobiles dont l'aède lui-même eut la vision dans le hublot de l'avion qui le conduisait hier soir d'Athènes à Bruxelles.

Loyola est en nage devant son portable, dont il sollicite les trésors en actionnant les touches adéquates. Pouvais-je imaginer qu'en cette île des Cyclades, une certaine Hélène, mère de l'empereur Constantin, retour de Palestine avec un fragment de la vraie Croix, ferait construire une église de marbre ainsi qu'un baptistère où, mille ans plus tard, un obscur marin génois viendrait se dépouiller d'un nom privé de sens et prendre celui de Columbo, dérivé du village de Colymbythres, proche de Naoussa, peu avant de s'en aller vers d'autres îles où il emporterait la relique pour la planter sur une plage de Baracoa ? Toutes ces informations se trouvent dans le cerveau de la machine, il suffit de cliquer. Rien de plus facile que le travail de ces prothèses, pour toutes les créations humaines à venir !

L'avion d'Athènes m'intronisait hier soir en ta dernière nuit, qui le voyait posté depuis des siècles à la fenêtre d'un café bruxellois sans que vienne le jour. La veille encore (une éternité), il avait pris le premier ferry depuis son île natale pour le Pirée, puis il s'était embarqué dans un appareil de *l'Olympic Airlines* en direction de Bruxelles, et sa voisine de voyage avait les traits d'Eva. Ce sont des coïncidences qui ne s'inventent pas, mais qui vous portent aux nues comme on dit. L'Indienne blonde à la peau noire et aux yeux verts était en chair à ses côtés, le visage plein d'une sève qui rayonnait toujours du même sombre miel, une fleur de Pâques écarlate piquée dans sa chevelure d'or, jouant à pile ou face avec une pièce de trois pesos. Atlas fixait intensément les fruits de ses lèvres à la lumière du hublot (hublot dans le rond duquel ils furent à peine surpris de voir s'agiter les feuilles du Jaguëy sur un air de rumba, tant cet arbre infini sait aussi bien la course des nuages que le chant des fleuves, tant ses ramures abritent une telle quantité de nids qu'ils peuvent aussi bien accueillir quelques battements d'ailes métalliques, et nous porterions bientôt un toast aux ombres enchantées de cet arbre aux bras transatlantiques), quand elle se mit à fredonner une vieille chanson populaire de là-bas... *Maniiiii, manicero se va...* La voix d'Eva jaillit comme une fontaine à dix mille mètres d'altitude, insoucieuse de l'origine de sa source, un pétillement frais qui retrouvait les intonations de jadis. L'intense plaisir éprouvé par tous les sens du vieil homme s'associait aux bulles du cocktail qu'ils sirotaient dans d'infâmes gobelets de plastic... Œil pirate, bouche mutine, sourire caraïbe et brusques accès de la *risa cubana,* tandis que l'arbre dans le hublot flottait toujours au-dessus des nuages... La langue agile d'Eva se penchait pour laper goutte à goutte une grappe de bulles à la surface du breuvage noirâtre, que son éclat de rire éclaboussait dans une gerbe alors que l'homme rappelait cette phrase peut-être prononcée par Colomb voici cinq cents ans, peut-être par lui-même il y avait un demi-siècle... *Tu es une île flottante qui s'éloigne dès que je t'approche...* Elle cessa de rire et, comme il en fut juste avant le *big bang,* front contre front, langue en langue, chairs unies, leurs deux êtres bondirent au-delà de la matière. C'est juste à ce moment, en ce point critique du temps où le présent s'abolit, que les moteurs de l'avion s'éteignirent. Alors le tourbillon de ses yeux s'est concentré en un point inaltérable de son front - le troisième œil -, une densité folle de regard qui fit chavirer l'univers. Et ce fut l'envol... Une éternité s'écoula qui ne coulait pas mais tombait vers le haut comme un oiseau que le vent emporte en musique avant que l'appareil ne voltige vers les profondeurs ultramarines du canal.

« Par la grâce du Ciel ! Messieurs, Mesdames entrez ! Ne prêtez aucune attention à mes pensées secrètes... C'est moi qui vous présente le grand cirque, alors daignez plutôt écouter ma voix dans le micro, celle d'Eva de Cuba, sous les projecteurs de l'au-delà... »

Quel meilleur hommage pour ce gusse d'Anatole, qui prétendait vous bégayer sur la piste aux étoiles une parole de l'errance imprévisible, sous le signe d'une prise de risque absolue. Sirènes et klaxons de la ville font silence au moment de sa chute, leur tourbillon se fige en soudaine syncope de la rotation planétaire. Mais combien de sourdes rumeurs acclament son agonie... Qu'il plonge dans le gouffre amer, ce clown qui croyait soulever l'univers avec son numéro du Titan condamné par l'Olympe ! Il disparaît au regard des caméras satellitaires, le fou qui s'était pris pour un aède grec, frère de Prométhée... A leur double mémoire, les dieux brandissent au ciel une coupole de nectar, où danse la constellation des Pléiades.
(Mouettes en plein soleil dans ses yeux étincelants d'étoiles d'or.)

Rengaine d'une idole des vitrines

*Cent mille kilomètres à l'heure autour du soleil et près d'un kilomètre par seconde si j'évalue la vitesse de rotation terrestre, à quoi s'ajoute celle d'un vol à tire-d'ailes dans cet avion de l'*Olympic airlines *: voilà pour mesurer l'ivresse d'une mouche en son voyage entre les mondes sur cette sphère se comportant comme la folle du logis de l'univers. Voir la vie du point de vue des morts, c'est ce qui fait la différence dans l'espace mental d'une planète où l'air sème la cendre des villes foudroyées, où la terre dégorge le sang des sacrifices, où l'eau n'est qu'un recueil des pleurs, où le feu bat toujours au cœur de certains morts.*
Chaque jour offre son lot d'indémêlables squelettes aux ossuaires de la mer. Extrait de la ferraille et du béton ses amas de cadavres. Grille ses paquets d'enfants sous les villes bombardées. Ceux qui ont survécu, le vent mauvais les intoxique pour alimenter bétail et produits cosmétiques du Nouvel Ordre Edénique. Cyclones incendies séismes et déluges font la providence des machines à déplacer partout les victimes d'un désastre maritime à l'autre, à transporter les corps d'une fosse commune à l'autre, à transvaser les dépouilles d'une zone asphyxiée à l'autre, à mouvoir les débris d'un sinistre à l'autre. Os brisés hachés déchiquetés carbonisés cendres noyées éparpillées pour la plus grande prospérité de la firme Panoptic et de la société Noé.
Famines et pestes, guerres et morts, ce globe convulsif a la tremblote sur l'épaule d'Atlas. Peut-être n'est-ce là que des mots ? Oui, rien que des mots, passant par la tête chevelue d'un figuier tropical. Chaque instant je revis en lui notre voyage parmi les nébuleuses, entamé voici quelques millénaires à l'échelle d'une sphère d'exil. S'ils n'ont pas jusqu'ici capté nos signes envoyés depuis les Pléiades, c'est que les intéresse peu l'intelligence de leur être commun. Chacun de nos messages toujours se pulvérise à l'approche de la couche gazeuse dont s'enrobe leur conscience, en sorte qu'ils n'en recueillent guère plus que des fragments de météores, dont leurs chefs et leurs prêtres s'emparent afin d'en graver les tables de leurs lois.

Qu'est-ce que tu me bourdonnes encore ? Voudrais-tu, de l'aède, ressusciter l'archaïque magie verbale des temps primitifs ? User, comme lui, d'un langage ensorcelé de pensées moustiques ? Voilà que par ta faute, chère cybercitoyenne hip-hop, je commets un grossier *lapsus ordinatoris*... Excuse-moi, je voulais parler de pensées mystiques. A l'heure où tout se mesure en gigabits, en milliards d'informations par seconde, je vois que toi aussi, grâce à tes capteurs, tu accumules des données, des informations précieuses, qui assurent davantage ta survie que ses propres organes sensoriels ne lui permirent de le faire à un homme cette nuit. Mais laisse-moi donc te monter sur les ailes pour ne plus macérer dans ce jus putride...

Loyola ne sait toujours comment l'aède pénètre ses pensées, de sorte que le récit d'une chute imaginaire en avion dans le canal puisse le voir se rescaper grâce au zèle de cette mouche. Il se tourne vers elle. N'est-ce pas la dictature des diptères que tu prophétises, annonçant à l'espèce humaine un futur semblable à celui des insectes si elle continue de grouiller aux ordres de la tour Panoptic ? Mouches guerrières ivres de sang, mouches prêtresses bénissant les bombes, mouches saoulardes qui forniquent sur les tombes, mouches de cirque, mouches savantes, mouches prostituées du corps et de l'esprit, mouches esclaves et mouches expertes en tyrannie, mouches enculeuses de mouches, mouches pondant leurs oeufs dans l'âme de chaque enfant mort sous des bombes sans origine...

Ainsi que l'aède j'habite les limbes et je naviguerai sur ton dos la nuit d'après sa vie comme celle d'avant ma naissance, la nuit sans aurore ni crépuscule de ces êtres qui n'ont pas vraiment existé. Quel avenir dans l'au-delà de son âme et de la mienne ? Quel salut spirituel ? A moins que nous soyons les âmes de mon père et de ma mère demeurées en vie depuis le 26 juillet 1953 !

Traverser l’écho

d’une voix dans le canal, c’est parler à partir d’un lieu et d’un temps qui n’existent pas. C’est prendre liberté de tout dire, car qui viendrait vous sanctionner en ce désert de quarante jours supplémentaires que dura votre gestation ? Ce qui ferait se rencontrer Ariane Théokratidès et Abel de Loyola remonte au temps d’un Christophore par qui la Terre devint sphérique, et grosse d’un autre monde, ainsi que s’arrondirait le ventre de ma mère à partir du 26 juillet 1953. Célébrer son anniversaire d’un demi-siècle, ce 16 juin 2004, impose de se demander pourquoi le globe a cessé de tourner rond. Quel jeu fut au juste le nôtre, à nous qui prétendîmes ouvrir une ère nouvelle en accomplissant les promesses de la modernité ? Quel rapport entre le contrôle des âmes et nos constructions de situations ? Plus de bornes géographiques ni de limites historiques, vraiment ? Ou comme dans le Cuba de Batista ? Sacha Bielinski n’avait-il pas deviné combien le vaste ensemble d’activités lucratives qui se déploieraient autour de l’industrie du crime ludique serait l’huile indispensable pour assurer la cohésion de la mayonnaise capitaliste au cours des prochaines décennies ? Dans une partie de cette ampleur, ne convenait-il pas de sacrifier

quelques pièces au centre du jeu, pour déployer celui-ci vers les ailes et accorder la part belle aux idéologies marginales et libidinales prônées par Abel de Loyola ? La vision désabusée que Bielinski s'était acquise, par une lecture attentive du *Capital*, ne lui faisait-elle pas considérer le capitalisme pur, dégagé de toute entrave morale, celui de la mafia, comme un tripot sans foi ni loi où devaient régner jeux truqués et dés pipés ? Dans le grand casino du Tropicana, une nuit où le vice-président de l'île joua sans succès des fortunes puisées aux caisses de l'Etat, il réclama au chef des croupiers un crédit de 25.000 $, pratique habituelle pour les clients de quelque prestige. Appelé par téléphone, Bielinski ne lui refusa-t-il pas cette faveur, laissant le vice-président bouche bée la main tendue sans même le saluer, se tournant plutôt vers Abel de Loyola : « Dis à Batista qu'on en a marre de ses minables, que sa clique nous doit tout, que cette Havane enchanteresse est la nôtre, et qu'il dépend de nous seuls de la déplacer n'importe où selon notre bon plaisir » ?

Quel gobe-mouches que ce Loyola !
Par cette bonne lumière d'aurore que je vois se déployer sur l'univers, qu'il me laisse éclairer l'histoire de son père et de sa mère... Mais il faut pour cela remonter en arrière, vers des temps n'imaginant guère l'hypothèse d'un vol transatlantique, quand seuls quelques fous s'embarquaient pour des îles où aucun mortel n'avait osé s'aventurer. Deux autres coïncidences m'ahurissent encore. Le 17 avril 1492, lorsque un accord est conclu entre Colomb et les souverains espagnols, stipulant qu'au Génois serait accordée la dignité d'Amiral de la mer Océane ainsi que la Vice-royauté et le Gouvernement des Iles, ces Capitulations sont contresignées par un capitaine biscaïen, un officier de la Couronne portant pour nom Loyola. Ces lettres de noblesse, confirmées officiellement le 30 avril, élèvent l'aventurier au titre de Don Cristobal Colon. Celui-ci se rend alors à Palos de la Frontera, muni d'un ordre royal obligeant les habitants du lieu à lui fournir deux caravelles ainsi que leurs équipages. Ce qui n'est pas facile à réunir, les marins étant terrorisés à l'idée de se lancer vers des contrées inexplorées. Quel riche armateur de Palos avance-t-il deux bâtiments, la Pinta et la Nina ? Un Juif converti du nom d'Evangelista ! Quant à la Santa Maria, il la loue un bon prix à un négociant grec rencontré sur l'île de Paros, un certain Théokratidès, à charge pour Colomb d'emporter avec lui le fragment de la vraie croix ramené à Paros par Sainte Hélène au terme de son pèlerinage à Jérusalem.

Sur l'île de ma naissance, au-delà du couchant, les Indiens taïnos comptaient jadis la première heure du jour à partir de l'instant où pointait l'aube à l'Orient. Selon cette méthode, cela fait une éternité que, le jour ne venant pas, nous sommes à zéro heure, donc hors du temps. Nulle part. Comme dut l'être mon père voici un demi-siècle, un demi millénaire. Mais la tour Panoptic, pas plus que Noé, ne prennent au sérieux ce qui fut l'expérience essentielle des peuples primitifs : la présence des esprits. L'esprit de mon père qui me regarde sur cette photographie au mur. Animé d'un mystère sauvage, même sans sa parure de jaguar. Et ces mots de lui qui me viennent. Ces mots que moi-même je ne peux comprendre, et qui me font mal.
J'ai changé les destins de Cristobal Colon et de Fidel Castro.

Traverser l'écho

d'une voix dans le canal, c'est ne plus savoir si l'on habite encore au centre de sa vie, ou si l'on est un être flottant, nulle part, immobile dans une incessante agitation de ses ailes intérieures. C'est croire que ce n'est pas vrai, qu'il ne peut jamais être minuit en plein midi, comme si sur l'Orient tombait l'heure de l'extrême Occident. C'est croire aussi qu'il ne peut s'agir d'un phénomène magique, inexplicable par la raison. C'est plutôt croire à une farce, ou à un complot, quelque puissance de l'ombre ayant occulté toutes les fenêtres du dernier étage dans le but obscur d'attenter au moral d'un *E. & E. Expert* que le monde envie à la tour Panoptic. Mais cette ombre tentaculaire qui semblait avoir envahi le monde, n'était-ce pas celle de la vieille bête immonde ? Depuis cinquante ans, Panoptic et Noé n'avaient-ils pas travaillé le cerveau de l'humanité pour lui faire parvenir une perception fausse de la mappemonde ? Les cartographies mentales ne s'en étaient-elles pas trouvées falsifiées ? Que signifiait au juste le projet de transformation chimique et électronique des âmes ? Nos révolutions édéniques n'avaient-elles pas les mêmes présupposés, qui visaient à détruire toute forme

d'espérance baptismale, pleine d'aurore et pourtant vieille comme le monde ? La clôture qui sépare le rêve de l'état de veille avait sauté, le monde était devenu rêve, le rêve était devenu monde, mais nul ne savait plus où il y avait encore un monde et un rêve, dans le somnambulisme hypnotique des jours et des nuits.

Convaincu, selon les récits de Marco Polo, d'avoir découvert l'île de Cipango ainsi que Cathay, bien qu'il n'ait pas eu l'heur d'être présenté à l'empereur Kubla Khan, Colomb ramènerait de son premier voyage vers les îles aux épices, outre quelques perroquets, un lot d'Indiens caraïbes dont le joyau – spécimen inconcevable – ne serait autre qu'une jeune indigène à la peau noire dotée d'une abondante chevelure d'or : celle-là même qui logeait dans mes ramures sur la plage de Baracoa. Je le vois encore s'approcher dans sa cuirasse métallique et s'agenouiller devant elle, croyant avoir découvert une déesse du paradis. Fasciné par sa nudité, il tend la main, voulant toucher un corps dont il ne sait s'il est mortel ou surnaturel, tandis qu'elle rit sans honte ni malice avant de faire un bond pour disparaître au milieu de mes gigantesques racines... Alors vinrent les injures de l'escorte, les bordées de jurons. La capture d'Eva, dite alors Habanaguana. Les lances pointées sur elle – comment peut-on croire à une déesse nue quand on porte un fragment de la vraie croix ? – puis la saisie de cette créature infernale et son embarcation dans les cales de la Santa Maria. C'est sur la foi de ce prodige (promesse de combien d'autres), que l'armateur Evangelista prierait Colomb d'emporter dans ses bagages, pour la deuxième expédition, quelques boutures de canne à sucre. Cinq siècles plus tard, ne serait-ce pas un juste retour sur investissement si les rejetons de ces pousses assuraient la fortune des rhums Evangelista ? Colomb, quant à lui, tomberait bientôt en disgrâce ; ayant tout perdu, y compris l'honneur, destitué de ses titres, il connaîtrait l'ultime humiliation de voir désigner aux fonctions de nouveau Gouverneur des colonies un capitaine biscaïen qui le ferait jeter aux fers : un officier de la Couronne promis à devenir fameux sous le nom de Loyola.

J'ai changé les destins de Cristobal Colon et de Fidel Castro.
C'est ce que mon père aurait pu dire, il y a cinquante comme il y a cinq cents ans. J'observe sa photographie au mur de mon bureau. La gueule d'Abel de Loyola était une parfaite combinaison d'amiral de la Mer océane et de guerrier barbu des Tropiques. Tout se mélange en moi dans le bruit de tes ailes. J'entends encore la voix dont on a l'impression qu'elle provient du néant, d'un vide obscur où rien n'existe plus en-dehors d'elle. C'est avec tes yeux que prendront forme désormais toutes mes visions, avec tes antennes que je survolerai la ville où je vois un damné sourire aux flammes du canal.

ECHOS DU ROYAUME DES OMBRES

— L'aurore ne vaincra donc jamais le crépuscule d'Hadès ?
— Il semble qu'une telle nuit ne doive pas avoir de fin.
— Combien de bruits bizarres avons-nous entendus ?
— Des rugissements de fauves, des cris de foule dans un stade.
— Et puis ces longs silences entrecoupés de voix ténébreuses.
— Alors que devraient bruire les activités du jour.
— J'ai même cru reconnaître le bourdonnement d'une mouche.
— Tout est possible en ce tohu-bohu.
— Comme si quelque séisme avait fait resurgir le chaos des origines.
— A quoi même nous servirait-il de disposer encore de la vue ?
— Nos yeux morts nous servent autant que si nous étions valides.
— Aucune importance ! Regardez cette enseigne.
— Le ***Come Back***... Cela vous dit quelque chose ?
— Une invitation à revenir, dans la langue des envahisseurs saxons.
— Quelque chose comme Ithaque ?
— Cela peut s'imaginer.
— Allons-nous revoir Pénélope ?
— Il faudra ruser.
— Nous déguiser en vagabonds ?
— Ces uniformes feront l'affaire, garons notre char.
— Je reconnais cet arbre gigantesque. Est-ce possible ?
— De quelque manière que nos sens aient été abusés...
— Nous resterons fidèles à la dame de nos pensées.
— Venez, cette grotte est le palais d'Ulysse.

Le Jaguëy parle par ma voix.

Oui mais, quelle est encore ma voix ?
C'était tout ce que pouvait balbutier Juan-Luis de Loyola.
Ne faut-il pas une promesse d'abîme pour que nos fêtes prennent un sens ?
Ces mots lui traversèrent l'esprit comme s'ils étaient dictés par l'aède lui-même au cours de son voyage dans l'abîme absolu. Pour un homme qui était mort, il ne semblait pas manquer de ressources vitales. Plus inventif que ça, tu meurs ! Debout contre la vitre noire du dernier étage, avec la *guayabera* blanche au coeur étoilé du sang de son père, Loyola s'abîmait dans l'idée de l'abîme alors que le soleil ne daignait toujours pas se lever. Quel était donc cet or solaire que l'on prêtait à la voix de sa mère, elle qui poussait des gueulantes cubaines dans un cabaret de luxe tenu par des gangsters, au premier rang desquels son propre grand-père ?
Chez certains, l'abîme provoque un vertige de néant. Chez d'autres, il déclenche une pensée du pont. Loyola devait bien convenir que son aède appartenait à la seconde catégorie, même si les multiples ponts de sa pensée décrivaient des spirales, dans l'espace et le temps, dont ne sont guère friands les amateurs de ***Story telling*** mis sur le marché en guise de romans.
Depuis son promontoire sur les étoiles mortes au sommet de la tour Panoptic, il ne savait presque plus rien de cet Atlas, hormis qu'il avait nourri l'insensé dessein d'en faire son personnage principal. Mais ce rôle ne revenait-il pas à la puissance magique d'un figuier tropical ? Et, dans ce cas, que fallait-il penser de la prétendue science de cet arbre, relative au fait que, sous les pavés de nos révoltes radicales, gisait la plage d'un bordel de luxe à Baracoa ?
Une terreur l'envahit, lui qui ne discernait toujours pas - tant étaient opaques nuit et brouillard - le chapiteau bariolé sur l'esplanade, en contrebas de la tour. L'aède, avec ses numéros de trompe-la-mort, s'était-il approprié la sorcellerie du Jaguëy pour escamoter le jour ? Dans ses jeux de correspondances entre les espaces et les temps divers, pouvait-il atteindre les secrets de l'univers ? Et quel rôle exact avait tenu cette femme qui deviendrait ma mère, voici cinquante ans, dans le grand cirque de la tour Panoptic ?
Loyola vit les murs de son bureau vaciller autour de lui. Le sol et les parois s'ébranlèrent, comme s'il descendait dans une cage d'ascenseur. Il se prit la tête entre les mains, s'efforçant de ne pas penser à la chute. Etait-ce encore un tour du prestidigitateur ? S'il voulait témoigner de toutes ces histoires alambiquées, remonter aux liens qui avaient noué l'aède et sa mère avant que celle-ci ne s'unisse à son père, ne devait-il pas se laisser tomber au fond du puits ? Loyola se sentit couler dans la peau de sa victime, sur le trottoir au sortir du ***Come Back***. Il avait la sensation qu'un autre le suivait de loin, tel un invisible ange gardien, pourquoi pas l'aède au sommet de la plus haute tour ? Soudain le voici happé par une force inconnue, tiré en arrière vers le seuil du café, mis à plat ventre sur le sol et menotté

derrière le dos. Son champ de vision ne lui permet de discerner qu'une double paire de pantalons du même uniforme bleu nuit. « Contrôle visuel discret ! » éructe le grand à lunettes. Je reconnais les deux compères de tout à l'heure (quelle heure ?) au volant de la tire à gyrophare, que j'avais vus brandir vers la tour une bouteille de rhum depuis la ruelle aux clochards. J'entends encore leurs exclamations aux muses et aux nymphes, ainsi que leurs allusions à Ulysse. Ils affichent toujours la même dégaine provocante et désinvolte, celle de barbouzes ne se souciant pas trop des lois de la cité. « Sale métèque ! », me grogne le petit chauve dans sa barbe à l'antique. L'un et l'autre fouillent chaque recoin du ***Come Back.*** « Z'auriez pas vu Calypso ? » C'est l'autre escogriffe qui me souffle au visage une haleine chargée d'alcool. « Montrez votre mandat », réplique le patron. « Plus besoin, c'est la nouvelle loi. Elle vient de passer à la Chambre et au Sénat. » Le souvenir des traques policières sur mon île, au temps de la guerre civile, doit produire un violent éclat dans mon regard. « Vous en faites pas, ces méthodes spéciales d'intensité maximale s'appliquent seulement à la recherche des terroristes. » « Calypso, terroriste ? » Il n'est pas certain que cette question franchit le seuil de mes lèvres, tant j'éprouvais de peine à situer ce qui appartenait encore au champ de la réalité. D'ailleurs, je fus bientôt libéré de mes menottes et retrouvai place à la fenêtre du café, comme si rien ne s'était passé. Avec une célérité qui n'existe que dans les mauvais rêves, ces deux ectoplasmes voguaient déjà de l'autre côté de la vitre, leurs figures mêlées aux branches du Jaguëy. Ils semblaient ne plus scruter l'aède mais Juan-Luis de Loyola, toujours debout contre la vaste baie vitrée de son bureau qui avait cessé de tanguer. On eût dit qu'ils en savaient plus long que lui-même sur ce qui allait lui arriver, comme si tout ce qu'on croyait programmé dans le cerveau de la tour Panoptic dépendait du clin d'œil d'un arbre magique.

Loyola se massa vigoureusement le crâne après cette plaisanterie, qui ne paraissait pas arrivée à son terme. En place de sa barbe et de sa chevelure, il sentait sous ses doigts remuer les racines et les lianes du figuier tropical. Quand donc le monde retrouverait-il sens, au terme d'une nuit sans sommeil ? Le moins étrange, pour Loyola, n'était pas qu'il sentît monter à sa bouche, depuis les profondeurs de son estomac vide, les relents d'un rhum au cola ; ni qu'il se remémorât - la paume de sa main droite l'en démangeait encore - avoir manipulé une pièce cubaine de trois pesos à l'effigie du *Che*. Dans l'autre main, qu'il renifla non sans quelque écoeurement, flottait un parfum de fleur morte. Cette fleur de Pâques dont se trouvait affublée la chevelure d'Eva de Cuba, dans le rêve posthume d'un aède ? Il sursaute. Rapproche les deux mains de son visage. Non, celle-ci n'a pas manié de pièce de monnaie ; pas plus que celle-là n'a saisi la moindre fleur. Une secrète logique préside pourtant bien à cette berlue organisée. Serait-ce qu'il vient d'anticiper les gestes de l'aède en sa dimension inconnue ? Que celui-ci, bientôt, fera l'expérience de remuer entre ses doigts une fleur de Pâques et une pièce de trois pesos cubains ? Mais alors, si l'*avant* de l'aède est son *après* à lui ; si ce qu'il

croit ressentir n'est qu'une illusion dépendant du bon vouloir d'un mort, cela signifie tout simplement que lui-même n'existe pas ?
Loyola se demande si sa propre situation dans l'existence, au sommet de cette tour, ne l'a pas dépouillé de toute réalité. Ne lui fallait-il pas mourir à son tour pour que les morts le prissent au sérieux ? L'image lui revint de son vieux pote Anatole, qui avait refusé tous les masques sociaux. Disparu du côté de Guantánamo... Dans l'entre-monde où ils évoluaient désormais, lui et son grand-père, n'avaient-ils plus d'autres atomes crochus avec les pauvres êtres en vie ? Un signe, rien qu'un petit signe, implora Loyola. Barrant le sommet de la tour du Midi, une réclame lumineuse clignota. Elle inscrivait lentement, lettre par lettre, trois mots : ***Hasta la Victoria*** ; puis un quatrième : ***Siempre !***
Le message alors s'éteignit dans la nuit.
Loyola hume les traces laissées par la mémoire d'un arbre au creux de ses mains. Ce n'est plus lui qui pense, mais une force vive jaillie du figuier maudit veillant près de la source où gît l'âme de l'Indien Hatuëy, premier cacique de toutes les Amériques ayant organisé la guérilla contre croix et glaive. Hatuëy dont le bûcher fut érigé sur la montagne rouge de la Majayara, qui surplombe le rio Miel et la baie de Baracoa.
Le Jaguëy savait qu'en l'aède survivait une ardeur, celle dont s'enivrait l'homme primitif. Que son coeur était toujours emporté par le rythme universel qui battait à l'aurore du monde.
Le Jaguëy n'avait pas plus oublié que le poème originel, bien avant toute écriture, était modulation d'un cri - cri de plaisir ou de douleur, de tristesse ou d'espoir - dont se nourrissaient toujours ses propres racines. Les grands ancêtres qui, dans ce cri, trouvèrent le germe de la parole, firent de leur poème un enthousiasme électrique dont vibre encore chaque liane du Jaguëy. Non, celui-ci n'avait rien oublié, depuis les temps lointains où l'aède parlait aux autres hommes, qui faisaient cercle autour de sa parole comme autour de l'aveugle Homère, quand celui-ci racontait que son Ulysse avait vu des îles peuplées d'hommes sages au-delà des colonnes d'Hercule...

Chez les Indiens caraïbes

L'homme connaissait et nommait son Ombre :
Reflet, écho, double, dragon, monstre...
On savait l'art de ne pas délirer
En identifiant son âme au cosmos
Autant donc en emporte l'aurore
Dans ce voyage d'une âme
Par les chemins de l'extase nocturne
Avant même le songe de la vie
Dès le ventre de ma mère
Initié par mon père
Aux mystères du deux fois né
Yeux ouverts sur l'abîme
Des plus hautes mers intérieures
En moi naissait une cosmogonie
Peut-être même un art divinatoire
Dans ces entrailles sacrificielles ?
Un message en moi fut émis
Venu du royaume des ombres
Comme de la constellation des Pléiades
Cri du dieu en toi avant ton premier souffle
Acrimonie d'un sang
Qui devrait être versé
Pour le passage du message
Etre n'est-ce interroger l'être ?
N'est-ce la primauté de l'aède
Au plus près du principe de l'Être ?

(*Ecoute la voix qui vient sous tes doigts depuis les limbes où voyagent ceux qui n'ont pas accompli leur travail sur cette Terre. Prends toute mon absence à ton bureau du dernier étage, prends cette absence et mets-la dans ton ordinateur pour en faire des souvenirs qui ne pèsent pas trop lourd, les grandes lignes d'une mélopée, quelques mots d'une prière venue de l'œil du cyclone à destination d'une constellation lointaine. Tiens, prends aussi le silence qui précède et qui suit chaque chant de l'aède au fond de son canal, toi qui ne sais pas si tu vivras un jour de plus pour voir encore la ville du haut de ta légende de verre.*

Hasta la Victoria, Siempre *! C'est le dernier message que je t'envoie, celui que roucoule une colombe au sommet de la Majayara, cette montagne rouge en surplomb du rio Miel dans la baie de Baracoa, non loin d'une plage de sable noir où Colomb découvrit le Jaguëy dont les branches abritaient Habanaguana. Oui la colombe fut Colomb, même si son ombre était peuplée d'une nuée de mouches. Colomb ressemble à une colombe et toutes les colombes ressemblent à Colomb, même si les colons dans son sillage étaient une bande d'oiseaux de malheur. C'est ce que pensait l'aïeul de mon grand-père quand, sur son rocher du Levant au fond de la Méditerranée, il vit partir Colomb comme une colombe en direction du Couchant. Il lui suffisait de plisser un œil pour apercevoir, comme dans un viseur, les colonnes d'Hercule au-delà desquelles Ulysse déjà s'était embarqué. L'Orient, se disait-il en digne fils du Phénix, ne devait-il pas embrasser l'Occident ? L'Anatolie, l'Atlantide ? L'Asie mineure d'Homère, ces Iles bienheureuses dont la verte Erin de James Joyce était une pointe avancée ? C'est ce que savent et disent tous les créateurs d'Odyssées, le long d'un fil télégraphique transocéanique relayé par autant d'Atlas qu'il faudra. La colombe ainsi prit son vol il y a cinq cents ans, je la sens toujours planer dans mon sang.*

Une colombe peut-elle vivre cinq cents ans ? Mon ancêtre Atlas croyait qu'elle peut vivre de toute éternité, jusqu'à la fin des temps. Mais combien de guerres ont-elles éclaté depuis Colomb, qui mirent la colombe à feu et à sang ? Je continue de guetter la colombe en silence, le même silence que celui de mon aïeul. Peut-être pensait-il que parler trop l'empêcherait d'entendre la colombe ? Qu'en dis-tu ? N'est-ce pas qu'à défaut d'écouter la colombe, tu te laisses abuser par n'importe quel bourdonnement de mouche ? La petite compagne de ta nuit n'est pas sans utilité cependant. C'est elle qui te tient en éveil, permettant aux souvenirs de revenir, à la colombe et au Phénix de pondre en toi d'autres œufs que les siens. Depuis l'œil du cyclone où je me tiens, je te dirais bien d'insister sur le fait que nos avant-gardes et nos dérives en exploration d'un monde nouveau n'eurent pour ultimes retombées que ce Jeu de la Guerre *auquel s'adonna notre gourou de naguère. Mais ce serait sans doute inutile. Partout, comme tu le vois trop bien, les villes s'embrasent d'une rive à l'autre de l'Atlantique et de la* mare nostrum. *Ouragans, inondations, séismes, incendies : le joyeux cycle apocalyptique de l'eau et de l'air, de la terre et du feu. Partout famine et peste, guerre et mort. Partout la chevauchée des quatre cavaliers dont il te faudra dire la rencontre à Santiago de Cuba, qui te ferait venir au monde. Il sera bon de révéler combien ces Théokratidès et ces Evangelista, non moins, je m'en excuse pour toi, que certains Loyola (tu n'as pas encore nommé Bielinski ?), présents dans cette affaire il y a cinquante ans, se trouvaient déjà à pied d'œuvre voici cinq cents ans. Bien sûr, on ne te croira pas si tu parles de l'***A.A.A.A.A.***, dont j'ai usé des initiales par ce genre d'humour qui peut être fatal. Toi-même, d'ailleurs, préféreras rester muet sur cette question. Les marchés noirs sur l'antique chemin de la soie, chemins où se côtoient multinationales des réseaux terroristes et sociétés écrans du trafic d'héroïne, du blanchiment d'argent et de la prostitution, tous ces marchés noirs où se mêlent technologie, communication et flux financiers ont une vision élargie du* **State's Secret Privilege** *: il s'agit d'un tabou planétaire sur la prolifération des marchandises nucléaires que nul ne peut lever sous peine de disparaître. La preuve. Mais ils ne peuvent rien contre le chant de la colombe. Ecoute sa voix quand elle vient sous tes doigts. Même si les bombes embrasent le pays du Phénix, même si les lueurs du feu et du sang baignent l'immense mer séparant l'Orient de l'Occident, tu as tout le loisir de voyager sur ce pont rouge entre Levant et Couchant. Ecoute, je te parle en plein rêve depuis l'œil du cyclone. Ecoute mon aïeul sur son rocher dans le fond de la Méditerranée, ce digne fils du Phénix qui attend toujours une colombe venue de l'autre rive des choses visibles. Ecoute sa voix quand tu marcheras sur le pont, écoute cette voix que nous avons jadis entendue, nous les chevaliers de l'essence perdue. Ecoute la voix du vieil aède qui perdure au nid du Phénix, écoute les paroles oubliées sur le rivage de Phénicie, écoute ce qu'elles ont à te dire entre Athènes et Jérusalem.*

C'est moi l'Indienne blonde à peau noire qui depuis l'aube des âges embrase vos ténèbres de mes yeux de mon corps de ma voix de mes lèvres où je vous donne à boire un calice d'amour ici se réfugie l'âme du monde au sein fécond des plus viles ordures naissent des révélations oui les étincelles de l'esprit divin dansent au-dessus du désastre comme une pelleteuse mécanique dans le ventre de la décharge mes mains fouillent un crassier d'immondices où la couche de cendres recouvre un amas de caisses éventrées par la catastrophe ange ou démon réveillez la déesse qui est en vous croyez au miracle des laboratoires Noé crèmes fards onguents en tout genre stoppez les ravages du temps qui passe un baume précieux pour vos âmes se répand des cageots de produits pharmaceutiques déversés par bennes entières avec charcuteries et fruits avariés depuis que les gammes de médicaments Noé s'affichent en grande surface anxiolytiques antidépresseurs et autres psychotropes Noé vous offre l'embarras du choix même et surtout s'il n'y a pas le choix l'enfer de vivre ou la camisole chimique tous vos neuroprocesseurs sous contrôle à condition de ne pas négliger les protections électroniques des multiples écrans sur lesquels seront branchés dès avant leur naissance les cerveaux de vos enfants pour accéder aux paradis promis par la tour Panoptic vivez Mai 68 grâce au jeu vidéo du cinquantenaire inspiré du célèbre Kriegsspiel de Guy Debord ne soyez pas le spectateur mais l'acteur d'une aventure d'amour et de mort dans le cadre prestigieux de cette île où les sens lumineux d'Habanaguana flambaient jadis en flammes hautes comme une fleur de Pâques dans sa chevelure d'or ne fallait-il pas que dieux et déesses perdissent tout leur pouvoir de remèdes sur le cœur des hommes et s'évanouissent telles de futiles chimères pour que s'accomplissent les noces de Panoptic et de Noé mais quelle sainte ivresse est celle d'Habanaguana les baumes s'infiltrent en son sang qui lui-même se transforme en éther et c'est embrasée de flammes sacrées prêtresse d'un céleste amour qu'elle se consume dans l'éternité d'une nuit de noces éveillée rayonnante à jamais je gravis le terril des ordures vers l'arbre de vie qui entend la chanson des Pléiades accueillant la parole du Phénix...

Les Chevaliers de l'essence perdue

« Tout porte à croire qu'il existe un point d'où la vie et la mort, le réel et l'imaginaire, le communicable et l'incommunicable, le haut et le bas cessent d'être perçus contradictoirement. »

BRETON

« Que de leurs débris une aube se lève
Qui n'ait jamais vu ce que moi j'ai vu »

ARAGON

Quels rivages le bord d'un canal ?

BOÎTE NOIRE

Flotter dans le néant. Destruction brutale chimique électrique de l'esprit, première étape vers la santé mentale. Entendre toujours des voix, parler à des personnes absentes, voire inexistantes. Si je suis devenu fou, appeler folie mon mal n'arrange rien pour moi, pas plus que pour mon vieux pote Anatole, ni pour son grand-père. Nous ferons de l'apocalypse une genèse de la Nouvelle Jérusalem ! Vais-je avoir la réponse ? Quarante jours en trop dans la matrice à Santiago de Cuba. Cellules insonorisées, privation sensorielle, prisonniers dépossédés de la conscience qu'ils ont de leur situation dans l'espace et le temps. Tout ceci ne serait-il qu'imaginaire ?

Quels sortilèges de quels fleuves...

Entrez donc

Messieurs dames
Entrez dans un songe diurne
Une divine féerie
Entrez je vous en prie
Nous ne manquons pas de places
Au grand cirque de l'au-delà
Vous ne serez pas déçus
Par Eva de Cuba
La scène du spectacle
Est aux dimensions de l'univers
Fille de l'océan primordial
Et de la mer tumultueuse
Mère terrible des mythes
Inondée de sève astrale
Mes oracles et incantations magiques
Vous honorent
Au confluent de toutes naissances
Atlas aux temps premiers
Vit soulever ma robe comme une aube
A l'Orient du monde
En son Anatolie natale
Oyez la semence du fleuve !
Disait l'aède grec
L'histoire est trace d'un dieu
Dont nous n'avons mémoire
Et cet oubli fracasse
Tous vos systèmes de miroirs
Où d'âge en âge un monde se consume
Partout les flammes dans la nuit
D'un siècle à l'autre de ma vie
Comme les rayons d'un infernal soleil
Même s'il n'y a plus de soleil

« L'Ombre d'un grand oiseau me passe sur la face »

SAINT-JOHN PERSE

Parole du Phénix

S'IL FUT UN ARBRE AUX EXTREMITES DE L'OCCIDENT QUI SERVIT DE NID A L'OISEAU D'ORIENT, l'œil de cet oiseau – croyez m'en – vit des choses dont vous pourriez employer plus mal votre temps qu'en les écoutant. Qui mieux qu'Atlas conserve-t-il souvenir d'Hercule séparant l'Europe et l'Afrique, pour unir Atlantique et Méditerranée ? S'ouvre à son regard un océan d'énigmes, demeure de l'Atlantide.

Certaines légendes, auxquelles mon chant n'est pas étranger, rapportent que des navigations venues du Couchant parvinrent jusqu'aux rivages du Levant. Cette pénétration d'aventuriers de l'Océan correspond à une vision fantastique de l'expédition menée par les anciens peuples de la mer (dits ***Cariens*** par les Grecs), dont je vous révèle qu'ils étaient originaires des Caraïbes. Ces étranges marins issus de nulle part marquèrent d'une trace profonde la Méditerranée orientale. Rappelez-vous les figures d'hommes à plumes vêtus de pagnes sur les murs du palais de Knossos. Plaçons-nous du point de vue des Hellènes : ces Cariens ne pouvaient provenir que d'une terre lointaine aux dimensions d'un continent, lequel devait ensuite voir son existence abolie, vu l'absence de colonisation sérieuse menée par ces mystérieux conquérants. Qu'exprimeraient des ovaires, au fond d'une matrice, au cas où elles auraient à risquer une interprétation de l'acte séminal ? Peut-être, quelque chose comme l'Odyssée vue par Pénélope. J'ai suivi des yeux ces peuples de la mer, à la rencontre desquels Ulysse court en vain, menant leur insémination puis s'en allant, laissant au fond de la matrice un éjaculat d'où surgirait le Livre. Un embryon prit corps, fécond brassage de religions, de sciences, d'imaginaires, dont témoignent Athènes et Jérusalem non moins que les cités du Levant, toutes filles de l'Alphabet. Toutes filles d'écritures saintes, savantes et mythiques. Toutes filles d'un sanglant tourbillon de foi, de rêves et de raison. C'est ce qu'un ancêtre d'Atlas devait apprendre à l'aventurier génois, marqué de mon signe, quand le destin décida de son escale sur l'île de Paros. Il ne lui restait plus qu'à opérer ce qu'on nomme le passage du col pour franchir à rebours les lèvres de la blessure séparant l'Europe et l'Afrique, sur la mer en sang du Couchant. Sans armures ni glaives, son voyage aurait dû être un passage de la gestation à la nativité, de l'ombre à la lumière : un accès aux pommes d'or des Hespérides, à la fontaine d'éternelle jouvence, où les archanges et les dragons s'échangent leurs couleurs ; où le plomb du canal se transforme en or par l'alchimie verbale de l'aède.

« Une représentation unique, Messieurs-dames, pour une histoire fabuleuse telle que vous n'en entendrez jamais plus de toute votre vie mortelle ! »

L'eau froide comme une décharge électrique.
« Arrière, guetteurs de terres nouvelles ; voleurs de feu sacré, arrière ! »
J'ai entendu ce cri jeté par l'archange aux ailes noires ayant pris son envol depuis le sommet de la tour Panoptic. Est-ce l'eau qui chante et hurle à mes oreilles, est-ce le feu ? Je suis tombé comme une pierre dans les eaux du canal, étranglé par une aspiration furieuse d'ondes froides en même temps que dévoré par un torrent de liquides enflammés. Je sombre au fond de cette vallée noire emplie jusqu'à la gueule d'une coulée de lave jaillie du centre de la Terre. Toute la chimie brûle en feu d'artifice par les rues qui s'enflamment de nappes empoisonnées plus vastes que la ville où les projecteurs de la Tour multiplient leurs féeries nocturnes, dont l'illumination grandiose embrase la planète, n'étant plus éclipsée par la rotondité du globe sur l'épaule d'Atlas.
Cataclysmes et chaos, désastres et traumatismes collectifs assureraient la sécurité telle que l'entendraient un jour les maîtres du Nouveau Monde. La peur et le désordre seraient les moteurs du progrès. Mégacatastrophes, mégaprofits. *Shock and Awe*, se dit-il, était déjà leur nom de code en 1953.

La Guerre des Mondes

Carnet d'Alexandre Bielinski

L'histoire moderne commence à Baracoa, cet ultime bout du monde qui offrit à Colomb une vision de paradis. Baracoa, depuis peu reliée par la route au reste de l'île, vivait depuis toujours à l'abri des montagnes qui avaient protégé la première guérilla de l'Histoire, celle menée pendant dix ans par le cacique indien Guama contre les conquérants espagnols. L'appellation coloniale de Nuestra Senora de la Asunción, qui lui fut donnée par Diego Vélasquez lors de sa fondation officielle, vingt ans après le voyage du Christophore, ne supplanterait jamais le nom aborigène, signifiant existence de la mer. *Dans ce coin perdu de la planète, j'aurais pu me contenter de vivre hors de l'époque, ainsi que les ermites qui chez nous consacrent leur existence à la contemplation de l'infini. Je n'y manquais pas de loisirs pour examiner combien j'avais exploré les sommets et les abîmes du crime et de l'héroïsme, du ridicule et du sublime. Un contrefort de la Sierra Maestra me séparait de Guantánamo. L'autre point du triangle était Santiago. Ces trois lieux délimitaient une zone sauvage et aride ayant connu, durant les siècles d'esclavage, la plus forte concentration d'esclaves nègres enfuis au péril de leur vie, qui se voyaient donner le nom de cimarrónes. Nos moujiks en révolte sous les tsars, nos fous de Dieu battant steppes et forêts proférant des appels à une communion future, n'étaient-ils pas leurs frères d'âme ?* Terreur et effroi. *Ces deux mots me paraissaient résumer assez bien les conditions de vie sous toute forme de dictature. N'étais-je pas un spécialiste en la matière ? Je résolus donc d'en proposer l'usage à mon compère Allen Dulles.*

Shock and Awe

La constellation des Pléiades retentit d'une clameur lancée par mes feuillages qui traverse mon tronc venant de mes racines et puisée d'une sève dont la source est au royaume des ombres. Guerres, attentats terroristes, coups d'Etat sanglants, catastrophes naturelles : tout cela dans le crâne d'un homme. S'il disait ce qu'il sait, on ne le croirait pas. Comment, pour celui qui était mort sans l'être tout à fait, révéler qu'il fut le survivant d'expériences en laboratoire par électrochocs et autres techniques spéciales d'interrogatoire, menées voici cinquante ans dans un hôpital de Santiago de Cuba ? Tu vois, tu vois ce qu'ils ne voient pas me dit-il. Tant de générations depuis les origines ont tourné autour de ton tronc qui voit bien plus loin que l'horizon, et toi, tu sens toujours que le monde entier s'accroche à tes racines ainsi qu'un étrange fruit pendait à tes branches le 26 juillet 1953.
C'est au figuier maudit qu'il revient encore d'éclairer l'opinion du lecteur sur cet aspect de l'histoire, mais sans recourir plus au prestige de la chevelure des Pléiades. C'est beaucoup trop trivial. Il s'agit plutôt de se mettre à votre hauteur pour passer à table, si vous me permettez la douteuse expression qui concerne une table de jeu, le 25 juillet de cette année-là, dans le casino de Baracoa. Pardonnez-moi si je frissonne, mais j'ai quelque raison de penser que les méthodes alors expérimentées serviraient à celles utilisées de nos jours pour cuisiner les prisonniers en Irak ou à Guantánamo Bay. Comment ne pas trop vous choquer, tout en refusant de cacher la vérité ? Qu'un grand-père, puis son petit-fils portant même nom même prénom de légende, aient pu passer aux mains des mêmes tortionnaires – qui pourrait y accorder foi ? Je risque donc ceci. Mes racines depuis toujours plongent au fond des mers et des continents pour apparaître à la lumière où bon leur chante, et pourquoi pas dans le jardin des origines baigné par quatre fleuves, aujourd'hui dévasté par les bombes. J'essaie de comprendre le rôle imparti au Big Bang *ici et là-bas. Selon toute apparence, un appareil de pouvoir dans les deux cas se met en devoir de recueillir des informations. De l'avis de mes branches, les choses ne s'arrêtent pourtant pas là. Je ne suis pas trop dur de la feuille, et mes plus fines antennes m'avertissent qu'en Mésopotamie d'aujourd'hui, comme hier sur*

cette île où j'avais mes habitudes, c'est d'une création du monde qu'il s'agit. Le principe **Shock and Awe** *était simple aux yeux de ses concepteurs : faire de l'Apocalypse une Genèse de la Nouvelle Jérusalem. Naguère famines et pestes, guerres et morts étaient les déplorables conséquences de crises, qui avaient néanmoins l'avantage d'ouvrir de nouveaux marchés. Désormais, elles seraient intégrées au marché. Les boumboums guerriers feraient le boom économique, dans une atmosphère de fête et de jeu qui évoquerait une surboum permanente. La catastrophe ouvrirait une terre promise à la nouvelle économie ; le désastre s'identifierait à toute forme de croissance. Comme Dieu dit à Noé son intention de faire table rase en raison des violences entre les hommes et de la perversion régnant sur terre, il s'agirait pour un autre Noé de semer le choc et l'effroi qui engendreraient des destructions incompréhensibles, sous forme d'ouragans et de raz-de-marée, de séismes et d'incendies incontrôlés, lesquels offriraient l'occasion d'une plage vierge, afin que tout pût renaître depuis le début. Ces chocs économiques et politiques auraient pour modèles des chocs électriques. Les interrogatoires pratiqués dans un hôpital à Santiago de Cuba provoqueraient un état de choc et d'effroi, suite à quelles tornades psychiques le sujet se retrouverait en l'an zéro de son existence, à l'état de feuille blanche sur laquelle pourrait s'écrire une histoire nouvelle.*

Jouons donc franc jeu. Toutes ces incongrues divagations d'un aède à sa table de café, qui attesteraient un profond déséquilibre mental aux yeux de la médecine, sont les vestiges des décharges ayant jadis traversé ses lobes frontaux tandis que, sur une autre table, son corps était secoué de violentes convulsions. D'où ses rêveries – rien moins qu'électriques – où lui revient par période, sans la revoir vraiment, l'image de Sacha Bielinski, l'homme qui avait ses entrées à la Maison Blanche comme aux palais de la place Rouge. On ne croira pas, j'en ai peur, le témoignage d'un arbre. Qu'il s'agît de frères jumeaux en tout point identiques, ou du même homme encore plus incroyablement divisé que le héros du roman de Stevenson, Sacha Bielinski vivait alors bien dans une hutte au sommet de la Majayara tout en officiant à l'hôpital de Santiago de Cuba. C'est là qu'en éminence monstrueuse il décida du sort de Juan-Luis de Loyola, mais aussi d'un autre roman – celui que ce dernier tente en vain de boucler au sommet de la tour Panoptic, et que vous êtes en train de lire, si vous ne l'avez pas refermé depuis longtemps.

La Guerre des Mondes

Carnet d'Alexandre Bielinski

Ici, dans une baie repliée sur son passé, vierge de traces historiques visibles, devait jeter l'ancre un yacht battant pavillon grec à la veille des journées de carnaval fêtant le saint patron de Santiago, capitale de la province Orientale. C'était un bout du monde convenant aux âmes en déroute. Un bout du monde qui apaise les cœurs fatigués de lutter, quand leur vient l'illusion que rien n'y prolongera leurs souvenirs. J'habitais une hutte à toit de palmes sur les hauteurs de la Majayara. Depuis cet observatoire, mon coup d'œil embrassait la baie dominée par un énorme figuier tropical. J'y avais tout loisir d'examiner combien serait perçu comme une insulte à la misère qui régnait sur l'île, ce projet fou d'ériger une bastille vouée aux plaisirs du grand luxe dans sa région la plus déshéritée. La perversité même d'une telle provocation ne pouvait que lui valoir l'aval de nos partenaires venus de Las Vegas et de Miami. Je leur avais fait miroiter l'avantage d'y miser tous les fonds d'origine criminelle disponibles, qui se multiplieraient par mille dès que ce bout du monde, par une campagne publicitaire appropriée, regagnerait l'image paradisiaque dont Colomb avait été le premier concepteur. Parce que toute aiguille d'horloge y était arrêtée depuis des siècles, ce lieu disposait d'un avenir qui en faisait à coup sûr le numéro gagnant du futur à la grande roue de la fortune. L'afflux d'argent sale, et toutes les purulences qu'il charrie, créaient les conditions d'un gigantesque abcès dont devaient tirer profit les rebelles qui préparaient déjà leurs armes dans la Sierra Maestra. Pouvais-tu t'en douter, lorsque pour la première fois j'ai pris contact avec toi, dans ton bureau de la tour Panoptic ?

Depuis sa rencontre avec Sacha Bielinski, Juan-Luis de Loyola dormait mal. Tout cela n'avait cessé de tournoyer dans sa tête comme un essaim de mouches folles. Il n'était jamais rattrapé que par des cauchemars anciens. Devant ses yeux, l'écran n'en finissait pas de produire des images et des sons dont une moitié de son crâne préférait oublier qu'ils avaient été conçus par l'autre moitié. C'était déjà si loin, ce lendemain du 11 septembre 2001... Simple coup de fil à ce même bureau du dernier étage, que n'ennoblissait pas encore une plaque d'***Esthetical & Ethical Expert*** destinée aux sarcasmes d'Anatole. Il avait répondu oui, sans rien connaître du type d'opération qu'on allait lui demander d'accomplir, par simple besoin d'un grand frisson. L'homme au téléphone, dont il ignorait alors tout, s'était présenté sous le nom de Sacha New Dok. Il avait insisté sur la dernière lettre de son pseudonyme, s'exprimant dans un français parfait. « Venez d'abord en Amérique, on vous dira là-bas des choses plus concrètes. » Deux jours plus tard, son billet l'attendait à Zaventem. C'était le vol direct Bruxelles Atlanta. Trois types le cueillirent à l'aéroport dans une limousine, tous habillés de costumes sombres, cheveux courts et lunettes de soleil. Au cours du silencieux trajet de quelques heures vers Langley (Virginie), Loyola ne put s'empêcher d'entendre le rire d'Anatole hanter un habitacle peu comparable à celui des Lada qui avaient jadis dû conduire son vieux pote vers le secteur soviétique de Berlin-Est. Pas plus le bâtiment de l'Agence – une énorme soucoupe volante – avec ses cinq postes de garde et son décor de marbre placé sous le regard d'un aigle protecteur, n'était de nature à éteindre en lui l'hilarité de son vieux pote. Que dire alors de la rencontre avec un être gris et terne, à l'étage de ce qui ressemblait aux locaux d'une banque, chacun travaillant dans sa petite boîte, un être sans visage ni âge en lequel il n'avait pas osé reconnaître les traits du mythique Sacha Bielinski. Le personnage prit un dossier du tiroir de son bureau, le posa sur ses genoux et commença à décliner avec une précision stupéfiante le curriculum vitae de Loyola. Sa naissance à Santiago de Cuba, le 16 juin 1954, sa petite enfance comme orphelin dans cette ville, son départ vers une famille d'accueil en Belgique dès l'arrivée des barbus au pouvoir en 1959, puis une scolarité chahutée de collège en internat, sous la protection lointaine d'un Jésus Evangelista dont le quartier général, comme les rhumeries, s'étaient déplacés vers Miami, toute cette ombre d'une vie se trouvait tapie dans les dossiers de Sacha Bielinski. S'agissait-il bien de lui ? Loyola, par moments, se prenait à croire qu'il nageait en plein rêve, mais l'instant suivant l'humanoïde lui prouvait que rien ne manquait aux renseignements de l'Agence quant à ses relations avec Anatole depuis la fin des années soixante, leurs publications clandestines au sein de l'Organisation, jusqu'à la série de romans écrits en marge d'une carrière de trader entamée au rez-de-chaussée de la tour Panoptic. Il s'était trouvé nu devant cet inconnu. Voulait-on régler des comptes ? Se venger ? Leurs actions d'antan seraient-elles mises en relation avec les récents attentats terroristes ? Loyola ne put s'empêcher d'exprimer un désarroi que Bielinski – si c'était lui – trouva fort incongru. « Sacha New Dok, finit par prononcer son masque, est l'anagramme de ***Shock and Awe***. »

« Je prends les ailes de l'aurore et me pose au-delà des mers... »

PSAUME 139

It's a fabulous, fabulous story...

Oyez l'ode à la Tour nomade, libre des lois et des emplois, légère, agile, furtive, sans autre réalité que les fictions répandues par elle sur le monde. Sa propre explosion fonde une légende créatrice. Sa destruction crée le nouveau mythe collectif.
Hier, toute une jeunesse rebelle en Occident avait l'esprit en Orient.
De nos jours, avoir son corps en Orient et son esprit en Occident, c'est le sort de nos esclaves des *call centers* asiatiques, opérateurs téléphoniques virtuels oeuvrant à Bombay quand nos clients sont à Miami. Car partout la Tour nomade, pareille au barde ou à l'aède, clame une dynamique de l'errance... Quoi ! Qu'insinues-tu ? La tour Panoptic, un château de cartes, un mirage construit sur une stratégie de poudre aux yeux ? Dis tout de suite un cirque, une affaire de magiciens et d'illusionnistes !
Ecroulé de sommeil sur son bureau d'acajou, Juan-Luis de Loyola laisse apparaître tous les signes d'une vive agitation intérieure.

Traverser l'écho

d'une voix dans le canal, c'est voir un écran de fumée recouvrir le pont que traversent en courant les soldats de la coalition démocratique en Irak.

C'est voir les dragons voler dans le ciel de Bagdad et lancer leurs œufs de feu dans la plaie d'un fleuve rouge de sang sur ordre des anges de la Panoptic.

Loyola se retourne pour voir ce qui le suit sur la passerelle qui enjambe le canal, cette ombre de sa vie vieille de cinquante ans. Créer un univers virtuel nouveau, un royaume enchanté peuplé de héros et d'antihéros : voilà notre destin !
Pas à pas, ligne après ligne d'écriture, on se dirige vers l'autre pôle magnétique de soi-même. Chacune de vos respirations vient d'une bouffée d'air en train de faire la traversée des lieux, des temps, mais aussi d'un hémisphère à l'autre de son crâne ; crâne envahi par le fracas du ressac, cette mémoire liquide qui bat contre mes tempes au rythme de ces eaux tournantes... Si loin que sa mémoire y plongeât, rien d'un tel abîme en lui ne chantait. La fascination de ces eaux noires était plutôt pour Anatole. Est-ce par ce dernier que se produira le miracle ? Attention ! Les personnages d'un monde imaginaire vont bientôt enjamber le cadre du miroir pour se retrouver dans le monde réel. A moins que ce ne soit le monde réel qui fracasse le vain miroir de la fiction...
L'acteur de cette histoire ayant pour nom de personnage Juan-Luis de Loyola rêve-t-il à son bureau du dernier étage qu'il traverse un pont vers l'autre rive de la ville ? Franchit-il réellement le canal en s'imaginant toujours dans l'écriture de son livre au sommet de la Tour ? Dans chacune des hypothèses, l'histoire de deux amis/ennemis dont l'un tue l'autre pour une femme (Anatole depuis longtemps peut être confondu à son grand-père), cette histoire illustrant le vieux thème du double se dédoublerait à son tour si Loyola nous avouait ses fantasmes érotiques inspirés par la très bandante épouse de son vieux pote, cette Pléione – mère des Pléiades – elle aussi chevelue d'or, qui fit tout à l'heure une brève incursion – purement fantasmatique – dans son bureau. Quelle femelle ! Cette histoire prendrait encore un autre relief si l'on s'avisait d'imaginer de plus nombreux prétendants à la sublime Aurore Théokratidès – dite Eva de Cuba – parmi lesquels rien moins que le complice de son père, Jésus Evangelista, sans oublier le sinistre Sacha Bielinski. C'est une entière galaxie de mâles en rut que l'on vit sur plus d'un siècle (tout ceci débute en 1897, à l'Exposition universelle de Bruxelles, et il nous fut suggéré que le roi des Belges Léopold II en personne fit partie de la liste), s'émoustiller pour une croupe qui pourrait bien avoir été le miroir hypnotique du siècle XX. C'est un scoop ! A l'inverse d'une foule masculine se démultipliant à l'envi dans la concupiscence pour l'éclatant objet de son désir, imagine-t-on la belle Hélène, Circé la magicienne, Calypso la nymphe, Andromaque la Troyenne et la femme d'Ulysse Pénélope réunies en une seule paire de fesses ? Nul n'aurait osé l'inventer. D'autant moins si l'on admet le principe de notre histoire, identifiant cette femme à celle que découvrit Colomb dans les branches d'un figuier tropical

quand il mit le pied sur la plage de Baracoa, l'Indienne blonde Habanaguana, créatrice des univers.
C'est ici que les affabulations du romancier touchent aux limites absolues de leurs artifices, la réalité surpassant comme toujours mille fois tout ce qui aurait pu s'imaginer. Oui, le scribe doit encore s'incliner, pense Juan-Luis de Loyola dont la tête bourdonne d'images pornographiques, tandis qu'une Studebaker jaune canari le dépasse dans un nuage de fumée.

Le front sur le clavier de son portable, notre héros fait un geste machinal pour chasser la mouche qui vient de lui bourdonner des inepties dans l'oreille. Sa main retombe sur une touche de l'ordinateur.

« *Des éclats de verre et des débris de meubles brisés recouvrent le sol. Par une brèche percée dans la façade, on aperçoit la ville, la circulation sur le pont qui enjambe le fleuve... Une musique orientale et les cris des marchands se mêlent à la voix du muezzin...* »

Loyola sursaute.

« *A côté de moi, le commandant Paul Tyrrell scrute avec son télémètre laser les hauteurs de la ville de l'autre côté du fleuve. C'est lui qui est chargé de déclencher les frappes aériennes. Le sergent Donald Prado informe Tyrrell qu'une tour de bureaux à 800 mètres à l'ouest est occupée par l'ennemi...* »

Hébété, Juan-Luis de Loyola contemple des images qui défilent sur l'écran. Dans ce conte à dormir debout, serait-il en éveil couché sur son bureau ?

« *Dans huit minutes, les soldats de la coalition vont traverser le pont pour donner l'assaut. Prado demande par radio à l'armée de l'air de lâcher un écran de fumée pour les couvrir. Il a vu aussi un tireur isolé sur le toit du plus haut immeuble au-delà du pont, mais il rappelle au commandant qu'il est interdit en temps normal de tirer sur des bâtiments civils. Tyrrell aperçoit alors un détail qui a échappé à Prado : l'antenne au sommet de la tour est un pylône tactique, ce qui prouve que les insurgés utilisent ce building comme base de communications.* Voilà une cible de choix, *s'écrie-t-il. Il demande qu'on largue sur l'immeuble une bombe à fragmentation de faible létalité, pour limiter le nombre de victimes.* »

Que signifie cette hurluberlue ? Paniqué, Loyola s'empare du fusil à lunette infrarouge posé sur son bureau et bondit vers la fenêtre toujours noire. Suant à grosses gouttes, il attend le missile guidé par GPS, les nuages de fumée, la sirène des ambulances. Il attend, n'en étant plus à une éternité près au cours de cette nuit infernale.

« L'air est chaud, mais ce n'est pas la chaleur étouffante de Bagdad. C'est la fin du printemps à Phoenix, Arizona. Nous sommes dans le simulateur de guerre d'une base de l'armée portant elle-même le nom de l'oiseau mythique, et la climatisation est en panne. Le fleuve, le pont, le trafic des voitures, le cri du muezzin, la Tour sont tous virtuels : il s'agit d'une simulation projetée sur des écrans plats qui recouvrent les murs, sonorisés par des haut-parleurs sous le plancher, et programmés par une demi-douzaine de serveurs Windows à l'étage en dessous. De réel, il n'y a guère que les débris de meubles sur le sol, l'officier à côté de moi et les poussées d'adrénaline, toujours inévitables quand on bosse à Phoenix. »

Juan-Luis de Loyola regarde par la fenêtre, son cerveau ne croit plus que ce que ses yeux voient est le monde réel. Quel cerveau, d'ailleurs ? Il lui semble avoir pris un retard de plusieurs siècles sur les événements récents. Ode à la tour nomade... Au-dehors, sous la lune, cette nuit sempiternelle. Il s'approche de la vitre, épaule son arme, vise comme il a fait tout à l'heure (quelle heure ?), mais sans plus appuyer sur la gâchette que le commandant Paul Tyrrell n'a lâché ses obus contre une tour associée aux manœuvres de Phoenix, Arizona.
Œilleton, ligne de mire, collimateur, cible... Au-delà du pont, sur l'autre rive du canal, il met en joue la silhouette se découpant en ombre chinoise à la fenêtre de l'***Eva's Bar***. Tout lui dit qu'il a déjà fait le voyage et qu'il en est revenu. Mais peut-il encore se fier aux sensations ?
Théâtres virtuels de guerre sont nos jeux vidéo conçus d'abord pour l'armée américaine en Irak, avant d'occuper l'écran des foyers sous forme d'images réelles où se plongeront les enfants grâce à leurs *videogames*. La dernière œuvre de Guy Debord fut un *Kriegsspiel*, et nos *wargames* ne refusent pas de s'en inspirer... Ce chef d'œuvre de simulation n'es-il pas le fruit d'une collaboration inédite entre le Pentagone et les studios de Hollywood, sous l'égide de l'A.A.A.A.A. ?

Traverser l'écho

d'une voix dans le canal, c'est se demander quel est le scénario du jour. Investie du pouvoir surnaturel de guérir les plaies d'un monde agressé par le dragon, la légion des anges nous a commandé les programmes d'une *realpolitik de la fiction*.

Qu'y a-t-il de commun entre commandement militaire et leadership économique, entre guerre et gestion de la tour Panoptic ? Juan-Luis de Loyola revoit le masque énigmatique de Sacha Bielinski, derrière son bureau de Langley, venant de ranger dans un tiroir le dossier renfermant toutes les ombres de sa vie. Les plus hauts managers, poursuivit la voix d'automate, cultivent une part de leur enfance, la magie des possibles, une innocence ludique sans lesquelles il n'est pas d'aptitude à créer. Croyez-moi, la clé du leadership est dans le ***narrative turn***, sans une bonne histoire il n'y a ni pouvoir ni gloire. Où voulait-il en venir ? A nouveau, Loyola se crut en plein rêve. Lui traversa l'esprit le souvenir de scènes comparables où le héros, pour se prouver qu'elles étaient bien réelles, se pinçait jusqu'au sang. Ce qu'il fit. C'est donc avec sur le visage une expression visible de douleur qu'il entendit Sacha Bielinski, s'étant mis debout, hurler soudain : « Cache-toi, objet ! ». Loyola ne put décider dans l'instant si le récit de pareille expérience, à supposer qu'il ne s'agît pas d'un cauchemar, serait accepté dans un roman. Bielinski se rassit et l'invita à faire de même. « Un petit rhum Evangelista ? Celui que préférait votre père... » Loyola ne quitta pas des yeux le fond de son verre pour écouter le laïus de celui qui venait de le terrasser à deux reprises par le rappel d'un slogan de Mai 68, puis par l'évocation de ce qui touchait à sa plus intime blessure. C'est une proie sans défense qui s'entendit mettre en demeure d'écrire ***The Evangelista's legend***. Justement, le patron de la Panoptic donnerait une petite fête le soir même à Los Angeles. La cité des Anges ne devait-elle pas servir de Q.G. au combat contre tous ces dragons asiatiques ? Au cours du trajet, Loyola fut briefé sur le thème des ***mythmakers*** de la future ***dreamsociety***. « Dites-le avec des fictions, les gens adorent les histoires, la puissance des contes ne s'est jamais démentie », affirmèrent ses écouteurs durant le voyage. La tour Panoptic de Los Angeles accueillit ce soir-là un apprenti modèle en la personne de Juan-Luis de Loyola. Cinéma, jeux vidéo, séries télévisées, médias en tout genre seraient les vecteurs fictionnels d'un effort de guerre sans précédent. Jésus Evangelista présida l'assemblée, où les plus hauts responsables du Pentagone côtoyaient de nombreux réalisateurs d'Hollywood, lesquels se virent impartir la mission de prévoir l'avenir ainsi qu'il en allait avec l'oracle de Delphes. La suite coulerait donc de source pour Juan-Luis de Loyola. Sur base du ***Kriegsspiel*** de Guy Debord, il ne lui serait guère difficile de mettre au point ce qu'il s'empresserait de nommer un générateur de situations : le ***Story Drive Engine***. Ce fut alors jeu d'enfant d'imaginer des ***storylines***, programmés par ordinateur, qui mobiliseraient tous les sens des acteurs – la vision, l'écoute, le toucher, l'odorat – pour les confronter à des personnages virtuels capables de réagir comme des êtres réels – en situation. L'enjeu principal ne serait plus un champ de bataille réel, mais un miroitement de signes, celui de la guerre virtuelle, où s'affronteraient moins des armes que des scénarios, dont le but ultime s'apparenterait à une construction mythique. Jésus Evangelista lui-même le féliciterait, qui comparerait ses scénarios de combat aux épopées d'Homère. L'unique défi : avons-nous la bonne histoire ? Colle-t-elle à la réalité ?

La Guerre des Mondes

Carnet d'Alexandre Bielinski

Te souviens-tu de ton escapade aux States ? Ma bouche, mes oreilles sont encore écorchées par tous ces mots barbares qu'il fallut bien prononcer pour te convaincre d'une réalité qu'aucun roman n'oserait envisager. Dites-le avec des fictions ! Si ce mot d'ordre est aujourd'hui celui de toute propagande politique aussi bien que du moindre film publicitaire, c'est bien que la tour Panoptic seule s'arroge désormais les anciens privilèges de l'aède. Non qu'il soit interdit d'encore publier des livres. Mais leur substance est vidée de sens par les instances où se détermine l'essence du réel. Ainsi prolifère la chose imprimée, selon des critères dissuadant chacun d'appréhender le monde en sa globalité. Tu peux sans doute à peine imaginer l'effet que produisit sur moi le premier coup de fil que je t'ai envoyé depuis Langley. Entendre ta voix ! Puis ta convocation, je l'avoue, plutôt risible, et tout le cirque organisé jusqu'à la cité des Anges... Davantage pour provoquer ta défiance, qu'afin de susciter une sérieuse adhésion à de telles mascarades... Me pardonneras-tu le petit numéro que j'ai joué dans mon bureau ? Figure-toi qu'il y a cinquante ans déjà, j'étudiais l'idéologie de votre Internationale, dans cette revue dont les concepteurs entendaient révolutionner la planète par les moyens du jeu. Quelle plus belle astuce que de faire du jeu le seul enjeu des luttes, quand la vie n'est un jeu que pour qui s'est d'abord joué de la misère... Aussi ne me suis-je pas peu amusé de ta surprise, lorsque je t'ai lancé ce « Cache-toi, objet ! » qui était l'une de vos formules canoniques... Plus grave est peut-être l'allusion qu'ensuite je fis au rhum préféré de ton supposé père. Abel de Loyola et toi, toi et Abel de Loyola. J'avais devant moi sa vivante réplique. Vos deux visages se confondaient comme des images reflétées par deux miroirs, disposés à cinquante ans de distance. Une femme sans âge entre vous deux...

Rengaine d'une idole des vitrines

Oyez, dames et lords, cette ode à une tour nomade !
Puisque c'est le medium qui vous manque le plus sous la dictature des médias, je vous prie d'écouter parler encore un fétiche en bois. Voyez tourner ce derviche femelle, quand elle s'abandonne à la volupté de son vertige...
Tous les esprits des morts parlent en moi pour vous dire que le grand saut de l'aède est leur signature. Ce sont eux qui organisent le songe diurne, la divine féerie de cette nuit. Eux qui battent le rappel des idoles réunies en foule sur le pont devant ma vitrine. Eh oui ! Durant ce long sommeil des vivants, la masse informe et endormie des créatures sans vie s'est soudain mise en éveil. En eux la mort, alliée des pauvres, se venge des propriétaires du monde. Comme si c'était à eux de faire parler l'histoire humaine, toutes les racoleuses, tous les travelos, tous les gitons inanimés de la cité maquerelle ont quitté leurs étals à l'appel d'une statue de bronze posée sur la flèche de l'Hôtel de ville.
« Cache-toi, objet ! » C'est l'ironique slogan brandi par le peuple des supports pour costumes griffés, friperies à la mode, maquillages et parures en tout genre, chaussures de luxe, montres à mille dollars, batteries de cuisine, automobiles en solde, gadgets électroniques – toute l'armurerie di citoyen civilisé – quand ils défilent en ordre de bataille sous l'uniforme de la coalition démocratique en Irak. L'écran de fumée se dissipe, on voit les dragons dans le ciel de Bagdad pondre leurs œufs de feu dans un fleuve rouge de sang. Faire de l'Apocalypse une genèse de la nouvelle Jérusalem, ont-ils entendu proférer par les maîtres de la tour Panoptic.
L'ordinaire sorcellerie se renverse, l'armée des choses parle un autre discours. L'assaut donné au pont par cette soldatesque se répercute au fond de mon ventre, brûlé de chocs électriques, là où je sais que toute femme est signe de la mer. En cette pantomime se poursuit le sabbat d'Eva de Cuba.

Sabbat d'Eva

« J'aurais pu m'enfoncer avec toi dans les profondeurs du canal et rejoindre le monde infernal en moi les quatre éléments se relient si la queue du serpent me rapproche de la terre et les ailes de l'air c'est de l'eau que je suis issue tout en participant au grand feu cosmique où tu t'embrases en gigotant comme un damné tandis que le fils d'une fée bat des ailes dans le ciel de cette ville appartiens-tu au genre humain puisque ton nom demeure celui du titan porte-globe même si tu n'as rien d'un ogre cannibale ni d'une figure gigantale il est vrai que dans les contes fées et géants dissimulent bien des secrets de lointaine origine étions-nous l'un et l'autre des monstres hybrides associés aux entrailles marines et aux divinités astrales ?

Ni ange ni démon, j'ai rejoint ma véritable nature d'esprit de l'autre monde.

Toute femme est signe de la mer et que serait ce signe s'il n'était l'essence du réel cette plage de Naoussa cette île et toutes les autres îles existaient-elles vraiment avant le premier regard de l'Indienne Habanaguana ne sont-elles pas nées d'autres îles qu'elles imitaient au fond de mes yeux verts quand tu me vis jaillir en fontaine de soif sur le pauvre perdu que tu étais au sortir des camps de la mort ?

Ce ne serait pas une histoire à dormir debout que cette invitation à traverser l'océan de mes yeux. Dans mon champ magnétique, l'aède retrouverait la pulsation première qui le relierait aux mystères immémoriaux.

Ton histoire naît de ces apparitions surnaturelles puisqu'il te fallut me voir telle pour que prît sens ta vie de mortel tu ne me poserais pas de questions tu admettrais l'absurdité d'un voyage proposé vers d'autres mers sur la nef de mon père et même si je devais rompre le pacte pour disparaître à jamais de ta vie notre union selon les fables engendrerait une héroïque lignée que je fusse Indienne ou Négresse ou fille blonde aux yeux clairs mon image ne s'enracinait-elle pas en toi depuis les premières mythologies totémiques ?

Les fées et les sorcières ne meurent pas, qui poursuivent leur vie dans un royaume lointain, médiatrices entre forces cosmiques et communautés humaines. Encore faut-il que les hommes écoutent l'appel qui bat en eux venu de l'autre rive, seule garantie pour eux d'habiter un jour vraiment leur monde.

Oui la première mondialisation fut bien celle des mythes et des légendes puisque leurs motifs essentiels se répètent en des formes identiques sur tous les continents dont seuls changent les détails comme a bien dû le constater Atlas quand il m'a vue l'enlacer comme un serpent tandis qu'une paire d'ailes nous emportait vers des cimes inconnues pour que nos corps se mêlent à la poussière des astres moi qui suis créature des mers n'étais-je pas colombe dans ses bras ?

L'aède ignorait toujours ma véritable nature, qui resterait un défi permanent à toute définition. Femme ? Serpent ? Oiseau ? En vérité, tout cela à la fois, car j'échappe au principe logique d'identité. Ne peut-on être serpent et oiseau sans cesser d'être femme ?

Une crucifixion racontée dans un style sublime ce fut l'essence de l'art occidental une aspiration à la présence de l'être enfin réconcilié mais voici que le monde moderne congédie l'éternité divine dans le calcul du temps voici la division fatale entre d'innombrables racines vouées au travail de puiser la sève et les fruits réservés à une infime élite voici l'Occident comme une perte cruelle de l'essence qui lui fait pomper toutes les substances du monde en une course infernale à la possession des êtres et des choses comme le firent Aristos Théokratidès et Jésus Evangelista suis-je vraiment la fille de l'écumeur des mers dont les pétroliers furent les plus grands tankers d'essence du dernier demi-siècle en un sens oui car j'habite le chaos des origines et le cosmos des fins dernières pour prophétiser qu'un jour le monde sera par tous habitable où se côtoieront l'humain et le divin mon chéri n'est-ce pas toi l'homme dont les bras s'écartèlent entre l'Est et l'Ouest ? »

Juan-Luis de Loyola se réveille à nouveau. Incrédule, il tâte ses mains blessées à sang. Dans son souvenir, en plein cauchemar face à Sacha Bielinski dont la voix lui parvenait toujours comme celle d'un automate, il s'était pincé les paumes pour vérifier qu'il ne rêvait pas. Et ses mains saignaient ! Titan crucifié aux confins du monde, l'aède portait un double stigmate, que lui-même ressentait. Dans sa paume droite brûlait une pièce de monnaie venue de l'île natale ; dans sa paume gauche irradiait la féerie nocturne d'une fleur de Pâques. Par quelle sorcellerie ? Loyola saisit des deux mains la tasse pleine du liquide noirâtre, qu'il élève au ciel ainsi qu'un ciboire. Un alleluyah lui répond du côté de la fenêtre. Quelle prière monte-t-elle avec le bruit de tes ailes, toi, ma fidèle entre les fidèles ? Je sens à ton bourdon contre la vitre noire que ces événements t'inquiètent. Où est passé le jour ? Serait-ce que la Terre aurait figé la rotation de son axe pour ne plus embrasser que les ténèbres ? Inventer de faux soleils, de fausses étoiles et de fausses lunes : tu le sais bien, que c'est la raison d'être et la sainte mission de la tour Panoptic. Une vieille histoire qui me ramène toujours à ce 26 juillet 1953. Ce n'est pas une raison pour te diriger par bonds fous dans l'espace, afin d'aller puiser je ne sais quelle ivresse de salut dans ma tasse de café au rhum !

« Par la grâce de Dieu ! N'hésitez pas à venir écouter la cruelle histoire d'un homme expirant sur la plage de ses rêves au bord du canal de Bruxelles... Une terrifiante histoire dont on parlera longtemps, la magnifique histoire inventée là-haut par Eva de Cuba... »

L'homme qui était mort écoutait le flot d'une mer échouant sur le rivage, l'élan forcené des vagues brisant leur écume contre le quai du canal. Il habitait toujours le vertige d'un songe, parcelle de souvenir dans la sève du figuier maudit. Qu'est-ce que je fais en cet endroit et qui suis-je encore ? Toutes ces ombres devant ses yeux lui chuchotaient l'histoire d'un homme et d'une femme, la houle entre elle et lui de marée haute qui se fracasse dans les grandes eaux de la mémoire. Il sourit. La mort d'un homme, vous ne m'empêcherez pas de hausser les épaules, même et surtout s'il a votre visage... Car il n'avait plus guère de visage, lui qui provenait d'un peuple de la mer dont l'histoire s'était enroulée sur elle-même comme ces lianes autour du réverbère, pour engendrer sans fin des ancêtres imaginaires. Mais elle était pourtant bien réelle, cette fleur de Pâques fanée depuis la nuit des temps qu'il remuait entre ses doigts... Ne se racontait-il pas toutes ces histoires pour cacher l'essentiel ? D'un mouvement du pouce appuyé contre l'index, Atlas propulsa vers le plafond du café la pièce de trois pesos qu'il rattrapa de l'autre main. Elle était retombée dans sa paume en offrant le visage en gloire du Che. L'homme qui était mort vida son verre de rhum additionné de limonade au cola. S'efforçant d'oublier ce qu'il venait d'inventer, il concentra sa pensée sur les générations d'ancêtres qui avaient peuplé cette île des Caraïbes et joui des sortilèges du Jaguëy, bien avant que Colomb n'en découvrît l'existence.

(Aurore aimait que je lui parle du dragon veillant l'arbre aux Pommes d'or dans le jardin des Hespérides, et de celui qui gardait la Toison d'or en Colchide. Au cours de cette nuit, dans la piaule de Naoussa, je lui révélai que la proche baie de Colymbythres avait, pour l'origine de son nom, une histoire qui n'était pas sans lien avec l'étymologie de Colomb. L'idée de baptistère s'y trouvait connotée, selon des racines antérieures à l'ère chrétienne. C'est aux alentours de ces eaux basses, propices à des cérémonies baptismales païennes, qu'on avait retrouvé les plus saisissantes figurines en marbre des Cyclades, dont les formes, par leur abstraction, n'étaient pas sans évoquer l'art de certains peuples appartenant à l'aire d'expansion des Indiens caraïbes. Il n'en fallait pas plus pour que décuple

son excitation de me voir franchir avec elle espaces et temps imaginaires sur le yacht de son père.)

Si le dragon pouvait parler, se dit-il, et dénouer enfin le noeud replié dans sa mémoire... Au lieu du labyrinthe où vies et rêves aujourd'hui se trouvent cadenassés, n'est-ce pas une spirale infinie qui s'offrirait à découvrir ? Toute ma vie, murmura-t-il dans le silence du café désert, j'ai cherché le seuil d'un Orient qui ne fût pas nécessairement tourné vers le soleil levant. Cette île en était le symbole. Ne fut-elle pas le seul pays de l'Est au-delà du couchant ?
Il reposa la pièce de métal à côté du verre et fixa des yeux la virevolte imprévisible des vagues au-dessus de la rambarde du canal, comme il en allait sur le Malecón quand de tels flots déferlaient en gerbes immenses et se fracassaient dans un grand rire d'Eva sur la digue de Baracoa, province de Guantánamo. Du côté des Abattoirs, un invisible tramway de l'aube se mit à gémir avec une mélancolie déchirante, poussant un cri d'agonie qui venait de ses propres entrailles. Avoir été présent sur ce champ de bataille sans armure, nu. Toute une vie de Troyen. Carnage de viandes broyées par les machines qui les ont mises en boîtes et les font s'entredéchiqueter, dans un fracas de chairs et de carapaces mêlés... Toutes les histoires qu'il se racontait le ramenaient à ce qu'il avait perdu, qui remontait à l'Iliade homérique. D'aussi loin que ces histoires lui vinssent, elles parlaient des guerres du présent comme de catastrophes et de ruines à venir dans un futur trop prévisible, sous l'effet du même désastre initial. Pourquoi ne pas toucher encore des yeux ce nuage de lumière autour d'un réverbère, éprouver le sang noir dans les veines d'une ville au gré de ses fantômes ? Non, les temps d'un défunt n'étaient pas étanches quand il se remémorait ses multiples vies. On voyait surgir des personnages anciens, dont les silhouettes se profilaient dans les dédales de l'avenir. Leurs ombres erraient sur les façades, l'écho de leurs pas se réverbérait à la surface des eaux noires. Ainsi deux aèdes illustres entre tous, que nul ne connaissait plus, se parlaient-ils à voix basse en marchant le long du canal, qui transportait leurs voix bien au-delà de ses propres chimères.

— L'aurore aux doigts de rose ne viendra plus.
— C'est vrai, la nuit se fait longuette.
— Un petit creux ?
— A défaut de rôtir le mouton qui portait la toison d'or de Colchide.

— Il nous reste à croquer les pommes d'or au jardin des Hespérides.
— Je me paierais volontiers l'un ou l'autre fruit défendu.
— J'engloutirais bien quelque morceau de vie doré sur tranche.
— Une tranche de bible ?
— Festin d'Ulysse ou de David, vous faites bien de poser la question.
— Voyons quelle place ils nous réservent en leurs post-modernes banquets.

(Aurore savait de l'aède qu'il était le citoyen d'un pays qui n'existe pas. Libellé dans une langue inconnue, son passeport était un grimoire où s'inscrivaient, en signes cabalistiques, des renseignements imaginaires autour d'une photographie d'identité sans cesse à inventer. C'est pourquoi l'aède Atlas demeurait fidèle au drapeau soviétique : une expérience unique dans l'histoire humaine, dont l'évangile même stipulait de ne pas croire à ce que l'on voit. Après Troie et Carthage, Moscou - la troisième Rome - valait toujours d'être défendue contre une occidentalisation du monde ajustant le réel aux lois seules du visible. De sorte que, pour l'aède, les triomphes apparents du communisme furent ses échecs les plus cinglants, quand sa disparition partout proclamée signifiait le retour au statut de spectre, hantant à jamais la mémoire du monde.)

Dits de la chevelure des Pléiades

Juan-Luis de Loyola s'était réjoui dans son rêve d'embrasser toute la destinée du monde. Il avait chevauché le dragon d'une rive à l'autre des grandes eaux, voyageant de Bruxelles à Los Angeles, croyant maîtriser la vague l'ayant chassé de sa propre histoire pendant tant d'années, pour le ramener à lui-même il ne savait plus très bien où, comme un dormeur qui se réveillerait juste à temps pour consigner son rêve sur une feuille de Jaguëy.
Aurait-il ouvert les yeux à cet instant, que Loyola se serait aperçu d'une éclaircie dans les nuages autour de la cime d'un arbre, ce qui lui aurait rendu l'espoir en la promesse d'une aurore. Mais il continuait de dormir en rêvant, comme il avait dormi tout au long de sa nuit, rêvant d'avoir tué un homme qui aurait abattu son père voici cinquante ans, rêvant que ces deux hommes auraient connu sa mère sur une île lointaine, rêvant que son rêve unissait l'Occident et l'Orient.
Mais, rêvant, Loyola dormait-il vraiment ?

Cri du Cimarrón

Mon œil nucléaire ***irradie depuis le sommet d'une montagne, pour lire l'histoire cachée du dernier demi siècle. Dans la vallée de Cobre battent les tambours et je vis aussi bien cette nuit transfigurée du 16 juin 2004, que celle du 16 décembre précédent,*** noche de la San Lázaro. ***L'ancien compagnon d'errances de Juan-Luis de Loyola m'y tenait compagnie, dans un hamac prêté par Alberto Lescay, le sculpteur nègre à qui je dois cette statue faisant jaillir aux cieux le cri de l'esclave en cavale. Personnage de roman, s'est-il présenté à moi. Comment ne lui aurais-je pas soufflé l'anecdote survenue voici cinquante ans, quand, dans l'hôpital de Santiago, le pilote fou d'Hiroshima vit les lettres de son enseigne « ENOLA GAY'S JUICE » retomber sur le sol pour former l'inscription prémonitoire : « EL CASINO JAGUEY » ? Je ne pouvais alors savoir ce qu'il en ferait, ni si pareil hasard servirait à la cohérence de son histoire. Du reste, qui donc serait-il susceptible de s'y intéresser, depuis que les principaux récits fournissant un sens au monde sont l'œuvre des experts de la tour Panoptic ? Ce n'est pas tous les jours qu'en Occident s'entend la devise d'Alberto Lescay : « Je vois l'esprit, et j'essaie de le montrer ». Voila pourquoi je m'autorise à prendre la parole, au risque d'influencer ce récit. Voyageant à travers les espaces et les temps, j'ai glissé ma voix dans l'oreille du narrateur, tandis qu'il tentait de franchir un pont enjambant le canal de Bruxelles :***

— Laisse tomber la tour Panoptic et suis-moi.

— Où ça ?

— De l'autre côté !

N'oublions jamais que la cible de la bombe, à Hiroshima, était un pont reliant la ville au Quartier Général militaire. S'il m'est possible d'intervenir à mon gré dans la conscience des hommes, j'ignore toutefois quelle influence réelle pourrait avoir une telle intrusion. L'envie me démange d'ailleurs de faire un bond par-dessus l'océan, comme en avait eu l'audace un essaim de mouches depuis Hiroshima. Quelque souffle atomique traversera-t-il ce roman ?

Dans les ténèbres du bureau, ma main a voulu débarrasser mes yeux de cette mouche entêtée, mais elle n'a fait qu'en chasser un avion de guerre, lequel a fracassé la vitre avant de disparaître dans le ciel. Assez ! L'écho m'a renvoyé mon cri encore plus fort que le BANG lancé par l'avion militaire en signe d'adieu comme il franchissait le mur du ***son***.

Juan-Luis de Loyola déambule sur le pont du canal de Bruxelles. Sa tête bruit de mille échos répercutés d'une rive à l'autre de ses rêves. Ses esprits ne sont pas tout à fait revenus de Los Angeles. Il entend toujours la voix d'Evangelista serinant ses prophéties face aux gens d'Hollywood et du Pentagone, réunis dans une même croisade sacrée. Le fracas de ses pensées en vagues déferlantes couvre la voix d'une colombe qui se tait à l'instant. Invente une langue de feu, vient-elle de lui dire, invente une langue de feu capable d'abattre cet insecte de métal ! Invente une langue transformant le son en ***son*** *santiaguero ! Mais d'où venait cette colombe, tandis qu'il marchait sur le pont reliant le Couchant au Levant ? Par tout l'Orient les oiseaux de malheur taillent l'espace des villes en flammes, par tout l'Orient l'hystérie des raids aériens dans les crânes gagnés par la psychose d'Occident. Plus personne pour entendre le langage de la colombe aux pays du Phénix. Partout les mouches métalliques dévorant le cerveau gauche de la raison, pondant leurs œufs dans le cerveau droit de l'appel aux allahs. Sur la Phénicie les bombes tombent. Entre Athènes et Jérusalem les missiles pénètrent le nid du Phénix et ressortent comme si de rien n'était. L'A.A.A.A.A. fait son boulot. Loyola marche d'un pas ferme au milieu du pont. Je veux chanter, se dit-il, inventer cette langue de feu dont parlait la colombe. Les dragons volants hurlent autour de lui, les archanges crachent leurs pluies de sang. Il n'entend que le bruit de ses pas sur le pont dévasté. Chaque fois qu'avec Anatole ils voyaient des cadavres à la télévision – victimes de quelque guerre, peste ou famine dont les morts se trouvaient innocents, dans la mesure où ces fléaux avaient été commandés par une logique si peu aveugle qu'elle garantissait à l'Occidental d'en être indemne – il allait de soi de poser la question : « Pourquoi eux et pas nous ? » Quelqu'un, qui n'était pas avec lui, fit alors entendre sa voix :*

— Laisse tomber la tour Panoptic et suis-moi.

— Où ça ?

— De l'autre côté !

Loyola se sentait toujours attiré par l'autre rive, sans s'être aventuré depuis longtemps dans ce quartier oriental de la capitale d'Europe – fille du roi Phénix. Notre héros se résolut à franchir l'abîme le séparant de ce qu'il devinait être une zone obscure dans la dimension de l'espace, mais aussi la face cachée du temps. Peu à peu, comme il traversait la frontière interdite, sa rêverie prit un cours différent de ce qu'elle était au sommet de la Tour. Y aurait-il quelque chose de réel dans l'art d'explorer les domaines invisibles ? Ses anciennes dérives urbaines en compagnie d'Anatole, sans doute, l'en avaient convaincu. Mais il en était passé de l'eau sale, depuis, sous les ponts de Bruxelles ! Son regard changea face aux maisons qui s'alignaient sur le quai opposé. Jamais il n'avait vu cette partie de la ville engourdie dans son sommeil matinal. Malgré l'obscurité régnante, il eut l'impression d'une poitrine ornée de médailles. Ce quartier miséreux bombait un torse décoré de mille simulacres naïfs, où toutes les nuances du jaune au rose en passant par le vert et le bleu se conjuguaient pour faire de ces façades un artifice en trompe l'œil imitant aussi bien les masures populaires de la Boca, dans le centre de Buenos Aires, que les nobles palais de Saint-Pétersbourg. Loyola s'agrippa au parapet du pont. N'étaient-ce pas des villes qu'avait arpentées son vieux pote, l'une à l'Orient, l'autre à l'Occident, dans de précédents romans ? L'aube d'un grand jour devait se lever sur Bruxelles, et l'on ne tarderait pas à découvrir que la statue équestre du tsar Pierre le Grand se cabrerait au centre de la plazza de Mayo, à deux pas du rio de La Plata, tandis que le général San Martin caracolerait sur le roc abandonné de la place du Sénat, non loin de la Neva. Ce ne serait encore qu'une entrée en matière. S'il se trouvait où que ce fût quelque esprit disposé à comprendre la nature des phénomènes enregistrés cette nuit-là, qu'il suspende son attention de tout vain bavardage pour la concentrer sur le chant de mon feuillage. C'est vers l'estuaire de La Plata que se dirigent en effet les eaux du canal où carillonnent les cloches de l'Isakski Sabor. La nuit tombe sur les toits de Buenos Aires et Loyola capte l'humidité d'une autre nuit contre un parapet de la Neva. Comme si cela ne suffisait pas, l'archange et le dragon de Bruxelles, toujours en escapade, seraient bientôt remplacés par un hôte inconnu, qui danserait sa rumba sur la flèche de l'Hôtel de ville, parfait médiateur entre ma cime et le royaume des ténèbres.

Cri du Cimarrón

Frère du Titan d'outre-mer qui, au couchant de l'Europe, soutient sur ses épaules une colonne reliant ciel et terre, je m'élance en lumière verticale depuis la montagne de Cobre. Signe des dieux afro-cubains, je suis la flèche d'un arc tendu entre les entrailles des Caraïbes et les étoiles des Cyclades. Quand donc ce Loyola passera-t-il du jour nocturne au jour authentique ? Pour le nègre en cavale, tout est départ d'une autre vie. Quand les tambours battent à minuit dans les villages de la vallée, mon cri de feu s'embarque dans le rire de la lune et vogue loin, par-dessus l'Atlantique, vers les négresses revenant du marché des Abattoirs. J'ai parcouru jadis la distance qui va du cri du léopard à celui du jaguar, mes ancêtres ont agonisé dans les cales-matrices à travers l'océan, pour que leurs dépouilles ressuscitent au milieu des champs de cannes à sucre et de tabac. Les bombes sont passées par ma lune et l'ont fait exploser sur la Sierra Maestra, quand une colombe s'est posée sur l'épaule de Fidel pour se transformer en étoile rouge que j'ai suivie le poing levé car je connaissais la voie des airs. Oui les esclaves meurent et ressuscitent alors que leurs maîtres s'emparent du ciel mais retombent sous terre, où leurs mâchoires métalliques broient des montagnes de cuivre pour forger de nouvelles ailes qui s'élancent plus haut encore, pendant que les esclaves chutent à leur tour puis renaissent ailleurs, dans un ballet d'anges et de démons qu'il m'arrive de rencontrer à l'abri des nuages. Ainsi j'ai entendu mon propre sang dans le chant du Phénix. Il vole au gré des mots dans les cinq directions, de préférence la direction inexistante. L'oiseau rouge a traversé mer et océan depuis la Galilée pour me dire que rien ne lui était étranger comme les moujiks de la Neva et les gauchos du Rio de La Plata. Je lui ai répondu que j'étais cinq cents ans de l'histoire nègre et que j'avais perdu ma rose des vents et que mes chaînes de fer comprenaient les rêves des steppes de Russie comme ceux de la pampa. C'est alors que dans le ciel j'ai croisé Pierre le Grand et le général San Martin, l'un et l'autre sur leurs montures, qui m'ont demandé pourquoi tu voles, et je leur ai répondu : parce que j'ai rendez-vous dans la capitale d'Europe. Les deux statues de bronze ont poursuivi leur voyage, tandis que moi-même, esclave rebelle en cavale, j'atterrissais sur l'Hôtel de ville de Bruxelles déserté par l'archange et par son dragon.

C'était hier et c'est demain

Sommeil, fatigue, solitude.
Ce n'est pas si simple, la mort, surtout quand on survit. Je dors quelques minutes, me réveille, me rendors. Dans ce sommeil empli de bruits espacés, se détachent les coups d'une lointaine horloge. Il me semble avoir perçu comme un cri venant de la Grand-Place. Entendre toujours des voix, parler à des personnes absentes, voire inexistantes...
L'aube s'annonce par des clartés à peine perceptibles sur la vitre du café. Sortant de l'ombre, les toits de l'autre quai recouvrent lentement leur couleur grise et la flèche lointaine de l'Hôtel de ville émerge de sa nuit. Chacun verra bientôt l'archange et le dragon reprendre leur éternel combat dans le ciel. Le monde et ses tours couronnées d'étoiles, ses palais superbes, ses temples solennels ainsi que ses édifices officiels surmontés de leurs anges et de leurs dragons – tout ce dont il est héritage : empire d'Amérique ou royaume de Belgique, avec leurs cortèges de rois, de ministres et de bouffons – tout va bientôt se dissoudre comme un numéro de spectacle au grand cirque d'Eva de Cuba ! Mais attention, Mesdames et Messieurs, car il reste à découvrir le clou du spectacle, une double traversée du miroir – une percée du mur de la lumière – par l'espèce de beatnik millénaire toujours installé contre la vitre d'un café donnant sur le canal de Bruxelles.
Pourquoi suis-je encore ici ? Quelle plaisanterie m'a-t-elle fait revenir de ces eaux noires ? Une pluie froide fouette les vitres. Elle frappe avec rage comme si, chargée d'un message urgent, elle réclamait mon écoute. Si je suis devenu fou, appeler folie mon mal n'arrange rien pour moi, pas plus qu'il y a cinquante ans dans cet hôpital de Santiago, pas plus que pour mon petit-fils au camp de Guantánamo. Je te parle, Eva, cela dit tout et ne dit rien, tant les mots sont d'eau pure qui coulent de ta source à mes lèvres et ruissellent en cascade par tous les chemins de mon être vers le double océan de tes yeux, ce miroir où je me fracasse... Oui, pourquoi suis-je encore en vie, quelle sorcellerie me fait-elle traverser le cristal magique pour me souvenir d'images à la lumière d'une autre époque ?

Notes en bas de vie

Comme un homme parle après sa mort. Un autre prononce. Dans la pénombre de mon ventre. Les mots d'avant sa naissance. Et la chambre d'échos. D'une matrice. Répercute à tous les vents. De l'Est et de l'Ouest. Bien des secrets. Nécessaires au futur. Pour comprendre. Notre siècle. Depuis ce jour de mars 1953. Où Radio-Moscou annonça. Que « le cœur de Staline, successeur inspiré de Lénine, guide génial du parti communiste et du peuple soviétique, avait cessé de battre ».
Le Congrès des Etats-Unis venait de confirmer la nomination d'Allen Dulles à la tête de l'Agence de renseignements la plus puissante du monde. Son budget dépassait celui de la plupart des Etats européens. Ni l'Abwehr hitlérienne. Ni le KGB du défunt Staline. Ni l'Intelligence Service. Ne disposaient de moyens approchant les siens. Plus de cent millions de dollars. Dont le Congrès. Comme le président. Ignorent. Où et comment. Ils sont dépensés. Avec mon père. Aristos Théokratidès. Et au bras de Jésus Evangelista. J'assiste à la réception. Donnée chez les Dulles à cette occasion. Dans leur maison coloniale. Sur les hauteurs de Guantánamo. Eva de Cuba n'est-elle pas une star. La plus belle femme du monde ? C'est du moins ce qu'assure. Mamie Eisenhower. En m'entraînant vers le buffet. Où trône l'esturgeon russe. Devant Lyndon Johnson. Chef de la minorité au Sénat. Discutant avec Sacha Bielinski. Des difficultés à venir. Entre la Maison Blanche. Et les leaders du Capitole. A propos de la politique nouvelle. A l'égard de l'Union soviétique. Les hommes boivent du bourbon. Les femmes sirotent leur champagne glacé. Servis par des extras de couleur. Tandis qu'Allen Dulles. Fait courir des rumeurs. Puisées au Salon Ovale. Sur la fatigue du vieux président. Face aux accusations lancées contre Moscou. Pour que bientôt. Grâce à quelques invités des ambassades. Le Premier ministre britannique. Et le chancelier allemand. Fassent pression sur Eisenhower. Pour l'inciter à soutenir. La ligne diplomatique rigide. Inspirée par Sacha Bielinski. Ne dit-on pas de l'Agence. Qu'elle a des hommes à elle. Dans les cercles dirigeants. De tous les pays occidentaux. Mais aussi. Dans l'empire soviétique ? Ce que me confirme. A demi mots. Ce dragueur d'Allen Dulles. Se penchant pour écouter. Puis attirant dans un coin. La déesse aux yeux d'émeraudes. Comme il m'appelle. Avec son petit rire nerveux. L'homme impitoyable. Dépourvu de scrupules. Disparaissant derrière un masque de gaieté. « Dites donc, ma chère Eva, cet écrivain grec inconnu, dont on s'est inspiré pour ce dernier film où vous êtes sublime, il faudrait aller nous le chercher ! » Je pris mon regard le plus terrifié. De biche aux abois. Au moment du coup de grâce. Pour toute réponse. Il reçut. Un sourire d'Habanaguana.

Rengaine d'une idole des vitrines

Comment sauver l'expérience humaine de sa destruction programmée ? La nuit du 16 juin 2004 en fut un bel exemple, aucun vivant – sauf Juan-Luis, mais appartenait-il encore à cette confrérie ? – n'ayant conservé souvenir de ce qui s'est passé. C'est à nous, peuple de leurs fantasmes, qu'il revenait d'en témoigner, sur le pont reliant la ville au Quartier militaire. Les statues du général San Martin et du tsar Pierre le Grand se croisèrent dans le ciel à l'appel de l'esclave nègre ayant pris possession de l'Hôtel de ville de Bruxelles.

Dans le cristal magique où brûlaient mes yeux d'émeraude se mêlaient la Neva au rio de La Plata. « Ceci est mon sang » criait la surface du canal. De quel feu s'embrasait-il encore, celui qui s'était interdit toute participation au commerce du monde, pour en appeler à une communauté d'êtres créateurs ?

Les êtres inanimés seuls avaient compris que personne ou tout le monde à sa place, c'est la même chose, quand rien n'est susceptible d'arriver. Jamais ce que l'on nomme l'armée de l'ombre ne fut mieux représentée que par eux. Tous les humains ayant déserté, le peuple des abîmes remonta du néant pour frayer avec dieux et déesses qui avaient quitté leurs vitrines.

Mannequins de cire au regard magnétique, polichinelles bon marché, bustes emphatiques de femmes pour salons de coiffure ou magasins de mode, épouvantails mâles et femelles animés d'une secrète concupiscence, l'armée des automates se déployait dans l'intemporel au pas cadencé, une-deux, une-deux, tandis que je restais à mon poste de guet. Courtisée par les grands de la Terre depuis le palais du roi Priam jusqu'au Kremlin de Moscou, sans compter les missions secrètes auprès des péquenots qui fréquentaient la Maison Blanche, il ne m'aurait pas déplu de promener ma statuette en bois des îles dans cette manif des trompe-la-mort, mais je devais aussi lui réserver le chant de mes yeux verts depuis les branches du Jaguëy.

Une lueur verdâtre est montée du canal, baume émeraude qui apaise un cœur écorché par le pic de la tour Panoptic. Peut-être quelque jeune manager du dernier étage, à l'instant même, est-il en train de scruter la ville depuis son poste de vigie, plongeant un regard amusé vers la loupiote mauve à l'entrée du café. S'il devait apercevoir l'homme installé contre la vitre, il le mépriserait sans doute, comme n'importe quel pauvre diable, sans savoir que j'aurais pu être son père. Toutes les lois régissant l'espace et le temps d'une planète n'ont-elles pas été chamboulées par cette Tour, de manière bien plus grave et coûteuse pour les humains que ces aimables distorsions de la logique et entorses au bon sens pratiquées par un aède ivre ? Lumière hors du temps. Spasme végétal aux profondeurs astrales. Retour ombilical dans la caverne de l'île natale. C'est là qu'était le paradis, la secrète partie de ton âme. « Pars sous la protection du Christ et de la Vierge », m'avait dit la Mère en me chassant à vingt ans du toit familial. Après les premiers maquis sous la dictature de Métaxas, à quarante ans passés j'avais connu la poussière du Caire, Damas, le désert de Palmyre, l'Euphrate, Bagdad. Je revoyais les interminables marches à la mort durant la guerre, la clandestinité, l'hôpital, à nouveau la clandestinité, puis les camps de barbelés sur une autre île de la mer Egée. Pendant toutes ces marches, la fatigue elle-même s'endormait et je ne pensais plus à rien, ou presque. J'avançais dans un demi-sommeil, au cours duquel il pouvait m'arriver de plonger dans un rêve sans cesser de marcher, comme si quelque volonté d'un autre monde me guidait. Je ne savais plus où j'étais, qui j'étais. Je savais seulement que j'appartenais à cet autre monde et je m'abandonnais au miracle qui me disait que tu continuais de m'entendre, où que tu sois.

A présent, le vent de la mer souffle doucement dans le café. C'est un long soupir à peine audible, un appel amoureux, quelque chose comme un chant venu de l'enfance. Si j'avais la chance de survivre à toutes ces guerres, je mettrais ce murmure dans un livre avant de mourir, m'étais-je dit alors que je retrouvais l'île natale il y a cinquante ans. Quelqu'un, dans un autre temps, m'avait donné mission d'unir les rives de l'Orient et de l'Occident, de l'Est et de l'Ouest. Impossible de compter les heures, tant ma pendule invisible remplissait la nuit de gémissements venus de cet autre temps. Il y avait bien des lunes que l'on m'avait déchiré par le milieu, pour me partager en deux. La partie gauche d'un côté, le côté droit de l'autre, et l'on a baptisé l'espace entre les deux parties de mon corps océan Atlantique. Un chapelet d'îles assurait le lien entre les deux rives, mais la plaie commençait à me torturer. Non, je n'étais pas fou. Ecartelé entre l'Anatolie et l'Atlantide, je me voyais couché sur une plage de sable aménagée au bord du canal de Bruxelles, tout en demeurant assis près de cette fenêtre à entendre les coups d'une lointaine horloge. Eva me tenait de longs discours auxquels je ne pipais mot, tout à mes propres brumes, dont était fait le rêve d'un somnambule ventriloque au septante-septième étage de la tour Panoptic. Il flottait à présent sur le pont de béton, dans l'air épais et laiteux. Etait-il loin ou près ? Je le voyais apparaître vaguement aux endroits éclairés du pont, puis sa silhouette se trouvait engloutie par le brouillard. On pouvait avoir l'impression qu'il allait s'envoler, disparaître dans la douce lumière crépusculaire de son propre songe.

Un brouillard gris flottait sur l'autre rive, où les maisons semblaient avoir perdu leur pesanteur. La tête pleine d'explosions en Mésopotamie, Juan-Luis de Loyola vit scintiller une affiche à l'extrémité du pont de béton :

“ ***LAS IDEAS PUEDEN MAS QUE LAS ARMAS*** ”

FIDEL CASTRO

Bien sûr, il maîtrisait toujours assez la langue de son enfance pour n'ignorer pas ce que ces mots voulaient dire. Mais il y avait autre chose dans ce slogan. Comme si quelque message étrange, ne présageant rien de bon, lui était destiné, dont il ne pouvait déchiffrer le sens profond. Comme si un effort inutile pour se souvenir du cauchemar s'effritait dans l'oubli. Mais l'art d'étirer les rêves au-delà du réveil est aussi celui de leur faire franchir la frontière du réel. Il s'agit d'un pont à traverser, dont on espère seulement qu'il ne s'écroule pas sous les bombes de la réalité. Car, dans celle-ci, nuit et jour se faisaient la guerre – comme la mort et la vie – comme lumière et ténèbres – comme l'Occident et l'Orient à l'intérieur du crâne. C'était cela le grand jeu d'Anatole. Franchir cette frontière, traverser ce pont. De sorte que chaque jour fût envahi par les sorcelleries de la nuit. Loyola fut saisi d'une sensation bizarre. Il n'était pas éveillé, il ne vivait pas pleinement l'instant présent. Etait-il encore à son bureau du dernier étage ? Déambulait-il sur le pont ? Cette impression, songea-t-il, ne lui serait jamais venue en compagnie de son vieux pote. Avec ce dernier, même les plus fantasques des idées partagées conféraient au moment vécu la densité d'un astre irradiant l'énergie de quelque uranium encore à découvrir. En bas de la ville, un vieil homme s'accrochait donc à ses mots comme au plus haut des parapets ; en haut de la ville, un homme encore jeune voyait ses mots couler plus bas que le canal.

Traverser l'écho

de ces voix dans le canal, c'est franchir une mer dont les vagues s'avancent dans le sang versé. Sur l'autre rive, une mort lointaine hurle sa douleur. J'ai entendu mon propre sang et j'ai écouté le vol du Phénix, au gré des mots dans les cinq directions. De préférence, la direction inexistante. Là où le ciel est proche de la cuisse d'une femme qui est ma mère, dont le volcan crache son éclair. Le sang est la mémoire de mon père et de ma mère. La mer est venue de mon sommeil au sommet de la Tour. Je me réveille et, sous les habits de mon cadavre, je cherche trace de moi sans trouver d'autre signe qu'une plume rouge tombée de mon crâne. Tout ce qui reste d'une chevelure héritée de mon père. Je cherche parmi les os de mon squelette et découvre, à la place du cœur, une parure de coquillages ornée de dents de jaguar. Il me faut une preuve, et je me dirige vers la fenêtre. Comment voir au-delà de la nuit, comment apercevoir un ciel derrière le ciel de cette nuit ? Les ténèbres là-bas s'accumulent aux ténèbres et toujours pas de lendemain. Je scrute l'aube à venir et tout au bout de l'Orient, dans la direction du soleil levant, j'entrevois le pays qui porte un nom éblouissant : Hiroshima. Est-ce là le ciel d'Hiroshima ? Oui, c'est peut-être ça.

Hiroshima. Hiroshima demain, demain se confond à Hiroshima. Feu, fumée, poison, rayons. Depuis le sommet de la Tour. Fin du soleil levant. Et si nous n'en étions encore qu'au début de la nuit ? Quelque part vers l'Orient, une énorme explosion. Semblable à celle qui permit la création de notre univers. Avec ses montagnes, vallées, fleuves, mers, coquillages. Là-bas, l'Occident a mangé l'Orient. Ne survivront que les mouches, maîtresses du monde. Qu'en dis-tu, chétive compagne de mes transes ?

Ave Eva

Un chapitre dont se dispensera
Qui maudit l'intelligence des mouches

La fête battait son plein chez les Dulles cette nuit de mars 1953 dans une maison coloniale sur les hauteurs de Guantánamo fleurie par la présence des plus jolies femmes de la province Orientale. Etes-vous chimère ou être de chair ? me salua d'emblée de ses yeux délavés le docteur Sacha Bielinski s'excusant de m'arracher un instant au maître des lieux ce diable d'Allen ami de mon père pour qui une réception parfaite n'allait pas sans son lot d'élégantes secrétaires du Capitole ou de starlettes et qui aimait à marivauder avec elles pour mesurer les séductions de son enflure intellectuelle. Il en imposait sans doute par sa taille mais aussi par la façon de rester immobile pas un pli ne bougeant de son visage ni de son costume de grand prix. « Quelle femme assez jeune pour être sa fille saura-t-il ce soir entraîner dans son lit ? » pouffe Jésus Evangelista me tenant par le bras dans une esclaffade bon enfant. « Même si là comme ailleurs il n'y a jamais aucune certitude, Allen étant un homme de secret » ajoute mon père en grande joie car la mort du Tsar rouge à elle seule ne justifiait pas de cesser qu'on s'amuse ni de renoncer à arroser cette nomination au sommet de l'Agence. Bielinski me fixait toujours de ses yeux délavés. Quel âge pouvait avoir ce regard bleu qui s'était posé sur celui de Rudolf Hess pour évaluer son état mental au procès de Nuremberg ?

Le berceau du nazisme était alors un champ de ruines envahi par les miasmes pestilentiels des cadavres pourrissant sous les décombres. C'est là qu'Allen avait rencontré pour la première fois celui qui était alors un éminent psychiatre soviétique. On plaisantait beaucoup sur le théâtre d'ombres où était née leur étrange amitié. Dulles croyait avoir de bonnes raisons de penser que l'adjoint du Führer qui s'était envolé vers l'Ecosse en 1941 pour soumettre un plan de paix à Churchill et avait ensuite langui dans une prison anglaise n'était pas le Rudolf Hess transféré à Nuremberg pour y être jugé avec les autres chefs nazis. Nul ne saura jamais ce que donna l'examen pratiqué par l'expert Sacha Bielinski mais la manière dont il gagna la confiance du chef de l'Agence illustrerait à elle seule un traité de psychiatrie. Même parmi ses collègues il n'avait entendu plus féroce réquisitoire contre les menaces démoniaques du marxisme que celui proféré par l'un de ses intellectuels attitrés. L'homme aux ordres de Staline serait le premier agent d'après guerre qui renseignerait l'Occident sur les pernicieuses manœuvres du Kremlin. L'un de ses propres ancêtres en 1836 n'avait-il pas été le premier dissident russe déclaré cliniquement fou pour avoir osé critiquer le tsar Nicolas Ier ? C'est lui qui fournirait à l'Agence les informations lui permettant de brancher des écoutes sous la zone orientale de Berlin pour intercepter les messages entre Moscou et ses satellites. Les gens réunis là composaient donc ce que l'épouse d'Allen Dulles appelait son premier cercle. Elle aurait été surprise d'apprendre que leur principal sujet de préoccupation concernait les moyens efficaces de détruire et reconstruire les cerveaux. C'est dans cette ambiance qu'une mouche m'a piquée. Comme le nouveau boss de l'espionnage mondial murmurait à mon oreille : « Cet écrivain grec inconnu, ma chère Eva, tu devrais nous le présenter », je me suis permis de lui répondre : « J'ai peut-être du pouvoir sur les maîtres du monde, mais pas sur un aède ». Et lui-même a rétorqué dans l'hilarité générale : « C'est exactement ce qu'il nous faut. » L'actrice Eva de Cuba se retrouvait devant un hémicycle de sommités qui la priaient d'aller leur chercher en Grèce un poète communiste ! Pour me convaincre Bielinski parla de forces occultes permettant à Moscou de transformer en zombie n'importe quel brave soldat du Middle West grâce à des techniques diaboliques de lavage de cerveau. L'expression venait d'un article paru quelque temps plus tôt dans le Miami News. *Nul ne savait alors qu'elle avait été forgée par Bielinski puis soufflée à un agent qui travaillait sous une couverture de journaliste. Celui-ci dénonçait à bonne source les méthodes utilisées par les Soviétiques pour vider de substance l'identité de leurs prisonniers de guerre. L'ennemi recourait à l'hypnose et employait une machine à électrosommeil ou quelque chose du genre afin de nettoyer le cerveau de jeunes gens sains de corps et d'esprit. On éliminait de leur conscience tout ce qu'il y avait de bon venu d'Amérique pour le remplacer par tout ce qu'il y avait de mauvais dans le communisme. On profitait de leur sommeil pour les endoctriner. Ce type de procédé pourquoi ne pas le retourner contre l'Empire du Mal ? Il fallait pratiquer les mêmes expériences. Bien sûr ni sur le sol américain ni sur des petits boys de chez nous. Cuba nous offrait tous les ingrédients souhaitables sauf que les opposants politiques n'y avaient plus guère de langue utilisable ni d'autres organes en état de coopérer quand ils étaient passés par les mains du colonel Miranda et de ses services expéditifs. Mais il convenait de se méfier. Car les tentatives pour découvrir le secret du contrôle des consciences iraient jusqu'au stade terminal. N'avaient-elles d'ailleurs pas des précédents en Amérique ? Allen Dulles était passionné par l'univers de Frederick Winslow Taylor fondateur de l'organisation scientifique du travail et grand prêtre du culte de l'homme-machine. « Dans le passé, il y avait d'abord l'homme ; dans le futur, il devra d'abord y avoir le système. » Ainsi se résumaient les principes qui avaient révolutionné le vingtième siècle. Ils servaient depuis longtemps aux tests professionnels ou au filtrage de l'immigration pour évacuer les individus susceptibles d'infecter une communauté. Sur des bases objectives on pouvait déterminer quels types de populations devaient être voués aux tâches subalternes. Avant même la Solution Finale de Hitler s'était imposée la nécessité de créer une race d'intelligence supérieure ayant mission de contrôler les rebuts de l'humanité. Pendant la guerre une anormale quantité d'objecteurs de conscience avait alarmé l'administration Roosevelt. Le messianisme psychiatrique s'était alors chargé d'identifier les mécanismes électrochimiques du cerveau pouvant conduire à la guérison de pareilles maladies mentales. Les asiles américains débordaient de gens qui refusaient de servir leur pays. C'est ainsi que les industries impliquées dans la fabrication de machines à électrochocs de camisoles de force de drogues et de produits chimiques connurent un développement sans précédent. Même si pour extirper la maladie il fallait souvent extirper le malade. Priorité à la guerre ! Les fous devaient dans toute la mesure du possible réintégrer les usines ou la ligne de front. N'en allait-il pas du sort de la démocratie ? C'est ce qui faisait réfléchir le nouveau patron de la CIA. S'il venait à transpirer que le gouvernement des Etats-Unis avait subventionné des méthodes contraires aux principes de la*

Constitution fini sa brillante carrière. La même presse ayant contribué à faire d'Allen Dulles une légende le traînerait dans la boue. N'était-ce pas lui qui avait conçu le plan pour éliminer le Dr Mossadegh et remettre le Chah d'Iran sur son trône comme il supervisait l'opération visant à abattre le socialiste Arbentz au Guatemala pour le compte de la United Fruits Company dont il était un important actionnaire ? En cas de bavure oubliés les triomphes passés les Etats manipulés les souverains renversés la toute-puissance de l'Agence du Cap Horn au cercle arctique ! C'est ainsi que dans le brouhaha des voix grisées par l'alcool moi-même j'étais assez pompette avec tout ce champagne et puis je m'entendais chanter un boléro sur l'électrophone il y avait une brise légère venue de la mer qui adoucissait la chaleur tropicale et ma robe à fleurs au décolleté profond doucement se collait à ma peau je me sentais flotter pensant aux mains d'Abel quand elles jouaient de leur musique tout partout sur le corps de son Habanaguana malgré l'affaire de ce procès pour bonnes mœurs qui nous collait au cul l'affaire de la photo parue dans le Confidential *et cette revue* Potlatch *aux mains de l'Attorney General c'est ainsi qu'en esprit je m'envolais déjà vers les îles de mon enfance écoutant n'écoutant plus ce chœur de mâles tous en rut pour la forme de mes fesses ou ce haut de mes seins qui bombaient sous l'échancrure c'est ainsi que les oreilles de mon ventre plus que celles de ma tête recueillaient les paroles d'Allen conseillant à ses collègues de chercher des candidats pour leurs expériences dans les milieux interlopes comparables à ceux où évoluait le Harry Lime du* Troisième homme *vous savez ces individus louches possibles agents doubles un matériel sacrifiable dans le jargon de l'Agence en clair qu'il serait permis de tuer. Qui résisterait à l'injection de drogues et au cerveau brûlé par l'électricité ? Je compris que mener à bien un tel programme signifiait explorer les limites humaines sur des sujets dont la disparition ne chagrinerait personne. L'idéal ne serait-il pas à trouver parmi les adversaires idéologiques du monde libre et démocratique ? Il combinerait toutes les tares pour servir de cobaye dont il n'y aurait guère lieu de déplorer la perte cet obscur écrivaillon communiste irrécupérable en rupture de son propre Parti sans aucune admiration pour Staline et livré à lui-même donc ayant poussé loin ses propres recherches mentales histoire de nous faciliter la tâche dans son* Adieu Satan *dont on avait tiré un film allez savoir comment pourquoi. Ma chère Eva disait leur chœur nous connaissons déjà celui qui sera le porte-drapeau de l'Agence dans les territoires inconnus de la manipulation psychique. Je me suis dit si ce poète grec est sur leurs listes on peut déjà le considérer mort. Alors pourquoi ne pas tenter quelque chose. Priorité à la guerre ! Mes bras se sont levés tout seuls à l'horizontale et d'un coup de pied qui entraîna très haut ma jambe jusqu'à leur montrer mes cuisses une chaussure a valdingué dans la pièce non je ne vais pas mentir et prétendre qu'elle s'est retrouvée sur la tronche de Mamie Eisenhower mais c'était à peu près tout comme puis mes orteils ont pris le talon de l'autre chaussure et ce fut plus long plus maladroit j'ai vacillé mille bras secourables se sont tendus pour aider la déesse à chevelure d'or qui n'a pas voulu de leur secours je me suis retrouvée le derrière par terre il fallait voir leur tête pour ôter enfin à la main cette seconde chaussure qui restait collée à mon pied dans un grand cri de guerre tous leurs masques n'en faisaient qu'un tapisserie grotesque se mêlant au papier peint sur le décor des murs était-ce Aurore était-ce Eva celle qui s'est relevée pour danser mille hommes autour d'elle j'étais le feu le premier feu tombé du ciel dans le jardin des origines pour la malédiction de ces humains j'étais la femelle du péché le serpent non dépourvu d'ailes à leurs yeux j'étais un ange crachant les flammes du dragon.*

FEU ! FEU ! FEU ! sur l'Orient !

It's a fabulous, fabulous story...

Bombardez mon ombre ! Que la lune se fracasse contre cette Tour !
Tout d'abord, ce ne fut qu'un point lumineux dans le ciel. Quand une bombe vous tombe dessus pour la première fois, c'est peu dire qu'on n'y croit pas. J'ai dû faire un geste ridicule, histoire de chasser une mouche importune, avant d'être plaqué au sol. Juan-Luis de Loyola venait d'être frappé par un missile en pleine tête, comme s'il avait capté un *flash* de l'aède. Lequel, de celui qui tire et de celui qui tombe - lequel est l'ombre de l'autre ? Lequel, de celui qui tue et de celui qui meurt ?
J'ai marché comme en rêve le pas du cauchemar, pour franchir ce pont de béton vers l'autre rive du canal. A bien regarder mon ombre sur le sol, il me semblait ne pas la reconnaître. N'était-ce pas plutôt celle de l'aède ? Mais alors, si celui qu'on zigouille peut vous refiler à la sauvette cette imprescriptible part de son être, comme un éternel remords ambulant, lui-même n'avait-il pas hérité de l'ombre de mon père voici cinquante ans ? J'ai voulu chasser mes pensées comme un essaim de mouches, quand le son d'une trompe dans mon dos m'a fait me retourner vers une calèche tirée par un cheval dont le trot léger transportait six personnes m'adressant de joyeux signes de la main. A peine ai-je suivi des yeux l'attelage qu'une voix me fit tourner la tête, « *Amigo, taxi !* », pour apercevoir un engin à trois roues conduit par un cycliste qui m'invitait à m'asseoir sur la banquette protégée par un auvent de toile rouge frappée de lettres noires sur fond blanc : « *Siempre unidos venceremos !* ».
Dans mon dos je sentais une cité vide, sans âme qui vive, à cause d'une flèche désertée par son double totem, où les autres flèches indiquaient des directions absurdes et contradictoires. L'aède ne prétendait-il pas que sa vie était un bond, une flèche de désir vers l'autre rive ? Comme un soleil en plein midi brillait toujours l'éclat d'une étoile à l'enseigne de l'***Eva's Bar***. Aveugle avançant à tâtons pour ne plus voir mon ombre ou celle d'un autre, je redoutais le moindre faux pas sur cette passerelle enjambant le royaume des morts. Alors surgit la Plymouth noire de mon père aux vastes ailes déployées comme celles d'un oiseau de malheur, qui klaxonna sans ralentir, suivie d'une Mercury blanche d'avant-guerre et d'une Chevrolet d'un bleu d'outre-ciel plus encore qu'outremer.
Juan-Luis de Loyola rassemble ses esprits. Dans les secondes ayant suivi la déflagration, tandis qu'allongé sur le pont je cherchais à ramasser mon écran portable ainsi que mon cigare, tout en essayant de me relever pour fuir vers la loupiote bleue de l'autre rive et, de manière absurde, à ne

pas perdre le fil de mon Iliade et de mon Odyssée, je m'aperçus qu'il fallait aussi rassembler les fragments épars de mon corps disséminés parmi d'autres cadavres qui flottaient à la surface du canal. Cette opération délicate, j'étais certain de l'avoir accomplie sans défaut. Chacun de mes membres physiques se trouvait bien relié à une colonne vertébrale où la tête commandait à des gestes pleins de bon sens. Non, je n'étais pas dans un *videogame* et le scénario ne correspondait à aucune de mes *storylines*. Pour preuve, cette inscription sur un panneau fixé au muret de béton : « *Rendicion de cuentas del delegado poder popular* ». Tracé à la main, l'avis précisait : « *Zona canal, lugar : puente* ». Le bas de l'écriteau portait un slogan rageur : « ABAJO el BLOQUEO ! ».
Surtout, ne pas céder à la panique. Je me trouvais dans une autre dimension du réel, où tout obéissait à une logique secrète qu'il était sans doute possible d'élucider. Mais il fallait occulter la part imaginaire du cerveau, mettre en branle ses ressources rationnelles. Chasser l'obscur et l'intuitif, mobiliser le systématique. Où en étais-je donc au moment de mettre le pied sur ce pont ? L'air du dehors avait surpris Loyola, c'était certain. Il faisait presque doux, cela sentait mille choses mystérieuses et invisibles. Il y avait le noir de la ville, avec une vallée de lune, là-bas, du côté du canal. C'est là que tout s'était déclenché. Comme sous l'effet d'une bombe, tout a vacillé. L'explosion dans la tête alors que tu te répétais machinalement « *You are the story* », ce mot d'ordre de la Panoptic transmis par Sacha Bielinski à Jésus Evangelista. Stratégie commerciale uniformisée à travers le monde, sauf sur l'île du Diable. Introduction dans l'entreprise de bardes et de griots, de conteurs et d'aèdes experts en constructions de situations pour la plus grande gloire du *Storytelling management*. L'histoire véhiculée par une marque, désormais plus importante que ses slogans publicitaires. Un bon gourou de la *dream society*, capable d'inventer les fables magiques dont elle avait besoin, pouvait gagner par an plusieurs millions de dollars. L'*Odyssée* relue et corrigée à l'usage de la Panoptic, un univers de héros et d'héroïnes, de dieux et de déesses, d'anges et de dragons : pas de doute, la création d'un nouveau mythe collectif occupait tous mes esprits quand j'ai posé le premier pied sur ce pont menant vers une rive où l'enseigne d'un bar transperçait toujours mes paupières. C'est là que tout a basculé, quand j'ai laissé l'aède m'envahir l'occiput. Lequel était encore l'ombre de l'autre ? Cette pensée seule avait causé ma perte. N'était-il pas imbécile, pour l'assassin, de s'attendrir sur le sort de sa victime ? Pourtant, celle-ci me ressemblait comme un frère qui aurait pu être mon père. Nous partagions le même sang de l'esprit, celui de mon vieux pote

Anatole, nous qui nous voulions des héros à la taille des dieux. Mais j'ai trouvé la feinte ! Au lieu d'un faire-part, mon roman sera plutôt un *faire croire* de décès. Tous les développements surnaturels, je les prendrai à mon compte. On m'accordera crédit d'une imagination qui n'aura d'autre source que l'invérifiable délire posthume d'un aède. Qui pourra jamais dire au cours de quel voyage et dans quel Orient il devint sorcier et prophète ? *It's a fabulous, fabulous story...* Ainsi devrait se conclure le spot que je tirerais de cette histoire. Peut-être même en intitulerais-je un chapitre de mon roman. Tout rentrerait ainsi dans l'ordre. C'est alors qu'un nouveau vertige me saisit. Qui suis-je encore ? Quel mois, quelle année, quel siècle ? Et sur quel continent ? Je ressentis une nausée et la mis sur le compte du café au rhum, même si je devais la vie à ce breuvage. Grâce à lui, n'avais-je pas survécu à cette nuit ? Le soudain malaise venait de me quitter comme il était venu. Bien sûr, une franche rasade ! Il ne devait manquer ni de café ni de rhum dans ce bistrot qui me clignait de l'œil au-delà des eaux noires. En cet honneur, je résolus d'allumer un cigare. Tout ce dont j'avais besoin, c'était d'un bon café au rhum. Sans savoir pourquoi, je cherchai des yeux les Pléiades au milieu des ténèbres. La situation était loin de se présenter comme je l'avais rêvée, mais j'étais à mi-chemin sur le pont du canal et il fallait continuer. Là-bas, de l'autre côté, me faisait signe une loupiote bleue. ***Eva's Bar***, prononçai-je en criant peut-être, et j'eus l'impression que ma voix était une voix étrangère, comme si elle sortait du canal.

Rengaine d'une idole des vitrines

Je suis toujours l'oiseau-serpent du péché, celle sur qui l'on fait feu. Comment pourraient-ils croire qu'une déesse relie le royaume des ombres à la constellation des Pléiades ? Il faudrait pour cela franchir un pont sur l'abîme entre vie et mort. Mais un monde qui n'est plus capable d'honorer ses ancêtres, quel sort véritable peut-il offrir à ceux qui paraissent vivants ? Occident et Orient se déchirent en eux comme deux parties du même cerveau.

C'est ainsi que mon fils depuis sa tour assassine celui qui toute sa vie d'aède avait pris la ville en rêve. Il ne pouvait mourir qu'à Bruxelles, immense vitrine aux fétiches conçue pour l'exclusive circulation des choses, capitale d'Europe chimiquement pure de toute autre pensée.

Une-deux, une-deux. Sait-on de quelle guerre on est l'outil programmé ? Ne pas vivre ne suffit pas. Nous devons en outre aller au combat. Dites-moi donc si je suis une dame des vitrines ou la déesse en bois des îles dont je vous ai parlé. Une-deux. Mes bras se lèvent ainsi que l'une après l'autre mes jambes, je leur montre mes cuisses et il n'y a pas d'autres yeux que ceux de l'aède pour m'écouter cette nuit. Qui sait ? Peut-être y a-t-il une logique... Un même nihilisme opère comme unique étalon de mesure de part et d'autre du pont. L'uniformisation mondiale des circuits de la marchandise impose que tous les feux du ciel embrasent l'Orient pendant que le soleil des ombres engloutit le soleil en Occident.

Impossible de me rappeler l'histoire que j'étais en train de vous raconter. Consacrer son temps à décrire ce qui défile n'est envisagé par aucun mannequin d'étalage. Mais quand la ville dort alors qu'il devrait faire jour, personne d'autre que nous pour témoigner des spasmes de violence dont elle est la scène. Toutes ces convulsions mentales. Secouée comme par d'invisibles démons... Serait-ce le fabuleux théâtre de leurs songes qui s'anime devant ma vitrine ?

Maïak

LA VILLE MODERNE TAIT SES DEMONS.

Ils gisent de l'autre côté des affiches, rôdent à l'ombre des murailles et la pluie nocturne les fait ruisseler vers ce canal où se charrient leurs cauchemars, avant que le jour n'accouche de nouvelles idoles. N'est-ce pas l'un de leurs plus prestigieux concepteurs que j'aperçois par la fenêtre, s'aventurant sur le pont de béton ? Juan-Luis de Loyola, mon commanditaire, pourrait bien mettre dix ans à franchir cet abîme ! Il flotte en direction de l'autre ville, dans l'air épais et laiteux. Loin ou près ? C'est une ombre sans yeux, sans bouche, sans visage qui s'approche au milieu d'une vapeur d'eau. J'imagine pourtant le portrait de son père, au temps lointain de la Moncada. Combien de temps cette absurde remémoration ? Dix minutes, peut-être moins. J'eus envie qu'il s'enfuie, qu'il me délivre d'un vieux tourment. S'il avait couru sur le pont désert, tout aurait pris fin. Mais il choisissait de temporiser, d'allumer un cigare, me laissant dans une rage de guérillero embusqué. Pourquoi ? Je voulais qu'il s'inquiète, qu'il tremble de peur en devinant la présence d'un ennemi mortel. La flamme de son briquet, la braise qui rougeoyait au bout de son havane me torturaient. Dix années nous séparaient de l'échéance du contrat. Dix ans à lui servir de nègre pour qu'il boucle un cycle romanesque au terme duquel nul ne sait quel rôle il pourrait s'attribuer. Si la littérature avait un sens, à moi de loger dix ans dans ces dix minutes. Cela pourrait se faire très naturellement. En quelques bonds silencieux, je serais à côté de lui. Une lutte rapide, ses membres qui se débattent. Malgré la différence de nos âges, l'auteur présumé d'un roman qu'il n'aurait pas écrit se retrouverait ployant sous l'assaut de celui dont il aurait exploité la vie pour satisfaire un désir de gloire mondaine. Tout se déroulerait comme je l'aurais imaginé. Le corps de Loyola s'affaisserait en avant et menacerait de m'entraîner avec lui dans le canal, puis s'inclinerait vers l'arrière comme s'il voulait tomber sur moi. Peu importerait l'issue du combat. Chacun découvrirait la scène d'un auteur demeurant seul pendant dix ans dans les rêves de son nègre jusqu'à la nuit de son cinquantième anniversaire.

C'était hier et c'est demain

Ecrire, c'est camper au bivouac demain jadis.
L'ombre se dilue peu à peu. Toits, arbres, grues s'ébauchent à distance. Une brise matinale envoie des rouleaux d'écume sur les eaux du canal. Elle se met à souffler avec une force telle qu'une vague jaillit, pour s'écraser avec un fracas de tempête sur le malheureux Juan-Luis de Loyola. Selon mes prévisions, c'est un conflit nucléaire en miniature qu'il doit avoir vécu pour se retrouver couché de tout son long sur ce pont de béton.
Les murs des maisons reculent, s'envolent dans le ciel, entre les palmes des cocotiers artificiels se balançant sur une fausse plage de sable du Rhin. *Next stop Brussels Beach*, écrivait Loyola dans son premier roman, paru voici près de vingt ans. L'homme qui était mort but une lampée du verre qu'il reposa sur la table du café. S'il s'agissait d'une mixture, elle n'avait pas le prestige inouï du café au rhum cher à ce Loyola. C'étaient plutôt les petites bulles d'une limonade au cola qui se mêlaient à son alcool. Sans savoir comment ni pourquoi lui revint le souvenir des bombardements cette nuit de l'assaut de la Moncada, le hululement des sirènes et l'éclat des détonations qui ne cesseraient pas autour du sinistre convoi des ambulances. Il s'y trouvait une femme, une jeune infirmière qui deviendrait sa mère.
Je me laissais flotter dans le silence, comme s'il m'introduisait au royaume secret de cet homme descendu de sa Tour. Je m'y enfonçais, je remontais, je descendais jusqu'au fond, je refaisais surface, tentant de m'accrocher aux branches de l'arbre en surplomb du canal. Bras immobiles sur la table, je voyais les murs du café s'éloigner, les tables monter et descendre. Est-ce que, par hasard, j'aurais inventé ce Loyola ?
Inventé moi-même un personnage d'aède il y a cinquante ans, déjà sur le point de se noyer ? Ou si c'était l'aède qui m'avait imaginé depuis l'écume des eaux noires, puis qui m'avait contraint de lui prêter une fiction de vie pour les besoins de quelque autre roman ? La perspective d'être un monde, ne plus se limiter à cette convention qui serait moi. Oui, j'ai conçu mon œuvre et ma vie comme un jeu de massacre, où ma propre tête était la première cible. Ma propre tête : laquelle encore ? J'ai la sensation de descendre et de monter, de m'agiter comme un yoyo au bout d'une ficelle suspendue à la constellation des Pléiades. Ces voyages vers le haut et vers

le bas, vers l'ange et le démon me fatiguent. A chacun d'eux, je pense que ce sera le dernier, que la ficelle va se rompre, me laissant chuter à jamais dans le firmament du canal.
Alors j'ai vu ses yeux verts briller de l'éclat de la mer. Ils étaient ceux d'un fauve, ou d'un oiseau sauvage égaré, quand elle m'aperçut sur l'île il y a cinquante ans. Jette-toi en moi, disait-elle. Comme c'était bon, son visage contre le mien, moi sous elle, je t'habite et tu m'habites entièrement, chaque particule de ta chair surfaces et profondeurs, tu aimes, tu veux, tu exiges ma possession qui est la tienne comme j'attends de la langue entre tes dents qu'elle me dise ton plaisir pour que le mien s'en augmente jusqu'à l'explosion de nos corps suivie de leurs cris... Tu es dans le fol amour, mon amour ? A demi-mot, elle me demandait à la fois d'être son ange tentateur et son démon rédempteur. Machinalement, j'ai mis les mains en coquille pour allumer une cigarette, protégeant la flamme d'une haleine qui soufflait doucement dans le café. Mes bras de toujours sont autour de toi, mon Eva, comme les branches de ce figuier tropical où tu étais grimpée presque à poil ce soir de la Saint Christophe 1953, veille du 26 juillet, jour de carnaval à Santiago de Cuba. Non, je n'avais pas gagné un seul de mes combats dans l'envers du décor, mes plus vieilles blessures s'ouvraient encore au-delà de la mort, des colères vieilles de cinquante ans me faisaient toujours trembler de tout mon corps.
Ô puissances du ciel et des abîmes, celui-là ne vous connaît point, qui n'imagine possible ici d'entrevoir la naissance des nuages, là-bas, du côté du phare qui surplombe le Castillo del Moro. J'ai senti la brise balayer une mer brillante à couper le souffle, grosse de la folie de ses ouragans. Lever de soleil marin, ciel jaune et rouge, mer turquoise. L'astre du jour perce à l'horizon bleu nuit, dans un grand coquillage rose d'Aurore. La lune, toujours la même lune derrière les nuages en fuite, éclaire une digue où filent à présent de luxueuses automobiles américaines d'un autre temps. Chargé de violence caraïbe, le vent se met à écorcher les vitres. Il soulève des vagues énormes, dans l'élancement vertical de son écume, qui bondissent par-dessus le muret pour inonder le Malecón.
Je suis posé là. Aucun événement ne m'atteindra plus. Là est ma place. Je suis là. Comme ceci. Mort. Les heures de cette nuit, les jours, les années, les siècles se ressemblent comme je me ressemble, et je viens d'écrire un mensonge par lassitude. Car, vers la fin du mois de juillet cinquante-trois, il y eut un jour exceptionnel pour l'histoire du monde, un jour d'étincelles vertes et de flammes rouges plein de voix et de visions dont les reflets et les

échos se répercutent encore dans mon jeu de glaces intérieur. C'est une bien lourde responsabilité que je prends ici pour tous les autres jours depuis le 26 juillet 1953. Combien de responsabilités m'incombaient-elles encore lorsque j'ai senti monter la musique, un chant, le son d'une rumba lointaine, celle dont retentirait la nuit de Santiago de Cuba ? Les jours et les années galopaient en avant, en arrière, au rythme des eaux noires, et toujours ce cri, cet appel de la mer venant de ses yeux verts. Etre ou ne pas être aimé d'Eva l'oiseau-serpent. Cette morale en valait bien une autre, aurais-je pu fournir au romancier de mon histoire...

Les choses tantôt s'éloignaient tantôt se rapprochaient d'absurde manière, les murs du café oscillaient dans mon crâne. Que voulais-je encore dire ? Mon esprit n'était pas moins divisé que celui de Loyola. Moi aussi, j'abritais un saint, l'ange le plus subtil, et je pouvais avoir tous les aspects du plus monstrueux reptile. N'avais-je pas tué un homme voici cinquante ans ? Ce n'était, bien sûr, pas une hypothèse plausible que l'on m'inquiétât pour ce crime après tant d'années. Qui donc se souvenait d'un Abel de Loyola, mort à Santiago de Cuba le 26 juillet 1953 ? La part la plus claire de mon esprit tenait en respect des idées noires qui ne cessaient de l'assaillir, comme une invisible menace autour d'un feu perdu dans la forêt sauvage. Et pourtant, ce péril ne cessait de prendre consistance dans les zones obscures de mon cerveau. Les deux types qui venaient de traverser ce pont, par exemple. Sur les pas de Loyola. Deux indics probablement, de ces hommes de l'ombre qui hantent les cafés, capables de vous suivre sur tous les continents durant un demi-siècle. Venaient-ils me chercher ? J'essayai de fixer ma pensée sur des choses simples, ordinaires, mais celles-ci fuyaient, se désagrégeaient devant la double apparition. L'un avait une barbe et le crâne dégarni tandis que l'autre, grand et maigre, cherchait à dissimuler la modestie de sa mise en se donnant des airs de gentleman. Je les entendais d'ici. « Vous feriez mieux de tout nous raconter. A quoi bon dissimuler ? Un jour ou l'autre tout finit par se savoir. Alors videz votre sac, avouez. Pour vous comme pour nous, le plus tôt sera le mieux. » Je suivrais volontiers ces Dupont Dupond sans moustaches ni couvre-chefs, présentant plutôt l'allure de vagabonds. Je les accompagnerais dans une commission rogatoire menée sur l'île du Diable, je leur montrerais l'arbre aux racines et aux lianes gigantesques où avait fini sa carrière cet Abel de Loyola.

Le chant d'un coq venait de recouvrir les voix des deux spectres surgis de la rue pour entrer en conversation joyeuse dans le café. Je relevai la tête, écarquillai les yeux. L'un et l'autre, d'un air entendu, firent mine de me reconnaître et me saluèrent d'un geste bref en s'excusant d'aller s'asseoir à une table du fond. Mais où était passé le patron du bistrot, que je n'avais pas revu depuis une éternité ? Je fermai les yeux avec force, les ouvris à nouveau dans la direction d'un miroir où les ténèbres commençaient à se dissiper, comme pour m'assurer de ce que je venais d'y apercevoir.

Si l'aède s'était vu dans ce miroir avec ses yeux de 1953, aurait-il su que c'était lui ? Toujours est-il que son lui-même d'il y a cinquante ans le fixait en silence. Comme si ce n'était pas lui d'aujourd'hui qui se voyait se regardant, mais le lui d'autrefois qui avait tout l'air de témoigner pour notre temps d'une scène devant s'enregistrer dans la mémoire du miroir. Comme si le lui du 26 juillet 1953 était présent de toute urgence, en chair et en os, pour dire, non tant à lui du 16 juin 2004, qu'à d'autres êtres du futur, l'importance pour tous de ce qui se joua ce jour-là. Il était là, dans le cadre d'une porte-fenêtre ouvrant sur la salle du casino, sous les branches du figuier tropical, contemplant de profil une glace où se reflétait le couple formé par Aurore déguisée en Eva, au bras d'Abel de Loyola. Regardez bien, disait le miroir, comme elle a des yeux d'ange et lui de reptile.

Il tourne le miroir où se reflètent ces deux âmes, il tourne au fond de l'abîme en tourbillon profond s'enroulant autour de deux îles ainsi qu'un ouragan. Tourne tourne le miroir magique en terres et mers lointaines autour d'un navire lui-même tournoyant d'une rive à l'autre du canal. Tourne et tourne en spirale infernale qui me tourneboule à ne savoir plus qui ni où ni quand.

« Ce n'est pas moi ! », criai-je en reculant soudain ma chaise contre le mur. Ce n'est pas moi. J'écris, j'invente des mensonges sans difficulté. Mais regardez mes mains, elles sont faibles, et je ne réalise jamais ce que j'ai imaginé. Car au-delà de ce miroir est un autre miroir, où le regard ne finit pas. L'ange et le dragon, l'oiseau et le serpent se réunissent en l'aède et son double pour franchir cet écran de l'espace et du temps qui ouvre sur une scène où se joue le grand manège d'Habanaguana. Depuis l'aube des âges, elle s'y prépare, lovée dans les branches d'un figuier tropical ainsi qu'elle apparut à Colomb voici cinq cents ans ; comme on la verrait à la cime du même arbre, il y a cinquante ans, plonger dans les bras d'Abel de Loyola.

Rengaine d’une idole des vitrines

Rien, dans cette histoire, ne semblait avoir le moindre sens. Tout restait embrouillé, déformé par la nuit. Mais pourquoi chercher des explications ? Tantôt j’exprimais les rêves de l’aède pendant son sommeil, tantôt je décrivais ce qu’il avait pu voir durant sa veille, sans éprouver lui-même le désir d’en apporter le témoignage. Par exemple, il est hors de doute que n’a pas dû lui échapper la manifestation de mes congénères cheminant sur le pont depuis l’autre rive, pour s’en venir accomplir vos propres tâches d’êtres doués de parole. Qu’il soit animé ou non, tout être, parce qu’il est, tend à communiquer son essence. Parce que le langage est universel. Mais quand les hommes en sont dépossédés ? Nous seuls, peuple des simulacres façonnés à leur image, pouvions sauver leurs mots et leurs pensées qu’ils avaient perdus en tombant au rang de marchandises. Ainsi leur déchéance trouvait-elle en nous sa possible rédemption. Je n’ai pas pu m’empêcher de rire, vous pensez bien. Ce fut un éclat d’étoile qui prit son envol dans l’air noir. Vous-mêmes deviez avoir capté le son de ma voix. Car je parle à voix haute, afin de ne pas sombrer dans votre sommeil. Qui sait ? Peut-être suis-je le plus inavouable de vos cauchemars... Mais il me fallait aussi le secouer, l’aède, pour l’arracher au danger de sombrer dans le gouffre. Je mettais en branle tout ce qui l’entourait, murs et tables du café, jusqu’à faire surgir du canal d’énormes vagues pouvant lui rappeler celles qui s’écrasent contre le Malecon. Même les deux fantômes assis à une autre table entendirent un rivage invisible dans l’obscurité. Je continuais de lui offrir mes yeux verts en guise d’astres fixes, ainsi que j’avais pu le faire à l’arrivée de Colomb. Puis je me suis déguisée en chanteuse de l’île, poursuivant ma rengaine dans le micro d’une bouteille de rhum vide. Au dehors, c’était un jeu d’enfant de transformer l’ambiance en décorant les colonnes de toutes les couleurs. Depuis le temps qu’il attendait ce passage entre les mondes...

Maïak

QUELS JEUX DANS L'ESPACE ET LE TEMPS

Lors qu'on a dix ans pour écrire un roman ? Nulle clause d'aucun contrat ne stipule qu'un auteur ne puisse être la risée de son nègre. Dans dix ans, quand viendra l'échéance, Juan-Luis de Loyola pourrait se découvrir sur un trottoir de ma mémoire où les chants feraient écho à des tambours nègres. Quelques femmes y battraient des mains, lèvres ouvertes comme des fleurs, leurs corps ondulant en vagues rythmées par la secousse des bongos. Que l'Amérique aille se faire foutre ! clamerait l'une d'elles, tout en trinquant au dépucelage de la statue de la Liberté. La Revolucion siempre, hasta la victoria ! *chanteraient-elles en chœur sur le tempo d'une malaguena. Bruxelles s'offrirait à lui comme une belle métisse aux lèvres africaines et aux yeux bridés de chinetoque ainsi que sont les Cubaines, s'empourprant au songe de la Virgen de la Caridad del Cobre. Dès ses premiers pas sur cette rive, il s'engouffrerait dans un défilé de colonnes. Roses, bleues, vertes, ocres, elles soutiendraient des portiques, orneraient des façades, protégeraient des balcons aux ferronneries baroques. Ici les femmes le fixeraient des yeux sans faillir, de manière blessante, pas comme sur l'autre rive où les regards se dérobent derrière des artifices protégeant d'abord leurs comptes en banque. Ville insouciante et rebelle, sensuelle et romantique, abreuvée de discours euphoriques, Bruxelles rêverait tout haut d'un monde nouveau. La fortune entière d'un homme pourrait s'y investir dans un cornet de cacahuètes grillées ! Car le temps n'y travaillerait que pour ceux qui se placent hors du temps. C'est ainsi que Loyola ferait son entrée dans ce café, dont les loupiotes clignoteraient au rythme d'un mambo. Les rires fuseraient au comptoir, les mains claqueraient contre les cuisses en signe de bienvenue. Quelque énorme chanteuse utiliserait une bouteille vide en guise de micro. Je serais toujours assis là, dans mon coin, les feuilles éparpillées sur la même table, où il lui serait loisible de se pencher pour découvrir avec dix ans d'avance les transes dont s'agrémentera la nuit de son cinquantième anniversaire.*

It's a fabulous, fabulous story...

Une rumeur musicale avait accompagné Juan-Luis de Loyola tout au long de sa ronde nocturne sur le pont, rumeur se précisant à mesure qu'il franchissait les derniers mètres au-dessus du canal... ***Guantanamera, guajira guantanamera***... La célèbre chanson populaire cubaine - en l'honneur de quelque *guajira*, ou fille de la campagne des environs de Guantánamo - était de celles que son vieux pote Anatole pouvait fredonner ici-même, lui qui connaissait les paroles de plusieurs strophes composées par le poète José Marti. Illusion acoustique ? Une voix chaude lui parvint aux oreilles, murmurant les phrases d'autrefois : ***Yo soy un hombre sincero De donde cresce la palma Y antes de morir me quiero Echar mi versos de l'alma***... Proue de navire bleu ciel, une vieille Dodge fila sur le pont, suivie d'une longue Chevrolet mauve dont l'aile frôla Loyola qui fit un bond vers la rambarde, où ses mains à peine posées s'envolèrent sous l'effet d'une brûlure. La vieille femme noire en robe à fleurs des années cinquante et foulard turquoise qui était assise là, solitaire, un mégot de cigare entre les dents, rajusta ses bougies sur le muret, dont trois flammes oscillaient sous un courant d'air marin. Loyola secouait encore ses doigts où collait une cire brûlante, quand la vieille aux yeux plus lumineux que flammes lui prit la main pour y souffler une bouffée de son minuscule mégot : « Toi, tu es comme moi, les morts t'accompagnent... ». Ce n'était pas de sa poitrine que pouvait provenir la voix masculine ayant surpris Loyola, mais ses paupières transparentes savaient : « José Marti croyait au retour des âmes après la mort ! ». « Tous les aèdes y croient », répondit Loyola sans même réfléchir à ce qui sortait de sa bouche. Un large sourire illumina le visage de cette négresse au corps gracile, d'une étonnante juvénilité, qui se mit à chanter d'une voix étouffée « ***Oshishé, iwaaa ma, oshishé iwaaa ma omodé ka siré ko bara bi lo sooo***... » Loyola, pendant quelques secondes, eut l'impression que la lune, là-bas, brillait différemment, à la façon d'un être vivant. Son regard se posa sur le brassard que, d'un geste coquet, la femme sans âge venait de remonter d'un doigt négligent à hauteur de son épaule, comme sans y penser l'on rajuste une bretelle de lingerie. M 26/7 y était inscrit en noir sur fond rouge. Elle perçut son étonnement. « Le 26 juillet... ne me dis pas que tu ne sais pas ce qui s'est passé le 26 juillet ! », lança-t-elle dans un éclat de rire pour taquiner son ignorance. Quand toutes ces

sorcelleries, dignes de la boyesse d'Anatole, se termineraient-elles ? Au bout du pont, face au quai, s'étalaient des façades alambiquées aux peintures couleur pastel qui s'écaillaient, des guirlandes de draps mis à sécher pendus aux balcons ornés de ferronneries séculaires. ***Comite de Defensa de la Revolucion***, pouvait-on lire sur l'un d'eux. Leur dialogue s'était-il fait en français ? Loyola n'y avait guère prêté attention, mais c'était probable, puisque l'apparition prononça les mots d'adieu dans la langue de l'île du Diable : « Seguimos en combate por el 26 ! ».
Surtout, ne plus se retourner. Machinalement, Loyola cherche son cigare dans la poche d'une guayabera détrempée par la vague l'ayant surpris au moment où il scrutait l'***Eva's Bar***. Au coin du quai celui-ci n'était guère engageant, vu depuis l'extrémité du pont. Un petit vent soulevait toujours l'écume sur ce débarcadère, où seul un bateau-mouche baptisé ***Dragon*** contredisait l'impression d'abandon de l'endroit. Même si son mégot restait fumable, il n'était plus question d'utiliser le briquet hors d'usage, encore moins de rebrousser chemin pour quémander leur flamme aux bougies de la vieille. Derrière une fenêtre du bar, la même ombre. A vrai dire, c'est peu de choses qu'une vie humaine, songea Loyola. Surtout de cette espèce ancienne, presque oubliée. Encore faut-il s'attendre à ce que ça s'accroche comme les branches de cet arbre devant la façade. Il fit un pas de plus. Les lianes mêlées aux racines dissimulaient une affiche dont il ne fut pas certain de vouloir lire l'inscription. L'appel du café au rhum était pressant, mais il avait mieux à faire que de se jeter d'emblée dans l'antre d'un fantôme. S'était-il d'ailleurs aperçu des deux autres spectres qui lui filaient le train depuis la tour Panoptic ? Non, la mort de l'aède n'émouvait point trop Loyola, si ce n'était qu'elle avait exigé de lui rien moins qu'une vie entière de préméditation. Les conséquences de son acte pourtant lui échappaient largement. Plutôt, il ne les imaginait pas encore très bien. De toute manière, qui saurait jamais qui a été tué par qui pourquoi ? La pensée de son vieux pote lui fit monter le sang au visage quand, penché sur le parapet du pont, il se résolut à déchiffrer les mots du slogan derrière une pluie de feuillages, dont les lianes semblaient prendre racines au sol :

EN LA DEFENSA GUANTÁNAMO *TIENE LO QUE TENIA QUE TENER*

Cri du Cimarrón

Guantanamera, guajira guantanamera…
Au cours des siècles où je fuyais les champs de cannes à sucre poursuivi par les chiens des Evangelista pour me réfugier aux sommets de la Sierra Maestra, j'ai capté le chant des vallées qui me faisaient rêver à la jeune guajira guantanamera.
Dans une coquille d'œuf cosmique j'ai franchi l'océan d'Atlas bercé par cette voix pour gagner une capitale d'Europe dont la flèche était désertée par ses emblèmes totémiques.
Guantanamera… C'est au rythme d'une danse planétaire que j'observe la guerre des masques aux ordres des puissances obscures qui gouvernent la terre. Anges et démons laisseront place toujours plus à la cavale des esclaves sur les toits du monde. Porteur du feu sacré – mon âme nègre en guise de flambeau – je plonge vers les abîmes ténébreux du canal pour allumer le cigare d'un pauvre homme égaré devant le Jaguëy.

Dits de la chevelure des Pléiades

Je traverse les profondeurs de la mer. Immenses et lumineuses mes racines glissent depuis des siècles sous l'océan d'Atlas entre tous les courants cachés de la surface, elles glissent dans un dédale de récifs parmi les millions de crânes du cimetière invisible qui s'étend entre deux archipels, attentives au concert de leurs chants posthumes. De l'île de Paros à celle de Cuba mes racines en savent bien plus que tous les pipe-lines et fils électriques sous-marins posés par la société Noé comme par la tour Panoptic. Mais qui s'en avise ? Dans un certain sens, les contemporains se résignent à un domaine d'exploration beaucoup moins vaste que les mondes embrassés par les mythologies archaïques. Ainsi de mes branches qui se contorsionnent devant le **Come Back***, transfiguré sous nos yeux en l'***Eva's Bar***. Cigare éteint au bec, Juan-Luis de Loyola peut-il soupçonner un seul instant la force du courant dont s'embraseraient les feuilles de ce figuier tropical s'il m'en prenait caprice, où le visage d'Eva pourrait lui apparaître en pleine lumière au milieu des flammes d'un orchestre, ainsi qu'à son père en 1953 ? Laissons cette surprise pour plus tard. En attendant, voyons-le pencher son mégot sur le pont du canal, souffrant d'une soif atroce encore plus que d'un manque de feu pour la queue de son cigare. Il tournerait la tête que ne lui échapperait pas le changement de locataire à la flèche de l'Hôtel de ville. Mais nul encore, à cette heure, n'en a fait le constat. Demain, si jamais revient le jour, l'explication d'un tel prodige occupera tous les cerveaux prostitués qui donneront la charge contre d'obscures puissances terroristes ayant profité de la nuit pour expédier la statue du tsar Pierre le Grand sur les rives du rio de La Plata, tandis que celle du général San Martin s'en allait balader du côté de la Neva. Les anges et les démons de tous les Panthéons seront convoqués pour élucider la présence d'une galerie d'atlantes autour de la plaza de Mayo, quand au même moment le conservateur de la forteresse Pierre et Paul à Saint-Pétersbourg trouvera quelque clochard du nom d'Anatole Atlas dormant au milieu d'une collection sans prix de manuscrits, lequel affirmera tout simplement « Je vis ici ». (L'anecdote est authentique : je tiens les coupures de presse pour qui veut.) Afin* que la confusion soit complète, observons Loyola dont le regard embrasse à nouveau l'embarcadère à péniches en contrebas du pont. Non, il n'a pas encore posé le pied sur l'autre rive. A cet instant seulement se déchaîneront les événements susceptibles d'apporter un sens à son histoire. Il n'a pas vu passer derrière son dos un géant nègre et barbu sifflotant du Rachmaninov sur sa moto Jawa, de fabrication tchèque, une truie mignonne aux longs poils noirs et aux yeux soyeux arrimée à son porte-bagages. Loyola n'a pas voulu voir la gaieté de ce colosse ayant étudié la sculpture à Leningrad qui lui en apprendrait beaucoup sur la situation du monde aujourd'hui, tant est vive sa curiosité pour le bateau-mouche Dragon vers lequel il se résout à descendre le long d'un escalier métallique. Il n'est pas arrivé au bout de ses surprises quand se découvre à ses yeux l'inscription **Saint Petersburgh Yacht Club** à l'entrée d'un salon d'équipage décoré de photographies d'un autre temps – quatre hommes autour d'une table – immortalisant l'édition 1953 des célèbres régates entre Buenos Aires et Saint Petersburgh (Floride). C'est là que tout se déclenche. Mais laissons à Loyola le temps de s'accoutumer à une image flatteuse de lui-même, portant beau comme son père à l'époque du **Club Nautico Internacional de La Habana** (que este ano volvera a vestir sus mejores galas para recibir a los regateadores) en compagnie de Jesus Evangelista, d'Aristos Théokratidès et de Sacha Bielinski. La terreur qui le gagne lui fait oublier sa soif (il trouverait aisément quelque bouteille de rhum dans cette cabine de luxe), et jusqu'au besoin de feu pour son cigare. Dans la pénombre, au fond d'un escalier menant aux cales du bateau-mouche, il aurait pu voir luire les yeux du même géant nègre enchaîné mais souriant de toutes ses dents, prêt à lui offrir la flamme d'une torche vive, s'il s'en était seulement donné la peine. Laissons-le plutôt fuir son ombre comme celle d'un damné, laissons-le courir sur le pont du Dragon pour entrevoir à même l'embarcadère, en guise d'ange salvateur, un cochon grognant près d'une échoppe de fortune tenue par le député du peuple et sculpteur Alberto Lescay, assis devant un étal de briquets en pièces détachées. Juan-Luis de Loyola croit-il pouvoir échapper à toutes les malédictions de cette nuit en grimpant d'un bond sur le quai ? Donner des ordres au rêve afin qu'ils vous transportent au-delà du réveil : cette prétention n'était plus de mise. La domination froide au sommet de la Tour, les jeux spéculatifs sur le rouble (et pourquoi pas sur le peso argentin ?), toutes ces illusions dont se *gave un* mythmaker, *un gourou du* storytelling management, *s'évanouissent en une certitude ressentie par chaque fibre de son corps : il ira jusqu'au bout du cauchemar. Le colosse barbu semble ne pas le voir, s'affairant à remplir de gaz, au moyen d'une petite bonbonne, l'un de ces objets jetables (dont on ne dira pas ici la marque de fabrique, tant ils conjuguent les génies de Panoptic et de Noé), dont lui-même s'était débarrassé il ne sait plus quand. La minutie des gestes est celle d'un orfèvre. Loyola tend à bout de bras le mégot de son cigare. L'homme ne vient-il pas de remarquer sa présence, brandissant un briquet de plastic mauve, celui qu'il avait laissé tomber sur le pont ? D'un ongle expert, il en décoiffe la ferraille. Entre deux doigts délicats, il saisit la pierre avariée qu'il remplace par une autre, tirée de sa poche de chemise, usant de précautions comme s'il s'agissait de la plus précieuse des perles. Que diable espère-t-il en galvaudant un tel trésor de conscience professionnelle ? Cette scène me plaît, car il suffirait à Loyola de lever un œil vers le figuier tropical pour avoir une idée de ce qui lui arrive. A chaque frémissement de mes feuillages au-dessus de leur tête, le géant nègre et lui-même poursuivent une silencieuse pantomime rythmée depuis l'autre côté de l'Atlantique. Le briquet de plastic vient d'être placé sous un récipient de gaz et Loyola voit le liquide emplir sa camelote avant que, de deux gestes précis, peut-être trois, l'engin ne soit remis en état de fonctionner. Quelle histoire de sa vie le sculpteur Alberto Lescay, membre de l'Assemblée nationale, serait-il en mesure de raconter à Loyola, si celui-ci voulait remarquer l'absence d'un doigt – perdu en Angola – à sa main gauche ? Mais ce n'est pas le genre de détail dont s'embarrasse un* Esthetical & Ethical Expert *de la tour Panoptic, fût-ce pour son roman. Pourrait-il imaginer que le Cimarrón en personne a pris figure de ce descendant d'esclaves qui, derrière sa paume d'artiste, prend soin de vérifier la qualité d'une flamme qu'il lui tend en murmurant* « quiero la vida como inmensidad de posibilidades » *? Juan-Luis de Loyola ne le saura jamais, car un jeu de courants subtils allant de mes racines aux feuillages de l'arbre en surplomb du quai lui fait remarquer que la truie n'a fait qu'une bouchée de son cigare. Il n'apprendra jamais que la statue du Cimarrón exécutée par un titan sur la plus vieille mine de cuivre des Amériques, il n'apprendra jamais que cet archange-dragon de bronze dominant la montagne de Cobre vient de se déguiser en l'humble* **fosforero** *penché sur cet établi de fortune pour lui permettre d'allumer un cigare inexistant.*

ECHOS DU ROYAUME DES OMBRES

— Voyez l'étrange flamme en haut de l'Acropole.
— Elle oscille comme une lumière d'aube.
— Lequel d'entre les dieux de l'Olympe la brandit ?
— Je pense à Lucifer.
— Ce nom ne me dit rien.
— Le dieu qui porte la lumière.
— Partage-t-il nectar et ambroisie avec les Immortels ?
— Son royaume est plutôt celui d'où nous venons.
— Je l'aurais cru tout droit venir de l'Ethiopie.
— Son errance, il me semble, est plus fabuleuse encore.
— Voulez-vous parler d'Hadès en personne ?
— En tout cas, quelque ange de l'enfer.
— Fréquentiez-vous beaucoup les mondes infernaux ?
— Comme vous, j'ai fait preuve de talent pour choir dans tous les précipices.
— Nous voyageons toujours entre la lumière des étoiles...
— Et la boue des canaux !
— Contemplez donc ces étincelles, on les dirait crachées par un dragon.
— J'y vois l'épiphanie ou le moment eucharistique.
— Est-ce le nom des mystères en votre ère chrétienne ?
— Ne me dites pas que vous ignorez tout de notre histoire.
— Franchement, je ne vois qu'un sens aux mystères.
— Le pain de chaque jour transfiguré...
— En offrande pour l'âme.
— Ce qui réveille mon appétit.
— Il nous faut encore obéir à ce ventre odieux qui nous valut tant de maux.
— Cette faim de toujours, mon cher, nourrissait mon orgueil.
— C'est elle qui fait partir les hommes sur la mer inféconde.
— Elle engendre misère, guerres, esclavage...
— Et les courses d'Ulysse au-delà des colonnes d'Hercule.
— Avec cette idée fixe : comment faire son magot.
— Quant à nous, qu'avons-nous connu d'autre que les douleurs de l'exil ?
— Oui, poètes en mendigoterie, nous le fûmes vous et moi.
— Fréquentant les bannis en tout genre.
— Tous ces lumineux malfaiteurs de l'humanité.
— Jusqu'au jour où les dieux suspendirent le cours des astres.
— Mais surgit alors quelque feu des entrailles mêmes du néant.
— Ce n'est pas une puissance des ténèbres.
— Il me semble y voir la fusion des pôles opposés.
— Pour moi, je pencherais plutôt pour le titan Prométhée.

— Je suis de votre avis, Lucifer et Jésus.
— Vous me parlez là un langage inconnu.
— Pas tant que ça, mon cher Homère.
— Je n'ai pas bien suivi l'évolution de vos divinités.
— Les extrêmes opposés dans un même personnage.
— Tout aède est séduit par ces oppositions violentes.
— La vie dans son essence et sa totalité.
— Le principe même de mon Ulysse.
— Comme de mon Stephen Dedalus.
— Voulez-vous dire que l'Odyssée s'est élargie aux dimensions du monde ?
— Votre Ulysse et le mien chantaient bien une même épopée de la matrice.
— Matrice d'un autre monde ?
— Rivages à découvrir au-delà des abîmes.
— En quoi le lendemain des résurrections peut-il nous concerner ?
— Terres nouvelles derrière l'illusion des nuits et des morts.
— Pourquoi s'enquérir des rivages au-delà de nos sépultures ?
— Vous avez raison, nos ventres crient famine.
— Ne nous étions-nous pas promis quelque plantureuse hécatombe ?
— Oui, nous parlions de faire banquet.
— Egorgeons alors quelques bœufs aux abattoirs proches.
— Nous ferons un festin sur les eaux mêmes de votre Styx.
— Si les dieux consentent à nous en donner la force !
— Je crois que nous pouvons compter sur ce nouveau porteur de lumière.
— Venez donc avec moi prendre un vin d'honneur aux sombres feux.
— Et si je vous offrais plutôt un ***Cuba libre*** ?
— Nous mêlerons dans le cratère un rhum fleurant bon le sucre de cannes...
— A cet élixir noir et gazeux dont le siècle dernier fit son symbole.
— Mais il ne pourrait passer par mon gosier ni breuvage ni nourriture tant que...
— Tant que ?
— Tant que ne sera pas élucidée la sombre histoire de cet aède Atlas...
— Et de ce Loyola.
— Ceux que les génies de la mort n'ont pas emportés avec eux.
— Même si volent à leur secours plus d'une étrange divinité.
— Car nous aussi, nous avons tout à découvrir de l'autre monde.
— Le royaume des esprits est bien plus vaste encore que nous le supposions.
— Cette Eva de Cuba.
— Cette Habanaguana.
— Ce porteur de lumière au visage de nègre.
— Qui sait si notre sort n'est pas de revivre toujours une autre Odyssée ?
— Le sot ne reconnaît que la chose accomplie.
— Venez dans ce café, nous y serons bien mieux pour *zieverer*.
— Pardon ?
— C'est un mot bruxellois. J'en use dans mon ***Finnegan's Wake***.

Traverser l'écho

d'une voix dans le canal, c'est comparer nos scénarios aux épopées d'Homère et aux romans de James Joyce. Car le plus grand défi, pour nous, n'est pas technologique. Le plus grand défi, c'est : avons-nous la bonne histoire ? Colle-t-elle à la réalité ? La vraie bonne histoire, pour un *mythmaker* de la tour Panoptic : un être proche est en train de mourir, ou se trouve d'une manière ou d'une autre entre la vie et la mort, que faites-vous ? Là-dessus peut se construire une légende profitable. Il s'agit alors de tout faire pour que ce pauvre type vous pardonne, quitte à lui faire part de ses remords, dans une modeste cérémonie d'adieu que l'on voudrait conforme aux rites cubains de la Santeria. Voudra-t-il accepter un verre de rhum et un cigare en offrande à San Lázaro, le dieu qui ouvre les chemins ? Ce sont là questions qui se posent à la fenêtre de l'*Eva's Bar*, le regard fixé sur un miroir derrière les bouteilles de rhum au-dessus du comptoir. Car on y a reconnu le visage de l'aède, en même temps que ceux de deux ivrognes paraissant se mouvoir sans corps, deux spectres de carnaval assoiffés portant précisément les masques de Joyce et d'Homère, qui se profilent à vos côtés dans la vitrine reflétée

par cette glace du comptoir. C'est se demander alors si les revenants ne sont pas seuls à tout comprendre en ce bas monde, et c'est aussi se poser quelques questions vitales. Par exemple, est-ce qu'un mort peut se voir dans le miroir ? Et peut-il se poser la question de savoir s'il est mort, auquel cas ne serait-il pas en train de rêver ? De même, n'étaient peut-être qu'un songe de macchabées, les deux fantômes que l'on venait de voir défiler dans la vitre du café...

Notes en bas de vie

Mythe

Chaos primitif. De l'esprit.

Mes yeux n'ont brillé. Que dans ces ténèbres.

Un œil cyclopéen. Perce la chair. Qui me sépare. Du monde.

L'oracle de Delphes. Parle. Au fond de cette caverne. Sphère magique. Pleine d'ondes. Mystiques. Où se pratique. Un culte secret. Comme à travers une ombre. Démoniaque. Ai-je le droit de vivre ? Ou faut-il m'extirper. De la nuit. Sans donner. A mes yeux. Le droit. De voir le jour ? Dans la mystérieuse pénombre. Du sein. Maternel. J'épouse le rêve intérieur. D'un aède. Ses pensées et visions.

D'extase. M' aident à lever Les doutes. Relatifs.
A la réalité du mythe. Par le prisme.
Matrice. Le rapport D'un songe.
Prophétique. Avec une réalité. Ultérieurement. Dévoilée.
Sécurité divine. Devin. Interprète des songes
Celui qui ne sait rien. Sens mystique.
Apparences. Essences. Influence
Connaissance tragique

M Y T H E

ON ***ELLE***
Avait ***avait***
Vidé ***avalé***
Dans ***des***
Ses ***milliers***
Bras
de ***Des***
petits ***Centaines***
cachets ***De seringues***

ON AURAIT PU DECORER LA TOUR PANOPTIC ET LE CIRQUE NOE DE GUIRLANDES MULTICOLORES PENDANT CINQUANTE ANS AVEC L'ELECTRICITE QUI A TRAVERSE SON CERVEAU

« Avons-nous la bonne histoire ? Colle-t-elle à la réalité ? Ce sont aussi les questions qui se posent, Messieurs dames, au grand cirque d'Eva de Cuba. Bientôt vous aurez l'occasion d'applaudir nos artistes exécutant le grand saut périlleux d'une double traversée du miroir. S'ils semblent parler un langage occulte, sinon insensé et contradictoire, c'est qu'ils ne sont venus au monde que pour faire connaître leur plus secrète nature, possédant deux visages, incarnant à la fois le passé et le futur, l'ancien et le nouveau, le zénith et le nadir de chaque être humain. Voyez-les donc tâtonner dans le brouillard, les yeux fermés, le cœur battant d'angoisse, craignant le plus tout comme vous – pitié pour eux, pitié pour nous ! – leur propre image dans le miroir. »

Dits de la chevelure des Pléiades

*L'arbre inaugural n'a rien oublié de l'histoire que cherche en vain Juan-Luis de Loyola dans la mémoire d'un miroir. Nous l'avons laissé là, devant la vitre de l'****Eva's Bar****, dont la porte ouvrait sur un autre univers. Ce serait l'occasion pour lui de vérifier les histoires qui circulaient dans sa mémoire à propos des miroirs, tant ce café dégageait un parfum d'ensorcellement. Dès le premier coup d'œil, il aperçut la vieille avec son cigare. Ou plutôt, il la revit. Au début, il lui sembla entrevoir une silhouette plus sombre que les ténèbres qui l'enveloppaient, dans un coin du café. Des ténèbres d'outre-tombe, entourées d'une volute bleue. Loyola se dirigea vers le comptoir, l'une des deux seules zones éclairées. L'autre était un écran, sur lequel défilaient des vues d'un Cuba splendide et multicolore, en dépit de l'ancienneté des images. La hauteur d'où c'était filmé n'empêchait pas de reconnaître les anciens palais coloniaux avec leurs statues de marbre, le dessin des avenues fleuries débouchant sur la mer, la forteresse et l'entrée du tunnel s'enfonçant sous la rivière Almendares pour déboucher sur une Quinta Avenida bordée de piscines et de jardins d'un autre temps. Statues équestres, parcs, fontaines privées, terrasses verdoyantes et soudain, sans transition, la caméra balaie un paysage de cordillères bleues* *entourées de nuages pour faire découvrir la basilique de la Sierra del Cobre, près de Santiago. S'il est une chose impossible à décrire, c'est l'étonnement d'un homme devant une chose ne pouvant survenir. La vieille au cigare, dans son coin d'ombre, guettait les réactions de Loyola. Le spectacle qui s'offrait à celui-ci ne relevait d'aucune convention qui lui fût connue, pas plus que de ce qu'il était jadis convenu de fustiger, avec son vieux pote Anatole, sous le nom de* **Spectacle**. *Les images de l'écran montraient bien des scènes datant d'il y avait plus de cinquante ans, mais au sommet de la montagne, face à la basilique de Nuestra Senora de la Caridad del Cobre, se dressait la statue en bronze du Cimarrón, telle que ne la réaliserait le sculpteur Alberto Lescay que sous l'ère de la révolution cubaine. Où, quand, comment, pourquoi ? Juan-Luis de Loyola revoyait le colosse nègre et barbu, penché sur son établi de fortune, au sortir du bateau-mouche amarré face au quai, qui sous mes palmes – j'en suis témoin – venait de lui réparer la flamme de son briquet. Mais Anatole, avant sa disparition, n'avait-il pas rencontré cet Alberto Lescay à Santiago ? Ne s'était-il pas fendu d'un texte assez ridicule en espagnol racontant sa nuit de la San Lázaro 2003, celle de son dernier anniversaire, dans le hamac du sculpteur en compagnie du Cimarrón ? L'aède quant à lui n'avait pas quitté sa table, et ce fut sans peine que Loyola prit sa place, près de la fenêtre, imaginant le halo bleu des cigares, à une autre époque et dans un autre lieu, brassé par les pales d'un ventilateur. Tout était possible, alors pourquoi pas ? Le décor aurait été celui d'un café bruxellois datant de l'Exposition universelle de 1897, que les nouveaux propriétaires du royaume de la nuit en 1953 eussent reconstitué trait pour trait dans leur complexe hôtelier peuplé de rêves à Baracoa. Il eut l'impression que la vieille l'observait, mais la fumée l'empêchait d'en avoir la certitude. Loyola se trouve projeté cinquante ans en arrière, car il n'a pas franchi tout de suite le seuil de l'***Eva's Bar**. *Après que se fût évanoui le surnaturel* **fosforero** *nègre et barbu dans la flamme de son briquet, notre héros s'était résolu à faire quelques pas sur le quai de l'autre rive. Le premier de tous les signes qui se manifestèrent à lui, fut un étal de bananes à même l'appui d'une fenêtre au rez-de-chaussée d'une traditionnelle maison bruxelloise. Les fruits étaient entourés d'autres produits qui ressemblaient à des racines d'origine inconnue. Sur le sol du trottoir, un œil percé d'une flèche avait été tracé à la craie rouge. Un petit cri lui fit lever la tête. Au balcon du premier étage, l'agrippa le regard souriant* *d'une beauté créole au visage plus ridé que celui des façades. Il ne put s'empêcher de la saluer comme une amie de toujours avant de poursuivre sa route. Cent mètres plus loin, mu par un pressentiment quelconque, il se retourna et l'aperçut encore, perchée à son balcon de fer forgé, qui agitait un cigare dans sa direction. Sous les yeux de la vieille, sans savoir pourquoi Loyola s'était senti dans la peau d'un animal de cirque marchant à quatre pattes, le cœur battant d'angoisse, craignant plus que tout sa propre image dans le miroir. Son regard se heurta de nouveau à la forme immobile dans son coin de ténèbres. Ne lui lançait-elle pas des œillades équivoques, mais oui, percées de flèches, comme le suggérait ce dessin à la craie sur le trottoir ? Ses yeux revinrent vers l'écran, où la mer s'abattait contre le Malecón, pendant qu'une voix féminine chantait en espagnol «* **Un jour, il te faudra bien compter avec moi** *». Le refrain, sirupeux, signalait qu'une âme avait trouvé la paix, mais cette mélodie provoqua en lui le contraire de la paix évoquée par les paroles de la chanson. Il chercha refuge en son verre – celui de l'aède – et d'autres images lui apparurent, comme sorties d'un philtre de sorcière. Il se souvint d'un homme très élégant qui plaisait à tout le monde, un acteur consommé de cinéma – certains disaient : un maquereau de haut vol – dont on racontait qu'il possédait une baguette magique (taillée dans l'une de mes branches) à faire fondre n'importe quelle femme de plaisir. Hypnotisant de présence, l'acteur possédait une grande maîtrise des entrées en scène. On le voyait débarquer de son automobile rutilante et soulever des exclamations sur son passage tandis qu'il se dressait au-dessus de n'importe quelle foule. Roi de la nuit, prince des manigances en tout genre, il avait – disait-on – pris des participations dans la nouvelle chaîne de casinos et faisait l'agent de liaison pour Sacha Bielinski. Chaque semaine il prenait l'avion pour Miami, avec deux valises bourrées de dollars. «* **You bitch, move your ass** *», lance-t-il dans le miroir à la jeune beauté créole aux yeux verts et à la chevelure blonde qui se dirige vers mon tronc situé juste à l'entrée de la salle, pour le clou du spectacle. Et Juan-Luis de Loyola suit des yeux ces hanches débordant de luxure, moulées dans un maillot rouge, guère plus éloignées que la forme indécise plongée dans l'ombre du café. Pour la première fois l'envahit une folle hypothèse... Le port de tête, l'abondante crinière, ces yeux verts : ne serait-ce pas une sœur lointaine de Pléione, la femme d'Anatole ? Non, il n'était pas dépourvu d'une certaine lueur lubrique, le regard de la vieille* *toujours fixé sur Loyola, devinant confusément qu'ici se jouait peut-être le mystère de sa propre naissance. A ce rappel mes frondaisons retentissent d'une clameur qui traverse mon tronc venant de mes racines et puisée d'une sève dont la source est au royaume des ombres. N'était-il pas impliqué dans l'arnaque du Banco Financiero qui, grâce aux magouilles contre ses propres actionnaires, détournait l'argent des investisseurs publics pour le placer là où l'exigeait Bielinski ? Chacune de mes branches voit encore cette énorme table autour de laquelle ont pris place quatre bonshommes, et le nuage flottant au-dessus de leurs têtes, brassé par un ventilateur. Non seulement leur homme de confiance accueillerait les clients, mais il danserait également pour eux, pour chacun d'eux. J'entends le bruissement des pales dans le brouhaha de la salle de jeux qui me parvient au-dehors, quelque peu étouffé par les années. L'une de mes feuilles se détache pour voleter dans l'air et se poser sur la table où siègent les deux propriétaires du nouveau cabaret en compagnie du président Batista et de Sacha Bielinski, non loin d'une bouteille de rhum identique à celles que Loyola peut observer derrière le comptoir de l'***Eva's Bar.*** *Dans le miroir, c'est à peu près le même homme, plus jeune, qui navigue entre les îles d'une démarche assurée, se penchant vers chacune pour assurer que, bien sûr, il s'occupe en personne de tous les élus du paradis. Ceux-ci sont installés autour des tables de roulette et de black jack, où l'on peut entendre les premiers cliquetis des jetons sur les tapis de jeu. Juan-Luis de Loyola s'entend lancer ici et là un mot d'esprit complice, rayonnant comme un fantasme de luxe, impeccable dans son smoking blanc taillé sur mesure. Une bonne réplique toujours au bord des lèvres, le roi des nuits havanaises distribue à certains clients sa carte de visite : «* **Abel de Loyola, Casino Ulises, Baracoa** *». Plus troublant encore, un lourd parfum de fleur tropicale flotte autour de cet homme, le même parfum de son enfance qui répand ses effluves dans l'***Eva's Bar***. Il se disait aussi de lui qu'il avait une autre vie, tout comme cette Eva qui faisait du haut de mes branches le numéro de la femme-serpent, une autre vie liée à d'autres activités clandestines. Bien plus criminelles, bien sûr, aux yeux du pouvoir en place à Cuba. Loyola finit son verre et, sans se cacher, chercha des yeux l'inconnue dans le coin du café. La fumée s'était dissipée comme par enchantement, et il fut facile de la détailler qui regardait vers lui, souriant d'un air amusé, les pupilles brillant d'une malice qui l'eût inquiété, se rassura-t-il, s'il ne se fût trouvé dans son propre* *roman. L'apparence que Pléione, songea-t-il, pourrait avoir à son âge, lequel devait aujourd'hui correspondre à celui d'Eva. Loyola n'osait explorer pareille hypothèse, trop invraisemblable pour une œuvre imaginaire...* **Avons-nous la bonne histoire ? Colle-t-elle à la réalité ?**... *C'était une mulâtresse à la peau devenue presque blanche, dont l'abondante chevelure grise trahissait le souvenir d'une somptueuse blondeur. La voix de la vieille émergea de quelque entrebâillement de l'univers, comme avait pu le faire sa propre vie cinquante ans plus tôt, d'autres lèvres de la même femme, dans un hôpital à Santiago de Cuba.*

__ Tout a commencé il y a plus d'un siècle. J'aimerais te raconter tout depuis le début, mais il se fait tard...

Qui pourrait jurer où nous sommes ? Les pales d'un vieux ventilateur brassent l'air dans ce café typique de Bruxelles dont mes racines ont gardé souvenir, un café d'outremer et de l'autre siècle qu'il y a cinquante ans deux hommes ont imaginé de transposer ici, dans la baie de Baracoa. Comme il y a cinq cents ans la voix d'Eva, la voix d'Eva de Cuba, la voix de celle qui fut la première vision de Colomb quand il mit le pied sur cette île du Nouveau Monde et qu'il aperçut dans mes branches l'ange nègre aux yeux verts et à la chevelure blonde enroulée d'un serpent.

__ Je suis de partout, même si mon lieu d'origine se trouve dans deux archipels.

Sa voix, se levant lentement du coin d'ombre pour marcher vers la sortie dans une robe à fleurs des années cinquante, se cognant contre les chaises, non sans jeter encore un regard vers l'écran, où sous mes branches le couple d'antan formé d'une jeune beauté créole blonde en maillot de scène rouge et le roi des nuits havanaises en smoking immaculé danse pour le public du casino sur un **son** *santiaguero, sa voix s'éteignant dans la nuit non sans lancer à Loyola une dernière œillade sur le seuil du café, lui soufflant un baiser d'adieu très théâtral des deux doigts garnis de son cigare. Le miroir du comptoir continuait de projeter pour lui seul ses rêves sculptés dans le marbre où se multipliaient les couleurs des tropiques, où les fontaines des jardins exotiques noyaient des statues incroyablement blanches au soleil sous leurs jets d'eau multicolores, pendant que la musique abandonnait son ton plaintif et se chargeait d'une allégresse de rumba pour des paroles qui parurent à Loyola moins mélancoliques dans leur traduction française qu'en leur version d'origine portée par la voix d'Eva : «* **Blessure d'ombres je suis par ton absence et seule m'accompagne à jamais la pénombre** *».*

Comme il y a cinq cents ans, voici cinquante ans la voix d'Eva dans ce café bruxellois reconstitué par Aristos Théokratidès et Jésus Evangelista. Comme depuis les origines la voix de mes racines, celle d'Eva de Cuba, pour un homme s'abandonnant à l'extase au-delà de tout désir, sous les pales d'un ventilateur, dans un café dont les fenêtres donnent sur le canal de Bruxelles. Même si j'anticipe un brin, car nulle autre âme qui vive ici ne se laissait bercer par la voix d'une femme comme par les pales d'un ventilateur invisible – que celle de l'homme qui était mort.

C'était hier et c'est demain

Est-ce la vie encore ? Qui sait ? On est là enfin, c'est tout ce qu'on peut dire. L'homme qui était mort dans un tourbillon de mer sentait, au fond de ses veines, le battement des vagues du canal. Il avait éprouvé la chute au creux des eaux, quand elles vous font danser la rumba des étoiles au rythme d'un tambour qui aspire le corps avant de l'exploser dans son roulis sonore. Il ressentait toujours ce balancement de houle qui l'avait happé vers les profondeurs, où toutes les musiques s'accordent en étrange harmonie.
Mais à la surface, un grondement de terreur vibre et se propage et s'amplifie. Dans les airs se balance au-dessus des immeubles, à grands coups d'ailes noires, le véritable archange de la ville qui survole des foules tournant en rond sur les trottoirs pour garnir de cervelle, de sperme et de chair fraîche les immenses frigos des coffres-forts. Sautant, courant de dômes en clochers telle une créature céleste, ce Loyola volant se piquerait-il au jeu du vieil Icare ? Il incarnait plutôt l'image ayant fait la réputation des rhums Evangelista, cette chauve-souris de légende réfugiée à Miami (combien de millions de dollars à la mafia pour tenter d'assassiner Castro et Guevara ? combien de manigances en faveur de la terreur armée ? quel rôle de l'ombre dans l'institution de la loi Helms-Burton ? quel soutien à la CIA dans sa lutte contre l'île-caïman ?), dont il incombait aux radars d'un *mythmaker* de la *dreamsociety* d'exaucer le rêve, celui de reprendre son vol vers les juteux figuiers de l'île du Diable.

Loyola s'est senti pousser des ailes au cours de la nuit. Quelque chose de décisif en lui s'est accompli, d'avoir signifié à l'aède un *bye bye* définitif. Du moins, le croit-il. N'a-t-il pas vengé la mémoire de son père ? Très bientôt sans doute, même les derniers râles du vieil Atlas ne franchiront plus la surface des eaux noires. Il ne sera plus question de musique ni d'étrange harmonie. Cela suffit-il ? Son large sourire soudain se fige. Quelle est cette grimace renvoyée par la vitre noire ? Il attend. Qu'est-ce que tu attends ? Le jour ne se lèvera plus. Tout est brumeux, tête qui tourne, la vérité que tu cherches va se noyer à jamais comme cette mouche au bord d'une tasse de café pleine de rhum, elle et toi condamnés à battre encore un peu des ailes dans la même glu. Dire que tu pensais vaincre l'enfermement du labyrinthe ! T'es-tu seulement aventuré hors de ton antre, où sous prétexte d'un roman tu n'as cessé toute la nuit de chercher un nouveau slogan pour le rhum Evangelista ?... ***Papa, j'ai ton rythme dans le sang !*** Quel songe-creux de misère... D'ailleurs, tes pas se sont-ils hasardés sur le pont vers l'autre rive ? Et crois-tu sérieusement que ta mère pouvait apparaître dans un café bruxellois qui par hasard se serait appelé l'***Eva's Bar*** ? Tu as peur de nouveau, pitre, et tu peux t'élargir le sourire en lui donnant la forme d'une bouche de clown, même ton chagrin pour ton père et ta mère prendra fin, bientôt tu ne seras plus différent de cet insecte qui t'offrit en ce monde son ultime compagnie. Pourtant, tu ne manquais pas trop d'atouts dans le dédale, non ? Mais ne laisse pas ce miroir te bourrer le crâne : tu n'es plus celui que tu vois. Veulerie, vilenie, pleutrerie masquées par l'arrogance d'un sourire goguenard et qui n'en pense pas moins. C'est ce que tu es devenu, tout ***ethical & esthetical manager*** que soit ton titre officiel, si l'on en croit toujours la plaque de cuivre à ce dernier étage de la tour Panoptic. Quel chemin parcouru depuis vos esclandres jadis contre le spectacle marchand !

Le pire était, pour Loyola, qu'il ne se reconnaissait plus dans la peau de celui qu'il croyait encore être. Tout ceci faisait-il partie des sévices mentaux infligés à son vieux pote Anatole, dans une geôle du camp de Guantánamo ? A moins qu'il ne s'agît toujours de quelque sortilège né de l'imagination fantasque de son grand-père l'aède... Le sort des morts est enviable, te résignes-tu à penser encore. Ce sont les vivants qui ont à souffrir de la solitude et de la méfiance des humains. Le plus difficile c'est après le crime, clown, tu le sais bien, voilà pourquoi tu trembles, la nuit qui te cachait au sommet de ce building s'est encore obscurcie bien qu'il soit sans doute grand matin. C'est à présent que tu vas nous montrer ce que tu as vraiment dans le ciboulot. Pas vrai, la mouche ?

« Nous approchons, Messieurs-dames, du clou de la représentation. Que l'on soit mouche ou chauve-souris, pas de temps morts pour les créatures ailées au grand cirque de l'au-delà... »

Selon les lois de l'A.A.A.A.A. – parole de mouche ! – un tel roman ne devrait pas exister.

Rengaine d'une idole des vitrines

La nuit des âmes endeuille l'univers. Depuis le royaume des ombres jusqu'à la constellation des Pléiades, cette planète est une pierre d'achoppement criant scandale pour toutes les sphères où veut reposer en paix l'esprit des morts. Si je m'exprime ici dans une langue accessible aux habitants d'un globe qui nous aimante, c'est que les alphabets du cosmos répondent à des principes communs. De même que la musique se ramène à un nombre limité de notes, les innombrables harmoniques scintillantes sont l'écho dans l'éther d'un spectre de lumières obéissant aux lois d'un immense jeu de miroirs. On n'y fait pas ce qu'on veut. La Terre ne nous dérange pas impunément de ses criardes explosions en plein concert. Qu'il s'y trouve des trublions, passe encore, mais que ceux-ci soient à la direction de l'orchestre, et nous intervenons. Grâce à l'entremise de nos messagers, chaque planète est tenue de jouer sa partition sans quitter son orbite ni créer le chaos. Comme le temps n'est pas une dimension fixe, déjà nous incommodent vos désastres futurs. Comment fallait-il vous le dire ? Il y eut ces cataclysmes nucléaires déclenchés pour le gaz de Sibérie, puis le gigantesque brasier d'une nappe de pétrole au-delà des colonnes d'Hercule. Croyez-vous qu'Atlas il se nommait par hasard, l'aède ayant toute une nuit tenu le crachoir dans un café bruxellois ? Depuis Hiroshima, vous n'aviez plus idée d'un surnaturel qui ne fût apanage exclusif de la puissance technique. C'est ainsi que je me suis amusée à chanter ma rengaine dans une bouteille vide en guise de micro. Que je lui ai fait son petit rituel magique, au gourou de la tour Panoptic. « Un jour, il te faudra bien compter avec moi » : n'allait-il pas de soi qu'il entende ma voix ? Quant à ces numéros de cabaret, ou à ces jeux de statues volantes, c'étaient pour nous de simples signes. Puisque je suis de partout et de toujours, qui pourrait jamais me posséder ? Dans la chambre obscure d'un monde aux valeurs inversées, vos aigles d'autrefois ne pendent-ils pas la tête en bas, comme des chauves-souris ?

Quelqu'un m'expliquera-t-il ces nuées de chauves-souris s'engouffrant par un miroir derrière le comptoir et cherchant le repos dans les ombres du

bar ? Peut-être suis-je l'une d'elles, auquel cas je ressemblerais à l'emblème du rhum Evangelista, dont il me vient l'idée que Juan-Luis de Loyola n'eut de cesse de raviver l'image au cours d'une telle nuit... Pourquoi pas ? Tout était devenu possible des falsifications du réel par l'industrie des fantasmes, en un monde où l'hypnose collective offrait pour héros, aux masses hallucinées, des milliardaires déguisés en chauves-souris...
L'aède se mit à rire devant le jeu d'alternances binaires dont était tissée cette histoire, comme d'un fil blanc et noir évoquant le jour et la nuit, la vie et la mort, l'un des pôles ayant son champion dans l'archange, l'autre dans le dragon. N'était-ce pas de ce dernier symbole qu'on avait tiré le nom du plus célèbre des vampires au cinéma, représenté par un même chiroptère que celui dont s'enorgueillissaient les rhums Evangelista ? Sans doute, cela pouvait-il s'élucider en remontant au 26 juillet 1953. Car le carnaval, ce n'était pas que celui de Santiago. Tout, dans la province Orientale, était carnaval en ce jour-et-nuit là. Jusqu'à Baracoa, province de Guantánamo.
L'aède aimait quant à lui l'aube et le soir qui tombe, ces moments précieux où la lumière s'accumule ou se désagrège. S'il devait trouver un seul mot pour définir sa position dans l'entre-vie-et-mort, se dit-il, si l'auteur de ce récit consentait à choisir une idée qui résumât son oeuvre, elle désignerait à la fois l'aurore et le crépuscule. Bien sûr, cette idée n'évoquerait pas seulement le passage de la nuit au jour, mais encore une autre médiation, celle qui mène d'une infinité de perceptions obscures à la pensée, puis aux mots, ce long instant où rien se transforme en gamme et le silence en parole musicale allant vers un autre silence. Voilà ce qu'il rattachait à l'aube et au soir qui tombe, à ces plages sanglantes où l'obscurité se transforme en particules de lumière et la lumière plonge vers un abîme, grâce à la couleur qui, dans la langue du peuple russe, accoutumé de toujours à l'implacable fatalité du ciel noir d'hiver et des immenses étendues blanches de neige, associait dans un même vocable, ***Krasnyi***, le beau et le rouge, mot dont ce peuple fit une bannière du devenir historique – aujourd'hui disparue. Cette aurore annoncée par la révolution soviétique, n'éclairait-elle pas le destin de médiation nécessaire assumé par ce peuple entre l'Occident et l'Orient ? N'était-ce pas cette médiation elle-même que prétendaient abolir les dualités imposées par la tour Panoptic ? Le même ordre binaire du Tout ou Rien, qui était proposé par votre idéologie situationniste...

Parole du Phénix

En cet aède un oiseau rouge plane qui de son aile blanche effleure la révélation prophétique et de son aile noire la réflexion philosophique. Son envergure embrasse Athènes et Jérusalem. En lui se rencontrent le cri de la chouette et celui de la colombe, un Orient naît du soleil couchant...

« ***Voici pourquoi mon âme demeure à jamais soviétique,*** prononça-t-il à haute voix, ***pour l'amour de l'aurore et du crépuscule...*** »
L'exclamation solitaire de l'aède s'était noyée dans la gorgée de rhum au cola qu'il venait de porter à ses lèvres. Au fond, s'étrangla-t-il d'un fou rire convulsif, du seul point de vue faisant autorité, que suis-je d'autre qu'un pauvre illuminé n'ayant pas compris grand-chose à la vie pour demeurer communiste, après les explications décisives des situationnistes et des Nouveaux Philosophes, relayées par mille intellectuels médiatiques aux ordres de Panoptic ? Il posa son verre sur la table et s'essuya la bouche du revers de la main. N'étaient-ce pas les mêmes qui parlaient de l'île du Diable comme d'un Goulag tropical ? Franchement, j'aurais échangé volontiers mille journées de ce bon vieil Yvan Denissovitch contre une seule aux camps de la mort gérés par le monde libre et démocratique... Mais soit. Si je suis seul à penser de la sorte, une telle opinion ne peut être le fait que d'un être sans existence ! L'aède sentit alors quelque chose comme une ombre se balancer au-dessus de sa tête parmi le vol des oiseaux de nuit, l'ombre d'un trapèze qui allait et venait tout seul d'une rive à l'autre de l'océan du temps. Sans manifester le moindre trouble, il se prit le menton dans la main pour contempler la vision s'offrant à lui par le cadre de la fenêtre. Moulée dans son maillot de scène orné de plumes, Eva laissait flotter la queue d'une comète en flammes à la surface des eaux noires. Comme si elles avaient attendu l'appel du rescapé, celles-ci s'élancèrent dans une volée d'écume pour s'enrouler autour du réverbère auréolant le quai d'un cercle d'or. Ce nimbe de lumière était sa chevelure. Il ferma les paupières. Ainsi, je ne suis ni mort ni vif et il ne fait ni jour ni nuit, même si j'avoue mon désarroi – digne de ce que fut toute une existence d'aède – à ne plus faire partie ni d'une rive ni de l'autre de cet océan. Ce constat m'est d'ailleurs venu lors même que Juan-Luis de Loyola franchissait le pont séparant les deux rives, et qu'il plongeait les yeux par un miroir sans tain dans cette grotte hantée de fantômes dont certains sont vieux de cinq cents, d'autres de cinquante ans, qui sont pourtant les mêmes, où nul journaliste n'imaginerait ce qui peut se découvrir de l'autre côté d'un miroir ouvrant sur d'autres époques... L'aède rouvrit les paupières. Il fallut un instant pour dissocier l'image qui lui était venue, de celle apparue aux yeux du Christophore le 27 avril 1492. Tout l'alentour du canal présentait comme alors les allures d'une baie de paradis. Sur la plage de Baracoa, l'aède et quelques hommes débarqués d'une chaloupe avaient regardé Colomb s'avancer seul et poser un genou dans le sable, figé devant l'arbre comme

face à un miroir qui lui renvoyait l'image de son âme. C'était lui-même, ce charivari d'élans vers le ciel et de reptations abominables où mûrissait pourtant l'appel des plus hautes ivresses. Il se reconnaissait dans ces lianes capables de danser aussi bien de futurs mambos à la verticale que de murmurer de lascives rumbas à l'horizontale afin de séduire leur proie, tel ce réverbère où s'enlaçaient toujours lianes et racines du même figuier tropical rien que pour la jouissance d'un fruit de lumière. L'aède en serait le témoin pour les siècles à venir. Perchée dans les branches de l'arbre des origines, une femme noire aux yeux verts et à la chevelure blonde soulevait déjà des questions qui ne seraient résolues ni à la Cour des Rois d'Espagne, ni dans le complexe de nouveaux bordels inauguré le 25 juillet 1953. De même qu'il faudrait régler le problème des parures sous lesquelles seraient présentés devant les souverains du Nouveau Monde les sept premiers indigènes capturés sur l'île du Diable – une quasi nudité leur étant coutumière – par simple respect pour la pudeur de Leurs Majestés Très Catholiques, de même se poserait la question d'un costume de scène pour Eva de Cuba, dont les besoins vestimentaires seraient aussi rudimentaires que ceux de ses lointains ancêtres. Soyez patients, je vous révélerai tout ce que mes yeux captèrent dans le miroir magique. L'époque entière s'élucidera de la vision d'Eva telle qu'elle m'apparut lors du premier voyage de Colomb, comme de ses pirouettes au bras d'Abel de Loyola, sous les ordres d'Aristos Théokratidès et de Jésus Evangelista. Cette grotte pleine de chauves-souris dans les recoins d'ombre du plafond, pour un café bruxellois, ça faisait sans doute un peu trou de sorcier, mais étions-nous encore dans un café bruxellois ? Chacun sait les chauves-souris friandes, avant tout autre aliment, des fruits savoureux du figuier. L'aède salua d'un ample geste théâtral les branches du marronnier ou du platane planté devant la fenêtre, désignant l'intérieur du café pour un public imaginaire. N'étions-nous pas plutôt dans la caverne à flanc de montagne en surplomb de Baracoa, veillée par un Jaguëy, là-même où gît toujours l'esprit de ce bon vieil Hatuëy ?

Feuille après feuille, tel un grimoire de magicien tourné par le vent dans les branches du figuier tropical, un livre se déroule. On peut certes imaginer toute cette histoire issue d'une vulgaire gueule de bois, qui par association d'idées conduirait quelque ivrogne à se mettre dans la peau d'un arbre. Pourquoi pas ? Mais comment ce vieux poète grec (à supposer qu'il en fût un), pouvait-il inventer ce dont serait témoin un Jaguëy à Baracoa ? Qui aurait pu lui révéler certaines informations – toujours confidentielles – relatives à la Fondation Noé, lors de son pacte avec la firme Panoptic ? D'où tenait-il ses informations relatives aux activités clandestines d'Aristos Théokratidès et de Jésus Evangelista ? Car s'il fut appelé parmi les membres de la Fondation créée par un magnat grec, laissez-moi vous dire qu'il ignorait tout des buts réels poursuivis par cette association, même s'il existe une photographie où on le voit parmi quelques célébrités, dont le président Batista, levant la main dans un geste qui n'aurait jamais de signification que pour lui seul. Nous sommes bien à la frontière qui sépare le secret du mystère ; le froid calcul rationnel d'une magie prenant source au-delà du monde sublunaire.

Pourtant, ce ne serait pas tant la science étrange de cet homme que son ignorance – permettez-moi de vous en convaincre – qui plaiderait en faveur de ce que je n'appellerais pas son innocence, mais plutôt une aptitude à... C'est moi qui parle – Eva. Pourquoi ne le pourrais-je pas, si j'attends ce moment depuis cinq cents ans ? Quand l'arbre vous dit qu'un livre se déroule feuille après feuille, c'est en réalité moi qui m'effeuille à me retrouver nue comme je l'étais dans ses branches le jour de leur arrivée sur l'île. Je vois encore Colomb se réjouir de mettre pied sur cette plage de sable noir en compagnie d'un aède grec à la mode antique, dont l'art de manier les mots fixerait la vision de ce figuier sauvage aux lianes et racines enchevêtrées, qui se dressait monumental et solitaire au sommet d'une colline surplombant la baie de Baracoa : phénomène sans doute unique sur une planète venant soudain de s'arrondir à leurs yeux. L'arbre des origines, murmurèrent-ils en posant un genou à terre, avant de s'incliner

pour baiser le sol du paradis. Car, avant eux, nul n'avait pu situer ce lieu avec précision. Aucune carte de l'Eden concrètement n'était pensable et tous étaient d'accord pour le situer en Orient. Mais il courait aussi certaines légendes orientales, fidèles à l'enseignement des théologiens grecs, selon lesquelles Dieu, après la chute, n'avait pas détruit le paradis terrestre, le mettant simplement de côté, dans un espace inaccessible aux hommes, sur l'autre rive de l'Océan. Aussi le Christophore, sur l'avis du Porte-Globe, fut-il à bon droit persuadé que le rio Miel se jetant dans la mer en contrebas de la montagne Majayara (dont ils avaient aperçu l'embouchure depuis leur caravelle) était bien l'un des quatre fleuves coulant au pied de l'arbre génésiaque.
Mon intention n'est pas de corroborer les dires de l'aède, à la manière dont les médiatiques ont prouvé ces dernières années qu'il n'était d'autre monde possible. Les Nouveaux Philosophes qui étaient au service de la Cour d'Espagne il y a cinq cents ans, comme ils interprètent aujourd'hui la Bible de Jérusalem pour les plus puissants souverains de la planète, prophétisèrent l'échec de Colomb sur la foi de plumes chatoyantes, provenant d'incroyables oiseaux des îles, dont s'ornaient ma peau noire et ma chevelure d'or. Il fallut plus d'un siècle au jugement de leurs successeurs pour que l'Amérique existât. De même, les utopies communistes se concrétiseront demain, qui n'avaient réalité que dans l'esprit de quelques rêveurs. Morts ou vifs, ceux-là bousculèrent toujours les théologies de leur temps, qui éprouvèrent une fin du monde en leur chair. Il n'est pour eux d'autre salut que d'aspirer à une aurore au-delà de la nuit. Que sait-on de la vie, que peut-on en savoir, tant qu'on n'a pas aimé d'amour un impossible horizon, corps et âme, pôles indissolubles d'une planète unique ? J'ai vécu cette aventure avec lui.

Rengaine d'une idole des vitrines

Une nuit suffit-elle à épuiser la coupe de l'ivresse ?
L'immense foule des morts défilait toujours sur le pont qui enjambait des eaux sans rêve et sans mémoire. L'aède seul veillait, pour moi seule inoubliable. Et qu'importe s'il exista jamais ? Car c'est d'abord mon ventre qui se souvient de lui, comme un cratère en feu, la coupe où s'abreuvaient ses lèvres au cours de cette ultime saoulerie.
Quant à vous, prétendus vivants, absents forcés pour cause de jour qui ne se lève pas, votre unique présence réelle dans la ville ne pouvait être que celle de vos songes. Et j'y rêvais que vous ne rêviez pas cette guerre des ombres. Il y avait une boutique donnant sur le canal, et moi dans la vitrine poursuivant ma berceuse. Demain, sans doute, le soleil reviendrait, qui dissiperait tout de cette nuit au cours de laquelle rien ne se serait passé.
C'est alors qu'a surgi le corps nu d'une femme aux cheveux dénoués, dansant en titubant, s'élançant puis se ramassant, bondissant avant de s'éteindre à la surface des eaux comme une petite sœur des étoiles. C'était moi qui venais de traverser la glace. Car il me fallait franchir vos miroirs en carbone de silicium lancés dans l'espace pour aller voir si nous y sommes du côté du Big Bang. Ici, vous dormez, confiant à quelques pontifes le soin de garder les frontières de l'au-delà. Mais là, tout au bout de l'univers, vous envoyez vos caméras montées sur satellites Panoptic pour capter à l'infrarouge des images dans les nuages de gaz et de poussière cosmique où naissent les étoiles, croyant mettre en magasin la lumière fossile des origines...
Je suis montée dans les branches de l'arbre et j'ai pris son micro. Ne paraissait-il pas sombrer lui-même en votre sommeil ? Je me suis permis de parler à sa place pour dire notre vision lointaine, celle d'une aurore promise au-delà de la nuit. Car une telle aventure, ne l'avais-je pas connue avec lui, sous tous les déguisements possibles, depuis celui de l'Indienne en passant par un maillot de scène rouge et jusqu'à ce peignoir bleu ciel marqué du nom de Calypso, sans oublier l'imperméable noir de la déesse crétoise aux serpents ?

C'était hier et c'est demain

L'aède n'osait y croire. J'ai essayé de dormir, mais je n'ai pas pu. Quand la fatigue eut raison de moi, je me suis enfin assoupi. J'ai d'abord cru que je rêvais, car j'entendais quelque chose. Mais non. Ce n'était pas un rêve. Au plus profond de cette infernale nuit me parvenait une voix, je distinguais sans erreur possible l'accent grec d'Aurore quand elle parlait dans la langue en vigueur sur l'île du Diable. Et elle adressait des paroles d'amour à un mort, ou plutôt à un homme qui naviguait toujours entre vie et mort. Celui-ci voyait une femme et ne la voyait pas. Qui avait semblance du passé comme de l'avenir. Pouvait-il comprendre chacun de ses mots ? Ce serait mentir que de l'affirmer, tant il est incertain que pareilles vérités s'offrent à vous dans l'espace des limbes. Mais une chose était sûre. Elle avait l'âme d'une sœur, d'une épouse, d'une mère – peut-être même bien davantage encore – et réclamait que l'on n'envoie pas cet homme en enfer, qu'on ne l'expédie pas au royaume des ombres, car il devait transmettre un message essentiel aux vivants. La mort, quand on en fait la traversée, se dit-il, vous libère en principe de tous les voiles, de tous les masques, de tous les miroirs de la vie. Mais était-ce bien ton cas ? Celui qui ne meurt pas avant de mourir est perdu quand il meurt. Cela, tu le sais trop. Combien de fois mouru dans combien de ruines de Troie. Dans combien d'Hiroshimas. C'est ce dont vous parliez tout à l'heure (quelle heure ?) avec Yvan, le tenancier de ce bistrot. Mais au fait, où était-il passé, ce bougre de Bulgare ? Bonne chance à celui qui voudrait faire de toute cette histoire un roman ! Ne lui faudrait-il pas encore se rappeler du fait que, sitôt sorti du canal, j'avais été happé des profondeurs par une silhouette féminine en peignoir bleu ciel dont les formes s'encadraient entre des néons roses aussi bien disparus que cette Calypso montée à l'étage en compagnie de deux clients en uniformes de police que je retrouverais plus tard sur mon chemin de lune, un grand maigre à lunettes et un petit chauve à la barbe antique ? J'oserais peut-être affirmer que je les aperçois par la fenêtre, si je ne craignais de désorienter plus encore le malheureux lecteur des romans d'aujourd'hui. Car celui qui ne meurt pas au moment de mourir est perdu pour la mort. Celle-ci n'en veut pas, le recrache à la vie. C'est la résurrection de la chair, comme on dit. La résurrection d'un corps aux ailes d'ange et à queue de dragon, tel que je me reconnais dans le miroir du bar. Mais je n'y suis pas seul, c'est une foule entière de l'autre temps qui s'y trémousse en cadence, au rythme d'un orchestre dont les cuivres et les tambours se mettent à discorder par toutes les chambres d'échos de mon crâne. Au-delà, bien au-delà de ce qu'il est permis de voir... Tenez, les revoilà, mes deux comiques revenants qui vont et viennent sur le quai depuis une éternité, comme s'ils cherchaient toujours quelque chose à boire :

— Croyez-vous qu'il y ait quelque chose d'ouvert à la cloche de bois ?
— Oh, ça doit bien se trouver.

Accourez à moi, revenants avec lesquels je communique non pas en faisant tourner une table mais par la magie d'un miroir ! La scène qui se déploie sous mes yeux, dans l'infini jeu de glaces d'un autre à l'intérieur de moi, cette scène est illuminée de flashes explosant autour d'une table, et j'en suis toujours à chercher des yeux le photographe car plus tard je lui demanderai ce témoignage capital où l'on voit Aristos Théokratidès et Jésus Evangelista, flanqués de Sacha Bielinski et du président Batista qui encadrent le couple formé par Abel et Eva, côte à côte entourés de quelques inconnus et de moi-même, la main en l'air, non je ne me souvenais pas d'avoir levé la main mais je l'avais fait, sans doute pour tenter de prévenir quelqu'un dans un lointain futur. Tenez, comme ceci, pour prendre mon verre, où ont disparu les bulles qui dansaient au fond du *Cuba libre*. Je m'adresse à qui, au juste ? A vous, peut-être, qui me prenez toujours pour un personnage fictif, attendant avec impatience que je vous parle du cul d'Eva ? N'ayez crainte, ça va venir. Si vous acceptez que je retrouve mes esprits, tant se dissipent à mon regard toutes les images de jadis, ainsi que les petites bulles dans la rigolade au rhum. En attendant, comment ne pas fixer encore mon attention sur ces deux absurdes compères venus du plus lointain passé :

— Toutes les banques
— Tous les supermarkets
— Et autres organismes culturels
— Ont leurs machines accessibles jour et nuit
— Pour la fringale des petits matins.

— Sans oublier les agences de voyage.
— J'en avais repéré une par ici.
— Soyons discrets.
— Si quelque malveillant nous surprenait...
— Nous devrions à peine effleurer les murs de nos ailes.
— Légers, légers, traces de colombes sur antique muraille...

(Pattes de velours, ainsi que félins aux aguets d'ils ne savent trop encore quel gibier. De même, Eva quand elle me pista. Qui était le prédateur, qui la proie dans le rapport qui nous unit ? Je ne suis pas l'auteur de cette histoire, ou du moins pas encore. Je n'en raconte ici que les bribes telles qu'elles me reviennent, de manière décousue.)

O lecteur d'un siècle futur ! Toi seul devines vers quelle désillusion cruelle se dirigent nos deux énigmatiques personnages. Tu n'imagines pourtant pas ce que les spectres enduraient de nos jours. Il suffisait de les observer, quand ils se glissaient avant l'aube dans les rues comme entre les tombes d'un cimetière. Tout valait mieux pour eux que l'enfer du jour, où ne divaguaient plus que des morts-vivants crucifiés par des certitudes excluant l'existence du Jaguëy. Quant à toi, cher lecteur d'aujourd'hui... Où te crois-tu, que je surprends à bâiller d'ennui devant les feuilles d'un livre qui ne sont autres que celles de cet arbre ? Toi qui n'exerces guère la puissance ou la faiblesse de tes lianes et de tes racines que pour t'assurer la jouissance matérielle d'une parcelle de pouvoir, de fortune et de gloire, penses-tu vraiment que le Jaguëy poursuive d'aussi vulgaires conquêtes ? Vois comme ses branches contorsionnées t'adressent d'autres signes, lesquels t'invitent à explorer l'ailleurs au coeur de toi-même, où deux âmes en errance, échos du royaume des ombres, demeurent plus attentives que quiconque aux récits prodigués par Loyola comme par l'homme qui était mort. Mais, aussi, à la musique chue de la chevelure des Pléiades...

C'est toujours moi qui parle, depuis les branches du Jaguëy. Alors, s'il vous plaît, daignez vous représenter un type sortant des camps où, voici cinquante ans, le monde libre et démocratique avait jugé bon de reléguer sur une île des Cyclades ceux qui furent jugés coupables d'avoir combattu l'occupation nazie en Méditerranée orientale. Car ce fut lui, l'aède grec, le premier qui, plongeant ses yeux dans les miens tandis qu'un serpent non venimeux s'enroulait autour de mes hanches et de ma poitrine, osa dire qu'une source était en moi sans que nul ne la vît. Son regard ne craignait pas d'affirmer que mon plus grand désir était qu'un homme s'abreuvât au profond de cette source. Laisse-moi te boire, criait son âme pendant que Colomb, se relevant, me fixait d'une tout autre lueur, n'oubliant pas sa vocation première auprès de ses royaux commanditaires de comédien, d'animateur de carnaval, de montreur d'illusions à la façon des saltimbanques et des batteurs d'estrades. En son for intérieur, sous tous les subterfuges, ne se savait-il pas mandé par Dieu lui-même pour présenter le premier Grand Show du Nouveau Monde – avec hommes et animaux dressés – pour la jubilation des Cours européennes ?

« N'ayez pas peur, Messieurs dames, ne craignez rien... Après nos clowns, après les vols de nos artistes ailés, bientôt le numéro des fauves au grand cirque d'Eva de Cuba ! »

Pardonnez à l'aède s'il cède encore aux illusions de cette voix. Car, dans le même temps, son regard s'est machinalement tourné vers le profil d'une bête sauvage dirigeant ses pattes en avant, comme si elle voulait franchir d'un bond les eaux noires. Une enseigne à l'emblème du Jaguar ornait en effet le dépôt de carcasses automobiles, sur le même quai du canal. Lecteur, fais un effort pour te représenter ce fauve en posture végétale, enroulé sur des siècles et des millénaires de guet solitaire, à lancer vers ses proies griffes et crocs dans une immémoriale transe immobile, et tu auras l'image précise du Jaguëy. Oui, c'est bien d'un *fauvisme* qu'il s'agit toujours. Que ceci t'offre l'occasion de réfléchir une seconde à ce qui s'est passé dans l'art depuis le vieux projet de domestication des êtres accompli de nos jours par la tour Panoptic. Qu'est l'aède lui-même, sinon cette bête sauvage qui plante en toi ses griffes non pour t'arracher à la vie mais à la mort ? Encore est-il plutôt la proie d'Eva (à elle seule toute une ménagerie) quand les yeux de celle-ci fouillent en lui l'inconnu. Car tout en elle témoignait d'un éveil, d'une vigilance qu'on n'aperçoit plus guère chez nos contemporains, tant abrutis de lois sociales qu'ils ne voient se défaire toute société devant leurs yeux ; tant hallucinés par dresseurs de cirques et bonimenteurs forains qu'ils ne voient à quel point c'est de leur liberté même qu'il est fait jonglerie aux mains des hypnotiseurs publics et clowns qui les gouvernent. Son regard à elle, en lui, était pénétré de ténèbres souterraines, chargé des plus profonds mystères. Ensemble, ils semblaient mettre une passion frénétique à rejouer la Belle et la Bête, et l'on n'aurait pu dire lequel des deux était l'animal pris au piège dans ce jeu infini. Pour l'homme qui était mort, ils formaient une même créature qui avait le pouvoir de s'exalter jusqu'à l'extase, de se transporter à son gré depuis le fond des abîmes jusqu'aux cimes de l'Olympe.

(C'était elle que j'avais suivie depuis la plage ; elle qui mit ses pas dans les miens quand j'accélérai l'allure au milieu des venelles de Naoussa. C'est elle encore qui fut la bête dévorante, moi l'animal offert en sacrifice. Ses mains à elle qui ôtèrent mes vieilles frusques, elles dont les griffes sensibles n'ignoraient rien dans l'art de lacérer leur proie. Puis ce fut moi la monture, elle l'impétueuse amazone de notre chevauchée nocturne.)

Allez savoir comment – sinon grâce au Jaguëy – cet homme avait pu s'extraire de l'abîme et se retrouver dans ce café de nuit donnant sur le canal de Bruxelles ! Allez savoir où s'était trouvé le passage... S'il avait à raconter tout à l'heure, pour la police du jour, les circonstances de son arrivée dans cette ville, il éviterait de parler du drapeau rouge, mais, soucieux de conserver une allusion à la couleur du sang, il userait d'un rythme de jazz où l'on percevrait, dans le balancement syncopé de cuivres imaginaires, la danse de ses pas trébuchant comme l'histoire elle-même sur un mauvais pavé jusqu'à l'inéluctable coup de feu sur ce pont situé dans la ligne de mire d'un tireur embusqué au dernier étage de la tour Panoptic.
Mais qui donc ferait cas d'un tel récit ? Qui, même, en voudrait-il pour un roman ? Celui-ci raconterait-il, en mille pages, les mémoires d'un vieil officier nazi pervers dans le crime comme en amour, qu'il serait présenté par la Tour ainsi qu'un événement littéraire de première importance et remporterait sans coup férir le prix Panoptic. En vérité, se dit l'homme qui était mort, mon âme est cette extase végétale reliant ciel et terre, nuit et jour, vie et mort, futur et passé, d'une trame fabuleuse, car ses membres jaillissent à l'horizontale aussi bien qu'à la verticale afin de capturer leur proie, tel ce réverbère où s'enlacent lianes et racines rien que pour le plaisir d'un fruit de lumière. Son regard fouille les espaces ignorés, ses doigts lancent des signes et dessinent les portulans de terres et de mers encore à découvrir. Son ombre explore un temps par-delà nos mondes, parcourt en rêve des magies intersidérales. D'où que nous soyons, le figuier tropical déclame le chemin de futures errances. Mais, se demanda-t-il, n'est-ce pas

devenu le pire des crimes ? En vérité, se répondit l'homme qui était mort, mon âme est ce Jaguëy reliant le tout au tout.

C'était bien toujours moi qui lui parlais depuis les branches d'un arbre, sur la plage de Baracoa. Mes yeux répondirent au cri silencieux du porte-globe, resté quelques pas en arrière du Christophore. Pourquoi donc avez-vous connu la catastrophe d'Asie mineure, puis cette interminable guerre civile qui devait déchirer votre pays, la dictature, le maquis, les camps, si ce n'était pour mériter enfin quelque terre promise ? Car je n'ignorais pas ce qui était déjà le secret le mieux gardé d'un millénaire : ce fragment de la Croix brandi par Colomb, ramené de Palestine à Paros par Sainte Hélène, mère de l'empereur Constantin. Je n'ignorais pas davantage l'existence d'un bloc de marbre qui serait arraché cinq siècles plus tard aux fonts baptismaux en forme de coquillage, datant du quatrième siècle, dans l'église de Paros commanditée par la même Hélène après son voyage en Terre sainte, pour ériger une statue à la gloire du dictateur Fulgencio Batista.

Peut-être l'aède n'avait-il pas bien entendu ? Peut-être avait-il simplement envie d'entendre ces paroles-là ? Soudain, il comprit que tout s'était inversé, comme si l'on avait installé une *camera obscura* dans son cerveau. Si c'était bien tout le passé qu'il voyait resurgir dans le futur, alors une sourde angoisse pouvait à nouveau s'emparer de lui. Car la voix ne manquerait pas de faire un bond de Jaguar – ou de Jaguëy – pour évoquer ce qui se passerait tout à l'heure à Santiago de Cuba. Oui, je tuerais un homme voici cinquante ans ! Pourquoi les deux spectres en uniformes de carnaval ne viendraient-ils pas me chercher ? J'accompagnerais volontiers ces deux enquêteurs dans une commission rogatoire sur l'île du Diable. Je leur désignerais l'arbre aux racines et aux lianes monstrueuses, dont l'une s'était enroulée comme un serpent au cou du Christophore, liane au bout de laquelle avait terminé sa carrière un Loyola. Je raconterais par le menu la scène de cette liane s'agitant comme sous l'effet d'une brise marine et bondissant au visage de Colomb. Non, je ne cacherais rien. Je serais sur la plage à deux pas de lui, qui se lèverait en chancelant, tentant de glisser ses doigts entre les anneaux d'un collier vivant. Plus métallique et froid que l'acier dont seraient bientôt enserrées les gorges indigènes. Leurs vertèbres Atlas... Ah ! la gigue de l'Amiral se débattant sous un bruit de crécelle produit par ce reptile végétal ! Pourquoi ne venaient-ils pas maintenant, tout de suite ? Mes aveux, je ne pourrais les signer qu'au fond de leurs oubliettes, parmi les crânes et les tibias de tous ceux qui m'avaient précédé, parmi lesquels il me serait combien suave de retrouver l'Indien Hatuëy...

L'heure n'était pas encore venue de révéler au monde le sens de cette prophétie. Voilà ce que mes yeux lui répondirent. Telles ces pythonisses qui rendaient l'oracle à Delphes, il fallait qu'autour de ma parole s'enroulent et se déroulent plusieurs siècles avant qu'une telle parole ne produisît le remède-poison de son sens. Alors, sous le rire des sauvages emplumés comme moi dont il n'était pas certain qu'ils fussent pourvus d'une âme, d'un simple murmure, comme une mère appelle au calme son enfant difficile, j'ai fait se détacher de sa proie cette liane qui est retombée sur le sable et s'est mise à ramper docilement vers moi, non sans provoquer par sa grâce ophidienne quelque effet de stupeur chez ces hommes armés de glaives et de mousquets pour traquer le serpent du paradis, lesquels archanges en détournèrent le regard, car l'heure n'était pas encore venue. L'heure où soudain tout s'éclaire, genèse et apocalypse mêlées. L'heure où dans l'or et le sang des nuages, Colomb verrait se dresser à la place de l'arbre un château de légende pourvu de deux tours surmontées par la bannière des Rois catholiques, où résonnerait le son de sa voix pour présenter à Isabel et Ferdinand le miracle d'un spectacle total. Non, l'heure n'était pas encore venue où le château se transformerait en complexe de loisirs industriels sur la baie de Baracoa. L'heure n'était pas venue pour Eva de se présenter à l'aède sous les traits d'Aurore Théokratidès.

Pour un peu la mort commencerait à me passionner, se dit l'aède en tendant l'oreille. Ce serait vraiment une histoire des plus extrêmes lointains digne d'être racontée, si l'auteur de ce récit daignait imaginer quelle eût été ma stupéfaction, voici un demi siècle, à entendre les raisons de ce voyage au-delà des colonnes d'Hercule. Il faudrait que je dorme sept jours et sept nuits d'affilée pour capter, par d'étroits et labyrinthiques boyaux de l'univers, tout ce que cette femme voudra bien révéler de ma propre histoire. Je fais mon entrée au royaume de la mort, un monde rêvé dont j'ignore si je vais ou non en revenir. Je porte en moi quelque chose qu'elle m'a confié, une vision inversée du temps. Comme si mon premier pas, voici cinq siècles, sur le rivage d'une île inconnue, juste après l'Amiral de la Mer océane, devait encore s'accomplir à travers l'obscurité des eaux noires d'un canal. Où tout peut circuler depuis l'avenir des morts. Comme s'il était prescrit, de toute éternité future, que je ne mette un jour le pied sur cette plage du bout du monde, où je débarque en compagnie de Colomb lors de son premier périple, que pour m'avancer vers celle dont le ventre est un coquillage, lovée dans un arbre aux lianes folles s'enroulant cinq siècles plus tard autour d'un réverbère à Bruxelles, et l'y entendre divulguer les raisons occultes pour lesquelles, il y a cinquante ans, j'imiterais le voyage d'Ulysse avec elle depuis les anatoliennes Cyclades jusqu'aux Caraïbes atlantidéennes.

Grâce à moi l'aède écrirait l'histoire des plus extrêmes lointains qui fut jamais contée, mais seulement cinquante ans plus tard. Pouvais-je alors lui divulguer le plan conçu depuis les origines par l'Indienne Habanaguana, qui était de parfaire la rotondité du globe en faisant advenir un capitalisme de la séduction, lequel porterait à son comble crises et conflits d'intérêts individuels, avant que le grand rythme cosmique des diastoles et des systoles n'impose au devenir historique une foi collective nouvelle faisant succéder à cette ère de désintégration cataclysmique une réconciliation organique du monde ? L'heure n'était pas encore venue pour l'amour d'étendre son règne sur la planète. Il fallait porter ses contradictions à leur paroxysme, et pour cela jouer le jeu de la matière contre l'esprit. L'aède en serait la dupe inconsciente, errant dans un labyrinthe où ne pouvaient le guider que de fausses lumières. Etait-il supposé s'attendre à bénéficier d'un aussi insolite mécénat que celui proposé par une jeune femme dans le port de Naoussa ? Certes, au lendemain de la guerre, le fait de posséder une fortune impliquait pour certains quelque responsabilité. Malheur aux nantis qui prétendaient s'y dérober ! Voilà pourquoi la Fondation Noé s'activait alors sur la Grande Echelle de la Compassion. Mais la vie mondaine d'avant l'enfer des armes, avec ses visites, ses thés, ses dîners, ses bals costumés, n'était plus vraiment de saison. Depuis la fin de cette guerre, il fallait trouver d'autres manières de se consacrer aux bonnes causes. Dans le domaine de l'art, toutes sortes d'apostolats nouveaux s'offraient aux volontaires huppées dans mon genre, puisque j'existais sous le nom d'Aurore Théokratidès.

C'est l'aède lui-même qui bout dans cet ***Ajiaco***. Il y mijote minutieusement dans le bouillon de l'angoisse, mais l'amour fait sauter le couvercle de la marmite et trace en l'air des signes cabalistiques. « Je suis la première femme du monde », avait-elle dit sur la plage de Naoussa. « Ce serait un bonheur d'explorer ton corps. » Une nuit de dieux ton sein dans ma main comme un grand feu autour duquel se livrait une danse guerrière celle de mes doigts qui voulaient transmettre à ta chair la foudre en folie de mon crâne ces éclairs issus du foyer des étoiles n'attendant qu'à jaillir par ma queue dans le foyer même de l'univers nous le savions si bien mon amour... Au réveil du lendemain je la découvrirais pieds nus, sa poitrine émergeant d'une brassée d'algues apportées par la marée.

— Je suis plutôt la première fée du monde.

— Enchanté.

— Veux-tu savoir ce qui relie tous les contes ?

— Toi.

— Cela va sans dire, mais la fée que je suis a tracé dans chaque fable un jeu de pistes qu'aucun explorateur jusqu'ici n'a encore osé suivre.

— Je serais le premier ?

— Colomb te précède.

— A peine de quelques pas.

— Je n'ai pas oublié.

— Il m'a devancé dans ton cœur ?

— Le grand nigaud n'a pas voulu comprendre, et pourtant je lui en ai donné, des indices ! Mais tu conserves toutes tes chances, à condition d'être plus dégourdi que lui.

— Je voudrais que tu sois toute entière dans ma bouche, et moi tout entier dans tes yeux, ça te va ?

— Viens, installons-nous dans l'œuf de l'oiseau-serpent.

Alors, elle recommençait à me vouvoyer. « Notre existence oisive n'est qu'un très mauvais feuilleton, vous savez. Je vous invite à le corriger pour en faire un chef d'œuvre selon votre goût... De toute manière, le trompe l'œil est notre condition, à nous qui croyons régner sur le monde visible. » « D'où tenez-vous cette certitude ? « Vous verrez ! » « Dans combien de temps ? » Elle eut une moue d'enfant. « Pas avant cinquante ans. »

L'aède n'aurait pas suivi la fille d'un magnat grec dans un jeu de piste qui n'eût pas évoqué les aventures d'Ulysse. A quoi bon lui laisser comprendre les manœuvres grâce auxquelles mon père voulait auréoler ses sordides affaires d'un parfum de mécénat ? Je ne manquais pas d'arguments honorables pour échapper aux traditionnelles routines de la bienfaisance artistique. Aurore, la divine Aurore, ne se voulait-elle pas à la pointe extrême de toutes les avant-gardes ? C'est là qu'elle fit la connaissance d'Abel de Loyola, jeune rebelle créole persuadé d'un lien entre les mythes grecs et africains. J'aimais en effet, quant à mon personnage mondain, présenter l'image d'une lettrée menant des recherches avancées, qui justifiaient ma place dans le canot de sauvetage social. Or, il se faisait que la banque de mon père ne dédaignait pas de susciter l'admiration parmi des sphères fort éloignées du monde financier. En dehors de sa vie professionnelle, Aristos aimait passer pour un excentrique disposant d'une culture comme on en trouve rarement parmi les hommes d'affaires. Une culture authentique, au-delà de l'attitude bienveillante envers les arts dictée par sa position sociale. La Fondation Noé, créée grâce à sa fortune, affichait clairement de telles ambitions. Aristos rêvait d'être un mécène de grande envergure, pour le plaisir de la chose d'abord, mais aussi pour le parfum d'aventure...

Le cœur d'Atlas battait si fort qu'il avait l'impression que ses pulsations se répercutaient jusqu'au fond du canal, où lui revenaient encore les mots d'autrefois.

— Sommes-nous bien vivants, toi et moi ?

— Un matin, tu te réveilleras mort, et je te parlerai encore.

— Demain ?

— Demain dans cinquante ans.

— Comment peux-tu savoir ?

— Je ne sais pas comment, mais je sais.

— C'est toi l'aède alors ?

— Si c'est toi qui présides la fondation de mon père.

La Fondation Noé appartenait bien sûr à Aristos. Pour la forme, il avait constitué un conseil d'administration présidé par sa fille. Mais qui d'autre pouvait-il inviter à y siéger ? La place de son complice – bien que rival – Jésus Evangelista ne se discutait guère. Ne jugeons pas de manière hâtive, donc sommaire, le choix de ces deux hommes quand ils jugèrent bon d'accorder une place moins effective que symbolique au nouveau président de l'île où se concentraient leurs plus juteuses affaires, le distingué Fulgencio Batista. Celui-ci rêvait d'une statue à son effigie, qui n'eût pas déparé celles consacrées aux pères de la nation cubaine sur le prestigieux Malecón. Pourquoi ne pas accéder à un vœu si anodin, quand il était possible de faire tailler l'ouvrage dans un bloc du superbe marbre de Paros ? Ce fut l'une des raisons de notre escale sur cette île des Cyclades. Mais non la seule. Car Aristos était prêt à risquer d'importantes sommes sur de simples intuitions de sa fille. Comme celle, par exemple, d'entraîner dans notre projet un poète grec de la plus belle eau, communiste comme il se devait. Ce fut jeu facile de faire miroiter à mon père tous les avantages qu'il retirerait d'une telle opération. Les affaires du futur ne se gagneraient-elles pas sur le terrain des mythes ? Et quelle plus belle alliance que celle de cet aède et de mon Abel, pour nimber les produits cosmétiques dérivés des hydrocarbures – du délicat parfum d'Orphée ?

Rengaine d'une idole des vitrines

L'aède est celui dont la tête continue de chanter à la surface après sa descente aux enfers. Ce n'est pas tant question de rimes que de rythme dans son pas de danse avec les étoiles.
Ce ne sont peut-être là que des mots ? Ma propre danse avec les morts dans les feuillages du figuier m'a fait voir son voyage aux antres infernaux comme une tentative d'échec aux maléfices de la ville. Où le mal est à son comble, il n'est meilleure médecine que le théâtre. Ce fut jadis à l'origine des jeux funèbres en l'honneur d'êtres ayant connu la communion entre les hommes et les immortels. Une histoire de chutes et d'envols. Suspendus entre ciel et terre comme ces saints qu'on voit aux fresques des églises, ou dans les chapelles des villages, nous n'en finissons pas d'ouvrir un passage entre les mondes. Et c'est aussi pourquoi je me déguise. Entre nous se poursuit le jeu des signes. La belle et la bête, ça peut encore servir. Même si c'est d'un théâtre invisible qu'il s'agit, pour pister tourments et misères d'une planète en souffrance d'esprit. Je suis la première fée du monde, ça vous dit quelque chose ? Voyez-vous les effets ravageurs d'un système qui prostitue les dieux dans chaque vitrine ? C'est d'une foi nouvelle qu'il s'agit. Vestale d'un ordre boutiquier, je sens monter vers moi vos inavouables prières.
Vos pensées les plus secrètes nous appellent. Toutes vos machineries électroniques, c'est dans l'espoir d'entendre nos voix. Vous le saviez ? Non, vous l'ignorez. Car pendant ce temps-là c'est le diable qui vous remplit la cervelle. Oh, pas le Lucifer au serpent de vos catéchismes. Mais celui qui éclaire en leurs profondeurs abyssales, ainsi que d'une lueur astrale, tous les désastres programmés. Celui-là, frère des voleurs de feu, même vos satanistes préfèrent l'oublier. Je veux parler de la matière sans âme. Sans idéal. Sans nous, à qui vous préférez faire la sourde oreille. Dans vos abominables solitudes. Où pourtant rôde l'ombre du deux fois né…

L'aède osait à peine se souvenir. L'Orphée nègre, cette idée dont on ferait un film. Très vite elle me parlerait de Cuba, la Santeria, les orishas... Cet Abel de Loyola, Dionysos en personne, Orphée devait le rencontrer ! J'étais

son bouc offert à elle en sacrifice à chaque instant. Chaque instant coulant de son regard comme un seuil d'éternité. Elle s'était penchée vers moi.
— Je vous présenterai à Dionysos ! Noire est la couleur de sa peau, car ce sont des rites africains qui fondent la tragédie grecque, vous le savez...
Quand repue de toute sa chair elle reposait à mon côté sur le pont du yacht de son père, elle osait me dire des choses abominables d'amour comme : « Le pire de l'amour, c'est au moment de le reconnaître, et de ne plus pouvoir lui échapper. Le pire de la mort aussi, d'ailleurs. Vous ne croyez pas qu'on puisse leur échapper ? Pas facile pour tout le monde, mais après tout pourquoi pas ? Peut-être des gens comme vous... »
Ainsi se plaisait-elle à décrypter mon dernier livre, dont l'intrigue reposait sur la panique inspirée par sa victime au coupable d'un crime, et sur la commisération ressentie par l'homme assassiné pour son meurtrier. C'était ce livre – *Adieu Satan* – que la belle Aurore tenait entre ses mains quand je l'ai rencontrée sur la plage. Tout de suite m'avait sauté aux yeux sa couverture noire, avec son médaillon représentant l'archange de référence pour les orthodoxes, transperçant de sa lance un dragon. Des gens de la haute, brillants et cultivés, peuvent-ils se transformer en monstres ? Une épave à la dérive, ayant brisé tout lien social, peut-il devenir leur archange rédempteur ?

Les temps étaient donc mûrs pour d'ambitieux projets tels que s'en voulait donner mission la Fondation Noé. Selon certains sondages, les femmes américaines avaient avoué s'être senties davantage frustrées par la pénurie de bas en nylon que par l'absence de leurs mâles au terme du conflit mondial. Quel marché s'ouvrirait à mon père, grâce aux gammes de lingeries synthétiques écoulées sous le délicieux label d'Eurydice ! Un baril de bitume pouvait rapporter mille fois plus au rayon des parures et des arômes qu'à la pompe à gazole ! Il s'agissait toujours d'essence, et l'île du Diable offrait le meilleur terrain d'élection comme présentoir de toutes les séductions futures. Ce pourquoi nous comptions sur ce brave Batista, qu'une statue à son effigie dans le précieux marbre de Paros comblerait au-delà de toute raison. Le grand art de mon père fut mis à contribution pour faire accroire au dictateur que, sous peine de déchoir, sa gloire ne pouvait être immortalisée dans un habit de moindre luxe, moyennant quoi toute licence lui serait accordée, à mon père, pour la réalisation de ses projets à Baracoa.

L'aède ne voulait plus voir l'arbre des origines. Il ne voulait plus voir l'Indienne blonde à peau noire lui demandant de ses yeux verts pourquoi les brigades grecques en Asie mineure avaient été transférées à pied jusqu'à l'Euphrate, si ce n'était pour y découvrir un autre arôme d'essence que celui du fruit défendu. Toutes les histoires du monde se mêlaient dans son histoire qu'il eût désiré fuir pour l'étoile inconnue d'où était tombée la semence ayant fait germer l'arbre du paradis, si elle n'avait été là, toute entière, au plus profond de lui... Des deux mains l'homme qui était mort se tâta la poitrine. Ce corps qu'elle avait caressé, de sa bouche au parfum de jasmin, penchée sur mon visage tandis que je lui pétrissais les cuisses et les fesses, remontant par les hanches au long de ses flancs vers la base des ailes où prenait son essor un petit cri... Son regard profond dans le mien – pourquoi donc aucun peintre n'a-t-il saisi la femme en cet instant ? – mes doigts courant par les épaules vers la nuque et cette chevelure magnétique dont les ondes couraient encore dans les veines d'un mort pour faire exploser son cœur en milliards d'étoiles agonisantes.

Quel crève-cœur, parfois, que le double jeu d'une étoile aux yeux d'un pauvre homme naviguant entre vie et mort ! Mais les enjeux de son histoire, quand elle sera divulguée, le récompenseront de ses tourments mille fois davantage que toutes les joies récoltées par tous les aventuriers de la Terre ayant misé leur vie sur les tapis de jeux de tous les casinos, pour parler en langage d'aujourd'hui. Celui qui s'impose, à l'heure d'enfin découvrir le dessous des cartes étalées par Aristos Théokratidès et Jésus Evangelista sur le bureau du dictateur Fulgencio Batista. Le fait qu'intervinssent les deniers publics de Cuba changeait peu à l'affaire, puisque ceux-ci se confondaient notoirement aux intérêts privés. Pourtant, à une époque où les moindres dépenses se voyaient soumises à d'impitoyables investigations – non dénuées d'arrière-pensées critiques – dans le monde occidental, cette idée que des fonds importants fussent utilisés d'une manière capricieuse à des fins personnelles risquait de déclencher le courroux des censeurs qui, sans être eux-mêmes des donateurs, savaient toujours mieux que vous comment exercer les bienfaisances. Dans un contexte où les dépossédés mèneraient toujours plus une guerre subtile contre les nantis, n'était-il pas opportun de faire appel à un représentant de cette engeance, et de l'inviter à siéger lui aussi dans le conseil d'administration, fût-ce en rendant discrètes les relations avec le maître de l'île ?

Je l'avais reconnue à sa crinière de lionne, m'étais présenté à elle comme un jaguar. C'est une alliance de nos deux sangs que tu veux ? lui avais-je dit tout bas dans l'oreille tandis que nous cheminions main dans la main vers ma chambre de Naoussa... Bras d'sus bras d'sous dans les nuits d'la vie comme aux jours d'la mort, veux-tu qu'nos yeux toujours s'appartiennent ? Jaguar n'obéissant qu'à elle... Elle n'obéissant qu'à lui... L'un et l'autre dompteur fauve et public au grand cirque d'Habanaguana, nous entretenions de nos corps un feu de joie dont semblait s'être consumé le monde. Au dehors, le chaos glacial de la nuit régnait encore sur Bruxelles, alors qu'une brûlante lumière se percevait pourtant derrière ce voile illusoire. A moins qu'il ne s'agît du feu criant toujours dans la poitrine de l'aède au souvenir de cette femme, feu né du brasier de sa bouche unique, aux lèvres entrouvertes agitées d'un léger tremblement, sa langue alors pareille à une algue rouge. Car en face de notre amour, l'infini c'était peu de choses.

— Tu es dans le fol amour, mon amour ?

— Oui, mon amour, je suis dans l'amour fou.

— L'esprit et l'amour, c'est la même chose ?

— Oui, c'est la même chose.

Il serait plus juste de dire que toutes les voies lactées de l'univers, et la constellation des Pléiades, et cette planète où s'était égarée la semence des galaxies sous forme d'un figuier maudit, que tout cela n'était qu'une infime partie de notre amour.

Rengaine d'une idole des vitrines

La chair derrière ma chair, c'est elle qu'il voulait que je lui donne. Quelle importance, puisque vous dormez toujours. Hein, pas seulement ta chair, me disait-il, mais tout ce qu'elle cache au fond d'elle, eh bien je veux que tu me la donnes. Non, jamais aucun homme ne m'a pétri la chair comme il a su le faire sur le pont du yacht de mon père. Mes lèvres écrasées contre le plancher de bois, sous sa main qui m'enfonçait un pouce entre la langue et les dents, je lui donnais ce qu'il voulait je lui prenais ce que... Prenez une statue taillée dans le plus beau marbre de Paros, à l'effigie d'un dictateur des Caraïbes. Quel rapport, demanderez- vous. Rêvez donc un instant que vous ne rêvez pas. Car les choses ont l'avantage d'être ce qu'elles sont. Ce qui n'est ni le cas des hommes ni celui des dieux. Ceux-ci présentent l'inconvénient d'être tout en n'étant pas. Là-dessus se fondent le langage, l'art et toute l'histoire depuis la guerre de Troie. Mais quand ils sont en crise ? Quand un éternel présent partout se répand sous les signes de la technique et de la communication...

Pièces de rechange d'un totalitarisme de l'image, nous paradons à l'étalage comme les pom-pom girls du tiroir-caisse. N'avez-vous pas besoin de quelque marchandise Panoptic ou Noé pour trouver le sommeil ? Grâce à nous se disloque toute nécessité de lien logique entre une machine à coudre et un parapluie sur la table de dissection de vos âmes. Les objets seuls parlent à la place de vos angoisses. On n'imagine pas les vertus thérapeutiques des gadgets. Même si notre histoire ne tient pas debout. C'est plutôt sur la tête que nous dansons. Le monde réellement renversé poursuit sa croissance infinie, dont nul n'ignore qu'elle a pour destin le fond de l'abîme. Rien de grave pourtant. Une esthétique de l'anesthésie se chargera d'anéantir la perception du krach : dans le nouveau rêve collectif, il s'agit de faire croire qu'on a touché le fond et qu'il suffit d'un léger appel du pied pour remonter à la surface...

Quelle importance, puisque vous dormez toujours.

« Entrez donc, Messieurs dames... Entrez dans un songe diurne, une divine féerie... Entrez je vous en prie, nous ne manquons pas de places au grand cirque de l'au-delà... Vous ne serez pas déçus par Eva de Cuba. »

C'était l'un des sens de ma délicate ambassade, moi dont le destin d'égérie pouvait déclencher des événements dépassant de beaucoup toutes les intentions initiales. N'étais-je pas maîtresse des passages entre monde réel et monde surnaturel ? Ce me serait jeu facile que d'interpréter à la fois Aurore et Eva. La première était amoureuse d'Abel de Loyola, courtisée par le producteur Jésus Evangelista. La seconde n'aurait guère de peine à séduire un aède rencontré sur la plage de Naoussa. Pouvait-il avoir oublié l'or et le sang des nuages où lui-même et Colomb virent se dresser le château pourvu de deux tours ? N'était-ce d'ailleurs pas dans Adieu Satan *qu'avait résonné le son de leurs voix pour présenter à Isabel et Ferdinand le miracle d'un spectacle total ? Un show d'avant l'ère des shows tel que jamais prince chrétien n'en aurait pu concevoir, une mascarade où rutilaient bien sûr tous les ors et pierreries du Grand Khan, mais aussi les meilleurs tigres apprivoisés et singes équilibristes de l'Asie entière, ainsi que ces oiseaux parleurs décrits par Marco Polo, tous prodiges et sortilèges enchanteurs que Colomb serait le premier à exhiber devant la chrétienté, dans la magnificence des orgues et des trompettes, au milieu des banquets et des bals en son honneur que seule pouvait offrir en décor à son cirque une cour impériale. Car – et c'est là qu'une sève habilement distillée dans l'esprit de Colomb jouerait comme un venin pour troubler son beau rêve – il s'agirait bien, avant tout, d'un spectacle de cirque. C'est ce que suggérait le livre de l'aède et qui me fit l'enlever sur cette île des Cyclades, célèbre pour son marbre dans lequel avaient été taillées la Victoire de Samothrace comme la Vénus de Milo...*

Un regard de statue vous traverse les millénaires, quand s'agrègent et se désagrègent des empires conçus dans un marbre dont il ne reste rien. A présent que l'aède était assis là pour l'éternité, que lui importait encore d'aller vers l'avenir ou vers le passé ? Le temps de son histoire s'offrait à lui telle une géographie flottante formée d'archipels dont les îles roulaient les unes sur les autres et changeaient de forme à vue d'œil. Il n'était plus du tout certain que sa rencontre initiale avec Aurore dans les Cyclades précédât le dénouement de leur aventure aux Caraïbes. La première image qu'il conservait d'elle, plus éloignée dans le temps, était celle qui imposait sa présence avec la plus grande intensité dans l'espace futur. Mais qui pourrait le croire ?

Si les princes au bal des empires eurent toujours à cœur de divertir leurs peuples par des exhibitions monstrueuses, et même si qui croit leurrer se fait souvent leurrer par son propre leurre, ne convenait-il pas de voir comme un leurre suprême le fait que tous ces leurres, oui, ces shows de cirque, ainsi qu'il en était advenu dans l'empire de Rome, se refermaient souvent sur leurs initiateurs comme les mâchoires mêmes des pièges ayant permis d'en capturer les fauves, broyant sans distinction l'esprit simple des foules et la ruse des princes, pour n'en laisser subsister qu'un peu de poussière sur des ruines dont plus tard, peut-être, quelque aède chanterait le destin romantique ?
Dans l'or et le sang des nuages Colomb crut donc voir flotter la bannière des Rois catholiques au-dessus d'un château de légende pourvu de deux tours qui se transformeraient en celles d'un complexe industriel du tourisme de luxe avant que ces deux mêmes tours ne s'élèvent bien plus haut dans le ciel pour, toujours sous les yeux du Christophore, se faire encastrer par une paire d'oiseaux métalliques, lesquels épaissiraient encore ces nuages afin que l'explosion provoque un effondrement de verre et de métal ayant pour effet de lancer les armées aux ordres de la Croix gonfler d'or et de sang les nuages par tout l'Orient.
Feuille après feuille, tel un grimoire de magicien tourné par le vent dans les branches du figuier tropical, un livre se déroule.

Advienne que pourra. Finissons-en une fois pour toutes ! L'aède passa sa langue sur ses lèvres desséchées. Elles avaient un goût de mort. Encore un peu de rhum ? Il sentit que, tôt ou tard, un gouffre allait s'ouvrir sous ses pieds, un gouffre qui l'avalerait tout entier. Se trouvait-il toujours au sommet de la Tour, comme il en éprouvait le vertige, alors que toutes les apparences lui disaient que son corps était dans ce café ?

Maïak

LE TEMPS TRAVAILLE POUR CEUX QUI SE PLACENT HORS DU TEMPS.

L'espace entier du monde leur est une plage vierge, en un sens qu'ignorent tous les mythmakers *de la tour Panoptic.*

Juan-Luis de Loyola s'approcha du bar où se trouvait, écroulé contre le comptoir, un jeune type aux longs cheveux huileux, visage blafard et grêlé, qui découvrit son incomplète dentition dans un grand rire en tendant une cigarette mal roulée au nouvel arrivant :

— Tu veux une taffe ?

Loyola déclina l'invitation d'un battement des paupières pour s'adosser au comptoir. Il aurait pu m'apercevoir sans peine, toujours attablé devant mes feuilles, mais préféra scruter les ombres de la fenêtre, où s'imaginaient au loin les lumières de la Tour. « Une vapeur solide, faite de particules désagrégées, stagnait au-dessus de l'eau noire. Comme si les atomes d'un grand corps, celui de l'Empire, s'étaient désintégrés sous l'effet d'une explosion, chair et muscles volatilisés, âme et cœur déchiquetés, sang et entrailles réduits en millions de silences arrachés au squelette qui seul hurlait encore dans l'espace vide. Telle apparaissait la Tour... » *Ces phrases de* Maïak II, *Loyola pouvait en prendre connaissance à ma table, en cette fin de semaine du printemps 1994. Se projetait-il déjà dix ans plus tard, à l'heure où viendrait à échéance notre contrat ?*

Près de lui, sur un tabouret, se dandinait une femme plantureuse en pelisse noire à col de fourrure, d'où s'échappaient les volants d'une somptueuse robe de taffetas. Son épais visage fardé gardait le souvenir d'une splendeur évanouie. La matrone détacha ses cheveux retenus par une pince et secoua la tête, libérant une épaisse crinière argentée. D'un bond surprenant, sa croupe se détacha du tabouret :

— Allez, c'est l'heure de la dernière danse !

— Laisse-moi terminer mon pétard, maugréa le jeune type écroulé sur le comptoir. La femme lui fit écho d'un rire qui tenait du gargouillis et du râle d'amour.

Le Jaguëy parle par ma voix.

Juan-Luis de Loyola sent toujours peser sur lui le silence de la nuit.
Il sent cette pénombre englober la ville, celle-ci se resserrer autour de la Tour.
Au coeur de ces anneaux concentriques, ouvre la bouche ainsi qu'un noyé, croit happer l'oxygène, quand ses poumons pompent un liquide aussi noir que les eaux du canal. D'un mouvement brusque, il recrache le vide et se met à tousser tel un qui aurait avalé de travers, porte à sa bouche gluante une main qu'il secoue car une présence vibrante et vrombissante s'est collée à ses lèvres. Tu es encore là, toi ? La mouche reprend son vol et, dans l'étourdissement qui suit, sans que Loyola pût deviner d'où, reviennent les éclats d'un soleil vespéral. Sous les Tropiques, jour et nuit tombent vite. Rouges rayons du crépuscule à travers la paupière des nuages dans la mouche de métal qui le ramenait de l'île. Denses rayons soulignant les chatoiements de la verdure au milieu des plantations brunes, amères visions aperçues lors du grand retour. Finie l'élégance mondaine des robes du soir et des smokings blancs après l'entrée des rebelles dans les rues de La Havane. A présent l'air se fraie un chemin dans ses veines. Son sang ? Une mixture. Pareille à ce café au rhum stagnant encore dans la tasse d'où s'est extrait l'insecte pour lui visiter l'oesophage au moment où sa carcasse crevée n'aspirait qu'à de l'air. Le remords engendre le remords. A cause d'un homme mort ? Il faudrait remonter aux causes, plusieurs années avant la fuite, un certain 26 juillet 1953.
Il t'a fallu la nuit pour vider presque toute la bibine. Bouteille millésimée, hors de prix. Qui pourrait se permettre d'écluser seul un Evangelista 1953 ? Seul n'est pas vraiment le mot, puisqu'une tendre amie s'est invitée à la fête, compagne unique de ton anniversaire d'un demi-siècle. Loyola regrette que les souvenirs ne remontent que par fragments épars, bouffées régurgitées comme des bulles dans la gorge d'un noyé. Ah ! ce qu'il faudrait, ce seraient des souvenirs qui se déroulent tel un film, en une longue, fluide, intemporelle vision de la vie d'avant. Il n'en reste rien de ce film, perdu dans les tréfonds de sa cinémathèque intime. Oubliettes noires comme la nuit qui pèse sur la Tour, sur la ville, sur le monde. Pour égayer cette routine, j'ajoute une dernière larme d'alcool à la mixture noire du matin.
De quoi se tremper l'âme devant l'image de ton père lorsqu'il fut retrouvé pendu à un arbre, le corps criblé de balles, après la nuit du 26 juillet 1953. Sans attendre, commence le festin des mouches. Qui sait, peut-être cette douce amoureuse avait-elle veillé cinquante années dans la poche de ta *guayabera* ? Ne voulant pas pleurer, toute mon attention va sur une mouche des temps jadis qui, depuis des siècles, partage ton ivresse commémorative. Tout au long de la nuit elle était allée, venue qui sait d'où, à son libre gré, disparaissant puis revenant se poser sur le bord de la tasse, indécise quant à l'instant du plongeon. Voyait-elle à rebours le film de cette nuit, comme si les bobines s'en étaient mélangées, non sans que s'y fussent

intercalées des séquences remontant à l'aube du monde ? Sans se l'avouer, Loyola préférait depuis toujours oublier son enfance par commodité. Toutes les allusions politiques à la révolution cubaine, il valait mieux ne pas les faire devant lui. Cela l'arrangeait bien d'un côté, le travaillait de l'autre. En sorte que, voici déjà plus d'un quart de siècle, sitôt l'Organisation dissoute, il avait quitté l'activisme idéologique pour entrer au service de la Panoptic. N'était-ce pas l'oubli du plus lointain passé qui l'avait en quelque sorte sauvé ? Tout devenait simple, il suffisait de gravir les étages de la réussite sociale, sans trop se casser la tête... Et, pour parvenir au sommet de la Tour, nos théories critiques les plus radicales ne furent-elles pas un précieux viatique ? C'est, bien sûr, grâce à l'artifice d'une vision marxiste idéale, à laquelle contrevenaient toutes les révolutions réelles, que nos systèmes occidentaux purent prendre en tenaille l'adversaire bureaucratique avant de le terrasser. Ce qu'avait tenté d'exprimer dans ses brochures ce brave Anatole, à jamais englouti dans les tourbillons de son enfance africaine... Combien de conséquences, encore incalculables, à la désorientation d'un monde où la rose des vents s'est engouffrée dans le seul Occident ! Ce pays lui-même, la Belgique, bientôt disloqué, comme s'il n'avait jamais existé... La région de sa capitale, promise au destin supranational exigé par la tour Panoptic. Mais qui se pose encore de telles questions, ma brave petite mouche ? Cela est parce que ça doit être et ça doit être parce que cela est. Toi-même, te souviens-tu de ton enfance ? Je t'avoue pour ma part que de la sienne, dans la province orientale d'une île au-delà du couchant, Loyola conserve le squelette, mais que tout le reste s'est évanoui. Jamais il n'a voulu soulever un coin du voile sur ce qui entourait cette maigre ossature de mémoire. A peine, quelquefois, le temps d'imaginer les visages de son père et de sa mère, avant de tout laisser retomber. Pourquoi risquer de perdre l'équilibre instable dans lequel on s'est installé ? Mais quand même, l'Orient, tout ce feu et ce sang sur le vaste Orient, quand nul ne sait plus ce qu'est un soleil levant... Ce voyage vers les étoiles de la belle amour humaine, que nous avions en rêve pour unique bagage de nos vingt ans ? Adieu soleil ! Après nous les mouches... L'univers entier devenu stérile comme le figuier maudit des Ecritures...

« N'ayez pas peur, Messieurs-dames, laissez-vous divertir par nos champions de haut vol capables de toutes les prouesses, de toutes les acrobaties rien que pour vous divertir ! »

Maïak

ILS PRODUISIRENT ENSEMBLE

Un confus grognement, leurs deux silhouettes entamant un pas de danse au milieu de l'espace désert. Elle devait avoir le triple de son âge, même si l'obésité rendait son visage plus lisse que celui du jeune type, enfoui dans les seins de la femme qui gloussait de plaisir. D'une inquiétante beauté rehaussée par ce qui paraissait une perruque argentée du Grand Siècle, et par un maquillage de fête foraine, elle sourit à Juan-Luis de Loyola puis marmonna quelque chose dans la tignasse clairsemée de son compagnon. Un long moment leurs deux corps enlacés formèrent un bloc d'amoureuse angoisse immobile, que brisa le cri d'un coq bondi sur le comptoir. Loyola n'en fut pas plus stupéfait que par la voix machinale du patron :

– C'est l'heure du dernier tram, bébé veut son dodo.

Le couple parut se réveiller en sursaut. D'un seul geste la femme saisit le coq par les pattes et le brandit à bout de bras comme une torche qu'elle se posa sur la tête. L'animal battit des ailes, ses prunelles fixes n'indiquant aucune envie de quitter son nouveau perchoir. Une flamme parut la couronner tandis qu'elle relevait ses jupes fendues jusqu'aux cuisses, passant les mains le long de son buste en faisant pression sur sa poitrine, tout en mimant des baisers gourmands lancés à la cantonade. Outre le jeune type qui s'était délivré de son étreinte, et le patron invisible, il n'y avait que Loyola pour témoin de la scène. Sous l'excentrique pelisse à fourrure, les longs volants de taffetas découvrirent une paire de bottines haut lacées, dont elle se mit à marteler le sol de ses talons, dans un mouvement rythmé de la croupe qui se dirigea vers ma table. Son corps et son visage, sa tenue théâtrale et sa perruque surplombée par le volatile frémissaient encore de la danse improvisée quand elle se pencha vers moi. Je vis dans ses yeux verts se soulever jusqu'aux nuages une vague d'autrefois :

– Vous devez avoir la voix qu'il faut pour parler au nom de l'océan, prononça-t-elle en laissant traîner son accent grec.

Rengaine d'une idole des vitrines

J'ouvre et je ferme les yeux d'un masque mystérieux.
De mon point de vue tous les temps se confondent, un château de légende il y a cinq cents ans s'écroule sous l'effet des avions depuis l'empire de Rome toujours le même cirque de ces tours car le temps travaille pour ceux qui se placent hors du temps...
J'étais dans le café déguisée en matrone avec cette perruque d'un autre âge et je frappais du talon sur le sol vous pensez bien pour moi dix ans vingt ans quelle différence, puisqu'il avait la voix pour parler au nom de l'océan. Cette nuit fantastique, je vous l'assure, est éternelle dans le scintillement des Pléiades, lucioles qu'il fait jaillir de son esprit, venues des profondeurs les plus obscures de vos âmes, toutes ces pensées faisant croire qu'on n'est plus sur la terre mais au pays des songes, un étrange royaume où les choses les plus invraisemblables peuvent paraître familières...
Je suis pourtant toujours dans ma boutique à voir défiler sur le pont la procession des mannequins aux figures de cire et des épouvantails aux têtes vides sous leurs armures en fer blanc venus des rebuts du théâtre de la Monnaie. Ce polichinelle à la moustache noire enlace un buste de mode aux seins ronds décolletés dans l'entonnoir de son corsage, l'un et l'autre pleins d'un atroce désir terrestre, la poudre sur leurs joues s'enflammant aux lueurs de ma vitrine. Près d'eux s'agglutine une foule d'yeux triangulaires aux longs cils sur leurs piquets de bois qui incitent à la révolte un foulard de soie rouge autour du cou, leurs mains tournées à l'envers au bout de bras incompréhensiblement tordus levées au ciel en serrant le poing, leurs jambes en plastic regardant du pied vers l'arrière mais toujours en cadence, personnages d'on ne sait plus quel auteur, à la fois vivants et sans vie, dont Loyola lui-même serait incapable de dire s'il est plus réel qu'eux, parfaites illusions de réalité, somnambules grouillant à la place des humains dans l'ombre d'une ville où plane la parole du phénix.

Parole du Phénix

Ôter la vie à une personne : l'aube d'un jour nouveau.
Avais-je moi-même dormi ? Soudain les sirènes ont hurlé dans la nuit que traversaient des lueurs bleues de gyrophares sur le quai du canal jusqu'à l'autre rive de l'Atlantique, avant qu'enfin ne retentît le chant du coq. Six heures de retard. Je viens de percevoir une série de signes, démoniaques ou divins, dont la survenue paralyse mes ailes au moment de l'envol. Un dieu qui me gouverne organise des vagabondages pouvant faire croire à l'hallucination dont souffrirait un écrivain condamné à entendre son chant répercuté, depuis les mandibules d'une mouche en passant par le bec de ce coq inconnu jusqu'aux chevelures des Pléiades, par toutes les voix de l'univers. C'est le risque à courir quand on niche dans les branches du Jaguëy. Des visions terribles s'emparent de vos pupilles, qui vous font voir l'océan comme Homère et le moindre canal avec les yeux de Joyce. Ivre de rêve et d'intuition, vous planez inconscient sur les eaux de l'abîme, traversé par la foudre qui pénètre cet homme écroulé dans sa nuit tandis que midi sonne à la bourse de Londres.
Loyola sous nos yeux se dédouble de son dernier étage à la fenêtre d'un café, puis il se déquadruple et multiplie tant les identités, chacune incarnant un personnage privé de raison, qu'il ne peut plus savoir au juste s'il se trouve à Bruxelles en train de revoir l'île où s'étaient connus son père et sa mère, ou dans les Caraïbes rêvant à la capitale d'Europe.
Ôter la vie à une personne : il en était sûr, ce devait être l'aube d'un jour nouveau de sa vie. Ne faisait guère plus de doute à ses yeux le fait qu'il ne sût au juste qui ou quoi l'avait agi au cours de cette nuit. Même sa présence bien réelle, en chair et en os mais les yeux toujours clos, écroulé nu contre le lavabo d'une salle d'eau jouxtant son bureau : en a-t-il pleine conscience ? Il ne voit pas la pièce aux marbres et carrelages immaculés. Se massant les cheveux, Loyola se souvient de son corps. L'idée de l'eau le fait grimacer. De quoi faut-il encore se nettoyer ? Il lui semble sentir la même odeur de mort émanant de millions de salles de bain toutes pareilles dans cette ville. Ce pauvre vaurien, là-bas, du côté du canal. Bon débarras. Une triste affaire enfin réglée. Dans le marché

mondialisé, la seule marchandise privée de valeur n'est-elle pas celle de l'aède ? Mais un frisson le traverse. On tue quelqu'un. S'il en réchappe, n'est-ce pas un peu vexant ? La curiosité vous traverse d'aller y voir de près, ne fût-ce que pour comprendre. Surtout si l'on avait l'ambition d'exploiter ce meurtre comme prétexte d'un roman. L'assassin qui a vu s'annuler son coup doit diligenter une enquête rapide, efficace et discrète autrement plus complexe que toutes celles de la police, même si celle-ci délègue d'aussi prestigieux inspecteurs qu'Homère et Joyce en personne. Où en sont-ils de leur travail ? Au rythme où vont les choses, on se demande bien quand sera bouclé ce roman. Voilà pourquoi Loyola commit l'erreur de se diriger vers ce qu'on nomme d'ordinaire les lieux du crime. La traversée du pont, l'autre rive. Plusieurs fâcheux témoins, même si peu crédibles. De quoi réduire quand même à néant tout alibi. Et puis, quel alibi ? Le témoignage d'une mouche ? Déjà ces circonstances n'étaient guère faciles à traiter. Si l'on y ajoutait plusieurs facteurs psychologiques liés à la singularité des personnages en jeu (de quoi donc avait-il l'air, ce mort ?), toutes les conditions se trouvaient réunies pour obtenir le contraire de ce que devrait produire un véritable mythmaker *de la* dreamsociety. *Si Jésus Evangelista croyait pouvoir exiger qu'une firme comme la Panoptic ait une dimension mythologique (l'*Odyssée *revue et corrigée par nos ordinateurs), comment lui expliquer qu'un Juan-Luis de Loyola, gourou du* Storytelling Management, *ait pu être bluffé par cet aède ? Quel sens à prôner le* narrative turn *comme instrument de contrôle du monde, si votre scénario vous claque entre les mains ? En conséquence, pourquoi ne pas avoir confié tout ce travail à quelque sbire ? Le cours du cadavre n'était-il pas au plus bas de toute l'histoire humaine ? Plus bas que n'importe quelle monnaie de singe... D'une autre région de son crâne, lui parviennent alors les dernières fluctuations à la hausse du rouble.*

Puis il ouvre les yeux, se voit dans le miroir.

Tout à l'heure - il s'en rappelle à présent -, tout à l'heure (quelle heure ?), n'a-t-il pas quitté ces hauteurs pour s'en aller vagabonder dans les parages d'un autre miroir ? Non, cela n'avait aucun rapport avec le crime. De l'autre côté du pont, l'odeur d'essence et de bitume lui était parue différente. Une rafale de vent froid soudain qui se transforme en souffle chaud. Quelque chose avait changé dans l'air, mais quoi ? Son veston, passé sur la chemise, il se souvenait de l'avoir ôté pour le suspendre négligemment à un doigt derrière son épaule. Tout à coup la vie prenait saveur inhabituelle. Une touffeur étrange imprégnait l'atmosphère, humectant sa guayabera d'une sueur qui n'avait rien de désagréable, comme si quelque légèreté nouvelle rendait acceptable une hausse de la pression barométrique. Ce n'était pas lui, mais un autre. Les sons, les parfums, les couleurs paraissaient transformés, comme il peut arriver dans les songes. Pour se convaincre de la réalité, Loyola se souvient d'avoir sorti un mégot de l'étui qui dépassait de la poche de sa chemise ainsi que son briquet, qu'il actionna en vain. Désemparé, il s'était retourné vers la Tour. Cigare éteint au bec, il tenta nerveusement de faire fonctionner le mécanisme sans qu'une flamme jaillît. Finalement, c'étaient des créatures irréelles, comme venues de son île natale, qui avaient mis le feu à son havane. Là-haut, l'argent venait de nulle part et repartait vers nulle part, tel un fluide circulant plus vite que la lumière. Il vous donnait, ce fluide, la possibilité d'allumer des incendies d'un bout à l'autre de la planète en misant sur le rouble, mais il n'était pas maître d'un briquet. Mandarinas... Mandarinas... A tres por un peso mandarinas... *entendit-il crier derrière son dos, voyant un type hilare le saluer en poussant une brouette pleine de mandarines vers l'autre côté du pont.*

Loyola se regardait toujours dans le miroir. Ce n'était guère la grande forme, à en juger par les graphiques en zigzags rouges clignotant sur un écran à côté du lavabo. Ses pieds nus étaient posés sur la plaque sensible, grâce à quoi s'affichaient température, poids, rythme cardiaque, tension artérielle ainsi que pilules à prendre et programmes conseillés sur les diverses chaînes pour toute la journée, depuis la fusion de la firme Panoptic et de la société Noé. Il se passa la tête sous l'eau froide et se coiffa du peigne à cinq doigts. Le gris pendant la nuit avait pris un net avantage sur le noir de sa courte barbe, même si dans la chevelure continuait de résister le sang méridiotropical de son père et de sa mère. Ses yeux se plissèrent en voyant deux graphiques s'alarmer. Hausse du pouls, baisse de tension. N'en avait-il pas marre de tous ces écrans ? Il se revit pleurant courbé sur le parapet du canal, dans la même position qu'ici contre ce lavabo. Pour la première fois, depuis quelle éternité, s'abandonnait-il à de tels sanglots ? De nouveau les images défilent, un coup de feu, à peine une lueur d'incrédulité dans le regard du pauvre type, une affaire vieille d'un demi-siècle. Rien d'autre qu'un plongeon, ni cris ni appels aux fenêtres, une de ces choses de la nuit, banales comme le cri d'un coq.

Ces images en lui se mêlaient tandis qu'il était peut-être encore à errer sur le pont vers l'autre rive, à moins qu'il n'eût regagné son poste d'observation devant l'immense fenêtre au dernier étage d'une tour de verre. Il n'était même pas exclu qu'il fût aussi toujours, entre sommeil et veille, installé derrière la vitre d'un café donnant sur le canal, abîmé dans la contemplation des vagues s'écrasant avec le fracas d'une marée contre un quai désert, où son propre corps venait de s'échouer entre vie et mort.

Dits de la chevelure des Pléiades

Si l'on opérait une coupe dans la mémoire de cette planète, il se découvrirait que mes racines prennent source en son noyau de feu liquide, vieux de cinq milliards de rondes autour d'un soleil n'ayant cessé de rayonner du même feu jusqu'à ce jour. Cinq cent millions d'années seules sont accessibles à la science des hommes grâce aux traces fossiles écrites en ce livre sphérique. Ma sève issue du magma central n'a cessé de se frayer une voie vers la lumière, pour percer l'écorce de la Terre vers l'ère dite secondaire. A cette époque règnent les grands reptiles et prend son vol depuis mes branches la première créature ailée, personnages initiaux d'une histoire où surgira la déesse Habanaguana dès que ma cime, ayant capté la foudre, verra celle-ci promenée par quelque poète guerrier tel un glaive jailli du ciel. Mes racines se souviennent comme si c'était hier des continents mis en voyage par la danse des plaques tectoniques et de l'arc des Antilles se soulevant en sorte que mon tronc lui-même dérive du jardin des origines à cette île d'où je vous parle. Dans le cours d'une si périlleuse errance, deux orages ont menacé de mort mon aventure davantage que tous les obstacles géologiques, par l'effet de coups de tonnerre dus à des causes historiques : ils datent l'un de cinq cent, l'autre de cinquante ans et sont ce dont je tente, peut-être en vain, de vous faire le récit. N'avez-vous rien aperçu ? Juste à l'instant, l'espace d'un éclair, il a fait clair comme en plein jour pour nos personnages toujours plongés dans leur nuit cataleptique. Bien qu'aucun fracas ne se fît entendre, un flash *vient d'illuminer le ciel provoqué par une décharge électrique aussitôt calmée, bref sursaut dans le sommeil de Jupiter. A cette intense lumière, l'aède et Juan-Luis de Loyola virent puis oublièrent ce qu'ils avaient capté. Le signe pourtant devait s'enregistrer au zodiaque d'une mémoire antérieure, pareil à la grande roulette ayant fait rouler la boule sur le numéro d'où surgirait l'univers. C'est une explosion des laves nucléaires que ma sève a ressentie. Comme ce jour d'octobre 1492. Comme la veille du 26 juillet 1953. Alors, brusquement, tout l'espace entre les temps s'emplit d'un carnaval à vous faire jaillir de mes branches une jeune femme blonde quasi nue dans sa peau noire au milieu des danseurs et musiciens nègres voltigeant par bonds fous sous les foudres de l'Olympe déguisés en dieux de la mer avec leurs instruments de cuivre leurs guitares et leurs bongos pareils à des tridents, chacun mimant quelque monstre marin des profondeurs attiré par la chair d'un oiseau de feu qui s'envolerait à la cime du Jaguëy.*

Loyola se bouche les oreilles. Où suis-je encore ? Quel mois, quelle année, quel siècle ? Peut-être me suis-je réveillé dans un lieu, dans un temps différents de ceux où je m'étais endormi ? L'aveuglement des yeux partout qui voient sans voir, quand il s'agit toujours d'une double traversée du miroir ! Quelque chose comme la chose même, l'invisible noyau de l'être collectif a explosé. Des cris montent en spirales rouges depuis le fond des abîmes jusqu'au sommet de la tour Panoptic. Je perçois l'ordinaire inversion des choses humaines où, à la différence du fruit, la pulpe vive se trouve prisonnière d'une gangue ayant la consistance du noyau. L'image qu'avait coutume d'employer Anatole me revient, celle de cet instrument de torture médiéval qu'on nommait Vierge de Nuremberg, pour dire le supplice d'un être enfermé vif dans un cercueil à clous pointés vers l'intérieur. Toutes les parlotes entre les hommes étaient un tel cercueil, il ne pouvait s'en échapper que des cris. Ces cris qu'avec mon vieux pote nous avions coutume de pousser face au canal, comme un défi à toutes les cultures civilisées. Ce monde manque de feu ! On va vous en donner ! crient des milliers de petits diables en baskets et casquettes à visière de travers, Vu kya + d'cheminé sakré, comme il est mort le puits de la source profonde et on a tous le gosier sec, on crève de soif, sûr qu'on manque d'eau comme de feu sur cette boule de malheur !

Voix de Lazare

Cinq milliards de rondes autour du soleil pour la matière terrestre ; cinq millions de rondes pour que l'esprit du feu soit capté par les premiers hominidés ; cinq mille rondes pour les voir déployer quelques cités civilisées ; cinq cent rondes pour que les cités les plus civilisées de ces hominidés s'avisent du fait que la matière terrestre est aussi ronde que leur crâne. Cinquante ans pour unifier le marché planétaire en scindant les cerveaux grâce aux magies de la physique et de la chimie. Cinquante rondes, non plus du soleil mais de la lune, devaient s'écouler depuis la nuit fatidique du 16 juin 2004 pour que je quitte la scène du monde ce 12 mars 2008, moi Lazare Ponticelli, dernier poilu de la Der des Ders, né le 7 décembre 1897, ayant donc fréquenté trois siècles pour voir à nouveau les agiotages de quelques mercantis semer les terreurs de la guerre d'un continent à l'autre sur la sphère entière et ravager le cœur de chaque cité civilisée. S'engraisser de la chair d'autrui : c'est la loi d'un globe où les bannières blanches à croix rouges vont à nouveau se déployer. Pas d'autre choix pour leur croisade que de pointer les canons vers cette Colchide, au fond de la mer Noire, où se voit en miroir le jardin des Hespérides. Celui des paradis fiscaux nichés aux Caraïbes. Abîmez-vous dans ce mirage ! Le glaive de l'ange comme un éclair foudroie les villes d'Orient, les flammes crachées par le dragon embrasent les cités d'Occident. Pressurer la planète en lui volant la substantifique part de son travail, puis en lui en revendant le produit, non sans un juteux surprofit : c'est ainsi que s'élèvent les Tours de la finance. N'en finissent-elles pas de s'écrouler ? Pendant la crise, pillages, carnages, esclavages continuent leur apostolat... On nous disait depuis des siècles qu'il était fou de ne pas respecter la loi divine, mais ne serait-il pas plus fou de lui obéir aujourd'hui qu'elle est devenue celle du zéro absolu ?

Maïak

JE VIS SE SOULEVER JUSQU'AUX NUAGES

Une autre vague peuplée de tombes et de monuments énigmatiques, une vague venue d'avant les temps mythiques pour déferler au-delà des temps historiques, une vague formée au cœur des tempêtes atlantiques et qui prenait son élan vers la capitale d'Europe.

Comment Juan-Luis de Loyola pourrait-il accepter pour son roman, même dans dix ans, la vision de sa mère obèse telle qu'elle s'offrit à moi cette fin de semaine du printemps 1994, la masse adipeuse de seins dont il n'avait pas connu le goût roulant sous une gaze noire, striés de fines veinules mauves jusqu'à l'ombre des mamelons ? Les ailes du coq s'étaient transformée en milliers de papillons traversant les miroirs du temps lorsque ses lèvres s'entrouvrirent d'un sourire humide pour me dire :

— Vous devez avoir la voix qu'il faut pour parler au nom de l'océan.

Depuis le sommet de la Tour il pouvait lui-même voir la prochaine vague aller son chemin d'Ouest en Est en sachant que rien ne pourrait s'opposer à elle, si ce n'était cette falaise de verre où il était à mille mètres d'altitude. La vague aurait tout loisir d'attaquer la Tour de plein fouet pour exploser en millions de papillons dont le vol passerait au-dessus du dernier étage avant de repartir en sens inverse et de heurter la suivante, milliards d'âmes des morts dont les ailes repartiraient à l'assaut, jusqu'à ce que la base de métal et de béton se creuse d'immenses gouffres où bouillonnerait une écume en colère, avant que ne se détache l'immense bloc du dernier étage, qui emporterait Loyola dans les flots avec son ordinateur portable où dans dix ans s'écriront ces mots traversant l'esprit d'un homme qui serait mort d'avoir voulu vivre en paix dans la société des hommes.

Cet homme avait cultivé une tradition sacrée. Celle de la seconde naissance, inséparable d'îles à découvrir au-delà de la mort.

« Alas nacer vi en los hombros
De las mujeres hermosas
Y salir de los escombros
Volando las mariposas »

José MARTI

Rien ne va plus

Voici qu'approche l'issue d'un duel de carnaval entre le personnage olympien chutant depuis le sommet de sa Tour et le personnage infernal émergé du canal. Au plus profond de l'abîme, c'est peut-être un amour insensé qui a sauvé l'homme le plus riche du monde en toutes espèces de dénuements. Pour avoir dérobé le feu du ciel et de l'enfer, cet atlante à la manque fut frappé par une balle perdue. Ne s'était-il pas, en quelque sorte, lui-même condamné à mort ? Juste châtiment d'une vie qui se maintint toujours dans les royaumes défendus de la magie. Mais il eût fallu que ce fût un crime parfait, et ce l'était, jusqu'à son retour à la vie. Ne le devait-il pas à celle qui lui renvoyait sa propre image infiniment lointaine ? Encore n'avait-il pas fini de périr.

(A nouveau retentit Aurore, moulée dans la voix d'Eva, parmi les sonorités rouges de l'orchestre jouant quelque mambo pour une série de danseuses à plumes disposées en étoile sur la piste du cabaret.)

L'aède ne put en croire ses yeux. Ce fut une acmé visuelle, un orgasme intellectuel sur le point de produire une éjaculation mentale de toutes les sèves accumulées par sa copulation dans un miroir derrière le comptoir du bar. Elle était là, son regard vert au fond du sien, prête à bondir de l'arbre, débordant de luxure en maillot de scène rouge au milieu d'un bruyant music-hall d'anges et de démons. Qui sait si ce jeu de miroir entre les espaces et les temps ne se jouait pas pour lui dans un au-delà du canal dont la focale était à jamais l'image d'Eva ?

(Au temple mondial du jeu prostitué, leur projet se mettait en place, grâce à l'appui du dictateur Batista. Sept pays au moins se disputaient l'honneur d'avoir accueilli la naissance de sir Jésus Evangelista. Si lignes aériennes, banques et chaînes d'hôtel étaient son gagne-pain, il se voulait par plaisir le roi mondial du rhum et des armes, de la chair fraîche et du jeu, de l'opium et du tabac. Tous les territoires à la frontière entre les mondes, que contrôlaient jadis les religions. C'était le continent de l'âme humaine qu'il s'agissait de conquérir.)

Qui sait si l'aède n'avait pas placé là cette infinie puissance de feu qui jadis en Occident fit lever des archanges par-dessus les dragons des cathédrales, puissance fossile combustibilisée par le marché mondial et son joyeux carnaval ? Oui, l'aède avait eu foi d'amour jusqu'au scandale. Entre une femme et lui l'âme s'était rendue visible, qui lui apparaissait toujours dans la buée du miroir où le monde flambait. Dehors, une pyrotechnie jupitérienne emplissait le ciel de zébrures argentées. Comme il arrive en temps d'orage, de perturbations électriques et d'éclairs crépitants, peut-être fut-il soudain pris d'hallucinations ? Nageait-il encore au fond du canal qui s'embrase ?

(Territoires promis à s'enflammer de guerres en tout genre, elles-mêmes sources de juteux profits, qu'il encaisserait par simple plaisir car ce ne serait pas là son gagne-pain. Aristos Théokratidès n'était pas en reste quant aux légendes circulant sur ses origines, mais sa flotte pétrolière à elle seule attestait qu'il était grec. L'un et l'autre avaient réussi l'exploit de vendre à Cuba du tabac cultivé dans les Balkans, faisant valoir l'attrait subtil des parfums orientaux. Qui, mieux que ces deux hommes, pouvait-il être élu par le destin pour mener à bien ce projet, s'il était vrai qu'en eux se réincarnaient, à cinq siècles de distance, le trésorier juif d'Isabel et l'aventurier de Paros ayant soufflé à Colomb l'idée des Iles fortunées ?)

L'homme qui était mort se rinça le gosier. Le feu et l'eau... L'eau de feu... Comment se retenir à quoi d'autre ? Je ne sais ce qu'on a mis dans mon alcool, mais j'ai l'impression certaine, en pleine ébullition du monde, que l'on frappe à la vitre d'une manière insistante et précipitée. Tous mes esprits se préparaient pour le carnaval de Santiago, qui aurait lieu le lendemain. Soudain la porte du café s'ouvre, livrant passage à deux hommes en uniformes de police, un grand maigre à lunettes et un petit chauve à la barbe antique, entourés d'une pagaille de jeunes à peaux noires ou basanées criant à l'unisson *Les masques ! les masques !* Je suis comme eux, diable enfui de l'enfer des hommes, quand je les vois griller des monceaux de bagnoles rien que pour se désaltérer l'âme et se réchauffer le coeur. Jadis il y en avait, tel cet Icare en chute libre, qui croyaient voir sous les pavés la plage ! Parmi tous les cadavres métalliques, au milieu du bûcher tourbillonnant, j'aperçois une superbe Jaguar dont les cendres renaissent en monstre végétal des îles caraïbes appelé Jaguëy...

(La soirée commençait par un dîner au champagne, au cours duquel jouait un quatuor à cordes. Rien que de très civilisé sur cette île hantée par la sauvagerie. Vers la fin du repas, les valets découvrirent une roulette spéciale où tous les numéros faisaient gagner la banque, le zéro seul permettant d'empocher un lot exclusif, qui avait nom Eva. Passèrent les silhouettes costumées, élégamment grimées, figées dans leurs souriantes grimaces autour de la table où les mises s'accumulaient. La roue tournait, mais le numéro d'Eva ne sortait pas. Soudain la voici qui monte sur le tapis de la roulette, apostrophe les hommes en présence, et bouleverse les règles du jeu. Elle fait voler tous les jetons de ses pieds nus, criant qu'elle appartiendrait à qui miserait plutôt sur le numéro 26. La plupart des invités s'étaient dirigés vers un bar animé par une grappe de girls exotiques. Enfin, la boule s'arrête sur le zéro. Dans un déferlement des cuivres, chacun se rue vers la salle du cabaret pour entendre un roulement de batteries annoncer le saut de l'ange d'Eva propulsée depuis le tremplin d'un plateau tenu à bout de bras par les danseuse folkloriques, avant qu'un homme jeune et de belle prestance ne la recueille ainsi qu'un oiseau sur ses épaules, tournant son habit de lumière avec son plus séduisant sourire vers les deux maîtres des lieux, dont l'éclat de rire à cet instant scellait le contrat, tandis que dans la baie vitrée frémissaient d'incrédulité les branches du Jaguëy.)

Faudra-t-il que je raconte l'histoire qui seule permettrait de comprendre comment on en est arrivé là ? Les maîtres du commerce triangulaire et de la traite négrière ne pouvaient-ils imaginer que la marchandise à peau noire enfournée dans leurs cales exploserait un jour au cœur de leur propre système ? Que je dise ma rencontre sur un rivage d'avant les temps avec Eva, la mère de Loyola ? Qui croirait que ce fût il y a cinquante, comme il y a cinq cents ans ?

(Tout cri vient de l'abîme et c'est toujours le même contrat de sang qui se joue depuis Colomb. Quel jeu croyez-vous jouer ? criait Aurore déguisée en Eva. Oui, je joue double jeu ! hurlerait-elle au visage de Batista. Car elle savait qu'un nouveau pacte pour la possession des âmes allait être signé ce soir-là dans le casino de Baracoa.)

La mort ne remet rien au lendemain. Etait-ce pourquoi cette nuit n'en finissait pas ? N'y aurait-il plus jamais de demain dans un monde où il fallait habiter l'Olympe, simplement pour échapper aux géhennes et déluges de la vie quotidienne ? Un Olympe démocratique, ouvert à la convoitise de la majeure part des populations occidentales, accessible aux détenteurs d'un passeport estampillé par les chancelleries de la Grande Mascarade ; un Olympe vouant aux ombres de l'Hadès presque toute l'humanité. L'homme but une gorgée de rhum et déposa son verre sur la table du café. Dans la vitre noire, le canal étalait son miroir plein de la face renversée d'un arbre dont la chevelure se mêlait à celle d'une femme pour converser avec les eaux d'un autre monde. Il n'y a pas d'autre miroir et je ne sais plus de quoi j'ai l'air, en cette veille du 26 juillet 1953, ayant franchi l'océan avec elle sur le yacht blanc de son père.

« C'est le moment, c'est l'instant ! Pour la première fois, venez donc applaudir le numéro sensationnel imaginé par notre arbre magique ! »

Dits de la chevelure des Pléiades

Je n'ai rien oublié de la veille du 26 juillet 1953.
Chacune de mes feuilles se souvient de ces danseuses parées de plumes qui ouvraient le spectacle sur un podium dressé au milieu de la salle tapissée de miroirs jusqu'au plafond. Mes branches ne distinguent d'abord, dans leur effort pour se souvenir, qu'une énorme table autour de laquelle ont pris place les maîtres de la cérémonie. J'épie leurs mouvements derrière un nuage de fumée,

remarquant que chacun des quatre personnages porte une bague en signe de reconnaissance. Un saphir étoilé à l'auriculaire. Au-dessus de la table se dégage le fumet d'un plat incroyable, qu'ils auraient nommé leur ajiaco *s'ils avaient été là pour s'intéresser à la culture des emplumés dont un cimetière jadis occupait la place où s'érigeait le casino. Mille hôtels en file indienne, sur une route imaginaire en arc de cercle menant de Santiago à Baracoa, contournant les derniers contreforts orientaux de la Sierra Maestra, dont mes racines ont connu les plissements à l'ère du mésozoïque. Une route imaginaire qui regorgeait de profits, de pouvoirs et de dilapidations inconcevables. Il y avait donc bien sûr du cadavre humain parmi les ingrédients de cet ajiaco, sur une île qui se peuplait alors chaque nuit de corps sans yeux, sans ongles, souvent sans langue, retrouvés pendus à mes branches au matin. Comme chaque jour gisent aujourd'hui, par grappes de mille, des populations entières massacrées par la tronçonneuse économique. Tout est gravé dans les anneaux concentriques de ma propre chair, jusqu'au moindre détail. Pour noueux qu'il soit, mon tronc n'a pas la bosse des langues et ce soir-là je dois faire un effort car c'est dans un autre idiome que vont leurs conversations, relatives à des gens plus sanguinaires qu'Al Capone, celui-ci ne mélangeant tout de même pas de la viande humaine à celle qu'on donnait alors aux lions dans le zoo de Guantánamo. La célèbre baie pour touristes faisait partie de l'arc de cercle, j'entends donc prononcer les noms de Nat King Cole et de Frank Sinatra, d'Ava Gardner et de Marilyn Monroe. Toutes les familles américaines établies dans l'île sont représentées aux tables voisines, chacune devant allégeance au cénacle d'honneur installé devant le podium, où fesses et seins des danseuses à plumes continuent de trembler aux rythmes du mambo et du cha-cha-cha. Soudain les corps se figent, la musique a semblé s'évanouir dans les miroirs et je vois suspendre son geste, un bras toujours levé par-dessus les têtes, un jeune mulâtre au sourire canaille dont le smoking blanc ne cessait de virevolter entre les tables. Plusieurs* flashes *illuminent l'entrée de la salle, au moment où se met au garde à vous la muraille d'hommes en armes postée sur le seuil. C'est là que je me dresse, à deux pas de la baie vitrée. Mes branches forment une arche d'honneur sous laquelle passe un cortège d'uniformes tandis que retentit l'hymne national. Toute la salle se lève à l'injonction de l'orchestre, sauf les quatre occupants de la table devant le podium, d'où s'égaillent vers les coulisses des hanches créoles ne s'accordant guère à la cadence militaire. Ils continuent de fumer un verre à la main, ne se donnant pas la peine d'interrompre une conversation qui a l'air sérieuse, les quatre hommes vers qui se dirige le principal uniforme de son pas décidé. L'un, petit et râblé, est vêtu d'un costume de luxe manifestant qu'il ne lui faut pas consentir trop d'efforts pour dégager une allure aristocratique, en quoi le sert la crinière argentée qu'il ébouriffe en ôtant ses épaisses lunettes noires. Aristos Théokratidès découvre des yeux songeurs derrière ses paupières mi-closes quand il se tourne vers Jésus Evangelista. Grand et efflanqué, coiffé d'une couronne de cheveux blancs, ce dernier nage dans des habits dépareillés qui auraient pu sortir de n'importe quel bazar oriental. Au rythme de l'hymne officiel, j'observe l'uniforme (ai-je dit qu'il était immaculé ?) poursuivre sa marche cadencée vers une tablée ne semblant pas s'être aperçue de sa présence, où Sacha Bielinski fait figure de l'employé ne payant pas de mine tandis qu'Abel de Loyola joue à l'acteur de cinéma venant d'hypnotiser la foule de sa prestance, lui le roi des nuits havanaises, avant de regagner sa place. La progression de l'uniforme tient à présent plutôt du surplace effectué par un zélé militaire à la parade, le regard fixe, attendant les ordres en lorgnant vers une tribune où l'Etat-major n'a pas encore statué sur la suite à donner au défilé, ce qui l'autorise peut-être, comme font en pareil cas bien des maîtres d'hôtel, voire de simples garçons de café, à enregistrer quelques observations précieuses relatives aux coutumes nouvelles dans le haut commandement des armées. Car la question des mœurs est cruciale dans cette guerre pour le contrôle des cabarets, des casinos et des bordels sur l'île du Diable. Pour son apparence, note ainsi l'uniforme, le financier levantin paraît avoir suivi une stratégie inverse de celle empruntée par l'ancien réfugié d'Asie mineure. Qu'il croie pouvoir s'en remettre à une allure princière ou qu'il mise plutôt sur le négligé savant d'une tenue populaire afin de maintenir l'adversaire en respect, le patron de la Panoptic arbore veste et pantalon de toile, et n'est visiblement chaussé que de sandales. Alors, comme si l'Etat-major s'était donné le temps d'un hymne national pour mener à bien ses ultimes délibérations, dès les derniers accents bondit à nouveau de son siège le fringant Loyola qui se retrouve en un instant sur le podium. Impeccable dans son smoking, il annonce au micro l'imminente apothéose du spectacle.* **Besos de fuego !** *lance-t-il au milieu d'un murmure qui monte en intensité jusqu'à l'effervescence générale dès que surgit à ses côtés la jeune* *femme à peau noire et chevelure blonde moulée dans un maillot de scène rouge. Leur show aurait pour nom BIRDSNAKE, elle se faisant appeler BIRD et lui SNAKE, hurle-t-il en saluant l'assemblée de clins d'œil complices. L'uniforme avait cessé de parader sur place à côté de la table d'Etat-major. Faute de mieux, il s'était placé au garde-à-vous. Aristos Théokratidès venait de mettre ses lunettes noires, signe convenu avec Jésus Evangelista. D'un geste d'impatience, Sacha Bielinski donna l'ordre : rompez ! Frétillant d'une joie trop longtemps contenue, le président Batista se rua vers ses maîtres dont les deux premiers croisèrent les bras, laissant à Bielinski la charge protocolaire de tendre avec flegme sa main, Batista s'inclinant aussitôt pour frôler de ses lèvres la bague ornée d'une pierre, celle des véritables maîtres de l'île, qu'il gagnerait peut-être le droit de porter lui-même un jour. Ce soir-là, qui sait ? Le spectacle pouvait commencer ! Dans un tourbillon de plumes qui évoquerait à tous le cyclone bouillonnant de la vie nocturne, je verrais Abel de Loyola se ruer à travers la salle vers sa vaste baie d'entrée, poursuivi par les danseuses en escorte autour d'Eva de Cuba. Les projecteurs feraient converger leurs feux multicolores vers mes branches et mon tronc pour le clou de la soirée. Près de la porte-fenêtre, dans l'ombre, un homme seul n'aurait rien perdu de la scène. C'est à lui que s'adresserait Loyola, sourire carnassier aux lèvres : « Vous n'avez pas encore vu le spectacle, n'est-ce pas ? Quand elle saute de l'arbre en exécutant un saut périlleux... Je vous conseille de ne pas manquer ça ! ». Chacune de mes feuilles se souviendrait toujours de la fin du show, Eva grimpant jusqu'à ma cime, suivie par les danseuses déguisées en anges ou en petites diablesses, et la star acculée parvenant au bord de l'abîme puis se jetant dans l'ombre du vide où la recueillerait un filet que le public ne pourrait apercevoir, sous cris et applaudissements frénétiques. Avant qu'Eva ne monte pieds nus sur le tapis de la roulette. Alors cartes et jetons se mettraient à voler hors des tables de jeux, tandis que se prépareraient d'autres danseuses, qui feraient tournoyer les étoiles dans de nouveaux décors où les fontaines de couleurs mélangeraient jets d'eau et douches de lumières à mes palmes et à leurs plumes.*

Rengaine d'une idole des vitrines

Vous croyez peut-être qu'il exagère, le grand rêve dont est peuplé votre sommeil depuis cinquante ans ? Rien pourtant n'est plus dévalué que l'aptitude à rêver, dans les cerveaux colonisés par de nouveaux dieux. La conquête a été facile, il suffisait de quelques plumes imitant la grâce des anges. Première créature ailée voici plusieurs centaines de millions d'années, ses ailes se sont déployées sur le long fleuve de votre histoire. A chaque étape, sous quelque forme, j'étais présente. Mais en jouant toujours double jeu. Celui de l'oiseau-serpent. Car l'esprit volatil seul, que serait-il, sans la pesanteur d'une matière nécessaire à ses épiphanies ? Ainsi la chair de mes fesses et de mes seins quand, pieds nus, de siècle en siècle, j'allume des aurores de papillons multicolores dans l'océan nocturne de vos songes. Ainsi les forêts englouties aux tréfonds de la terre en liquides nappes sombres, dont vous ignorez quelle part le sang des fées vous permit de tirer un combustible essentiel. Pauvres humains, qui avez égaré le sens même de l'essence !...

Au cours de cette nuit sans autre feux que les néons de ma boutique, toutes les existences terrestres s'exaltent sous la forme de mannequins et de polichinelles ayant fui vos propres cauchemars. Cause toujours, semblez-vous dire dans votre sommeil au théâtre de marionnettes improvisé derrière la vitrine d'une agence de voyages. Et je continue donc de vous révéler ce que vous ne pouvez entendre à l'état de veille. Là, sur ce quai désert, continuaient de résonner les sabots d'une cavalcade qui retentissait en l'aède il y a dix ans comme voici trois millénaires...

C'était, du moins, ce que le sein des étoiles permettait de voir à un homme dont les pattes arrières prenaient appui dans une archaïque société disparue, tandis que ses membres antérieurs s'élançaient vers une communauté future introuvable.

Maïak

JE SUIS NÉ

L'instant même où naissaient les neiges de l'Olympe. La mer est ma patrie, la mère de nos pères. On ne part jamais on revient, quand elle a croisé les jambes une chair multiple et rare dans le vieux port d'Hierapétra. L'instant même où naissaient les nymphes. De très loin venaient les mugissements de taureaux qui allaient boire au fleuve. On ne part jamais on revient. Dans le vieux port crétois d'Hierapétra. J'avais commandé une septième bouteille de retsina, parce qu'elle est tirée du sein des étoiles. Ce n'était pourtant pas le vin résiné qui m'avait fait suivre une jeune femme en imperméable noir depuis la gare jusqu'à la fête foraine et son labyrinthe aux miroirs. On ne part jamais on revient. J'attendais toujours l'aube qui se lèverait sur un miracle de voilures grecques.

Dehors, par la vitre, le jour tardait encore à se montrer. C'était midi dans ma tête, le palais de Knossos bourdonnait et les cigales criaient dans les oliviers. Il était arrivé le grand jour où l'homme se mesurerait au taureau, le jour de la grande fête où la déesse danserait poitrine nue, bras enroulés de serpents. Mes rêveries couraient sans but, comme l'avait fait ma vie durant des siècles. Dans la bienheureuse pénombre, enivré de fatigue et de solitude, j'attendais l'aube en laissant somnoler mon regard sur un canal qui semblait faire de mauvais rêves. C'est alors qu'est revenue l'image d'Aurore, et sont remontés les souvenirs d'Eva de Cuba. La retsina se transformerait en rhum pour me faire boire un jus tiré du sein des mêmes étoiles. Tout reviendrait à la surface, même si cela ne plaisait pas à Juan-Luis de Loyola. Comment pourrait-il user d'une telle métamorphose ? Dans le roman que je lui avais promis par contrat, mon regard par la vitre blême se posait sur des taureaux aux cornes dorées, sabots rougis de pourpre, qui parcouraient les quais du canal où se devinait la proue d'un immense yacht blanc, prêt à détacher ses amarres, à s'envoler vers Hierapétra. L'image d'une amazone en figure de proue, chevelure blonde, seins soutenus par un bandeau rouge.

Rien ne va plus

L'aède est toujours là, son regard dirigé vers la tour Panoptic, à travers la vitre d'un café donnant sur l'autre rive du canal. Sous l'effet de la lune, elle paraît blanchir d'une lueur spectrale, telle une gigantesque pierre tombale. Il se dit qu'au sommet de la Tour est un étage secret, entièrement occupé par une salle de casino, dont la roulette immense comme une roue de fête foraine a fait tourner le globe depuis cette interminable nuit commencée voici cinquante ans à Baracoa. Tout à coup je ne vois plus rien par la fenêtre. Il y a dix ans, dans ce même café, j'apercevais des taureaux aux cornes dorées dansant sur les quais pour une déesse crétoise échappée du dédale aux miroirs. Mais labyrinthe est devenu le monde. Est-il encore possible de se référer à la réalité pour dire la vérité de cette Tour ? Sa vérité, plus aucun vivant ne peut la soupçonner, sous peine que le truc cesse de fonctionner. Je tourne la tête de tout côté, dans un soudain éclair de conscience aveugle. S'il fallait écrire un roman sur la Tour, ce serait un livre que les morts seuls pourraient déchiffrer. Un texte qui ne s'éclairerait que sous l'épaisse couche de cendres formée par toutes les villes depuis Babel et Knossos. Or ce livre idéal, une femme est en train de l'écrire, depuis les branches d'un arbre devant cette fenêtre. Elle-même, Aurore, d'où vient-elle ? Non, elle aussi fait partie du roman. Elle est, dans le livre, le livre qu'elle est, et elle s'occupe à le lire au moment où je la rencontre sur la plage d'une île. Je lui dis : de tout ce que j'ai oublié, c'est de toi seule que je veux raconter l'histoire. Elle me répond : pas ce soir, demain. Mais nous ne sommes pas le soir, nous sommes le matin, puisque tu t'appelles Aurore. Quelle importance encore le soir, le matin me dit-elle, puisque tu es de l'Anatolie comme de l'Atlantide ? Je t'ai dit à demain, c'est-à-dire dans cinquante ans, si tu t'en souviens bien... Cette ville, cette ville, Eva de Cuba... Pour moi, Bruxelles serait à jamais la fontaine sacrée jaillie de ta blessure, et j'y verrais toujours ton sang couler au milieu de mes propres fantômes. Ceux-là mêmes qui peuplaient alors les miroirs dont était tapissée la grande salle du casino, le 25 juillet 1953. Que vaut au juste la peau d'un mort ? avait-elle osé dire à Batista cette nuit-là. Batista, dont ce n'était un secret pour personne qu'il avait pris le pouvoir dans l'île grâce aux bons soins des services spéciaux de Washington et de leurs cliques installées à Las Vegas. Comme une sainte lance à Dieu le cri de son âme, Eva jetait encore la prière de son corps vers le ciel. Elle était toujours là, devant moi, telle une morte en plein vol. S'il s'agissait ici du livre à écrire sur elle, j'évoquerais Abel de Loyola, le roi des nuits havanaises, avec lequel elle franchirait la baie vitrée du casino, main dans la main, tandis que je les observerais dans l'ombre d'un figuier tropical. J'aurais en poche une photo de journal jaunie le montrant pendu aux branches du Jaguëy, ses pieds touchant presque le sol. Ne serait-il pas plus effrayant encore, d'avoir l'air plus vivant que la plupart des vivants ? Son visage à la barbe naissante exprimerait moins la terreur de la mort qu'une tension de juvénile énergie, non sans un ultime sourire, comme pour dissiper quelque malentendu. Ce serait Eva, debout devant moi, ramenant les mains sur ses seins tandis qu'elle presserait l'une contre l'autre, convulsivement, ses longues cuisses nues dans la chambre de Naoussa, ce serait elle qui aurait l'air d'une morte, ses yeux verts écarquillés de stupeur.

Tout cela n'était-il qu'une illusion ? Je me suis essuyé les yeux, pour fixer les fenêtres du dernier étage, celles d'où Loyola pouvait très bien lorgner encore vers ce bar. Est-ce que ce Loyola que j'ai cru connaître jadis existe, a existé, existera jamais ? Sort-il de quelque monde imaginaire ? Que sont toutes ces bribes éparpillées en moi de façon disparate ? En même temps, j'étais certain de n'avoir pas quitté le rivage d'un autre monde, celui qui avait inspiré à son découvreur une image de la genèse. Une baie que l'amiral des Rois Catholiques décrirait comme la plus belle vision qu'yeux humains eussent jamais contemplée. Oui, l'histoire moderne avait bien commencé à Baracoa. Cette bourgade ayant ensuite vu le départ d'Hernan Cortes pour le Mexique aurait un avenir qui en ferait à coup sûr le numéro gagnant pour plusieurs siècles à la grande roue de la fortune. Depuis le trottoir du quai, des rafales de vent soulevaient à travers les vitres une odeur de canne à sucre et de vieux rhum. Alors j'ai replongé les yeux dans le miroir derrière le comptoir. Je savais que tu reviendrais, me disait-elle. Il y a encore une mer à traverser, oh ! encore une mer pour que tu accostes à la véritable vie...

Rengaine d'une idole des vitrines

Quand toute une société part à la dérive, un fétiche en bois peut demeurer son unique point d'amarre depuis la vitrine d'une agence de voyages. Le seul à poursuivre sa course au-delà du naufrage n'est-il pas celui qui a brûlé tous ses vaisseaux ? L'art de naviguer l'a mis face à l'effondrement d'un monde où pour lui n'était nulle autre place que d'exil. Car aucune communauté civilisée jamais ne l'a reconnu comme un des siens. C'est d'un tel point de vue que l'abîme entrevu par lui depuis longtemps se révèle plage de salut. Grâce au vin tiré du sein des étoiles, il m'aperçoit toujours en figure de proue d'une arche nichée dans les branches du figuier tropical. Ses lèvres puisant à la coupe de mes lèvres, s'enivre-t-il au cratère même de votre catastrophe ? Par moi le plus lointain passé vous parlerait à travers lui d'un possible futur, si votre sommeil s'éclairait enfin de ce qui provoqua ce présent de pacotille...
Non, rien ne va plus. Car ce n'étaient pas des hommes avec lesquels on pouvait jouer cartes sur table, ceux qui étaient réunis dans le casino de Baracoa ce 25 juillet 1953. Les règles du grand jeu contemporain, ce sont eux qui vous les ont imposées...
Oui, j'ai conduit l'aède à une expérience de ce qui n'est pas expérimentable. C'est à quoi devait mener notre amour expérimental. J'ai voulu lui donner à voir, afin qu'il l'exprime par des mots infaillibles, ce que les vivants ne peuvent d'habitude pas connaître. Il fallait révéler ces forces obscures dont combien de milliards d'êtres sont les esclaves résignés. Mais cet amour ne pouvait qu'entraîner la mort. Car toute beauté propage ici-bas la désolation, si elle n'est comprise comme un pont vers l'au-delà. Certes, j'ai quitté le chemin de l'ordre en me faisant aimer par deux hommes à la fois. Comment pouvaient-ils ne pas se télescoper, ces deux astres placés sur une même orbite autour de la première fée du monde...

Maïak

C'ETAIT MIDI EN PLEIN ETE.

Le soleil tombait droit sur l'illustre palais de Knossos. Un fleuve coulait, tranquille, parmi lauriers-roses et figuiers de Barbarie. De part et d'autre sur ses rives poussaient des oliviers, des cyprès, et sur les collines à perte de vue s'étageaient les plans de vigne noire, dont la sève coulait en mes veines par la grâce du vin résiné. Lorsque mon corps s'en est imbibé, il se situe mieux entre rêve et réalité, entre mensonge et vérité. Car, pour dire cette réalité, cette vérité aujourd'hui, ne faudrait-il pas faire preuve d'une ivresse qui confinerait au délire ? Plusieurs hommes apparurent, vêtus de pagnes et coiffés de plumes, qui soufflèrent dans leurs conques marines et toute la montagne en retentit. On entendit un piétinement sauvage, et le troupeau des taureaux sacrés se précipita le long des quais. Tous brillaient au soleil avec leurs cornes d'or et leurs sabots rouges. Ils bondissaient ensemble, comme s'ils cherchaient des proies à combattre. Les athlètes nus surgirent des façades, empoignèrent par leurs cornes les bêtes et s'élancèrent sur leurs dos, agitant les jambes en l'air, avant le saut périlleux qui les faisait retomber derrière les monstres ruisselant de sueur.

– Vous avez vu la corrida ?

C'était le patron du bar derrière son comptoir.

Que voulait-il dire ? Bien sûr que j'avais vu la cavalcade sur les quais, les acrobates exécutant leurs cabrioles sur le dos des taureaux sacrés. M'étais-je assoupi ? Je me frottai les yeux, coudes sur la table au milieu de mes feuilles. Plus un rêve est saisissant, plus grand le vide quand ce rêve meurt au petit matin. J'apprendrais plus tard, de la bouche du patron, qu'un bovidé s'était échappé des abattoirs. Pris en chasse par les forces de police, il aurait succombé aux tirs croisés des agents de l'ordre. Une quinzaine de balles, dirait le journal, auraient été nécessaires pour mettre fin aux souffrances de l'animal. A sa mémoire j'ai levé ma coupe et bu le vin tiré du sein des étoiles.

Il était pâle comme un mort, l'homme tapi dans l'ombre sous mes branches. Pouvait-il comprendre quelque chose aux scènes qui venaient de se dérouler dans la grande salle du casino ? « Oui, je joue double jeu ! » avait crié Eva avant d'être emmenée par les sbires de Batista. Bientôt le carnaval battrait son plein dans toute la province d'Oriente. Aucun client du nouveau complexe hôtelier de Baracoa ne se formaliserait pour une danseuse blonde à peau noire emmenée de force parmi les jardins embaumant l'arôme des mariposas, *ces fleurs dont le nom signifie papillon car leur vie ne dure qu'un soupir : « Foutez-la dans la bagnole, à l'hôpital ! » Embarquée par l'escorte policière, elle ne jouerait plus d'autre rôle que celui d'une mère accouchant avec un retard de quarante jours à l'hôpital de Santiago. Le plus dingue de cette histoire fut que derrière Aurore, c'était Eva la joueuse, Eva la truqueuse, Eva la menteuse qu'aimaient deux hommes, précisément parce qu'elle était au-delà de tous les rôles. Sur un seul numéro du tapis vert, plus que toutes les fortunes, c'est elle-même – sa propre vie – qu'elle se fit un plaisir de perdre au cours d'une partie qui tenait à la fois du poker menteur et de la roulette. « Une forte tête, cette petite ! », avait prononcé le président Batista, calme et souriant. Le grand jeu de la nuit se poursuivrait entre les cinq hommes autour d'une table sur laquelle Habanaguana s'était élancée d'un bond, priant les convives d'accepter sa vie en guise d'enjeu, qu'elle misait sur le chiffre 26. Et la bille avait échoué sur le zéro. Les affaires sérieuses pouvaient commencer. S'il était persuadé du fait que, dans la logique de l'île, une guerre avec les familles rivales de New York serait inévitable, Sacha Bielinski suggérait d'adopter une série de mesures impliquant quelques sacrifices au centre du jeu – la capitale havanaise – afin d'étendre massivement leurs industries vers la partie orientale, plus proche de Miami. « Il y a des moments dans la vie où toutes les règles du jeu doivent être chamboulées », s'était exclamée la danseuse, envoyant valdinguer tous les jetons empilés sur la table. Ses lèvres humides se tordaient, ses yeux lançaient aux hommes des signaux incontrôlés. Si le parfum des* mariposas *persistait après leur mort jusqu'au matin, celui d'Eva poursuivrait un homme au-delà d'une nuit longue de cinquante ans.*

Rien ne va plus

L'eau du canal enfin palpite sous ce qui ressemble au poudroiement du soleil. Ce coup de pinceau multicolore est-il une première lueur du jour ? Je n'aperçois pas encore dans le ciel ces roseurs de chair qui annoncent l'aube, même si l'obscurité de la nuit vient de s'illuminer aux couleurs d'Aurore : miel et rhum, sang et or. Les nuages qui cachaient la lune se déchirent, et je vois le corps d'Eva prendre son vol ainsi qu'un immense papillon d'amour. D'un coup la mer accourt sans une ride. Je la salue, en agitant la main, moi qui le lui avais promis depuis des millénaires. Elle me répond en respirant largement, dans un murmure qui emplit le *Come Back* de son souffle puissant. Les cris d'Eva aux mains des hommes de Batista filent d'un bout à l'autre du bar. Ils se déversent par la baie ouverte sur les quais, pour se répandre dans les jardins aux senteurs de *mariposas.* Ses ailes de papillon déployées, Eva cingle toujours vers une destination inconnue. Se peut-il qu'elle ait déclenché un cyclone à cinquante ans de distance ? La mer seule est capable de me laver la mémoire, tous ces hommes autour d'une table de roulette, le bond d'Eva dans son maillot de scène rouge pour miser sa vie sur le chiffre 26, la bille tombant sur le zéro, les cartes et les jetons volant hors de la table... *Oui je joue double jeu...* Puis l'action du filet à papillons... *Une forte tête, cette petite...* J'ignore combien de temps je suis resté à respirer le murmure de la mer dans la pénombre du café. Parfois je la voyais se soulever en gerbes monstrueuses, comme un puissant reptile dont les écailles éclataient contre le quai du canal pour s'éparpiller en milliers de papillons noirs sous mes paupières mortes... *Il y a des moments où toutes les règles du jeu doivent être chamboulées...* Je voyais Eva danser dans le miroir derrière le comptoir, qui me renvoyait son image infiniment lointaine... *Tous ces millions de gens, partout, qui ont misé sur le zéro sans le savoir...* Chaque vague m'était Eva, le tourbillon de son corps sur une table au casino de Baracoa... *Ces gens qui n'ont rien d'autre à miser que leur vie, dans un tripot dont ils ignorent les véritables règles...* Puis la mer se calmait enfin, j'écoutais la respiration de sa chair me raconter des histoires d'anges et de dragons faisant palpiter encore par saccades les vitres du café, jusqu'à s'endormir dans un chuchotement épuisé... *Car ils ne savent pas que de toute façon le zéro, le grand zéro de la banque, va ramasser la mise de leurs millions d'existences, comme ça...*

Non, je n'ai jamais été un aède grec ! Je ne suis qu'un pauvre type qui, comme vous, joue sa peau chaque jour au grand casino de la fortune en misant sur quelque numéro fétiche, mais nous savons tous que la roulette est truquée, que seul est profitable le chiffre du diable, le néant du trou noir qui aspire à lui toutes les vies du monde alors je vous en prie vous voyez bien que j'ai tenté ma chance et que j'ai tout perdu... Pardon, je viens de relever la tête, ayant encore sombré dans un sommeil qui me faisait prendre pour urne funéraire emplie d'âmes des morts le téléviseur du bar. Tous ces papillons battant des ailes dans un crâne, ça vous produit une confusion d'où ne se démêlent plus le vrai du faux, le songe de la réalité, la vie de la mort. J'y étais à présent ! Plus aucune vaine chimère ne me détournerait de la véritable, concrète, effective, authentique, positive, tangible, visible, indubitable matérialité du réel s'offrant à mes yeux. Car les événements du monde étaient en effervescence, ils s'agitaient à gros bouillons dans cette marmite cubique posée sur le comptoir, qui remuait son linge sale ainsi qu'une essoreuse par son hublot rectangulaire. Les coudes contre la table, je regardais l'écran puis la masse à nouveau noire du canal et je tremblais, n'osant pas abandonner mon poste de guet. Au cours de la nuit, paraît-il, s'étaient produits des événements extraordinaires qui menaçaient la sécurité de l'univers. Les membres du G8 venaient de se réunir au Quartier Général de l'OTAN pour tenir un sommet de crise dont dépendait la survie de l'Occident. Tous les services de renseignements, toutes les agences de presse, tous les centres d'information plus ou moins spéciaux de la planète avaient été mis en état d'alerte rouge afin de recueillir un maximum d'indices à propos de deux fantômes ayant été signalés dans la zone du canal, au volant d'une voiture de la police. Ils auraient été repérés par le très officiel *Esthetical & Ethical Expert* de la tour Panoptic. En voix *off*, un discours monocorde annonçait la catastrophe, dont il apparaissait déjà qu'elle ne pouvait être imputable à des causes naturelles. Il fallait la gérer pour le moins pire, l'administrer sans peur des représailles du néant, sous peine de perdre ce qu'il nous restait de crédibilité face à une conjuration de forces obscures. Le fait qu'on eût retrouvé la statue en bronze de Pierre le Grand à Buenos Aires dans le temps même où celle du général San Martin atterrissait à Saint-Pétersbourg ne disculpait pas les nouveaux tsars du Kremlin, loin s'en fallait. Pas plus n'étaient épargnées par les soupçons des enquêteurs toutes ces manigances des dernières années, qui menaçaient l'équilibre économique mondial dans la zone dite du cône Sud. Nos intérêts bien compris pouvaient-ils tolérer l'hypothèse d'une jonction totalitaire du rio de La Plata et de la Neva, des steppes et de la pampa ? S'accommoder d'alliances dictatoriales entre l'Argentine et cette Russie rêvant au retour des soviets ? Au cœur d'un faisceau d'indices, les experts désignaient l'île du Diable. N'y pratiquait-on pas les sortilèges maléfiques de la Santeria ? Il y avait surtout, dans la capitale d'Europe, cette infernale fantasmagorie du jour se refusant à naître, déréglant tous les fuseaux horaires et provoquant les plus graves perturbations qu'aient jamais connues les places boursières de Londres, New York et Tokyo. N'était-ce d'ailleurs pas une signature diabolique, cette statue de l'esclave rebelle ayant pris la place de Saint Michel au sommet de l'Hôtel de ville de Bruxelles ? Si les puissances hostiles avaient mis au point quelque technique nouvelle, rien n'interdirait de les cataloguer à bon droit parmi les armes de destruction massive...

Cette nuit, la fin du monde... Quelque chose d'absurde en tout ça me laissait épuisé. Bien sûr, je n'ignorais pas que l'envie de poser mon bagage dans cette ville s'identifiait à celle de millions d'autres misérables attirés par les promesses de la capitale d'Europe. Mais rien n'était plus à sa place dans mon cerveau. Tout présentait une apparence dont la réalité m'était étrangère. J'ai fermé les yeux dans l'attente du sommeil profond, celui qui m'offrait l'oubli des choses présentes chaque fois que j'en éprouvais un besoin vital. Au loin la mer soupirait toujours, s'abandonnant à la musique montant d'un autre temps. Ses vagues provoquaient une rumeur assourdie de galets roulés par les flots jusqu'à l'intérieur du bar, identiques à celles qui accompagnaient mes promenades avec elle sur la plage de Naoussa comme sur celle de Baracoa. Je voyais ses yeux agrandis par la vision de mon propre cauchemar, comme si elle était plus que jamais de ce monde. Aurore me berçait encore, chantant sa chanson de jadis. La chanson mourait, renaissait, au rythme des eaux noires. Je m'enfonçais lentement, lentement je descendais en elle et ce voyage dans les profondeurs était salué par l'envol d'innombrables fleurs, légères comme des papillons. Puis nous remontions à nouveau, notre corps uni se métamorphosait en oiseau. J'allais, venais, descendais, remontais, toutes les fleurs et tous les papillons nous escortaient de leur éternelle musique sans paroles. Tout cela était-il réel ? Est-ce que je rêvais encore ? Si je ne racontais cette histoire à personne, il faudrait que je le fisse devant le tribunal suprême au jugement dernier. Je me suis mis à rire comme un idiot. Combien d'heures encore avant que la ville ne s'éveille de son cauchemar ? Oui, c'étaient le feu sacré du ciel comme celui des entrailles de la terre qui manquaient à Bruxelles. Des voix résonnèrent au-dehors. Des voix ? Certains événements sont appelés à rester impénétrables. Dans le cadre de la fenêtre, je vis passer un âne et une chèvre, l'air ahuri, sur un chariot tiré par un tracteur. Les normes régissant l'espace et le temps n'avaient-elle pas été chamboulées de manière bien plus grave et coûteuse pour les humains que ces aimables distorsions de la logique et entorses au bon sens pratiquées par un aède ivre de fatigue ? Celui-ci n'a-t-il pas pour mission, d'Homère à Joyce, d'exercer une résistance face au récit de l'histoire officielle tel qu'il est pratiqué par la puissance dominante ? Revenons donc à la réalité, c'est-à-dire aux fantômes. Car deux ombres venaient de s'encadrer à leur tour dans la vitre du café. Pourquoi me fixaient-elles de leurs yeux écarquillés, comme si elles venaient de voir une créature de l'autre monde. J'éprouvais une peur horrible, et en même temps je désirais un cri qui vînt m'annoncer un événement extraordinaire. Ce silence, ces bruits m'épouvantaient. Le chant d'un coq recouvrit les éclats de voix des deux spectres surgis de la rue pour pénétrer en conversation joyeuse dans le café. L'un et l'autre, d'un air entendu, firent mine de me reconnaître et me saluèrent d'un geste bref en s'excusant d'aller s'asseoir à une table dans le fond du bar. Je fermai les yeux avec force, les ouvris à nouveau dans leur direction, pour m'assurer de ce que je venais d'apercevoir. J'essayai de fixer ma pensée sur des choses simples, ordinaires, mais celles-ci fuyaient, se désagrégeaient devant la double apparition. Dormir encore, en finir de cette immense nuit ! Je vidai le fond de mon verre, sentant que j'allais vomir. Etait-ce bien eux qui pénétraient dans mon univers, ou moi qui avais été choisi pour les orienter dans le leur ? Après avoir longtemps, sempiternellement erré, j'accédais peut-être enfin, sans m'en rendre compte au royaume des ombres. C'était comme si les esprits de l'humanité entière m'avaient expédié dans les tréfonds de l'univers, en n'importe quel nulle part de l'enfer ou du paradis. Y aller, voir et s'en retourner, puis concevoir à partir d'un tel voyage quelque chose de cohérent et de lisible...

— Etes-vous un sans papiers ?

Je n'aurais pu dire qui du grand moustachu à lunettes ou du petit chauve barbu, l'un et l'autre toujours sanglés dans leurs uniformes, avait laissé planer cette phrase. Je devais m'être encore assoupi car, ouvrant à nouveau les yeux, je vis une caméra posée sur le comptoir, juste à côté du poste où mon propre visage apparaissait en gros plan. Les spots firent soudain monter la température, tandis qu'un journaliste invisible m'interrogeait pour la télévision. Plein de sollicitude, un micro se trouvait branché dans ma direction. Quelqu'un venait à moi pour me réclamer quelque chose, dont j'étais supposé connaître la nature. Mais quoi ? Quoi ? Quoi au juste ? Comme s'il s'agissait d'un vieux compte à régler, d'une très ancienne dette à payer, l'on me sommait de décliner l'identité d'un pauvre bougre assez représentatif des misères humaines auxquelles il fallait remédier de toute urgence en participant à l'opération de solidarité internationale dont le numéro de compte bancaire s'affichait sur l'écran grâce aux bons soins de Panoptic. *Ces gens qui n'ont rien d'autre à miser que leur vie...* La caméra me fixait. Pour la première fois de ma vie, je devais parler dans un micro. C'était une émission spéciale, déclarait un sourire factice, étincelant d'une curiosité maléfique. Mais d'où venait la voix ? Les projecteurs m'ont fait tourner la tête, une émission mondiale par satellite. On expliquait que les sortilèges de la nuit devaient avoir pour foyer cet antre pour sans-papiers, dans la zone du canal, où les caméras de l'espace avaient capté les seuls rayons lumineux perceptibles aux environs de Bruxelles. Selon les informations fournies par un *Esthetical & Ethical Expert*, il était possible de prendre les événements de vitesse, voire de créer une situation nouvelle. Dans l'ombre au fond du café, les deux spectres en uniforme observaient la scène en silence. L'écran fut alors envahi d'une brume qui montait d'une bouche d'égout béant au milieu de la chaussée, d'où je vis sortir une main qui tâtonna quelques instants sur le rebord métallique, avant que ne se hisse à l'air libre un homme en bras de chemise arborant le masque de George W. Bush. *Néant du trou noir, chiffre du diable au grand casino de la fortune...* Oh ! Je suis absolument certain qu'il ne s'agissait pas d'une hallucination. Le président des Etats-Unis en personne, pour une raison incompréhensible, surgissait bien de nulle part au milieu de ces quartiers abandonnés à leur sort en raison d'on ne sait quels projets d'affectation future.

Maïak

NOUS SOMMES EN L'AN 1994,

Si l'on ne compte que depuis Jésus-Christ.

La fin brutale du Grand Schisme entre l'Est et l'Ouest, après l'effondrement de la politique des blocs, n'annonce rien d'autre qu'une guerre ouverte entre l'Occident et l'Orient. C'est à présent que s'érigeront murs de la honte et rideaux de fer, sans compter douves, ponts-levis et culs de basse fosse d'un nouveau Moyen Age qui mobilisera les énergies pour conquérir un tombeau vide à Jérusalem. Désormais le monde ne ressemblera plus, dans ses apparences, à une totalité polarisée par les deux logiques adverses du Capital et du Travail, en fonction de quoi le Tiers-monde aurait à s'orienter. Sciemment, tous les intégrismes feront cause commune au service du Veau d'Or, qu'alimenteront les conflits de leurs dogmes concurrents. C'est une machine à direction bloquée qui est lancée, dont nul ne peut contrôler le moteur en constante explosion, tandis que l'unique consigne est de lâcher les freins. Quelle question sociale pourra-t-elle encore être posée, si plus aucune valeur universelle n'englobe plus l'humanité, le désordre mondial se parant du masque humanitaire ? La bureaucratie, qui partout fera proliférer son empire, y compris sous la bannière d'une négation de l'Etat, n'obéira plus aux normes postulées par un Souverain Bien, puisque celui-ci devra s'incliner devant les appétits particuliers. Pour asseoir leur dictature sur l'intérêt général, une fusion totalitaire sera nécessaire entre les anciennes sphères du pouvoir, qui avaient été quelque peu séparées dans l'ère où était permise une conflictualité démocratique. La crise de la valeur intrinsèque au capitalisme, et à sa baisse tendancielle du taux de profit, imposera partout l'extraction de plus-values absolues, que ce soit par le pillage, le carnage et le saccage intensifs de zones vouées à l'extrême misère, ou par les formes les plus agressives de prédation financière dans les territoires autrefois prospères. L'ensemble de ces formes déterminera le marché global du Nouvel Ordre Edénique, aux ordres de la tour Panoptic.

— Are you safe ?

L'homme le plus puissant du monde venait de se ruer dans la grotte magique, éclaboussé de lumières, pour prendre entre ses bras, serrer contre son cœur (la caméra sur le comptoir ne pouvait mentir à l'écran posé sur ce même comptoir) une victime de la tragédie vécue en direct par des millions de spectateurs. Il voulait s'assurer que j'allais bien, que j'étais O.K. Les deux spectres tapis en retrait se levèrent en direction des projecteurs. « A propos, Monsieur le Président, savez-vous ce que signifie O.K. ? », demanda courtoisement le grand maigre à lunettes. L'autre, le petit chauve à barbe antique, fut à son tour sous l'œil électronique avant qu'on n'eût songé à interrompre l'émission. « J'aimerais moi aussi vous poser une question, mon cher Agamemnon. A votre avis, qu'est-ce qu'il y a dans le paquet que je tiens à la main ? » D'un geste, il invitait le président du globe à saisir une boîte que celui-ci laissa tomber au sol avant de disparaître, pour s'envoler aussitôt dans sa navette intersidérale. Tourne et tourne le miroir magique du grand casino, vole en éclats le labyrinthe aux glaces de mon crâne où retentit toujours la voix d'Eva. *Tous ces millions de gens, partout, qui ont misé sur le zéro sans le savoir...* Ô lecteur du futur, tu sais déjà que cette voix d'une femme des Cyclades et des Caraïbes était l'expression d'une histoire infinie, d'un flux cyclique et d'une onde en devenir perpétuel entre la source magmatique et le rivage des étoiles.

ECHOS DU ROYAUME DES OMBRES

— Voyez comme elle vole entre terre et ciel étoilé !
— De qui parlez-vous ?
— De la muse qui inspire cet homme près de la fenêtre.
— Je pensais encore à ce Gagamemnon.
— Pure illusion spectrale.
— A propos, que diriez-vous d'un petit cordial ?
— Buvez un coup sans moi, je vous en prie.
— Je crois apercevoir un de ces rhums capables de réveiller les morts.
— Il ne saurait passer par mon gosier aucun breuvage.
— Un Evangelista cinquante ans d'âge.
— Il pourrait aussi bien remonter au chaos primordial.
— S'il demeure autre chose que du chaos, qu'on me le dise !

— Abîme aux ailes noires d'avant les premiers dieux.
— C'est sûrement la fin d'un monde.
— Vous avez des nouvelles ?
— Il suffisait de regarder l'écran.
— Mais derrière l'écran ?
— Ce serait à cause d'un arbre, tombé sur des fils électriques.
— Envoyons un hymne à la nymphe des fluides invisibles.
— Electre a bel et bien merdé, j'en ai peur.
— La fille de Suez et d'Evangelista ?
— Oui, un étage de la tour Panoptic.
— Lançons-lui tout de même quelque chant.
— Mais notre voix n'a plus aucune place dans leur vieux monde.
— Nul n'écouterait plus le message de l'aède inspiré par les dieux ?
— Seules s'entendent encore les divinités de la guerre.
— J'ai chanté une guerre faite par des hommes...
— ... Qui ne pensèrent jamais être les protagonistes de l'Iliade.
— Ceux qui attaquent aujourd'hui me paraissent les mêmes...
— ... Qui ruinèrent la civilisation troyenne.
— Et il ne se trouverait personne pour le clamer ?
— Voyez cet homme près de la fenêtre.
— Il converse avec une muse.
— Hélas, elle reste à tous les hommes invisible.
— Voyez pourtant son vol entre terre et ciel étoilé.
— A quoi bon des aèdes en temps de détresse.
— C'est le propre des guerres d'ôter toute propension à penser.
— Un état second, durant lequel tous ignorent ce qui se joue.
— Nous avons été témoins, vous et moi, de la même bataille.
— Mais nous en avons donné des versions différentes.
— Et nous avons fait de la littérature une arme.
— Oui, nous n'avons jamais rien écrit sans blesser des gens.
— A-t-on jamais quitté la Troade ou l'Irlande ?

Maïak

L'AMAZONE

Était vêtue de fine laine et d'or. Elle avait l'un des seins soutenus par un bandeau rouge et portait une ample chevelure d'or. Pour le reste, elle était belle de corps et de parfum très désirable. Il était impossible d'assurer qu'elle aimait Atlas, mais elle eut pitié de lui. Puis, le souffle asiatique engendra la peste, et beaucoup d'êtres furent touchés par les doigts du fléau. Les cadavres des bêtes jonchaient le bord des fleuves, on voyait sur les rives des taureaux morts la gueule ouverte.

Et l'Amazone languit de cette maladie. Elle tomba aux pieds d'Atlas et ne respirait plus. Ceux qui l'entouraient soulevèrent ses membres raidis et les baignèrent de vins et d'aromates. Ils délièrent le bandeau rouge qui soutenait son jeune sein, et la roulèrent dans les bandelettes. Atlas la regarda et murmura : Qui sait aimer après la mort demeure en vie.

Puis il plaça sur son sein la guirlande prophétique, chanta des vers sur la migration de l'âme, et lui ordonna par trois fois de se lever et de marcher. La foule était pleine de terreur. Au troisième appel, l'Amazone sortit du royaume des ombres, son corps s'anima et elle se dressa, vêtue des bandes funéraires. Et le peuple vit qu'Atlas était évocateur des morts.

Les hérauts proclamèrent, ainsi qu'aux mystères, le silence solennel. A la troisième veille, les torches s'éteignirent et la nuit enveloppa les adorateurs. Il y eut une voix qui appela : Atlas !

Quand la lumière se fit, il avait disparu.

Les hommes ne le revirent plus.

Les mots s'alignaient sur mes feuilles éparpillées dans la lumière d'avant le jour. La pluie avait cessé ; je ne voyais plus dans ses mailles l'image d'une déesse crétoise ou d'une amazone blonde.

Rengaine d'une idole des vitrines

Ne croyez pas que ma garde-robe millénaire soit riche de plus de toilettes que ne dispose de costumes votre Manneken-Pis. Il m'étonne d'ailleurs de ne l'avoir encore aperçu parmi la foule d'êtres inanimés que j'ai vus défiler devant ma boutique au cours de cette nuit. En vérité, je suis un fétiche aux moyens assez limités. Ce n'est guère ma tenue de scène quand je m'exhibais en spectacle au casino, ni mon bandeau rouge d'amazone, encore moins cet imperméable noir m'ayant permis de jouer les déesses crétoises, qui me feraient cataloguer parmi les stars en vogue de vos magazines. Par contre, je suis assez sensible à cette fleur de Pâques exhibée au revers de son veston par le polichinelle jouant les présidents du monde, quand il a surgi d'une bouche d'égout pour entrer au café du coin. J'ai reconnu la fleur jadis tirée de mes cheveux par Sacha Bielinski, dont il me revient qu'elle orna la poitrine de chaque nouvel occupant de la Maison Blanche lors de son investiture, depuis le temps lointain d'Eisenhower...

Oui, je joue double jeu d'ici-bas et d'au-delà. Si les papillons sont présence des âmes défuntes sous le ciel des mortels, il ne faut pas les confondre avec toutes ces fausses plumes d'anges issues de l'industrie des songes qui vous ont plongés dans le sommeil de l'esprit. Pourquoi ne pourriez-vous aussi me voir comme un papillon d'amour déchirant votre nuit de ses ailes d'aurore ?

Toujours famines et pestes, guerres et morts...

Votre monde saturé de périls par les yeux de l'aède pourrait se comprendre un peu mieux lui-même, si vous faisiez un petit effort. Chacun d'entre vous, sans mentir, dispose d'une guirlande prophétique autorisant à vaincre tous les fléaux. Celui qui sait aimer après la mort demeure en vie, lui ai-je inspiré. Que vous coûterait-il d'essayer ?

« *Yo vengo de todas partes*
Y hacia todas partes voy »

José MARTI

Parole du Phénix

La nuit la plus sombre est peuplée d'oiseaux ne voyant que par elle, sans que rien ne les autorise à s'attribuer un rôle supérieur à celui des oiseaux diurnes. Une prééminence attachée à la lumière sur l'obscurité par la philosophie grecque peut n'être pas tout à fait accablante, non plus que le plein jour extérieur – pour la voyance. Lumière physique et lumière mentale ne doivent pas nécessairement vivre en mauvaise intelligence. La preuve par mes ailes rouges, qui réconcilient la colombe de Jérusalem et la chouette d'Athéna. Vous souvenez-vous du dernier siège de Troie, de Carthage, de Moscou ? J'y étais. C'est de Bagdadi – cité natale, en Georgie, de Maïakovski – que j'ai pris mon dernier envol divinatoire pour observer comme ils ont asphyxié l'air, brûlé le feu, noyé la mer et enterré la terre, dans une fumée d'où sans cesse renaît le Phénix. Voyez vous-mêmes. Le navire amiral Agamemnon croise au large de la Troade et le destroyer Jason pointe ses canons sur une Colchide ralliée aux Scythes. Les dieux de l'Olympe arment leur foudre contre le Caucase et toutes les agences de presse crépitent à l'unisson d'un même cri de guerre à l'extrême Orient de ce qu'était le monde connu par les Grecs. L'aigle impérial dévore le foie de Prométhée, frère d'Atlas, toujours enchaîné sur son pic pour avoir commis le crime d'offrir la lumière aux hommes : est-ce vers lui que se tourne l'aède en guettant une aube qui ne vient pas ? Là-bas, sur le rivage de l'actuelle Abkhazie, se trouvait un bélier dont la Toison d'Or fait se lever depuis des millénaires les armées d'Occident. Le cuirassé Potemkine, il y a près d'un siècle, se mutine sous les escaliers d'Odessa ; bientôt retentira la salve du croiseur Aurore. C'était un même dragon, selon la légende, qui veillait la Toison d'Or de Colchide et l'arbre aux Pommes d'Or des Hespérides. Un seul vol du Phénix relie les Cyclades au jardin des Pléiades. Il permet de voir pourquoi se sont dissociés l'archange et le dragon dont la danse était le totem de Bruxelles. Il permet de voir pourquoi Prométhée-Lucifer est à l'Est, quand l'Ouest entier se range aux ordres du chevalier Saint George dans sa croisade vers la Georgie menée depuis la Georgie – capitale Atlanta. Là même où est le siège de l'***Anatolian Atlantic Artistical & Athletical Association.*** Là même où Juan-Luis de Loyola devait atterrir lors de son unique rencontre avec Sacha Bielinski, qui lui assignerait pour mission d'être le ***Storytelling Manager*** de la tour Panoptic. Il serait dommage que son roman ne révèle pas quelle fut la teneur du pacte signé entre quatre hommes à Baracoa le 25 juillet 1953. De cette date s'opère une inversion par laquelle ceux qui feront profession d'obscurcir les esprits brandiront les flambeaux mêlés de la science et de la magie religieuse, toute illumination véritable discréditée sous le signe de la folie démoniaque. Ainsi l'aède est-il désormais tenu pour un fou dangereux. Car, selon la vision du Phénix, il s'agissait rien moins, pour les nouveaux maîtres de la lumière que se voulaient Aristos Théokratidès et Jésus Evangelista, d'ouvrir une ère au cours de laquelle Prométhée-Lucifer perdrait à jamais son crédit d'éclaireur de l'humanité. Le voleur de feu n'offrait-il pas la lumière aux hommes parce qu'il était familier de l'ombre, des mystères invisibles, du côté négatif où plonge racine toute *praxis* ? Ne prétendait-il pas unir celle-ci à la *théôria*, qui chez les Grecs encore signifiait à la fois contemplation de l'esprit, spéculation théorique ou action de voir un spectacle ? Or, qu'est-ce qu'un *théôrèma* (spectacle), sinon le contraire d'un *show* (qui se dit en grec *épideixis*), où la part d'ombre est précisément occultée. Raison pour laquelle il convenait au *show-business*, en gestation sur l'île du Diable, d'entretenir aussi l'amalgame situationniste incarné par Abel de Loyola. Pensées confuses qu'il ne m'est pas interdit de deviner en agitation dans le cerveau d'un homme. Car Loyola dort, et il rêve. Il rêve à tout ceci. C'est un glissement d'ombres venues de l'autre bout du monde. Il est à la fois sur le pont de béton qui divise son crâne et sur la scène du casino lui tenant lieu de *check point*, tout en n'ayant pas quitté son bureau au sommet de la Tour. Voici la bible du Phénix, lui dis-je en songe, enfouie sous les décombres des temples entre Athènes et Jérusalem. Les peuples du désert boivent le lait des prophéties comme ceux de la mer s'abreuvent aux sources de la tragédie. Je crie à la face d'Athènes et de Jérusalem : Où sont les ailes du Phénix ? Qui n'a point de raison dans sa foi, qui n'a point de foi dans sa raison – crucifie le Phénix ! Quelle vraisemblance à tout cela ? Pas plus qu'il n'y en a dans le fait qu'Anatole Atlas ait pu resurgir du canal pour se trouver à la fenêtre du ***Come Back*** ou de l'***Eva's Bar***. Cela n'a pas la moindre réalité – comme l'ensemble d'une telle nuit d'ailleurs. Hors de tout sens commun, cette aventure de l'aède au clair de lune, cette onirique équipée d'Homère et Joyce dans une voiture de police, et l'apparition de George Bush à la lueur d'un ordinateur portable. Pourquoi, comment tout cela serait-il possible ? Allons, pareil roman ne tiendrait pas plus debout que Juan-Luis de Loyola, bien incapable d'écrire ces pages, écroulé comme il est sur son bureau d'acajou. Rien de ce que vous lisez n'a donc été. Tout au plus pourrait-il s'agir d'un rêve de Loyola – d'un Loyola qui n'est bien sûr jamais sorti de son dernier étage, après avoir aperçu l'aède à sa fenêtre par la lunette à infrarouge de son improbable fusil. Il dort, voilà tout, il dort... Et même, puisque j'y pense, a-t-il été capable de rêver tout cela ? Le lecteur attentif peut à bon droit s'imaginer que ce n'est pas un Loyola mort de fatigue, trop mort pour rêver, qui rêve, qui a rêvé cette histoire – tout ***storyteller*** patenté qu'il se prétende être ! Peut-être est-ce alors quelqu'un d'autre ? Si ce n'est celui de Loyola, de qui serait-ce le rêve ? Eh bien, de l'aède par exemple... N'est-ce pas un rêve de fou communiste, pour qui l'essence du combat des prolétaires était lumière de l'enfance autorisée pour tous à se prolonger l'existence entière ? Nous serions certes alors en zone interdite. Pondez mille pages d'archives ressassant les obsessions d'un vieux nazi pervers sexuel et sadique et le million d'exemplaires vendus, sans compter les traductions, fera figure d'événement littéraire. Mais relatez la vie d'un poète communiste qui apprit à rêver comme ça durant la guerre d'Espagne puis dans les camps de la mort où se trouvait parquée la Résistance grecque : trouverez-vous un éditeur ? Ajoutez-y l'hôpital où voici cinquante ans l'on se livrait à de drôles d'expériences de privations sensorielles et de drogues hallucinatoires à Santiago de Cuba... Mieux vaut n'y pas songer ! Tout cela, ce rêve insensé d'un aède n'ayant jamais renié ni sa foi ni sa raison communistes, pourrait à la rigueur faire le sujet d'une brochure confidentielle publiée à compte d'auteur pour la famille et quelques proches, puisque nous sommes en démocratie... Ah ! cette vieille baderne avec ses souvenirs de résistance d'un autre âge contre des dictatures archaïques n'ayant aucun rapport avec la situation d'aujourd'hui !... Ne serait-ce pas, au mieux, la réaction d'un petit-fils ? A moins que, vous avez vu juste. Je l'avoue, c'est moi qui rêve, au camp Delta de Guantánamo. Ma tête ploie sous la cagoule, après piqûres et cris des baffles dans les oreilles.

J'ai plongé du nez sur le papier à cigarettes où se griffonnait ce manuscrit. La gueule au milieu d'illisibles graffitis, dans une cellule aux fenêtres occultées, je dors. Tout cet *Ajiaco*, c'est moi qui le rêve, depuis trois mille ans que n'en finit pas cette guerre toujours la même contre Troie Carthage ou Moscou, sur une planète showatique où les cadavres de la famine de la peste et de la guerre pourrissent au pied des temples dans un pullulement de vers et d'insectes médiatiques. Elles n'ont pas la moindre réalité, ces charognes reniflées par des chacals humanitaires en costumes trois pièces disputant leurs proies aux vautours en cravates griffées. Je rêve aux yeux verts de Pléione dans le miroir de mon grand-père qui s'affole et prend cinq décennies cinq siècles cinq millénaires dans son jeu d'ombres et de lumières. Il tourne en moi le miroir sans que j'y voie mon visage piégé sous une cagoule de terroriste, le jeu de glaces où tourbillonnent combien de nos vieilles chimères. Il tourne et tourne dans ma tête le miroir magique où je ne suis pas plus dans le regard de Pléione que ne l'était mon soi-disant grand-père dans celui d'Eva de Cuba. Qu'allais-tu faire sur cette île, pauvre idiot, pour les yeux verts d'une belle. Sourd à ce qui n'est pas le battement de ton cœur, tu étais descendu d'un bus, au lendemain de ton anniversaire, jour pour jour il y a six mois, le 16 décembre 2003. Déjà tu le savais qu'il s'en faudrait, comme la nuit succède au jour et le jour à la nuit, d'un demi cycle de la rotation terrestre autour du soleil, pour que ton *alter ego* Loyola fête son jour de naissance à lui, le 16 juin 2004, centenaire du fameux *Bloomsday* dans l'*Ulysses* de Joyce. De là que celui-ci convoque son pote Homère à Bruxelles pour un *Finnegan's Wake* où ton propre grand-père serait le géant ressuscité... Mais pouvais-tu imaginer les sortilèges qui sortiraient de cette nuit d'anniversaire, *noche de la San Lázaro*, après ton coup de téléphone vain à Pléione, cette nuit passée seul sous les étoiles au sommet de la montagne de Cobre, en compagnie de la statue dédiée au Cimarrón, dans le hamac du sculpteur Alberto Lescay ? Pouvais-tu vraiment le deviner quand, descendant le lendemain du bus faisant la liaison entre Santiago et Baracoa, dans une bourgade nommée Guantánamo, pour la raison que s'y trouvait un vieux lion dans sa cage de zoo plantée sous un figuier tropical, tu t'aventurerais vers une zone de barbelés marquée *Honor Bound to Defend Freedom* ? Au loin, derrière les végétations, tu verrais d'autres cages à fauves, et te retrouverais nez à nez devant une sentinelle du grand cirque, un brave petit gars du Texas ou du Tennessee, tatoué sur son uniforme par l'appartenance à la race des ***Joint Task Forces GTMO***. Tu ignorerais alors l'existence, dans le monde libre et démocratique, d'un statut d'*Unlawful Enemy Combatant*, réservé à n'importe qui soutient une activité terroriste au moyen d'armes, d'argent, ou par toute autre forme d'aide. La peur contre la peur se combattent et s'annulent peut-être, peut-être pas, peur de la sentinelle en armes elle-même vivant de la peur, payée par la peur, et peur d'avoir perdu l'amour d'une femme qui ne t'a pas répondu la veille au téléphone, sans cette peur-ci cette peur-là sans aucun doute aurait pris le dessus, mais c'est la terreur de n'avoir plus d'asile en ses yeux de tigresse qui te fait éprouver quelque envie pour le sort de ce triste lion dans sa cage de Guantánamo, de sorte qu'à tout prendre, barreaux pour barreaux, tu vois d'un autre œil les silhouettes barbues et lymphatiques agrippées là-bas à leurs cages dans ces tenues de clowns rouges et que tu leur pousses une gueulante... ***Guantanamera, guajira guantanamera***... à laquelle ils daignent moins répondre que le lion de tout à l'heure à la sortie du bus, avant que tu ne sortes le carnet de notes adressées la nuit même au symbole des esclaves en cavale et ne surmontes la peur devant les yeux d'une sentinelle vouée à son combat contre le terrorisme en proférant dans la langue de l'île un long rugissement d'amour ne pouvant laisser sans réagir les batteries de caméras aux ordres du moderne Agamemnon. Franchement, n'est-ce pas l'essence même du monde où nous avons à vivre qu'un type *disparaisse de la circulation* pour crime d'une chanson ? Tout ceci, je le répète, n'étant qu'un rêve qui ne pouvait être celui de Juan-Luis de Loyola, maître en systèmes de surveillance au sommet de la tour Panoptic à Bruxelles. Si les rapports viennent de s'inverser entre l'auteur de ces pages et l'un de ses personnages, il serait légitime que vous m'en demandiez la preuve. Or je suis toujours encagoulé dans une cellule aux fenêtres occultées. Mais les oiseaux de nuit qui peuplent ce roman cèdent volontiers leur mot à dire au mythique oiseau diurne dont les ailes unissent Athènes et Jérusalem. Lumière physique et lumière mentale ne doivent pas vivre en mauvaise intelligence. Tel est le songe du Phénix.

It's a fabulous, fabulous story...

Je me réveille et, sous les habits de mon cadavre, je cherche trace de moi sans trouver d'autre signe qu'une plume rouge tombée du sommet de mon crâne. Tout ce qui reste d'une chevelure héritée de mon père. Je cherche parmi les os de mon squelette et découvre, à la place du cœur, une parure de coquillages ornée de dents de jaguar. Il me faut une preuve, et je me dirige vers la fenêtre. Comment voir au-delà de la nuit, comment apercevoir un ciel derrière le ciel de cette nuit ? Les ténèbres là-bas s'accumulent aux ténèbres et toujours pas de lendemain. Je scrute l'aube à venir et tout au bout de l'Orient, dans la direction du soleil levant, j'entrevois le pays qui porte un nom éblouissant : Hiroshima. Est-ce là le ciel d'Hiroshima ? Oui, c'est peut-être ça. Hiroshima. Hiroshima demain, demain se confond à Hiroshima. Feu, fumée, poison, rayons. Depuis le sommet de la Tour. Fin du soleil levant. Et si nous n'en étions encore qu'au début de la nuit ? Quelque part vers l'Orient, une énorme explosion. Semblable à celle qui permit la création de notre univers. Avec ses montagnes, vallées, fleuves, mers, coquillages. Là-bas, l'Occident a mangé l'Orient. Ne survivront que les mouches, maîtresses du monde. Qu'en dis-tu, chétive compagne de mes transes ? Toi seule étais présente, je le sais, dès le début de cette histoire. Toi seule pouvais concevoir l'idée d'un monde lobotomisé comme un cerveau sans autre pont de l'Orient à l'Occident qu'un pipe-line de sang noir traversant la Georgie sous les auspices d'Agamemnon grâce aux finances d'Aristos Théokratidès et de Jésus Evangelista, toi seule il y a cinquante ans pouvais apercevoir déjà mon crâne ouvert sur un gouffre intérieur ainsi que les cerveaux soumis aux bombardements des privations sensorielles drogues hallucinogènes électrochocs afin d'y supprimer toute mémoire du passé pour fournir une page blanche où s'inscriront les nouvelles pensées du futur, mêmes bombardements massifs que ceux prévus sur la partie orientale du crâne planétaire.

Faire de cette histoire un roman... Loyola s'installe à nouveau derrière son bureau, face au portable où s'accumulent des *logoï* non prévus par la logique des logiciels. Dès l'âge de dix-sept ans, son vieux pote Anatole avait l'intuition de la guerre comme fin dernière de l'Occident. Voilà pourquoi toute la nuit j'ai misé des fortunes sur le rouble, imaginant quels cyclones retomberaient demain sur la tour Panoptic. De mémoire d'ordinateur, on n'a jamais enregistré pareille transgression des codes imposés à l'écran global. Pourtant, ce ne serait jamais qu'accomplir le cycle... Un dernier tour à la roulette (oui, dès avant ta naissance, une affaire de casino, là-bas, du côté de Baracoa). D'autres que toi, demain, pourront en ramasser les gains...

Comment imaginer un roman dont les histoires ne soient pas traversées par l'Histoire, dont les histoires ne soient pas une traversée de l'Histoire ? A l'inverse, l'Histoire existerait-elle si elle n'était traversée par les histoires ; si elle n'était la traversée même de toutes les histoires, dans un infini jeu de miroirs ?

Tout ce gribouillis à n'en plus finir de mon histoire aurait peut-être une chance d'éclairer l'Histoire majuscule des hommes, si je vous révélais que l'année même où je fus conçu devait se célébrer (l'aède seul pouvait le savoir) le demi millénaire de l'histoire du roman. Celui-ci prend racines en effet dans ce qu'il est convenu d'appeler la guerre de Cent Ans.

Est-ce donc un hasard si mon père et ma mère copulèrent en 1953, soit cinq siècles après que se termine l'action du *Jouvencel* - premier roman d'Europe qu'on pourrait appeler *moderne* - dont il nous est dit qu'une pluralité de rédacteurs ont rapporté la chronique *au moins mal qu'ils ont pu et le plus à la vérité que possible* ? Formule d'une ironique élégance pour déguiser le fait que tous les noms de lieux et de personnages y étaient fictifs...

L'invention du roman n'imposait-elle pas aux scripteurs *quérir noms étrangers qui les a faits troubles* ? N'ajoutent-ils pas qu'*on faisoit sur le livre ce qu'on pouvoit pour n'y entendre ryen* ? Car ainsi *estoient les choses meslées l'une parmy l'autre : mais toutefois c'estoient choses advenues* ?

Si le hasard y a joué son rôle (ce même hasard qui devait faire mourir Staline en 1953, pour que l'aède fût libéré du camp de Makronissos), il me faut supposer qu'un homme bien réel a gratifié ce hasard d'un aimable coup de pouce : mon grand-père Aristos Théokratidès. Etait-ce qu'il se méfiait de son complice Evangelista ? Je soupçonne l'armateur grec d'avoir exercé quelque intimidation sur sa fille Aurore, pour persuader l'homme de plume Anatole Atlas d'écrire à son avantage la chronique du pacte qu'ils noueraient à Baracoa la veille du 26 juillet 1953. Plus tard, bien plus tard, ne parlerait-on pas de nos temps comme d'une autre Guerre de Cent Ans ?

Rien ne va plus

Je coule toujours à pic dans les eaux du canal. Ces coups de lumière... trop de flammes au fond des yeux. Mon regard plus rapide que la mort voit poindre une lueur de l'autre côté de la Terre. Le rivage de la mer. Ce fantôme de plage est nu, seul un être y rôde. C'est Eva qui pleure, et ses larmes coulent sur le sable d'une île où déferlent les vagues au pied d'un figuier tropical. Tandis que je chancelle à l'infini, je lui tends mes deux bras, ces ailes d'une chute entamée voici la moitié d'un millénaire devant ce même Jaguëy des origines, dont les racines plongent sous l'océan jusqu'à mon île natale des Cyclades.

Et la boucle du temps repart en spirale, toutes les façades à balcons du vieux port croulant sous une profusion de lauriers-roses et de bougainvilliers, d'hibiscus et de jasmins, qui sur le fond vert des taramis et des eucalyptus explosaient au regard comme un scandale végétal. Au bout de la digue s'étageaient en terrasses les banlieues blanches de Naoussa. Plus loin, sous la colline et son monastère, se devinait la baie de Colymbythres. On disait que depuis le sommet de la colline, par temps clair, s'offrait à la vue l'ensemble des Cyclades, jusqu'à l'île d'où je venais d'être libéré. Mais je n'avais pas eu le coeur de vérifier, suivant, le long de la digue, l'alignement de ces palmiers aux troncs évasés, qui chez nous prennent le nom de Phenikias. Pouvais-je imaginer que cette haie serait brisée par un figuier du même type que celui qui se dressait au centre du camp, sur l'île de Makronissos ? Imaginer qu'Aurore, dans sa robe de sang, m'entraînerait cinquante ans plus tard au plus profond de l'abîme qui soit sur Terre ? Imaginer qu'elle me conduirait, par le charme de sa voix, vers un royaume n'ayant pas de chemins pour les vivants, sinon celui qu'empruntent les songes ?

(*Quelle force m'a-t-elle tiré d'une île au fond de la Méditerranée, pour me projeter sur une autre île de l'autre côté de l'océan ?*)

Cette ville possédait, comme nulle autre, son entrée secrète vers les enfers gardée par un arbre du paradis, si l'on imaginait ses racines courir sous l'océan depuis la plage d'une île au-delà du couchant. Fameuse attraction pour touristes - y compris ceux de l'autre monde - que cet arbre tropical ayant déchaussé le trottoir du quai pour permettre à son tronc de se ramifier en noeuds qui vous bondissaient au visage et s'unissaient aux lianes tombées des branches en un mouvement sans début ni fin. L'heure semblait enfin venue, pour l'homme qui était mort, de s'intéresser aux deux spectres fameux ne perdant pas un mot de son récit depuis l'autre quai, chacun agitant une bombe de peinture. Mais fallait-il vraiment qu'il dirigeât vers eux son regard ? Toute notion de suspense ne lui était-elle pas étrangère ?

(Quelle force de vie pouvait-elle me soulever comme une lame de fond, pour me propulser du Levant au-delà du Couchant, depuis le fond d'une mer jusqu'à l'autre rive d'un océan, sinon le regard d'une femme ? Sur la plage de Naoussa, j'étais à trois pas d'elle et je pus voir flotter son sourire un demi millénaire dans le passé comme un demi-siècle dans le futur. Le Jaguëy serait l'instrument de cet incroyable transport. Il savait déjà qu'il me faudrait cinquante ans pour franchir ces trois pas.)

Rengaine d'une idole des vitrines

Laisse-moi t'embrasser, car je suis mort. Ce sont bien les mots que l'aède a murmurés en silence. Trois pas nous séparaient. Quel désir il semblait avoir de capter encore un message de moi, dans la caverne obscure du café. Trois pas, de ses yeux aux branches de l'arbre où il croyait me voir. Mais j'étais toujours derrière ma vitrine. Au royaume des songes où vous m'entendez, cette situation vous paraît-elle difficile à saisir ? Toi qui marches avec moi dans les miroirs de cette cité morte où flambent les reflets d'une illusoire chevelure d'or, poursuivait-il, j'aimerais une fois encore te serrer contre moi. Ce qui était la seule chose impossible. Imaginez cette histoire, si l'auteur d'un roman devait s'en emparer. Débarqueraient devant l'agence de voyages deux inspecteurs de police, un petit chauve et un grand maigre à lunettes, pour me questionner. Il avait l'air d'un fantôme ? demanderaient-ils à la statuette en bois des îles. Non, je vous assure, un homme aussi vivant que vous et moi, serais-je obligée de répondre. Bien sûr, ils n'auraient pas vu mon image perchée dans les feuillages, et seraient peu disposés à prendre l'affaire au sérieux. C'est pourquoi je me suis permis de transgresser les lois. Dans ma posture d'immobile vigie qui observe le théâtre du monde avec un regard hors du monde, moi qui ai tout vu tout entendu, je pouvais bien inventer un dernier rituel magique pour conjurer l'ennui de cette séance à l'étalage d'une boutique où s'organise le culte à de faux dieux. Une vie sans frontières, d'errances et de dérives, à lutter dans la solitude pour enfreindre le sens unique, cela méritait quelque entorse aux décrets de l'autre monde. Alors j'ai traversé les glaces du labyrinthe. Je me suis approchée de lui, et lui ai pris la main. Nous nous sommes regardés comme un homme et une femme qui s'aimaient autrefois, mais qu'un mur invisible aurait séparés. Je rêve ? Ils sont là, devant ma boutique, les deux inspecteurs aveugles et voyants...

ECHOS DU ROYAUME DES OMBRES

— Voyez ce défilé de pantins.
— Je suis toujours surpris par leurs mouvements machinaux.
— Comme si la vie s'en était absentée.
— Alors même qu'ils sont inconscients de la mort.
— Beaucoup de choses pourtant nous échappent.
— Cette statue, regardez-la dans sa vitrine.
— On dirait qu'elle parle !
— Elle ne peut guère nous aider dans notre enquête.
— C'est vrai, méfions-nous de notre fantaisie.
— Adieu muses, dames surnaturelles, divinités mystérieuses...
— Gloire au distributeur automatique !
— Mais où sont leurs fumets divins ?
— Je vous assure que nous ferons bombance avant la fin de la nuit.
— Un monde privé de chant ne peut être qu'en deuil.
— Même en pareille nuit, nous pouvons encore illuminer la ville.
— Ebranler toutes les équations mortifères.
— Si la lune a plongé avec les Pléiades, l'aurore ne vient toujours pas à l'Orient.
— Confiance. Vous vous lécherez les doigts de ce qui va suivre.
— Je vous imite en usant de cette arme qui crache un drôle de sang ?

Le commencement d'une histoire est sans fin pour qui a quitté la vie. Comment ranger dans le bon ordre d'un présent aléatoire, les passés incertains, les futurs aux contours plus flous que ceux d'un arbre dont les membres géants laissaient pendre leurs grappes de sombres poils entortillés devant la fenêtre d'un café de l'aube ? Elle était grappe du ciel, prière et luxure, ses deux jambes menant à l'enfer et au paradis. L'homme observait toujours les branches à longues barbes du figuier maudit. Au point mort du passé comme du futur, sans histoire ni devenir, en ce point critique du temps où le présent n'existait plus, ces lianes lui lançaient pourtant les signes d'une intelligence vieille de cinquante et de cinq cents ans. Car Eva gisait là, faisant toujours corps avec l'arbre, couchée dans les multiples bras et mains aux innombrables doigts enchevêtrés d'un organisme génésiaque lui-même composé de plusieurs torses puissants ramassés sur une infinité de jambes et de pieds entrelacés depuis les origines. En elle un serpent roulait ses nœuds dans la terre, pour se confondre aux racines de l'arbre dont j'étais moi-même le tronc. Ainsi la

spirale revenait-elle à son point de départ, mais sur un plan supérieur, dans un cercle plus étroit, plus proche de la lumière initiale exprimée par les yeux d'Eva. Sur le quai d'en face, un mur blanc se trouvait à présent barré de l'inscription en lettres rouges et noires : ***26 de Julio 1953.***
Et les deux fantômes avaient à nouveau disparu.

« Entrez dans mon histoire, vous y serez au chaud, Messieurs-dames qui ne savez rien du grand cirque de l'au-delà... »

Qu'on ne parle plus de l'au-delà. J'éprouve une définitive répulsion pour toute forme de magie, de mystère ou de sacré, ces brouillards illusoires dont s'intoxique le ciel de la raison. Celle qui a célébré les noces de Panoptic et de Noé. Mariage historique de la chimie et de la physique, de l'Energie et de l'Informatique. Arrière féeries, miracles et autres sorcelleries ! S'il fallait encore écrire un livre, que lui soit assignée la fonction de pièce fragmentaire d'un puzzle dont il est superflu d'envisager le sens - ou l'absence de sens - global. Cette interrogation d'un autre âge n'a plus lieu d'être, à l'heure où la littérature vise à distraire les Assis dans leur fauteuil, sans risque pour eux de se retrouver soudain sur le dos d'un jaguar ou dans les branches d'un jaguëy. Surtout pas de vision planétaire ! Plutôt trois jours chez ta mère, même si tu ne l'as pas plus connue que ton père, et pour cause !

Dits de la chevelure des Pléiades

Profonde est la source, alimentée par des ondes chues d'une constellation lointaine, où je puise mes phrases gravées au rythme d'une voix millénaire. Celle-ci prend l'accent de l'Indienne Habanaguana pour unir le royaume des ombres aux Pléiades, comme pour tracer un pont d'Orient en Occident.
Suis-je une chimère ou un être de chair ?
Nul n'accède au monde par une autre porte que la mienne, qui offre aussi la voie de leurs extases aux hommes. Je suis la sorcière et la fée de leur voyage. Comme je les mets au monde, j'ai le pouvoir de leur faire parcourir le même chemin dans l'autre sens, vers un rivage encore inconnu du monde.
Je suis donc la prêtresse et la reine des royaumes invisibles. Ainsi je rends possible toute traversée, ainsi par moi chaque être est de passage. Comment s'étonner s'il n'est d'aède qui ne m'ait

chantée de mille manières, aucun aventurier qui ne m'ait explorée de fond en comble ? Et si toutes les mers sont en moi, si je suis en tous les océans, nulle autre étendue liquide ne m'illustre aussi bien que celle s'étendant de la mer Noire aux Isles fortunées. Car quelle femme ne se rêve-t-elle pas toison d'or de Colchide et pommes d'or au jardin des Hespérides ? Cueillies à pleines mains par mes amants de tous les siècles, des brassées d'hibiscus et de bougainvilliers, de grenades et de lauriers roses furent ma couche nuptiale depuis les Cyclades jusqu'aux rives des Pléiades.
Combien je leur ai laissé boire le miel de mon coquillage astral, enivrée d'un sommeil où l'âme de ma chair se répandait en mythes, où la chair de mon âme se métamorphosait en déesses multiples ! Bouche ouverte, yeux clos, mains en coquillages, l'une protégeant mes fruits l'autre ma toison, j'étale d'Est en Ouest les voluptés d'un corps menacé de mort.
Mon visage reflète pourtant toujours un double soleil rouge – d'aube et de crépuscule – victorieux de la chambre noire où gît le monde aujourd'hui. Recueillie dans l'approche de leur prophétie commune, ma caverne accueillit l'innocence de ces deux messagers. Tous les explorateurs du sens et des sens, du verbe et de la matière, de la chair et de la chimère eurent un gland solaire quand en mon temple intérieur ils se sont endiablés. De leurs sexes ils ont labouré ma peau, de leurs socs ils ont fendu l'écume de mon ventre en traversée du Levant au Couchant. Toutes mes cavités d'orante leurs nefs ont visitées dans le déchirement des profondeurs où je me suis moi-même abîmée de plaisir. Ma lumière lunaire tressaille encore, irradiée par ce double soleil, au souvenir des deux espèces d'hommes qui furent invités à s'agiter en moi. (Même s'il ne s'est aucunement agi d'une quelconque forme de triolisme, dans ces jeux d'entrailles mêlées. Entre eux, je n'ai jamais pu dire lequel était fils d'Apollon lequel de Dionysos.)
Au carrefour des vents leurs antipodes se confondent en mon regard où l'un toujours est le rival de l'autre qui le tue pour que naisse un nouveau jour. Amour, haine, jalousie. La scène divine sur laquelle je m'offre en sacrifice expiatoire est calquée sur le panthéon des passions humaines, telles qu'elles se donnent à voir dans les mythologies grecque et afro-cubaine. L'aède hellène et l'aventurier caraïbe ont croisé le glaive en mon corps pétri de mémoire vive, dépositaire d'un trésor de sang et d'or. Quelle fête amoureuse, dans une prodigalité de joie solaire et de mélancolie !

Mon astre igné crépite à la tombée des nuits quand la lune entame sa danse excitée par les brûlures du jour et que j'ouvre à ces hommes une grotte ombreuse. Ils caressent mes seins, malaxent mon ventre, écartent et pétrissent la pâte argileuse de mes fesses et de mes cuisses pour naître à eux-mêmes dans la prière de mon cri. Pulpeux mon fruit de chair marine supplie le dard qui la transperce de gicler en éclair de lumière au fond de son œuf gémellique.
Ô mon ange amant, de combien de jouissances as-tu sillonné ma surface liquide ! Combien par mes détours tu as pérégriné ! De combien d'ébats délicieux m'as-tu saillie, quels traits de foudre ont rassasié mes appétits obscurs !
Ô mon amant dragon ! Combien, aussi, tu m'as blessée, déchirée, défigurée ! Combien tu me pollues et m'humilies, me stigmatises, me crucifies aux pals d'une verge double où se cristallisent ta fausse puissance et ta gloire dérisoire !
Qui entend la douleur dont je fus assouvie ?
J'eus recours à la ruse pour que se perçoive au plus juste la prière dans mon cri, le cri dans ma prière. J'ai donc aussi proféré des paroles guerrières, des incitations meurtrières. Quelquefois, leur ai-je dit, ne faut-il pas exécuter l'ennemi, fût-il son frère ou son double ? En faire son bouc émissaire ? Après l'assassinat de l'autre qui était en lui sous les traits d'Abel de Loyola, l'aède Anatole Atlas resta en prostration toute une longue nuit. Comme, aujourd'hui, Juan-Luis de Loyola brûle d'horreur en découvrant ce dont il était capable. Mais la folie ne couve pas dans le seul sacrilège du sang versé. Elle apporte aussi des visions. Quelque puissance occulte emprunte la voix de sa voix. Une extase nouvelle jaillit de ses lèvres. Le Tout Autre en lui profère sa danse qui le fait rejoindre la présence du Grand Absent – son père. Ainsi retrouve-t-il en dedans l'éloquence d'une vérité secrète contenue dans la Santeria de Cuba comme dans les mystères de la Grèce archaïque. Celle qui fait défaut à l'Occident, en mal d'initiation depuis des temps immémoriaux. Si le prince Hamlet avait connu la cérémonie de l'Abakwa, toute l'histoire moderne eût pris un autre cours, c'est Habanaguana qui vous le dit ! Juan-Luis de Loyola s'en avise tandis qu'une vision le fige au milieu du pont. Devant lui, l'arbre aux fruits d'or des Hespérides et la toison d'or de Colchide se trouvent réunis. Un bouc à la gorge tranchée pend aux branches du figuier des origines. « De père en fils, l'image se délabre », murmure une vieille femme noire accroupie aux racines de l'arbre abracadrabrahamique.

It's a fabulous, fabulous story...

Juan-Luis de Loyola s'éveille après des siècles de torpeur. Un *jingle* vient de retentir à son poignet. Tant d'heures se sont écoulées qu'il peut être à nouveau minuit sans qu'on ait vu passer l'ombre d'un midi. Loyola ne sait toujours pas qui ou quoi l'a fait agir au cours de cette nuit. Tous ses centres nerveux se sont déconnectés de la raison du jour. Est-il dans un autre rêve ? Une chose est certaine. Un sursaut d'ironie lui fait porter des lunettes de soleil. Et sur l'écran de sa montre, les chiffres glissent à haute altitude. J'itinère entre les pôles, se dit-il... Depuis ma guérite haut perchée... Jusqu'aux liquides catacombes... De chute en ascension... D'errance immobile en voyage hors espace et temps... Pour mieux atteindre au cœur du monde... J'arpente le miroir... Voué à capturer... Pour le transmettre... Un message qui me dépasse... Et qui m'échappe... Loyola se souvient d'une flaque de sang qu'il suivait le long d'un dédale de ruelles. Au fond de la dernière impasse, il a vu déboucher une femme en robe d'un autre temps ressemblant à sa mère. Pour donner une idée de cette apparition, peut-être conviendrait l'image de Marilyn Monroe. Celle-ci tenait un cierge dans sa main. Elle se dirigeait sans le voir, d'une démarche légère, sa robe traînant dans le sang, vers un autel de fortune où brûlaient plusieurs bougies. Là se dressait un arbre à la branche duquel pendait un bouc dont le sang coulant de la gorge formait le ruisseau qu'il venait de suivre. Son père apparut alors, dans un costume bariolé, coiffé d'une capuche à plumes, brandissant l'une des cornes du bouc, lestée à son extrémité plane d'un miroir. Il avait les traits d'Ernesto « Che » Guevara. Selon ce qu'il expliquait à la femme venue allumer son cierge aux flammes de l'autel, certains rites africains survivaient à Cuba, qui dans le plus lointain passé avaient donné naissance aux mystères d'Asie mineure, puis à la tragédie grecque. Sa mère confirmait bien que le sens initial du mot ***tragôdos*** était « chant du bouc ». Le sacrifice du bouc au pied d'un arbre sacré (substitution de l'animal à la victime humaine) dans une cérémonie de purification collective, n'était-ce pas l'origine des orgies initiatiques en l'honneur du dieu Dionysos, le deux fois né ? Qu'ai-je fait d'autre que sacrifier le bouc ?, s'interroge Loyola qui se souvient des derniers mots du rêve. « La plus haute intensité du rapport entre mythe et réalité ». Selon son père... On le voit hausser les épaules, baisser la tête, comme saisi par une affliction qui ne concernerait plus sa propre vie. Se trouve-t-il à nouveau debout face à la fenêtre au sommet de la Tour ? Son rêve l'a mené vers des scènes issues de la pensée de son père, vers des images qui lévitent à jamais dans le ventre de sa mère. Tout s'est déployé bien au-delà de cette ville et de ce canal, bien au-delà de l'estuaire ouvert au grand lointain sur une île tropicale où se sont connus un homme et une femme il y a cinquante ans. Mais où est-il encore ? Sa conscience miroite errance... De l'une à l'autre rive... Il chancelle de vertige... Comme sur une échelle tournoyant dans le vide pour se poser à l'horizontale... Sous ses pieds le pont tangue... Nappé d'une coulée de sang... Quel homme fut-il mis à mort qui se voulait autre que nous, même s'il fut parmi nous, car il n'avait pas oublié la tradition des antiques mystères ? Loyola cherche un garde-fou. Vers l'inexploré je vais... Tournant autour d'un axe invisible... Qui se dérobe... Comme ce pont sous mes pieds... Et tu te perds toujours... Dans le rêve d'un autre... Sa main trouva l'appui d'une rambarde. Où était-il encore ? Ses lunettes noires lançaient des signaux. Ils renvoyaient des échos de lumière vers un gratte-ciel de verre. Au dernier étage, apparaîtrait peut-être une belle jeune femme à chevelure blonde qui répondrait à son appel. Mais il ne vit rien de tel. Sentant une présence à ses côtés, Loyola tourna légèrement la tête. Il y avait une femme assise qui mendiait, un bébé moribond dans les bras, dont le regard laiteux pulvérisa le miroir de ses lunettes noires à l'épreuve des balles pour l'atteindre en plein centre du système nerveux. D'où venaient cette femme et cet enfant ? S'ils en étaient réduits à un tel sort, tout ce qu'il pouvait rester de vivant en ce monde, c'étaient les rêves des morts. L'aède, encore lui ? La femme semblait ne pas le voir. D'elle montait un chant multiple, un chœur entier de voix, tandis que ses lèvres remuaient à peine, et que ses yeux rougis par la fatigue d'être le traversaient avec l'indifférence des animaux se côtoyant dans quelque savane africaine. Il ne put soutenir un tel regard et reporta son attention vers l'appareil à son poignet, qui venait d'émettre un nouveau signal. Accoudé contre le parapet, Loyola poussa les touches de sa montre numérique en forme de coquillage. Tout fut soudain lumineux, dans l'ordre binaire du monde. Il regarda les chiffres de ses fonds grimper sur plusieurs écrans. La monnaie russe crevait les plafonds de l'impossible, tel un plongeur que l'on aurait cru noyé perforant la surface et s'élançant vers des hauteurs inaccessibles. Il lui fallut un moment pour décoder une série de signatures cryptées. C'est comme ça qu'il s'était amusé à pirater le système de la firme, juste avant la fusion Panoptic et Noé. Cet exploit lui avait valu toute la confiance de Jésus Evangelista. A présent, il examinait le compte confidentiel de sa mère, avant d'opérer le dernier transfert en pianotant quelques notes sur le clavier. Loyola crut voir le visage cramoisi du philanthrope quand on lui apprendrait que son portefeuille avait été réduit à rien au fil de cette nuit ; que sa fortune personnelle, estimée en dizaines de milliards, venait d'entrer dans une conjoncture fâcheuse. Qui que ce soit pourrait-il y comprendre quelque chose ? La folie nocturne du rouble le délivrait de l'influence de son néocortex. Il se sentit soudain plus libre, en harmonie avec les registres de son cerveau inférieur. La matrice, pensa-t-il sans savoir au juste quelle matrice. Il songeait à cette fièvre - impossible à enrayer par les marchés financiers - de croissances et d'expansions, suivies de crises et de dépressions, dont se convulsait une pauvre planète. Les banques, les compagnies d'assurances, les prêts hypothécaires, les placements boursiers, les fonds de pension requins, avec toutes leurs gigantesques machines à cracher des informations, qui les faisaient tourner comme des sphères folles dans le cosmos de la spéculation, tout cela si faible et si vulnérable, plus fragile et précaire qu'un simple coquillage... Pendant quelques secondes, il crut bien en avoir fini avec la vision née du rêve d'un mort, cette femme accroupie à quelques pas de lui d'où montait une chorale africaine, et ce petit bout de vie accroché à sa matrice. Il crut en avoir fini avec le corps calleux de son cerveau, celui qui relie l'Orient et l'Occident. Là même où on l'avait détruit depuis le ventre de sa mère, il était touché. Comme si l'autre, l'aède, se dit-il sans parvenir à fixer l'idée qui venait de lui traverser le crâne. La flèche avait été décochée par les yeux de cette femme noire aux énormes seins tétés par ce bébé qui jusqu'au blanc des yeux suçait la voie lactée. Que dirait-elle, cette femme au visage indéfinissable, si elle savait... Loyola chercha de l'argent dans ses poches. Après avoir gagné toute la nuit des sommes capables de coloniser la constellation des Pléiades, il ne lui restait qu'une pièce de monnaie qu'il tendit à la femme avec un sourire forcé. C'est alors qu'il vit l'arbre. Pas de bouc, non, pas de bouc, mais un panneau officiel cloué contre le tronc :

« *A la memoria de Abel de Loyola, que fue asesinado en este lugar por las hordas de la tirania la noche del 26 de Julio 1953. Que el ejemplo de su gloriosa muerte sea el acicate que mueva el impulse a los Cubanos a defender la libertad de Cuba.* »

La femme tournait et retournait la pièce, murmurant des choses qui pouvaient avoir eu un sens mais qui n'en avaient plus depuis la fin des utopies, posant enfin la relique de métal sur le front de son enfant. Tres pesos ! Côté face, on voyait luire une étoile au béret d'un homme barbu et chevelu comme avait dû l'être Abel de Loyola voici cinquante ans.

« C'est moi qui vous présente en exclusivité le clou de notre ménagerie, moi Eva de Cuba, l'oiseau-serpent de Baracoa ! »

Je n'ai qu'à tendre la main pour toucher dans sa pesanteur chaude Eva, mère de celui qui se croyait le fils de Marilyn Monroe et de Che Guevara, mais qui devait se contenter du nom de Juan-Luis de Loyola, sur une plaque de cuivre au sommet de la tour Panoptic. L'*Esthetical & Ethical Expert* se débrouille-t-il dans les visions que je lui lance ? L'avant-garde situationniste est d'un faible secours face aux réalités de la misère. N'arpente pas qui veut les passages entre ciel et terre !
Passer de son vivant le pont vers l'autre rive : je ne l'avais connu qu'avec Eva. Peut-être était-ce encore par elle que, depuis l'autre monde, j'avais retrouvé l'ici-bas ? Me revenait le son des cloches d'une église, dans une île vers l'Orient, qui se mêlait aux tambours nocturnes, pour la San Lázaro, sur cette autre île au-delà du couchant. C'était comme si les archipels dont faisaient partie ces deux îles ne formaient en moi qu'un seul tourbillon de mémoire globale...

Loyola sent monter un nouvel accès de fièvre, de rage contre toutes ces phrases incontrôlables. Il voudrait se venger de l'aède. Oui, voir enfin mourir l'homme qui était mort ! Pas de numéro matricule noué à l'orteil de ce pantin jeté au rebut de la scène. Pas de tiroir coulissant sur un rail, dans le frigo d'une morgue, pour cet insignifiant cadavre sans nom et sans histoire. Ni heure d'arrivée, ni constat de décès officiel sur un registre pareil à celui qui existe encore à Santiago, dans l'ancien hôpital transformé en musée, non loin de la caserne Moncada, portant le nom de mon père à la page du 26 juillet 1953.

Ce constat calme un peu Loyola. Peut-être aurait-on vu, dans les yeux de l'aède, se refléter le dernier paysage aperçu par lui juste avant de crever... l'un de ces paysages inconnus, jamais vus par quiconque, et dont nul n'a la carte ? Une mer émeraude et je nageais en elle. Si la couleur pouvait exprimer l'amour, quelle autre que ses yeux verts ? Eux seuls apaisaient les nuages rouges de mon âme. Un vert doré piqué d'étoiles, dont pâlissait la Voie lactée. Je me penchais sur elle, sur la mer émeraude, et je l'entendais me dire d'embarquer avec elle sur le yacht de son père. Le navire de plaisance était ancré dans une crique à l'Est de l'île de Paros. Il suffisait de tendre la main pour caresser l'échine de Naxos. Plus loin se profilaient Ios et Hèraklia. Tout le temps que notre liaison dura, jusqu'à Santiago de Cuba puis à Baracoa, ce fut comme si la mer à jamais nous berçait dans le rouleau des vagues de ses yeux. Alors, après le coup de feu, je me suis mis en marche à nouveau par les rues d'une ville, et je continuais d'arpenter les chemins de jadis qui menaient à Eva. Tout en haut de cette tour, comme au sommet d'une falaise abrupte, je voyais l'archange noir qui tremblait au bord du précipice, penché vers un vide sidéral, au fond duquel je le contemplais en souriant, l'un et l'autre séparés par la masse noire d'un temple prêt à s'écrouler.

(*J'aurais pu lui dire, sur la plage de Naoussa comme à Baracoa : laissez-moi vous créer une avant-garde solitaire, dont le nom serait Sphère Convulsiviste, et l'objectif ultime une transe entre les mondes, un voyage hors de l'espace et hors du temps, qui vous identifie à une jeune Indienne blonde à peau noire au temps de la Conquête, aussi bien qu'à vous-même dans cinquante ou dans cinq cents ans.*)

It's a fabulous, fabulous story...

Juan-Luis de Loyola n'est pas loin de rendre les armes. Qui, du criminel ou de sa victime, a-t-il gagné le vrai duel ? Il ferme les yeux. Son roman, jamais il ne l'achèvera. Quand il croit moucher pour toujours l'aède, celui-ci reprend à nouveau son vol, pareil à celui de sa compagne dont les ailes ne s'approcheront jamais plus du soleil. Parlons-en, de l'astre du jour. Est-ce l'âme d'un mort séparée de son corps sans sépulture, allant vers sa terre première, à l'horizon oriental, qui a fait reculer sa course éternelle ? S'est-elle régénérée, cette âme, en absorbant l'aurore jusqu'à recouvrer l'usage de la parole avec celui de la gnôle ? Puisse-t-il accoster à l'île de lumière, celui qui continue d'écluser cul sec après le terme prescrit par toutes les médecines, quand ma propre bouteille est vide ! Loyola voudrait en finir. Il éprouve la sensation d'avoir à déchiffrer les hiéroglyphes d'un sarcophage liquide. Au mur, dans la pénombre, luisent quelques tableaux de grand prix dont la mort de l'art, décrétée voici cinquante ans, n'a fait qu'accroître la valeur. Les œuvres accrochées là ne sont qu'absence de formes et de couleurs, jeux gratuits d'une géométrie pure, inaccessible à tout regard humain qui n'eût disposé des mille ressources oculaires d'une mouche. Combien le repose l'idée de ces tableaux, n'exigeant le secours d'aucune lumière ! Leurs paysages vides figurent des explosions de chiffres, des taux d'intérêts, des indices, des pans entiers d'informations nécessaires à la bonne gestion de la tour Panoptic. Savourer la paix d'un tel royaume, n'est-ce pas jouir de la félicité promise aux âmes élues, quand elles n'ont plus à s'encombrer des images de la misère ? La voilà, sa victoire ! Car l'avenir du monde appartient aux maîtres de l'abstraction, manipulateurs de symboles, conseillers, experts, publicitaires, fabricants de signes émancipés du règne de la matière... A cet égard, elle est là, l'œuvre d'art absolue. Sans ouvrir les paupières, Loyola se concentre sur la toile suspendue devant lui. Vierge de la moindre trace, il s'agit d'un miroir sacré. L'écran immaculé sur lequel eut lieu – en présence de son père – la première projection publique du film de Guy Debord, *Hurlements en faveur de Sade*. Une sainte relique, l'icône des icônes, en même temps que le voile de l'iconostase. Une divine énergie transfigure cet espace au-delà de toute valeur. Ce qui, pour l'œil profane, ressemblerait à une vulgaire toile non peinte, voire à un fragment de mur blanc délimité par un cadre vide, exprime une évocation de l'éternité lui permettant de parcourir l'ultime étape du voyage. Car celui-ci, le voudrait-il, n'est pas arrivé à son terme. Sous ses pieds continue de tanguer le pont du canal. Ouvrirait-il ses yeux qu'une épreuve nouvelle surgirait devant lui, sous forme d'une autre vision d'épouvante. Momie baguenaudant... Du Levant au ponant... J'arpente le miroir de la mémoire... Comme s'il y avait un sens à cette histoire... Je ne cesse pas de commencer... Ni d'en finir... Mais où et quand prendront fin les sorcelleries de cette nuit ? Loyola se retrouve sur l'échelle horizontale à tenter de reprendre une contenance. La plus noble des choses, un pont sur le canal, se dit-il en rajustant un nœud de cravate imaginaire au col de sa guayabera, vers l'œil réel des caméras. Depuis son bureau du sommet jusqu'au pont de béton, son image et ses multiples voix devaient avoir été vidéotransmises dans le monde entier via satellite. Laissez-moi donc parler du haut de cet immeuble de verre et d'acier, tout en béton et vigiles armés, même si ce que je vous dirai ne relève que du mythe et de la légende ! La femme noire est toujours là, au pied de l'écriteau célébrant la mort de son père fixé contre le tronc de l'arbre, mais son enfant est blanc, blanc comme les mottes livides appliquées au couteau sur les toiles de son bureau, dont la valeur marchande augmente en raison même de leur caractère immaculé. Pour qui vous prenez-vous donc ?... Ô signes de la nuit dans le jour !... Îles d'un bout à l'autre de toi-même... Cet enfant blanc tient dans sa main la pièce de trois pesos. Il fixe Loyola non sans une lueur d'ironie. Comme l'art de la peinture, et celui du roman, votre argent n'a-t-il pas perdu son pouvoir narratif ?

Allons, Monsieur de Loyola, cessez de faire le pitre en prétendant nous raconter tous vos déboires. Ces trois pesos, si vous aviez le talent de leur donner la parole, auraient plus à nous dire que tous les tableaux accrochés à vos murs. Désormais peinture et fortune se parlent en vase clos, jeux de spéculations boursières évoluant à la vitesse de la lumière. Ne voyez-vous pas d'où provient cette éclipse ? Un court-circuit de vos constellations financières. Et que vaut encore cette Tour aux mains d'un Jésus Evangelista ? Pas vos milliers d'étages aux vues incomparables avec leurs ascenseurs dotés de miroirs murmurant l'incroyable montée en puissance du rouble dans un frisson d'extase, mais les chiffres clignotant sur ces écrans, tous ces chiffres fluctuant au gré des électrons... Loyola n'en revient pas. La voix de son vieux pote Anatole. Il sursaute. Quelque chose comme le bruit d'un plongeon. Pourquoi tout ce vacarme au bord d'une tasse de rhum ? La mort d'un poète ne devrait pas faire plus de bruit que la chute d'Icare dans ce tableau de Breughel au musée des Beaux-arts où, du temps de nos dérives, il vous arrivait avec Anatole de vous laisser enfermer la nuit, non sans envisager de bouter le feu à ces vestiges du Vieux Monde... Loyola va s'avouer vaincu. Mais une autre image le sauve. Au mur du fond, la photo de sa mère. Tu aurais dû t'en rendre compte plus tôt, comprendre que ce qui avait ressemblé à une élévation sociale était en réalité une chute. Il se tourne vers les yeux qui lui parlent encore. Mon petit, toute cette économie disloquée, livrée au circuit des gains rapides, que j'ai vue passer du domaine des industriels à celui des financiers, puis à celui des tricheurs de casinos, tu aurais pu te méfier... Comment lui mentir, à elle ? Oui, c'est vrai, je tombais moi-même comme Icare, croyant sans cesse m'élever, sans savoir ce qui me faisait le plus mal des fausses plumes arrachées ou de la chute elle-même, de la cire fondue qui me brûlait le corps ou du fait que l'ultime espoir fût de me voir enfin pourvu des ailes d'une mouche. Loyola pense : « mouche » et se voit bondir vers le soleil, par-delà mers et océans, dans les yeux de sa mère.

Mais qu'arrive-t-il, clown ? Serait-ce toi, la mouche au rhum, qui me fais chavirer devant le regard d'une femme à la crinière blonde sur cette photographie grandeur nature au mur de mon bureau ? Ses yeux... Surnaturels !... Ce n'est plus moi qui pense mais l'aède mort. S'il existait, au coeur de l'univers, un foyer d'énergie primitive d'où toutes les informations découlent, Eva, quand elle avait ce regard-là, détenait un éclat du feu des origines.

Rengaine d'une idole des vitrines

Viens donc mon amour, suis-moi. Tu goûteras la magie de l'autre monde. Avec moi, tu éteindras ta soif de vie. Quand on souffre comme toi, rien ne console mieux qu'un séjour dans mes bras. Je dirigeais vers lui mon plus beau sourire d'ange. A ses yeux je ne marchais pas, je volais dans les airs, même s'il ne pouvait voir qu'en mes entrailles brûlait le feu du dragon. Celui-ci frappe à la gorge et injecte un venin paralysant sa proie, pour ensuite la vider de son sang. Mais l'activité de la mort ne génère-t-elle pas une autre vie ? Que voulez-vous, l'on ne se refait pas, quand on est à la fois sorcière et première fée du monde…
Quelle issue, s'il n'est d'échappée souterraine et céleste au labyrinthe ? Je suis la mer qui sépare et relie, l'enfer et le paradis. Des deux extrêmes de mon corps j'ai fait surgir l'arbre aux fruits d'or des Pléiades et le bélier de la toison d'or. A lui le miel de mon coquillage astral et le poison des gouffres sans lumière. Sur une échelle tournoyante je suis déesse blonde et négresse tenant dans ses bras son enfant sans espoir de survie, qui n'est autre que mon propre fils Juan-Luis de Loyola…
Depuis les replis de ma chair une flèche est partie, qui perfore la spirale aplatie du dédale. Où est encore Icare, sinon dans le canal ? Ouvrir une perspective aussi large et profonde qu'un fleuve, c'était cela le rêve de l'aède. N'est-ce par la peau qu'on se pénètre d'une ville, comme d'un être aimé ? Mon corps lui était une ville où chaque ruelle avait un cri d'amour pour écho. Mais quand les façades en sont d'opaque miroir ? Votre reflet s'y répercute ainsi que dans ses lunettes noires, où ne se devine plus aucun regard. Je continuais de l'observer depuis l'une de ces vitrines, lui qui n'eut jamais de foyer, nomade exilé dont la vie s'est passée à chercher un endroit propice, qui l'aurait accueilli avec bienveillance. Une exigence déracinée que moi seule pouvais encore combler, même après sa mort.

(Un regard de femme... Cela vous a l'air bête, cette ondulation des paupières qui vous prend pour cible et cette double ligne des cils fendus jusqu'aux tempes qui vous englobe. Tout un univers s'empare du vôtre. Vous êtes une planète conquise par la puissance habitant le fond de ses yeux. Vous existez par elle dans une dimension galactique. J'aurais pu lui dire : « Aurore ! Ne bougez pas ! Restez comme vous êtes, nous ne risquons plus jamais rien, vous et moi pour toujours en cette Ithaque de vos yeux, nous aurons tout le temps que nous voudrons pour nous réveiller dans un roman, d'ici cinquante ou cinq cents ans... »)

Rien ne va plus

D'azur et d'or est la lumière où dort Aurore en sa prière, car je suis mort depuis hier, même si son corps de cavalière – songe de chair ou météore – est mon trésor, de toute manière à jamais hors de la matière. Vraiment, hors de la matière ? L'homme qui était mort but une large rasade. La voix d'Eva lui parvenait toujours depuis le réverbère. N'est-ce pas lui, mon fils, le revenant de cette histoire ? On ne peut revenir de plus loin que d'une traversée du désert de quarante jours en trop dans la matrice de sa mère... La nuit, l'immense nuit du monde était tombée depuis nul ne savait plus combien de millénaires. Seul ce réverbère, éclairant le quai désert, se souciait peut-être encore de l'arbre du paradis plongeant ses racines sur la plage d'une île au-delà du couchant. Seul ce fruit de lumière pouvait se rappeler de Colomb quand il resta figé devant le monstre végétal comme devant un miroir qui lui renvoyait l'image de son âme après ses premiers pas sur cette île inconnue. *Est-ce le vent qui se lève ou mes yeux qui te cherchent ? Le souffle de la nuit me drossait tout à l'heure de réverbère en réverbère, comme jadis il avait dirigé ma voile des Cyclades aux Caraïbes, n'ayant pour seuls phares que l'éclat des Pléiades...*

Maïak

AU SEUIL D'UNE CLAIRE CONSCIENCE DU JOUR

était sa vie dans l'extase tranquille d'un rêve qui s'échoue. L'œil du diable à l'écluse brûlait de tous ses feux. Oui, la terreur des hommes devant les femmes est bien leur forme de conscience la plus aiguë depuis Homère. Pensez à Pénélope ! Ou plutôt, résignez-vous à n'y penser pas trop. Poursuivez donc vos petits jeux et parlez d'autre chose, par exemple de Calypso, dont les bras sont ouverts sur toute île de bonne aventure, dans n'importe quel café de l'aube. Si vous n'y tenez pas, remontez à la déesse crétoise qui lèvera sur vous ses bras enroulés de serpents. N'oubliez pas non plus l'amazone blonde au sein retenu par un bandeau rouge... Toutes, elles ont surgi des rêves du Jaguëy. Ces idées vaguement remuaient en l'aède. Au centre d'un tourbillon trop rapide pour qu'il pût en saisir le sens, l'homme qui était mort demeurait la proie d'ombres qu'il avait aimées ou combattues toute sa vie, tandis qu'autour de lui s'agitaient à grands cris les mouettes par-dessus des eaux noires encombrées de plus de cadavres que n'en causèrent toutes les armées du monde civilisé depuis la guerre de Troie. Je ne peux penser à l'unité du monde, se disait-il en lui, sans imaginer ce qui relie tous les instants passés et à venir de tous les êtres du cosmos. Il n'y a pas d'instrument pour ce faire, et je ne suis guère que le médiocre outil d'une telle opération. Mais il me semble, à cet instant précis, que l'entière énergie dont je suis animé tend vers ce noyau de feu central auquel tout ce qui fut comme tout ce qui sera se trouve mystérieusement relié. Pas d'autre sens à l'existence qu'une telle exploration, la plus extraordinaire des aventures qui se puissent concevoir. Au-delà du modèle de l'arbre aux racines uniques, au-delà de la théorie des rhizomes n'exerçant leurs connivences que dans la dimension rampante, écoutez la leçon du Jaguëy !

Dissimulés à l'abri de quelque muraille, deux êtres venus d'ailleurs pouvaient-ils ignorer qu'une même sève magmatique animait les Pléiades et les entrailles de la Terre, où se fomentait cette monstrueuse déflagration de la nature, cet attentat non sanguinaire connu sous le nom de Jaguëy ? Quiconque, pénétrant jusqu'à son principe intime, n'accédait-il pas à la sève originelle, ne s'abandonnait-il pas à l'ivresse cosmique, ne participait-il pas à la battante pulsation de l'univers ?

— Vous trouvez logique, vous, d'à la fois mourir et ne pas mourir ?
— Hélas, les dieux ne m'ont pas donné la chance de connaître la logique formelle.
— Nous venons de l'autre monde et nos estomacs crient famine.
— Comme cet aède vide sa coupe en état d'ivresse posthume.
— Drôle de marmite que cet Ajiaco.
— Tous les fumets s'y côtoient.
— Pensez-vous que s'y mêle quelque chair humaine ?
— J'ai bien peur que ce soit la loi de leurs nouveaux temples.
— Mais il était question d'un bouc.
— De mon temps, les dieux n'acceptaient que de telles offrandes.
— Vous décrivez pourtant de plus vastes hécatombes.
— C'est vrai, nos héros ne dédaignaient pas d'égorger quelques bœufs.
— Vous arrivait-il d'offrir en sacrifice palefrois ou destriers ?
— Jamais nous n'aurions tranché la gorge à nos fidèles montures.
— Pas plus qu'à des chiens ?
— Voyons, c'est son compagnon à quatre pattes qui reconnaît Ulysse à Ithaque !
— Tandis qu'ici les chevaux servent de nourriture aux hommes.
— Je n'ai jamais rien entendu de tel.
— Pas seulement aux hommes.
— Que voulez-vous dire ?
— Il est ici souvent question de cirque.
— Je n'ai pas plus connu les cirques que les zoos.
— Excusez-moi, ce sont là pratiques barbares qui remontent aux Romains.
— Je ne vois pas en quoi je peux ici vous éclairer.
— C'est que notre conversation ne concerne pas que nous.
— J'aurais dû m'en douter.
— Nous sommes ici dans un roman.
— Je ne suis pas tout à fait idiot.
— Un genre littéraire ne rejetant pas tout à fait l'épopée.
— J'ai bien entendu parler de Troie tout au long de ces pages.
— Nous y avons une mission à remplir.
— Vous pensez bien que je m'en suis avisé.
— Nous acceptons d'y jouer, par ironie, l'intermède des bouffons.
— C'est une idée comme une autre, et elle me plaît.

— Mais l'auteur nous destine encore un autre rôle.
— Bien sûr, nous agissons comme des messagers.
— Vous et moi sommes porteurs d'une parole venue d'ailleurs.
— Maint crime ici commis doit être éclairé par nos soins.
— L'enquête en cours ne serait pas complète sans notre témoignage.
— Mais pourquoi donc parliez-vous de la viande chevaline ?
— C'est qu'elle nous mène au cœur de cet Ajiaco.
— Allons, vous réussirez à me couper l'appétit.
— C'est qu'il y a cinquante ans, au zoo de La Havane...
— J'ai deviné. On nourrissait les fauves avec des chevaux.
— Tout juste, mais pas seulement.
— On leur donnait aussi de braves toutous ?
— On mélangeait à la viande pour fauves des cadavres humains.
— Si ce n'était pas vous, je ne pourrais y croire.
— Tout à l'heure, vous rappelez-vous notre présence au stade ?
— J'ai encore dans l'oreille les cris de cette foule.
— Et ces cages dressées au milieu de la pelouse.
— Ma tête entre les dents d'un vieux lion puant.
— Ainsi vont les spectacles des hommes aujourd'hui.
— Les douze dieux de l'Olympe.
— C'était le nom du ***show***.
— Tant de siècles d'histoire pour en arriver là.
— Nous y sommes. La tragédie masquée. L'inaudible chant du bouc.
— Je vous suis. Le ***tragode*** est l'aède et nul n'entend son chant.
— Qui remonte aux origines mêmes de la civilisation.
— Nos dionysies, fondatrices du théâtre.
— Où le peuple entier se purgeait de ses passions.
— Dans la représentation symbolique d'un sacrifice aux dieux.
— Comment aurions-nous pu, sans cela, bâtir une Acropole ?
— Sacrifice théâtral ayant inspiré le mythe chrétien.
— D'où, peut-être, vos cathédrales ?
— Dont les lointaines fondations furent vos temples à Dionysos.
— En principe érigés pour que cesse le sang de couler.
— Tandis qu'en temps de guerre, combien d'abats humains...
— Pour lire les augures.
— Monceaux d'entrailles à vif, de corps hachés, de viscères éparpillés.
— Cadavres mutilés, carbonisés au lance-flammes.
— Membres tronçonnés, têtes accrochées par les cheveux.
— Crânes pendus aux arbres comme des lanternes.
— Où les passions luisent encore.
— Dans leurs orbites creuses.
— Estimons-nous heureux de ne pas être encore dans la cage aux lions.
— Mélangés à de la viande de cheval.

Dits de la chevelure des Pléiades

Le sang, l'odeur du sang humain mêlé à celui des animaux. Couper toute cette viande et jeter les morceaux dans une bassine pour les fauves du zoo. Combien de fois mes feuilles ont vu se pratiquer cette opération, que ce fût à La Havane ou à Santiago, à Baracoa ou à Guantánamo. Car il en allait de la défense d'une civilisation. Tout ce qui s'opposait alors aux nobles idées de la démocratie, telles qu'elles étaient défendues par le président Batista et par son fidèle colonel Miranda, se retrouvait dans la bassine qu'un aède eût pu baptiser *Guernica*. Mais les caractères typographiques employés ici ne sont-ils pas ceux réservés à cet aède, quand il vous lance en haut d'une page ***Rien ne va plus*** ? Je ne m'en formaliserais guère si cette entorse à nos règles ne risquait de vous induire en erreur, laissant croire par exemple que toutes les voix de cette histoire émanent d'Anatole Atlas. Or, lui-même doit admettre ne figurer ici qu'au titre de témoin, sa propre voix se limitant à recueillir l'écho d'un concert universel. Ainsi la chevelure des Pléiades, non moins que le royaume des ombres, agitent-ils en désordre bras et jambes qui se balancent en danse frénétique dans la grande salle du casino. C'est le moment où les instruments de l'orchestre n'ont pas commencé à vibrer ensemble. Il y a sous mes yeux tous les personnages aperçus déjà par l'aède en son jeu de glaces intérieur. Voici la table d'honneur, en face du podium, d'où se dégage le fumet d'une marmite incroyable : mille casinos en file indienne, de Santiago jusqu'à Baracoa, sur un arc imaginaire dont la flèche pointe vers Miami le vertige de profits inconcevables. S'étonnera-t-on beaucoup si de très vifs effluves de chair humaine se dégagent d'un tel ragoût ? Je ne parle pas seulement des relents de cadavres, même si plus d'un se trouvaient régulièrement pendus à mes branches, langues et yeux arrachés, une batte de base-ball dans le trou de balle. Mais surtout de la viande fraîche, en arrivage quotidien, l'industrie du sexe n'étant alors pas moins florissante que celle de la morgue. Et ce destin de bordel ne pouvait être mis en question par quelques barbus excités jouant aux héros dans la Sierra Maestra. Ce dont il est superflu de persuader quelques personnages de second ordre installés aux tables voisines, qui m'apparaissent à l'instant pour peu que je précise la focale. Tenez, ceux-ci par exemple. Ils feront parler d'eux dans l'histoire des hommes, non moins que les jeunes rebelles à la veille d'attaquer une caserne de Santiago pour l'occasion du carnaval. Examinons leurs traits. Mais oui, nous avons là quelques convives de choix pour le festin qui se prépare. A la table jouxtant celle où le président Batista s'apprête à signer les contrats préparés par Aristos Théokratidès et Jésus Evangelista, suivant les judicieux conseils de Sacha Bielinski, trois sbires feignent l'indifférence, qui seront réunis dix ans plus tard à Dallas, dans de plus sombres circonstances. *Bassine où la chair humaine se mêle aux chevaux de la peste et de la famine, de la guerre et de la mort.* Observons bien la bacchanale dans le miroir, ce moment de mortelle volupté qui fait glisser Eva de mes branches, les mains sur ses seins se tournant brusquement vers ces trois hommes comme pour les menacer de ses griffes, tandis qu'elle presse l'une contre l'autre ses longues cuisses nues en ondulant vers leur table d'une démarche féline. Un parfum de fauve sue de la déesse blonde aux yeux verts quand ses lèvres humides se tordent en lançant un miaulement qui leur arrache des éclats de rire, et voici l'acteur de cinéma Ronald Reagan accueillant dans ses bras la jeune consoeur quelques mois plus tôt dénoncée par ses soins pour propagande communiste, la présentant de bonne grâce au politicien Richard Nixon ainsi qu'au capitaine d'industrie pétrolière George H.W. Bush, dont il n'est un secret pour personne que la compagnie basée au Texas sert de couverture à l'Agence. Tous les musiciens nègres font rugir leurs cuivres et battre les tambours quand Abel de Loyola – roi des nuits havanaises, prince des manigances en tout genre – impeccable dans son smoking blanc taillé sur mesure, fait irruption depuis le podium et soulève Eva de terre pour la propulser en l'air le temps d'aspirer une bouffée de son cigare et de vider un verre de rhum, avant de recueillir l'oiseau battant des ailes dans une position des plus obscènes, lui le torse en arrière, elle s'enfourchant sur son genou avancé en proue de navire. Une ovation salue l'exploit dans la salle, mais aux tables d'honneur l'ambiance n'est plus à la joie. Ce mulâtre ne devrait pas croire que la blancheur de son habit lui donne tous les droits. Quant à cette femelle sans complexes jouant aux déesses de l'amour, il est certain que ses numéros volants ne cachent qu'une nature de serpent. N'a-t-elle d'ailleurs pas, elle-même, plus qu'un peu de sang noir ? Quel que soit le succès de cette starlette, l'article paru dans le *Confidential* a bien éclairé l'opinion libérale sur son goût pour le vice allant jusqu'au scandale. Toute sa chair lubrique n'est-elle pas une offense aux anges entre les mains de ce salopard, dont on se demande ce qu'il fait aux femmes pour qu'elles s'amourachent de lui, comme s'il avait un diamant au bout de la queue ? Telles étaient les idées confuses agitant la table voisine de celle où se tordait le visage d'Aristos Théokratidès, un cigare coincé à la jointure des doigts, de sorte que sa main lui faisait un masque d'araignée squelettique. Il ne pouvait échapper au père d'Eva que les choses risquaient de prendre pour elle une tournure dramatique. Son complice et rival Jésus Evangelista remuait des bajoues mélancoliques. Pour lui, l'affaire de cette nuit s'examinait plutôt sous un éclairage biblique.

Rien ne va plus

Le Jaguëy plonge racines dans un ciel d'avenir. Ses paroles sont obscures non parce qu'on ne les comprend pas, mais parce qu'on n'en finira jamais de les comprendre. La sorcellerie d'un silence qui parle hantait l'air brassé par les pales des ventilateurs dans la grande salle du casino, mémoire devenue image, image devenue voix de ces hommes aux rires de canards. Quand les gangsters s'emparent du monde comme d'un bas quartier de viande, c'est l'histoire des hommes qui se transforme en charogne. A deux pas des Abattoirs de Bruxelles, un demi siècle plus tard, l'homme qui était mort accueillait toujours en lui la scène au cours de laquelle ces prodigieux magiciens feraient de l'univers une combinaison d'atomes et de molécules, propageant une religion nouvelle d'où jailliraient, au coeur d'un faisceau de lumière, les divinités qu'il plairait à la Tour d'offrir aux foules, dans le bruit qu'elles affectionnent. Sous la voûte étoilée de son crâne, dans l'espace du *Come Back* ou de l'*Eva's Bar* qu'agrandit un miroir se confondant au mur derrière le comptoir, entre deux gorgées de rhum, l'aède voit encore danser le couple qui servira de bouc émissaire à la tour Panoptic. Eva passe devant une glace ornant le mur du casino, qui lui renvoie son image infiniment lointaine. Son visage est rouge, du rouge de ces cuivres dont son corps épouse les rythmes. Comme le regard peut faire preuve d'une acuité surnaturelle, elle voit s'évanouir toutes les silhouettes et ne subsister plus que le corps d'un homme vibrant de violence et de beauté. Que ne disait-on pas d'Abel de Loyola ? Certains prétendaient qu'il était l'un des fournisseurs pourvoyant en cadavres les fauves du zoo de La Havane. D'autres voyaient en lui l'un de ces rebelles dont les bombes déchiquetaient parfois la chair des nuits. Mais Aurore, Eva de Cuba, sait qu'en leurs corps mêlés se nouera le cri venant à bout de toutes les nuits. J'écoute battre mon pouls dans le tronc du Jaguëy. Quel est son rythme secret ? L'homme et la femme tournent ensemble parmi les ombres, ainsi que des enfants dans une caverne mystérieuse. Ils n'ont pas aperçu celui par qui cette histoire deviendra véridique, dissimulé derrière la porte-fenêtre. Leurs deux êtres fusionnent sous le regard de tous en un être nouveau ressuscité nul ne peut savoir de quel abîme, où germe déjà la graine d'un être à venir, condamné plus tard à se dédoubler lui-même pour éprouver un jour l'unicité de cet instant. Le couple a franchi la baie vitrée. Main dans la main, l'homme et la femme sont seuls sous des lianes où s'écrit à jamais le roman d'un futur *Esthetical & Ethical Expert* de la tour Panoptic. Peut-on sortir de son espace pour entrer dans un espace caché ? paraissent-ils se demander, comme s'ils venaient de franchir un autre seuil que celui du casino. Comme si, de cette confusion spatiale – et peut-être aussi temporelle – naissait une relation nouvelle, obscurément excitante, avec le monde. Au-delà de toutes les déchirures de l'espace et du temps, loin par-delà ces tragédies qu'ils auront à vivre bientôt, l'homme et la femme éprouvent à cet instant la mortelle volupté des héros d'épopée.

ECHOS DU ROYAUME DES OMBRES

Ce dont s'avisent deux âmes errantes issues du royaume des ombres, que l'aède voit poursuivre leur périple hésitant sur le quai du canal. Elles ont faim. Quelque scrupule empêche Homère et Joyce de franchir à leur tour un seuil fatidique, celui du café, pour y trouver réponse au cri de leurs estomacs vides. Ils ont beaucoup entendu parler de marmites et de ragoûts, dont l'importance est telle que s'en prévaut le titre même de ce roman.

Mais leurs appétits ne sauraient se laisser allécher par la perspective d'un festin cannibale. En rien ne les séduisent des bassines où la chair humaine se mêlerait à des viandes animales. Toute la littérature – c'est ce dont ils devisent – est manifeste gastronomique dirigé contre l'ordinaire des menus proposés depuis des millénaires par la chefferie des mangeurs d'hommes. Il ne leur est donc loisible que de se sustenter à l'enseigne des livres. Ceux-ci ne fournissent-ils pas le plus large éventail des choix ? Voici justement une librairie disponible. A la devanture de l'agence de voyages offrant le rêve des Cyclades et des Caraïbes, nos deux âmes errantes s'acharnent donc à faire fonctionner l'un de ces distributeurs automatiques de *best-sellers,* ouverts 24 heures sur 24, installés dans la capitale à l'initiative de la tour Panoptic. Cinq titres se trouvent proposés : les finalistes du Grand Prix.

— Voici la machine.
— C'est moi qui régale !
— Croyez-vous que nous ayons une chance de figurer à leur glorieux menu ?
— J'ai bien peur qu'aujourd'hui, votre Ulysse comme le mien n'aient pas le moindre espoir de trouver place au banquet de l'Olympe.
— La guerre de Troie n'est plus ce qu'elle était.
— Non, les Gagamemnon et autres Mélasses-nées ont bien dévolué.
— Mais que signifie cette date que vous m'avez fait écrire sur un mur ?
— Une aventure du moderne Ulysse, dans une île au-delà des colonnes d'Hercule.
— Est-ce pour cette raison que vous avez fait naître votre Pénélope à Gibraltar ?
— Là s'ouvre ma Molly Bloom... Mais dites-moi, vos mystérieux peuples de la mer, ils étaient bien coiffés de plumes ?
— Comme d'authentiques Indiens caraïbes. Maintes traces en attestent encore sur nos temples.
— L'Occident serait né de leur fluide éjaculé dans la matrice des Cyclades ?
— Ulysse, au-delà des mers, s'en retourne aux sources...
— Bien sûr. Une même semence, venue de l'Ouest et passant par l'Irlande, féconde aussi bien le rivage près duquel surgira le Livre, que le delta du Nil avec son phare et sa bibliothèque, sans oublier Colchide et Toison d'Or.
— But ultime des Argonautes.
— Qui s'en allèrent des Pléiades vers les Cyclades, et des Hespérides en Colchide.
— Par le détroit des Dardanelles et Troie.
— Oui, trompe de Fallope menant au sanctuaire.
— O ! mer d'ovaires que je disais vineuse.
— O ! vers d'Homère pour la Fallope Hélène...
— Il me fallait chanter la raison d'une guerre.
— A propos. Vos Troyens se faisaient bien appeler celtiques ?

— Oui, ***Keltikoï.*** C'est ainsi qu'on nommait les habitants d'Ilion. Voilà pourquoi vous-même, barde irlandais, ne pouviez faire moins que revisiter mon épopée.
— Comme le fera demain quelque poète sorcier caraïbe, qui écrira la nouvelle *Odyssée*.
— A coup sûr. Et le futur Ulysse découvrira visage nègre.
— Il portera les plumes de l'Oiseau de Cham.
— L'aède erre à jamais dans les ruines de Troie.
— Troie partout vaincue, dont l'esprit veille à la fenêtre d'un café bruxellois.

« Approchez, venez vous divertir, notre grand spectacle est déjà commencé ! »

Toutes ces divagations me conviennent. Elles canalisent l'énergie de mon insomnie. Ce ne sont pas des êtres de chair et d'os qui rôdent ici, plutôt des hallucinations infréquentables. Des voix étrangères qui vous harcèlent tant elles remuent en elles de visions révélant l'essence même du réel. Et si nous étions vraiment au cœur de la guerre de Troie ? Si les Agamemnon et Ménélas de la guerre en Irak, facilement reconnaissables sous les traits de George W. Bush et Tony Blair, avec leurs cohortes militaires obéissant à des théories de mensonges, appliquaient une stratégie de la catastrophe dictée la veille du 26 juillet 1953 dans le casino de Baracoa ? Si l'ultrabarbarie des équipées guerrières correspondait à l'infrabarbarie des violences aveugles dans les rues de n'importe quelle cité civilisée ? L'aède se frotte les yeux. Le calme apparent, dans les environs du canal, est-il bien réel ?
Car la boule s'est remise à tournebouler, docile cochonnet d'un jeu de boules galactique, ainsi que les boules de feu qui jaillissent des canalisations de gaz autour du canal, où les belles chignoles grillent à petits feux sur leurs broches invisibles dans la braise des feux passés au rouge, tandis que la boule en feu de ma poitrine s'élève doucement vers la cime de l'Olympe et son nuage de fumée bleue d'où est parti le coup de feu tiré par cet archange noir, me permettant d'apercevoir à nouveau la lente rotation de la Terre dans un même incendie qui enflamme l'horizon commun de l'Est et de l'Ouest, à partir du sommet de la tour envahie de mouettes.

(Ai-je rêvé les mouettes qu'on voyait dans les yeux d'Eva ? Ai-je vécu ce rêve inimaginable ? Ai-je entendu prononcer ces mots par Abel de Loyola, dans le micro du casino, la nuit qui précéda le 26 juillet 1953 ? « Dans cinquante ans, il n'y aura plus rien qui ressemble à une âme sur cette planète. » Celui qui serait bientôt le séducteur d'Eva - sans doute l'était-il déjà - deviendrait l'un des acteurs de

l'assaut contre la caserne Moncada. Il travaillait en même temps pour le compte de Batista. Je l'appris la nuit-même, alors que les blessés refluaient vers l'hôpital. C'est là que je les ai surpris, sous une image de Santa Barbara... Quand les yeux d'un homme voient une femme comme j'ai vu Eva, cette nuit-là, dans un hôpital de Santiago de Cuba... Typographes, effacez ce que je viens d'écrire ! Editeurs perplexes, improbables lecteurs, faites comme si cet aveu de jalousie n'existait pas plus que celui d'Homère à l'égard de Pénélope ou celui de Joyce pour sa Molly Bloom...)

Les royaumes de l'aède enveloppaient la réalité comme une voûte céleste. C'était bien le moins que notre héros se fît nommer Atlas pour endosser une telle charge, même s'il devait à chaque instant franchir la frontière séparant le monde terrestre de l'irréel. C'était cela son utopie, celle qui transfigurait toutes les réalités : l'univers visible métamorphosé par un rêve divin. L'heure était peut-être venue d'avouer la vraie raison de son voyage. Comme un enfant se glisse la nuit, par une fenêtre, hors de la maison familiale et s'avance dans l'inconnu pour découvrir une forêt pleine de bons et mauvais sortilèges, ainsi l'homme qui était mort avait-il jadis rompu les amarres sur cette constellation lointaine et s'était-il aventuré seul par les chemins du cosmos. « Ah, Bruxelles !, avait-il crié dans son corps athlétique, il faudra bien que je vous revoie un jour, chère capitale d'Europe... » Il y avait précisément soufflé durant des jours l'un de ces vents de tempête qui alertent les fous de son genre. Un ouragan pareil à ceux des Caraïbes avait déchaîné des torrents de pluie qui s'étaient précipités dans les avenues transformées en rivières, faisant déborder tous les bassins d'orage et enfler les eaux du canal. Et l'on avait donné à l'ouragan le nom d'Eva. Nul écran de télévision, dans les tavernes de son île natale, n'avait omis de montrer ces fleuves de boue qui renversaient les arbres, ébranlaient les façades, s'engouffraient dans les immeubles, dévastaient les places et les rues comme pour appeler à l'aide un voyageur cheminant à travers l'éternité. N'était-ce pas dans l'œil du cyclone qu'on était le mieux protégé ? L'aède venait donc de tomber dans une ville à peine sortie du désastre, glissant plus qu'il ne marchait à travers ses venelles semées de débris et de détritus, tout en s'imaginant le rescapé de quelque naufrage aéronautique.

Rengaine d'une idole des vitrines

Combien de villes mises à feu ! Combien de pays inondés ! Combien de continents aspirés par le ventre des terres, soufflés par les miasmes dont se chargent les airs, grâce à des décisions prises au Berlaymont !
Où la réalité, où l'affabulation ?
Un monde sans incendies ni déluges ni séismes ni cyclones devait bien exister quelque part et pouvait être celui-ci, sauf qu'il ne l'était pas. Mais alors où le découvrir ?
Un pied de l'aède ce jour-là s'était enfoncé dans la boue, l'autre foulait des braises rougeoyant encore sous la cendre. Toute la grisaille accumulée non pas dans le ciel gris d'un jour de pluie, mais dans un gris de tous les jours, n'ayant rien à voir avec le temps qu'il fait, lui emplissait de poussière tous les orifices tandis qu'hurlait en sa tête un vent dément. Diverses péripéties, depuis plus d'un siècle, ayant concentré dans l'atmosphère une majeure part des substances accumulées sous terre au cours des milliers de millénaires, le voile qui en avait résulté ne rendait pas rares les ouragans de particules chimiques se résolvant en pluies de feu liquide. Aucun lien n'était établi par les experts avec les éclats de la guerre, les râles de la famine et de la peste, les hurlements des morts. Qui d'autre que les morts, d'ailleurs, s'apercevait-il du fait qu'avaient sombré chez les vivants le feu sacré de la pensée comme leur énergie fluide, souffle vital d'inspiration comme force tellurique du désir ?
L'aède éprouva le besoin de mourir à Bruxelles, pour faire surgir en le miroir de son canal un livre qui n'avait jamais été écrit. Lui qui refusa toujours la forme canonique du Livre *était à la fois grec et juif, car sans position sociale et privé de statut. Dans l'obscurité d'une vie errante l'éternel pèlerin, l'ambulant, le vagabond devait révéler à la capitale d'Europe l'envers de son masque et de son décor…*

« Attention Messieurs-dames, il y a de l'ambiance, il y a du frisson, il y a de la toute grande sensation qui vous attendent, car voici bientôt le clou de notre spectacle, son numéro le plus périlleux... »

Ainsi qu'autour du feu des premiers âges, quelles étincelles de pensée nouvelle surgiraient-elles de toutes ces ombres gesticulantes, puisque était revenu le chaos du règne primitif ? Quelle sagesse naîtrait-elle d'une telle folie ?
Ces questions encombraient les pensées d'un homme contemplant Bruxelles depuis le plus haut immeuble de la ville. Peut-être même agitait-il en lui confusément toutes les sensations remuées par l'homme qui était mort. Car celui qui tue se retrouve souvent à la place de sa victime. Son cerveau n'était qu'une confusion d'odeurs et de sons, le roulis des cailloux de marbre sur le rivage de Paros et la senteur des fleurs de Pâques dans un figuier tropical à Baracoa, mais aussi le bruit de pas imaginaires, ceux d'un homme qu'on traque il y a cinquante ans dans les rues de Santiago de Cuba, le tout mêlé comme les morceaux d'un puzzle où demeurait une pièce en trop - qui avait le visage d'une mouche.

(Peu importait ici par quel véhicule ailé j'étais arrivé à Bruxelles. L'hypothèse d'une mouche étant la plus probable, mes autres divagations célestes étaient-elles pour autant privées de tout fondement ? Créée en 1953 par le légendaire Aristos Théokratidès, puis passée dans le giron de l'Etat grec, l'Olympic Airlines - qui ne satisfaisait plus aux normes budgétaires européennes - se trouvait sur le point d'être rachetée par le consortium Panoptic, appartenant au non moins mythique Jésus Evangelista. Les deux magnats n'avaient-ils pas monté ensemble, voici cinquante ans, le projet **Magna Graecia***, de telle manière qu'Eva de Cuba nichât au coeur de leur saga financière ainsi que dans les branches du Jaguëy ?)*

Tout ça, se dit l'homme qui était mort, pour avoir eu le malheur d'inventer, dans un roman d'il y a cinquante ans, qu'Ulysse était arrivé sur ces îles !... Tout ça parce qu'Aurore avait entendu parler de cet *Adieu Satan*, au temps où ton identité se cachait encore sous celle d'un certain Jérémie Lazarévitch. « Quand la déesse Athéna se regarde au fond du miroir, elle voit les ruines de Troie ; dans le reflet de Rome se révèle Carthage ; l'empire occidental moderne découvre sous son masque un crâne caraïbe. » Ainsi commencerait *Evangile du Jaguëy*, qui ne te vaudrait que des déboires. Car il s'était ensuite agi de l'écrire, ce livre dont Aurore avait esquissé l'ébauche idéale, sous forme d'une couverture noire portant ton nom véritable, alors que les pages en étaient aussi vierges qu'une plage du nouveau monde aux yeux de Cristobal Colon.

L'homme était arrivé au bout du halètement de cette nuit, au bout de son propre souffle au long cours lui ayant permis tant de vagabondages que les résumait assez le contenu des deux lettres posées devant lui sur la table du café. La première se présentait comme une invitation officielle, signée par un certain Juan-Luis de Loyola, à la cérémonie de remise annuelle du prix Panoptic. L'autre émanait du Commissaire européen Louis Michel, une étrange missive le priant de bien vouloir accourir « en vue de redresser une situation particulièrement précaire ». Si ce n'était pas un double canular, bien dans le goût de son petit-fils Anatole, comment les instances littéraires dans la capitale d'Europe, ainsi que les autorités du Berlaymont, pouvaient-elles se souvenir d'un aède grec ayant choisi de se confier au silence d'une île des Cyclades ? En quoi diable ses humbles talents pouvaient-ils être ici d'une quelconque utilité ? L'hypothèse du guet-apens demeurant la plus probable, il s'était d'autant moins dérobé à ces deux tentations du destin, que les avait en outre agrémentées l'envoi d'un ticket d'entrée pour la finale du grand jeu *Les douze dieux de l'Olympe*.

L'homme qui était mort posa sur la ville un regard nu. Ce quartier de Bruxelles était immensément vêtu de noir. Ses pièges et dérobades avaient entraîné l'homme dans une telle cabriole qu'il n'eût plus été là pour t'en parler, à toi dont les yeux m'écoutent, sans la magie d'un arbre sidéral. N'étaient-ce pas quelques-uns de ses bras secourables qui avaient oeuvré pour l'extraire de la gueule de l'enfer, où les coups de feu tirés depuis le sommet d'une tour l'avaient envoyé valser ? Mais comment la police et les journalistes pourraient-ils croire que cet homme, au royaume des ombres, avait pu se voir octroyer un sauf-conduit miraculeux l'autorisant à regagner l'univers des choses visibles ? En cas d'interrogatoire, il se promit d'assurer policiers comme journalistes de la création prochaine d'une Commission de sauvegarde des lieux mythiques au coeur de la capitale d'Europe.

Ses pensées d'après la vie se projetaient comme les branches du Jaguëy sur le ciel de la nuit. N'importe quel oiseau de l'autre rive pouvait venir s'y poser, n'importe quel serpent de la genèse y prendre ses aises ainsi que toi, mon Eva. Ne t'impatiente pas comme autrefois, j'en viens à ce que réclament tes yeux. Car un fabuleux bestiaire de mythes enchanteurs vivait toujours parmi ses myriades en fleurs...

Rengaine d'une idole des vitrines

Les choses étant ce qu'elles ne sont pas, je ne sais plus, en disant je, à qui je prends la parole. J'ai beau passer ma vie à ne rien dire dans la lumière d'une boutique, ça parle en moi, ça discourt, ça bruit d'un bavardage qui occupe toute la place publique. Mais je dispose d'autres langages. Ainsi des deux invitations lancées à ce vieil homme, dont le fond commun ne pouvait être que mythique…

L'énorme cheval de Troie de la ruse marchande avait jadis vaincu la cité d'Ilion tout autant que Carthage. Homère, Virgile et Dante ne faisaient-ils pas de Troie l'héroïne de sa défaite, aux dépens des prétendus vainqueurs ? Scipion, paraît-il, eut pitié du mal qu'il avait pu faire, contemplant les absurdes ruines de Carthage. Qui de nos jours – excepté l'aède – pleurait-il celles de Moscou ? N'était-il pas celui qui récusait pour lui-même toute idée de victoire ?

Dans un monde où le dieu de l'argent peut acheter tout le monde, sauf l'aède lesté de son baluchon sphéroïdal, sans doute être poète, c'était le contraire d'une situation. Raison pour laquelle il ne pouvait jamais avoir été situationniste. Ceux-là n'appelaient-ils pas à la mort d'Orphée ? Leur coup avait réussi. Sans le chant de l'aède, les hommes étaient réduits au silence essentiel, n'écoutant plus que le vacarme des choses. Celles-ci papotaient sur tous les écrans comme dans les vitrines ainsi qu'à la une des magazines, douées d'un pouvoir féerique et même prophétique.

Une attente messianique se dissimulait derrière la moindre activité marchande, qui faisait résonner ses promesses de rédemption dans chaque message publicitaire.

Un univers plus que jamais carcéral, où toutes les morales s'organisent autour d'une loi d'airain selon laquelle seul paie le crime ; où tout est permis à la race élue, aux autres rien ; où faire payer les pauvres est le seul principe économique, dont la traduction politique se résume dans la formule : « Paix aux châteaux, guerre aux chaumières » : tel est le résultat du cri de guerre idéologique Mort à Orphée !

« Comme je vous l'ai dit, ne prêtez pas d'attention inutile aux détails traversant l'esprit de nos artistes, parmi les plus drôles de l'au-delà... Peu importe où ils croient être et ce qu'ils pensent... Notre seul but : vous divertir... »

Juan-Luis de Loyola s'appuyait contre la vitre du dernier étage. Il crut voir se lever l'aube dans un rougeoiement de sang à l'horizon, reflet des ultimes lueurs sur le dos du canal, ce serpent rectiligne qui scintillait au loin. Qu'est-ce que tout ça voulait dire ? N'était-ce pas la planète entière qui, par bonds convulsifs, était devenue ***situationniste*** ? « Rien ne peut dispenser la vie d'être absolument passionnante. Nous savons comment faire. » Mon père avait été l'un des concepteurs de cette idéologie, qui prônait avant tout la mort de l'art. « Visiblement le principal domaine que nous allons remplacer et accomplir est la poésie, qui s'est brûlée elle-même à l'avant-garde de notre temps, qui a complètement disparu. » Pour enchanter le monde, il fallait d'abord supprimer ses enchanteurs. N'ont-ils pas la prétention que leur chant vive après la mort ? Cette force magique, la nier ! Toute puissance créatrice exclusivement d'ici-bas. « On sait que plus un lieu est réservé à la liberté du jeu, plus grande est sa force d'attraction. Le prestige immense de Monaco, de Las Vegas en est la preuve... » C'est ainsi que mon père imagina la création, dans les Caraïbes, d'une ville expérimentale dévolue au jeu et à la dérive continue. Ce serait Baracoa, première escale de Cristobal Colon à Cuba. Ne faut-il pas une promesse d'abîme pour que nos fêtes prennent un sens ?

(*Avec le recul d'un demi-siècle, ne s'est pas dissipé mon enchantement de découvrir un livre dont j'aurais été l'auteur, portant pour titre celui que m'avait inspiré ce figuier sauvage dans le camp de Makronissos. Je m'en remis donc aux caprices du hasard, préférant y voir un mot de passe, le don d'un talisman qu'il me fallait envisager comme le plus périlleux des viatiques. Je ne savais encore quel univers secret j'aurais à découvrir, auquel m'offrirait passage le regard d'Aurore qui deviendrait celui d'Eva.*)

Chacun ne devrait-il savoir voyager de la vie à la mort, de la mort à la vie ? C'est un art encore plus savant que celui de passer du jour à la nuit, de la nuit au jour. Un travail de fakir. Chacune des lianes de cet arbre était une corde qui se dressait et s'entortillait comme l'oiseau-serpent des origines, charmé par le chant de plus d'un revenant. A commencer par celui de ces deux immigrés clandestins venus vers lui de l'autre monde, chez qui perpétuel avait été le mouvement cyclique de l'ici-bas vers l'au-delà tout au long de leurs œuvres odysséennes.

L'homme qui était mort ne pouvait s'empêcher d'être envahi par une étrange idée, lui suggérant que l'ensemble des forces de la nature avait concouru à cette situation défiant toutes les lois naturelles. Rien ne venant rompre le silence, il s'arrêta sur cette pensée, l'œil aux aguets, l'oreille tendue. Du côté de l'agence de voyages, deux silhouettes indécises avaient fracturé le distributeur automatique et bouté le feu à une pile de livres.

— Destinations lointaines... Plages exotiques... La Tentation d'une île...
— Maigre pitance... Et quelle odeur !
— La grillade effacerait un peu ces parfums avariés.
— Et puis, lit-on jamais mieux qu'à la lueur des flammes ?
— Vrai. Rien de tel qu'un bon bûcher pour faire croustiller les phrases périmées.
— Cynisme ?
— Non, toujours la vieille histoire du buisson ardent.
— Dans le désert un feu jaillit !
— Feu de l'esprit venu d'on ne sait où.
— De l'autre côté des mers ?
— Ardente flamme, lumière d'étoile tombée du ciel !

Ce dialogue insolite résonnait en l'homme qui était mort comme s'il avait été transmis par les branches de l'arbre. Ces phrases murmurées lui donnaient l'impression que l'âme du jaguëy, pour s'exprimer, se servait de paroles humaines.

— Tout ça nous laisse un peu sur notre faim.
— C'est leur nouvelle cuisine, il faut s'y faire.
— Que diriez-vous d'un morceau plus consistant ?
— Je vous offrirais bien le DVD qui sera tiré du film réalisé à partir de la couenne de lard carbonisé que nous dégustons en ce moment.
— Grand merci. Quant à moi, je vous suggère plutôt de savourer le fond de la marmite où mijote le pot-pourri qui s'écrit sous nos yeux. C'est le nom d'un plat traditionnel chez les Indiens caraïbes. Tenez, goûtez-moi cette pièce de choix.
— Hmmm... ça fleure bon les recettes ancestrales.
— Méfiez-vous, le morceau est coriace.
— Délicate attention. S'agit-il d'un marbre véritable ?
— Du marbre le meilleur. Comme vous savez, celui de Paros.
— Pourriez-vous me dire quel visage illustre ce délectable buste ?
— Je vous laisse la surprise...
— Les siècles n'ont guère amélioré ma vue... mais ça doit s'arroser !
— Bonne idée, rinçons-nous la dalle. Que diriez-vous d'une gorgée du canal, brune et moussue comme les bières de mon pays ? Oh ! The brown and the yellow ale

« L'essentiel est que vous passiez une inoubliable soirée autour de notre piste et en ma compagnie, puisque votre vie est une chose si dure qu'elle vous fait chaque instant mal à l'âme et que si nous sommes ensemble, c'est pour oublier toutes ces vilaines douleurs... Un peu de silence donc, avant le grand frisson ! »

L'homme qui était mort aimait toujours écouter les eaux d'une mer imaginaire battre contre les quais du canal. Plus de perspective apprise, et mesurable, pour le projet littéraire de Juan-Luis de Loyola. Conteur ambulant, se dit-il, je le suis à temps plein jusqu'au-delà de la vie. Oui mais, qui parle encore ? Tous les personnages de son histoire devaient-ils obéir aux rites séculaires du roman, que reprennent aujourd'hui les séries des chaînes Panoptic ? C'est malgré lui que s'imposaient plutôt leurs présences fauves et bariolées, juxtaposant sous ses yeux des espaces et des temps discontinus, sa mère Aurore autant qu'Eva juchée dans un Jaguëy d'il y a cinquante ans sous le nom de l'Indienne Habanaguana, son père Abel de Loyola se conjuguant à lui tandis qu'il se dirigeait vers l'arbre en costume traditionnel pour les cérémonies de l'Abakwa. Mon sommeil est un mort dont la résurrection est proche, murmure en l'aède Juan-Luis de Loyola. Mais ce mort qui n'en finit pas de résurrectionner, quand diable trouvera-t-il un sommeil définitif ? Si les morts étaient tous comme lui, si les nuits étaient toutes pareilles à celle-ci, nous ne saurions plus distinguer les vivants des morts ni le sommeil de l'état de veille... N'est-ce pas, dans un certain sens, l'effet que produit déjà la tour Panoptic ?... Oui, dans un certain sens... L'aède se tourna vers la vitre noire. Où sont les fleurs et les étoiles ? Encore une fois, rien qu'une seule, je voudrais voir les fleurs et les étoiles du monde ! La même vitre noire au sommet de la Tour. Allons, rien n'était perdu... Car ce fut une nuit fantastique, dans le scintillement des myriades en fleurs. Ce Juan-Luis de Loyola n'a-t-il pas vu jaillir devant son esprit, venues des profondeurs les plus obscures de son âme, les pensées les plus inattendues ? Ne lui sembla-t-il pas... comment dire ?... qu'il n'était plus sur la terre, mais au pays des songes, un pays étrange, lugubre, mystérieux, où les choses les plus bizarres, les plus invraisemblables, pouvaient lui paraître normales et familières ? L'aède revint à lui. Dans les replis de ses lèvres, au bout de sa langue, il savourait les sels de son île natale. C'est ainsi que s'exorcisaient pour lui les démons de l'exil. Il respirait l'air du large et laissait un vent marin déposer sur sa bouche les embruns dont l'air nocturne était saturé jusqu'en haut de la Tour.

BZZZZZZZZZZZZZZZZZZZZZZZZZZZZZZZZZZZZZZZZZZZZZZZZZZZZZZZZZ

Accablé, Juan-Luis de Loyola contemple son écran le regard vide. Une mouche y parade, qui semble lui dicter les mots de son roman. Pouvions-nous édifier une Tour pour vénérer le créateur des mondes caché dans une mouche ? Toi le héros qui gis sous les eaux du canal, nous embaumerons de rhum la plaie qui tarit ton âme ; nous te ferons boire au sein d'une lune parée de fleurs de Pâques et de plumes accordées par quelque mouche... Celle-ci semble avoir expulsé Loyola du cadre de l'écran comme de ceux de son roman. Dans ma dégringolade du dedans, tentant de vérifier une hypothèse biographique des plus hasardeuses, quelquefois j'ai essayé de dire la vérité. Comme il m'en a coûté ! C'est difficile de ne pas mentir. Mais je n'ai rien trouvé qui attestât mon identité.
Hormis le sang
la voix
de cet aède
escaladant la Tour

Pourquoi ne pas aider l'aède à exécuter ses pirouettes hors du système routinier où les oeuvres sont produites comme des ordinateurs Panoptic ? Par sa seule existence, n'a-t-il pas révélé la monotonie du paysage connu ? Ce type emporte, en s'en allant, quelque chose de vous avec lui... Difficile de dire ce que c'est... Quelque chose de précieux en vous, comme des ailes invisibles... Puis ce trésor intime vous est arraché quand il disparaît... Et vous demeurez infirme d'une part divine de vous-même. Tu comprends ça, la mouche ?

Non, je n'ai rien trouvé qui attestât mon identité
Hormis le sang
la voix
de cet aède
escaladant la Tour
Quoi qu'il arrive, se dit-il, nos destins sont liés à celle qui transfigure en lumière toute obscurité...

Tout était noir ou blanc dans le vaste bureau de Loyola, comme les ombres blanches et noires de son propre destin. A l'exception d'un fauteuil de style imprécis, tout s'y organisait en damiers convergeant vers les deux affiches éclairées de spots sur le mur du fond. Qu'ont donc fait ces voyous de ma cage ? Avec un sourire crispé, Loyola détourna son regard de la fenêtre qui occupait l'espace entier face aux panneaux publicitaires. Il retrouvait un peu de ses esprits après cette nuit sans sommeil. Au pied de la tour, devant le perron de marbre rose, avait bien disparu la Jaguar bleu crépuscule aux vitres blindées. *Pas de Panique avec Panoptic*, lançait en lettres géantes l'une des réclames les plus universellement criées sur les façades et les écrans depuis cinquante ans. Combien d'éternités que mes paroles ne m'appartiennent plus... D'un geste rapide, Loyola se lisse la courte barbe aux reflets gris. C'était une trouvaille de ton père, aux temps héroïques, ce slogan. Ton père buté par cet Atlas en 1953, à Santiago de Cuba. Le fils du Loyola de la légende plonge les yeux dans ceux de la femme sur l'affiche au mur : elle ne rendait ni le blond de la crinière, ni le vert intense et semé d'or du regard, mais vous fichait au coeur l'espoir fou de rencontrer dans l'au-delà cette Eva de Cuba.

(Dans les yeux d'une femme où l'on erre en aveugle, il arrive de se cogner aux morts dont les vivants n'ont pas voulu. A l'un ou l'autre disparu qui revient sur ses pas. Ce tour de magie peut nous entraîner loin, s'il s'agit d'un défunt revenant sur le lieu du crime dont il fut la victime. Aurait-il oublié de nous dire quelque chose ?)

Ainsi qu'un rêve de l'aube, ces deux ambassadeurs du royaume des ombres, errant tel un brouillard dans les ténèbres de la ville, firent surgir en l'homme qui était mort un souvenir halluciné. Sans souci du ridicule, il s'agenouilla devant la vitre et remercia les puissances créatrices de lui avoir fait don de ce dragon végétal. Il était à l'instant l'amiral de la Mer océane posant son genou à terre après les premiers pas sur une île inconnue, mais il était aussi l'arbre aux ramifications astrales accueillant Colomb sur ce rivage de sable noir, observant le découvreur des nouveaux paradis contempler un paysage vierge de toute civilisation. A l'entrée de la baie, sur l'horizon gris, trois voiles blanches aux signes rouges guettaient cet homme envoyé par les terres chargées d'histoire, qui retrouvait ici l'arbre des origines. Sitôt son genou relevé du sable mouillé, non sans prendre garde à épousseter les pans de son justaucorps en imaginant le regard plein d'envie que poseraient sur lui tous les orgueilleux de la Cour, Colomb bomba sa frêle poitrine et se dirigea vers le tronc millénaire. Eva se trouvait dans les feuillages et ses longues mèches cascadaient jusqu'à sa poitrine, dont la peau luisait du brun le plus noir. Autour de ses épaules jouait un serpent qui conversait en langue musicale avec un oiseau minuscule. Celui-ci changeait à chaque instant de couleur et dirigeait une étincelle vivante vers la flamme écarlate qui fleurissait dans sa crinière d'or. Eva tenait une conque marine d'un rose incandescent. Colomb voulut s'approcher de la scène aux merveilles, mais il trébucha sur une pierre. Aussitôt le cri des perroquets et des singes hurleurs. Colomb, de tout son long couché, se retourna pour découvrir, enfoui dans le sable, un buste de marbre. Un buste en marbre veiné de Paros à l'effigie d'Homère.

— C'est la surprise du chef que ce marbre antique au fond de la marmite !
— L'esprit souffle où et quand il veut.
— Hâtons-nous pour que cet Atlas ne manque pas notre petit numéro.
— Grâce aux antennes de l'arbre, il devrait nous entendre.
— Ne craignez-vous pas qu'il sommeille encore ?
— Accélérons donc son réveil et allons parader en face de sa grotte.
— Heureux le vieil Atlas qui, d'un seul geste, embrasse toute la voûte céleste !

*« **Il reste encore une petite place, Messieurs-dames, pour ce numéro unique !** »*

Je suis le fils de Marilyn et du *Che*, se rassura-t-il. Oui, c'était l'une de ses folies. Qui n'est en crise d'identité ?... Le passage des Grandes Eaux. Depuis le grand voyage d'une rive à l'autre de l'Atlantique, je parle comme un pantin mû par je ne sais quel ventriloque dissimulé dans l'ombre de ma vie. C'est lui qu'il fallait faire taire. Par quel hasard est-il venu s'offrir à moi cette nuit comme cible idéale, et comment se fait-il que sa voix m'ait poursuivi tout au long de la nuit ?
Telle une proie lancée sur leur terrain de chasse par les dieux de mes ancêtres indigènes, afin qu'ils se réapproprient leur propre âme égarée, cet Atlas exigeait de moi la flèche fatale et je lui en rends grâce. Qu'il fasse bon usage d'une telle grâce dans le gouffre où il est tombé. Ce sera moi, désormais, son ventriloque. Même si tous mes prestiges flambent en offrande rituelle, autour de son cadavre, dans le marécage du canal.
Amen.

Les bras en croix, dos à la vitre encore gorgée de nuit, Juan-Luis de Loyola murmure dans un baiser vers l'image en noir et blanc de sa mère, sur l'une des deux affiches : « Nous devons mériter le respect des morts ».
Ses yeux se ferment sur une certitude. C'est lui qui écrira l'histoire de l'aède. C'est lui qui sera le ventriloque d'Atlas. Ayant fait quelques pas vers son bureau d'acajou verni, Loyola presse un bouton, le clavier monte à la surface, un autre écran plat s'éclaire. Quelques opérations des doigts : aux lueurs d'un feu de bois, sur une plage encore plongée dans la pénombre, une jeune femme blonde en robe rouge danse avec un homme noir au pied d'un figuier tropical. Quelqu'un d'autre que Loyola parle en lui, dans le bourdonnement d'une mouche à rhum.

(Cette voûte étoilée qui se découvrait dans les yeux d'une femme, contenait aussi bien les Mille et une nuits que la légende du Graal. Celle qui se présenterait à moi comme la première fée du monde y avait tracé un jeu de pistes que peu d'explorateurs s'aventurèrent à suivre, même si parmi ceux-ci figurait bien l'amiral de la Mer océane.)

Sans doute l'homme qui était mort n'était-il pas capable de réaliser pleinement ce qui venait de lui arriver avant de retrouver le grand jour où les choses se réduisent à ce qu'elles sont, quand rêve et mémoire, ces illusionnistes aux tours éventés, plient enfin leurs bagages. Quelle armée de fantasmes prenait-elle alors la relève, aux ordres de la tour Panoptic ? L'aventure commençait à prendre un tour comique. Tous ces invraisemblables sortilèges, Eva dans le Jaguëy, l'île au temps de Colomb, ce buste d'Homère... Il prit son verre et partit d'un grand éclat de rire auquel répondirent, de l'autre côté de la vitre, les deux spectres imitant en choeur le concert des perroquets et des singes hurleurs. Nageait-il toujours en plein songe ? L'homme qui était mort venait de donner libre cours à son hilarité lorsque, juste derrière lui, comme si quelqu'un avait observé toute la scène par-dessus son épaule, retentit une voix grondante : « Eveille-toi ! Pourquoi donc, jusqu'à l'aube, ronfles-tu de sommeil ? Allons, car la nuit s'achève, l'aurore approche et les astres déclinent... »

L'homme se leva d'un bond et scruta la pénombre du café, mais n'y aperçut pas la moindre créature vivante. Il n'avait pourtant pas rêvé les mots qu'on venait de prononcer à ses oreilles !

Le tronc du Jaguëy sembla frémir derrière la vitre. Frémir et rassembler toutes ses forces éparpillées jusqu'aux confins de l'univers, peut-être au-delà ? Ses racines parurent s'enfoncer plus profondément dans le sol, comme pour être prêtes à lutter contre un ouragan. Il se mit à souffler dans ses feuillages une rafale qui fit trembler la fenêtre du café, soulevant une vague énorme à la surface du canal.

Rengaine d'une idole des vitrines

Toute une nuit l'aède a vécu sa propre veillée funèbre, sans que l'aurore n'entrât par la fenêtre. Moi-même, pouvais-je quitter la scène hors d'un convoi funéraire ? Caryatide au temple du voyage, il ne me fallait pas négliger de rendre un ultime hommage à l'antiquité de cet homme, sous forme d'un buste en marbre découvert par deux inspecteurs venus de l'autre monde au fond de cet Ajiaco.
Je vous prie d'applaudir bien fort la sagacité dont ils firent preuve pour mener à bien une enquête au terme de laquelle sera vengée l'injure faite au visage du cosmos.
Oui, l'univers entier organise mon jeu. « Réveillez le dieu ou la déesse qui est en vous *», clame sous mon image le fronton de chaque boutique, et ce sera bientôt chose faite pour qui jusqu'au bout veut entendre ce cri d'alerte lancé à la face d'un monde en dérive...*
Mon numéro de cabaret s'achèvera dans un feu d'artifice. L'espace devenu rouge et flamboyant du canal élucidera les dernières zones d'ombres subsistant en l'esprit du lecteur. Il s'agira de voir quel rapport souterrain unissait la tragédie grecque aux plus vieux rituels africains demeurés vivants dans la Santeria de Cuba...
Mais je ne voudrais pas être tenue pour seule responsable des sorcelleries pouvant survenir avant la fin de cette nuit. Car elle s'est dissipée devant ma vitrine, la bacchanale des polichinelles et mannequins aux figures de cire. Où s'en sont-ils allés ? Il dépendait du rêve de l'aède que leur foule traversât encore le pont pour converger vers l'escalier de la tour Panoptic.
Qui donc mettra le feu aux poudres, sinon celui qui n'a jamais fait que passer ? Je lui envoie d'ambigus clins d'œil venus du nirvana. Quel court-circuit intellectuel illuminera la ville d'une intensité nouvelle, au risque de la consumer ? Un dernier effort. Je concentre en moi toutes les énergies permises à un fétiche. A moi le sabbat d'Eva !

Sabbat d'Eva

« Dans le monde inconnu des Pléiades je suis derrière le miroir où je reconnais la voix de deux hommes. Le fleuve coule en longue robe rouge, mon sang crie, l'eau déborde les rives, un nageur englouti boit le bouillon, réémerge, continue à nager sans rien voir (peut-être me voit-il ?) dans l'obscurité de midi. Je suis de l'autre côté du miroir, derrière ma photographie, dans le bureau du tireur au dernier étage de la plus haute tour. Un coup de feu a déchiré l'obscurité du miroir et ces deux voix pour moi n'en font qu'une. L'immaculée nuit de sang rit à grands sabres de ses lunes, dans le regard de ce miroir où s'humilie le fleuve des morts. Ô le meurtre admirable coulant depuis la source de mes yeux évanouis sous une chevelure pécheresse dans cette ville de carnaval ! Oui je sais la frontière est difficile à franchir, mais un pont va bientôt s'écrouler, l'abîme deviendra infranchissable, aussi me faut-il arracher le voile qui nous sépare, car je me suis laissée séduire par un chant disant ce que nul ne sait. Ce chant parle pour tous, donc aussi pour celle qui en fut l'origine. J'étais leur muse, et à une muse on obéit, n'est-ce pas ? Ce n'est pas l'aède qui crée la parole, c'est la parole venue d'ailleurs qui le fait aède. Ange et démon, depuis l'autre côté de la nuit, j'écoute vos belles phrases et toutes ces prières à faire pleurer les morts. Même si je ne vous entends pas bien, excusez-moi. Peut-être parce que je vous vois mal, dans ce gouffre de ténèbres. Non, ce n'est pas vraiment une piste aux lumières, le grand cirque de l'au-delà ! D'ailleurs, j'aime bien cette obscurité du fond de la mer. Vous souvenez-vous, l'un et l'autre, quand nous y descendions sur les rivages de deux îles dont j'ai oublié les noms ? Vos paroles m'échappent encore après la faute, après la pénitence, dans l'inguérissable trou sanglant, tranchée la glace noire qui m'accable toujours d'un doigt coupable.
Avant le jour, faites qu'un cimetière accueille la blessure de l'aurore dans le

chant du bouc ! »

It's a fabulous, fabulous story...

La stupeur ne quitte pas les yeux de Loyola. *Réveillez le dieu, ou la déesse, qui est en vous...* Sur son ordinateur scintille toujours la réclame accompagnant les images d'une jeune femme blonde en robe rouge dansant avec un homme noir sur une plage au pied d'un figuier tropical. La photographie de sa mère lui a parlé depuis le mur de son bureau, tandis qu'il suivait à la trace les hallucinations de son double dans un café près du canal. Après tant de blessures, le cri émane de si profond qu'il paraît plongé dans l'hypnose, orant pétrifié par l'angoisse, yeux grands ouverts levés vers ceux de sa mère. Qu'a-t-elle bien voulu dire, à propos d'un fleuve des morts dans cette ville de carnaval ? Ses derniers mots lui parviennent encore, où il était question d'un chant du bouc dans quelque cimetière... Quel sens à cette fantasmagorie ? Juan-Luis de Loyola se raidit sur son fauteuil. Au-delà de la folie, où l'on meurt avant de naître, d'où l'on revient accablé par les millénaires, il attend de renaître après la mort de l'homme qui a tué son père. Accroupi, les bras posés sur ses genoux qu'il sent décharnés comme ceux d'une momie, l'ancêtre en lui murmure une prière qui fait bouger ses lèvres, pourtant immobiles, ainsi qu'on le voit sur certaines statues des Cyclades ou des Caraïbes.

Rien ne va plus

Tu te réveilles. Un coq chante. Flamme rouge perchée sur le parapet du pont qui enjambe le canal. Un astre brille dans le cadre de la fenêtre. Serait-ce l'étoile du matin ? Du bord supérieur de la vitre se dénouent des algues, non, ce sont des cheveux défaits, sa chevelure d'or qui se déploie comme une constellation dans le ciel de l'aube. Une tête de femme, suspendue à l'envers, te regarde en souriant de ses yeux verts. Une folie joyeuse y danse, venue de l'autre côté de la nuit. Bien sûr, tu as capté son message dans la bacchanale du miroir. Mais au moment de balbutier quelque chose, il est trop tard. Quel chant du bouc voudrait-elle entendre ? Elle a disparu, sirène aux seins dénudés, répandant autour d'elle ses parfums montés des profondeurs marines. Le temps de te lever d'un bond pour franchir le seuil et te retrouver sur le quai désert, tu entends son rire qui se perd dans la

brume sur l'autre rive du pont. Tournant les yeux, tu n'aperçois que l'enseigne d'une agence de voyages.
Bienvenue au soleil des Cyclades et des Caraïbes !
C'est alors que tu remarques la scène. Deux bateleurs de foire costumés en Indiens de carnaval et montés sur des échasses (le grand dégingandé aux fines lunettes rondes et le chauve de taille moyenne à la barbe antique) font face à l'ouragan. Ils portent chacun, contre le ventre et sur le dos, deux écriteaux criards où se lit la fameuse réclame : « Pas de panique avec Panoptic ». Une danse frénétique agite le royaume des ombres. Hurlant, poussant des clameurs vives, riant, les deux silhouettes emplumées progressent par bonds sur leurs échasses, usant des pancartes comme de voiles et vociférant à tue-tête : ***« Entrez, Messieurs-dames, entrez je vous en prie, nous ne manquons pas de place, entrez donc au grand cirque de l'au-delà... Vous ne serez pas déçus par Eva de Cuba ! »***

(Laissez-moi vous le dire, Messieurs-dames qui me faites confiance ! Au grand cirque de l'au-delà, vous ne devez abandonner nulle espérance... Il n'y a qu'à suivre les acrobaties de nos artistes et vous gagnerez avec eux le septième ciel, oui, l'entrée du paradis ! C'est une promesse d'Eva de Cuba...)

L'aède n'eut d'asile qu'en les yeux d'une femme. Leur double tourbillon remontait en spirale à la source première. Au fond du gouffre il avait capté cette eau vive bouillonnant dans le lit du canal de Bruxelles.

(Tu devras franchir mille abîmes, longer des distances infinies de sentiers en bordure des gouffres, puis t'aventurer dans les précipices où ne règne pas d'autre loi que celle des charognards, avant de me découvrir dans l'île au-delà des Grandes Eaux...)

Puis cette vision disparut. L'homme qui était mort avait bien aperçu, à quelques centaines de pas, un chapiteau de cirque ou de théâtre ambulant, sur la vaste esplanade en contrebas de la Tour dominant cette ville. Peut-être les deux gusses étaient-ils des hommes-sandwichs au service de quelque promotion culturelle ? L'homme dirigea son regard vers l'arbre. Jamais il n'avait vu créature aussi dépaysée. Aussi dépaysée que lui-même, songea-t-il en portant un autre verre de rhum à ses lèvres.

Chant du Bouc

Juan-Luis de Loyola demeure assis, coudes sur les genoux, tête entre les mains, le regard au sol. Il ignore toujours qui ou quoi l'a fait agir au cours de cette nuit. Comme si quelque puissance étrangère lui avait commandé d'obéir à ses ordres venus d'un autre monde. La photographie de sa mère n'a pas cessé de le fixer. Il se lève et plonge ses yeux dans les siens, d'un air féroce.

— J'ai perdu tout l'argent.

Il entend retentir son rire, d'un élan spontané.

— Je perds tant de choses...

Puis, après un moment de réflexion :

— Quel argent ?

Loyola s'attend à tout, sauf à pareille indifférence. Il prend la mouche :

— Mais le tien, celui des Théokratidès et des Evangelista. Quelque chose comme cinquante milliards...

— Pfouh ! de la fumée... Comment tu t'y es pris ?

Loyola ne soutient plus ce regard au mur. Il retourne aux écrans, dont les graphiques sont impitoyables pour son aventure nocturne. Tous ses centres nerveux ont dû se déconnecter de la raison du jour.

— D'abord j'ai volé l'argent, puis je l'ai perdu.

Elle ajoute en riant toujours :

— Où ?

— Sur le marché.

— Celui des Abattoirs ?

— Si tu veux.

Je parlerai donc. Je dirai. Tout.

Gisant debout dans cette pierre tombale, je m'adresse à celle qui devra m'entendre pendant l'éternité. Du haut de cette tour de verre qui domine Bruxelles, j'aperçois combien il faut franchir d'épreuves avant de découvrir ce que depuis longtemps il aurait fallu voir. Car ce n'est jamais moi qui ai parlé ici, mais un masque grotesque. Je m'adresse donc aussi à l'autre, celui qui parle après sa mort. En ce moment où je suis vivant – toujours vivant – nous sommes deux en une seule personne. Ensemble, nous mettrons le cap sur l'inconnu. Pour la première fois de cette nuit, Loyola ne doute pas qu'il ne s'agit plus d'un rêve quand il sort de l'ascenseur pour traverser le hall où il feint de ne pas même apercevoir un catafalque tendu de banderoles et entouré de cierges, avant de se diriger vers la sortie en sifflant l'air d'une habanera de sa mère. Que puis-je appeler réel, si ce n'est ce que j'écris en ce moment ? Ma propre personne voyage dans un ailleurs indéterminé, puisqu'elle va franchir pour de bon ce canal où se produiront quelques événements surnaturels, et que je suis en même temps sur l'autre rive, attablé près de la vitre d'un café. Le carnaval d'il y a cinquante ans ne devrait-il pas se rejouer ? C'était l'ultime volonté d'Eva de Cuba, s'il avait bien compris son message. Elle exigeait une fête grandiose pour ses funérailles, et ne serait pas déçue. Mais ne convenait-il pas, pour Loyola, d'exécuter d'abord sa propre toilette mortuaire ? C'est ainsi que, dans sa hâte à quitter le dernier étage fatidique, il venait de se tromper au moment de pousser le bouton de l'ascenseur. Face au miroir, il avait actionné par mégarde une touche qui, au lieu de faire chuter la cabine vers le hall d'entrée, l'avait propulsée dans les airs vers des espaces où le dragon crachait toujours un feu d'enfer par la gueule de ses sept têtes, harcelant un archange vaincu dont les ailes ruisselaient de la boue du canal. Un œil lumineux rouge clignotait au loin, signal de quelque port pour des nefs invisibles. Dans l'infinité d'ombres sous la lune, une pâleur du ciel se mit à découper la masse des façades aux chevelures hirsutes, ainsi qu'une immense étendue végétale recouvrant l'autre rive. Quelques barques y scintillaient, alignées face au quai. Juste à l'entrée du pont se dressait le Jaguëy. Un bouc s'y balançait, pendu la tête en bas. Sur les marches de l'escalier donnant accès au pont s'alignaient diverses offrandes, cigares, coupelles de rhum, ainsi qu'un tas de craies, tandis que dans la nuit commençaient de battre les tambours sacrés. Loyola ne chercha même pas à deviner d'où venait la voix qui lui enjoignit de ramasser un bâton de craie blanche, couleur des morts, des squelettes et des apparitions fantomales. Qu'ai-je fait d'autre que sacrifier le bouc ? Il ne s'inquiéta pas de s'entendre répondre en écho :

— Un lien magique entre l'arbre et le fleuve était jadis tracé par ton père, au moment du sacrifice, par une série de marques à la craie sur le tronc du Jaguëy. Ces dessins cabalistiques évoquaient un lieu sacré sur les rives du fleuve légendaire où se célébrait en Afrique la cérémonie d'alliance fraternelle. Il convenait de faire un sacrifice en l'honneur du fleuve et de l'arbre, en offrant le sang d'un bouc, afin que les eaux soient propices aux âmes des morts.

— Qu'est-ce à dire ?

— Ton père aurait été, je ne sais comment ni pourquoi, membre d'une confrérie d'hommes-jaguars dans l'île du diable. Selon son témoignage, il devait porter un costume de jeteur de sorts, mélange de guenilles et de tissus colorés, de peaux d'animaux sauvages et de plumes d'oiseaux propitiatoires, la tête coiffée d'une perruque à panache, le visage et les mains peinturlurés d'emblèmes ésotériques, entre les dents une pipe où fumait sa sorcellerie, la poitrine ornée de colliers et de fétiches, à la ceinture une corne magique lestée sur son extrémité plane d'un miroir divinatoire, ainsi qu'un petit sac plein de poudre explosive. Le masque et la toison de bouc, dont il se recouvrait ensuite, étaient supposés favorables au surgissement d'un prodige.

— C'est-à-dire...

— Tu l'as deviné toi-même. De là Jason, la Toison d'Or...

— Vous voulez vraiment dire ?

— Il n'y a pas à dire.

— Alors, dites le donc !

— Ce genre de confrérie secrète avait ses racines en Afrique, dont il est possible d'établir que les cérémonies rituelles furent à l'origine des liturgies mystiques en Asie mineure, d'où proviendraient les premiers cultes rendus à Dionysos.

— Je voulais vous l'entendre dire.

— Ce n'est pas pour dire, mais le sacrifice du bouc au pied d'un arbre sacré, cette substitution de l'animal à la victime humaine, comme il se pratiquerait dans les mystères de la Grèce archaïque, puis dans toute l'imagerie biblique, donnerait naissance à la tragédie, donc à la civilisation européenne. Le mythe chrétien ne ferait que reprendre la figure du bouc émissaire, en victime volontaire...

— Eh bien dites donc !

— Comme tu dis. Ton père fut, à ma connaissance, l'un des seuls sangs mêlés à être admis dans les jeux de cette confrérie, ainsi que s'y désignaient les épreuves initiatiques inspirées de liturgies africaines ancestrales...

— Rien à redire, mais je crois avoir entendu dire que ces déguisements diaboliques s'accompagnaient encore d'un suaire enroulé à la ceinture, qui symbolisait la figure d'un mort surgi de terre.

— Je ne te le fais pas dire, car les défunts devaient être représentés dans une atmosphère ambiguë, entre deux mondes, où flottaient ceux qui n'avaient pas encore tout à fait quitté l'espace humain, sans avoir pour autant gagné le royaume des esprits. Ces rites initiatiques imposaient à chacun une purification lustrale, et la simulation de sa propre mort, avant de connaître l'épreuve de la résurrection. La vision des ancêtres et la communion avec eux aboutissaient à une apothéose d'illumination.

— Autrement dit, mon père était un initié ?

— Bien dit ! Un deux fois né. Il expérimenta lui-même l'analogie qu'il étudiait entre les plus archaïques rites grecs et ceux des hommes-jaguars survivant dans l'île du Diable, en particulier du côté de Guantánamo. Ton père se permit aussi d'établir un rapport entre ces cérémonies sanglantes et la dictature qui venait de s'abattre sur l'île, à la faveur d'un coup d'Etat fomenté par le monde civilisé.

— Serait-ce à dire que nos sociétés auraient régressé ?

— Tu l'as dit. Nous ne vivons plus guère de cérémonies dédiées aux exploits des ancêtres et provoquant une forte émotion collective, au cours desquelles héros ou grandes figures se voient transformés en légendes et représentés sous forme théâtrale, au rythme d'une musique dialoguant avec l'âme des morts...

— C'est tout dire, faillit-il répondre, mais il préféra le non-dit.

Tout cela – venu d'où ? – lui tourbillonnait en tête, comme Loyola quittait le hall d'entrée de la tour Panoptic. La nuit s'était peuplée de battements sourds qui semblaient provenir de quelque discothèque. Mais il ne voyait aucun dancing dans les environs du canal. S'appelant, se répondant d'un quai à l'autre, montant des eaux noires ou tombant des façades, retentissaient les chants d'une danse invisible. C'était une mélopée qui resserrait ses rythmes en spirales autour du pont reliant les deux rives. Un orage plein de coups de tonnerre qui se rapprochait. Loyola s'arrêta sur la vaste esplanade en contrebas de la Tour. Pour se donner une contenance, il voulut sortir un cigare de sa poche poitrinale, mais se découvrit un costume bariolé de signes totémiques. Autour de lui toujours les percussions, sans origine raisonnable. Il crut aux battements de son propre sang, rythmés par l'œil rouge de l'écluse. Au moment même où se faisait en lui ce rapprochement saugrenu, jaillit une flamme du fanal aux péniches et l'incendie se propagea sur les eaux noires. Des langues de feu se mirent à crépiter à la surface du canal, transformé en citerne à pétrole. C'était une danse d'étincelles allant de l'écluse au pont de béton, dont certaines bondissaient le long des façades, escaladant les gouttières, courant par les balcons, s'introduisant dans quelque cuisine par la fenêtre ouverte, sans causer le moindre dégât. Surpris en plein sommeil, certains habitants laissaient deviner leurs silhouettes apeurées derrière des vitres voilées par une fumée d'artifice. Loyola vit alors les sept gueules du dragon cracher leur feu devant ses yeux, l'archange ayant pris le dessus d'une lutte séculaire, tandis que quatre ombres bicornes tanguaient vers lui sur le pont de béton, disposées en carré, leurs épaules ployant sous le faix de deux longues branches horizontales où était arrimé un hamac. L'équipage insolite descendit l'escalier pour progresser avec sa charge le long de l'esplanade en direction de la Tour. Sans s'occuper plus de sa présence que s'il n'existait pas, les quatre ombres cornues trottèrent à côté de lui avant de gravir les marches de marbre rose donnant accès au hall d'entrée. Torses nus, les bas de leurs pantalons retroussés sur des pattes de boucs, Jésus Evangelista et Aristos Théokratidès franchirent les premiers l'enceinte vitrée, suivis par Sacha Bielinski et

Abel de Loyola – personnages d'on ne savait plus quel auteur, à la fois vivants et sans vie, dont Loyola lui-même eût été incapable de dire s'il était plus réel qu'eux, parfaites illusions de réalité, somnambules grouillant dans les ténèbres où se dissolvaient jusqu'aux fictions de son roman. Mais il avait encore à l'oreille les mots de sa mère l'enjoignant de la laisser prendre son envol, sa mère que les quatre hommes, non sans trébucher contre quelque plante ornementale des tropiques, venaient de déposer dans le catafalque autour duquel ils allumèrent quatre grands cierges. Elle était baignée d'une lumière froide et Loyola, sur les pas des quatre spectres, contempla l'expression triste de sa bouche aux coins tombants, le pli entre ses sourcils, profond comme s'il avait été taillé à la machette. Par les vitres de l'entrée principale, il pouvait voir le feu qui dansait toujours sur les eaux noires du canal. Comme il reportait son regard vers la gisante, elle remua ses lèvres et tendit un bras vers lui. Il contempla son poignet mince, l'exquis renflement de l'avant-bras, le coude arrondi, la courbe d'une épaule dont le muscle fit tressaillir un sein, puis le ventre enveloppé d'un tissu rouge, cette caverne du fond de laquelle il n'était jamais sorti. Le visage d'Aurore se dérida soudain et redevint très jeune, elle parut même lui sourire. Quelque truquage de la lumière, peut-être. Quoi d'autre ? Tendu dans une convulsion suprême, haletant et près d'expirer, comme si plus frêle encore que celui de sa mère était le lien qui le rattachait à l'existence, Loyola voulut plonger ses mains dans la chevelure blonde où luisait une fleur de Pâques aux pétales flétris. Gagnerait-il, par un invisible pont, le cœur de l'univers ? Son être intime vit surgir l'image de Pléione, la femme de son vieux pote Anatole. Ô désir ! Ô désir ! Jusque dans la mort, désirer de ne pas mourir de désir ! L'essence du monde l'illuminait de l'intérieur. Cette scène paraîtrait-elle vraisemblable à la fin de son roman ? L'Indienne Habanaguana se redressa de toute sa taille, Loyola vit sans doute Eva de Cuba les mains plantées sur ses hanches, mais il refusa d'y ajouter foi, par les vitres du hall apercevant l'archange à nouveau renversé, ses ailes secouées de mouvements frénétiques, une lascive dragonne le chevauchant dans une copulation cosmique. Alors le cortège funèbre s'ébranla. Ce fut un convoi de fleurs de Pâques amoncelées sur des dizaines d'antiquités automobiles déglinguées, qui se mit en marche au bout du quai. La foule immense et muette s'épaississait le long du trottoir ainsi qu'aux balcons des façades créoles, arborant des tenues bariolées qui évoquaient celles de l'île du Diable. Même les murailles participaient au deuil : s'il eût été outré de dire qu'elles pleuraient, leurs peintures vives et disparates s'en allaient en lambeaux, comme celles des vieilles maisons coloniales dans la capitale de l'île. Une jeune écuyère montée sur sa licorne fit soudain irruption au milieu du hall, dirigeant sa monture vers les ascenseurs, d'où sortaient hommes, femmes, enfants de toutes les couleurs portant sur la tête consoles et claviers d'ordinateurs, imprimantes au laser et machines photocopieuses, fauteuils amovibles en cuir et luxueux meubles de bureau, horloges électroniques et lampes halogènes, jusqu'à des plantes en pots venues d'Afrique ou des Caraïbes. Eva n'y tint plus. Elle se leva de son cercueil et se précipita vers l'écuyère qui produisait d'incompréhensibles sons qu'elle seule pouvait entendre, ce langage d'avant les mots dont elle avait toujours dérouté les spectateurs depuis l'Exposition universelle de Bruxelles en 1897. L'écuyère, avant de se ruer vers les étages, lui désigna du doigt la grande fenêtre. Elles virent passer une barque où gisait Atlas, nu sous les étoiles qui le confiaient au fleuve, le même homme en même temps s'écroulant du pont de béton sous lequel passait sa barque, abattu par quelque tireur embusqué dans le ciel. Mais non, ce n'était pas le même homme ! Le premier, celui qui se trouvait couché sur le pont d'un yacht, portait un costume de toile claire à la mode il y a cinquante ans, mais paraissait beaucoup plus jeune que celui qui venait de s'écrouler dans le canal. Eva de Cuba savait combien l'axe du monde était au-delà de tous les horizons. Là où l'extrême Occident et l'extrême Orient se confondent en leur lointaine origine commune ; là où tout contribue à décourager les navigations solitaires, à mettre hors d'haleine les nuages, à déboussoler les points cardinaux eux-mêmes, à exténuer l'infini. C'est pourquoi l'on vit alors défiler, dans ce vertige de l'espace où veillait Atlas, un cortège de guimbardes multicolores sur le toit desquelles s'entassaient pêle-mêle toutes les malles bourrées de nippes à ne savoir qu'en faire ayant exalté les formes d'Eva depuis un demi millénaire. C'est aussi pourquoi devaient se trouver garnies des fleurs les plus rouges de l'univers la Cadillac blanche décapotable contenant sa dépouille autant que la Chrysler verte aux ailes effilées venant derrière elle, tout comme une Mercury violette, une Chevrolet Bel Air d'un bleu électrique, une Studebaker crème au toit rose, une Pontiac jaune canari, une Buick écarlate, une De Soto Diplomat entièrement écaillée, une Oldsmobile vif argent, une Dodge vert pomme et, pour fermer le cortège funèbre, une Plymouth noire, celle qu'avait louée le père de Loyola avant que ne commence la farce de sa vie. Toutes ces chignoles étaient peuplées des races de la terre entière. Imaginez le mariage parfait du Noir, du Jaune et du Rouge formant le drapeau national belge, et vous aurez une idée d'Eva de Cuba, qui offrait au monde un ultime festin de sa chair. Imaginez sa descendance innombrable et vous pourrez voir quel peuple défilait, au terme de la nuit du 16 juin 2004, le long du canal de Bruxelles. Même après sa mort, les yeux d'Eva pleuraient encore toutes les énigmes que son corps avait posées à l'univers entre le royaume des ombres et la chevelure des Pléiades. Alors Atlas ouvrit les yeux. Il sentit que sa barbe avait poussé depuis sa propre mort, ainsi que ses cheveux et ses ongles de porte-globe. Il regarda autour de lui. Le paysage avait changé. Au lieu des confins du monde, il découvrit une ville sous la brume et reconnut cette bonne vieille capitale d'Europe, cité de tous les égarements. Sa barque ? Une carrosserie de bagnole vidée de ses entrailles mécaniques. Les mains du titan faisaient office d'avirons, s'enfonçant dans une eau si putride qu'elles ridaient à peine la surface de chaque côté des portières. On aurait dit que cette nef mortuaire descendait un fleuve pour s'en aller voguer loin au-delà des frontières du monde.

(*Aède est qui voyage à bord d'un navire errant*
Qu'il prend pour l'arche de Noé
Jamais n'arrivant)

Rengaine d'une idole des vitrines

Je parle comme je parle, ici comme en tout lieu.
Médée l'empoisonneuse de Colchide aussi bien que Circé la magicienne au jardin des Hespérides, j'ai le pouvoir de faire entendre l'énigme, moins indéchiffrable que vos prétendus romans, d'une parole prophétique. Ecrire un roman, n'est-ce pas réinventer le genre du roman ? A quoi pouvaient servir les efforts infinis d'un rêveur éveillé dans sa grotte féerique ? Que fallait-il d'autre pour vous rappeler à la réalité réelle ?
L'aède est en travail même quand il dort. Il fut en définitive ce que peu de gens pouvaient lui pardonner. Car son rêve n'était pas un rêve. Et vos réalités ne sont jamais pour lui qu'un cas particulier de ses fictions. Suspect traqué à mort dont la survie dépendit toujours de l'art d'effacer ses traces, il conserve en lui le mystère de celui qui n'a pas été reconnu. Sommeille-t-il vraiment dans l'acte sans limites où se tisse un espace d'images tenues pour folles, ou vit-il en créant un autre monde au-delà de votre cauchemar ? Un jour qui se détraque à l'ère de la tour Panoptic et de sa robotique indéréglable, est-ce de la fantasmagorie ? Lui dont la parole retourne la nuit en jour et le jour en nuit blanche qui ne s'inscrira sur aucun calendrier, lui dont le regard sur vos piles de jours et de nuits mis de côté depuis des millénaires en transfigure le sens pour voir promesse d'aurore dans le rouge drapeau du crépuscule, il ne vous dit rien d'autre que de lire l'avenir dans les nuages.
Et s'il n'avait été qu'un vagabond de l'aube ayant suivi des yeux la déambulation d'une fille en imper noir à la fenêtre, dont le regard en plein soleil obscurcit le monde en l'ombre d'un contre-jour donnant illusion nocturne à toute chose un seul instant, celui que prit l'apparition d'une pute pour quelque sans-un-rond venu d'on ne sait quel ailleurs ?

Maïak

UNE CLARTE DE CENDRE

S'infiltrait par la fenêtre, ternissant la faible lumière qui tombait du plafond. Le patron astiquait des verres derrière son comptoir. Je le voyais de dos qui faisait mine d'aligner ses bouteilles d'alcool renversées sur leur bec verseur. Il tourna vers moi sa large tête, une main suspendue en l'air :

— Les écritures, ça nous mène où ?

Son épaisse paupière luisait dans l'obscurité.

C'est alors que je la vis déambuler sur le quai, fraîche et légère dans son peignoir bleu ciel. Elle paraissait venir du pont de béton, dont un rectangle de lumière barrait la surface noire du canal.

Ses joues rougies à vif, ses cheveux noirs ébouriffés, son sourire maquillé par le froid s'encadraient contre la vitre du café. Elle poussa la porte et me fit signe de la suivre sous l'œil indifférent du patron.

Combien de temps suis-je demeuré dans sa chambre à contempler par la fenêtre le vol des nuages et des mouettes sur mon propre passé ? Dix ans peut-être, si l'ultime échéance des pages éparpillées sur ma table était bien la nuit du 16 juin 2004. Le long du canal je vis un corbillard s'en aller cahotant dans l'air ouaté plein d'une frémissante allégresse, sous l'emblème de la faucille et du marteau. Je ne pus m'empêcher d'y deviner un heureux présage, tandis qu'elle était couchée nue sur sa paillasse, me lisant à voix haute le monologue final de Molly Bloom dans l' Ulysse *de Joyce...* quel Maître Menteur... ce vieux birbe... Seigneur comme tout ça est loin ça paraît des siècles... j'aimerais tant que quelqu'un m'écrive une lettre d'amour... et les montagnes de l'Atlas... mon trou me démange tout le temps que je pense à lui... je me demande s'il voit quelque chose que nous ne pouvons pas voir... *obsessionnel va-et-vient dans l'espace et dans le temps du rêve et de la mémoire, avec sa voix pour faire bander tous les squelettes et toutes les momies en errance dans son Gibraltar natal, ces colonnes d'Hercule d'où le porte-globe aperçoit toujours un coït entre les Caraïbes et les Cyclades,* la matière grise qu'ils ont est dans leur queue voilà ce que je pense... et oui j'ai dit oui je veux bien Oui.

Cantique de la madone du vitrail

Oui je veux bien je lui ai dit même si je ne sais toujours pas à qui je prends la parole en disant je dans l'abyssale nuit d'ivresse oui je fus sa bien-aimée mystique à cet acteur fantomatique d'un monde auquel il survivra peut-être dans l'espace magique inventé par mes yeux...
Miroir de l'avenir mon vitrail en débris dans les décombres du langage de l'art et de l'histoire ce jour de l'an deux mil quatorze au lendemain de la Der des Ders sur les ailes du verbe je m'arrache à la nuit d'une statue perdue après la catastrophe regardez-moi de près moi je vous vois de loin pendule entre mort et jour nuit et vie d'un espace et d'un âge à l'autre hier j'étais encore vestale derrière une vitrine...
Toute ville était pour lui forteresse imprenable alors même qu'une fleur secrète s'y ouvrait pour lui seul depuis la guerre de Troie moi je voulais qu'il fût absolument sûr de la présence protectrice d'un ange qui le veille dans cette nuit sacrificielle ce fut une illumination profane...
Une statue de son idole rendrait l'oracle non sur l'autel du sanctuaire mais en dehors dans cette chapelle aux cierges de néon qui était devenue l'étal d'une agence de voyages où sa divinité traversait le vitrail ainsi qu'une colombe dont la queue pouvait évoquer celle du serpent parmi les ombres d'un feuillage aux yeux de ce type entre veille et sommeil se souvenant dix ans plus tôt d'être monté avec une fille en imper noir un seul instant de contre-jour à la fenêtre et le voilà qui s'imagine quelque tireur en haut d'une tour car cet homme a connu tant de guerres qu'une seconde peut déclencher en lui ce flux de souvenirs ne se pouvant pas raconter en moins de six cent pages...
Peu importent les temps de cette histoire me présentant à lui sous la double forme de l'ange et du serpent c'est un culte à la déesse double qu'il a rendu toute une nuit dans sa grotte féerique venu d'une planète inconnue cet oiseau migrabond qui n'a fait que passer dérivera-t-il encore vers d'autres mondes avec son baluchon sphérique poème inassimilable par la tour Panoptic ?

L'homme qui était mort se souvenait d'avoir ouvert la porte-fenêtre pour se pencher sur le balcon. Des tourbillons de nuages et de mouettes étaient arrivés de l'ancien temps, qui l'obligèrent à l'abandonner, couchée nue sur un matelas digne de Pénélope, près de la chaise où gisait un imperméable noir. Il en ferait un personnage de *Dialogue des oiseaux du phare*, puis de *Confession d'un homme en trop*, de cette déesse crétoise qui lèverait sur lui ses bras enroulés de serpents. J'avais dû l'abandonner, se dit-il avec regret, pour les besoins de cette *Ombre des ancêtres oubliés*, troisième volet de *Maïak*. Mais elle faisait toujours partie d'un songe global, né au sommet de l'île de Paros – à peine séparée de Naxos par un bras de mer – quand à l'horizon se découvrait la Crète, et pouvait s'imaginer une issue du dédale. Ariane et Dionysos aux Isles bienheureuses...
Un immense besoin d'alcool alors lui brûla dans le gosier. Pour tromper sa soif, il ferma les paupières en rêvant au miracle d'un pétrolier rempli de rhum Evangelista. Quelques camions-citernes venaient d'en verser le contenu dans le canal, enivrant Bruxelles jusqu'au dernier étage de la tour Panoptic. Après une longue navigation, la carcasse approchait de l'œil rouge d'une écluse qu'il n'avait cessé de fixer toute la nuit. A nouveau, il ouvrit les yeux et dut se résigner. Dans toute cette magie, plus trace d'une seule goutte de rhum. Il crut alors entendre une source qui chantait à ses oreilles, et il se rendormit.

« Le grand numéro commence ; éteignez vos Panoptic ».

Attendre l'aube encore quand la pluie brouille les lumières électriques...
Une ville où l'on ne voit pas l'eau courir est une ville morte. Etait-ce pour cette raison que le Jaguëy, maudite engeance des îles tropicales, avait surgi devant ce canal ? A moins, bien sûr, murmura l'homme, qu'il n'y eût quelque autre raison, plus profonde et moins avouable, à notre commune présence ici. L'homme était seul face à ce dépôt de matière obscure où les démons et les dieux, devant la vitre d'un café, s'agrippaient aux racines d'un platane ou d'un marronnier.

« Soyez sans inquiétude pour tout ce qui va suivre, vous ne risquez rien d'autre qu'un petit souvenir de l'au-delà... »

L'or volatil de ce désir, seule finalité de son oeuvre au rouge, il devait l'orpailler dans le noir de l'abîme au cours d'une interminable nuit. Cette nuit de sa mort brillerait à jamais comme une lumineuse étoile, qui lui découvrirait le mystère d'Eva. *Mère du ciel, étoile de la mer et reine du paradis, ma notre-dame de sous la terre ma vierge noire mon Eva de Cuba !*

« Je suis l'oiseau-serpent, la fée, la sorcière - Aurore dite par un aède Eva de Cuba - la muse dont le sourire danse comme un reflet sur l'écume d'une histoire d'amour et de guerre (oui, révolutionnaire) où je demeure dans l'ombre tout le temps qu'il faudra, des siècles peut-être, une éternité sans doute, l'instant sur mes paupières d'un baiser de qui le voudra, mais aussi le méritera, dans un monde futur et pourtant déjà là ! »

Alors l'homme qui était mort se leva.
Lentement, la clarté d'une aurore épousa les contours de la fenêtre. Avec une force imperceptible, où se concentra la magie d'un arbre dont les racines puisent aux sources de tous les fleuves – l'aube repoussa la nuit. Dehors, un soleil joyeux s'était levé. Comme voici dix ans, son baluchon sphérique sur l'épaule, Atlas hasarda ses pas sur le trottoir. Il voulut enjamber le canal et disparut, rejoignant à nouveau les fonds d'où il avait surgi. Mais on le vit ressusciter encore et prendre son envol vers le premier matin. De l'autre côté du pont, la tour succombait aux charmes d'un figuier tropical.

Les Editions du CEP
26, avenue des Oiseaux,
6001 Marcinelle - Belgique
www.cep-editions.com
Imprimé chez Snel (Belgique)
Août 2018
ISBN : 978-2-39007-044-3
Dépôt légal : D/2018/13677/7
Distribution Belgique - Luxembourg : Adybooks
Distribution France : Librairie Wallonie-Bruxelles

Un spectre hante la littérature : le spectre de l'aède. Il est le refoulé d'une ère prosaïque interdisant que soit traduit en chant le poème du monde. Sa mélopée depuis la guerre de Troie, dans un miroir sphérique, offre une vision globale dont s'élucident les trompe-l'œil du dernier demi-siècle.

Seuls guidèrent sa descente aux abîmes des songes qui ne se font pas les yeux fermés. Transfuge des deux rives en flagrant délit d'exil où qu'il soit, l'aède Anatole Atlas accomplit ici le plus beau de ses rêves : celui d'un homme qui réinvente l'univers au-delà de la mort.

En lui la voix de Lazare s'unit à celle d'Orphée pour actualiser le voyage d'Osiris.

Ici la parole s'empare donc d'Eve, d'Eurydice et d'Isis : ange-démon, fée-sorcière, oiseau-serpent des origines dont la transe ne conjure pas tous les sortilèges du dragon quand celui-ci vêt armure d'archange au sommet de la capitale d'Europe.

Quelles noces unissent-elles ces forces antagoniques pour emmurer l'humanité dans une géhenne d'images édéniques ? Orpailleur du temps dont les pépites illuminent un livre écrit de siècle en siècle, l'aède nous distille une alchimique sémiologie de la cosmopolis. Œuvre allégorique, parabole pure, sa cosmythologie se veut, contre toutes les formes d'empoisonnement psychique, une hiérophanie de l'image dialectique.

Mais, d'avoir épousé tous les espoirs déçus des vaincus de l'Histoire, qui plus que lui doit-il supporter la violence de l'échec ? Jusqu'après la mort il demeure fidèle à cette étoile rouge dont il fut chevalier servant toute sa vie, contre l'unique opinion mondiale.

Témoin oculaire de l'avenir non moins que visionnaire du passé, l'aède annonce de longue date aux vivants que le paradis du mythe s'ouvrira dès lors qu'ils habiteront historiquement leur monde.

Car la nostalgie de l'unité perdue rejoint l'utopie d'une sphère commune à tous.

Ne s'en faut-il pas d'un regard pour que s'évanouisse le cirque des idoles en la fausse lumière projetée par les miradors de la tour Panoptic ?

L'aède est un miroir de la révolution qui vient.

Mais il nous conte aussi la plus étrange histoire d'amour jamais imaginée dans un roman. Amour, Révolution, Création : ARC faisant jaillir dans une cinquième dimension - celle du rêve et de la mémoire - une flèche vers l'ailleurs qui permet au lecteur lui-même de conjurer son propre évanouissement dans la mort.

Peut-être un espace-temps vertigineux s'ouvrira-t-il à celui-ci. Peut-être s'avisera-t-il du fait que les multiples censures frappant l'œuvre de l'aède (aventure d'une écriture autant qu'écriture d'une aventure), comme expérience des limites où se joue le destin de la parole humaine, éclairent la dimension politique de toute vraie littérature.

Peut-être découvrira-t-il que nul n'est innocent du crime narré dans cet AJIACO.

Couverture :
Rolando Estevez Gamboa, Baracoa, Cuba

9 782390 070443

Les éditions du CEP
Créations · Europe · Perspectives

24 €